林堂

當
瑞
小

林堂

鍾源、瀛泳◎著

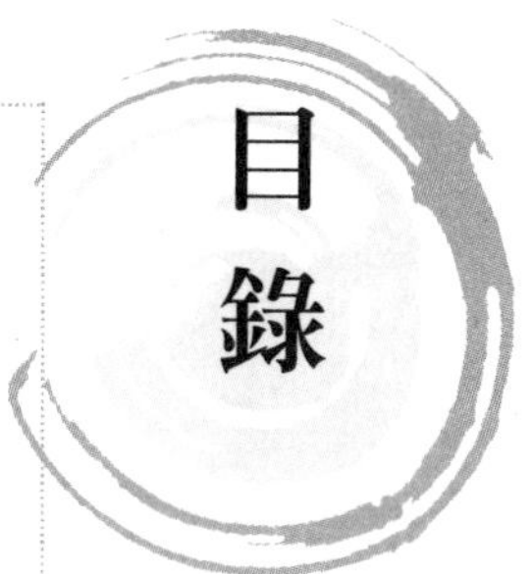

目錄

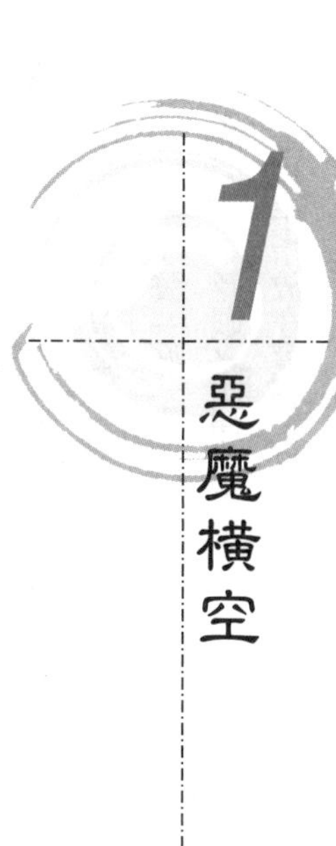

1 惡魔橫空

一

剛睜開眼睛的太陽老人將金燦燦的目光投向大地，馬上被盤龍嶺山腳的十八寨南寨門衝出來的一群青少年及孩子們所吸引，慈愛地看個不夠。

這些人爲首的是個英俊而別有氣質的青年，他騎著一匹身材高大沒有一根雜毛猶如一團烈火的駿馬，突然從馬背上一躍而起，在馬從身下過去之後穩穩地落在了地上。這使其他人先是一驚，隨即拍著手叫好。

那匹紅馬又跑了幾步站住了，回過頭，見主人在招手，便磨過身撒著歡跑了過來，高興地任他撫摸著長長的鬃毛、脖子、臉。

「王熾哥——？」一聲清脆的叫聲傳來。

青年停止了愛撫紅馬轉過臉，見從寨門裏又跑出來一名少女，馬上笑了，向她揮揮手。青年名叫王熾，字興齋，在道光十六年（一八三六）出生在雲南省彌勒縣虹溪鎮的十八寨村，今年已二十歲（書中年齡按當時習慣都

指虛歲）。當那名少女已近的時候，他才說：「蓮芸，又跑出來了，你娘沒攔你？」

李蓮芸氣喘吁吁到了王熾身前，深情地看他一眼，去摸紅馬的臉。紅馬猛地一揚脖子，把她嚇了一跳，忙向後退了幾步。

王熾和好多人都大笑起來。

李蓮芸臉紅了，狠狠瞪著紅馬，指點著牠叫道：「火龍你眞是個畜牲，好沒記性啊！昨天不是已經和我好了嗎？」

王熾說：「非得你騎上牠，牠才能記住你。」

其他人跟著起鬨：「對！騎上火龍、騎上火龍……」

李蓮芸把脖子一歪，指點著衆人高聲說：「都消停點兒！說，你們誰敢第一個騎上火龍，我就當第二個！」

那些人頓時閉上嘴，面面相覷，脖子都縮短了。

李蓮芸「哼」了一聲，把臉轉向王熾：「王熾哥！替我教訓教訓火龍。」

王熾冷下臉：「教訓火龍？牠有了什麼錯？」

李蓮芸噘噘嘴：「這還不明白？我是想看你和火龍玩兒嘛！」

其他人也都歡呼般嚷著：「對、對，快玩兒給我們看看吧！」

王熾笑了，道了聲「好」，同時擺一下手，隨即摸摸火龍的脖子，向前方的山路一指，在牠腦門拍了一下。

火龍撒開四蹄，眨眼之間便消失了。

王熾把兩個手指放在嘴裏，打了一聲口哨。

火龍飛馳而來。王熾在牠到了身前時猛地一縱身跳上了馬背，時而飛越溝塹，時而跳過矮牆，時而在原地盤旋。火龍時而揚蹄嘶鳴，時而甩尾慢步，或前蹄豎起，或停立刨蹄，或擺尾橫移，當王熾跳下去後還來個就地十八滾。

李蓮芸興奮地滿臉緋紅，不知道兩手已經拍麻了，高聲叫好著，忽見對面的山路上跑下來了李西來。

李西來也看到了李蓮芸，盯著她放慢了腳步，見她很快就把目光又射向火龍，又跑起來，到了王熾跟前，拉起他的手便走。

王熾莫名其妙地隨著他到了旁邊。

「四兒哥！」李西來大口喘息著小聲說，「姜、姜庚帶著鄉丁丁老七……還有姜三……鬼鬼祟祟上山了，肯定……沒好事！」

「走！」王熾說著向火龍一招手，在火龍到了跟前時跳了上去。

李西來也一躍而起，在後面摟住王熾的腰。

該死的西來！李蓮芸看著二人被火龍載著迅速遠去，噘著嘴暗罵了一聲，但又很豔羨地在心裏說：「什麼時候，我才能像西來這樣騎在火龍上摟著王熾哥？」

王熾和李西來跳下火龍，穿行在茂密的山林。

「他們去哪兒了？」王熾低聲問。

「奔後山去了。」李西來說。

「後山只有一條道兒，是來往馬幫的必經之路。」王熾說著想起來：「十年前，趙大哥的爹就是在那兒遇害的！」

「對。姜庚眞壞！還是你表哥吶，哪兒配呀？」

「我最討厭他。」

「你看！」

王熾順著李西來的手看到了前面較遠處林中的姜庚等人。

姜庚在姜三身後走著，後面是一年輕的鄉丁丁老七。姜庚今年三十五歲，身材魁梧，早在十六年前就擔任了十八寨村鄉團的首領。姜三是他剛出五服的本家兄弟，小他四歲，雖然生得像個瘦猴兒，但很機靈，武功叫響。

「你覺得有把握？」姜庚抬頭看看碧藍的天空。

「我天沒亮就從虹溪跟上了，他們沒走過這條道兒，是幾個生手，四個人，六匹馬，馬背的馱架上都是珍貴藥材。幹吧！」

「這可是在家門口，碰上一個熟人，以後就別想再端這碗飯了。」

「小弟知道。前面就是老松林，那兒僻靜。」

「好，就在那兒下手。快點兒！」

三個人加快了腳步。

王熾、李西來也緊緊跟隨著。

一夥馬幫來到了老松林中一塊空地。高大的樹木遮住了陽光，使這裏顯得陰暗神秘。他們的前面出現了姜庚。姜庚背了捆柴禾，蹣跚走來。

大汗淋漓的王熾、李西來藏身大樹後，緊張地盯著姜庚。

姜庚在與馬幫擦肩而過時突然丟下了柴禾，左右開攻，一把短刀將兩名腳夫放倒。與此同時，姜三從樹上跳下來，將另一腳夫撲倒在地，一刀結果了他。打頭的腳夫聞聲回過頭，頓時驚呆了。他還沒反應過來，被姜庚甩出的梅花鏢射中了心窩，向後倒去。

從側面出擊的丁老七持刀跑過來，見幾個人已死，只是拉住了最前面那匹馬的韁繩。

姜庚從死者身上拔出梅花鏢，在其衣服上擦了擦，收入腰間，一手拖著一個死者的頭髮向旁邊的懸崖走去。姜三、丁老七也各拖著一個屍體跟了過去。他們把屍體拋下懸崖，回來清理一下現場，牽著四匹馬進了密林。王熾、李西來跟了上去。

距離十八寨不很遠時，姜庚停下來，回過頭，指著丁老七拉的馬和馬背上馱的貨對他說：「這都歸你了。」

「謝謝姜大哥！」丁老七笑著說，喜孜孜看著自己分得的馬和架子上的東西。

姜庚目光射向丁老七身後的姜三，「咳」了一聲。

姜三悄悄抽出匕首，猛地刺入丁老七的後心，隨即拔出了刀，在鮮血噴射而出時閃身躲過。丁老七回過身瞪大了驚恐的眼睛，還未開口便倒下了。

「啊！」李西來驚叫了一聲。王熾趕忙去捂他的嘴，已來不及，拉著他的手便跑。

姜庚、姜三循聲望去，隨後便追。

很快，姜三便認出了前面飛跑的人：「是王四兒！還有……李西來。」

姜庚喘息著，眼睛瞪得好大，咬牙切齒地說：「這倆小王八蛋，總和我過不去。今兒個，非送他倆上西天不可。快！」

二人距離王熾、李西來越來越近。王熾、李西來不時回頭看看他倆，看上去並不很著急。

在相距只剩數丈之遙時，王熾打了一聲口哨，不遠處便傳來一聲長嘶，緊接著是火龍飛馳而來。王熾、李西來上了火龍，疾馳而去。

來到不久前姜庚等人劫馬幫的地方，王熾、李西來跳下馬，看著地上的血跡。

「趙大哥的父親趙寨主，一定是姜庚害死的！」王熾說。

「對！」

王熾、李西來都回憶起十年前的往事……

二

接連三顆炮彈在十八寨炸響，硝煙四處散開。緊隨著炮聲便是村民們的驚叫，還有被炸傷的人及其親人的慘叫聲。

小王熾正在自家院裏和小西來玩兒，聽到炮聲便順著房前豎著的梯子爬上了平坦的屋頂，向村外、村內看著。

老寨主跑出家門，見姜庚帶著姜三等人來了。

「是趙家寨的人！」姜庚說。

「你快帶著一半鄉丁和所有青壯年男人，守著南寨門，留一半鄉丁跟著我，保護女人和老少上後山。」老寨主吩咐。

姜庚應了一聲轉身跑。

老寨主指揮著混亂的村民從北門上後山。

剛三十五歲的王母跑出院門，向疾步跑過的人們急切地問著：「見到我家四兒了嗎？有誰看到了，快告訴我！」

眾人顧不上和她說話，紛紛向後山湧去。

老寨主和幾名鄉丁來了，離老遠就說：「四兒他娘怎麼還不上山？」

王母焦急地說：「我在等四兒哪！也不知這小子跑哪兒去了。」

老寨主說：「可能已經上山去了吧？」

王母說：「不能！他不會自己走的。」

老寨主又道了聲「你可快點兒」，帶人走了。

王母看向西，見鄰居已近六十歲的老阿婆仍然坐在院門前曬太陽，和平時一樣。村民們都走了，整個村子靜下來。她轉身進了院子。她家的房子已明顯年久失修，屋檐朽爛，油漆剝落，地磚也是凹凸不平，但也還能看出這個家曾經輝煌過：庭院完整，格局考究，前廊後廈，扁磚到頂，原本漆成了大紅色。

「娘！」王熾看著母親叫道。

王母回過頭，見王熾、李西來趴在樓頂上探出頭來。她罵了聲「你個小作死的」，知道再上山已晚，磨身跑進院子，給大門上了閂，又用一根圓木頂住，這才又看房頂的兩個孩子，叫道：「還不下來？」

王熾、李西來跳下來，正落在王母身前。

王母一掌打在王熾肩膀上，拉起他和小西來，來到天井下柴垛前，把二人推了進去，用柴禾蓋上，順手操起柴刀，奔向門口。

王熾輕輕撥去頭上的柴禾，瞅瞅正彎著腰順著門縫向外看著的母親，見李西來也要出來，忙按住他，悄聲說：「在這兒等著！我去房上看看。」

李西來忙也小聲說：「我也去！」

「不行！你在這兒應付我娘。」王熾說著，輕輕撥去身上的柴禾，見母親還在向外看著，給李西來蓋好，悄悄順著梯子爬上了房頂。

寨門外，一個披麻戴孝的青年騎了火龍疾速而來，身後是一輛馬車，車轅上趕車的是個包著左眼的少年，後面還跟隨著好多身著喪服的人，十八寨附近原來就隱蔽的人也從林中出來了，推著幾門土炮，跟在他們身後。

王熾又看到，姜三率領一些人守在寨門口的一座土樓。

「來的是什麼人？」姜三朝著寨門外問。

「趙雲海！是向姜庚討還血債的。」騎在火龍上的青年高聲叫道。

「原來是趙寨主啊！我們十八寨與你往日無冤，近日無仇，說什麼討還血債？你這樣忽然以兵戈相見，既不明智也不仗義呀！」

「道理？你們還懂道理？」趙雲海吼叫著，一把揭開馬車上蓋著的白布，露出一具屍體，而後指點著姜三：「我爹的馬幫貨物，被姜庚洗劫一空。姜庚還用暗器殺害了我爹，隨從的人一個沒留。今日不交出兇手，我要把你們十八寨踏成平地，一把火燒個精光！」

那個包著左眼的少年已經跳下車，看上去身材瘦小，很機靈，一手揮著刀、一手指著自己的左眼叫著：「我眼睛就是當時姜庚用袖箭射瞎的，傷還沒好呢。姜庚！你出來——」

南寨門內手持刀、矛、棍棒、農具的人們將信將疑，看著趙雲海，又回頭去看姜庚。

姜三叫著：「別聽他胡言亂語！沒那事兒！」

趙雲海回身命令道：「弟兄們，不跟他囉嗦，殺進寨去，為老寨主報仇——」

包著左眼的少年舉起腰刀看著身後的人們：「衝啊——」

姜庚撥開眾人到了前面：「慢！既然趙少寨主點著名要我的人頭，我就隨了你的心願，免得連累了鄉親父老！」

趙雲海看到姜庚，朝著靈車哭叫道：「爹——您睜眼看看吧！就是這個口蜜腹劍的傢伙，用暗器殺了你。兒今天就用他的腦袋祭您的亡靈！」他說著轉過臉，一把抹去淚，指點著姜庚：「姓姜的，你還算條漢子，快出來受死吧！」

姜三說：「大哥你不能去！這傢伙血口噴人。」

姜庚看看本村的眾人，平靜地說：「不做虧心事，不怕鬼敲門。我倒要看看他姓趙的敢把我怎麼樣！」

「大哥！你千萬別上這個土匪頭兒的當……」姜三又叫道。

「姜三休得無理！」姜庚朝著姜三說，又把視線放平，「來的是我的客人！開門待客，酒肉款待！」

有人上前打開了寨門。

趙雲海兩腿一磕火龍的肚子，揮刀向前衝去：「老子今天就赴你的鴻門宴！衝啊——」

包著左眼的少年率眾隨後衝進十八寨。激烈的拚殺開始了，喊叫聲傳出好遠。

王熾看到，趙雲海的人馬被埋伏在屋後的鄉民們包圍了。

趙雲海殺出一條血路，渾身是血，四處尋找著姜庚。

包著左眼的少年率人撤出，不見趙雲海，又返回來找。他終於看到趙雲海，叫道：「少寨主！咱們中計了，快撤吧！」

趙雲海帶住火龍，忽然看到了土樓頂上的姜庚，跳下馬追去，驀地被平地裏冒出的繩網罩住。包著左眼的少年勇猛拚殺著去救趙雲海，被人截住廝殺。

兩隊鄉丁從隱藏處衝向倒在地上掙扎的趙雲海。趙雲海嘴裏發出一聲口哨，火龍嘶叫著飛奔而來，用嘴叼住繩網，拖著趙雲海而去。

姜庚見狀，一甩手飛出梅花鏢，正中趙雲海的左臂。頓時，趙雲海的左臂流出黑紫色的血。火龍拖著他衝開堵截的人群，很快便出了寨門。

這火龍眞是神了！王熾暗叫著，跳下房，隨後追去。

姜庚看到了縱身越過寨牆的王熾，對正要追出去的衆人說：「不要追了！爲人行善必有善報。給他留一條活路吧，何必置人於死地？去，將趙老寨主厚葬在盤龍嶺上，讓他老人家的英靈保佑我們兩寨平平安安。」

王熾循著血跡和馬蹄印一路尋找著。

他停住了，看著不遠處的火龍。火龍警惕地看著他，一動不動。

哇！這就是遠近聞名的火龍啊！王熾暗說著，滿臉驚喜的神情，慢慢走進火龍，突然被絆了個跟頭，見草叢中躺著一個人，正是趙雲海。

趙雲海還在網中，已奄奄一息，身上、臉上都是血，一道刀傷橫穿面頰，左臂上還插著梅花鏢。

王熾看看火龍，又看看四下，目光在附近的一個洞口停住。他動手解開了網，壯著膽子抓緊趙雲海的兩腳，

拖向山洞。

進了山洞後，王熾費了好大力才把趙雲海放在稻草上。他喘息著，不知所措地看著他，又看看洞口外的火龍。他的目光一轉，跑向側面，用手捧接著順著山縫滴落的水滴，灑在趙雲海的臉上。

趙雲海漸漸甦醒過來，睜開眼睛。他看到了仍在接水的小王熾，頓時眼睛瞪大，四下看看，吃力地坐起身。

王熾聽到了動靜，快步走了過來，把手中的水捧到趙雲海的眼前：「喝點兒水吧！」

趙雲海喝下了水，問：「這是哪兒？」

「窯底洞。我打柴常在這兒避雨。」

「爲什麼要救我？」

「想看你的馬。聽說牠叫火龍？」

「怎麼找到我的？」

「路上有血跡——哎呀！」王熾說著倏然站起身：「別人也會看到的。我去清理一下！」

趙雲海看著他轉身跑了出去，想站起來，卻沒能夠。

後山上的人們都回到了十八寨。姜庚像個鎮守城池取得了大勝的將軍，得意洋洋，威風凜凜，和老寨主各處走著，安排善後各種事宜。

李西來已經跑出王熾家，各處找著王熾，問誰誰也不知道，忽見姜庚走進自己的家門，追了上去。

姜庚進了屋，把褪在袖筒裏的袖箭放在了桌子上。這是一種約半尺長正適合攥在手裏的銅管狀發射器。

比他年輕十七歲也正十七歲的妻子梁紅女從裏屋走出來，仍心有餘悸地說：「我在屋頂上都看到了，眞爲你擔心！他們怎會知道是你幹的？」

姜庚回憶著，眼前浮現出昨天上午的情景——

他帶著鄉丁都蒙著面埋伏在密林裏一條山路的兩旁，前面出現了趙奎勝的馬幫。走在前邊的是個提著腰刀的少年，之後是騎著馬的趙家寨寨主趙奎勝，姜庚早已認識。忽然，趙奎勝瞪大了眼睛，帶住馬叫道：「停！馬六子，快帶人往後撤！」

趙奎勝身前的少年馬六子急忙挺刀回身跑了幾步，衝著幾名馱夫叫著：「調過馬頭去，撤——」

「要逃？想吧。」姜庚的嘴裏發出呼嘯聲，所有埋伏的蒙面劫匪從兩側衝出，撲向馬幫。

馬上的趙奎勝從背後抽出雪亮的單刀，縱馬衝向劫匪，連連砍殺了幾個人。姜庚衝上去與他大戰，突然面罩被他的刀尖挑開了。趙奎勝叫道：「姓姜的！我一猜就知道是你！」

姜庚說：「姓趙的！那就來吧！」

二人一個馬上一個馬下繼續廝殺。姜庚漸漸力不能支，跳到旁邊，突發暗器，用袖箭連連射向趙奎勝。趙奎勝中箭從馬上摔下。

「寨主——」馬六子叫喊著飛步向前抱住了趙奎勝。

姜庚叫了聲「著」，一甩手又將一支袖箭飛出。馬六子聞聲扭過臉，左眼被那袖箭射中。他大叫一聲，倒在地上……

「那個被趙奎勝喚作『馬六子』的小子命眞大！」他說著從衣袋裏掏出一個翡翠玉鐲，套在了梁紅女左手腕上，喜滋滋地說：「你還不知道嗎？我從來都沒事兒的！」

梁紅女看看腕子上的玉鐲：「姓趙的那批貨裏的？」

姜庚點點頭：「可惜不是專門給你訂做的。」

梁紅女歪頭左看右看，滿臉是笑，說：「甭管劫來的還是搶來的，進了這個家它就姓姜！我知足。」

姜庚拿起袖箭：「此人不除，定成後患！我擔心他還沒死……」

梁紅女忽然收斂了笑容：「你殺了趙寨主，會不會有人報官？」

「趙家寨是個土匪窩，他們會自己告自己？」

「我不懂你為什麼放了趙雲海？」

「中了我梅花鏢的人，沒一個能活過天亮的。再說，有人替我盯著呢！」

「誰呀？」

「四兒。」

「原來四兒哥去追趙雲海了！」剛到窗外聽到了姜庚和梁紅女後兩句話的李西來暗說，轉身就走，到了門口時聽到外面急促的腳步聲，忙把身子隱在門後。

姜三急匆匆進來，直奔屋門，推門而入。

李西來剛要離去又站住了，躡手躡腳又來到窗外。

屋內，姜三興沖沖說：「今天這一仗太過癮了！」

姜庚從臨牆的一個竹筐裏取出一只銀鐲和幾塊銀子，遞向姜三，拉著長聲說：「這是你的那份兒！還有兩筐藥材。」

姜三趕忙接在手中看著：「謝大哥！」

姜庚拍拍他的肩膀，說：「你不是早就看中了趙雲海那匹馬了嗎？牠正在不遠處的山上等著你吶！」

姜三忙問：「在哪兒？」

姜庚說：「找到王熾，就找到了那匹火龍。」

姜三「噢——」了一聲：「我明白了。」

三

密林裏，姜三帶著鄉丁們四處尋找。他們都沒發現有人在後面遠遠地跟蹤著。這個人便是李西來。

突然，鄉丁老七低聲叫起來：「馬糞！還是軟軟的。」

另一名鄉丁跑過來看看：「沒錯，腳印也在……」

姜三過來看看，和衆人一邊查看著馬蹄印一邊悄悄前進。

忽然，姜三停住了：「別去了。」

衆人不解地看著他。

姜三指著地上的馬蹄印：「馬蹄印這麼多，肯定是路過的馬幫。」

丁老七說：「馬幫？這可是咱們的地盤兒！」

姜三想了想：「嗯，摟草打兔子，兩不耽誤。先去探探虛實！」

丁老七快速追了上去。

李西來見姜三一夥人坐下了，跟向丁老七。

前面，一隊路過的馬幫正在歇息，一排排馱架和貨物堆放在林中，趕馬的人或躺或坐，疲憊不堪，全都是彝族人打扮，其中有個大鬍子，臉色特別黑，頭上有著紅色的纏頭。他背依著一棵大樹，閉著眼睛吹著口弦琴，琴聲激越、悠長，給人以力量、鼓舞。

忽然，琴聲斷了。他已睜開細長的眼睛，放下了琴，扭過臉去看看。

丁老七漸漸接近了馬幫，從一棵大樹後探出頭，忽然看到有人從身後越過臉橫過來一把短刀，並且在說：

「乖乖的別動！回我的話。」

丁老七渾身抖著：「是、是……是！」

「這個大鬍子怎麼到他身後的呢？」李西來在不遠處琢磨著。

「幹什麼的？」

「砍、砍柴的。」

「就你一個？」

「一、一個人。」

「我們從西南來，請問到葫蘆口還有多遠？」

「從……這兒走，」丁老七指點著，「翻過這道山，轉到最遠的那座山頂就……就看見了。」

「多謝兄弟指引。」大鬍子說者撤回了短刀。

「你們這是……」丁老七的膽子壯了起來，看著馱架。

「給點兒見面禮。」大鬍子說著，從一個馱架的竹筐裏掏出點兒東西遞給丁老七。

「多謝，多謝。」丁老七趕忙接在手中。

馬幫繼續前進了。

丁老七往回走去。李西來仍在跟蹤著他。

姜三見丁老七回來了，問：「多少人？」

丁老七說：「十一個。」

「什麼貨？」

「是這個……」丁老七說著從懷裏掏出芭蕉。

姜三咬了一口芭蕉，才知道是生的，「呸」的一口吐掉，罵道：「晦氣！走，那邊兒看看。小王熾那個兔崽子在哪兒呢？」

窯底洞裏，趙雲海神情剛毅，咬著牙猛地拔出了臂上的梅花鏢，一股黑血從傷口流出。滿頭大汗的王熾將一大抱野薄荷扔在了他身邊，忍著野薄荷的苦澀大口大口地嚼著，把嚼碎的野薄荷敷在趙雲海臂、臉等處的傷口上，血很快便不再流了。

「小兄弟，還挺在行啊！」趙雲海興奮地說。

「這兒的人有了傷，都是用野薄荷治。特別是中了梅花鏢，非用這個不可，但光它也不行，再服下白藥才能好得快。」

「你怎麼知道？」

「我……是他的表弟。」王熾老實地說，「聽我娘說過，這梅花鏢……原本是我姥爺的，上面有劇毒，只有野薄荷能解，但我姥爺只是用來防身，一生也沒用上過。」

「姜庚是你的表兄，你怎麼還救我？」

「我討厭他！」

「爲什麼？」

「他那人……」王熾思索著，搖搖頭，「唉！我也說不好，就是從心裏討厭。」

「你叫什麼？」

「四兒。」

「大號呢？」

「王熾。」

「家裏都有什麼人？」

「只有娘。三個哥哥都沒活成，爹也在八年前死了。」王熾回答著，想到最關心的事，問：「能告訴我嗎，你爲什麼要帶人打我們十八寨？」

「我叫趙雲海，爹是被姜庚害死的。」

「你看見啦？」

趙雲海拿起沾滿了血的梅花鏢：「這個，和殺死我爹的暗器一模一樣。」

王熾接過梅花鏢看著，用力握在手中。

趙雲海笑笑，問：「知道嗎？我的腦袋，值十匹火龍。」

王熾站起身：「趙大哥，我一匹也不要。」

趙雲海見他向洞口走去，厲聲說：「站住！幹什麼去？」

王熾轉過身，見他目光凌厲，笑了笑：「我剛才說過了，光嚼野薄荷好得慢。怎麼，以爲我想要『十匹火龍」？」

趙雲海從衣袋裏取出一塊銀子：「拿去！」

王熾連連後退著：「我救你，是爲這個嗎？」

趙雲海說：「聽話！拿著，是給我買藥和吃的用的。看得出來，你這麼愛馬而家裏又沒有馬，是吧？」

王熾慢慢接過銀子：「買藥用不了這麼多銀子的！」

趙雲海叮囑道：「記著，一個人是鐵門，兩個人是木門，三個人是紙門。要推哪扇門，你該心裏有數。」

王熾點點頭：「我懂了。」

趙雲海又說：「還有，來回不能走相同的路線。」

王熾應了一聲，轉身跑出去。

王熾看著母親抱一捆煙葉離開了家門，便從房頂跳了下來。他從懷裏掏出那塊銀子進了屋，四下看看，蹬著板凳把銀子藏在天井的瓦片底下，而後跑了出去。

很快，他便到了北部的煙樓，見母親正向灶裏添柴，叫了聲：「娘！」

王母猛地回過頭，瞪大眼睛看著他：「四兒你去哪兒了？」

「娘你別生氣。我眞想抓住那匹馬！想用牠幫娘耕田，幫娘馱柴，幫娘……」

「啪！」王熾還沒說完話，臉挨了母親一巴掌。他眼裏馬上流出淚，說：「娘……您要能不生氣，就打吧，打我吧！我就是追那匹馬去了。」

王母看著他，猛地把他抱在懷裏，哭著說：「我的傻兒子啊……你就是把那匹馬牽回來，娘能讓你要嗎？且不說不義之財不能要，你知道那是誰的馬？那是強人的馬呀！」

王熾拚命點頭，又搖搖頭，說：「我知道……不！我不要了，不要了……」

母子倆抱著相對跪著哭成一團。

過了好一會兒，王熾用手擦去娘臉上的淚水，說：「娘您別哭了！走吧。樓上的煙葉子，我抽空來烤。您的腰疼病犯好幾天了，我扶您回家去歇著。」

王母依從了小兒子。

回到家，王母覺得腰更痛了，躺在床上，閉上眼睛。

王熾端著一碗米線進了屋，端到母親床前，說：「娘，您吃點東西吧！嚐嚐我剛做的米線，看味道怎麼樣。」

王母沒吭聲。王熾哀求道：「娘您吃點兒吧！」

「我不吃！你追你的馬去吧。」王母仍然閉著眼睛，氣呼呼說。

王熾無奈地把碗筷放在床邊的凳子上，說：「那就等涼一涼再吃吧！我上鎮裏的藥鋪給您求服藥去。」

王母的淚從眼角淌了出來，說：「傻孩子，你當藥是一求就給的？」

王熾說：「我知道要花錢買。我想好了，先把咱們燒不了的柴禾賣了，等把藥買回來，我再去砍。」

王母支撐著坐了起來：「不是娘不相信你的心，你不該忘記我平日對你說的話！你的三個哥哥都沒能活下來，咱們王家就你這麼一根獨苗兒，這個門戶還指望著你來撐吶！」

王熾低下頭，小聲說：「娘您放心，孩兒都記著呢，絕不會給娘丟臉！」

王母眼裏又流出淚：「你看看眼前這世道！閉眼想的，睜眼看的，只有個『錢』字！為了它，恨不得舞刀動

槍打出活人腦子。咱們家沒錢，盼著有錢，可我要你記住：餓死不低頭，撐死別腆肚，一生一世不許你做虧心事！」

王熾連連點頭：「是、是。那……我去了。」

見母親又躺下了，王熾走了出去。

他先把天井瓦片下的銀子取出來，仔細看看它，把它揣進懷裏，到院子裏擔了一擔柴禾離開了家門。

四

出了南寨門不遠，王熾正快步走著，忽聽有人叫著：「四兒哥——」他聽出是李西來的聲音，轉過臉去，只見李西來從旁邊的山林裏跑出來。

「四兒哥，你去哪兒了？」李西來到了王熾身旁氣喘吁吁問。

「你上山幹什麼去了？」王熾反問。

「這是去哪兒？」李西來又問，壓低了聲音。

「你還沒回答我的話呢！」

「找你唄！還不知道吧？你那個大表哥姜庚派姜三帶人上山去找你，說找到你就能找到火龍。我怕你吃虧，就跟在了他們身後。不想沒找到，剛才下了山，卻看到了你。姜三已經派人跟著你，就在林子裏。你這是去哪兒啊？」

「去虹溪。」王熾思索著，看見前面的溪水附近有好多小孩兒，有了主意：「咱先到那兒玩玩兒，說不定跟咱的人就會走。」

「好吧。」

二人來到溪水邊。這裏有好多男孩子都光著屁股游水，岸上有幾個女孩子在放風箏，其中一個是李蓮芸。

王熾放下柴禾擔子，脫著衣服，悄悄把銀子裹在衣服裏，下水去摸魚。

李西來脫得光光的，一邊下水對李蓮芸說：「小蓮芸！你那根線牽的是誰家呀？可牽住嘍，別讓你那當家的跑啦！」

李蓮芸朝他聳一下鼻子：「你管呢！反正不會是你。」

李西來光著屁股下了溪水，拍著手有節奏地說：「春天到了春風吹，吹得風箏高高飛，小媳婦拉緊風箏的線，告訴我你的男人他是誰！」

李蓮芸鬆開了風箏的線，跑向溪水邊，叫著：「你敢胡說，看我不撕爛你的嘴！」

李西來在水裏向李蓮芸潑水。李蓮芸站住了，撿起石塊向李西來打去，卻被李西來用手接住，晃動著氣她：「再來、再來！這是不是拋綵球啊？」

李蓮芸又打，不是打偏了，就是被李西來接住，氣得用力直跺腳，看著王熾叫著：「四兒哥，替我打他！打他……」

王熾眞的在李西來屁股上拍了一下。

李西來轉過身向他擊水：「讓你向著她！她是你媳婦啊？」

李蓮芸看著王熾也擊水，拍著手笑道：「好、好啊——」

王熾忽然伏下身子，當猛地站直了之後雙手已抓著一條大鯽魚。這使李蓮芸和好多孩子都發出了歡呼。

這時有一個俊俏的女孩兒到了岸邊。她從老遠就看著這裏的人們，見王熾抓到魚後眼睛睜得更大，滿臉是驚喜、嬌媚的笑容。

「四兒哥！把魚給我。」李西來衝上去搶魚。王熾向岸上撇去，落在正路過這個女孩兒的腳下。她站住了，看一眼腳下的魚，和王熾對視著，在心裏說：「這個『四兒哥』是誰家的？」

李蓮芸目光隨著魚落在女孩兒的臉上，見她呆呆看著王熾，拉下了臉，叫著：「還不走，想要魚啊？」

那個女孩兒看了李蓮芸一眼，笑了笑，繼續向前走去。

「這是誰家的？怎麼沒見過？」王熾看著那個女孩兒問。

「是竹園鎮的，你家西院兒老阿婆的親戚，名叫張春娥。」一個男孩子說。

李蓮芸折了一根柳樹條把魚拴上腮，又看著王熾：「四兒哥，再摸魚呀！」

李西來卻說：「四兒哥！咱倆比賽『住龍宮』，敢嗎？」

其他孩子嗷嗷叫著：「比賽『住龍宮』……」

王熾說：「好吧！」

隨著李蓮芸的小手一落，王熾、李西來用力吸一口氣，潛入水中，水面冒起一簇水渦，很快便恢復了平靜。

在其他孩子叫喊聲中，李蓮芸一邊編著花環一邊數著數：「……二十三、二十四、二十五……四十三、四十四……」

李西來猛地冒出了頭，正站在李蓮芸的面前，叫了聲：「嗨！」

李蓮芸並沒看他，仍然數著數，忽然不數了，手也不再編花環，神情緊張地看著水中的王熾：「怎麼還不上來？」

王熾終於在水中站起了身子，一把抹去臉上的水，深深呼吸著。

好多孩子都拍著手叫著：「四兒哥第一！四兒哥第一！」

王熾忽然想起買藥的事，拉著李西來上岸去取衣穿著，目光射向附近的林子。他忘了那塊銀子，抓起衣服時銀子掉在了地上，好在李西來在看著李蓮芸，別人也沒注意。他趕緊用腳踩住，穿著衣服，趁著沒人注意時彎下腰，又把銀子揣進懷裏。

李蓮芸把用五顏六色的花兒編成的花環套在王熾的脖子上，說：「四兒哥，還是你厲害。」

李西來上去奪過花環，戴在了自己的脖子上，看著李蓮芸倒背著手得意洋洋地來回走著：「我是讓著四兒哥的，第一本該是我。謝謝你蓮芸啦！」

李蓮芸瞪著李西來，抬起手指刮著自己的臉：「沒羞、沒羞！」

李西來卻仰面大笑。

在溪水裏玩兒時，王熾多次去看附近的樹林等處，並未發現有人監視，沒讓李西來再跟著，獨自奔向虹溪鎮。

他賣了柴禾，左顧右盼著來到唯一的一家藥鋪前面。

突然，街道上的人們向兩邊躲閃，一群蓬頭垢面的難民衝了過來。他們伸手搶掠著路邊的小吃攤，所到之處，一片狼藉。

王熾被衝來的難民擠到牆角，身旁是剛才還在賣米線的老漢。老漢衝著難民們大罵：「你們見什麼搶什麼，還有沒有王法？」

一個難民一邊往嘴裏塞著米線，一邊喊道：「王法？北邊兒是長毛子鬧事，南邊兒是洋毛子殺人，老百姓沒活路了，還要什麼王法？」

老漢痛心疾首地叫著：「這世道……作孽的世道哇──」

王熾摸了摸懷裏的銀子，走進藥鋪。

「掌櫃的，買治腰疼的藥三服，外加三瓶白藥。」王熾說著把銀子放在和他眉毛一樣高的櫃檯上。

「好咧！」店主應著，回去抓藥。

王熾警惕地回過頭去看店門。

店主把三包草藥和三小瓶雲南白藥拿來了，連同找回的銀錢，都遞給王熾。

王熾接過藥剛轉過身，只見門開了，從外面走進來了面帶冷笑的姜庚，王熾頓時心一沈，抱緊藥包看著他。

姜庚問：「四兒，你怎麼來這兒了？」

王熾和他對視著，冷冷地說：「看不出來嗎？」

姜庚點點頭：「看出來了！是給那個騎紅馬的人買的，對吧？爲什麼要給他治傷？」

「他說，我給他買了這藥，就把那匹火龍給我。」

「噢！是爲了這個。可你該知道，他是我們十八寨的仇人，今天早晨還要來平了我們十八寨。虧得有我，把他們滅了，全寨的人包括你和你娘，才能活到現在！」

「這都怪你！你說，你爲什麼要害他們父子？」王熾指點著姜庚叫道。

「我！我害了他們父子？」姜庚說著大笑起來。

「這是你扎傷趙寨主的梅花鏢！和死去的老寨主身上的一樣。」王熾說著從腰間取出梅花鏢，一把拍在櫃檯上。

「四弟！」姜庚嚴肅起來，「這樣的話，可不能亂講，讓鄉民們聽了，會以爲你是私通匪徒，誣陷忠良。」

店主在旁邊說：「是啊、是啊！這樣的話是不能亂說。再說，你們又是表兄弟……」

王熾把目光轉向店主：「你知道什麼？也跟著瞎摻和！這梅花鏢就是證據！」

姜庚趁機把梅花鏢抓在手中藏進腰裏，說：「哪裡有什麼梅花鏢？」

王熾跳了一下去看櫃檯，眞的不見了梅花鏢，看著姜庚明白了：「一定是你藏起來了！」

姜庚笑著說：「你可別誣賴好人啊！我不跟你小孩子一般見識。」

王熾盯著姜庚轉身離去，姜庚在他出了屋後，緩緩走了出去。

王熾猜出姜庚一定帶人就在後面跟著自己，沒敢上山去見趙雲海，直接回了家。他先把治傷的藥藏在院中的柴禾堆裏，而後拿著藥進了屋。

王母已做好了午飯，見他興沖沖舉著手中的藥包，也笑了：「眞買回藥啦！」

王熾把藥包放在旁邊的菜板上，從口袋掏出買藥剩下的碎銀：「娘看！」

王母瞪大眼睛看著銀子：「哪兒來的？」

王熾很得意地說：「這擔柴禾賣了個好價！」

王母教訓著兒子：「柴是外邊兒山上長的，咱只不過賣點兒力氣，可不能讓人家花冤枉錢啊！」

王熾笑笑：「我知道。吃飯吧！」

母子倆坐在了炕上，吃著午飯。

王母仍在教育著兒子：「常言道：『爲人寬，福無邊；爲人奸，禍相連。』可不要以爲眼下占了別人的便宜就那麼好，日子長了總有一天會倒大楣的！」

王熾埋頭吃飯，應了一聲：「知道。」

王母放下碗筷，又說：「早年間，咱們王家祖居江蘇的應天府，到你爺爺的時候來到雲南，你爺爺是守禦十八寨百戶所的指揮使，創下了家業。但是他老人家教育後代：『守禦，守禦，旨在讓雲南樂業安居，絕不允許王家門兒的人仗勢欺人，以巧取利。』也許你爹他正是因爲家教很嚴，才嚴於律己，寬厚待人，即使家業敗落也絕不違背祖訓。四兒，你也要這樣啊！」

「哎！」王熾痛快地答應著，忽然抬起頭問：「娘！好人就一定很窮嗎？」

「不、不！」王母連連晃著頭說，「你外公和你祖父都很有錢。就因爲你舅舅和你爹清高自負，認爲萬般皆下品唯有讀書高，才落個功名未就，反倒把家業敗了。沒想到，你舅的兒子姜庚會走上了邪路，殺人劫貨，作惡多端。四兒，娘要你君子好財取之有道！既懂事理，又會掙錢。只是……人富了以後，要做到爲富不貪不奸，爲富不奢不傲，不爲富不仁，也不是件容易的事。」

王熾認眞聽著，凝眸自語：「我長大了就要做這樣的人，讓咱們王家再富起來。」

王母抬起頭吃驚地看著他：「兒呀，你眞這麼想的？」

王熾用力點點頭。

王母眼睛濕了，撩起衣襟擦著淚：「四兒，要眞能這樣，娘就是再苦、再難，也不冤了。」

王熾快速吃下碗裏的飯，站起身說：「娘，我這就去把多要人家的錢送回去！然後去打柴，讓咱家的柴禾摞得高高的，賣多多的錢！」

王母笑著說：「去吧！」

王熾出了屋，從柴禾堆裏取出給趙雲海的藥，到了門口順著門縫向外一看，見到附近有鄉丁在監視，忙轉過身：「壞了！可如何上山？」

他又把藥包藏進柴堆，順著房前的梯子爬上屋頂，見街上的鄉丁在看著自己，伸了個懶腰，向後倒去。躺下後，他爬向後面，見沒有人在這裏監視，順著這裏的梯子下去，跑向李西來的家。

還沒到李西來的家，他便遇到了李西來……

王熾和李西來分手，又從後面上了房，從前面下來，戴上大草帽，拿起扁擔、斧頭和繩子，從柴堆裏取出藥放進一個布袋，上面放了些吃的，走了出去。

密林裏，王熾哼著小曲向前走去。

姜三帶著三個人在後面尾隨著，忽見王熾站住了，以爲被發現，趕忙把身子隱在大樹後。當他慢慢探出頭時，已不見了王熾。

「娘的！鑽進地縫兒啦？」姜三輕聲罵道，帶人四處尋找。

就在他急得像個沒頭的蒼蠅亂走時，忽然又聽到了小曲的聲音，忙追了過去。

很快，姜三再次看到了戴著大草帽、扛著扁擔、拎著斧子的王熾，繼續跟蹤著。

王熾停在了溪水邊，脫光衣服下了水，潛入水中。

過了好一會兒，王熾也沒浮出水面。

怎麼回事？姜三暗急，跑到了溪水前，哪裡有王熾？他把人分成了兩部分，分頭沿著溪水去找。

「在這兒！」姜三終於看到，水中的王熾嘴裏叼著蘆管正在向前爬著。他跳進水裏拔下了蘆管，叫著：「出來！」

水中的人站起身來，抹著臉上的水。

「啊？」姜三大叫一聲，眼睛瞪得好大：「你……你……」

站在姜三面前的是李西來。他笑嘻嘻地說：「再過一會兒，我準能摸到一條大魚！」

姜三一腳把他踢倒了，吼道：「王四兒哪？」

李西來很認真地說：「我哪兒知道啊？你憑什麼打人？壞蛋！」

「狸貓換太子！」姜三明白了，把手伸進嘴裏，發出一聲狼嚎般的叫聲。

窯底洞裏，王熾已經爲趙雲海又上了野薄荷，並且給他服下雲南白藥。

趙雲海大口吃著王熾帶來的飯糰子，又喝了幾口水，覺得渾身有了力氣，傷口也不那麼痛了。他抹了一把嘴，看著王熾，問：「沒人打聽過我？」

王熾點點頭。

趙雲海打了一聲口哨，火龍跑進來。

王熾看著火龍，眼睛一眨不眨。

趙雲海說：「謝謝你小恩人！有了這些藥和吃的，我很快就能回去了。你不是喜歡這匹馬嗎？你可以牽走了。但你要記著，馬通人性，只有你對牠好，牠才能聽你的。」

王熾目光移向趙雲海，搖了搖頭：「我不能要這火龍！」

趙雲海怔了一下：「你不喜歡牠？」

「怎麼不喜歡？我做夢都想著牠！」

「這不結了。火龍歸你了！」

「可我娘說了，不義之財不可取。」

「不義之財？你以爲這馬是我搶來的？還是因爲我……像姜庚說的是占山爲王的匪頭，嫌我心黑手髒？哼！你知道嗎？這匹馬是我看著出生的，也是我一口口餵大的。如果不是有言在先，我寧可殺了你滅口，也不會捨得出牠！」趙雲海惡狠狠說道，低下了頭，頓了一下，緩和了口氣：「快牽走牠，趁著我還沒改變主意。」

王熾上前摸著火龍的長鬃，遲疑著：「可是……我怎麼跟娘說呢？」

趙雲海抓起一小塊石頭拋去，正中馬耳。火龍驚叫一聲，看著趙雲海。王熾看到，馬耳被擊中處流出了鮮血。他忙用手捂著，扭過臉怒視著趙雲海罵道：「牠又沒有錯，你怎麼可以打牠？」

趙雲海笑了一下，轉而又恢復了兇狠，站起身來，抽出了腰刀；「我趙雲海吐出的唾沫都是釘，說過的話沒有改變的。這火龍已經不是我的，你若不要，我便宰了牠！以免落在別人……姜庚的手裏，助他去做惡。」

王熾張開雙臂護著馬：「不、不要！你這個匪頭……」

趙雲海抖著手中的刀說：「一句話，瞧得起我，連人帶馬趕緊下山。要是有半點兒含糊，可別怪我翻臉不認人！」

突然，火龍回過頭望著洞口，兩耳豎起，隨即向外跑去。

王熾、趙雲海看著牠，只見牠回過頭叫了一聲。

「有人來了！」趙雲海說著拉著王熾的手跑向洞口。

果然，遠處傳來李西來的哭叫聲：「四兒哥——你在哪兒？快出來吧！交出姓趙的，不然我就沒命啦！」

王熾剛要喊話，嘴被趙雲海捂住。

「你要幹什麼？」

「我做的事，我頂著，讓他們放了西來！」

「不行！」

「你放開我！西來知道你我在窯底洞，卻沒有直接帶著姜庚他們到這兒來，你知道嗎？我不要你的火龍，讓我去替他！」

「你再說話我就宰了你！包括那個……什麼『西來』，咱們誰也活不成。」趙雲海低聲說著把刀舉起來抖了抖，拉著王熾向山上攀去。

火龍跟在二人身後，在陡峭的山路上艱難地行進。

山下還有李西來的哭叫聲。王熾又哀求道：「趙大哥！讓我去見姜庚吧，他便不會再折磨西來了。」

趙雲海還是叫了聲「走」，沒鬆開拉著他的手。

王熾掙著手，腳下一滑，蹬下了一塊石頭。

這塊石頭順著山坡滾了下去，一直到溪水裏才停住。在它滾到半山腰時，被等候在這裏的姜庚聽到了聲音。他抬眼向上看了看，猛地一拍大腿：「嗨！怎麼就沒想到窯底洞哪？」

姜庚帶著衆鄉丁悄悄來到窯底洞前面。他看著裏面一伸手，有人把一大包炮藥放在他手上。他用火鐮打著火絨燃起火撚兒，猛地向洞裏扔去。

「轟——」一聲巨響，濃煙從洞口瀰漫而出。

「四兒哥——」李西來在遠處絕望地哭叫著，倒在地上。

王熾聽到了李西來的叫聲，回過頭，見火龍跟在身後。

五

「嘶——」火龍振鬣長嘶。

王熾和李西來看看火龍，相互對視一下，都從十年前回到現實中來。

「姜庚在這兒不定殺過多少人了！趙大哥的父親肯定是其中的一個。」李西來說。

「沒錯！」王熾說，「那次，他說我是小孩子，又沒了梅花鏢作證，硬把我倆說成是胡說八道的人！哼，今天，他還把咱村兒的那個鄉丁丁老七也殺了，還怎麼說？走，去告訴老寨主，老寨主一定饒不了他！」

「走！」

姜庚垂頭喪氣地回到家，見梁紅女正逗著兩歲的兒子小勝武玩兒，一屁股坐在了床邊。

「怎麼，沒得手？」梁紅女問，隨即說道：「也好！我早就不贊成你再幹這個了。」

「娘的！」姜庚躺下了，罵了一聲。

「對方人多呀？」梁紅女問。

「只四個，全讓我宰了。」

「哦？」梁紅女愣了一下，「那是誰沒讓你順手？」

「四兒！」

「四兒？」

「這小子就是能誤我的事兒！看來，有他在，我這輩子也別想順手了。他娘的！怎麼回事兒呢？他就是跟我過不去！」

梁紅女大驚：「你也要跟他過不去？他是你姑姑的兒子……」

姜庚「騰」地坐起身：「他若念親情，也不會總壞我的事兒！」

小勝武被姜庚嚇哭了，被母親摟在懷裏，用奶頭堵住了嘴。

姜庚把今天的情況告訴了妻子，而後說：「對這小王八羔子，不下狠心不行！你快去他家看看，看他在不在家，若在家先穩住他，我自有辦法。」

姜庚說著，站起身走了出去。

梁紅女想了片刻，嘆一口氣，抱著小勝武也離開了家。

姜庚快步走進寨主堂屋，拱手施禮，說：「寨主大人，趙家寨的人真他娘的不像話，又欺負到您頭上來了！」

老寨主盯著他：「趙家寨？」

姜庚用力點點頭：「是的！丁老七看見趙家寨的人潛入咱們十八寨，想刺探虛實。我帶著姜三隨著丁老七前去，和那人交起手。那傢伙身手不凡，將丁老七殺了而後逃走。丁老七告訴我，是王熾帶著他來到後山的。」

老寨主「哦」了一聲，捋著雪白的稀疏的山羊鬍子：「是你的表弟四兒做的引子？」

姜庚說：「是的！但我身爲鄉團首領，不能以私廢公，必須大義滅親。十年前，也是這個王熾救走了趙雲海！」

外面傳來哭叫聲。

老寨主問：「怎麼回事？來人！」

一名家人進來：「老寨主，是丁老七的婆娘和家人在哭。」

姜庚向外面喊道：「姜三！拖進來。」

姜三將丁老七的屍體拖了進來，丁老七的老婆、孩子和幾名鄉丁都在哭著。

寨主看著丁老七被血染紅的衣服，憤怒地說：「他趙家寨眞是欺人太甚！」

姜庚看著他說：「我敢肯定，趙家寨派來的人就在王熾家！如不搜出此人，還會傷害其他無辜！」

寨主吩咐：「你馬上帶人去搜！」

姜庚響亮地應了聲：「是！」

梁紅女抱著小勝武進了王熾家院門，見王母在院裏編竹簍。她笑著打招呼：「哎呀二姑！小勝武來看您來啦。去，叫二姑奶奶！」

小勝武雙手捧著一把芭蕉晃著身子跑到王母跟前，稚聲稚氣地叫著：「二姑奶奶！」

「哎！」王母看著笑著應道，抱住小勝武親了一口。

「哎？我四弟去哪兒了？」梁紅女問。

「他能去哪兒？一大早就騎火龍出去了。」

「還沒回來嗎？」

「嗯。」

「這小子可夠淘氣的！可別作出什麼事兒來。我聽你侄兒說，最近外面亂得很，您可要看著點四兒，小心被壞人利用了……」

王熾與李西來已渾身濕透，在家門前下了馬，剛要進院，正聽到梁紅女的聲音，趕忙停住腳步。王熾回過頭，一拉李西來的胳膊，繞到房後，順著梯子上了屋頂，向房下偷看著。

梁紅女還在說著：「我知道，您看不上您侄兒，但不管怎麼說，咱們總是親戚，胳膊肘不能往外拐，二姑您說是不是？」

王母已經沉下臉，聲音也變了：「誰好誰壞，我兒子心裏明白。」

梁紅女見王母放下竹簍進了屋子，一臉尷尬，轉身離去。

王熾讓李西來在房上注意外面的動靜，從屋頂跳下來，進了屋。

王母看著兒子：「四兒，是不是又出了什麼事兒啦？」

王熾憤憤地說：「娘！姜庚今天殺人劫財的前前後後，我和西來可看得一清二楚！我現在就去寨主那兒告他！」

王母臉上流露出驚恐的神色，立即阻止他：「不行！十年前，你人贓俱獲都告不倒他，今天你沒有證據，光靠嘴說，誰敢信？也許，他早已惡人先告狀，那你可就渾身是嘴也說不清了。」

王熾焦急地說：「那……就這麼便宜了他？」

外面伏在屋頂上的李西來忽然看見從寨主院裏走出姜庚的一隊人馬，正氣勢洶洶向這邊跑來，便忙跳了下來，破門而入。

「快！姜庚帶著鄉丁往這邊來了！」李西來叫道。

「果然是這樣。四兒，你們快躲一躲！」王母趕緊說。

「我去找寨主！」王熾倔強地說。

王母厲聲說：「聽娘的話！躲出寨子已經來不及，你倆就上北煙樓！」

王熾急出了眼淚：「娘！」

王母打了他一巴掌：「快去！走！」

李西來看著王母，問：「乾娘！上煙樓還回來嗎？」

王母說：「回來，那姜庚能饒過你們嗎？」

李西來跑到臨牆的櫃子前，打開櫃門，從裏面取出個乾枯的花環。

王母叫了聲「快走」，拉起王熾和李西來出了屋，讓二人上了房，從房後跑向北煙樓。

聽到他倆從後面下了梯子的聲音，王母坐在了凳子上，繼續編著竹簍。

院門被鄉丁們踹開。姜三帶人闖了進來，立即圍上了王母。

姜庚對王母作揖，微笑著說：「二姑，我是奉命來找四弟的。有人告他殺了人，我不得不帶他去見寨主，到那兒說個清楚。侄兒我是爲了全寨的安全，多有得罪了。搜！」

隨著姜庚的叫聲，鄉丁們在姜三的帶領下，在院內、屋內、屋頂各處搜查。

王母旁若無人，頭也沒抬，仍然平靜地編竹簍。

衆人沒有搜到王熾。

「跑了？還能跑出我如來佛的手心兒？」姜庚面露冷笑，又向王母拱拱手，說：「二姑，他回來了，還是讓他主動去一趟寨主大人那兒爲好。」然後轉過身，向衆人一揮手：「走！」

王母繼續編著竹簍，過了好一會兒，站起身到門口向外看看，並沒看到有監視的人。她返回院子，順著梯子爬上屋頂四處看著。

寨裏已恢復了平靜。她打定了主意，從屋頂上拾起一捆煙葉子。

王母下了房，來到院門前，又向外看看，挾著煙葉走出去。她看看左右無人，輕手輕腳地往北煙樓走去。在她身後不遠處的牆角後面，姜三對鄉丁悄聲地說：「快去告訴姜團總，老太太出門了。」說完，他迅速閃身出來，跟蹤著王母。

王母發現了姜三，一拐彎走上另一條巷道。

後面的姜三失去目標。他急忙四處尋找，終於又看見了王母的背影，急閃躲在牆角。

王母來到北煙樓下警惕地察看，見四周無人，夾著煙葉上了木梯，剛登上三格就看見遠處從牆角閃出了姜三。她慌忙停住，略一思索，轉身走下木梯，一邊下一邊輕聲對煙樓裏叮嚀著：「四兒，你們別出來，我不叫你們千萬別出來！」

王母正要往回走，發現遠處姜庚帶人正往這邊奔來。她立刻止步，進退兩難，回頭看看煙樓。她明白了，自己的行蹤已被他們注意，煙樓已成爲姜庚搜索的目標！爲了打消對方的懷疑，爲了轉移對方的注意力，她毅然決然地回頭拿起火鐮，打著火，點燃了灶口的乾柴！立刻，灶裏烈火熊熊，濃煙滾滾。

一股濃煙撲來！煙樓裏的李西來跳起來剛要咳嗽，被王熾捂住嘴巴。

外面，姜庚大搖大擺，距離王母越來越近。

姜三猶猶豫豫，帶人漸漸圍上來。

煙樓裏的王熾和李西來被嗆得喘不上氣，緊捂住嘴，不敢咳嗽，憋得直流眼淚……

王母含著眼淚添柴，在心裏說著：「四兒，挺住！聽娘的話，一定要挺住啊！挺住！」

腳步聲越來越近。王母猛地把眼淚抹去，將一大把柴禾塞進灶口，「霍」地站起身回過頭，憤憤地向姜庚走去。

姜庚盯著她和自己擦肩而過，見她朝著家的方向走去。他又看看煙樓上的洞口往外冒著一股股的濃煙，毫不懷疑地轉身從後面追問王母。

「哎呀，二姑，您老這麼大歲數了，這燻煙葉子的事應該讓四弟來做嘛！」姜庚到了王母身後，很親熱地說。

王母像沒聽到一樣，大步前行。

姜庚走在她身旁，仍然喋喋不休地說：「唉——眞沒想到，四弟會做出這樣的事來。也怪我，平時沒帶好他，讓他做事……」

「滾！你們都給我滾開……」王母到了家門口，突然叫道，「噹」地關上了院門。

姜三欲衝進去，姜庚攔住他，悄聲說：「看好了她！」

一輪殘月照亮了沉睡中的十八寨。

王母拎著小包袱爬上木梯，來到北煙樓上，她看看四周無人，輕聲地呼叫著：「四兒！西來！」

王熾和李西來醒來，一個叫著「娘」，一個叫「乾娘」，拉住王母的手。

王母眼裏流著淚小聲說：「十八寨，你們不能待了。你們這就走，走得越遠越好！都是姜庚這個惡魔逼的呀！四兒，娘知道，你受了委屈，受了冤枉……你就是走到天邊都記著：咱不學他！你給娘記住了，做什麼別做壞事，沒什麼別沒志氣。娘一生最見不得的就是爭勇好鬥！四兒，咱寧可吃虧，不與世爭，寧可忍讓，不與人奪！無論做什麼事，先要想想自己是誰？娘就你這麼一個兒，你不能給咱王家丟臉哪！」

王熾說：「娘，孩兒記住了。」

王母將手中的布包遞給王熾，說：「這裏面有些珠寶、首飾和銀票，是我們王家幾輩子傳下來的，還有你爹臨終前留下的兩本書，現在都交給你。娘要你從今天起去跑馬幫，做生意，去自立！」

王母看著李西來，又說：「西來和你從小長大，親爹親娘都沒了，就讓他跟你一塊兒去吧，也好有個照應。」

王熾吃驚地叫著：「娘……」

李西來哭著說：「乾娘，我聽您的。」

王熾撲進娘的懷裏：「娘……」

王母摟住兒子，淚如雨下，哽咽著說：「在外面……會很難。記著，害人之心不可有，防人之心不可無……」

此時，姜庚正帶著幾名鄉丁來到王熾的家門前。他用燈籠一照，見姜三已經睡著，一腳把他踹醒，小聲問：「有什麼情況？」

姜三忙說：「沒有、沒有。」

姜庚聽聽裏面沒有動靜，一把推開院門進院，片刻他又走出來，上前打了姜三一個嘴巴，罵道：「連個老東西都看不住，純粹是個廢物！」

他轉念一想，突然回身命令：「包圍北煙樓！」

北煙樓裏的王母還在叮囑著：「你倆都給娘記著，腰纏萬貫，不如家裏有店。光靠從土裏刨食吃，過不上好日子。四兒，你給我記住了，無論走到哪兒，無論做什麼事，你先給娘做人！」

王熾說：「兒記住了！」

王母又說：「娘還要讓你記住，無論到什麼時候，都要做有德行的商人。」

樓外突然傳來喊聲：「抓王熾啊！別讓他跑了！」

三人打開門望去，只見從各條巷子裏衝過手舉火把的鄉丁！他們邊喊邊向這邊衝來！

王母厲聲說：「你們快走吧！」

王熾、李西來再一次跪地告別：「娘，乾娘……」

王母熱淚盈眶扶起他倆。王熾、李西來已淚流滿面……

四面八方圍上來的鄉丁越來越近，姜庚大喊：「抓住王熾！不能再讓他跑了！」

李西來著急地看著王熾：「四兒哥，怎麼走？」

王熾突然吹響了口哨，遠處立即傳來一聲馬的嘶鳴！

火龍從隱蔽處衝出，揚起四蹄，疾馳過來，牠所到之處，鄉丁無不讓路！

李西來驚喜地叫道：「火龍！」

「娘，保重——」王熾高喊著，與李西來同時縱身一躍，跳上馬背。

火龍馱著王熾和李西來，衝散鄉丁的阻擋，穿過幾條小巷，終於衝出寨門，消失在夜幕之中……

王母在煙樓上向遠處眺望，雙手合併，閉目祈禱。

姜三氣沖沖地來到姜庚面前：「大哥，追吧！」

2 初試險惡

一

王熾和頭戴著乾枯花環的李西來來到竹園鎮的貿易集市，都很奇怪：聽說這裏是好多路馬幫的聚散之地，怎麼會冷冷清清？

二人終於看到，在一口水井的井邊，由十幾個腳夫組成的隊伍正在歇腳，他們有的靠在一人多高的貨擔搧著風，有的用帽子舀水喝，身後是滿載的貨擔。

緊挨著腳夫的是一夥幫工，他們四、五個人圍坐著大口地吸水煙。

一隊馬幫進了集市，有十幾匹馬和幾個馱夫。正在吸水煙的幫工立刻扔下水煙袋，跑去卸貨。

這隊馬幫的頭兒大喊：「孫幫主！哪位是孫鍋頭？」

從另一側跑出個五十多歲的人：「哎呀，你們怎麼才到？我們老闆說了，過了約定時間，這貨他不要了！」

馬幫的頭說：「這怎麼行呢？只耽擱了一天嘛！」

馬幫和收貨的人爭吵起來……

正在歇息的腳夫們由頭兒一聲令下，挑起貨擔動身了，只見兩排「貨擔」整齊地向遠處顛簸著走去。

王熾把火龍拴在馬樁上，李西來蹲在了一個角落處。兩個人看著眼前的一切，既興奮又好奇。

一個馬幫模樣的人走來，看了看火龍：「喂，你這馬不錯呀，賣嗎？」

李西來一擺手：「你看我像賣馬的嗎？」

那人走開了。李西來見王熾過來，問：「四哥，咱們怎麼幹？」

王熾撓撓頭：「再等等。」

李西來：「還等？找了好幾個地方了，還這麼等下去？」

王熾拿出口袋裏的白麵餅，掰了一半給李西來，二人邊吃邊注視集市上的動靜。

王熾說：「我大致弄清楚了，這各路馬幫販的貨都不一樣，往南去多是絲綢和調料，往西去的大都是煙葉或魚，還有些什麼沒看清，這往東去的馬幫不多，也不知販的是什麼。」

李西來說：「那我們往哪去？」

王熾說：「這我還沒想好。走，咱們邊看邊琢磨。」

很快，二人來到了集市的另一角，看到一個馬幫的人們正在上貨，一馱馱的貨架上了馬背。

有個老年人迎面走來，與馬幫中的一個看上去年約三十六、七，身材高大的人打著招呼：「曾麼把！你這馬幫買賣好興隆啊。」

曾麼把笑著說：「有人給本鍋頭算過了命，近來要發大財！到時候，忘不了你老哥，怎麼的也得請你喝上一樽！」

老年人連聲說著「好」離去了。

王熾、李西來走了過去。

王熾拱著手問道：「這位大哥，您的馬幫去哪兒啊？」

曾麼把上下打量著王熾，一臉和善憨厚的樣子開著玩笑：「不遠，向北進京城，貨送金鑾殿。二位是提水呀還是潑水？」

王熾、李西來沒弄懂這話什麼意思，互相看看，一時語塞。

旁邊一個年輕的夥計解釋道：「是剛出道的吧？這是行話，提水就是要進貨，潑水就是要出貨。」

王熾明白了，笑笑：「我們都不是。」

王熾想了想，說：「我懂了，你是問我們跟你同路不同路，對嗎？」

曾麼把問：「那是想順水搭？」

曾麼把點點頭：「意思差不多。有馬嗎？」

李西來應道：「有，在那邊。」

王熾忙偷偷捅了李西來一下，說：「我們到那邊看看。」

李西來莫名其妙地被王熾拉走了，嘴裏問：「四兒哥你忙的什麼？」

王熾沒有說話，和李西來回到拴火龍的地方，凝眸沉思著。

李西來說：「四兒哥，咱又不提水，又不潑水，那咱們順風搭還不行嗎？」

王熾瞪了他一眼：「你胡說些什麼呀？咱誰也不認識，知道他是好人還是壞人？還是穩著點好。」

李西來說：「我看那個曾鍋頭不像個壞人。」

王熾說：「好壞可不是寫在臉上的。」

李西來問：「那你說怎麼辦，也不能總這麼光看吧？」

曾麼把搧著大蒲扇走過來，在王熾、李西來身前停住，說：「二位兄弟，我看你們不像是混水的。想撈水，容易！」

王熾拱拱手：「小弟不大明白，求大哥指教。」

曾麼把繞著火龍走了一圈：「嗯，好馬，果然是好馬。把這匹馬租給我，怎麼樣？你二位不用本錢，不用進貨，一匹馬只這麼一去一回就有這個數賺。」

曾麼把說著把手一伸，張開兩個指頭。

李西來驚喜地說：「二十兩？一匹馬二十兩，要是多幾匹……」

曾麼把笑了幾聲，說：「小兄弟，這可是淨賺不賠的事兒，你打聽打聽，誰家有這個價？要不是我這次進貨多，我也不想租馬呀。只是……可惜你們只有一匹！」

王熾說：「讓我再算算。」

這時，一個年輕人拉著六匹馬過來。

「曾大哥！我到處找你！這次怎麼不用我的馬了？怎麼，有人搶我的生意啊？」那個人瞪著王熾、李西來說。

「馮驢兒你看，這位小兄弟可是先來的。」曾麼把說。

馮驢兒向王熾、李西來懇求著：「二位小兄弟，為了等曾大哥，我錯過好幾撥了，你看，能不能……」

李西來忙說：「這怎麼行？我們都說好了。是吧？大哥。」

曾麼把連連點頭：「是啊是啊。」

馮驢兒仍不死心：「曾哥，咱們是老搭擋了，這次您用我的馬，只收您八成！」

曾麼把有了興趣：「八成？讓我算算。」

李西來叫道：「曾鍋頭！還算什麼吶？用我們的馬，您就是多花些銀子也值啊！」

王熾也急了，對曾麼把說：「好。大哥，您再讓點兒，咱們成交！不過，用我的馬，你得先付一半兒！」

曾麼把大笑了幾聲，說：「哈！眞看不出啊，小兄弟哪像個剛出道的，眞正的行家裏手哇！跟我幹，你可要發水啦！一會兒把馬牽過來吧！」

馮驢兒追著曾麼把叫著：「曾大哥，這樣吧！我這幾匹馬，你也用熟了，乾脆賣給你，錢不錢的好說！」

曾麼把回過頭：「哎呀老兄，你知道，我一向是租馬不買馬的。」

馮驢兒說：「我這馬便宜！」

曾麼把還是搖頭，繼續向前走去：「便宜也不買！」

在他倆爭執的過程中，李西來俯在王熾的耳邊，輕聲說：「這可是機會呀，咱們低價把他的馬買下，然後租給姓曾的，還沒動地方咱就賺了。」

王熾遲疑著：「有這樣的好事？」

李西來說：「要不怎麼說是運氣呢！」

王熾終於點了點頭：「行。咱們買。馬幫馬幫無馬何爲幫？」

李西來拉住馮驢兒的胳膊，問：「你的馬果眞要賣？」

馮驢兒很乾脆地說：「賣！給一百兩銀子，全是你的了。」

曾麼把聽這話，又轉身說道：「哎，我說老弟，這麼便宜，賣給我吧？」

馮驢兒把頭一歪，撇著嘴說：「得了吧曾鍋頭！這位小兄弟先說的。我就是虧死，也不和你作生意！」

曾麼把的一個小夥計來喊：「鍋頭，該上貨了。」

曾麼把忙著走開，王熾追問：「大哥，多租你幾匹，要嗎？」

曾麼把邊走邊回答：「要！可不能超過六匹呀。」

見曾麼把走遠，馮驢兒看著王熾笑著說：「人啊，也說不定什麼時候就能發財！這回，可讓你們二位小兄弟撿個大便宜了。」

王熾從懷裏掏出一個玉手鐲，說：「我沒有現銀。這個行吧？」

馮驢兒接過玉手鐲看成色，說：「再添點碎銀子，牽三匹去吧。」

李西來叫道：「四匹！不然算了。」

馮驢兒看著他笑了：「行啊！還懂得砍價。得了，四匹就四匹。已經賠到家了，就當交個朋友了。日後發了大財，可別見了我裝不認識啊！」

王熾看著他：「那……我們就牽馬了。」

馮驢兒點著頭：「二位小兄弟就是運氣好哇，選吧。」

李西來、王熾選了四匹馬，馮驢兒把剩下的兩匹牽走了。

李西來將買回的馬拴在一起。

王熾抱住火龍的脖子，興奮地說：「火龍，你都看見了吧！這都是你帶來的福氣啊！」

二

一隊馬幫在行進，有十多個人，二十多匹馬。他們的腳下是一片寸草不生、乾旱龜裂的紅土，馬蹄踏上揚起滾滾塵煙。

王熾背誦著：「好善而不善，好仁而不仁，乃人心之用也……」

李西來從後面走近王熾，拉拉他的衣角兒，小聲說：「四哥，你看！」

王熾回頭看見在集市上賣給他們馬的馮驢兒也走在馬幫裏，他疑惑地看了看李西來：「奇怪，他怎麼也在這兒？」

李西來說：「大概和咱一樣，也是個順風搭。曾鍋頭後來也答應了他。」

二人繼續走著……

群山峻嶺，雲環霧繞。

原始密林中，迴盪著馬幫子清脆的馬鈴聲。馬幫緩緩行駛在深不可測的密林中。曾麼把牽馬在前頭。他摘下頭馬的馬鈴，立刻這支馬隊更顯得行蹤詭秘。

王熾拉著火龍走在馬隊中間，他已換了裝；黑色的纏頭和緊束的褲管與其他人沒兩樣。他口中唸唸有詞地背誦：「論其有餘不足，則知貴賤，貴上極則反賤，賤下極則反貴。貴出如糞土，賤取如珠玉……」

「四哥，你唸經一樣，唸了半天，啥意思？」李西來跟在王熾後面問。

「這是《資治通鑑》裏說的，做生意不可以一時論賤貴，要把眼光放遠，看準大行市，才能賺大錢！」

「說得好！」李西來點著頭，而後興奮地對著深山老林高喊：「喂──我們的馬幫來啦──」

群山迴盪著他的回音……

突然從前面傳來一聲馬嘶。頓時，後面的馬跟著驚叫起來，都不敢再前進，馬隊亂了。馬蹄亂踏，許多馱架落下馬來！

「快停下，前面有虎！」曾麼把高喊，拔出腰刀。

趕馬人紛紛停止前進，拔出腰刀和火銃，箭搭上弩，直視前方。

王熾、李西來緊張地看著眾人和前面。

深山裏傳來虎嘯聲。

曾麼把跪在地上祈禱。

王熾和李西來伏在樹後緊張觀望。

「砰！砰！」幾聲槍響……

曾麼把帶領馮驢兒從他側身跑過去：「快，退回去，退回去！」

原先的前隊變成後隊，轉過馬頭後，馬幫匆匆離開此地。

李西來匆忙拉過馬，一頭撞在一個大漢的胸口上。他抬起頭，看到了一副猙獰的面孔。那人拔出腰刀吼道：「驚動了山神，我宰了你！」

王熾急忙阻攔：「這位大哥，我兄弟初來乍到，不明事理，請您饒了他吧。」

大漢「哼」了一聲，吐了一口唾沫：「晦氣！」

李西來看著那人去拉馬，仍然驚魂未定，拉馬疾走。

馬幫的隊伍從原始森林中退了出來，踏上另一條路……

一條急流橫在馬幫腳下，河水湍急，兩邊是懸崖峭壁。馬蹄踏行濺起浪花，人們在齊腰深的河水中淌過，上了對岸，歇了下來。

王熾和李西來渾身已經濕透，在淺灘上躺著喘息。其他人有的裸著上身，正在擰乾濕衣，有的躺在卵石上曬太陽。

李西來吐著口水：「呸！呸！這他娘哪是人幹的活！」

王熾扶李西來幫他擦去臉上的水珠，忽聽後面傳來火龍的嘶叫聲。

王熾回過頭，只見剛才李西來撞的那個大漢甩著鞭子狠狠抽打火龍。他急忙跑過去，奪下手下人的鞭子，怒斥道：「不許你打牠！」

「你敢奪我的鞭子？小兔崽子你是活膩煩了！」大漢指點著王熾叫罵著，一把抓住他的胳膊，去搶鞭子。

李西來急了，撲上去幫著王熾。另有兩個曾麼把的人上前幫著大漢，而馮驢兒過來幫著王熾、李西來。幾個人打在了一塊兒。

曾麼把從遠處衝過來：「幹什麼？找死啊？」

幾個人這才鬆開了王熾、李西來。

曾麼把又喊道：「走！快點拉馬，今晚必須趕到虎跳嶺！」

王熾、李西來滿臉是傷，心疼地拉著火龍向前移動……

深山裏夜靜得怕人，不時傳來幾聲狼叫。

曾麼把決定在這裏過夜。有人燃起了篝火，馬背上的馱架子都被卸了下來，圍放在篝火四周，馬在附近三五成堆吃著草。

曾麼把和馮驢兒在用竹筒喝酒，一個手下在哼著彝族小調，另一個斜躺在地上吹口胡，歌樂相配，發出婉轉淒涼的聲音。

頭上有傷的王熾和李西來靠在一副馱架上，李西來低頭擺弄著那個「花環」。王熾望了一會兒黑沉沉的天空，用樹枝在地上寫寫畫畫。

李西來問：「四兒哥，在畫什麼呢？」

王熾說：「我在算，十天二十兩銀子，一百天就是二百兩，一千天就是……」

李西來「哼」了一聲：「照這個樣子，能不能活到明天還不好說呢！敢情這趕馬幫也很不易啊！」

王熾苦笑一下：「天下沒那麼好賺的錢！」

王熾看看李西來手中的「花環」。這還是十年前十八寨村外的溪水裏，他和西來比賽住龍宮，李蓮芸給編的。他猜出李西來在想李蓮芸，用肩膀擠了李西來一下：「哎！蓮芸這姑娘不錯的……」

李西來說：「但不知人家怎麼想呢！」

「以後回了十八寨，我替你說媒。」

「剛出來才幾天，什麼時候賺足了錢，再說吧。」李西來說著將「花環」放進背著的包裹裏，又背在背上。

王熾忽然想到娘，說：「咱們跑了，你說姜庚會不會找咱娘的麻煩？」

李西來說：「娘是他二姑，他敢對娘下手，還在十八寨待不待了？其實，他就是怕咱們把他劫道兒殺人的事說出去。咱們跑了，他就放心了，膽子也便更大了！」

「唉，不定又有哪些人過不了他的鬼門關吶！」王熾嘆著氣說，轉過臉看看曾麼把等人，把嘴貼近李西來的耳朵：「西來你看出沒有，我總覺得這幫人跟姜庚他們差不了多少？」

「啊？」李西來大驚，驚恐地悄聲說：「不會吧？」

戴氈帽的馮驢兒握著竹筒來到他們面前，笑著說：「來，小兄弟，喝點酒吧。」

王熾、李西來趕忙推辭：「我們不會。」

馮驢兒說：「跟了我們馬幫，不會喝酒，算不上眞正馬幫的人。來，喝一口！」

王熾問：「你怎麼也跟來了？」

馮驢兒說：「怎麼，光你賺錢啊？我還剩兩匹馬嘛！」

李西來說：「下午在小河邊，虧得大哥你幫著我倆，不然我倆更得吃虧。」

馮驢兒很得意地說：「他們四、五個人欺負你們倆，太不像話！我這個人就愛路見不平拔刀相助。來，喝點兒酒！」

李西來接過竹筒喝了一口，說：「嗯，不難喝，四兒哥，你也來一口。」

王熾被李西來灌了一口酒，直咳嗽。

顯然藥力發作了，李西來手一鬆，竹筒落地。

王熾也感到頭暈眼花，倒在地上，只聽馮驢兒大笑。他看到曾麼把走了過來，明白了，指點著他倆：「你們……你們是事先串通好的？」

曾麼把說：「嘿嘿！懂啦？就你倆也敢走馬幫？記住，千萬不要相信任何人。」

李西來喝的藥酒多，已經昏迷過去。王熾轉眼去看火龍，哀求著：「曾鍋頭，請……請把……火龍留下，可以嗎？」

曾麼把道了聲：「挺敢想啊！哪匹馬是好是賴我還分不出來？謝謝了小兄弟，但願我們還能後會有期！」

王熾想打一聲口哨止住火龍，卻沒有力氣，眼睜睜看著曾麼把指揮馬幫其他人連拉帶拽、連推帶抬將火龍和其他的馬趕上陡峭的山坡。他看到曾麼把又來到自己的身前，卻不知道他又要幹什麼，昏了過去。

在十八寨姜庚院前通往山後的一條小路上，王母背著捆柴吃力地走來。

姜庚正在自家屋頂上練功，他赤裸上身，嘿嘿呀呀地打了一大套拳，忽然看到王母，「噌——」地從屋頂上跌下，落在王母面前。姜庚上前爲王母卸下背上的柴捆，親熱地說：「二姑，怎麼要您自己去砍柴，快歇歇。」

梁紅女在屋頂上哄著小勝武蹲著拉屎。

梁紅女打了勝武一巴掌：「拉屎也不老實？」

「二姑姥姥。」小勝武揚起小手叫著，從一個精緻的首飾盒裏捏出一顆糖球，叫著：「二姑姥姥吃糖球！」

小勝武咧開嘴哭叫起來。

王母狠狠瞪了梁紅女一眼。

姜庚說：「算起來，四弟出門有十天了吧？」

王母冷冷地說：「我都忘記了，難得你還惦記著。」

姜庚臉上笑容更多：「怎麼能不掛念呢？外面兵荒馬亂的，四弟還小，這要有個三長兩短的，您孤身一人，可怎麼辦哪？」

王母斜他一眼：「不是有你嗎？」

姜庚連連點頭：「對、對，有我！二姑，他要是一時半會兒回不來，您就搬到我這兒來住吧！」

王母拉著長聲說：「不用，我自己還能行。」

屋頂上的小勝武止住哭聲，站起來向前走去。

「又要去哪兒？」梁紅女忙說，一把按住小勝武，用石頭蛋兒爲他擦屁股，之後隨手將石頭蛋兒扔下，在王母跟前的路上滾著。

王母彎下腰剛要去背柴捆，被姜庚一把抓在了手中。

姜庚說：「我給二姑拎去吧！」

「你少在我面前裝人！」王母叫著搶下柴捆，扛在肩上，向家走去。

神情憂鬱的李蓮芸離開了家門，手裏荷葉包著什麼，向王熾家走來。她看到迎面而來背著柴禾的王母進了院子，腳步更慢了，知道王熾還沒回來。

王熾西院門口坐著曬太陽的老阿婆。她看見李蓮芸走來，閉上眼睛裝作睡著了。

王熾家門外擺著兩排的石頭。李蓮芸在上面又放一塊小石子兒，而後把荷葉包著的東西放進院門內，轉身快步回去。

老阿婆看著她的背影，抿著乾癟的嘴笑了。

王母夾著一捆煙葉來到院門，見到荷葉包著什麼，撿起來打開一看，是兩塊芋頭。她出了院門，見只有老阿婆，問：「老阿婆！剛才誰給我送來了芋頭？是您老嗎？」

老阿婆睜開眼睛，笑著說：「是別人關心著你吶！這還不好？」

王母說：「快告訴我是誰！前天一早，院內還有人丟進來有一升米。一定也是這個人！」

老阿婆一指她家門旁的石子兒，笑著說：「四兒不是走了三十一天了嗎？有人惦記著呢！」

王母看了看以前並沒在意的石子兒，剛要再問，見老阿婆已閉上眼睛，只好走向北煙樓。

一縷陽光照射在懸崖上。

王熾和李西來猛然甦醒，才發現二人赤裸上身背對背捆在一起，身居懸崖之巔！彷彿只要稍稍挪動，就會墜入萬丈深淵。

李西來驚恐地說：「四兒哥，咱倆怎麼會在這兒？」

王熾說：「我猜，準是那口酒……」

李西來罵道：「狗日的，暗算我！我宰了你們，殺了你們！火龍！火龍呢？四兒哥，你快打口哨啊！」

王熾說：「早走得老遠了，打口哨能聽到嗎？快想法兒解開繩子。」

二人小心翼翼地緩緩移動，在一塊有稜角的石塊上磨著繩索。

李西來先磨斷了繩索，替王熾解開，問：「你說怎麼辦？」

王熾咬了咬牙：「怎麼辦？追！」

兩個人艱難行走著，不斷地辨別方向。

上坡處，王熾手抓上面的藤條，一手拉李西來上坡。

溪邊，王熾在喝水，李西來從附近山上採來了野果……

在金色的峭壁上，兩個黑影在向上移動。他們是王熾和李西來。王熾雙手緊扣住懸崖的突出部分，而兩隻腳在踩落一塊沙石後蹬空！

李西來閉上眼睛，任沙石落在頭上肩上，穩穩地貼在懸崖不動。

王熾一隻手攀住突石，另一隻手迅速前探，攀住另一塊岩石！而剛剛的那塊突石已經鬆動，連著周圍的沙石一齊下落！

「四兒哥！小心——」李西來叫了一聲，自己腳下卻一滑，呈大字形掛在一塊巨石上，這使巨石漸漸鬆動。

「抓住我的腳——快點兒！」王熾叫著。

巨石鬆動，周圍的沙土紛紛下落。

李西來伸出手卻搆不到王熾的腳。

王熾一抬頭，看見崖頂上的樹根藤條，向下面喊著：「穩住——」又用力伸手，猛地拉住一根藤條。當他撒開另一隻手時，渾身的重量帶著藤條迅速下降，從李西來身邊直向崖底。

「四兒哥——」李西來絕望地叫著，忽見藤條繃緊了不再延伸，王熾雙手抓住藤條，盪在空中。他這才舒了一口氣。

王熾深深吸呼，重又向上攀援，對李西來喊道：「想法靠近藤條！」

枯藤的上段被一塊利石磨著。

王熾爬上懸崖頂，李西來縱身一躍，抓住藤條，盪了起來。

李西來穩住身體，向上攀登。他抬起頭，看見枯藤已開始斷裂，再也不敢動了，叫道：「藤條要斷了！」

王熾發現了斷處，探身去抓，但難以抓到。他忙說：「西來！鬆開藤條，抓住岩石。」

李西來趕緊去攀著一塊石頭，放棄了枯藤，伸手給王熾。王熾伸手，與李西來的手只差約一寸。這時李西來攀住的那塊石頭突然鬆動。

「四兒哥——」李西來大叫著從懸崖上落下。

「西來——」王熾大喊著，向山下跑去。

王熾終於在樹叢中找到了奄奄一息的李西來。好在他在落下時被懸崖中間部位橫出的樹接了一下，受的都是皮外傷，最重要的是腿也沒有斷。他背起李西來，吃力地走著。

忽然，王熾好像聽見了什麼，站住了側耳傾聽。

李西來已甦醒過來，看看四下，說：「我們好像來過這兒。」

王熾趕忙制止他：「不要說話！」

附近傳出虎嘯聲。

二人臥倒，緊張觀看。

過了好一會兒，四下平靜了。李西來一翻身，腳踢到一只竹筒，發出「咕轆轆」的響聲。王熾回過頭，悄聲說：「想起來了！咱們在這兒過過夜，還喝過竹筒裏的藥酒。」

李西來罵道：「他娘的，走了三天，又轉回來了？」

王熾說：「不能再追了，他們既是事先謀劃好要騙取咱們的馬，肯定早已變了路線。」

「這都怨我呀！鐲子白給了！火龍也丟了！……本錢呢？」李西來突然痛哭起來。他抬眼去看王熾，發現王熾肚子上已沒有了布包，繼續痛哭：「咱們連本錢都被搶了呀！嗚、嗚——」

王熾拍拍他的肩膀，說：「別哭了！咱們的本錢還在呢。臨出鎮子前，我把它藏在鷹嘴崖下面的小石洞裏了。」

李西來急忙抬起頭：「什麼？你——這麼說，咱們本錢沒丟？」

王熾點點頭：「沒丟。」

李西來用拳頭砸一下他的肩膀：「這可太好了啦！可是你怎麼知道……」

王熾一笑：「娘不是說過嗎？害人之心不可有，防人之心不可無嘛！走！」

二人赤裸著上身，向遠處走去……

三

這天清晨，王熾、李西來又來到竹園集市的一角蹲著，睜大眼睛，用草搭了個涼棚，盯著集市的每一個馬幫。

與往常一樣，這裏仍然是馬幫的聚散地。曾從這裏出發的一隊腳夫挑著另一種貨擔又回到了這裏，個個疲憊不堪，剛到井邊，就倒的倒，坐的坐，全部耗盡了氣力。此前正在吸水煙的幫工們立刻卸貨，將高高的貨擔搬到別處。

可是，曾麼把的馬幫還是沒有出現。

李西來一瘸一拐地端著一碗水走回來，遞向王熾：「四兒哥，別急，這麼多天都過了，再多幾天沒關係。」

王熾接過水碗責備道：「你的腿傷還沒好俐落，別總走動嘛！」

李西來坐下，輕輕拍了拍腿說：「好啦！你放心吧。」

王熾一口氣喝光碗裏的水，說：「到今天爲止，東南西北各個方面的馬幫都到過這裏。可誰也不認識曾鍋頭，誰也沒見過火龍模樣的馬。」

李西來說：「怪事兒！他讓老虎吞了吧？」

這時，一個路過的年輕夥計關切地問：「李哥，還沒找到人嗎？」

李西來說：「沒呢！」

夥計說：「有什麼需要兄弟幫忙的，到那邊的小林客棧找我。」

李西來應了聲：「哎！好。」

王熾看著夥計的背影，忽然一拍大腿：「咳！我眞笨！」

李西來看著他：「怎麼啦？」

王熾捲起草棚裏的破蓆子：「搬家，咱們離開這兒！快！」

李西來疑惑地盯著王熾。王熾說：「你想啊，咱們在明處，可多少人在暗處看著咱們。咱們是生人，他們是熟人，如有人通風報信，曾麼把知道我們在這兒，他早就溜了，我倆在這兒一輩子都等不到他！」

李西來沮喪地說：「這麼多天白白過去了。」

二人向西走去，只見前面出現了一支彝族馬幫，爲首的人蓄著大鬍子，面如鍋底，頭上有著很醒目的紅色纏頭，手裏握著一支口弦琴。

「我見過他們！」李西來忽然想了起來，「十年前，你把趙雲海大哥救進窯底洞，姜庚派姜三去找你，我跟在他們身後，就遇到這個馬幫。打頭的那個鍋頭很厲害，老遠就發現了來打探的丁老七，丁老七剛到附近，就被他給捉住了。」

這個彝族馬幫的出現，貿易集市馬上熱鬧起來。人們便蜂擁而上，裝滿馱架的貨物剛放下，就有不少商販、鍋頭、腳夫圍了過來。

「請問這位大哥，那個人叫什麼名字？」李西來拉住一個人問。

「他呀！巴力嘛你不知道？」

「巴力！巴力！」李西來、王熾都在默唸著，看著巴力。

很快，這個馬幫的貨物便被搶購而光。巴力撥開人群走出來，對幾個跟在身後的商人解釋道：「這次的貨都賣光了，你們不是看見啦？等下次吧。」

一位中年商人說：「巴爺，下次您來，先找我，我出高價。」

巴力說：「那可不行，我賣給你高價，不是坑了別人的馬幫嗎？那他們非殺了我不可。好了，好了，你們到別處再看看吧。」

李西來小聲對王熾說：「看來，這位巴爺是個重義氣的人，但只怕和那個曾鍋頭一樣，是裝的。咱去買馬吧！」

王熾說：「你去吧，我再看看這位巴爺。」

李西來只好自己瘸著腿走向馬市。

不久，王熾跑來，小聲說：「西來！我打聽出來了，三十天內，這位巴鍋頭來了兩次，十六匹馬，每次都是卸了貨就賣光，上了貨就動身，一點不耽誤。」

李西來嘆著氣說：「人家是人家，也不等於咱們。」

王熾思索著：「十六匹馬，十六副馱架，每副淨賺二兩白銀。這一去一回就是六十四兩銀子，這一年嘛……

……」

李西來說：「別算了！算得再清楚，也是人家賺的。」

王熾說：「西來，我們不能在這兒白白浪費時間了！捨不得孩子，套不住狼。走！」

李西來莫名其妙地隨著王熾向前走去。

很快，他倆看到巴力在煙草攤前看貨。見他買煙葉，不少人湊了過來圍觀。王熾和李西來在旁邊看著。

巴力問：「多少錢一擔？」

賣主說：「三錢六一擔。」

巴力：「我給你四錢。」

賣主一驚。圍觀的人都愕然。

巴力說：「但是每擔我要扣掉你十五斤的分量。」

賣主把頭搖成了撥浪鼓：「哈哈！你好聰明，多付錢，扣分量，這不是背著抱著一般沉嘛？」

巴力猛地抽出腰間的砍刀，剁開捆著煙草的草繩，用刀一撥，煙葉攤開了，裏邊的不少粗煙梗子露了出來。

王熾和李西來愣了。圍觀者同時發出了驚歎。

賣者傻眼了。

巴力斜視著賣主，厲聲說：「往好煙裏摻假，看來你的法子不少。可你想沒想，這是在罵自己！」

王熾敬佩地湊到巴力身邊，問：「這位大哥，請問你是怎麼看出來的？」

巴力抬腳蹬倒了這邊的幾捆煙：「從側面一看便清楚了——摁得很緊迭的很密的煙葉層之間，顯出了明顯的縫隙！」

李西來小聲對王熾說：「好尖的一雙眼睛！」

巴力插好腰刀，轉身走了。

王熾對李西來耳語道：「咱們跟著他，一切從頭開始。」

李西來卻在遲疑：「行嗎？可別又上當。」

王熾想了想，說：「要不，咱們再試試他。」

李西來眨了眨眼睛：「好，我去。」

王熾緊跟著李西來，來到集市唯一的一口深井邊，緊張地伸長脖子望著前面人群裏的李西來。

「啊——」李西來大叫一聲被人丟在人群之外，摔了個仰面朝天！

人群散開，巴力衝著李西來說：「你吃了什麼膽兒了，敢摸你巴爺的腰包兒！」

李西來站起來，可憐巴巴地說：「我……實在是太窮了，老娘又有了病……」

巴力盯著李西來看了一會兒，「啪」地扔了一塊銅板，說：「找個正經事兒幹去吧！挺大的人，吃白食，也不臊的慌？」

李西來羞愧地撿起銅板，向王熾這邊走來。

巴力見他一瘸一拐地，大聲喝住：「站住！」

李西來和王熾同時一驚。

巴力又扔給他幾個銅板：「抓點藥，治治你的腿！」

李西來撿銅板，與王熾交換了一個會意的眼神。

等王熾回頭再看時，巴力正在給小乞丐發銅板：「好了，好了，就這麼多了！」

王熾望著遠去的巴力說：「西來，他是個好人，咱們這就去買馬，緊緊跟住他！」

王母出了家門，看看老阿婆，低頭瞅著門旁的石子，蹲下身數著，而後走過去挨著老阿婆坐下了。

老阿婆問：「四兒走了有一個月了吧？」

王母說：「整整六十二天。」

老阿婆嘆了一口氣，說：「幹什麼都不易呀！你說，這人也真怪。有吃有喝，湊合著活著不就得了？偏要過出個樣兒來！等到了我這歲數才明白—死的時候誰都是攥著兩把指甲走—敢情奔了半天，都是給別人奔呢！」

王母笑了笑：「您老說的是這麼個理兒。還不都是給後人奔呢？人心無矩蛇吞象。哪個肯罷手呀？人往高處走，水往低處流嘛。」

老阿婆頓時豎起了大拇指：「該！跟我當初想得一樣！唉，可我家祖墳上偏偏沒長那根蒿草—攆上了黃鼠狼下耗子—一窩不如一窩！」

她的話音剛落，傳來了一陣清脆的笑聲。

二人扭過臉，見是李蓮芸已經站在旁邊。

老阿婆瞇著眼睛故意問：「那是誰家的瘋丫頭？」

王母笑著推一下老阿婆的胳膊，說：「老阿婆說差了！人家可不瘋。這是李阿哥家的蓮芸！蓮芸，快來坐下！」

李蓮芸坐在一石頭上，低頭擺弄著手中的一塊石子。

王母驀地明白，目光離開她的石子注視著她的臉。

王母突然問李蓮芸：「那天用荷葉包著的芋頭是誰送的？」

李蓮芸又不好意思起來。她把臉轉向一邊：「我不知道。」

老阿婆問：「什麼芋頭？不是荷葉嗎？」

王母隨著老阿婆一起笑起來。老阿婆指點著李蓮芸：「蓮芸啊，跟阿婆說實話，你莫不是想進這個門兒做媳婦吧？」

李蓮芸滿臉緋紅，站起身道了聲：「老阿婆你說什麼呢！」

看著她捂著臉轉身跑走了，老阿婆和王母又大笑著。

過了一會兒，老阿婆說：「在外跑的男人，就像放起來的風箏，得有根線牽著他。你家四兒也不小了，該尋思著給他選門親事了。」

王母說：「也想過，可兒女的終身，父母的擔心。總怕委屈了孩子……」

老阿婆說：「剛才不是送上門兒來了嗎？」

王母想著，搖了搖頭。

老阿婆明白了：「是啊，一個寨子裏住著，婆家一揭鍋娘家就能聞見味兒，是怕親家之間不好相處吧？」

王母點頭：「是啊。」

王熾爬進鷹嘴崖下的小石洞，將裝本錢和書的布包拿出來，往肚皮上繫好，順著藤條下來了。

李西來萬幸地說：「幸虧四兒哥多長了個心眼兒，要不，咱們可慘了。」

王熾一拍肚皮：「走！買馬去。」

二人來到集市，從一個茶棚邊上路過，忽然聽到有人喊：「王熾——」

王熾趕忙站住，扭過臉，只見趙雲海正從一桌前站起身招著手。他頓時滿臉是笑，趕緊走了過去：「趙大哥！你怎麼來這兒了？」

趙雲海拱手：「哈哈！前些天，我忽然夢到了你，便派人四處打聽，才知道，你小子也跑馬幫啦！我猜，在這兒準能找到你！」

王熾還禮，說：「我也很想趙大哥的！」

李西來說：「是的！我可以作證，四兒哥常跟我叨咕趙大哥。」

趙雲海伸手示意：「三位請坐！」

三個人都坐下了。

一名堂倌快步而來，笑嘻嘻問：「又增加了兩位，還需要什麼？有涼茶、檳榔、羅漢果，香蕉、柚子、桂圓乾！」

趙雲海問：「有什麼下肚的？」

小二兒說：「湯包、米粉、紙包雞、香噴噴的鵝頭蓋飯！」

「你倆一定餓了吧？我也吃點兒。」趙雲海看看王熾、李西來，又轉向小二兒，吩咐：「要三份蓋飯，兩壺涼茶。」

「好說！」小二兒高聲傳誦著走去，「蓋飯三大碗，涼茶兩大樽！客官你安心坐，如同進家門咯——！」

趙雲海打量著王熾，點著頭說：「行，有出息！當年在山洞裏，我就看出你是個好樣的！告訴我，怎麼想起跑馬幫了？」

「是姜庚……」李西來剛說出了三個字，胳膊被王熾拉了一下，回頭看看他，見他在使眼色，趕忙住了口。

「姜庚？他怎麼了？」趙雲海臉上的笑容消失了。

「他……他還在當著鄉團的頭兒。」王熾說，趕緊岔開話頭：「趙大哥，眞沒想到，能在這兒碰上您！這些年了，也不通個信兒，我一直以爲您早就……」

趙雲海接著他的話頭說：「早就見閻王啦！是嗎？殺父之仇未報，我能嚥得了這口氣嗎？哼！君子報仇，十年不晚。我要讓他姓姜的斷子絕孫！」

王熾嚇了一跳：「怎麼？大哥還要打十八寨？」

趙雲海擺著手：「不，不打了。」

王熾說：「那就好。趙大哥，我一點都不知道您還活著。您盡在哪兒呢？」

趙雲海有意迴避地說：「嗨，人在江湖，身不由己，幹得全是沒出息的事兒，不提！還是小恩人說說自己吧。」

王熾忽然想起火龍，頓時不敢再看趙雲海，低下了頭，低聲說：「我和西來被人騙了，火龍至今下落不明。」

趙雲海一驚：「快說說，是怎麼回事？」

小二兒送來了蓋飯和茶，離去。

王熾一邊吃飯，一邊說起被曾麼把騙的事情經過……

放下飯碗，趙雲海沉思了一下，看著王熾：「吃一塹，長一智嘛！誰想幹什麼也不會一帆風順。我相信，小恩人日後一定能成爲大商人！」

王熾已經先吃完了飯，但直到此刻才抬頭看著趙雲海：「我把火龍丟了，你不怪我？」

趙雲海大手一擺：「這個就別說了！我想，那火龍牠也會想你的，用不多久就會回來。」

王熾搖了搖頭：「趙大哥別安慰我了。」

李西來說：「趙大哥有所不知，四兒哥爲火龍流過好多回淚了。」

趙雲海見王熾眼睛又濕了，點點頭：「火龍和別的馬不同，像人一樣聰明，又有感情。牠也會想你的。我相信，牠會回來的！耐心點兒等吧。」

王熾又想到曾麼把，說：「那個曾麼把怎麼會再沒露面呢？已經問過好多人，人家都說不認識他！你說怪不？」

趙雲海笑了笑，說：「不就是幾匹馬嘛，你才剛剛入道，往後賠錢的時候有的是！小恩人何必自責？往後賺了大錢，買他十匹！人沒事兒就好！留得青山在，不怕沒柴燒！要我說，你們再去買幾匹馬！」

王熾說：「我和西來正是這麼想的。」

趙雲海站起身：「咱們兄弟倆的話還長著哪！往後慢慢說！」

王熾也站了起來：「趙大哥保重！」

趙雲海問：「有何難處？」

王熾說：「沒有！」

趙雲海拍拍他的肩膀：「好樣的，答得乾脆！今後有難，別忘了跟我打個招呼！記住了，馬幫、馬幫，馬是最重要的！」

王熾、李西來隨著趙雲海出了茶樓，分手。

看著趙雲海轉身離去，王熾和李西來目送著他，感慨道：「世界之大，無巧不有，眞是難以預料，在這兒遇

到了趙大哥！」

來到馬市，王熾和李西來想看看馬。

一個人牽著五匹馬迎著王熾走來。

過路的有人說：「好馬呀！個兒保個兒的壯實！賣馬的！這馬什麼價？」

賣馬的人笑笑，一邊繼續往前走一邊說：「這馬不是賣給你的！」

看到王熾和李西來，那個賣主將事先準備好的竹梢子插在拴馬樁上，高聲叫道：「賣馬！賣馬！買好馬喲……」

王熾對李西來說：「你看！真是好馬呀！」

二人快步走上前去，眼睛被這五匹駿馬所吸引，看看這匹，摸摸那匹。

李西來興沖沖說：「這的確是難得的好馬，多貴咱也得要。」

王熾問：「請問什麼價？」

沒人回答。

王熾抬起頭，不見了賣馬的，高聲叫道：「賣馬的！這五匹馬我們全要了！」

然而，那個賣馬的人並沒有再出來。

李西來大喊：「賣馬的！賣馬的！」

王熾焦急地四下望著，過了好一會兒驀地明白了，對李西來說：「別喊了！那個人不是賣馬的，是送馬的。」

李西來疑惑地看著他：「送？誰會把這樣好的馬白白送人？四兒哥，該不會又是個圈套吧？」

王熾笑了：「誰？準是趙大哥！我猜，趙大哥這次來這兒，就是專程給咱送馬來的！」

李西來向遠處望著，臉上露出欽佩的神情。

太陽好像停留在了人們頭頂，熱得正毒。王熾、李西來已經渾身是汗，牽著身後的五匹馬走在鎮外的路上，馬背上仍然沒有馱著東西。李西來嘟囔著：「都跑了三個鎮子了，什麼都沒看上，又白耽誤了三天。」

王熾笑笑，勸道：「不能急。頭一回有點兒發怵，總怕拿不準賠嘍。」

李西來忽然問：「乾娘不是讓你看那兩本書嗎？」

王熾說：「那上邊說的都是心路。要是一看就成大商人，不都成財主了？關鍵的還得靠咱們，在不斷地吃虧之中長見識。」

李西來聳聳鼻子：「吃虧？是啊，已經有一次了，這次得慎而又慎。」

王熾笑了：「怎麼，又不嫌我瞎耽誤工夫了？」

李西來也笑了。

王熾他反倒一籌莫展地舉目望去。

遠處出現了一片密林。

王熾說：「看，到大林崗子了！走快點兒，別趕不上巴鍋頭他們。」

二人用力牽著馬，加快了腳步。

此時，巴力獨自一人悄悄地來到掩蓋在密林深處的一座荒墳前。他跪地磕了三個頭之後，搬開墳前的石板，從石板底下拿出一個陶罐，小聲說道：「娘，我巴力托您老人家的福，買賣做得挺順手。」

巴力從懷裏掏出一些銀錠、珠寶，把它們輕輕地放在陶罐裏。又叩頭說道：「娘，您苦了一輩子！這回咱們家富了，有錢了，這些都是給娘的！」

說完，他將陶罐埋進土裏，上面蓋上石板。

他站起來，眼裏含著淚看了一會兒墳，走開了，走了好一會兒，回到他帶的一隊馬幫休息之處，也躺了下去。

王熾和李西來牽著馬走進密林。

李西來先發現了休息著的馬幫，指點著說：「四兒哥你看！有二十來匹馬，五、六個人。」

王熾的眼睛一亮，說：「看看去！看人家都馱的什麼貨！」

兩人拴好馬，向休息著的馬幫走了過去。

一匹白馬旁躺著巴力。他身邊放著雪亮的單刀，臉上蓋著一片大芭蕉葉子，好像已經入睡。

王熾和李西來悄然而來，低聲議論著：

「看！雲煙、滇藥！」

「上這兒來！毛皮、沱茶！」

「嘿！都在咱們眼前露過，咱們怎麼就不敢進貨呀！」

馬幫的一名大個子馱夫抽出刀，猛地站起來，目不轉睛的盯著王熾和李西來！

巴力微微掀起臉上的芭蕉葉，低聲責斥道：「幹什麼你？睡你的吧。」

大個子馱夫立即躺下了。

王熾和李西來還在一個馱子一個馱子地看著。

突然，王熾不看了，自語著：「上哪兒去賣呢？這種東西不好進不說，還有銷路，在哪兒你我知道嗎？」

李西來說：「那還不好辦！遠遠地跟著他們，他們上哪兒咱就上哪兒唄！」

王熾斜了他一眼：「不進貨白跟著？」

李西來沒話了。

王熾思索著：「不過，爲了探銷路，跑跑冤枉路也值！」

躺下的馱夫在看著巴力。

巴力側著臉，把芭蕉葉子掀起個縫兒，看著王熾和李西來。

大個子馱夫的手又去摸刀了。

突然，巴力翻了個身。

大個子馱夫忽地跳起來叫道：「好大膽的賊！」

另外三名馱夫也都站了起來，各操兵器。

王熾、李西來大驚。王熾趕忙擺手：「我們不是打劫的呀！」

巴力還躺在地上，大聲喊起來：「接著睡！歇過來好趕路！十天後必須趕到川滇邊界的皎平渡！」

衆人看看他，又躺下了，仍然盯著王熾、李西來。

王熾認出了巴力，向他拱手：「原來是巴鍋頭！」

巴力沒理他，背過身去。

李西來低聲驚歎：「好遠吻！皎平渡……要走十天！」

王熾說：「沒聽還要『必須』嘛？不快走也許還到不了呢！」

李西來說：「咱倆馬上返回竹園，把貨進齊，跟著也奔皎平渡！」

王熾說：「來不及了，這趟寧肯跑空，等到了皎平渡再說。」

巴力坐起來看了看走去的他倆，躺下繼續休息。

大個子馱夫湊了過來，小聲問：「鍋頭，爲什麼任憑他們看咱們的進貨？還把要去的地方說給他們聽。」

「我們彝族漢子不可虐待朋友。」

「他們不是朋友，是咱們的對手！」

「他們還不知道怎麼同我們相爭，不能說是對手。只要趕著馬幫從商，就免不了走到同一條路上來，早晚會成爲朋友。」

大個子馱夫點點頭：「明白了，鍋頭。」

四

曙光初照，晨霧迷濛。正在插秧的王母被遠處傳來的山歌所吸引，那歌聲清純、圓潤，透著年輕姑娘優美的嗓音。她抬頭朝著歌聲飛來的方向望去。

晨霧中，一個俊俏的姑娘漸漸清晰地出現在遠處的田埂上。她渾圓的肩膀上背著竹簍，飽滿的胸脯均勻地起伏，步履輕盈富有彈性，一路小聲哼著歌兒，露出潔白的牙齒。

驀地，她止住了歌聲，因爲看到已經很近的王母正看著自己，頓時羞紅了臉，低下頭。

王母忘記了插秧，直呆呆的目光緊跟著她，落在竹簍裏火紅的南瓜和她寬厚結實的胯、豐滿早熟的臀。她情

不自禁地喊道：「喂！姑娘！」

那姑娘回過頭，站住了，好奇的目光使她的雙眸蘊著質樸和純眞。

王母的眼睛從頭到腳地把姑娘審視了一番。姑娘被看得不好意思，轉過身加快腳步繼續朝前走去。

王母如夢初醒地嘆了氣，又望著遠去的姑娘。

這個姑娘會是誰呢？直到傍晚回家時，王母走在路上還在暗問著。

老阿婆一如既往地坐在自家門口曬太陽、打瞌睡。王母跟她打著招呼：「老阿婆！吃了沒呀？」

老阿婆睜開眼看著她：「噢，是四兒他娘。從地裏回來啦？」

「哎。」王母應了聲，又向前走了幾步正要進自家院門時，聽見一個姑娘清脆的聲音：「姑姥！」

王母回頭，只見在田埂遇到的那姑娘正從老阿婆院裏出來，攙著老阿婆起身，並且說：「天晚了，咱回屋坐吧。」

王母忘記了回家，轉過身奔到老阿婆門前，跟了進去。

老阿婆聽到腳步聲回過頭，說：「四兒他娘來了！我們還是在院子裏坐會兒吧！」

那姑娘扶老阿婆坐下，搬個竹凳給王母，仍然用甜甜的聲音說：「嬸子，您坐。」

王母「哎」了一聲，高興地坐下來。

姑娘說：「你們坐，我去泡茶。」

王母趕緊又起身拉住姑娘：「不用！我問你，姑娘，你叫什麼名字？」

姑娘說：「張春娥。」

老阿婆問：「四兒他娘，這四兒出門有半年了吧？」

「五個多月了。」王母說著，目光又轉向張春娥。

「四兒？莫不是那個四兒哥？」張春娥怦然心動，眼前浮現出十年前在寨子外溪水裏抓到魚拋到自己腳下的那個男孩兒。她看著王母問：「嬸子您的兒子叫什麼？」

「小名叫四兒，大號王熾。」

「多大了？」

「你呢？」

「我十八。」

「他比你大兩歲。春娥，我和老阿婆門挨門兒住了好多年，以前怎麼沒見你呀？」

「離得遠，家裏事兒也多，便來得少。最近，我娘惦記著姑姥年歲大了，一個人過日子會難，才讓我來看看。」

老阿婆還在想著剛才問過的話，說：「才五個月啊，我怎麼覺得走了有些日子了！有信兒嗎？」

「有信兒，挺好的。」王母說著又和張春娥說：「嗯，是得常來。春娥呀，這往後，咱就認識了，有事沒事的，常過來看看。」

張春娥連連點頭：「哎，嬸子。」

此時，巷子裏走來興致勃勃的李蓮芸。她拿著一隻尚未納好的鞋底，推開王熾家院門，走了進去，忽聽西院傳來了一陣笑聲。她馬上聽出來，有王母的和老阿婆的。

她轉身快步走出去，來到老阿婆院門前，探頭向裏望著，只見王母正拉著張春娥的手說：「你真是孝順的乖姑娘！」

這麼漂亮的女人。是誰呀？李蓮芸吃驚地盯著張春娥。

老阿婆看看王母，又看看張春娥，咧開沒牙的嘴在笑，說：「四兒他娘，春娥可是來看我的，又不是來相親，讓她去你家，得先問問我！」

王母也跟著笑，眼睛仍不離張春娥：「那是，那是！」

張春娥羞澀地低下頭，滿臉通紅，滿心高興，快步向屋裏走去。

院外的李蓮芸發覺自己的眼睛模糊了，知道是流出了淚，轉過身跑開。

王母和老阿婆談論著張春娥的事情。

王母湊近了老阿婆，小聲問：「春娥這孩子能多住些日子吧？」

老阿婆說：「我怎麼知道？還不是隨著她的意。」

王母問：「您老說說，她會不會同意？」

老阿婆故意問：「什麼呀？」

王母笑著：「您老淨裝懵懂。」

「你就直說了吧，是不是要她給王家做媳婦？」

「那得先過您老這關呀！」

「春娥這孩子從小死了爹，是她娘帶大的，孤兒寡母的日子能過得還像樣，全憑這孩子手腳勤快……可惜是個幹農活的，不會識文斷字，又沒見過什麼世面……」

「我就喜歡這樣兒的！心眼兒好，身板結實，您沒注意嗎？她……」王母說著把嘴湊近了老阿婆耳朵：「她

的……」

老阿婆聽罷嘿嘿笑了，推了王母一下，也低聲說：「就你這眼睛尖！『屁股長得圓，兒女生得全』，誰不知道？」

王母兩手一拍：「對呀！就是這話！」

「行，我這就跟她說！」

「哎，阿婆，最好……你給她娘捎個信兒，說她不回去了，住在我家，照顧您老也方便。是不是？」

「你呀……」老阿婆指點著王母，和她一同大笑起來。

金沙江。江水奔流，水氣朦朧。

皎平渡渡口的岸上，川滇相通，商貿火熱。

巴力正坐在茶棚下飲茶。就在不久前，他已經將貨物出了手。

大個子馱夫快步走來，說：「鍋頭，貨都進好了！什麼時候動身往回返？」

巴力正注視著市面，抬手制止著他的話。

大個子順著他的目光望去，看到王熾和李西來在人群中走著，兩個人的目光有些不夠用地看著市面上的好東西。

李西來指點著：「看！鹽巴！川椒！臘肉！」

王熾說：「都是咱們那裏稀罕的東西。」

李西來說：「買吧！還等什麼？」

不遠處的巴力向那名大個子馱夫鉤了鉤手指。

「什麼事兒?」大個子立刻湊到了巴力身邊。

巴力說:「去,告訴那倆小鬼!進貨要放慢,成交要靠邊。沒有在市面上明買明賣的。又不是趕街過日子!」

大個子不解地看著巴力,沒有立即走。巴力斜了他一眼,又說:「天下馬幫是一家。馬幫是魚,劫匪是饞貓。慣著傻魚就是幫了饞貓!懂了嗎?」

大個子沒敢再吭聲,點點頭,轉過身走了過去,把王熾和李西來拉到一邊,神秘地對他們說了些什麼,而後轉身走了。

王熾在他身後高聲說:「替我謝謝巴鍋頭!」

大個子馱夫頭也沒回,很快便回到了茶棚。

「您這麼幫他們,真是少有。」馱夫笑著說,問:「該動身了吧?」

「咱們人多,又都會功夫,等他們倆動身再走。」巴力說。

落日的餘暉將西半天的雲染成玫瑰色,山林也不再是碧綠的。山路上出現了王熾、李西來,二人一前一後趕自己的五匹馬,急匆匆走著。

李西來忽然說:「四兒哥!看,那不是東山嘛!離家不太遠了。」

走在前邊的王熾回頭答道:「是呀,可惜腰裏還不硬,無顏回去見娘!」

兩個人都笑了。

他倆不知道，巴力的馬幫就在後面不遠跟隨著，巴力大步走在最前面，目光不時射向林中。

大個子走過來，低聲埋怨道：「都怪那兩個毛腳後生！本該在過去的那個寨子投店，卻還一個勁兒走。又得趕上老林子了，一夜也走不出去。這不是成心找不消停嘛！」

巴力泰然自若地說：「有林就有草，正好讓馬吃個夜飽。」

夜幕完全降落下來，滿天的星辰閃爍著很小的亮光。

走在前邊的王熾有些不安地看著兩側。

走在後面的李西來也在顧盼著左右。他忽然大聲說：「四兒哥！這林子大著呢，能走得出去嗎？」

王熾說：「是走不出去了，看來只好在林子裏歇腳了！」

李西來說：「行嗎？黑燈瞎火的，看不出幾尺遠，不好防人！不如到外邊找個有遮擋的地方。」

王熾說：「你多加點兒小心就是！」

又走了一會兒，來到一個山坳，王熾停下來，把馬都拴在樹上，看著牠們低頭吃著草，和李西來坐在地上，警覺地看看四周。

四周秋蟲爭鳴，漆黑一片。

李西來悄聲說：「要把馬背馱著的貨卸下來嗎？也該讓牠們歇歇了。」

王熾果決地說：「不行。萬一有什麼動靜跑都來不及！」

一名鄉丁跑到密林中一個土崗後面，對正仰面躺著頭蓋著斗笠的人小聲說道：「來啦！在老林裏落腳了。」

躺著的人忽地坐了起來，是姜庚。躺在四周的人也都湊了過來！姜庚問：「有多少匹馬、多少人？」

鄉丁說：「五匹馬，就兩個人！」

姜庚又問：「哪個地方的？」

鄉丁說：「聽不出來。好像不太遠！」

姜庚他一揮手，手下都湊了過來。他說：「我不能露面。你們去給我把貨和馬都拿來，不到萬不得已，不能殺人！記住沒有？」

眾鄉丁點頭，隨著那名鄉丁悄悄走著。

李西來感到很累，躺在地上睡著了。

王熾還在圍著馬匹向四周觀看。

鄉丁們弓著腰摸了過來。

距離王熾他們不遠，巴力的馬幫也歇息了。巴力忽然聽到了動靜，驀地瞪大眼睛，抓起身邊的牛皮口袋，貓著腰向前走去。

他站住了，隱在樹後注視著向王熾他們逼去的鄉丁，一棵樹一棵樹地向前挪動，緊跟在鄉丁的後面。

巴力掏出了皮雷，向鄉丁們投去。

皮雷接連爆炸！鄉丁們被炸得騰身而起，鬼哭狼嚎！

王熾大驚，喊著：「西來！快上馬！」

李西來剛醒，隨著王熾縱身上馬，帶著馬匹奪路而逃。

巴力繼續把皮雷扔向逃去的鄉丁。隨著巨響，又有幾名鄉丁被炸倒！巴力含笑退向黑暗之中。

逃回的鄉丁已傷痕累累，呻吟不停。

姜庚氣急敗壞地吼道：「別嚎啦！」

鄉丁的呻吟聲頓時小了。

「又是那個皮雷子！」姜庚瞪大眼睛咬牙切齒地說，一把抓住那個去打探的鄉丁的脖領子：「你不是說，只有五匹馬嗎？那個專玩皮雷的老東西怎能只有五匹馬？」

那個鄉丁已經受傷，渾身抖著，聲音也抖著：「是、是……是五匹馬！我看得清清楚楚。說、說不定都學會這一招兒……是引咱們上鉤！」

姜庚猛地把手中的鄉丁推倒在地：「來呀！」

剩餘的鄉丁湊了過來！

姜庚指點著幾個人兇惡地說：「你們幾個去，把這個廢物和林子裏那些短命鬼都埋嘍！不許留下一絲痕跡！」

被拖的鄉丁拚命求饒：「饒命！饒命啊——」

姜庚將袖口抬了起來，「嗖」地一聲袖箭射出，那個鄉丁再也不出聲了……

3 黃雀在後

一

天空陰雲密布，遠處傳來轟隆隆的雷聲。

十八寨村外不遠的山上，左眼已經乾癟的馬六子蹲在一棵大樹上向村內望著。

姜庚蹲下身猛地躍起，身子從天井射出，上了屋頂。他看著天上隨風翻捲的烏雲，伸出兩臂放聲大笑，叫著：「好雲！好雷！好雨就要來啦——」

院子裏，姜勝武和娘嬉戲。他已經三歲，虎頭虎腦地跑著、笑著。

梁紅女聽到丈夫的叫喊，仰起臉，卻沒看到姜庚。她順著梯子上了房，看見姜庚明白了他的意思，小聲說：「放著好日子不過，你求的什麼雨？都陰三天了，雷也打了幾起兒，都不過是小勝武放屁……盡聽響了。你還是好好在家歇著吧！別忘了，那個皮雷子可不是好惹的，一年前那次，丟了好幾個手下。如今這碗飯更不好端嘍！」

姜庚抖著攥緊的拳頭惡狠狠說：「那個老皮雷子敢和我過不去，硬充什麼江湖好漢，誤我的好事，我一定要報仇！哼，好漢不如天算。我已經派人打探明白，他明天還從東山過，到時候……」

梁紅女從背後拉住姜庚的胳膊，加重了語氣：「我不是跟你說著玩的！小勝武一天天長大了，這些年你攢下的那些老底子，雖說不如京城裏作官的榮華富貴，在這窮鄉僻壤，也算夠作威作福了。歇手吧，啊？我眞怕你有個三長兩短……」

姜庚轉過身，看著她說：「這次我不是爲了劫財，是嚥不下這口氣！這老皮雷子憑什麼在我的地盤管我的閒事？當年的趙家父子什麼樣，不比他威風，還不是照樣讓我收拾了？」

梁紅女瞪了他一眼：「火氣不必太大！你已經四十六歲，可不比當年了。還是……」

姜庚拍拍她的肩膀，摸摸她的臉，笑著說：「放心吧，我這次把他做了，也爲給後人留口飯吃。讓他們見識見識，十八寨裏不是沒有能人啦！」

梁紅女遲疑一下：「那你答應我，這次之後就洗手不幹了。」

姜庚爽朗地說：「好！我答應。」

房下的小勝武叫起來：「娘！娘——」

馬六子見姜庚和梁紅女下了屋頂，跳下樹，上了馬，對其他幾個人揮一下手，帶著他們打馬而去。

他們回到距離十八寨三十多里的趙家寨，在寨主趙雲海的家門前停下，馬六子跳下馬，獨自走了進去。

「火龍！」馬六子驚喜地叫道。

院子裏的火龍正吃草料，牠聞聲扭過頭看看馬六子，繼續吃草。

馬六子興沖沖大步進屋，推開屋門後又低下頭。

趙雲海一看馬六子的神情便明白了：「沒有得手？」

馬六子低著頭說：「梁紅女，還有那個小勝武，都和姜庚寸步不離，根本沒有機會下手。」

趙雲海笑了笑：「我知道了，這邊的事兒由我來辦吧。馬六子，王熾出道不久，難免上當受騙，這一年下來，也該被煉得、捶打得成了一塊好鐵了。可我還是不放心，也爲了讓他成就一番大業，只好豁出你了。你就去服侍他吧！」

馬六子倏地抬起頭看著趙雲海：「大哥！我……」

趙雲海向他一擺手：「別說了！我知道你想說什麼。你是我最得力、最信任的人，又是在跟著我爹時就失去了左眼的……但你必須去！而且要像對我一樣對他，不能有半點疏忽。馬六子，王熾日後若出了事，我可要拿你是問！」

馬六子低下頭：「是。我……這就動身？」

趙雲海說：「明天吧！晚上，我要和你一醉方休。」

馬六子想到火龍：「火龍找到了！太好了。」

趙雲海感慨道：「可眞不容易找到牠！用了一年多時間，才打聽到曾麼把，奪回火龍，死了八個兄弟……唉！我已經給你選了五個人，加上你湊個『六六大順』，讓王熾一生平安，生意順利。還有，馬六子，你把火龍也帶去，但不能直接交到王熾的手裏，更不能說是我給找到的。」

馬六子拱手：「小弟明白！」

在一條土路上，王熾和李西來正檢查著馬背上的貨物。五匹馬都已跑得周身是汗，顯然趕路很急。

李西來說：「好險啊！我說趕馬幫的怎麼都那麼機靈呢，敢情一不留神就會把命搭上！這一年來，把我倆也鍛鍊出來了。」

王熾問：「西來，你覺沒覺出來，有人一直在幫著咱們？」

李西來看著他：「莫非是老天爺？」

「是巴力巴鍋頭！」

「是他們？」

王熾站直了身子，看著前方：「一個朋友……一個好人……一條漢子！西來，咱們可真跟對人了。」

李西來說：「那就快點走吧，別讓人家把咱們甩了。」

二人吆喝著馬匹快步前行。

他們進了竹園鎮貿易市場，見巴力馬幫已經被人圍住，在搶購著。

「賣給我！我出九兩銀子！」

「我出十兩！」

「十二兩！」

巴力笑著說：「價錢不能抬。東西就這麼多。各位還是等下次吧。」

王熾、李西來停住馬，把貨架子卸下來，卻沒有人過來買，偶爾有人問一聲，也馬上就離去了。

李西來蹲在地上，憤憤地說：「都是同樣的貨，那邊搶著買，咱們這兒挨晾！」

王熾說：「人家是老主顧，賣的是名氣和德行錢，賺的是良心錢。」

李西來說：「前幾趟也不這樣啊？」

王熾說：「那是人家信得過咱們，這次是新貨嘛！你別急。」

很快，巴力的貨都賣光了，有的人還在和他訂下一次的貨。

李西來忽然有了辦法，抱起一個馱子走了過去，放到了巴力的腳下。

巴力一怔，看著他問：「小老弟……你這是？」

王熾明白了李西來的意思，趕上前來，說：「巴鍋頭，貨色不差分毫。能不能幫幫我們，不虧盤纏就行！」

巴力彎下腰，仔細看貨。

搶購者也湊了過來，點著頭。

巴力問買者：「要嗎？」

幾個買者異口同聲：「當然！」

巴力指了指王熾、李西來：「這兩位小兄弟是白手起家，正急需錢用。要買，就比我的高出兩成，按十兩怎麼樣？」

「行啊！」

「先賣我……」

王熾和李西來欽佩地看一眼巴力，忙著賣貨。

巴力向旁邊的茶肆走去。

「小二兒哥！一壺天福。」巴力坐在一個角落的桌前，對走過來的小二兒說。

「好咧！天福一壺——」小二兒吆喝著轉身走去，很快便沏了一壺茶拿了過來，給巴力斟了一碗：「巴爺您慢慢喝著，續水吱聲！」

巴力點點頭，端起碗喝著茶。

賣完了貨，王熾讓李西來在這兒等著，自已去了茶肆。

「多謝巴鍋頭！」王熾向巴力拱手施禮，坐在了他身旁。

「不值言謝。」巴力淡淡地說著，繼續喝茶。

小二兒快步走過來看著王熾：「這位爺要什麼茶？」

王熾說：「我只是坐坐，和巴鍋頭說幾句話。」

巴力說：「小二哥，請給加個碗。」

小二兒應著離去，送來了一個碗，並且斟上茶，放在王熾身前，離去。

王熾四下看看，見沒有人注意，從懷裏掏出個小布包，放在巴力懷裏，輕聲說：「巴鍋頭請收下。」

巴力打開布包，見是銀兩，包上，又放回王熾手上。

「我已經留下了該拿的。山不轉水轉。請大哥給我個做人的機會！」王熾說著又把小包放在巴力懷裏，轉身就走。

「什麼意思？」巴力一把拉住了王熾。

「朋友之間，可以借用，但不可利用。」王熾說。

「這銀子你若不收，豈不是我利用了你？」巴力陰沉著臉說。

「巴鍋頭，這是您應得的！您就……」

「我若收了，讓那些買主怎麼想我呢？他們會說，我是和你私下相通，爲了多賣兩成的錢，明明那貨沒毛病，也成了假的。你讓我還怎麼做人？」

「這……」王熾一愣，「這可是小弟沒想過的。」

「小兄弟，你就收著吧。」巴力緩和了語氣，把那包銀錢塞進王熾手裏。

「巴鍋頭……這、這……」王熾看著巴力，神情激動。

「你坐、你坐！來，喝茶。」巴力說著端起茶碗，喝了一口，見王熾還站著，說道：「怎麼還不坐下？這茶不好？」

「不、不！」王熾趕忙坐下，這才感到很渴，一口喝光了杯中的茶水，說：「巴鍋頭，我來請你喝茶，總可以吧？」

「這不是有了嗎？」巴力說著，拎起茶壺先給王熾倒茶。

「再要壺最好的！」王熾說著扭過臉叫著：「小二兒哥！」

「以爲我這茶不好，不配你喝？」巴力冷冷地說，兩眼盯著王熾。

「不！我是……」

巴力看著王熾笑了，衝著走過來的小二兒揮揮手：「就喝這個啦！」

王熾捂著自己的胸口說：「小弟是心裏過意不去……」

巴力說：「我明白。你就別客氣了！喝茶。」

王熾端起茶碗剛要再喝，忽然聽到遠處傳來不大的一聲馬嘶，頓時像中了魔法似的呆住了。

巴力問：「怎麼啦？」

王熾猛地站起身發瘋了一樣跑出去。

李西來剛出客棧大門，見王熾跑過去不知出了什麼事，隨後緊追。

很快，王熾便穿過人群，來到集市一角騾馬市。

這裏，人們正裏外三層圍著一匹馬。那馬雖被蒙上了眼睛，但性子很烈，不時揚蹄、刨地、甩尾、跺步，焦躁與憤怒不亞於一頭被困的山豹。

賣主牽著馬韁繩吆喝著：「哪位要買？只要五十兩銀子，便宜到家了！」

一位看熱鬧的青年人說：「買是想買，誰敢往家牽哪！五十兩買匹馬是便宜，再花五十兩買口棺材合算嗎？」

衆人哄笑。

王熾拚命擠了進來，盯著那馬。

那馬好像嗅到了什麼，打著響鼻平靜下來，朝著王熾高揚著馬頭。

王熾衝上前去，一把除去眼罩，叫道：「火龍！」

火龍看著王熾，振鬣長嘶：「嘶——」

王熾一躍身上了火龍。火龍精神抖擻晃了晃脖子，揚起前蹄，又長嘶一聲，閃電般衝出人群，奔騰而去！牠穿過集市，衝散人流，勃勃英勢讓賣馬人和在場的人吃驚，連遠處的巴力都看呆了，只有較遠處一個牆角站著的馬六子在抿著嘴笑。

賣主跑過來，大喊：「我的馬！我的馬呀——」

李西來一手拍在賣主的肩上！厲聲說：「你的馬？說！這馬哪來的？」

賣主看看他，跪地求饒：「大爺饒命！小的承認……小的是貪圖便宜，從別人手裏買來的……可也不能白搭了八兩銀子啊？你和那人是兄弟吧？請把本錢給我，行吧？求求大爺您了！」

李西來說：「看在你總算幫我四兒哥找到了火龍的份兒上，就不讓你賠上了，但以後不要再幹圖小便宜的事！」

那人連連磕頭：「多謝大爺、多謝大爺！」

李西來丟給他一錠銀子，扭頭看著王熾離去的方向。

此時，王熾已經縱馬跑出了鎮子，在山澗瀑布旁停下，跳了下來。他早已滿臉是淚，緊緊抱住馬脖子親吻，臉對臉地喃喃低語：「火龍，火龍，我對不起你！讓你吃苦了……我再也不會讓你離開我了！」

火龍似乎聽懂了王熾的話，一躍而跳入池潭。

飛泉如鏈，瀑布轟鳴。

瀑布下面的池潭裏，王熾與火龍在碧水清波中嬉戲著，像兩個孩子。

王熾往火龍身上潑水，撲在馬背上又落下水。他吹口哨，火龍在水中揚起前蹄。王熾倒掛在火龍脖上，馬一低頭，將他按進水中。

火龍在水中前進，王熾游過去，一躍上了馬背！

火龍沉下水，水中王熾騎在火龍上，自由飛馳……他們時而上躍，時而下沉，紅色的長鬃飄逸，四蹄在水中划動，他們身邊游魚穿梭，氣泡升騰……

滿天陰雲被風攪著翻舞。

老阿婆又在自家門口閉眼閒坐。

張春娥領著母親拐進了小巷。張春娥緊走幾步，叫道：「姑姥！我娘來啦！」

在不遠處一個巷子裏的李蓮芸顯然早就在關心張春娥的行蹤，不遠不近，時隱時現地觀察著。

老阿婆仍然坐著，滿是皺紋的臉堆滿了笑容，說：「春娥她娘來了？來得好。」

張母也笑著說：「哎呀，大姑媽，您這不是好好的嗎，春娥這孩子非說您病了……」

老阿婆說：「我是有病，心口的病！這病你一句話就能治！」

張母看看春娥，仍在疑惑。

老阿婆把臉向東一轉，喊道：「四兒他娘！」

東院傳來了王母的聲音：「哎——」

很快，王母便從家門裏走出來，手裏一手拿刀，一手拿著活雞。她一看張春娥和她娘，臉上的笑容更多，急忙走過來。

老阿婆見狀大笑：「八字還沒一撇呢，就大擺宴席啊？」

王母說：「貴客登門，理應款待！」

張春娥上去接過刀和雞，說：「嬸子，我來吧！」

張母看著女兒進了王家，更加不解，目光轉向王母。

王母笑著拉住張母的手，說：「春娥她娘，你看，春娥前些日子盡照顧我了，我略表心意。您請。」

張母還在猶豫，老阿婆勸道：「去吧！兩家的心思不能隔著窗戶紙兒，又不是讓你去赴鴻門宴！」

王母說：「老阿婆你也來呀！」

老阿婆說：「我再坐會兒，吃飯別忘了招呼就行唄。」

王母和張母說笑著進了王熾家。

老阿婆自言自語道：「百年修得同船渡，千世修來共枕眠！緣分哪……」

李蓮芸走了過去，見老阿婆已似睡非睡地閉上眼睛。她輕聲叫道：「老阿婆！」

老阿婆睜開眼睛，循著聲音看到附近的柴垛後面露出李蓮芸的臉。李蓮芸招著手說：「阿婆您過來！過來呀！」

老阿婆站起來：「是蓮芸啊，阿婆不去！又沒藏貓貓兒，躲什麼？」

李蓮芸跑過來把她拉到一邊，小聲問：「阿婆，那位嬸子是誰？」

老阿婆嗔道：「咱十八寨的人講規矩。不言人後，不逼人前，不打聽自己不該知道的事情。」

李蓮芸噘起嘴：「您不說，我也知道！」

老阿婆笑了，說：「芸兒，不是自個兒的摸不著，是也跑不了。有屁股還愁沒人打？」

李蓮芸明白了，轉過身，猛地抽出柴禾，柴垛頹然倒塌。

李蓮芸朝著小巷走去，越走越快，一邊走一邊自語道：「不是自個兒的？什麼叫不是自個兒的？我……我要……我偏要！是也要，不是也要！」

她跑出寨門，爬上山坡，衝天空用力喊起來：「我要——我就要！我要定了——」

群山回聲：「我要——我就要！我要定了——」

她眼中湧出淚水，猛地捂住臉，淚水順著指縫流了出來。

老阿婆望著山搖頭：「十八寨又要多個可憐的女子了。」

遠處傳來陣陣雷鳴聲。

趕集的人摩肩接踵。

王熾牽著火龍和李西來並肩走著，他們身後緊跟著十幾匹新買的馬。

李西來興沖沖說：「四兒哥，原來的加上新買的馬有二十幾匹了。再把貨進齊，咱的馬幫就像個樣了。只是，咱們這幾個月賺的錢也光啦！」

王熾笑笑：「一匹是牽，十匹也是趕。咱們不能挑著輕擔子跑冤枉路。咱的馬幫現在就缺像樣的馱夫了！」

李西來說：「這我知道。可成群的鴨子不好放，半路相識的不好交啊。我怕咱找的人不可靠，把狼招到身邊來。」

王熾說：「那就看咱自己的眼力了。」

二人進了客棧，而後出來，來到街對面的一個茶肆，坐在一張空著的桌子旁。

已經坐在裏面一個桌前的馬六子走了過來，不等讓就坐在了王熾身邊。王熾看著這個年約三十歲、身子瘦小但很幹練的獨目人愣了：「請問……」

馬六子說：「不是想添趕馬幫的嗎？你倆剛才牽著那些馬一走，我就看出來了！」

李西來問：「你看出什麼來了？」

馬六子：「剛出窩的雛兒，乍找食的鳥兒。」

李西來不樂意了：「你這是什麼話？我倆二十歲出頭兒了，頂天立地硬梆梆的男子漢，還『剛出窩的雛兒』，什麼眼力？若不是我今天挺高興，讓你豎著進來，橫著出去！」

王熾瞪了李西來一眼，趕緊對馬六子笑著說：「好眼力！專幹馬幫的？」

馬六子說：「貴州省，是天無三日晴地無三尺平；咱們這兒，是兩邊高中間凹不是深溝就是土包！沒有馬

幫，靠什麼走貨呢？」

「請問都到過哪兒？」

「雲南的馬幫四條路：東北走昭通奔四川；西走楚雄到下關；南經玉溪、元江奔緬甸；東南走陸良、師宗，經羅平進廣西。我都走過。」

李西來譏諷道：「還是老手吶！」

馬六子說：「幹了十七年，磨厚了腳底，磨矮了個頭兒。」

「請問祖居何處？」

「竹園本地，盡人皆知，坐地的和尚，不會蒙事。」

「尊姓大名？」

「馬六子。」

「都跟著誰幹過？」

「鐵打的營盤流水的兵，趕馬幫的從不記誰是鍋頭誰坐東。」

李西來還要問，被王熾的話攔住了：「對不起這位大哥！我兄弟他問了不該問的。像你這樣的還有嗎？」

馬六子說：「這裏多的是。」

王熾問：「我們能看看嗎？」

馬六子點頭：「行。」

王熾結了茶錢，和李西來、馬六子站起身，走了出去。

他們來到集市中心處，馬六子指了指一幫專門等著被選腳夫或馬夫的年輕人：「請看！」

王熾對這些膀大腰圓的年輕人很滿意。李西來對他們進行體能考驗，指揮幾個在豎起的杆子上爬上爬下，其中馬六子矯健的身手，不時贏得圍觀者的歡呼。

王熾在一旁觀察著，拍拍馬六子的肩膀，說：「好身手！就這麼定了，還勞你來幫我再挑幾個人。」

「多謝信任！」馬六子對王熾拱手，而後在那些人中指點著自己帶來的五個人，「你、你……還有你。」

「王鍋頭，這些就夠了。」馬六子對王熾說。

王熾欣賞著這幾個人，點點頭，說：「不過，咱們有言在先，我是只用帶氣兒的，不管後事兒的。」

旁邊的馬六子一笑：「這些我都擔保。這些弟兄，別看平常不招災不惹事，眞要到出事兒那天，眞敢拚命！至於他們的活兒幹好幹壞，那還得看您這大鍋頭的本事了。」

王熾道了聲：「好！」

這天拂曉，集市上的幾路馬幫相繼動身起程，馬蹄聲、吆喝聲響成一片。

王熾與李西來來到巴力馬幫處。

「巴鍋頭，多謝您對我們兄弟一年多的照應。」王熾一邊說一邊向巴力施禮。

「自己當東家了？敢帶馬幫的年輕人不多，有出息！」巴力還了一禮，笑著說。

「我們還想跟著您，是不是給您添麻煩了？」

「那倒沒啥。只是我們這次要走小路先去送點貨，到了東山腳下，咱們再會合，同路一齊走。怎麼樣？」

「好，那咱們東山腳見。」

清晨的霧靄之中，王熾的馬幫從鎮口走出上了大路，巴力的馬幫也從鎮口走出上了小道。王熾衝著遠處的巴力揮手致意。

兩支馬幫在清脆的馬蹄和銅鈴聲中各奔前程。

二

滿天陰雲密布，遠處雷聲陣陣。

姜庚又站在屋頂望著天空，雙手抱拳向上連連抖著：「老天啊！今天可要下雨呀！多謝了、多謝了。」

他看到兩名鄉丁打馬進了寨門，趕忙順著梯子下來，迎到門口。

兩名鄉丁在他跟前跳下馬，其中之一小聲說：「小的探明白了……」

「真有你的，再探再報！」姜庚聽了之後抿嘴笑笑，拍一下他肩膀，轉向另一個人：「你去把姜三給我叫來！」

二人應命而去。

姜庚回了屋，對梁紅女說：「這回，看他巴力還往哪兒跑！」

梁紅女說：「老天不下雨，你可千萬別下手。」

姜庚說：「我知道。去給我做點兒吃的！」

梁紅女拉著小勝武走出了裏屋。

姜庚一手托著下巴沉思著。

姜三進來了，恭敬的站立著，叫了聲：「大哥！」

姜庚說：「我已經算好了，今天夜裏，他們必將經過老松林，我們就在那兒把他做了！與以往任何一次都不同，這次一不用咱自己的人，二不許失手，只准成功！老三，你的人找好了嗎？」

姜三說：「用的都是幹這行的游勇散兵，我答應他們事成之後，對半分成。」

姜庚慢條細語地說：「把事兒幹漂亮了，都送他們回老家，一個活口不留。」

姜三點點頭：「兄弟明白。」

姜庚看著他笑笑：「我已經聞出來風裏的雨味兒啦！能讓我們戰勝對手的是老天的恩賜和對手的失誤。去吧，現在就去，過一會兒，我也去老松林等著那些獵物。」

姜三轉身出了門。

一聲霹靂，大雨將至。

梁紅女進屋，端來了酒菜。

「真是老天不負有心人，果然要下雨了！來，喝了這杯酒，去吧，別忘了你答應我的話，以後再不幹了。」梁紅女說著給碗裏斟滿了酒，雙手端給姜庚。

姜庚一口喝乾了碗裏的酒，抹了一把嘴唇：「我早說過，會有雨的，會有老天相助！我出門後，你替我打坐求佛，讓這場大雨下它個三天三夜！」

又是一聲霹靂！閃光映照姜庚陰險自得的臉。

已是傍晚，王熾的馬幫在山口處停下。

李西來遙望遠方，感慨道：「又回來啦！翻過這邊的兩座山就是十八寨。四兒哥，不想回家看看嗎？」

王熾說：「誰說不想？可囊中羞愧，無臉見江東父老啊！」

李西來說：「又不是金盆洗手，衣錦還鄉。順路看看咱娘，也不違家訓嘛！我想，咱娘是不會怪你的。」

王熾對母親的思念頓時強烈起來，對馬六子說：「你帶著馬幫到那邊隱蔽處等我，我和二東家去去就來。」

馬六子應道：「是，東家。」

王熾跨上火龍，李西來也上了一匹黑馬，縱馬遠去。

他們中誰也沒有發覺，就在距離他們不遠的密林裏，姜三早已在此監視。

姜三悄悄退回，跑了起來。

到了一個山坳，姜三學了兩聲狼叫，姜庚帶著人出來了。

「大哥，來了！」姜三輕聲說。

「是那個姓巴的吧？」姜庚問。

「不，是王熾的馬幫。」

「王四兒？太好啦，眞是神助哇！今天就連他一勺燴了。」

「王四和李西來奔十八寨去了。他的馬幫已經轉移到了西山。」姜三又說。

「嗯？這個時候，王四兒他到十八寨幹什麼去了？」姜庚沉思一下，吩咐：「姜三，你馬上回去！」

「是！」姜三領命而去。

又有一人跑來：「來了！這回眞的來了。」

姜庚問：「是那個巴力嗎？」

那人說：「正是他！」

姜庚咬咬牙：「好，收拾了這個老皮雷子，回頭劫王四！」

他說完一揮手，帶人隨著來報告的鄉丁奔向巴力的馬幫。

雷聲轟鳴，陰雨陣陣。馬幫走過。巴力站在路口，望著另一條路。一名手下趕了上來。他發現了巴力在望著別的方向，問：「王熾的馬幫還沒到吧？」

「可能已經過去了，走，我們在前面等著。」

「要下大雨了。」

「那也得走，我們說好的，在東山腳下會面。到那兒再歇著吧！」

巴力的馬幫加快了腳步。

又一陣雷聲滾過，稀稀拉拉但很大的雨點打在樹葉上發出了聲響。

夜幕完全落下了，雷電交加，風更耀武揚威，雨在加大。

來到十八寨附近的山林裏，王熾、李西來相繼下了馬。王熾拍拍火龍的腦門，而後和李西來向寨子走去。

姜三已跟蹤而至。他也下了馬，在後面緊跟著，越過寨牆。

王熾、李西來到了家門前，回身看看，輕輕推推門，裏面上著栓。

李西來從門頂上跳過打開門。王熾走了進去。

王熾敲著門，低聲呼喚著：「娘！娘——」

門開了。王母已經聽出兒子的聲音：「快進來！」

姜三到來了，順著門縫看到王熾、李西來進了屋。他遲疑一下，並沒有進院，抬頭看看下著大雨的天，想到姜庚，暗說：老天眞的下雨了，大哥一定能得手！

他又看看院門，還是輕輕推開，走了進去，來到窗外，傾聽著裏面的聲音，是王熾在述說著離家之後的事。那個李西來可別出來！姜三暗說著，趕緊躡手躡腳離去。來到院門前，他剛要拉門，忽聽外面傳來有人跑過腳踩著泥水的聲音，忙住了手，順著門縫向外看，見有一條黑影閃過，向前跑去。

等聽不到了腳步聲，姜三推開門走了出去已看不到那個黑影，不由暗問：「會是什麼人，在這大雨天不老老實實待在家裏？」

他回身關上門，剛想去追，又想到姜庚交代的話，忙止住腳步，回過身，由門縫看著裏面。

姜三萬沒想到，剛才過去的那個人會直奔姜庚的家。他便是趙雲海，早已守候在村外林中，看著姜庚帶人上山，猜出是去打劫，對自己今天的行動更有了成功把握。他來到姜庚家院門前，從門縫向裏看，見屋裏點著燈，燈光由窗戶紙射出，窗外的屋檐下有一個鄉丁，懷裏抱著火銃，坐在凳子上依著牆在打瞌睡。他先往裏扔了塊小石頭，見那鄉丁沒有感覺到，推了一下門，門並沒有上栓。他放輕腳步走了進去。

來到鄉丁跟前，趙雲海一隻大手狠狠掐住了那人的喉嚨，另一手將匕首插進了他的心窩。他的動作之快，令那人還沒來得及掙扎，便一動也不能動了。

趙雲海用舌尖潤濕了一角的窗紙，向裏望去，見梁紅女正給小勝武餵奶，嘴裏哼著小曲哄他入睡。

過了一會兒，梁紅女見小勝武睡著了，把他放在小竹床上，起身出了屋，冒著外面的大雨，上了屋頂，跪在地上，口中唸唸有詞，全不顧渾身濕透，滿臉雨水。

「你這不是等於把小崽子讓給我了嗎？」趙雲海在心裏興奮地說，進了屋，將小竹床夾在腋下，走了出去。

梁紅女在屋頂祈禱了好一會兒，才下來回屋。

「小勝武？」她進屋一看孩子和床都不見了，頓時驚叫起來。

她轉身跑了出來，在院子裏叫著，而後跑出院子，仍在尖叫：「勝武——我的兒啊！勝武——」

一道閃電劃破夜空。梁紅女看到前面正跑著的王熾和李西來，猛地站住：「是你倆幹的？」

「王四兒——」梁紅女叫著追了上去。

大雨裏，頭戴斗笠的巴力走在馬幫的最前邊，兩眼警覺地看著前面和左右。突然，隨著一聲虎嘯聲，前面躥出蒙面的姜庚和好多人，攔住了去路。

巴力立刻回過頭，只見後面、兩側也被人圍了。

「不要慌！」巴力大聲喊著，本能地把手伸向腰間掛著的牛皮囊，投出牛皮雷。

牛皮雷滾到姜庚的腳下，但引線的導火被雨水澆滅了，沒有響。

巴力驀地明白了，「唰——」地抽出了刀：「夥計們，抄傢伙！」

姜庚狂笑著向巴力一步步走來，四下的劫匪也向中間逼近。

隨著姜庚的一聲大喊「殺呀——」劫匪們一哄而上。

雙方展開了刀槍相見的激戰。

馬幫只有六個人，明顯寡不敵衆，有的負了傷，有的倒下了，有的見勢不妙撒腿便逃，最後只剩下巴力在奮力拚殺，已經連殺了十多個人。

突然，姜庚連發袖箭，將一條條繩子的一端釘入兩邊樹的下部。隨著他大喊一聲「拉」，劫匪們立刻拉緊繩子的另一端，頓時在巴力的腳下繃起一張橫七豎八的絆腳網。

巴力一邊跳過腳下的繩索一邊奮戰，又有一個個劫匪在他的刀下做鬼。

姜庚急了：「給我上！我要活的！活的！」

成群的劫匪向巴力圍去。

巴力更加奮勇，刀下又倒了一人。

姜庚突然眼睛一轉：「鬆！」

繩索鬆了。

姜庚把刀一揚：「起！」

繩索又繃了起來。

這樣一鬆一緊的變換，使巴力的腳下亂了，忽然被繩索絆倒在地。劫匪們一擁而上，把巴力按在了地上，用繩索在他身後綁上雙手，接著將兩腿也捆上了。

姜庚蹲下身，咬牙切齒地怒視著巴力，冷笑著說：「怎麼樣，老皮雷子，還想從我手底下溜過去嗎？哼，你的牛皮雷怎麼救不了你了？」

巴力扭過臉怒不可遏地叫著：「怕死就不趕馬幫！有膽子的，露出你的臉！要殺要剮給你爺爺個痛快！」

「想要痛快的？」姜庚說著放聲大笑，而後惡狠狠地說：「我偏讓你有氣沒法出，一口一口地活活憋死！」說罷他突然伸出左手用力掐住巴力的兩腮。巴力不得不張開了嘴。這時他看到，姜庚右手一抖不知從哪裡拿出了一條菜花蛇。

「讓你嚐個鮮兒吧！」姜庚叫著把蛇頭猛地塞進巴力的嘴裏。

那條蛇忽地往巴力的嘴裏鑽去。

巴力發出一聲痛苦且憋悶的叫聲。

突然，巴力二目圓睜，用力一咬。隨著「喀吱」一聲，被咬下來的那段蛇順他的面頰滑落在耳朵旁邊的地上。

姜庚站直身子大笑，向巴力挑起大拇指，說：「好樣的！只是，這樣堵得更嚴實。你沒想到吧？哈哈……」

按著巴力的兩名劫匪鬆開了他。巴力嘴裏含著剩下的蛇，滿臉憋脹，雨水與大汗淋漓……

姜三氣喘吁吁地跑到姜庚面前，焦急地說：「大哥，家裏出事啦！小勝武被人劫走，嫂子瘋了一樣到處喊。」

姜庚轉念一想，吼道：「想不到王四兒這小子抄了我後路！快回去！」

三

大雨已經停了，風卻刮得更猛，林濤陣陣，樹梢響起呼哨。

姜三帶著幾名鄉丁打著燈籠跟隨著姜庚、梁紅女跑到王熾家門前，撞開門衝了進去。

「王四兒！王四兒！」梁紅女進門便喊，在王家四處尋找。

王母點燃了油燈，坐在床上看著姜庚。

姜庚怒沖沖問：「四兒呢？」

王母平靜地說：「走了。你晚來了有半個多時辰。」

姜庚指點著她：「他把小勝武帶走了？」

王母大驚，聲音也變了：「他怎會帶走小勝武？」

梁紅女哭叫著：「你裝什麼糊塗！把王四和我家勝武交出來！」

王母看著她搖搖頭：「我沒看到小勝武。四兒也不會帶走你家勝武。他做生意，跑馬幫，怎麼帶小勝武啊？」

梁紅女跺著腳叫道：「我都看見啦！一定是那個該死的王四兒，心裏恨著姜庚，便劫走了小勝武。」

王母厲聲說：「你別血口噴人！我的兒子可不像有的人，盡幹那種缺了八輩子大德的損事兒！」

姜庚一把拉住要撲上去的梁紅女，說：「我家勝武如有半點差錯，王四就是跑到天邊，我也不會放過他！我們走。」

姜庚說著把梁紅女拖出了門。

天漸漸亮了。山林裏空氣由於夜裏的大雨而分外濕潤。王熾隨馬幫在密林中走著，忽聽前邊傳來馬六子的驚叫聲：「王鍋頭！」

王熾聞聲向前邊跑去。

「天啊！」王熾叫了一聲，瞪大眼睛看著，只見滿地是被踐踏過、搏鬥過的痕跡，還有被丟下的刀槍、屍體。

突然，王熾的眼睛定住了，向前走了幾步，從地上撿起個沒響的牛皮雷。他的眼前頓時出現了那天夜裏皮雷接連爆炸的場面……

「是他們！」王熾明白了，立刻大聲叫起來：「西來！西來！」

前面的李西來也向他喊著：「四兒哥！快過來！」

王熾拿著那個沒響的皮雷向李西來跑去。

李西來蹲在一具屍體旁。那屍體正是在皎平渡與他們交談過的大個子馱夫。

王熾說：「是巴鍋頭他們！」

這時，馬六子衝他倆喊起來：「這兒有個帶氣兒的！」

王熾和李西來立刻跑去。

巴力在地上滾著，憋得一挺一挺地痙攣。王熾衝過去，急忙解開捆他的繩索，焦急地問：「巴鍋頭！這是怎麼回事？」

李西來急得伸手去拉巴力嘴裏的死蛇。

馬六子忙說：「拉不得！蛇身上的鱗是倒刺兒，越往外拉扎得越深！」

李西來遲疑一下：「那就往裏捅！」

馬六子說：「也不行！人的喉嚨容不下的！越捅會堵得越死！」

「西來，你讓人把死去的朋友都掩埋好，然後到前邊的寨子裏找我。」王熾說著背起巴力就走。

巴力已經昏迷過去，順著嘴角流血，染紅了王熾的衣服。

馬六子帶著一個人追了上來，替王熾背著巴力。

「快、快！」王熾叫著。

三個人的腳步越跑越快……

一個村莊出現在前面，越來越近。

王熾進了早已熟悉的一家，把巴力放在院子裏的長板凳上，對坐在旁邊凳子上的一位老中醫說：「老人家快

救救他！」

老中醫一手給巴力號脈，一隻手用針灸刺著他的人中等穴。

巴力的鼻子發出了呻吟。

王熾叫道：「他醒了！」

老中醫說：「醒了……大概也沒用，不過是耗時辰罷了。」

王熾給老中醫跪下了：「老人家救救他吧！他是好人……」

此刻，彌留之際的巴力突然睜大了眼睛！

王熾驚喜地說：「他睜眼了！」

老中醫嘆著氣說：「是迴光返照。多看你朋友一眼吧。」

王熾兀然站起，背過身去落淚了。就在他這轉身的瞬間，他的眼睛定住了，盯著在院子的牆邊長著一溝茂盛的大蔥。他眼睛一亮，跑了過去，把手伸向最粗的蔥葉，把它掐了下來，轉身跑回巴力身邊，將掐去兩端的蔥葉套向巴力口中的蛇身。

「這是幹什麼？」老中醫問，很快便明白了，點頭笑著：「好聰明的後生！蔥葉子裏邊有黏液，是滑溜的。這樣就能把死蛇取出來了。」

蔥葉在向裏捅。被王熾捏著的蛇身在向外拉。

瞪大眼睛的巴力始終在盯著王熾。

死蛇終於取出來了。

巴力「哇」地噴出一股血水和大半截巴力的舌頭。

老中醫給巴力的嘴裏上了止血的藥，指揮馬六子和那個夥計卸下一塊門板，王熾扶著巴力躺在門板上，抬起巴力往外奔去。

王熾吩咐馬六子：「快！去告訴李西來，由他和你帶著馬幫去皎平渡，回來後到竹園客棧找我，我在那兒給巴鍋頭治傷。」

馬六子答應著跑出去。

王熾向老中醫道謝、告辭，和另一名夥計抬起巴力急匆匆離去。

李蓮芸心思重重地背著柴禾下了山，迎面看見遠遠走來的張春娥。她停住了腳想迴避，但又想了想，主動迎了上去。

窄小的山路剛好只能走過一個人，二人相遇，都停下了腳步，互相看著。李蓮芸冷冷地問：「你不是我們寨子的，對不？」

張春娥說：「我是師宗的，來你們寨子找人。」

李蓮芸又問：「上次和你一塊來的是說媒的吧？」

張春娥臉紅了：「不，那是我娘。」

李蓮芸冷笑一聲：「你娘是說媒的！說的婆家姓王，對不？」

張春娥也冷下了臉：「我娘就是我娘，是到王家看王嬸的。」

李蓮芸問：「你是她家什麼人哪？兒媳婦？定親了嗎？」

張春娥的臉又紅了：「不是，什麼都不是……這位大姐，你讓我過去，老人家還等著我呢。」

李蓮芸說：「我也沒攔著你呀。」

張春娥示意李蓮芸讓路：「可……」

李蓮芸說：「你就不能回去嗎？輕載給重載讓路，這個道理也不懂？」

張春娥回頭看看，轉過身向回走去。

李蓮芸在她身後跟著，怒視著她的背影，卻覺得她的身材很好，不由道了聲：「難怪四兒哥他娘看中了你……」

張春娥回頭看了她一眼，驀地明白了，問：「你很喜歡王熾，是吧？」

李蓮芸響亮地說：「是的！怎麼樣，不可以嗎？」

張春娥卻衝她笑笑，又向前走了幾步，躲在旁邊，看著李蓮芸挺著胸脯向前走去。她忽然認出了她，想起了當年在村外的溪水邊，王熾扔過來魚後，就是這個人曾經攆自己走。她笑了笑，眼前又浮現出溪水中舉著剛抓到魚的小王熾……

四

李西來牽著兩匹馬，馬背上都馱著貨，走進客棧院子喊道：「四兒哥！」

王熾從一間屋裏走出，把手指放在嘴邊「噓」了一聲：「小聲點！巴鍋頭剛剛睡著。哎，你這是……」

李西來說：「我爲巴鍋頭買了兩匹馬和兩垛子貨，再給他留點錢，讓他找兩個夥計，日後設法東山再起吧！」

王熾臉沉下來，說：「誰讓你這麼做的？」

李西來一愣：「我這是好心哪！他以前對咱夠意思，咱也得對得起他。」

王熾說：「既然知道這個，還想扔下他走？」

李西來急了：「可咱也不可能陪著他一輩子呀！現在他傷也養好了，咱們也該幹自己的事了。」

王熾瞪著他：「西來，你怎麼忍心丟下他呢！」

李西來說：「我不是這個意思！除非他跟咱們一起走，可人家原來是鍋頭！怎麼會給咱幫工呢？」

另一間屋門被推開，巴力站在門口。

王熾立刻上前：「力哥，我們不走……」

巴力在王熾面前跪下了，連連磕頭。

巴力仍然跪在地上，焦急地向王熾比劃著。

「你這是幹什麼？」王熾說著拉著巴力的胳膊。

李西來明白了，說：「他的意思，是再生之恩，甘效犬馬之勞。」

王熾退後兩步，與巴力相對而跪，懇切地說：「巴大哥，你這是幹什麼？我們都是吃馬幫這碗飯的，理應相幫。請起來吧！」

巴力既不起來也無表示，反而忽地將前額叩在地上不再起來！

王熾站起身，用力攙起巴力，說：「好，既然你看得起我王熾，我就請你做我的二鍋頭！這樣可以了吧？」

巴力沒有任何表示，轉身走向馬幫，來到火龍面前牽起韁繩便走，出了院子。

馬六子牽著那兩匹馬走了過來，說：「王鍋頭，就依了他吧！跑馬幫的都知道，他要是拉住了馬韁繩，那就是要給東家當僕人。這樣也好，有他打頭我斷後，咱們的馬幫就算齊了。」

王熾爲難地說：「這合適嗎？」

馬六子說：「再合適不過了。我早就聽說過有個姓巴的彝族鍋頭，不但仗義，還手眼神通呢！你若執意不讓他這樣，他也不會走，即使攆走了他，他的舌頭已經被蛇咬斷成了啞巴，可怎麼生活？」

王熾慢慢點點頭，大步向前走去，來到火龍身邊，與巴力一左一右向前走去。

他們在貨物集散的壩上。

王熾、李西來隨著巴力站在成堆的貨物旁看著。

王熾說：「多虧了巴力，帶咱們來這兒。這麼多好貨！」

李西來說：「四兒哥，這麼多，咱們那幾匹馬馱得走嘛？」

王熾說：「是呀，都是上手貨，不進哪個都捨不得。」

這時，馬六子和馱夫們又抬來了貨物。李西來急了：「怎麼還有？都是咱們的嗎？誰讓你們買這麼多？」

馬六子說：「巴哥讓抬來的。」

王熾和李西來忙走過去查看。

王熾從貨包裏取出了幾袋東西，打開一看便呆住了。他立刻給李西來看：「冬蟲夏草！」

「咱倆找都找不到的搶手貨！」李西來臉上頓時露出笑容，忙問馬六子：「哪兒進的？」

「巴力帶著我們進了一家僻靜的小院兒，找到個青海來的藏商。巴力把他的貨全給包了！」馬六子喜滋滋說。

「你給巴力貨款了嗎？」王熾看著李西來問。

「沒有啊！」李西來搖著頭說。

「沒用錢。是巴力用他的信用擔保的。」馬六子說。

王熾感嘆道：「巴力……我的好哥哥……眞是天助神佑……」

李西來看著堆到腳邊的貨物：「再有五匹馬也不夠用啊！」

王熾四下看看，突然問：「巴力呢？你們回來了，他去哪兒啦！」

馬六子說：「他讓我告訴東家，一會兒就回來。一定要等他回來。」

王熾連連點頭：「當然！他比什麼都貴重……」

此時，在馬市上，巴力正一頭一頭地挑選著馬匹。

跟在他旁邊的賣馬人一頭接一頭地數著：「四頭……五頭……六頭……七頭……八頭。」

巴力張嘴想說話，可他只發出了一聲低微沙啞的呼聲！

賣馬人驚住了：「巴鍋頭！你……」

巴力一笑，用右手的拇指和食指打了個響指。之後，他低著頭去解腰帶。賣馬人看出他是那麼的不習慣，臉上神情痛苦。他用力抽出布腰帶，用嘴撕開縫好的縫兒，從裏邊取出一張莊票，遞給了賣馬人。同時，他指指自己又指指對方，跟著伸起三個手指。

賣馬人點頭：「我明白，是差三兩銀子。不要了。巴鍋頭，不要了！」

巴力後退一步，恭恭敬敬地向賣馬人施著彝族禮，然後牽著馬離去。

「巴大哥——」李西來看到了巴力，向他跑去。馬六子等人也迎了上去。

王熾看著巴力牽來的八匹馬，心裏明白了，很感動。他抓住了巴力的手，沒有說話，拉著他進了旁邊的酒館。

李西來、馬六子等人也都進來了，和王熾、巴力圍坐在石板桌邊，說著巴力剛買的馬如何好。

王熾放在桌面的手慢慢地伸向對面巴力的手。巴力莫名其妙地也伸出了手，和他的手握在了一起。

王熾說：「巴大哥！我們簽字畫押立文書，你也是鍋頭！」

巴力猛地抽出了自己的手，驚愕地看著他。

王熾堅決地說：「那不行！要這樣，小弟我豈不成了施恩圖報的小人了嗎？不行，不行，絕不行！」

巴力忽地跪在王熾腳下。

馬幫的人、酒館裏的顧客都驚愕地看著他倆。

巴力臉憋得通紅，兩手比劃著。

馬六子說：「他的意思，是願以死銘心！王鍋頭……」

王熾去拉巴力，嘴裏叫著：「不、不不！」

巴力忽然拔出來匕首，將上衣的前襟刺在了地上，自己也伏下身子。

李西來忙湊到王熾身邊，說：「四兒哥，別擰著他了！沒聽說嘛，彝族漢子的心就是射出的箭——不會拐彎兒！」

王熾跪在了巴力面前，拔起匕首丟在旁邊，和巴力雙臂相搭，相扶而起。

衆人看著他倆，眼裏都湧上淚水。

「西來，拿酒！」王熾抹去淚，高聲說。

李西來忙向店家招手：「酒！」

王熾看著巴力，說：「巴哥！你不願做鍋頭，我也不勉強。不過，你我之間只能是兄弟相稱手足之情，有難同當，有福共用。生死與共，永不再分！」

巴力連連點著頭，眼裏淚流如雨，猛地抱住了王熾。

李西來接過店小二端來的兩碗米酒，放在二人身前的桌上。

巴力鬆開了王熾，從地上撿起匕首，割了一下自己左手的中指，將血滴在酒裏。王熾也照著他的樣子做了，和他一同端起酒碗，碰了一下，一飲而盡。

趙雲海出了家門，披著一身夕陽的餘暉向村東走去，不時和遇到的人打著招呼，說說笑笑。

他進了趙家寨東頭的一家院子，叫了聲：「老八！」

一個中年人急忙走出屋門，點頭哈腰地笑著說：「寨主！您吃過了？」

「吃過了。他呢？」趙雲海問。

「我這正要去餵。」老八說著，拎起已經放在旁邊的一個豬食桶，向房後走去。

趙雲海跟了過去，繞過房東，到了房後。這裏一般人家只有前院，可老八的家也有後院，建了一個很大的豬圈，圈牆有尺多高，前面正中是個木頭柵欄大門。

老八打開鎖著的圈門，走進去，把桶裏的豬食倒進豬槽子。那些大大小小的豬馬上搶著吃了起來。

趙雲海來到了圈門前，只見從豬窩裏跑出來了小勝武。他衝到豬食槽子前，用骯髒的小手抓起豬食就吃。

趙雲海笑著說：「哼！這小畜牲，還眞餓不死你啊？」

老八附和著：「是啊、是啊！他還眞經活。」

小勝武已經吃得滿嘴巴子豬食。他斜了趙雲海一眼，說：「等我爹來了，會宰了你！你就等著吧！」

老八罵道：「他娘的！骨頭還挺硬。能不能活到那時候，還沒準呢！」

小勝武勾著指頭示意老八過去。老八不知什麼事，走近了小勝武。小勝武突然噴了他一臉豬食。

趙雲海在一旁看著放聲大笑。

老八一腳踢倒了小勝武，剛要再踢，被趙雲海拉住了。

小勝武被趙雲海一手拎了起來，叫罵起來：「鬆開我！你這個壞蛋……」

趙雲海把小勝武的嘴按在豬食槽子裏，厲聲說：「學那豬的吃法，不許用手！」

小勝武哭叫起來。

老八上前打了他兩個嘴巴：「不許哭！再哭，豬食也不讓你吃，餓死你小王八羔子。」

小勝武閉緊了嘴，怒視著老八。

趙雲海鬆開小勝武，說：「老八，要讓他學會豬的吃法，平時不得出豬棚子，出來就狠狠地打！」

「是啦！」老八應著。

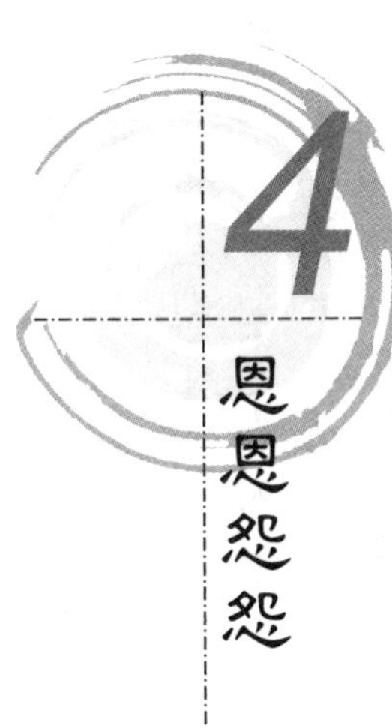

4 恩恩怨怨

一

在山寨客棧的一間房裏，王熾對馬幫夥計們說：「各位弟兄，我和巴力要離開大夥些日子，在我回家探母期間，馬幫由二鍋頭李西來和馱頭馬大哥管理……」

他忽然住了嘴，目光又將衆人掃了一下：「馬六子吶？」

巴力站起身，快步走了出去。

巴力到了外面，聽到對面一間房裏傳出吵鬧聲、叫罵聲。他走了過去，推開門，只見裏面煙霧騰騰，擺著三攤賭局，其他馬幫的夥計、馱夫有十多個人，都賭興正酣。

馬六子在其中一個賭局裏，正大睁著唯一的右眼猜測對方手裏的短棍兒：「三！」

對方將攥緊的拳頭張開，手掌上果然是三根短棍兒。

「中了！」馬六子高喊著，將地上押在三顆石頭子兒旁邊的碎銀子摟入自己的懷中。

一隻大手拍在馬六子的後脖子上。馬六子抬起頭，剛吐出「巴」字，便被巴力一把像老鷹抓小雞似的拎起來，走了出去。

回到屋，巴力一鬆手將馬六子扔在當地，一包碎銀子也在地上散開。

王熾看著巴力問：「怎麼回事？」

巴力用手比劃著。

王熾明白了，怒視著馬六子：「你……你竟然賭錢？」

馬六子跪在地上，低聲說：「聽說鍋頭要回家去探望老母，馬六子有心孝敬，只想多買點好吃的、好穿的讓東家帶回去，可我身上現銀不多，所以……」

王熾吼道：「所以你就去賭！」

馬六子磕了一個頭：「鍋頭帶我們親如兄弟，您的老母親就是我們的娘，按江湖上的規矩，孝敬長輩是小的們的本分。」

王熾氣得渾身發抖，指點著他：「你還有理！怎麼？咱們跑馬幫作生意就得按江湖規矩辦事，就得去吃喝嫖賭？如果你覺得這樣才痛快，才合你的心意，那這馬幫你來帶！我王熾情願回家種地！」

夥計們都低頭不語。

王熾突然喊道：「西來！我給咱馬幫立了兩句生死話，是什麼？」

李西來說：「窮死三不走，煩死三不沾！」

王熾目光射向馬六子：「馬六子，什麼意思？」

馬六子說：「不怕馱子空，三走馬不動：不走煙葉，不走兵器，不走人口。」

王熾又問：「腰裏有了錢，煩死三不沾呢？」

馬六子聲音更小：「不沾煙館、賭場、妓院。」

王熾大喘了兩口氣：「咱立下這馬幫的規矩，不是嘴上說的，是要每個弟兄時時要做的！從今天起，我還要立個規矩，往後，逢年過節、紅白喜事，當鍋頭的一律不收賀禮奉銀，誰壞了這規矩，王熾就請他另謀高就，絕不含糊！」

馬六子從地上站起來撿起碎銀子就走。

李西來以爲他眞的要離開，叫道：「馬六子？」

馬六子站住了，說：「我知道自己錯了，這就把贏來的這些錢還給輸家。從今往後，馬六子金盆洗手，不沾賭字！」

看著他走出去，夥計們小聲議論著：「鍋頭的這些規矩立得好啊！」「可別再犯著啦！」「是啊！咱算跟準了人了……」

李西來將一竹簍放在桌上，掀去竹簍上的紅布，露出裏面的銀錠，說：「現在發放上三個月的餉銀。還是老規矩，多賺多給，少賺少拿，腳下走的遠近一樣，手裏拿的不分上下！」

見李西來將銀子分發給各位夥計，巴力悄悄溜了出去。

「巴哥！」李西來叫著，不見了巴力，四下看著。

王熾接過李西來手中的銀子，向外面走去。

來到外面，王熾看到，巴力正在火龍馬跟前檢查鞍子。

王熾走過去，沒有與他打招呼，也沒說話，只是用雙手捧著那錠銀子，恭敬地一動不動站在他身後。

巴力忽地轉過身來，屈膝欲跪。王熾一下子扶住了他：「巴哥！」

巴力連連擺著手，嘴動著，急得臉上沁出細密的汗珠。

王熾說：「巴哥！這樣下去你讓我怎麼做人啊？不錯，我是救了你一命。我可不是圖你報答！我知道，這餉銀遠遠不能補償你對我的幫助。可你連這起碼的一點點心意都不讓我表示嗎？我的心也是肉長的呀！」

巴力把頭深深地低下了。

王熾叫著：「巴哥——」

巴力猛地抬起頭，直勾勾地看著王熾。

王熾的眼裏蓄著淚，將手中的銀子向前送去。

巴力突然接過銀子，抱著頭蹲在地上不出聲了。

夕陽正在西下，晚霞很美。天空飄著朵朵白雲，千姿百態。沒有風，山林很靜。忽然從遠處跑來兩匹快馬，紅色的如一團火，白色的如一片雲。這兩騎到了十八寨村外的溪水邊，縱馬躍過，馬蹄在鄰近對岸的水中落下，濺起好多水花。

大汗淋漓的王熾和巴力都帶住了馬，看著前面的十八寨。

「少小離家老大歸，一晃兒離開十八寨三年啦！」王熾感慨地說，向前一指：「巴哥你看，滿寨子裏最紅的門窗就是我家。」

巴力張著嘴「啊、啊」了兩聲，連連點頭。

王熾跳下火龍，捧起一把黃土，用力聞了聞，說：「十八寨的黃土有股特殊的味兒，你聞聞像不像熟山芋的味兒？」

巴力也跳下馬，聞聞王熾捧上來的土，點著頭「唔、唔」。

一隻風箏在天空，扶搖直上。

一群白鴿在空中盤旋。

王熾加快了腳步，巴力牽著馬緊隨著。

「可惜我娘不知道我今天要回來，要不，準得在寨口等著我。」王熾說。

王熾沒想到，此時他娘眞的坐在村外老榕樹下的石頭上在等著他。

張春娥在放著風箏，來到王母身前，說：「嬸子就別等啦！咱們還是回去吧。天快黑了，明天我們早點來等。」

王母仍然不動，說：「這個四兒，眞是跑野啦。也不想著回來看看我！前天夜裏，我白夢到他了。」

張春娥說：「興許是去了遠處，興許是脫不了身……」

王母看著她笑著：「喲，還沒見過人，就替他說好話啦？」

張春娥臉一紅，低下頭，眼前浮現出溪水中舉著魚的小王熾。

王母看著她放的風箏，說：「出門在外的男人就好比放起的風箏，是得有根線牽著啦！哎，姑娘，慢著點兒，這要是把線拉斷了，男人就回不了家啦。」

張春娥害羞地晃了晃身子，用撒嬌的聲音說：「嬸子——」

王母很鄭重地說：「等四兒一回來，我就給你們辦，把這根兒線拴在你手腕上，你可得拽緊啊！」

不很遠處傳來火龍的嘶鳴。

「聽！這、這是火龍的聲音！」王母趕忙站起身，驚喜地叫著，接著大喊：「四兒！四兒……」

王熾聽到了母親的聲音，跨上了火龍，打馬飛奔，叫著：「娘！娘——」

轉過一個彎，王熾看到了老榕樹下的母親，叫聲更大了：「娘——」

王母向前跑去。張春娥看了片刻，在王熾跳下馬時躲到了樹後，看著王熾跪在了母親面前。王熾揚著臉看著母親：「娘！娘……」

王母仔細打量他：「四兒！這眞是我的四兒嗎？」

「娘！是我呀！」

「眞的是你？」

王熾磕頭：「娘，兒不孝哇！」

王母攙起王熾，熱淚早已湧出：「孝、孝……」

王熾爲母親擦去眼淚，自己的眼淚還在流著，哽咽著：「娘！」在後面也跳下馬的巴力看著前面的母子，鼻子一酸，轉過頭去。樹後張春娥在探出臉看著，也感動得落下淚。

姜三急匆匆進了姜庚的家：「大哥！王四兒回來啦！」

姜庚頭也不回地說：「我在房頂看見了。」

姜三又說：「他……他帶回來了那個沒舌頭的老皮雷子。」

姜庚罵道：「這兩個該死的，我饒不了他們！」

梁紅女披頭散髮地往門外衝，姜庚一把抓住她：「你幹什麼？」

梁紅女哭叫著：「我找王熾要我的兒子。」

「你個女人家，懂得什麼？」

「我不懂，可我要兒子！你還我兒子，還我兒子！」

姜庚「啪！」地一個嘴巴打在梁紅女臉上，怒吼著：「行啦！你知道什麼？」

梁紅女坐在地上大哭起來。

姜庚看著窗外，咬牙切齒說：「眞是人算不如天算！老皮雷子怎麼會和他王四兒搞在了一起？眞後悔當初沒補上一刀！」

姜三問：「大哥你說，怎麼辦？今夜再動手？」

姜庚大喘了幾口氣，說：「再去看看！」

姜三沒動地方，垂下頭。

姜庚催著：「去呀！」

姜三囁嚅著：「那個……啞巴要是認出我，還不殺了我？」

姜庚指點著他：「你就那麼怕他？笨豬！不會另派個人去？」

「是，是！」姜三趕忙應著，轉身走了出去。

老阿婆還坐在自家門口，看著進出王熾家的鄉親們，嘟囔著：「從小看到老，我那時就說這娃有出息，這回王家可是又娶媳婦又發財，雙喜臨門哪，三十年河東，三十年河西，也該著他王家發了……」

李蓮芸也走了過來，看看老阿婆並沒說話，把手上的石頭放入口袋，想進王熾家門又轉過身，慢慢離開……

巴力在王熾院子裏劈柴。

堂屋裏，剛送走了一撥人的王熾正同母親說起巴力：「巴哥不但不擺當過幫主的架子，而且處處幫我，還拿出自己的積蓄幫我買馬、躉貨。要是沒他的相助，我哪會這麼快就入道，賺這麼多錢？我有今天，全靠了他！」

王母說：「人敬人高。那咱們就得處處對得起人家，可不能覺得救過他的命，就那麼應該應分。」

王熾說：「可他總覺得我給了他一條命，就想用自己的一生來報答。」

王母說：「那你更應該以心換心，萬萬不可收了葫蘆忘了架。不管將來是發大財還是得溫飽，永遠不可有了錢就長脾氣，剛打幾個飽嗝兒就腆肚子。」

王熾說：「是。孩兒記住了。」

春娥走進來，將飯菜端上桌。

王母說：「去請巴力一起吃！」

王熾應道：「好，我就去。」

王熾來到院裏，奪下巴力劈柴的斧子：「巴哥，吃飯去。」

巴力點點頭，往廚房走去。

王熾忙拉住他：「巴哥，這是回到家了！不用像在外邊那樣，總守著馬吃。」

巴力搖頭不肯。王母走了出來，說：「四兒，把飯擺到廚房去，你巴大哥想在哪兒吃，咱們就陪到哪兒。」

巴力一聽，急忙跪地。王母扶起巴力，很嚴肅地說：「你聽著巴力！我家沒有這樣的規矩。你待我兒情同手足，我家就是你家！」

了。

巴力抬眼看向王熾。

王熾說：「只能從命。」

巴力這才極不情願地進了屋，坐在桌旁。春娥遞給巴力一碗飯，巴力像搶著吃，狼吞虎嚥吃起來。王母怔住了。

一大碗飯吃光後，巴力便站起身出去了。

窗外又傳來了巴力劈柴的聲音。

王母嘆了一口氣：「眞是的，也太難爲他了。」

王熾說：「他一直是吃虎食、睡狗覺。吃起東西狼吞虎嚥，睡起覺閫會兒眼就管事！大概這是全天下最忠實的人了。」

王母說：「四兒啊，從下頓起，把飯菜擺到他房裏去，要頓頓有酒有肉。」

吃過了飯，王熾看著張春娥收拾桌子出去刷碗，小聲問：「娘！這姑娘……」

王母說：「正好你回來了，娘就把你和她的喜事兒辦了。」

「哦？」王熾一驚，馬上明白了。

「人你也看到了，是窮人家的孩子，模樣好壞且不論，重要的是心地善良。你不在家的這些日子，一直是她忙裏忙外的，實際上早已盡了做媳婦的孝道。」

「終身大事也要娘這般操心，做兒的心中慚愧。」

「快別這麼說，你只要告訴娘，行還是不行？」

「我想起來了！」王熾忽然驚喜地叫道，「怪不得看著她有些眼熟。」

「什麼呀？」王母看著他問。

「那還是小時候，就是趙大哥來咱寨子要給他爹報仇的那天，我和西來等好多孩子正在溪水裏玩兒，忽然抓到了一條魚，西來過來搶，我便向岸上撇去，落在正路過那兒的一個女孩兒腳下。那個女孩兒就是她！」

「原來還有這層緣分！看來，你願意啦？」

「娘的眼光是不會錯的，兒一切由娘做主。」

「娘就知道你會點頭的，春娥，你進來。」

「難得你也想起來了！」在門外的春娥聽到王熾說起小時候的事，心情很激動，一臉緋紅，不敢抬頭地走進來。

王母說：「春娥，來見過我家四兒。」

春娥羞怯地叫了聲：「四哥！」

王熾不知所措地「哎」了一聲。

二人同時抬起頭，四目相對，雙雙流露滿意的目光。

院子裏的巴力已經劈完了柴，見又走進來一個年輕女子。

這是李蓮芸。她快步到了屋門口，驀地停住，慢慢走了進去，只見王熾和春娥跪在了王母跟前。

「娘！」王熾、春娥一齊叫道。

王母激動地看著他倆，忙不迭地答應：「哎、哎！」

李蓮芸眼裏湧上淚水，轉身跑了出去。

巴力奇怪地看著她，坐在了臨牆的凳子上。

夜幕降落了，上面鑲嵌著無數顆星，一閃一閃的。

張春娥、王熾一前一後走出屋，出了院子。

王熾把張春娥送到西院的老阿婆家住，過了好一會兒回來了，對巴力說：「進屋去睡吧！」

巴力連連搖頭，比劃著。

王熾明白了他是在擔心姜庚會帶人來，只好自己進了屋……

第二天上午，王熾家門前蘆笙陣陣，鑼鼓齊天。娶親的轎子在衆人的簇擁下出了老阿婆家，繞過寨外的水田，再抬進寨門，直奔王熾家。

姜庚陰沉著臉在自家屋頂上觀望。梁紅女待隊伍經過，將一盆髒水潑下。

巴力抬起頭，正與姜庚四目相對。姜庚的那雙眼睛使巴力猛然想起自己的仇人，那個曾使他變成啞巴的仇人。但在他一眨眼之後，姜庚已不見了。

娶親的轎子抬進王熾家門。

遠遠地站著李蓮芸，她呆呆地望著王熾家門，情不自禁地跟了過去。她一低頭，看到了門旁自己每天一塊堆起的石子堆，猛地用手推倒，用腳踢亂，突然轉身跑開，一直跑到後山上，伏在一塊巨石上，失聲痛哭……

王熾進了老寨主的堂屋，見老寨主坐在主位，兩側坐著本村幾位老年人。他向衆人施禮、問候，坐在寨主對面。

老寨主說：「姜庚多年來欺上瞞下，造謠惑衆，背地裏殺人劫貨，鬧得我們十八寨聲名狼藉，全寨上下，早就義憤填膺。我已決意革去他的鄉團首領之職，遣散舊鄉團，重新組建。這個新鄉團的首領嘛，我首舉王熾！」

王熾大驚：「我？」

衆人都說：「好！」

老寨主看著王熾：「王熾！當年，你的祖父可是守禦十八寨百戶所的指揮使，鎮一方水土，保一方平安，對咱十八寨的人恩德無量。現在，你意下如何？」

「這……」王熾遲疑著。

這時，姜庚闖了進來，指點著王熾叫道：「寨主大人！十三年前他放跑了土匪趙雲海，三年前又勾結匪徒襲擊我鄉丁，舊帳還沒清算，就又與趙家寨明來暗往，分明是勾結匪人，犯上作亂。鄉團若落在這種人手裏，百姓遭殃，危害無窮啊！」

寨主厲聲說：「姜庚，你來的正好，本寨主正要派人去找你。本寨主把你的鄉團首領撤了！」

姜庚大驚：「撤了？」

王熾慢慢站起：「表兄……」

姜庚狠狠地盯著王熾，走近了他，「呸」地將一口唾沫吐在了王熾臉上，然後大步走了出去。

王熾呆立著。

老寨主問：「怎麼，被他嚇住啦？」

王熾慢慢轉過身，向老寨主和其他人拱手，說：「既然老寨主和諸位信得過我，我豈敢不爲本村的平安貢獻力量？」

老寨主等人都笑了：「好！」

王熾道了聲「告辭」，走了出去。

他回到家，見王母和張春娥忙著爲王熾收拾行裝。

「娘。」王熾叫了一聲。

王母看看他，問：「出了什麼事？」

王熾把老寨主讓自己當鄉團首領的事說了。

王母笑著說：「好啊！你應了這個職，爲村兒裏人辦事兒，娘沒什麼好說的。只是姜庚被免了職，不會就此善罷甘休，你可要處處小心。」

王熾說：「有鄉民們支援我，還有巴力在我身邊，沒事兒的！只是我的馬幫……」

王母說：「馬幫、生意是咱們自家的事兒，重建鄉團可是大家的事。鄉團既是各家攤派銀子辦起來的，就要爲民辦事。不但要守衛十八寨，還要保護寨子四周的過往行人、馬幫。這可責任重大呀。」

王熾點點頭：「兒記住了。」

王母想了想，說：「你先別回馬幫了，明天就去昆明找李樹勳李大人。你父親當年救助過他，成了好友，現在他是省城的訓導。辦鄉團的一切官府批文指令，他會幫你辦的。」

王熾臉上露出笑容：「我這就動身！」

王母瞅了瞅張春娥，說：「不忙，如今你是有媳婦的人啦，這才剛結婚沒幾天……」

張春娥臉一紅，忙說：「還是寨子裏的大事要緊！現在就去昆明吧。」

王熾看著妻子，目光中流露出內心的驚喜。

二

王熾和巴力進了昆明，逢人便打聽，經過一條清靜的小街，來到一座陳舊但很考究的門樓前，正要伸手敲門，門便大開了，從裏面急忙跑出一位老人。

王熾拱手：「請問，這裏可是李樹勳李大人的府邸？」

老家院匆匆回答「是、是的」，便急忙出了院門。

王熾和巴力感到裏面發生了什麼事情，急忙牽著馬走了進去，很快便聽到後面有好多女人驚叫的聲音，趕忙跑了過去。

後花園已亂成一團兒。李樹勳的十四歲女兒李香靈在花園的魚池裏時起時伏掙扎著叫喊：「救命！救命啊……」

岸上的丫鬟芹兒踮著腳將手中的竹竿伸向李香靈：「小姐快抓……抓住竹竿！」

李香靈終於抓住了竹竿，猛地一拽，芹兒「啊」地一聲也落入池中。她也在水中起伏著，大喊：「救命……」

王熾和巴力趕到了，二人幾乎同時跳進水中，向李香靈、芹兒游去，很快便一人一個將兩個女人托在了手中。

兩個男家人趕到，將王熾手中的芹兒接走。

王熾回身從巴力手中抱起李香靈，上了岸。

李香靈已經昏迷。王熾把她放在岸邊一個傾斜處，腳在高處頭部低，用力在她的肚子上按，一股股水從她的嘴裏湧出。

巴力也上了岸，也學著王熾的樣子按著芹兒的肚子。

不久，芹兒便吐出喝下去的水，睜開眼睛，而李香靈雖然嘴裏不再出水，仍然昏迷不醒。王熾用手指試了試她的鼻息，呼吸已經很微弱。他再顧不得男女之防，俯下身去，嘴對嘴做起人工呼吸。

過了好一會兒，李香靈才有了知覺，呼吸漸漸明顯。王熾這才把嘴和她的嘴分開，看著她，見她慢慢睜開了眼睛。他長出一口氣，想到剛才的情景，很不好意思地站起身子，可李香靈又昏迷過去了。他急忙叫道：「小姐！小姐！」

頭髮花白的李樹勳隨著老家院急匆匆地趕來，離老遠就叫著：「香靈——」

李香靈又睜開了眼睛，看著趕來的父親，哭了起來。

「快扶小姐回屋！」李樹勳邊說邊指點老家院及芹兒，看著二人扶著李香靈離去，把臉轉向王熾。

家人指點王熾、巴力小聲說：「是這兩個人救的小姐。」

王熾擰擰大辮子上的水，向李樹勳施禮，說：「在下王啓元之子王熾王興齋，特來拜見伯父大人！」

八年前王熾的父親去世，李樹勳去過王熾家，此刻聽他一說便認出來，笑著說：「原來是啓元兄的公子！已經這麼大了。興齋，怎麼稱呼我『大人』？叫伯父嘛！多謝二位，請到書房說話。」

王熾說：「伯父先請！」

李樹勳仔細看了他幾眼，點點頭，帶著他和巴力走向書房。

巴力沒有進書房，候在了外面。李樹勳問過王熾，沒有勉強他，和王熾走了進去，分賓主坐下，命人上茶。

王熾早已聽娘說過，當年李樹勳還沒考中舉人時，家裏很窮，在赴考時病倒在十八寨村外，是王熾的父親救了他，不但資助了盤纏，從此經常往來，成了至交。

李樹勳去年去彌勒縣辦事時曾經去過王熾家，聽他母親說他被迫出走、跑馬幫的情況，此刻已經聽他說明了來意，說：「放著買賣不做，張羅組建鄉勇，這是何必？豈不要耽誤你賺錢了？」

王熾說：「在下以爲，商在於安而不在於賺。時局不定，人心惶惶，手裏的東西還怕不保，誰還花錢買擔心呢？所以，《資治通鑑》教我們要做錢的主人，不做錢的奴隸。只有急公好義，穩定人心，才能繁榮市場，買賣興隆。」

李樹勳沒想到他會說出這一番話，不住地點頭：「有道理、有道理。」

王熾說：「侄兒愚昧，還望大人點撥。」

李樹勳看著他：「興齋呀！你父親也是位儒士，你就沒想過讀書、求取功名？」

王熾說：「侄兒的家境，伯父很清楚，要用大塊時間讀書談何容易？再說年齡也過了，便只想邊讀書邊治家業。」

李樹勳想了想，點點頭：「也好！行行出狀元，出息也不一定非得在仕途。」

芹兒走進來，說：「老爺，小姐醒了！」

李樹勳對王熾說：「走，看看去。」

二人走出客廳，前往李香靈的閨房。

李香靈斜靠在床上，她臉色蒼白。

李樹勳和王熾大步走進來。

「爹！」李香靈叫了一聲，看著王熾要坐起來，被李樹勳按住。

李樹勳略有責備道：「香靈啊，你眞是胡鬧！爲了救一隻小貓，差點兒出了兩條人命！要不是興齋來得及時，你們哪，早沒命了！還不快謝過救命恩人？」

李香靈看著王熾：「多謝……你的字是興齋吧？」

王熾說：「是的，不用謝！我也是正好趕上。小姐現在可好？」

李香靈說：「好多了。別叫我小姐！我叫香靈。」

王熾說：「最好是能下地走走，此時多活動才會更好。」

李香靈順從地一下子坐直了身子：「是嗎？」

李樹勳忙說：「你還是歇歇吧！」

李香靈還是想要下地，被父親按住：「躺著！」

李樹勳轉向王熾：「興齋啊，走，咱們還是去書房談吧。」

烈日當空，像在噴火。張春娥頭上頂著一塊擦面巾，正在田間拔著稻莠，忽然看到前面的田埂上走來了背著草筐的李蓮芸。

李蓮芸還在想著王熾，低著頭走，並沒注意到這是哪，偶然一抬頭，同張春娥的目光碰在了一起。

「放下歇會兒吧！」張春娥主動打著招呼，來到李蓮芸的面前，將剛拔下的稻莠連同雜草，都塞到了李蓮芸的筐裏。

一直瞪眼看著她的李蓮芸噗哧笑了。

張春娥也笑了：「怎麼了？」

李蓮芸問：「稻田裏的莠子、莊稼地的草，都是糞土養大的好東西。幹嘛給我？」

張春娥說：「我家又沒養著吃物，留著也沒用。」

李蓮芸說：「怎麼沒養著？那麼多大騾子、大馬，哪個回來不嚼？」

張春娥忽然不笑了：「大妹子，我想問個不該問的。行嗎？」

李蓮芸嗔道：「不該問還問？」

張春娥還是開了口：「可我……又很想知道，就是他回來的那天晚上，你來看他，怎麼一句話沒說便走了？」

李蓮芸冷冷地說：「沒話了便不說嘛！」

「還有結婚那天……聽說你去了山上大哭一場，是眞的嗎？」

「是眞的又怎麼樣？」

「能不能告訴我，是不是……」張春娥說著住了嘴。

「怎麼不往下說了？」李蓮芸問著，「是不是想說：不沾親不帶故的，就不怕別人說閒話？」

「我不過是問問，並沒有惡意！眞的……」

「眞的假的你心裏清楚。」

「你別誤會！」

「有什麼誤會不誤會的？我不怕。」李蓮芸快速說著，「因爲虹溪鎮、彌勒縣，乃至全雲南、全天下，值得我這樣做的只有他。不是有那麼句話嘛，『纏上的藤條不怕滑，春窩的稻穀不怕砸；捉鼠的貓兒耐得住，搭窩的喜鵲累不垮。』你聽說過嗎？」

張春娥慢慢點點頭。

李蓮芸得意的一笑，背起草筐走了。走了幾步她又轉身說：「就是這輩子不嫁，變成剩家女，也想總能在十八寨看到他。這就是我李蓮芸！」

張春娥呆呆地望著她的背影，心裏像灌進了鉛似的沉重。

夜幕已經落下，一輪明月洩下清輝，清晰地映出在李府後花園假山溪水旁散步的李香靈和王熾。巴力在不遠處練武功，他飛舞拳腳，由於速度太快而如風作響，動作瀟灑敏捷，可見武功精湛，看得李香靈眼花撩亂。

李香靈把嘴湊近王熾的耳朵悄聲說：「巴哥好厲害呀！」

王熾躲了一下，心一陣激跳，忙說：「這麼晚了，還勞小姐陪著，王熾深感不安。請回去歇息吧！」

李香靈晃了晃身子，撒嬌地輕聲說：「家父不歸，我是不會休息的。」

王熾問：「怎麼，伯父他還沒回來？」

李香靈說：「他是爲你那鄉勇的事兒，去巡撫衙門了。」

王熾一怔：「在下有何功德，讓伯父這樣夜晚操勞？」

李香靈看著王熾說：「也許是你的急公好義吧。父親和我最喜歡的就是把別人看得比自己重的人。興齋，你真讓人佩服！」

王熾連連搖頭：「我可不敢當。」

二人拐上花木叢中的石子甬道，邊走邊聊著。

李香靈回過頭，已看不見巴力，說：「那位巴哥可真是好功夫！興齋，他怎會耳不聾卻啞了喉嚨？」

王熾說：「是被劫匪將草蛇放進喉嚨咬啞的。」

李香靈驚得站住了：「太可怕了！竟有那麼狠毒之人？」

王熾笑笑：「小姐有所不知……」

李香靈推了一下他的胳膊：「怎麼又叫我『小姐』了？該罰！」

王熾只好說：「好好！我認罰。」

「怎麼罰？」

「你說怎麼罰就怎麼罰！」

「好！」李香靈說著伸出了自已的手：「拉著我的手。」

「這……」王熾猶豫著。

「你說過的話，怎麼不算數啦？」李香靈說著拉住王熾的手，脖子一歪，「不然我有點兒害怕。」

「就叫你香靈！你這個小妹妹呀，真調皮……」王熾只好輕輕握住她的手，忍著劇烈的心跳，剛要接著說，就被她打斷了話。

「我已經十四歲了！還是『小妹妹』呀？」李香靈抗議著，卻滿臉是笑，接著問：「興齋你呢？比我大幾歲？」

「我已經二十三歲了！」王熾回答，趕緊接上原來的話頭說：「跑馬幫都跑了三年多，正是在趕馬幫之中體會到了好多難處，各地都有利用鄉丁的壞人，才要重新組建鄉勇，保護家鄉，也讓過往的馬幫商隊能夠安全經商。」

「爹說他也正是因爲這個，才替你去走動的。可是，你志在商道，怎麼能長期分心管好鄉勇呢？」

「這我想好了。讓鄉勇專門吃糧護村，很容易被管轄者利用，變成他的勢力。若是編制好，訓練好，平時在家侍弄農桑，用時集結成勇，既可減少村寨負擔，又沒誰可隨便竊用。只要有個肯用心的頭人就行了。」

李香靈認眞聽著，深感王熾的精明：「你做什麼都這麼深思熟慮嗎？」

王熾笑笑：「應該說，我總想把事辦得更穩妥。」

李香靈明白了：「你是用少失算來加快成功。對吧？」

王熾忽然笑了。

李香靈看著他問：「你笑什麼？」

王熾說：「我還沒見過有哪個姑娘，能像小姐——啊香靈這樣明白事理的。」

這時，傳來一陣腳步聲。兩個人忙鬆開了手，只見老家院走過來。

「啓稟小姐，老爺回府了，請小姐和客人到客廳一敘！」老家院說。

李香靈高興地說：「家父這時候請王公子去，很可能就是把事情辦好了。」

王熾向李香靈拱手：「那眞得謝謝你們了。」

李香靈瞪著他：「你怎麼總是客客氣氣的？要謝謝家父去。」

王熾連聲說：「都謝、都謝！」

十八寨已經不太遠了，王熾騎在馬上仍然興致勃勃、滔滔不絕地說著：「有了這些官文，咱們辦鄉團就師出

有名了。可這舞刀弄槍的事兒我實在外行！巴哥，你來做鄉團的教頭，讓我的鄉丁個個身強力壯，武功高強。有這樣的隊伍守護著咱們的寨子，百姓安寧了，過往的馬幫商隊安全了，生意才能越做越火，咱這窮山溝很快就會趟出一條商道來。」

巴力聽著，孩子般地笑著。

突然，火龍一聲長嘶，前蹄高高揚起。

巴力迅速帶馬衝上前擋住王熾，拉緊自己的坐騎白馬的轠繩。

二人警惕地看著四周，再向前看時怔住了，只見前面一棵大樹之後走出來手持腰刀的姜庚。

「老子已在此等候多時了！」姜庚惡狠狠說。

「表哥！」王熾脫口叫了一聲。

「王四兒！你逼得老子沒活路了，你也別想活！我先殺了你，再殺了你全家！」姜庚狂叫著揮刀衝了上來。

巴力一摸腰間，發現沒帶皮雷子，迅即抽出腰刀。

王熾跳下馬，阻止巴力：「巴哥不要啊！」

姜庚將尖刀直取王熾後心。巴力從馬上撲了上去，用刀擋住姜庚的刀。王熾忙退到一旁，看著二人交手。打了十幾個回合，兩個人沒分上下。姜庚向後退了幾步，喊道：「你個老皮雷子，說不出話的滋味兒好受吧？上次老子便宜了你一刀，今兒個死吧你！」

「啊——」姜庚叫著又舉刀衝過來。

巴力明白了，使自己成為啞巴的劫匪就在眼前，就是這個姜庚！他突然「啊」的大叫一聲，瘋一樣不顧一切地衝了過去，滿腔怒火使他勇氣備增。

王熾還是在阻止：「巴力——別殺了他！」

眼裏閃著火光的巴力飛一般地衝到姜庚面前，連連揮刀奮戰，不容姜庚有還手之機。幾招過後，他一抬腿，左手悄悄拔出了匕首，右手架住姜庚的刀，猛地將匕首刺去，就聽到姜庚「啊——」地一聲大叫，身子向後倒去。

「表哥！」王熾叫著衝上前將姜庚接住，抱在懷裏。

「他爹——」

王熾扭過頭，見是梁紅女呼叫著跑了過來，後面跟隨著姜三。

梁紅女一把推開王熾，抱住姜庚，衝王熾大喊：「你殺了你的表哥，搶走我的兒子，還是個人嗎？我要殺了你！殺了你——」

巴力舉刀要砍梁紅女，被王熾攔住。

姜三在數丈開外站住了，見姜庚已死，轉身逃離。

深夜，梁紅女來到王熾家，偷偷點燃了房子，看著熊熊大火發出一陣狂笑，忽然看到了巴力，趕忙逃離。

巴力衝進屋子，背出王母。王熾、張春娥也隨後跟出。

鄉親們跑來，其中有老寨主。救火聲、喊聲、馬的嘶鳴聲響成一片……

王熾和巴力還在屋頂上滅著最後幾處火，忽然看到李蓮芸跑進院子。她急匆匆順著梯子上了房，抓住王熾的手喊著：「四兒哥你快逃！」

王熾看著她：「怎麼回事？」

李蓮芸說：「官府派兵來了！他們說你殺了人，要抓你去問罪。快走啊！」

王熾抬頭望去，只見一隊官兵手持火把已進了寨門。

巴力「刷——」地抽出腰刀。

「巴哥！」王熾急忙制止他。

「你快走你的！」李蓮芸搶下王熾手中的樹條，繼續滅火。

「王熾！你快走！」院子裏的老寨主也喊道。

巴力拉著王熾跳下屋頂。巴力拉著火龍和白馬向院門走去。

王熾將官文和一些銀兩交給寨主，說：「寨主大人，這是官府批文和籌辦鄉團的經費，請大人代我先把鄉團辦起來！」

寨主說：「我會的，你快走吧。」

王熾回頭看看娘和妻子，和巴力上馬而去。

三

城門旁邊貼著一張布告，上面畫著王熾的頭像，下面寫明了他是殺人逃犯，如有知情不報、包庇、窩藏兇犯者與兇犯同罪。

圍觀的人們邊看邊議論著：

「王熾？不是虹溪有名的商人嗎？他會殺人？」

意。

「這回可好，大鍋頭上告示，誰還和他做生意？」

「聽說他剛娶了新媳婦，長得可好了，這回卻榮華富貴成了獨守空房了，可憐哪！」

巴力壓低草帽，混在人群中。

城門外一小吃攤上，背對著城門坐著姜三，他回頭盯著巴力看，然後轉回頭去，向圍坐在小吃攤上的同夥示意。

一名以前的鄉丁從城門口出來，坐在姜三旁邊。

姜三小聲問：「找到了嗎？」

鄉丁說：「大街小巷都轉遍了，哪有她的影子？」

姜三說：「梁紅女肯定還活著。誰想讓她死可沒那麼容易。」

另一名鄉丁說：「大哥死了，大嫂跑了，咱們這是給誰賣命啊？」

姜三說：「給我！不想幹的，現在就走。」

鄉丁說：「不是不想幹。大哥橫不橫？不是照樣……」

姜三說：「所以咱得改路子！」

巴力出了人群，牽著馬走到烤餅攤。他拿起一個烤餅嚐了嚐，隨即打開個口袋，將所有的烤餅都倒進口袋。掌櫃的吃驚看著巴力。巴力將一錠銀子「啪」地放在面板上，上馬離去。

姜三一揮手，帶著幾個手下的人離開小吃攤……

隱藏在叢林中的王熾迎著巴力，輕聲問：「巴哥，怎麼樣？」

巴力不語，遞給王熾一個烤餅，默默地去整理馬具。

這條路已經不能走了。王熾立刻明白了，看著巴力啃著烤餅。

姜三已經帶人跟蹤而來，從遠處看著王熾，對手下的人悄聲說：「現在還不能動手，離城遠點才好。」

一名鄉丁問：「打聽了嗎？把王熾交給官府，給多少錢？」

姜三申斥著：「你他娘的真糊塗！怎麼能把他交給官府呢？留在咱自己手裏，跟他家要銀子，要多少有多少！懂啦？」

「懂、懂。還是三爺高見！」

昆明籠罩在雨中。

李香靈躺在閨房的床上，閉著眼睛好像睡著，腦海裏浮現出王熾，暗說著：「回去都九天了，怎麼也不來個信兒？是忘了我吧？」

芹兒輕輕邁步走了過來，從她噘著嘴、抖動著眼皮，看出她沒睡，抿嘴一笑，低聲說：「是夢到了白馬王子了吧？」

李香靈臉頓時紅了。她睜開眼睛叫道：「沒看到我睡覺嗎？還來打攪我，找打呀！」

芹兒笑嘻嘻說：「如果打了我，小姐夢中的王子就能到來，那就打吧！」

李香靈嗔地坐起身，下了地，在芹兒肩上輕輕拍了一下：「討厭！別跟著我。」

芹兒見她向外走去，忙說：「外面下著雨哪！」

李香靈像沒聽到一樣走了出去。

到了外面，李香靈放慢了腳步，來到花園停住了，閉上眼睛仰起臉，覺得發燙的臉被涼絲絲的細雨輕撫好舒服，回憶著上次那天夜晚和王熾在這裏散步的情景。

她來到池邊，看著裏面的池水，想到那天自己落水，耳邊響起芹兒的聲音：「……我睜開眼睛時，見王公子正按著你的肚子。他按一下，你的嘴裏就向外面流出一些水。你還是醒不過來，也沒有氣兒，他便嘴對著你的嘴用力呼吸，漸漸地，你才活了過來。」

「當時我怎麼就沒感覺呢？那感覺一定很幸福、很幸福的！」她輕聲說著，恨不得再讓王熾救自己一次。

爹爹也會喜歡興齋吧？她暗問著扭過臉，看看前面父親的書房，跑了過去。

李樹勳正面對窗外的綿綿細雨看著，聽到女兒的腳步聲並沒有回頭。李香靈已渾身濕透，抹著臉上的雨水，叫了聲：「爹！」

李樹勳像是自語又像是在問她：「王熾這個人怎麼樣呢？」

李香靈說：「那還用別的字嗎？就是個『好』！」

「好……」李樹勳沉吟著。

「他怎麼啦？」

「他殺了人。」

「啊？」李香靈大驚，「爹你聽誰說的，不可能的！」

「不會錯。」李樹勳說著長嘆一口氣。

「眞、眞的？他殺了誰？」

「他的表哥。」

「表哥？親戚？」

「那是個一向作惡多端、打家劫舍的無賴。」

李香靈笑了，說：「殺得好！爲民除害，像他的爲人。」

李樹勳轉過身，見她像個落湯雞，忙用旁邊的一塊布爲她擦著臉、頭髮上的雨水，責備著：「下著雨還往外跑？」

李香靈仍在想著王熾，問：「興齋沒有事兒吧？」

李樹勳說：「沒事兒？不管怎麼說，無賴也是個人，那也是條人命啊！官府已經貼出了告示，正在抓他！」

李香靈驚叫一聲「啊」，瞪大眼睛呆住了。

李樹勳又嘆了口氣：「現在他逃亡在外，縱有天大的抱負，也難施展啦。」

李香靈焦急地說：「爹你可不能袖手旁觀啊！」

李樹勳說：「自然不能，可那兒不是我的轄區，我鞭長莫及呀！」

李香靈抓著他的手晃著：「爹！我要你過問，你要想辦法過問嘛！」

李樹勳笑笑：「我已經讓彌勒縣令重新再查原委，據情呈報！」

李香靈感激地說：「嗯，這才是我的好爹。」

李樹勳忽然沉下了臉，問：「你怎麼對他這麼關心？」

李香靈脖子一歪：「爹不是也這樣嗎？有什麼樣的爹，當然會有什麼樣的女兒啦！這個道理都不清楚，還當訓導呢，乾脆讓給我算了。」

李樹勳大笑起來，指點著她：「你總是有說的！」

李香靈眼睛眨了眨，說：「爹，有件事……是很大的一樁事，我已經想過好多次，也想了好久。就是……我娘都去世三年了，爹也該續弦了吧？」

李樹勳止住了笑，問：「是呀……你急著要出嫁了？」

李香靈臉紅紅的叫了聲「爹」，轉身跑了出去。她身後也傳來父親的大笑聲。

王熾和巴力來到一個岔路口帶住坐騎，巴力四周觀察後下馬。

王熾指點著兩條路說：「巴哥，走馬幫時，我到過這兒。這條通往楚雄、下關，這條是通往十八寨的，咱們可不是回家呀！」

巴力將一袋烤餅搭在火龍的馬背上，把火龍牽到通往十八寨的路口處。王熾更不解了，叫了聲：「巴哥！」

巴力突然跪倒在地，連連叩頭，從腰間拔出帶鞘的匕首，雙手捧送王熾。王熾驀地明白了，立刻上前扶巴力：「怎麼，你要離開我？」

巴力眼裏湧出了淚。

王熾說：「你是想要投案？」

巴力肯定地點頭。

王熾抓緊他的手：「不！不行，官府抓的是我！」

巴力搖頭。

王熾轉過身去，故意怒道：「好哇巴力！你想在這危難之時，把我一個人扔下。你想投案，那你去好啦！我一個人，沒有你我也能行！」

巴力緊閉嘴巴，微微搖頭。

王熾又回過身來，懇切地說：「巴哥，你聽我一句話。咱們是兄弟，是有福同享、有難同當、生死與共的好兄弟呀。如果你覺得小弟我哪兒對不起你，你盡可打我、罰我，可你不能這樣離開我！你再想，就是你去投了案，那個梁紅女也不會放過我。她認準了是我殺的姜庚，是我搶走了小勝武，你又說不出話來，能替得了我嗎？說句不吉利的話，就是你死了，他們也不會放過我的！」

王熾勒住馬，轉過馬頭往回跑，已不見巴力。

「啊——」巴力對著天空大叫，突然抱起王熾放在火龍上，用盡全力拍馬。火龍一驚，向前衝去！

「巴力——」王熾大喊。

「巴力——」山谷中迴盪著……

崇山峻嶺，霧雨茫茫。

王熾又回到岔路口，慢慢下了馬，坐在路邊。他的衣襟早已濕透，又對叢林哭叫著：「巴力！巴哥！我知道，你沒有走遠，你不出來，我就哪也不去！」

上面的石崖下，巴力貼壁站著，任憑風吹雨打，兩眼湧出熱淚。

姜三帶人悄悄接近了王熾。

火龍驚嘶：「嘶——」

姜三帶人衝上來，甩出一根繩索套住王熾，用力一拉，將他拉倒在地。

巴力迅猛躍下，一把短刀切斷了繩索，抬腳踢翻了姜三。

「咱們上當了！」姜三急忙爬起來大喊，飛快地逃離。他的手下人緊跟在他身後，很快便都沒了蹤影。

王熾掙脫繩索，不理巴力，向一旁走去。

巴力一怔，撲上去將他抱住。

王熾說：「巴力！力哥！我就知道你沒走，你不會走，不會離開我，是嗎？」

巴力連連點頭，和慢慢轉過身來的王熾緊緊擁抱，嘴裏發出「啊、啊」的哽咽聲，眼裏流著淚。

「春娥！」王母在門外喊著。

張春娥忙將一雙小鞋塞進筐籮藏好。

王母進了屋，將竹筐籮拿出來，抖開小孩鞋和嬰兒服，笑著說：「好針線活兒！這針腳多密實，還有這幾朵花，鮮亮！」

張春娥紅著臉說：「娘，您還誇我呢！我手笨，繡這幾朵花，差點兒把手扎成篩子。」

王母臉上笑容更多了：「看你說的。是不是……有了？」

張春娥頭垂得更低了：「哪兒那麼快呀！我這是先備著呢。」

王母說：「是娘心急！這個四兒，轉眼過去三個多月了，也不知道給家裏捎個信兒。現在會在哪兒呢？」

張春娥說：「娘您放心！老寨主都發話了，還親自去了縣衙和縣太爺求情，您兒子很快就會回來的。」

王母嘆了口氣：「也不知道西來找到他沒有？」

張春娥眼前浮現出前些天回來的李西來，暗說：你找到他了嗎？

在一個集鎮上，幾夥馬幫正在上貨、卸貨。王熾和巴力牽馬尋找自己的馬幫，突然他們身後有人喊：「四兒哥！」

二人回身，見李西來喊著跑了過來，王熾興奮地叫了聲：「西來！」

李西來跑過來，和王熾擁抱在一起。

「四兒哥！好想你呀！」李西來上下打量著王熾，打了他一拳，轉過身又去握巴力的手：「巴哥！」

王熾說：「我也想你們！哎，咱們的馬幫呢？」

李西來說：「在十八寨！娘讓我在這兒等你，一起回十八寨！」

王熾一怔：「回十八寨？我們倆的事兒……」

李西來擺著手說：「沒事啦！我和馬六子從藏區回來，按事先約好的，到十八寨去找你，娘把你們殺姜庚的前前後後都說了。她老人家讓我告訴你們，官府下令撤了你們的案子，不再追究了。我這才讓馬六子帶馬幫回到十八寨，我在這兒等你們已經六天了！」

王熾抓住巴力的手激動地說：「力哥！聽見了吧，咱們沒事啦！」

巴力緊閉著嘴連連點頭。

李西來說：「四兒哥！你這下子可出名了，都說你省衡府有人給你撐腰。哎！你托了誰的門子？」

王熾明白了：「是他？」

李西來問：「誰？」

王熾搖搖頭：「我瞎猜呢！咱們動身吧？」

王熾牽過火龍，翻身上馬。

三人拍馬遠去。

路上，李西來忽然把馬湊近了王熾，說：「四兒哥！我聽說，小勝武在趙家寨趙大哥的手裏。」

「啊？」王熾大驚，用手拍了一下馬屁股。

火龍跑得更快了……

他們終於接近了十八寨，在一個土坡停住。

李西來說：「十八寨！真是一點模樣也沒變哪！你說，人也真怪，出門在外，打工受窮、受委屈想家，這腰包裏有了銀子，受人抬舉了還想家，可回家來一看，家有什麼？不就是幾塊黃土、幾間破屋嗎？可它就是親！」

王熾說：「等我把你的破屋換成新房，新房裏再放個二八嬌娘，你就更捨不得離開家門了！」

李西來的眼前浮現出李蓮芸，趕緊搖搖頭，說：「我現在這日子，整天在外跑跑顛顛的，誰受得了！還是再等等吧！」

王熾和他一起大笑，催馬向前，很快便進了十八寨，進了王熾的家。

月光如洗，夜風習習。屋頂上的巴力似睡非睡，院子裏的火龍和馬匹靜靜地吃料。小夥計靠在牆根兒安然入睡，四周一片寂靜，只有堂屋裏的王熾與母親仍在說話。

「你走後的第二天，梁紅女就離開了十八寨，再也沒有回來。多虧官府明察，還有寨主和鄉民們為你的官司周旋，這個案子才沒人追究了。」

「我想，我不能讓鄉民們失望，為了辦好鄉團，個人安危只好暫且不顧了。」

春娥端了一碗豆湯走進來，「娘，喝點豆湯，潤潤口。」

王母說：「你先放下吧。」

春娥放下碗，回了裏屋。

王母看著兒子笑笑：「你看，咱娘倆一打開話匣子就收不住了，好啦，不說啦，你也該早點睡了。」

王熾剛想說小勝武的事，又住了口。

王母說：「噢！我差點忘了，你不在家的時候，趙雲海派人送來個帖子，說他老母要過六十大壽了，時間是陰曆二十三。」

正好！王熾暗說著，用力點點頭。

「快去睡吧！」王母邊說邊把王熾推向裏屋。

四

趙家寨最高、最大、最顯眼的趙雲海家，兩名丫鬟正幫趙母試穿著壽日新衣。丫鬟舉著鏡子，趙母照著，連聲說：「好、好，挺好的！」

站在旁邊的趙雲海也笑著說：「是不錯！往後您天天都要這樣的穿戴。我要讓娘您老好好享享福！」

趙母的臉一下子沉起來，瞪著他說：「娘可不指望享什麼福！只要你別再動刀動槍的，娘就心滿意足了。」

趙雲海忙說：「瞧您，又說到哪兒去了？」

「告訴你吧，我連過生日的心思都沒了。這兩天眼皮總跳！」

「您甭自己嚇唬自己。我也告訴您，連神鬼都怕您兒子！」

一名鄉丁來報：「咱彌勒縣有名的馬幫幫主王熾王興齋到了。」

趙雲海吩咐：「快快有請。」

趙母說：「你看人家孩子多有心！咱們下了帖子，人家就大老遠地趕過來了，哪個像你？沒心沒肺！還不快去迎進來，讓我看看他長什麼樣？」

趙雲海趕忙大步流星地走了出去，見王熾已經進來，身後跟著李西來、巴力及一隊送禮的人馬。壽禮用紅布包著，一律用馬馱人抬，聲勢浩大。

趙雲海邊走邊拱著手說：「聽說你沒在家，我還估摸著你不能來呢！不想提前一天就到了。這是怎麼啦，把馬幫都趕到我趙家寨來了？」

王熾笑著還禮：「我是趕巧回了家，當然該來！這些不過是一點心意，不成敬意。不過……」

趙雲海怔了一下：「不過什麼？」

王熾把嘴貼近他的耳朵：「小弟有個小小的請求！」

趙雲海把臉一仰：「跟我客氣什麼？說！只要我能辦到的，還會不應？」

王熾的聲音更小了：「把我們十八寨的一個人，讓我帶走，可以吧？」

趙雲海一驚：「沒有的事！」

王熾笑笑：「大哥！對小弟可不該這麼說吧？」

趙雲海已經臉色陰沉，用手掌一隔：「哎、哎！兄弟，你來可是爲我娘祝壽的，不必論別人的是非，對吧？」

這時趙母被人攙扶著走出了屋門：「讓我看看，哪個是王熾？」

趙雲海走過去，臉上已經有了笑容，說：「娘您猜猜看！」

趙母打量面前的王熾和李西來，目光落在王熾臉上：「天庭飽滿，雙目傳神，不卑不亢，定成大器……一定

是你！」

王熾跪地施禮：「伯母在上，受小侄王熾一拜，祝您老福如東海，壽比南山！」

李西來隨即也跪下磕頭：「小侄李西來恭賀伯母壽日大安！」

趙母說：「快起來吧。侄兒，你能來，伯母已心存感激，何必還要破費？」

王熾說：「伯母大壽，小侄理應孝敬，區區小事，不足掛齒。」

趙母高興地大笑：「海兒，你好好看看人家孩子，多懂事，多體面。誰像你整日武刀弄棍、打打殺殺的！」

王熾說：「我大哥是武林高手，從不恃強凌弱，傷害無辜，很被人稱道啊！剛才，他還同我商議，要聯合咱彌勒全縣的各個村寨成立聯防同盟，共禦入侵之敵。」

趙母越發高興：「噢？海兒，有這等事？」

趙雲海發窘，硬著頭皮說：「是、是這樣。」

王熾說：「不但如此，他還想爲十幾年前攻打過十八寨的魯莽行爲，親自向十八寨的鄉民父老負荊請罪，以求重修舊好。」

趙雲海急忙叫道：「我什麼時候說過這話？」

趙母說：「海兒，說過就說過，這不丟人，衆望所歸嘛，娘支持。」

王熾又說：「大哥還說……」

趙雲海忙打斷他的話：「小弟呀，咱就別扯那些陳糠爛穀了，不如讓賣藝的露幾手，助助興！」

王熾說：「說得對，我忘了與大哥有言在先了。」

趙雲海命人給趙母端來了椅子，扶她坐下。

一人多高的銅鑼和大鼓齊鳴，十來個頭上戴著裝飾品的男男女女咿咿呀呀喊著，說著彝族祝福的語言上場了。他們時而圍成圈，向老太太身上撒香料，時而臉朝天拍手祈禱……這是富有民族風格的傳統儀式。眾人喝彩。

王熾的一個手下擠進人群，對李西來耳語，李西來趁人不備，溜出人群，向門外走去。趙雲海注意到了李西來的行動，對身邊的一個鄉丁耳語幾句，這個人也向門外走去。

趙雲海對緊挨著的王熾悄聲說：「你要幹什麼，怎麼事先也不通個氣兒？」

王熾轉過臉：「伯母在上，你可得說話算數，把各村寨的聯防同盟辦好。」

「你眞要這麼幹？」

「不這樣，誰也安生不了。」

「嗯……你說的也是。」

「還有那個小勝武……」

「這個我可不知道！」

「大哥！」

「別再說這個了。」

趙母扭過臉看到了他二人，一怔。

李西來從門外回來，給王熾打手勢，搖頭。王熾點頭。趙雲海看看李西來又看著王熾，抿嘴暗笑。

眾人推出一截粗大的木樁。巴力一個跟頭翻進空場中央，拱手抱拳。隨即拔出匕首，舞動起來。

趙雲海又發現王熾衝李西來打手勢。

空場中央的巴力用各種動作和姿態在木樁上雕刻，只見樹皮在刀光中脫落，木樁漸漸有型，四處刀光閃閃，木屑如雪花飄落。

剛才派出去的那名鄉丁來到趙雲海身邊對他耳語。王熾的手下對王熾耳語。這情景都沒逃過趙母的眼睛。

雕刻完畢，巴力施禮。將已雕刻好的人像轉過來，一個雕像出現在衆人面前，與趙母眞正是活脫了地相像。人群中發出歡呼，爲巴力精湛的技藝而驚歎，叫好！

趙雲海高興地說：「娘！這是您哪！」

趙母說：「讓我仔細看看！」

王熾和趙雲海攙著趙母走近雕像。趙母細細端詳雕像，笑著說：「好手藝！絕活！來人，看賞！」

巴力接了賞銀，叩謝退去。

趙母臉上的笑容忽然消失，厲聲說：「海兒，侄兒，該你們兄弟倆登場了。」

全場剛才的熱鬧氣氛突然冷卻！

趙雲海、王熾愣怔怔地看著趙母。

趙母看看二人：「上啊，怎麼不上啦？光打啞謎，我猜不出，有什麼話，別憋在肚子裏。火藥味兒太濃了，留神點著了崩著！」

趙雲海笑著說：「娘，我們眞的沒什麼，我們……我們鬧著玩呢。」

趙母目光射向王熾：「你來說吧！」

「伯母！我說！」王熾跪下了，說著看看左右。

趙母回身進屋：「你倆給我進來！」

王熾、趙雲海互相看看，跟了進去。

趙母坐下，怒視著二人。

趙雲海、王熾跪下了。

「說！怎麼回事？」趙母厲聲催道。

「是……那個害了我爹的人，他的兒子小勝武……」趙雲海只好如實說了。

趙母一掌拍在桌案上，抖著手指指點著兒子：「你、你這個畜生，這麼大的事不跟我說一聲？這……這是人做的事兒嗎？」

「有這麼報仇的嗎？那孩子……他有什麼罪？你快去把他給帶來！快去——」

「兒馬上去、馬上去！」趙雲海說著爬起身，快步走了出去。

趙母哭了起來：「天啊……」

趙雲海連連磕頭：「兒這是爲了給爹報仇啊！」

王熾忙說：「伯母息怒！是侄兒的錯，該在伯母的壽誕之後再說，可心裏太急，便……」

趙母搖著頭：「我怎麼生了這麼個沒人心的兒子啊？你快起來！」

王熾站起身，爲趙母擦著淚。趙母猛地推開他，吃力地站起身，向門外走去。

院門開了，小勝武、趙雲海一前一後走了進來。小勝武已經六歲，比剛離開家時長高了很多，但蓬頭垢面，衣不蔽體，由於總在豬棚子裏不習慣陽光，眼睛被陽光刺得眯縫著，很好奇地看著這裏的一切。

院子裏的人們都注視這個骯髒的小孩子。王熾注視著他，眼裏蒙上淚水，低下頭。

趙母盯著小勝武，簡直不敢相信自己的眼睛，一陣心絞痛襲來，忙捂住了胸口。趙雲海看出她的老病犯了，飛跑過來，叫著：「娘！娘——」

小勝武略低著頭，怯生生看著趙母，像個小傻子。

趙母忍著心痛，大喘了幾口氣，推開趙雲海，費力地走向小勝武，蹲下身子，緊緊抱住了他，哭叫著：「孩子——」

趙雲海快步走過來：「娘！您的新衣裳……」

「你這個畜生！作孽呀……」趙母回過頭大罵，舉手便打。

趙雲海雙手抱頭，並不躲閃，任母親揮拳如雨。

王熾示意巴力帶走小勝武，一把抓住趙母的胳膊，說：「伯母！您老可別氣壞了身子。先回屋去歇息歇息吧！」

趙母痛哭著：「海兒……你這個畜生，怎麼能這樣啊……」

趙雲海跪下，低聲說：「娘！是兒子錯了，您老別再生氣，身子要緊啊！」

王熾說：「伯母，小勝武雖然是個孤兒，畢竟是我們十八寨的人，就請伯母能允我將小勝武帶回家中撫養。今後如果他娘還活著，好讓他們母子團圓。」

趙母叫道：「不！他這個樣子，我不能讓你們帶走！」

王熾一怔，瞪大眼睛看著她。趙雲海也抬起頭來。院子裏鴉雀無聲，在場的人都默默注視著趙母。

趙母蹲下來，輕輕地撫摸著小勝武的臉，牽著他的小手，緩緩地、默默地走進堂屋，堂屋的門被緩緩關上。

趙母將小勝武抱在桌上，看著他淚如泉湧。她悲憤地呼喊著：「這都是誰造的孽呀？誰造的孽啊——是誰……」

她的聲音突然中斷，身子向後倒去。小勝武跳下桌子去扶她沒有扶住，看著她驚恐地哭叫起來：「娘啊——」

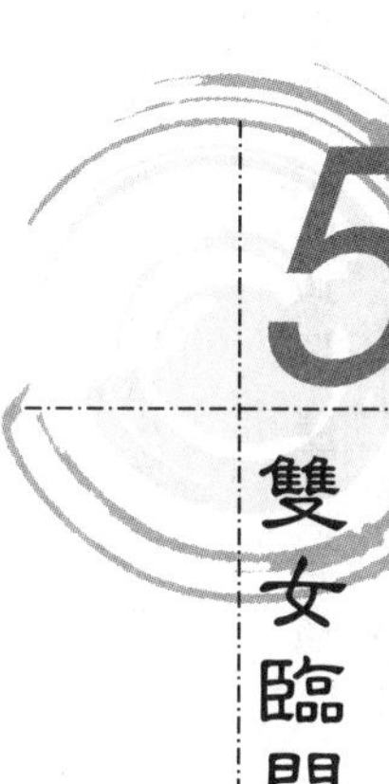

5 雙女臨門

一

山路上疾馳著兩騎，前面是身著重孝的王熾抱著也身著孝服的小勝武，後面的是巴力。王熾滿臉是淚，小勝武默不作聲，巴力和他倆一樣也陰沉著臉。

王熾的耳邊仍迴盪著趙母臨死前的呼喊聲「這都是誰造的孽呀？誰造的孽啊——是誰……」是啊！只怪趙雲海大哥嗎？不！也有姜庚、梁紅女……也不只是他們，還有……王熾暗說著。他意識到了什麼，但還不清楚。

一陣疾風吹過，三個人頭上的白色頭帶在風中飛舞……

十八寨到了，兩匹馬降緩了速度。

來到家門前，王熾跳下馬，領著小勝武進了院子。

王母和張春娥正在院中收拾煙葉，見進來的王熾、小勝武、巴力都身穿重孝，驚異地望著他們：「怎麼啦？

出了什麼事？」

王熾低聲說：「趙老太太……過世了。老人家……是氣死的！」

「誰氣的？」

「是爲小勝武。怪我呀！不知道老人家就有心絞痛病，去了便和趙大哥說了小勝武的事。趙老太太發覺了，便……」

「救小勝武，也不能這麼心急啊！」王母說著眼裏流出淚。

小勝武見王母走過來伸出兩手要抱，忙躲在王熾身後，露出驚恐的神情，目光呆滯，看上去比同齡的孩子明顯弱智。

王熾拉過小勝武，指著母親說：「這是姑奶奶！還記得不？你離開十八寨以前，常被姑奶奶抱，還捨得把糖球給姑奶奶吃?!」

小勝武愣怔怔看著王母，像個小傻子。張春娥看著她，眼裏流出淚。

王母用力抱住小勝武，淚水更多了，哽噎著說：「苦命的孩子啊！你的爹……要是走正道，你哪會遭這幾年罪？」

張春娥走過來，摸著小勝武的腦袋，說：「今後，這兒就是你的家了！再也沒有人欺負你。想要什麼，就跟姑奶奶說！」

王母抱起小勝武進了屋，邊走邊說：「不叫姑奶奶，就叫奶奶！叫！叫啊！小勝武，你叫一聲我聽聽！」

到了屋裏，經王母再三催著，小勝武才怯生生叫了聲：「奶奶。」

「哎！」王母大聲應著，像遇到了什麼大喜事一樣朝著窗外的王熾、張春娥喊到：「你們聽到了嗎？勝武叫我奶奶啦！」

第二天，王母讓王熾去彌勒縣城接來了一個有名的老中醫，請他給小勝武治病。老中醫把了好一會兒脈，又問了小勝武一些話，說他並沒有什麼大病，只是有些風濕，所以看上去癡呆，主要是由於多年和豬生活在一起，才什麼也不懂。這使她放了心，讓巴力在送老中醫的時候，在縣城抓了九服湯藥。

一早起來，王母在外屋給小勝武熬著湯藥。熬好了藥，她把藥從藥壺倒進碗裏，端進屋卻不見了小勝武。她放下藥，急忙走出去，叫著：「勝武！勝武——」

「怎麼，勝武不見啦？」正在屋頂上曬煙葉的張春娥問，趕忙順著梯子下來。

王母先找了院角的廁所、馬棚，都沒見到小勝武，又和張春娥一起出了院子，四下看看，還是沒有她的影子。

「勝武！勝武！」兩個人邊喊邊找。

王熾剛從老寨主家回來，看到母親和妻子，離老遠就問：「勝武怎麼啦？」

王母焦急地說：「我正給她熬藥，一轉眼兒，這孩子就不見了。會去哪兒呢？」

王熾想了想，說了聲「可能在那兒」，快步走進家門，來到天井下豬圈旁，果然見小勝武躲在豬圈角落裏，呆呆地看著天。兩隻小豬吭哧吭哧地圍在他身邊，不時拱她一下。

「勝武！」王熾叫道，向他招手。

小勝武像沒聽到一樣。

王母也到了，看著豬圈裏的小勝武，心如刀絞，急忙叫著：「勝武——」

王熾跳進去，抱著小勝武遞給圈外的王母。王母緊摟著小勝武，眼裏流著淚叫著：「把圈裏的豬趕出去！送人！」

小勝武好像很奇怪地看著王母，問：「為什麼？我喜歡牠們。」

王母眼裏的淚更多了，輕輕拍去她身上的泥土。

春娥打開圈門，趕豬出院。

小勝武呆呆地望著遠處，王熾順著他的目光看去，那是姜庚的房子。他與王母對視一下，說：「小勝武可能對姜家還能有記憶！」

「也許吧。」王母說。

王熾從王母懷中接過小勝武，把她放在地上，牽著她的小手往院外走。

來到姜庚家門前，王熾推開門，見裏面長滿了三四尺高的蒿草，窗戶拉滿了蜘蛛網。他低頭看看小勝武，說：「進去吧。」

小勝武掙開王熾的手，慢慢走向屋門，推開，走了進去。王熾跟著她，觀察著她，暗說：這裏的一切都和當年不一樣了，你怎能還辨認得出？

進了裏屋，小勝武瞪大兩眼各處看著，慢慢移動著腳步。突然，他彎下腰，一把從原來她睡的竹床旁邊的牆角撿起了一個精製的首飾盒。他熟練地將首飾盒打開，從裏面捏出一顆糖球放在嘴裏。接著，他抬頭看著外面，一邊向屋外跑去、一邊喊道：「娘，娘——」

你真有了記憶！王熾面露驚喜，跟了出去。

小勝武在院子裏找了一圈，順著梯子上了房。

王熾跟到屋頂，蹲下來抱住小勝武，親了一下她的臉蛋兒，興奮地說：「你還記得娘，是吧？」

小勝武彷彿回憶起什麼，大哭著：「娘！娘——」

王熾眼睛濕了，把小勝武抱得更緊，站起身下了房頂，向家走去，一邊走一邊說：「勝武你別急！你的娘外出了，去好遠好遠的地方，要很久很久才能回來。在娘沒回來之前，你就住在奶奶家。我要給你請老師，教你讀書，使你將來成爲了不起的男子漢！」

數日後，王熾便從外地請來了一個姓焦的年輕時中過舉的老先生，把院中天井上的一間木屋取名爲「勝武齋」，專爲小勝武讀書用。

「勝武齋」的門窗已大開，小勝武煥然一新，翹著光溜溜的小辮子，隨著焦老先生開始了讀書。

焦老先生先讀著：「鵝鵝鵝，曲頸向天歌。」

小勝武隨著念道：「鵝鵝鵝，曲頸向天歌。」

「白毛浮綠水，紅掌撥清波。」

「白毛浮綠水，紅掌撥清波。」

「……」

王母、張春娥在屋裏看著、聽著，臉上露出甜蜜的笑容。

在他們的讀書聲中，王熾緊盯著算盤珠子，想著生意上的事……

夕陽斜照，土屋頂上飯桌上已擺好了飯菜，張春娥喊著：「娘！焦老先生，巴哥，興齋，吃飯了！」她說著又去端菜，進了廚房。

小勝武搶在焦老先生前面從「勝武齋」出來，順著連接的木板走去，由於感到餓了端起一碗飯雙手捧著碗，

將嘴伸進碗裏，像豬一樣拱著嘴兒吃。王熾剛上屋頂，見狀一怔！

小勝武吃得正香，嘴和鼻子發出「吭、吭」的聲音。王熾神情嚴峻，走了過去，「啪」地就是一巴掌。勝武的碗被打碎在地。他倏地抬起頭看，只見王熾正怒氣衝衝地站在他面前。

「你不是豬你知道嗎？再這麼吃飯我打死你！」王熾吼叫著，緊握的雙拳和全身都在抖著，心如刀割似的痛，真想放聲大哭。

剛剛上來的王母看著兒子驚呆了。她還是第一次看到王熾這樣發火，像一頭暴怒的獅子。

「奶奶——」小勝武癟著嘴委屈地哭喊一聲，撲到王母身上。

小勝武抱著王母的腿，哭得更凶：「奶奶！娘——」

王熾跺著腳痛心疾首地說：「我說過幾百遍了，這孩子怎麼就沒記性？都是你們慣壞他，不打是不行的！」

王母怒視著兒子大喝道：「四兒你幹什麼？」

王母彎下腰哄著小勝武：「勝武不哭，奶奶疼勝武！」

焦老先生嘆著氣說：「這孩子啊，也是得嚴加管教。」

張春娥忙打圓場，岔開話題：「吃飯吧。」

王母抬起頭瞪著王熾：「四兒啊，你就不能好好說？你跟她發火，她就改了？他在那圈裏呆了三年哪！」

王熾心一沉，眼睛濕了，走過去蹲在小勝武身後，低聲說：「勝武，表叔給你認錯，是表叔不好。」

小勝武止住了哭聲，小心翼翼地回過頭，瞪大眼睛看著王熾，稚聲稚氣說：「表叔，勝武以後再不這麼吃了。表叔說的對，勝武是人，豬才那樣。」

連同剛上來的巴力在內，幾個人都面露驚喜，目光射向小勝武，激動地異口同聲叫道：「啊呀！小勝武懂事啦！」

小勝武坐在桌前，很規矩地端碗，很笨拙地用筷子夾菜。

王熾一下子走過去，抱著小勝武，緊摟在胸前：「勝武，好勝武……以後，你就叫我爹吧！怎麼樣？」

王母說：「這樣也好。」

院子裏傳來李西來、馬六子的聲音：「東家！」

王熾鬆開小勝武，站起身向前走了幾步，向李西來、馬六子笑著招手：「馬幫回來啦？」

李西來說：「回來啦！這一趟挺順的。」

王母說：「春娥，再添兩雙筷子！」

「乾娘！我和馬哥在路上吃過了。」李西來說著向王熾招了一下手。

是梁紅女有消息了？王熾猜測著，趕忙下房。

李西來接過馬六子手中的瓢，舀了一瓢水咕嚕咕嚕地喝光，一抹嘴，小聲說：「我和馬哥找遍了虹溪，又跑遍了附近的鎮子，都沒找到梁紅女。」

王熾「哦」了一聲，心情沈重地坐在木墩上。

二

吃過晚飯，張春娥端著裝滿了衣服的大木盆來到村外小溪旁，見好多本寨的女人已在這裏洗衣服，其中有李蓮芸。她走過去，和幾個人親熱地打著招呼，蹲在了李蓮芸的旁邊。

李蓮芸神情憂鬱，一邊洗衣服一邊正想著心事，並沒有注意張春娥的到來。

一胖一瘦兩個侗族姑娘洗完了衣服，並沒有走，互相看看，唱起了本民族的歌曲。先是瘦姑娘開口：

火爐團團四塊磚，
拆去一塊不團圓；
爲何兒時這麼短，
長大偏要兩分散。

胖姑娘接著唱道：

妹家門前有籠鵝，
一隻飛到舞陽河；

你在塘裏可戲水，
我到人家侍公婆。

之後兩個人合唱起來：

魚秧小時在池中，
靠著魚娘過寒冬；
盼著春來雨水漲，
隨波入海好成龍。

幾個魚兒能成龍，
哪片海水肯相容；
都是春閨一場夢，
醒來春去已匆匆。

在其他女人的一片讚美和嚷著再唱的時候，張春娥轉過臉，笑問：「蓮芸！你可什麼時候『隨波入海好成龍』『到人家侍公婆』啊？」

李蓮芸已經沉浸在倆歌之中，這才發現了張春娥，先用鼻子「哼」了一聲，而後說：「怎麼，你還沒有『侍公婆』呢，就替我著起急來？」

張春娥一怔：「我怎麼沒有？」

李蓮芸笑了：「四兒哥的爹還在嗎？」

張春娥也笑了：「可不，我連侍奉他爹的福分都沒有。」

李蓮芸擰著洗完的衣服，拉著長聲說：「你呀，若想『侍公婆』，除非讓四兒哥休了再改嫁。」

「你希望有這麼一天啊？」

「我倒是眞希望這樣，但不可能。」

「你好壞呀！」張春娥笑罵著，問：「爲什麼？」

「你這麼漂亮、賢慧、能幹，性子又柔和，他怎會捨得呢？換了我是他，得把你供起來，哪能讓你出來洗衣服？等明個兒見了他，我非訓他幾句不可。」

「你呀！這張嘴就是讓人又恨又愛。」張春娥笑著說，忽然把聲音壓得更低：「說點兒眞格的！蓮芸，你多大了？」

「比四兒哥小四歲。你呢？」

「我比你大兩歲。那你也二十五了！前院的杏兒才十六，正要出嫁呢……」

「她是她，我是我！」李蓮芸馬上明白了張春娥的意思，打斷她的話，「我早就跟你說過，寧可不嫁了。我這個人啊，就是死心眼兒。讓我嫁給我看不上的人，除非我沒了這口氣。那天，又有人托媒來，我罵走了她，要出家去當姑子，把我娘氣得差點兒背過氣。」她說著咯咯笑了起來。

看來，你是非要進我家門不可了！張春娥心裏好像翻起一股酸水，忽然想到聽王熾講過李西來一直在暗暗喜愛著李蓮芸，便說：「你別這樣嘛！不瞞你說，昨晚兒興齋還和我說起你來……」

李蓮芸忙問：「他說了什麼？」

張春娥說：「他覺得你早該嫁人了。還替你看好了一個人……」

李蓮芸岔開話題：「哎！春娥姐，近來他的生意怎麼樣？」

張春娥瞋她一眼，說：「幹什麼也不易的。這些年，他可吃了好多好多的苦，但怕我跟著上火，從來不親口對我說。」

李蓮芸嘆了口氣：「我若是個男的就好了！」

張春娥看著她：「怎麼呢？」

李蓮芸鬆開了手中的衣服，眼睛亮亮，展開兩臂說：「我就可以像西來一樣，和他一起去跑馬幫、闖天下了。」

張春娥趕緊說：「西來也二十八了，還獨身一個。哎蓮芸，你覺得他怎麼樣？」

你到底還是說了！李蓮芸暗暗埋怨，又轉開話題：「小勝武在你家一晃六年了，他現在怎麼樣？」

「他還好，挺懂事兒的，很聰明，學習也用功。」

「他已經忘了自己的爹娘了吧？」

「是的。她開口『娘』閉口『娘』，叫得我心裏好甜的。」

「看把你美的！」

其他女人已經陸陸續續都走了，溪邊只剩下張春娥、李蓮芸。

一陣馬蹄聲傳來。兩個人扭過臉，見是李西來騎馬從附近經過。張春娥又看看李蓮芸，驀地有了主意，站起身叫著：「西來——」

李西來向這裏看看，撥轉了馬頭，向這裏奔來。

李蓮芸明白了張春娥的意思，趕緊倒了盆裏的水，把並沒洗完的衣服都裝上，端起來便向村內走去。

張春娥急了：「蓮芸！你還沒洗完呢，忙什麼？」

李蓮芸頭也沒回，說了一句：「我忽然想起一樁事來，得趕緊去辦。」

李西來在張春娥跟前跳下馬。剛才聽到張春娥的叫聲時看到李蓮芸在這裏，他心裏一陣興奮，當看到她離去便沉下了臉。他看看張春娥，明白了她的心思，沒有和她說話，轉過臉，呆呆望著離去的李蓮芸。

張春娥推一下他的胳膊，小聲說：「跟上去呀！」

李西來苦笑一下：「嫂子，你就別再多操這份心了。」

這人啊，也真是怪，心裏裝上了誰，就再也難扔了。張春娥也望著遠去的李蓮芸暗說，轉而又笑了。我不也是這樣嗎？她看看溪水，想到當年她去老阿婆家路過這裏，王熾從河裏抓住一條大鯽魚拋上岸來，正落在自己的腳下，從此便再也忘不了她……

天早已黑了，王熾家院中天井上「勝武齋」旁邊的一間屋裏還亮著燈，由李西來按著單子報帳，王熾用算盤計算著。

算盤聲停了。李西來忙問：「這三個月總盈數多少？」

王熾說：「八百零四兩。」

李西來說：「比起去年這個時候，咱們可少賺多了。」

王熾說：「路修得多，路面又寬，好些馬幫都改成車拉了。跑短途，自然掙不了多少錢。哎西來，新的財路找好沒有？」

李西來說：「都跟山裏的畜生似的，各霸一方！別人剛往裏伸腳，就有一片陷阱等著你，想邁一步都難！」

「你沒問問別人是怎麼做的嗎？」

「還用問？商道、商道、官府撐腰，銀子開道。要想打開局面，非找靠山不可。得跟大人物連上。」

「老一套，求了黑道求白道！」

「倒是有個人能幫咱們。」

「誰？」

「瀘西的周萬升是咱們這帶最有財勢的大商紳，上次我們給他拉過貨，自己在重慶有字號，生意做得火。在雲、貴、川各地商界很有影響。如果把他交下來，咱們的路就通了！就怕人家嫌咱不夠格……」

王熾沉思著：「周萬升？周萬升……什麼時候還給他拉貨？」

李西來說：「我想辦法吧。」

王熾點點頭，略一思索：「我覺著，跑短途用車，跑長途用馬，短途要儘量短，寧可少掙……」

李西來說：「對！少掙而往返時間短。長途要儘可能長，時間雖然長了點，可貨源好，容易出手，更能賺錢。咱們就長短結合，兩路進財！」

王熾在他的肩膀上拍了一下，興奮地說：「行啊！什麼時候腦子這麼好使啦？」

李西來笑笑：「還不是跟你學的？還有馬哥，他也有這個意思。」

王熾連連點頭：「好！就這麼幹。你去和馬六子仔細商量一下，做個計畫給我看。」

李西來站起身：「好！我這就去。」

一位老郎中在爲張春娥把脈。

王母見他鬆開了手，問：「老先生，您看我家媳婦到底怎麼了？」

老郎中看著張春娥問：「你們房事幾次？」

張春娥難以啓齒，深深低著頭。

王母說：「他們天天都在一起呢。」

老郎中很爲難地說：「是這樣……要不，再找別人看看？」

王母催道：「您儘管說！」

老郎中站起身：「這個……也許是人各有福吧。告辭，告辭！」

王母望著走去的郎中，目光裏充滿了憂愁，和張春娥起身去送，與老郎中道別。而後，王母看一眼坐在自家門口曬太陽的老阿婆，見她閉著眼睛似在昏睡，沒有走過去，仍然站在原地，呆呆望著昏暗的天空。

張春娥回了裏屋，坐在床上，呆呆地看著床上的小衣、小褲和嬰兒鞋，不斷地拭淚。

已經十二歲的姜勝武從外面跑進來。教他的焦老先生由於兒子患病，在昨天回家去了，王母允許他今天可以隨便玩兒。

「娘，這是給弟弟做的嗎？」姜勝武好奇地從床上拿起嬰兒鞋問。王熾在多次派人也沒找到梁紅女之後，便把他當成了自己的兒子，讓他稱呼張春娥爲娘了。

「是、是啊。」張春娥心一沉，勉強把笑容堆在臉上，「好看嗎？」

「好看。弟弟呢？」

「勝武，有小弟弟好不好？」

「好。她什麼時候來和勝武玩呢？」

「快了，快了……」張春娥說著摟著小勝武，淚如泉湧。

「娘你怎麼了？」小勝武問。

張春娥忙擦去淚，收拾起嬰兒的衣褲，說：「沒什麼，你出去玩兒吧！」

姜勝武慢慢轉過身，拿起那個精美的首飾盒走了出去。

到了院門外，姜勝武見王母還站在門口，一歪頭看看還在閉著眼睛坐著的老阿婆，悄悄走了過去，撿起一根草棍在老阿婆鼻孔裏輕輕騷著。

老阿婆猛地打了個噴嚏。

姜勝武手拿棍兒急忙躲到她身後。

老阿婆睜眼看了看，又昏睡。

姜勝武的草棍兒伸到老阿婆的耳朵裏，老阿婆睜開眼扭過臉發現小勝武，不動聲色地突然抓住小勝武的手。

姜勝武「哎喲」一聲，哀求著：「老阿婆放開我，我給你糖球吃！」

老阿婆並沒有放手，張嘴等著。小勝武從首飾盒裏捏出一顆糖球，塞進老阿婆的嘴裏，問：「甜不？」

老阿婆點頭，伸出空著的左手，手掌朝上：「再給！」

姜勝武噘著嘴，很不情願地又將一顆糖球放在她手掌上。

王母看著這一老一小，臉上露出笑容。

姜勝武手裏的首飾盒已空，嘴噘得更高。老阿婆的左手裏盛滿了糖球，這才鬆開了抓著姜勝武的右手。她用兩手捧著糖球，看著他笑著說：「這些可都給我了！」

姜勝武眼裏含著淚水，忽然有了主意，很痛快地說：「都給你了。可你一下子也吃不了啊！這個盒子也給你吧，先裝裏去！」

老阿婆見他雙手伸過來首飾盒，把糖都放了進去。

姜勝武忽然一轉身，抱著首飾盒向王母跑去。

老阿婆和王母一起大笑起來。

「誰說我的小勝武傻？」王母喜愛地摸著姜勝武的頭說，心情頓時好起來，拉著姜勝武進了院兒，讓他到天井上去看書，自己進了屋。

王母愣住了，只見張春娥已跪在地上：「你、你這是幹什麼？快起來！」

張春娥已淚流滿面，抬頭看著王母：「娘，不孝有三，無後爲大。兒媳我感激娘的厚待和疼愛，卻承受不起後繼無人的忤逆之責。」

王母拉起了張春娥，木然地走到椅子前坐下。

「娘！我求您答應，命他再娶。如若不然，春娥……還有什麼臉面待在王家？哪還有資格……伺候您老人家……」張春娥再說不下去，抽泣起來。

王母也落起了淚：「快別說了，娘的心……都快讓你的話……給撕碎了。」

張春娥抹去臉上的淚水，堅決地說：「娘，兒說的都是眞心話！您就答應了吧！」

王母抬眼看著她：「娘又何嘗不想家宅興旺、兒孫滿堂？可你讓娘我怎麼答應你？你進這個門兒時間不短了，忙裏忙外不說，四兒和你相敬如賓、和美如初，做娘的怎麼能替兒子做這樣的主？再說，你是我替他娶進家的，眞要答應了你，誰還敢進咱王家的門兒呀？」

張春娥忽然想到李蓮芸，說：「有！還是很不錯的姑娘，心裏一直惦記著你兒子！」

「誰？」

「就是後屋的李蓮芸。」

「她？」王母遲疑著。

王熾走進來，看看二人，問：「怎麼都掉起眼淚來？」

張春娥看他一眼，道了聲：「娘您跟她說吧」，便進了裏屋。王熾奇怪地看著她的背影，又把目光射向母親。

王母說：「你坐吧。」

王熾坐在凳子上，看著母親：「什麼事啊？」

王母開了口：「娘不多說了，你都快三十的人了！人講的是成家立業，家不成則業難立。咱們家，苦就苦在幾輩單傳，人丁不旺呀！你前邊的三個哥哥都歿了，一個接一個地，都給娘歿怕了！」

王熾笑了：「娘，您不就是想早點兒抱孫子嗎？不用急。」

王母嘆了口氣：「都怪娘呀……可話又說回來了，這種事兒誰又料得到呢？」

王熾一愣：「娘？出了什麼事？」

「春娥她……」

「她怎麼了？」

「以前吃了十幾服藥，都沒管用。今兒個又請郎中看了，看來，她已懷不上身孕。這孩子……她曾經跪著求我，讓我勸你再娶……」

王熾呆了：「不……不行！我不能這樣對她。」

突然，張春娥闖進來跪在丈夫面前：「我求你了！不孝有三，無後為大。我們不能背這麼重的罪名！」

王熾想扶她起來。她推著他的手：「我們王家有你就能發達起來！我知道！我能看出來！可娘說得對，我們不能沒孩子！不能！」

王熾茫然了，他喃喃地說：「我們的命，會是這樣的嗎……」他看著妻子，「你是我們王家娶進來的。這怪不得你。誰能知道自己是怎麼樣的？」

張春娥哀求著：「興齋你就再娶一個吧！」

王熾低下頭：「也許，這是我王熾命中注定的……」

張春娥叫著：「不！郎中是對的。這是因為我！」

王熾還是連連搖頭，忽見王母也跪下了。他阻止已晚，也跪在母親對面：「娘！您這是幹什麼！」

王母苦著說：「你不答應，我們娘兒倆就跪死在這兒！」

王熾趕緊說：「我答應、我答應。娘您快起來！」

王母這才起來，揮揮手：「四兒啊，你去忙你的吧！」

王熾和張春娥進了裏屋，輕聲問：「這是誰的主意？」

張春娥也小聲說：「是我求娘要你這樣做的。這都怪春娥命不好，可不能因為這個，讓咱們王家無後啊！」

王熾坐在床邊，拉住春娥的手，注視著她說；「春娥，你的心思，我王熾明白，你我無後，那是命，不是你錯！自你來到王家一心一意伺候我娘，一心一意地對我，一心一意地操持這個家，王熾看在眼裏，記在心上。全寨上下，誰人不知？你在咱王家舉足輕重！今後無論是誰進了這個門兒，都不許她高過你的名分，都不許她對你不恭！春娥，你明白了我的意思吧？」

張春娥深深受到感動，撲進他的懷裏，懇切地說：「你就聽春娥的吧！只要是你看好的人，進了這個門兒，她就是你的媳婦，春娥的姐妹，王家的親人！」

王熾緊緊摟著妻子，閉上眼睛，淚水流出：「春娥……」

過了一會兒，王熾鬆開了她，忽然想到正要辦的事，也想到了李香靈，下了決心，說：「我馬上就要出門兒！」

張春娥一驚：「去哪兒？」

王熾說：「昆明。快幫我收拾隨身帶的東西。」

張春娥趕緊動手，打了個包袱，挎在他身後。

二人出了屋，見母親坐在院子裏的凳子上，在編著竹簍。巴力已從馬棚裏牽出他的火龍和自己的白馬。

「又要出門？」王母明白了，還是問。

「嗯，去昆明。」

「剛才說的事兒……」

「既然你們非要我這樣做，我也只好順從。但我希望明媒正娶！不要急，以後再說吧！」

「你不急，我可急！」王母笑著說一擺手，「娘知道該怎麼辦！你就放心吧，娘會爲你操辦好的。走吧！早去早回。哎，連來帶去得幾天？」

「四天。」

天井上傳來姜勝武的聲音：「爹！又要去哪兒？」

王熾抬起頭，見他從「勝武齋」探出了頭來，說：「我去昆明，要四天不在家，你可要聽奶奶、娘的話！」

姜勝武說：「我什麼時候不聽話了？」

王熾衝他笑著擺擺手，和巴力離去。

到了院門外，王熾看到老阿婆還坐在門口，略一思索，走了過去。

「老阿婆，您老整天在這兒坐著，就沒見過小勝武他娘回來過？」王熾小聲問。

老阿婆眼也沒睜，嘟囔著：「嗯，有道是：虎毒不食子，爲娘怕：骨肉兩處分！她……會來的！」

王熾站起身，上了馬，心思重重地打馬遠去……

三

李樹勳剛娶半年多的繼室姚琳來到李香靈的屋裏。她今年十九，比李香靈還小一歲，兩人已經相處得像親姐妹一樣。

李香靈正坐在案前看書，並沒聽到姚琳的腳步，直到她「嗨」了一聲才抬起頭，向她笑了笑，說：「請坐。」

姚琳坐在了她對面的椅子上，見她看的是《石頭記》，問：「這部書一定很好，不然也不會把你迷住。」

「是的。這裏面……」李香靈興奮地要講書中的內容。

「以後再聽你講吧！」姚琳打斷了她的話，說：「我來，是告訴你，又有人來說媒了。」

李香靈的臉頓時陰沉下來，聲音也變了：「我不是早就說過了嗎？除了讓我心儀已久的人肯娶我，否則我寧肯出家，也不出嫁。」

姚琳勸道：「你也該理解你爹的心情……」

李香靈搶白道：「他怎麼不理解我的心情？」

姚琳直直地看著她：「你的心情……」

李香靈笑了。她知道，父親所以娶姚琳，是她催的，也是為了她能考慮自己的婚事。她推著姚琳，用哀求的語調說：「你別煩我了行不？我要看書呢！」

姚琳慢慢站起身，忽然傳來急促的腳步聲，芹兒像一陣風似的進了屋，嘴裏叫著：「小姐、小姐！十八寨的王公子來了！」

李香靈倏地站起身，滿臉驚喜的神情：「他在哪兒呢？」

「他剛到，去了老爺的書房。」

「快幫我換衣服！」李香靈急得跺著腳說。

芹兒趕緊動手，打開衣櫃：「穿哪件兒啊？」

李香靈接過來一件，看一眼便扔在旁邊，又接過一件，還是丟下了，叫著：「不好！太豔了……不行，這已經穿舊了……」

芹兒站直了身子看著她：「小姐，都看過了……沒別的了。」

李香靈想了想：「對，就穿他上次來我穿過的。」

芹兒注視著她，「撲哧」一聲笑了。

李香靈臉紅了，申斥道：「笑什麼，死丫頭！」

姚琳已聽李樹勳提起過王熾，驀地明白了，快步走了出去。

來到書房門外，姚琳見巴力在門口守候。她看他一眼，只聽裏面傳出李樹勳的聲音：

「怎麼好幾年沒來了？忘了我吧？」

「是怕打攪伯父。」王熾趕忙說。他還是在上次遭姜庚誣告被李樹勳救了之後前來致過謝，一晃六年了。他所以沒有再來還有個原因，便是發現李香靈對自己很有情。他想到自己已經有了張春娥，雖然很喜歡李香靈，但怕誤了她的終身。這次前來，他是一時衝動，離開十八寨便後悔了：香靈是大家閨秀，我已經有了妻子，怎麼可能去我家？她已經二十歲，一定早已出嫁了。

姚琳看著王熾走了進來，見他射過來目光忙低下頭。

李樹勳指點著介紹：「這位便是我說過的王熾王興齋！興齋，這是我的妻子。」

王熾第一眼看到姚琳時，還以爲是個小丫鬟，此刻趕緊站起身施禮：「侄兒王熾拜見伯母！」

姚琳又看一眼這個比自己年長十歲的自稱「侄兒」的人，臉紅紅地說：「請坐！」

在姚琳坐在李樹勳身旁的椅子上之後，王熾才落座，沒敢再抬頭看她。

李樹勳親切地說：「近來生意如何？」

王熾說：「還算好，但侄兒想……把馬幫發展到昆明來。」

李樹勳說：「好哇！這樣，你就不會再隔好多年才來一回了。」

王熾說：「總來打攪伯父，怕是不妥……」

李香靈跑進來站住，兩隻明亮的眼睛注視著王熾，興奮地叫著：「興齋！」

王熾已經認不出來她了。此時，她已經和經常出現在他腦海中的六年前的長相變了許多，更加美麗光彩照人。李香靈看著他那愣怔怔的樣子明白了，羞澀地說了聲：「我是香靈啊！」

「香靈！」王熾脫口叫了一聲，倏地站起身，心劇烈地跳起來。

李樹勳大笑起來，指點著王熾：「是來的太少了吧？都不認識啦！」

王熾仍然盯著李香靈：「你……這是回娘家來了？」

李香靈忽然收斂了笑容：「這就是我的家嘛！」

王熾發覺自己失言了，忙說：「這是、這是！」

李香靈坐在了姚琳身旁的椅子上，看著王熾說：「剛才你說什麼，來這兒『不妥』？有什麼不妥的？」

李樹勳見王熾臉紅了，忙對女兒責備道：「怎麼和你大哥說話呢？」

李香靈笑了，說：「嫌我搗亂啦？那你們繼續談吧！剛才……是說生意吧？」

李樹勳說：「是啊！興齋的馬幫要來昆明發展。」

「爹說的對。生意怎麼啦？」香靈說：「只有小商小販才整天盯著眼前的地方。」

王熾謙虛地一笑：「我的生意本來就不大的。」

李香靈說：「這麼說，興齋大哥的生意越做越大啦！爹，您可要幫他呀！不是有人為了生意，五次三番地求過您嗎？」

李樹勳嗔道：「又胡插嘴。我身為訓導，素不介入商界，能有什麼可求的？」

王熾忙站起躬身施禮：「大人的為人和威望，便是在商界最寶貴的依仗！如有大人的支援，王熾非但求之不

得，而且三生有幸！」

「看是不是？這就拜上了！」李香靈高興得拍起巴掌，目光又轉向王熾：「行了。這就算我幫過你了！」接著又轉向父親：「爹，您只要從現在起不再說『不』字，就算成了！」

「好、好、好。」李樹勳連聲，「興齋呀！今晚，我倆可要多喝幾杯呀。」

「侄兒可不善喝酒。」王熾忙擺著手說。

「酒還是少喝好。」李香靈深情地看著王熾說。

吃過了晚飯，太陽剛剛落山，東南風刮得很猛，攜來了無數烏雲，使天空迅速暗了下來。王熾應李香靈之邀來到花園，一邊看著這裏的美景一邊親熱地說著話。

「還記得六年前，比這時候還晚，一輪明月高照，瀉下清輝，我們在這兒散步嗎？」李香靈問。

「應該說很清楚的，還歷歷在目。」王熾說。

「之後回憶過嗎？」

「當然。」

「我也常常想著的，每天都是！」李香靈在「每天」兩個字上意味深長地加了重音，「六年了，多少天啊！」

「時間眞快……」

「我卻覺得好慢好慢的！」

「啊……」王熾有些不安，想到還沒娶妻的李西來，轉開話題：「這些年，我在寨子裏把鄉團辦得還好，成立了各寨子的聯防，生意上的事大都交給了西來。他這麼個人聰明、忠實、能吃苦。你看，要說我有點小成就是多虧我身邊有了他們。」

李香靈說：「還是說說你自己吧！」

王熾笑笑：「我有什麼好說的，和別人一樣，我娘生我，吃糧長大，辛苦到老，最後兩腿一蹬……」

李香靈又打斷了他的話：「這誰不知道，幹嘛不提你救巴力成爲結拜兄弟，你替他頂罪，亡命天涯呢？」

王熾看著他：「你怎麼知道？」

李香靈把脖子一歪：「我猜的。有些事你不說，別人可能不知道，可我一猜，就八九不離十心有靈犀一點通嘛！」

二人來到了池水邊。王熾看看天空，說：「天陰得好厲害，快下雨了。」

李香靈沒有抬頭，仍看著池水，問：「還記得上次來我家時，我的那副狼狽相嗎？」

王熾說：「怎麼不記得？你和芹兒在水裏撲騰，直呼救命啊——」

「後來呢？」

「後來……我和巴哥就下水救人了！」

「救上岸以後呢？」

「當時，你都沒氣兒啦！我……」王熾驀地住了嘴。

「興齋！」李香靈忽然拉住了他的手，直視王熾。

「香靈……」王熾抽了一下手，沒有抽回來，心激跳起來。

「我還想……還想再次落水！」李香靈喃喃地說，感覺出他的手在抖，「那麼，你還會不會再次下水救我？」

「這……」

「說呀！」

「當然……」

「把我救上來之後呢？還會那樣……」

「香靈！」王熾異常激動地叫了一聲。

「爲了讓你再救我，我願跳一千次、一萬次！」

李香靈說著鬆開了王熾手，向水中跳去。王熾忙一把拉住她胳膊，向回拉。李香靈就勢向他一撲，兩臂纏住了他的脖子。王熾也情不自禁地緊緊摟住了她……

天空下起了小雨。兩個人都沒有感覺到，全身心的只有對方，兩臂用力，閉著眼睛，焦渴般地親吻著對方。

漸漸地，王熾清醒過來，腦海浮現出妻子張春娥。他驀地瞪大了眼睛，用力推開了懷中的李香靈，驚恐地說：「你還不知道！我……我早已有了妻子。」

李香靈睜開了眼睛，明白了，平靜地說：「我猜得到。你已二十九歲，怎會還沒成家？」

王熾怔了一下，低下頭：「你會找到比我強得多的、還沒結婚的人……」

遠處傳來了李樹勳的呼叫聲：「香靈——」

李香靈大口喘息著和王熾對視，猛地轉過身，向父親的書房跑去。

李樹勳已經去過女兒的閨房，回來在門內站了好久，見女兒濕透了衣衫跑來，責備道：「怎麼下著雨也不知道回屋，不怕染了風寒？」

李香靈小聲說：「爹……孩兒決定了！」

李樹勳明白她的意思，皺著眉說：「我就料到會是這樣！可他已經有了妻室……」

「他人好，是天下最好的人。香靈甘做他的妾！爹你要是眞爲孩兒好，就依了我吧！」李香靈說著跪了下來。

「你……可別等日後再後悔，要三思啊！」李樹勳說著扶起李香靈。

「我覺得尋夫婿易，得知己難！爹，你說是不是這麼個理兒？」

「讓他來見我！」李樹勳說，轉過身去。

李香靈跑回花園，拉著仍然站在池邊的王熾：「去見爹！」

王熾咬了咬牙，隨著她大步走去。

到了書房門口，李香靈打開門，把王熾向裏一推，自己跑向閨房。

王熾看一眼在椅子上端坐著的面無表情的李樹勳，走過去跪在了他的面前。

「快起來興齋！」李樹勳忙說。

「還請伯父……勸說香靈，另尋好的夫婿。」王熾仍然跪著說。

「怎麼，我的女兒配不上你嗎？」李樹勳大驚。

「那裡？大人對我恩重如山，香靈更是如白玉無瑕。若跟了我，實在是太委屈了她！」

李樹勳「噢」了一聲，點點頭，說：「她要找的丈夫還得是知己，沒把名分看那麼重。」

王熾還是說：「可世人不會這麼看，會對她議論紛紛。她現在還年輕、任性……」

李樹勳苦笑一下：「看來，你還不瞭解她。我這個小女呀，認定了的事，到死都不回頭。不瞞你說，這三四年，來給她提親、托媒的無數，她就是不肯嫁，幾次對我說：『除了讓我心儀已久的人肯娶我，否則我寧肯出

家，也不出嫁。』你知道嗎？那個讓她『心儀已久的人』，就是你！她所以一直不肯出嫁，就是在等你。」

王熾驚呆了：「原來是這樣？」

李樹勳看著他：「興齋，你跟我說句心裏話，是不是喜歡她？」

王熾忙說：「香靈她各個方面都出類拔萃，是天下最好的女人，我怎會不喜歡她呢？只是……」

李樹勳向他擺擺手：「既然如此，你就別再推遲了！就在剛才，你來之前，她對我說，我要是眞爲她好，就依了她。我也對你說，你要是眞的爲她好，也依了她。」

王熾呆了片刻，哈腰磕頭，十分激動地說：「香靈如此，伯父如此，我再遲疑還是個有情有義的人了嗎？只是請允許我回家向老母通稟……能與大人的千金白頭偕老，是王熾的福氣！我一定速去速歸，聽從您的安排！」

李樹勳連聲說「好」，拉起了他。

四

十八寨王熾家裏正在張羅著辦喜事，幾個鄉民忙碌布置新房，有的抱著大紅緞被，有的貼喜字，穿梭般地忙碌著。

張春娥不時催著：「快點兒！天黑前，要把一切安排好。」

沒有樂聲。沒有鞭炮。沒有賀禮。偶而聽見幾聲狗叫。傍晚時，一頂小花轎被抬到李蓮芸房門前，堵住了房門。

李蓮芸的母親抹著淚把女兒李蓮芸攙向轎子。

走到轎門前，李蓮芸突然掀去蓋頭，含淚對母親說：「娘，別替孩子難過。不管將來怎麼酸甜苦辣，孩兒我都樂意。」

李蓮芸的娘看著小花轎抬著女兒離去，捂著嘴轉身跑回屋去……

天剛黑時，王熾、巴力進了家的院子，大驚。

「娘！興齋回來了。」張春娥衝著屋裏叫了一聲，微笑著迎向王熾，說：「你可回來了！娘都著急了。」

「這、這是要做什麼？」王熾問。

「進了屋，不就知道了？走啊！」張春娥笑著說。

王母出了屋門，看著王熾也笑著，招著手：「快進來呀！」

王熾快步走了過去：「娘，你這是……」

王母說：「我把你媳婦接來了。」

「啊？」王熾大驚，驀地站住，像傻了一樣。香靈！這可叫我怎麼辦啊？他暗叫著，不知被誰推著是怎麼進的屋。

新房裏的竹床上，坐著蒙著蓋頭的新娘。王熾眨了眨眼睛，聽到「碰」的一聲，回過頭，見房門已被關上。

李蓮芸在靜靜地等待著，心跳得自己都能聽到。然而，過了好一會兒，王熾也沒過來掀蓋頭。莫不是出去了？她暗問著，輕輕撩起蓋頭的一角，看到了王熾的腳和小腿，忙又放下。

這是生米已成熟飯了。我如何回覆李伯父，太對不起香靈啦！我的老娘哎！你怎麼……怎麼這樣急呀？連告訴我一聲都沒有，便給我娶到了家。這……這可如何是好？王熾心急如焚，想出去，知道娘就在外面院子裏，又不敢。

「四兒哥，你在幹什麼？」李蓮芸終於忍不住輕聲開了口。

這是誰？聲音好熟的。王熾看著蒙著大紅蓋頭的李蓮芸，努力平靜思緒，知道躲不過去，緩緩地走到李蓮芸跟前，猛地掀起蓋頭。

李蓮芸害羞、欣喜的臉，看他一眼便低下了頭。

「是你！」王熾輕呼一聲，眼睛瞪得更大，又呆住了。西來呀！我……

「你怎麼了？」李蓮芸再次抬起頭時，看到王熾的神情吃驚地問。

王熾轉身快步走了出去。他沒理院子裏的人，順著梯子上了房，躺在房頂。

一輪明月穿行在雲中，忽隱忽現，群星在向王熾擠著眼睛，像在笑他。他閉上眼睛，腦海浮現出李香靈、李西來……

王母上了屋頂，輕聲而嚴厲地問：「四兒！你告訴娘，什麼時候下去？」

王熾睜開眼睛看看她，坐了起來，說：「娘，你不知道吧？西來兄弟朝思暮想的姑娘，就是這個李蓮芸！」

王母一怔，隨即說：「可人家蓮芸姑娘口口聲聲說喜歡的是你！她有這個心思，也不是一天兩天了。當年你被迫離家，一去就是三年。是她蓮芸在咱家門口一天加一塊石頭！那堆石頭子兒，是她用心數著你出門的日子堆起來的呀！要不是春娥告訴我，我差點把她忘了，這回好了，青梅竹馬，她又不計較名分，上哪兒找這樣的好媳婦，四兒，聽你這口氣，是對娘給選的這門親事不滿哪！」

王熾忙說：「沒有！我是說西來兄弟……他回來了一看……」

王母打斷他的話：「西來自有他西來的命！蓮芸一個心思要嫁的是你，他想也是白想。日後，娘再給他找一個就是了！」

香靈浮現在眼前。王熾想說和她的事，又打消了這個念頭，仰頭長嘆：「命之使然，王熾奈何於天？」

王母吩咐：「快下去吧！別冷了蓮芸的心。她可是顆火炭兒般的心在等你！」

王熾只好慢慢站起身，扶著母親先下房，而後也下來了。

見李蓮芸還在床邊呆坐著，王熾沒有說話，坐在案邊，往硯臺裏倒了點兒水，開始研墨。

李蓮芸走了過來，問：「要寫什麼？我不會寫字，還能研墨。給我！」說著搶過了墨塊，研了起來，過了一會兒問：「好了沒有？」

王熾「嗯」了一聲，鋪上紙，拿過鎮紙壓上，提起毛筆蘸上墨，寫道：

伯父大人並轉香靈小姐：

提筆頓覺千斤之重，難能書寫，愧疚之情如刀割。到家之時，母親已迎娶一女在堂，熾實難再違背。故與小姐成親之事只得作罷。敬請寬諒！

即頌

大安

王熾頓首

王熾擱下筆，呆呆看著書信，上面好像沒有字。

李蓮芸不無好奇地說：「這是寫的些什麼呀？」

王熾吃力地淡淡地說：「書信。你去歇著吧！」

李蓮芸聽出他聲音中的反感，去床邊坐下，噘著嘴看著他。

待字乾了之後，王熾疊上裝進一個信封，而後走了出去。

王熾把書信交給了巴力，讓他明天一早趕去昆明，務必交到李樹動手中。巴力連連點著頭收好了書信，他才出來，剛又要上房，見母親出了屋。

「四兒啊，都什麼時辰了？有什麼事明天再辦吧。睡覺去！」王母命令道。

「唉。」王熾應道，轉身進了新房。

王母見他關上了門，才滿意地笑了。

王熾又坐在了桌案旁邊，拿起一本書，對李蓮芸說：「你先睡吧！我還要看書。」

李蓮芸依著床邊掛幛子的竹杆說：「你先看吧！我等著你。」

王熾看了好一會兒書，回過頭，見李蓮芸還在看著自己，便和她對視著。蓮芸被王熾看得不知所措，半晌，王熾才像是自語，又像是對蓮芸：「眼前紅顏非知己，知己紅顏今何在？」

蓮芸對王熾的話似懂非懂，但從他的神情看出他內心好像很痛苦。她想說話，又沒開口。

兩支大紅蠟燭要燃盡了。王熾又續上，再次看看李蓮芸，見她已經依床邊的竹杆睡著了。他躡手躡腳走了過去，把自己的衣服輕輕披在了她身上，然後又回到桌前坐下，覺得很睏，趴在桌面，很快便睡著了。

窗外隱約傳來雞鳴。一縷晨曦透過窗櫺。

蓮芸靠在竹床邊上，眼睜睜地看著伏案已睡的王熾，突然啜泣起來。

王熾被驚醒，他站起身呆立了片刻，走了出去，上了房。李蓮芸聽到他的關門聲，哭聲更大了。

王母推門走進來，看看還在哭著的李蓮芸，又一眼看見竹床上尚未動過的被子，走過去掀開，見被下的白布完好無暇，馬上明白了，轉身走出。

王熾出了屋，從馬圈裏牽出火龍，一抬頭看見天井上的姜勝武，向他招招手讓他下來，然後把他放在火龍背上，一手扶著他，一手牽著韁繩，向門外走去。姜勝武高興極了，嘴裏叫著「駕、駕」。

到了門外，王熾看一眼坐在自家門口的老阿婆，也上了火龍，向寨子外面疾馳而去。

小勝武在王熾的胸前坐著，不停地喊叫：「駕！火龍！火龍！快跑！」

十八寨村外路旁的叢林裏，一雙女人的手將茂密的蒿草、樹枝輕輕撥開，露出了臉。她是失蹤已久的梁紅女。此刻的她看著馬上的姜勝武，不禁落淚。她在心裏暗叫著：我的兒子豈能坐在仇人的懷裏騎著仇人的馬？她眼裏閃著堅定的目光，緊盯著遠處的勝武。小勝武呵小勝武！你不屬於任何人，你永遠是我梁紅女的！

馬六子迎面而來，離老遠就跳下了馬，向王熾招著手高喊：「東家！東家——」

王熾勒住馬，馬六子將小勝武抱下，放在地上。

王熾下馬，接過馬六子遞來的貨單看著。

馬六子說：「東家，這販運的活越來越不好幹了，這次差點兒就把貨窩在手裏，咱得趕緊想新法子了！」

王熾說：「是啊，我已經讓西來去想法子。」

「駕、駕！」小勝武用樹條抽火龍，緊跟著牠跑。

叢林裏的梁紅女緊盯著小勝武，快步追上！

小勝武追著火龍，突然一隻女人的手捂住小勝武的嘴。

火龍急促嘶鳴：「嘶——」

王熾和馬六子急忙扭過臉，只見梁紅女將小勝武攔腰搶起，飛快跑去！

王熾和馬六子拔腿追去，高喊著：「勝武——」

梁紅女越跑越快！王熾和馬六子也越追越快。姜勝武「嚎啕」大哭著，不時叫一聲：「爹快救我——」眼看就要追上梁紅女了，前面飛奔而來一輛馬車。當梁紅女回了一下頭時，王熾認出了她，猛地站住，一把拉住了馬六子的胳膊。

「怎麼不追啦？東家！我去！」馬六子焦急地問，又要再追，胳膊還在被王熾緊抓著。

梁紅女已跑到篷車旁，趕車的姜三把車停住，把姜勝武放在車上。梁紅女回頭看看，見王熾、馬六子並沒有追來，一把奪下鞭子，從懷裏掏出一錠銀子丟向姜三，說：「你的事兒完了。我不想再見到你！」

姜三接住銀子叫了聲「大嫂」，看著她上了車，揚鞭打著馬，篷車疾速遠去，很快便拐過一個彎消失了。他又看看不遠處的王熾、馬六子鑽進了林子裏。

「那個女的是什麼人？東家怎麼任憑她搶走了勝武？」馬六子還在問。

「有道是『虎毒不食子』，確實這樣。」王熾感慨道，大喘了一口氣，「那個人是勝武的娘。爲娘最怕骨肉兩處分啊！讓她們去吧。」

王熾回到家，把勝武被梁紅女搶走事說給了母親，而後說：「我沒讓馬六子去追，我想小勝武能與她娘團聚，便是他最好的歸宿。我們，都代替不了她的娘。」

王母嘆了一口氣：「唉——還不知道這是福還是禍呢！」

王熾說：「娘，您去歇著吧，我還要爲加強鄉團聯盟的事，寫個呈報。」

王母看著他：「四兒，你若有什麼心事，盡可以跟娘講，爲什麼要欺負一個弱女子，跟自己的媳婦過不去？我知道你的心還不在蓮芸身上，娘也不逼你立刻就怎麼樣。只是你要有個好臉子，別讓她太難過，慢慢就習慣了。」

王熾「碰」地跪倒在地：「娘，您老的心思我全明白，爲了王家人丁興旺，子孫滿堂，我何嘗不想按娘的意願去做？可我一想起香靈小姐來，就什麼都做不成了！」

王母一驚：「香靈？香靈是誰？」

此時，張春娥從院外背草進院，將草倒進馬槽，聽到屋裏王母的聲音怔了一下，向正在洗衣的蓮芸招招手。李蓮芸忙上前走了過去。

聽過王熾講述如何與李樹勳之女李香靈定了終身，張春娥和李蓮芸都瞪大了眼睛。

屋內傳出王母的聲音：「那個李香靈的父親怎麼說？」

王熾說：「李大人深知我二人情投意合，當即將小女許配與我。約定半月之內接她來完婚！兒這才急忙趕回，來征得您老的允許，可誰知，蓮芸姑娘已被接進家門！」

王母說：「你……你爲什麼不早說？」

王熾說：「兒原以爲人已進門，木已成舟，雖不是王熾的心愛之人，但畢竟是咱王家的媳婦，如能讓娘高興，兒就盡了這孝道才是。昨日一夜，兒輾轉反側，夜不能寐，思來想去，方才決定，若不跟娘實話實說，兒心中塊壘難除，也會耽誤了蓮芸一輩子啊！」

李蓮芸轉過身抱住張春娥，淚水湧出。

張春娥摟著李蓮芸，爲她拭淚，自己卻也和她一樣哭著，強忍著哭聲。

屋內傳出王母的聲音：「唉，這都怪爲娘的太心急了，太大意了，應該與兒從長計議才是。當時還以爲能給你個驚喜呐。誰想到會有這樣的事？事到如今，誰是誰非已不重要，要緊的是你和香靈的親事怎麼辦？」

「兒已修書一封，讓巴力快馬送到李府，退了那門親事！」

「什麼？你……快派人把巴力追回來！」

「追回來？已經來不及了。及早退親，是怕貽誤了李小姐的終身！」

「你呀你！我說四兒，你隱瞞私情已經鑄成大錯，修書退親，更是錯上加錯！」

「這、這是什麼道理？」

「你不忘與香靈小姐的終身之約，可見心中有情，你委屈自己順從了與蓮芸的婚事，可見你更懂義字當頭。可歷來以情義二字為重者，更講一個信字。你既與人家有約在先，就應該言而有信，怎能草率反悔，委屈他人？你既與蓮芸無緣，就應該道出實情，求得諒解，免得傷害無辜！若是瞻前顧後，左右逢源，不要說你貽誤了婚事，就是今後也難成大事！」

「娘，兒全明白了！不求兩全其美，但求相知終身！」

「那還等什麼，快去吧！」

「去哪兒？」

「昆明啊！」

張春娥、李蓮芸又是一驚，互相看著。

這時，巴力在院門口跳下馬，跑了進來，沒顧上和張春蛾、李蓮芸點頭，直奔屋裏。二人不知又出了什麼事，隨著他進了屋。

巴力興奮地咿咿呀呀著，手舞足蹈，他見說不清楚才想起書信，從懷裏掏了出來，雙手遞給王熾。

王熾急忙拆開，見是他寫給李樹勳的信，信尾有李樹勳批八個大字：「絕不反悔，送女成親！」

王熾驚喜地叫道：「娘！是、是香靈她來了。」

王母叫了聲「好」，接著說：「就衝她這敢做敢爲的脾氣，娘就喜歡！她人在哪兒？」

巴力帶著一家人上了房，向遠處指著。幾個人都看到，在寨外的高坡上李香靈下了馬車。王熾急忙轉身下房，飛也般跑了出去。

張春娥、李蓮芸雙雙跪在了王母身前。張春娥說：「興齋的苦衷我倆都知道了，春娥全聽娘的。」

李蓮芸說：「娘！我絕不怪罪四兒哥。只因爲與他無緣，我願從此與他兄妹相稱，一輩子守著他！只求娘不要趕蓮芸出門！」

王母的眼睛濕潤了，擦著淚說：「起來，你們快起來！我要你們梳洗打扮，體體面面地跟我去迎香靈！」

邪火無奈

一

李西來帶著馬幫回來了，興沖沖進了王熾家。得知了李蓮芸被王熾娶進家門，他心一陣冰涼，並沒有明顯表現出來，仍然和王熾說說笑笑，把這次生意的情況講給他聽。

王熾朝著窗外喊道：「春娥！拿茶水來。」

院中的李蓮芸見張春娥出去了，拎起茶壺進了屋。她看了李西來一眼，微笑著打個招呼：「西來哥回來了！」

「啊、啊，是啊是啊。」李西來連聲說，注視著她給王熾倒茶。

王熾看看他倆，低下了頭。

李蓮芸又爲李西來倒茶。李西來緊盯住她的眼睛，張了一下嘴想說什麼，正和李蓮芸的目光相遇，忙又閉上了嘴。李蓮芸一驚，忙避開西來的目光，手一抖，「啪」的一聲響，壺蓋掉在了李西來的碗裏。李蓮芸向他投去抱歉的目光。

李西來再也控制不住自己的悲哀，倏地站起來，走了出去。

王熾看了看李蓮芸，起身上樓，但忽然停住，回身追了出去。

李蓮芸目送他們出門，迅速地跑出屋，上了屋頂，看到王熾在寨子外面追上了李西來。

二人並肩走著，坐在了山石上，好一會兒沒有說話。

王熾終於先開了口，詳細講述了和李香靈的事，而後說：「沒想到，結果是陰錯陽差，等我在昆明與李香靈小姐訂了終身之後，回家一看，才知道，娘已替我做主，把李蓮芸娶了回來。我知道，這些年來你一直惦念她，加上我當時早已另有所屬，所以，我們一直是兄妹相稱的名義夫妻，直到現在，她仍然是個姑娘！」

李西來很感動，誠懇地說：「這我相信！我也懂四哥的意思。可是，蓮芸的心不在我身上，強摘的瓜不甜……」

「世上一切都在變化之中，她蓮芸就會一成不變？我讓娘去勸勸她。」

「不、不不！千萬別讓娘說。」李西來眼裏已經含著淚，「她人已經進了王家，就是我的嫂子！」

王熾盯著李西來，忽然站起身，向山下走去。李西來抹去臉上的淚水，在後面跟著他，暗說：今後再不能提起此事了！我也不能再想念蓮芸了。

轉眼過了年，又到了春天。

這天傍晚，人們已經吃過了飯，王熾、李西來、巴力、馬六子坐在天井上原來姜勝武讀書的「勝武齋」，圍著桌上的地圖，商議生意上的大事。

王母、張春娥、李蓮芸等人坐在院子裏天井下面，各自做事，都不說話，耳朵聽著王熾等人的話，顯然對他們的生意也很關注。

「我的岳丈李大人已經爲咱們搞到了雲、貴、川三省的行商關防。怎麼用，這可就看咱們的了。」王熾喜滋滋說。

李香靈上來給幾個人倒茶，說：「興齋的馬幫在雲南各地已經很有名氣了，但隨之而來的競爭也更激烈，各路馬幫都在爭奪地盤，這種長途販運的生意反而有很大風險。」

巴力看著她讚賞地點頭。

王熾說：「這正是我的心病。巴哥！你看下一步棋咱們怎麼走？」

巴力比畫著，然後用拳頭在川、貴地區輕輕砸了下去！

王熾明白了：「川、貴？眞是英雄所見！只是那裏的情況咱們還沒摸熟。」

李西來說：「四哥，瀘西的周萬升正在訪友，聽說明天就可能經過虹溪！」

「好！他來的正是時候，咱們就把他留住，好好款待！」王熾眉頭頓時舒展開來。

說著把臉轉向巴力，「巴哥，聽說周萬升最愛吃豬肝兒。我們就給他來個豬肝兒宴！」馬六子興沖沖說，「明天一早，咱就去鎮上的肉鋪，把這兩天的豬肝兒都買下來。在虹溪別人買不到豬肝兒，那周萬升咱就算是請定了！」

「對！就這麼辦。」李西來說。

「也好。」王熾說，把臉轉向巴力，「就有勞巴哥了吧？」

巴力點點頭抬腳便走。

王熾忙說：「你忙什麼？這天才剛黑，明天早點去就行了。」

巴力頭也不回地走了，下了天井，出了院子。

王熾搖著頭說：「這個巴哥呀！就是死心眼兒。」

李西來說：「早去早盯著，保險！知道周萬升要來的肯定不止咱們一家，萬一讓別人搶了先，豈不是坐失良機？」

馬六子說：「也是這麼個理兒。」

王熾苦笑一下：「這年月，名氣也成了搶手貨！看起來，咱哥兒幾個也夠沒出息的了。」

幾個人都自嘲地笑起來。

巴力在虹溪鎮的肉鋪前蹲了一夜。天還沒亮，便開始來人排在他後面，到肉鋪開板時已經站了二十多人。

賣肉的掌櫃很奇怪，一問都是買豬肝的，忽然高聲說：「今天的豬肝兒我都留著自己吃了。大夥兒別排了，都走吧！」

眾人馬上嚷成一片：

「掌櫃的，您就賣給我們點兒豬肝吧！」

「你能吃那麼多嗎？」

「留給人了吧？賣誰不是賣呢……」

「我家老爺說了，多花錢也行！」

忙著砍肉的夥計說：「你們也真是的！平常豬肝兒臭了也不見有人搶，今天是怎麼了？」

有人喊：「等著請貴客囉。您讓我們都買點兒不就得了？」

掌櫃的笑著說：「眞是人貴物也貴。一頭豬身上就一個豬肝兒，你讓我上哪兒給你生去？」

又有人喊：「今天不是殺好幾頭嗎？」

掌櫃的說：「別說好幾頭，明天的都有人包下來了！有人要買也行，每副豬肝五十兩銀子，你買得起嗎？」

搶購豬肝的傭人、廚子們一下傻了。半晌，突然有人喊：「不就是五十兩嗎？我出了就是啦！買！」

緊接著有人喊：「我出五十五兩！」「我出六十兩！」「六十五兩……」

巴力猛地將兩錠銀子共一百兩拍在案頭上。

掌櫃的一看樂了，說：「都等等，這個啞巴來得最早，讓他先稱！」

他說著將一副豬肝兒放在巴力面前，另一隻手去拿銀錠，卻被巴力撥開了手。巴力把銀子抓在手中，衝著掌櫃的「嘿」了一聲，離開肉鋪，揚長而去。

巴力騎著馬回到十八寨，進了寨門遠遠地就看到王熾站在家門口。他以爲是在等自己，趕緊拍了一下馬屁股。白馬跑得更快了。

王熾是剛出門來，在聽著西院的老阿婆閉著眼睛唱著民歌：

幾十里老林幾百里山，
幾輩人的窮路走不完。
喝不起的粗茶吃不飽的飯，
流不盡的汗水盼不來的錢。

心裏窄偏愛起邪火，
誰見誰都像錢沒還。
呦吼吼，呦吼吼，
爲什麼越有的越花不盡，
越沒有的越寒酸。

巴力在王熾身前下了馬，剛衝他比畫兩下，想告訴他沒買豬肝的情況，王熾把他推開，繼續看著老阿婆，聽她又唱了下去：

八十里老林九百里山，
再大的苦海也有邊。
看不透的紅眼作不成的夢，
罵不走的窮字兒揀不來的錢。
誰有都不如自個兒有，
說出大天還得玩命幹。
呦吼吼，呦吼吼，
老天爺不會往下扔餡兒餅，
不種甘蔗沒法甜……

「老阿婆，你唱得太好啦！就是這麼個理兒。今天，您老給我上了一堂課呀！」王熾跑到老阿婆身前，一邊說一邊給她作揖，然後快步走了回去。

李西來明白了巴力比畫的意思，急了：「六十五兩？出一百兩咱們也得買呀！能花一百兩銀子，請到周萬升，興許換回來的就是好幾萬兩的利潤！」

巴力不服，臉憋得通紅比畫著，最後氣得蹲在角落裏。

王熾說：「巴哥做得對！這個豬肝宴，咱不辦了！他周萬升再有本事，咱們也不能因爲請他一頓飯，跟著哄抬物價。六十五兩銀子事小，咱要認了這個價，讓百姓戳咱們的脊梁骨！咱還怎麼做人？我王熾不幹這賠本買賣。巴哥！這就是你不買豬肝兒的意思吧？」

巴力點頭，不服氣地斜了李西來一眼。

李西來忙說：「這個周老闆可是來來就走的！」

「錯失良機咱也認了。不過，也不能白認，得讓虹溪鎭的人和周老闆心裏明白。」王熾說著，提起桌上的筆，鋪了一塊大紙，寫了幾行字，交給巴力：「巴哥！請把這個貼在肉鋪門口去。」巴力拿著紙出去，上了馬……

一張詩貼在肉鋪門前。立刻就有人圍了上去，只見上面寫著：

貴人喜吃豬肝宴，
肥豬今日值萬錢。
一擲千金拍馬屁，

唯獨王熾不情願！

這些人大都不認識字，催著一個識字的給念。

巴力上了馬回去。

當巴力來到王熾、李西來跟前時，兩個人還在說著生意的事。

「看來，遠行川、貴的計畫要重新擬定了。」李西來說。

「擬定計畫之前，要好好洗洗腦筋了。」王熾笑著說。

二人對視了片刻，李西來「撲哧」一聲笑了。王熾也笑了，但比哭還難看。

馬六子回來了，聽李西來說了買豬肝的事，也把巴力埋怨了一番。忽然院外傳來一聲：「這是王熾的家嗎？」

幾個人轉過臉望去，只見從外面來了一位倒背著手的中年人。王熾忙迎了上去，拱著手說：「在下便是王熾！請問足下是……」

那人神色嚴峻，背在身後的手拿出了一張紙，問：「這是你寫的？」

王熾看清了那是他讓巴力貼在肉鋪前的那首打油詩，說：「對，是我寫的。」

門外又進來了一位手搖著蒲扇的老者，高聲說：「好小子！就憑你的膽兒，你的德行，沒有豬肝兒，我也來了！」

王熾見這一位雖然年近古稀，但嗓音宏亮，氣宇不凡，驀地明白了，趕緊拱手施禮：「在下王熾見過周老前輩！不知是老前輩光臨寒舍，有失遠迎，望周老闆海涵！紙上塗鴉，實屬無知，也望見諒。」

此人正是大商人周萬升。他大笑地拉住王熾的手：「得了，別酸文假醋的了。那首打油詩可是沒給老夫留一點兒面子！老夫到那裡都是人趨若鶩，像你這樣『不情願』的倒是鳳毛麟角，所以老夫倒要見識見識！走，裏面說話！」他說著反客爲主地拉王熾進堂屋。

王熾請周萬升和他的隨從先進屋，自己進門之前回頭衝李西來作了個鬼臉兒。

李西來馬上明白了，小聲吩咐巴力：「巴哥，快想法子搞點豬肝兒來！實在沒有，就羊肝兒、鴨肝兒、狗肝兒的也將就了。」

巴力點著頭趕緊轉身出門……

深夜，在明亮的月光照射下，十八寨如銀龍橫臥，靜悄悄地像在沉睡，幾座高大的煙樓如哨崗挺立，直衝雲霄。王熾家院子裏也是寂靜無聲，李西來蹲在窗下候著，巴力在火龍旁徹夜未眠。

堂屋裏，周萬升坐著，而王熾來回踱步，不停揮手，他倆的剪影被明亮的燭光清晰映在窗上。

那位隨從端著託盤從堂屋中走出，李西來在窗下站起，用目光詢問。隨從看了看托盤裏的兩碗豬肝兒，不解地搖頭：「怪了，周爺一向愛吃的豬肝兒粉湯，今兒個怎麼連碰都沒碰？」

突然，堂屋裏傳來拍桌的聲音，院內人們一怔，看著堂屋！

周萬升已拍案而起！連聲稱讚：「好！時局利弊，分析透徹，入骨三分！商道謀略，有勇有謀，進退自如！經營有方，以德經商，賠賺由天……好！大手筆！想不到，滇南虹溪能有如此才氣過人的王熾！而且才三十歲……三十歲正是而立之年，立大業之年啊！好好好，眞是青出於藍，後生可畏呀！」

王熾拱手：「還靠老前輩多多指教。」

「到了四川，如有需要老夫做的事兒，你儘管吩咐！」

「王熾豈敢？少不了靠老前輩提攜！如到重慶，定登門求教！」

「好，我等著晚輩！哎？我的豬肝粉湯呢？」

王熾指了指門外。

「上湯、上湯！要兩碗熱的！」周萬升說著拉住王熾的手，哈哈大笑。

清晨，李香靈在默默收拾行裝，她的淚水不時地落在行裝上。

王熾走進臥室。他看著李香靈，緩緩地走近她，從身後抱住。李香靈將王熾的一隻手握住，把它移在自己的腹部。

「你懷孕了！」王熾明白了，興奮地道了一聲，接著在她耳邊輕聲說：「我在那邊落下腳，就回來接你們。」

李香靈轉過身，看了他片刻，撲在他的懷裏……

兩個人來到母親的房間。

王母將兩雙新鞋放在潔白的包袱皮上，看著王熾，又看看李西來，說：「古人講：『千里之行，始於足下。』這兩雙鞋，可不是給你們穿的！」

王熾和李西來一怔，看著那兩雙鞋。

頓了一下，王母又說：「娘在每一隻鞋底上都繡了字，那是前人的至理名言，到時候，你們會用得上。四兒呀，你在馬幫裏待過，在世面上闖過，吃虧不怕，重要的是長記性！別的你比娘清楚，娘只要你記住一句話：做事先做人，買賣靠德性！」

王熾和李西來同聲說：「孩兒記住了。」

王母將鹽荷包遞給王熾：「四兒，這個荷包裏裝的是鹽，把它帶在身邊，永遠給我記住：你們是吃鹽巴長大的！」

王熾激動地說：「孩兒明白，娘是在說，人活著沒有鹽不行，作生意沒有德不行！」王母臉上現出笑容，欣慰地點頭。

王熾把鹽巴裝進懷裏，與李西來雙雙跪拜。

二

馬六子被留下繼續做馬幫的生意，王熾、李西來、巴力帶著幾名夥計來到了重慶。安排下住處之後，三個人便去見大商人周萬升，可是來到周宅門前便愣住，只見這裏幾乎用白綢、白布、白花、白幡子裹住了。

上次跟隨周萬升到過王熾家的隨從正在門口接待前來吊唁的人。他一眼便認出了王熾，迎了上來，對他說：「周萬升周老爺從雲南回來，一路顛簸，舊病復發，不治而逝……諸位來得不是時候哇！」

王熾、李西來、巴力望著周萬升的宅院不禁失望，還是走了進去，在周萬升的靈前祭拜。

在回客棧時，三個人都沒說話，心情很沉重。他們都知道，在這個人生地不熟的城裏，要完全靠自己的雙手創建一番事業，是很難的。

要橫過街道時，一輛手推車來不及躲閃，在王熾的身邊倒了下去。車上木桶裏的水灑了出來，頓時有一條活蹦亂跳的大鯉魚恰好蹦在了王熾的身上。王熾猛地把它抱住了。

年輕的推車人慌了：「哎呀！實在對不起，怪我心裏太著急……走得太快，把您的衣裳弄髒了……」

王熾卻仰面大笑。他對李西來和巴力說：「你們看！咱們剛到這裏，就有活鯉魚相迎！好兆頭！巴哥，掏錢！這魚咱買下了！養起來！重慶這個地方咱待定了！沒了周老闆，咱們自己幹！」

王熾興奮地抱魚前行……

進了客棧的住房裏，王熾向順路剛買的特大號魚缸裝滿了水，把鯉魚放了進去。鯉魚在裏面歡快地遊著。他看了好一會兒，才進了自己住的房間。

王熾看看李西來、巴力，問：「如何在重慶這個山城把生意做起來，你倆有何高見？」

李西來說：「要想把生意做大，光靠販運不行。行商賺差價，坐利本上加！東家應該把馬幫和商貿結合起來，來個兩頭賺！」

王熾說：「這樣一來，我們的油水就大了！有了足夠的銀子，我們還可以把商貿和錢莊結合起來，從掙錢到玩兒錢，從多頭到空頭，物生錢，錢還生錢！到那時候，有虛有實、虛實互補，站可腳下生根，動能呼風喚雨！恐怕連市場都得聽咱們的了。西來，你估算估算，辦個像樣的商貿總號要多少銀子？可以先探探這裏的房價。」

李西來說：「固定的帶流動的，我看有五萬兩銀子，足可起家了。」

王熾把臉轉向巴力：「巴哥你看呢？」

巴哥連連點頭。

王熾說：「那就這麼定了！我們一到這裏便有鯉魚相迎，這是天意。有了天意，就可順順當當！我們的商貿總號，就叫天順祥！」

在重慶的一條主街上，由緊密毗鄰、漆飾一新的十七座房屋所組成的一家商貿總號誕生了。在一片響徹雲霄的鞭炮和鼓樂聲中，王熾揭下了居中正堂門前「天順祥」牌匾上的紅綢。雖然來祝賀的人並不多，還是吸引了過往的行人。他們都以驚異和欽羨的目光望著這一溜新出現的店鋪，為其不凡的氣勢所傾倒。

巴力坐著馬車來了，指揮幾個人抬下車上的大魚缸走進天順祥，裏面養著他們初來重慶碰到的那條大鯉魚。

「東家，我走了。」馬六子向王熾拱手告別。他已經到了好多天。

「你已經是咱這馬幫的二鍋頭，可以代我做主搞生意，責任重大呀！」王熾還禮，微笑著說。

「是啊！我也感覺出肩頭的壓力了，真想哈腰。」馬六子說著大笑起來。

「不會吧？」王熾也大笑著，「從看到你第一眼，我就知道你是個辦大事業的人！馬幫交給你，我和西來完全放心！」

「多謝東家信任！這次去走這一趟藏區，搞他一批藏藥，一定能賣個好價錢。這在京城可是最缺的貨！」

王熾點點頭：「好！一路平安！」

馬六子上了馬，再次向王熾拱手，帶著由六十四馬、三十個人組成的馬幫離去。

王熾向前走了幾步，望著他們的背影消失，又看看自己的商號鋪面，滿意的點點頭，暗說：來到重慶半年多，終於建起了商號！他轉眼看看附近、街對面的其他商家鋪子，規模都明顯不能和天順祥相比，抿著嘴笑了笑，在回身進屋時，目光掃過站在街道對面正望著天順祥的幾個人，在其中一個矮個子、生滿麻子的臉上盯了一下。

他進了天順祥大堂之後，回過身又看看那人，對李西來向外面小聲說：「注意點兒那個人，好像有來頭。」

李西來目光射向那人，點點頭。

他們不知道，那個人是本城德勝源商號、德勝源錢莊老闆潘德貴的二管家小松子。他在王熾進了大堂之後，仍然冷冷地望著天順祥的鋪面。站在他身後的一年輕手下憤憤地小聲說：「眞是吃了豹子膽！在重慶吃川飯，也敢邁過咱家潘老爺這道門檻？」

小松子沒吭聲，臉色更加陰沉。

那名手下又開了口：「聽說販私鹽的領頭是虹溪王熾，出手還不小呢！這不是與咱們一個鍋裏爭食嗎？」

小松子低聲問：「老爺知道嗎？」

「他天天在德盛源，怎麼會知道？」

「去告訴大管家。」

「是。」手下急忙離去。

東家會在哪兒呢？小松子思索了片刻，攔住正路過空著的人力車。

李西來出了大順祥商號大堂，也上了一輛人力車，跟蹤而去。

小松子並沒有發現李西來，下車付了錢，進了一家茶室。他看到，在一個圍著好多人的桌前，有一隻握著竹筒高高舉著的大手正在空中左右上下的搖晃。那隻手猛然停住，猛地將竹筒扣在桌上。小松子跑過去，見竹筒拿開後，裏面的骰子開出來是兩個六點。

圍觀的賭客，齊聲叫好。

坐在桌子一端的莊家得意微笑。

另一端的賭客認輸地將面前的幾大錠銀子推給莊家，慢慢站起身，摟著身旁濃妝豔抹、花枝招展的妓女離去。

莊家看著眼前大堆的銀子，故作謙虛地說：「承讓了！您老今日手氣不好。走桃花運的，千萬別上賭桌，咱們改日再會。」

圍觀的人忍不住發出了笑聲。

輸家身邊的妓女指點著他：「你別狂！早晚有高人收拾你。」

莊家笑著說：「那是、那是。天外有天，山外有山嘛！兄弟初來乍到，還望多多關照。多謝了，多謝啦！」

莊家身後的一名彪形大漢說：「還有沒有人願意和我家老爺一試高下？」

眾人面面相覷，低聲議論著，沒人敢上桌。

莊家站起身一拱手：「今日讓諸位掃興了！再會。」

這時，人群後面有人威嚴地道了聲：「慢——」

李西來已站在小松子對面，和眾人都循聲望去，見說話的是一個年約四十五六歲、衣著十分考究、頭髮抹著頭油看上去很亮的人。他從自動分開的人縫中走向桌子，聲音變得爽朗：「這吃、喝、嫖、賭乃人生快事，我來陪陪你！」

小松子湊了上去，叫了聲：「老爺！」

那個人沒理他，坐在桌前的椅子上。眾人都肅然起敬。

李西來忙小聲問身旁的一個人：「這位請教了！那位是誰？」

那個人輕聲告訴他：「德盛源商號、錢莊的老闆潘德貴潘老闆嘛！」

那個莊家聽身旁的大漢耳語了幾句，向潘德貴拱手，十分謙和地笑著說：「潘老闆！久仰久仰。能與前輩對搏，敝人三生有幸！」

潘德貴說：「賭場無父子，我要見識的是眞功夫。請！」

賭桌上已清理乾淨，兩個手下將深綠色的檯面換成了大紅檯面。又有兩個手下在檯面上放了兩個玉盤。

李西來專注地看著，不遠處傳來川劇的聲音。

莊家一招手，二名保鏢將賭注端來，放在桌上，成堆的白銀如一座小山！

潘德貴用力咳嗽一聲，他的大管家將一小托盤放在桌上，他掀起蓋著的紅布，露出一張德盛源錢莊本票。李西來看到，上面有白銀一萬兩的字樣。小松子拿起銀票讓在場的人看了看，放在小托盤中。

有些沒見過潘德貴的人驚訝地小聲議論著：「德盛源！是他自己開的錢莊啊！」「這有誰能贏得過他？」「看吧！有好戲了。」

莊主身旁的大漢從一個精製的紅木盒中將一副銀骰子倒在盤裏。莊主一翻身，將盤子推給潘德貴。

小松子也端來同樣精製的紅木盒，向盤裏倒出二隻金骰子。

衆人驚羨不已，又是一番竊竊私語。

潘德貴從小松子的託盤中拿起一副白手套戴在手上，將盤子推給莊家。

雙方作了一個請的手勢後，幾乎是在同時，二人分別用精製的竹筒鏟起盤中的金色、銀色、在空中搖晃。

莊家搖骰子顯出自信，眼睛專注地看著潘德貴而耳朵在傾聽著筒裏的聲音。而潘德貴搖骰子顯得漫不經心，眼睛和莊家對視著。

「啪！」莊家將竹筒扣在盤子上。

「啪！」潘德貴也將竹筒扣在盤子上。

衆人屏住呼吸。

二人又作了一個請字的手勢。

莊家掀開竹筒，露出骰子的數面：兩個六點。

潘德貴迅速翻開竹筒，還沒等人看清數就用竹筒扣上了，隨即將托盤中的一萬兩銀票推開莊家，笑著說：「嗯，老兄不愧是賭場英雄，在下甘拜下風！」

莊家說：「還沒開點兒就認輸，小的怎敢收潘大人的銀子？」

潘德貴推過托盤：「賭場上可沒有大小，既輸了就得認帳！」

莊家又將托盤推回去：「潘大人是一時失手，怎能算數？這銀子小弟我斷然不能受。」

潘德貴一仰臉大笑，很豁達地說：「那也好，這一萬兩銀子就算你存在我錢莊的。你隨用隨取，存息九釐！」

小松子高聲叫道：「諸位聽到了吧！往德盛源存錢，月息九釐！」

眾人興奮地議論起來。

潘德貴一拱手：「今日手氣不佳，就此告辭了！」

潘德貴離開賭桌，被一些商人富賈圍著問這問那，一邊回答著一邊向外走去。

李西來欽佩地望著潘德貴，一扭頭，見莊家過去掀開潘德貴的竹筒，裏面骰子的點數是：兩個六點。

莊家趕緊對身旁的大漢吩咐：「快把這銀票給潘大人送去！」

「是！」大漢應了一聲，趕緊追出去。

在大管家和小松子的陪同下，潘德貴昂然走進了自己的豪華、氣派非凡的潘家公館，穿過幾道拱門、長廊來到客廳。

德勝源錢莊的管事和屬下各貨棧的老闆在客廳裏恭候。潘德貴坐定，一伸手，管事遞上帳簿。潘德貴看帳簿，手一揮，傭人和女侍們走出客廳。

錢莊管事說：「大東家，近日來，各家商號存取穩定，可都是些零散小戶。能托得住咱錢莊的大戶倒有幾家，眼下正在觀望，就連不怎麼起眼的天順祥，也是寧可懷裏揣著銀子，也不願換成本莊銀票周轉。」

小松子說：「你可別小看了這個天順祥，它自己有馬幫，腰裏有銀子，讓他在重慶站住腳，咱們的貨棧喝西北風去？」

潘德貴說：「天順祥王老闆遠道而來，敝人不能不有所表示。你們都給我聽著，對天順祥要處處給予方便，讓他做得越大越好！」

小松子不解地盯著他，見他從書案上拿起一個帖子遞給大管家：「把這個交給天順祥王老闆，說明天晚上我在聚仙火鍋樓請他！」

大管家應了聲：「是！」

一家人來到客廳，叫了聲：「老爺！」

潘德貴忙站起身，去了旁邊的內室，回過身小聲問：「怎麼樣？」家人說：「欽差大人的新寵小妾潘蘭捎話說，欽差大臣過幾天就到重慶，讓老爺準備現銀八萬兩。她好打點上下，讓欽差大人替您說話，早點把這官職封下來。」

潘德貴走出內室：「來人！備八萬兩白銀！」

大管家小聲地說：「老爺，錢莊沒那麼多現銀，湊齊了也不過三萬多。」

「嗯？」潘德貴怔了一下，很快就說：「設法再湊。快去天順祥啊！」

「是。」大管家應著，剛轉過身，只聽潘德貴又叫了聲「慢」，忙問：「老闆，還有什麼吩咐？」

「我估計，那王熾很可能要先來看我！好了，你這就去吧。王熾若來，你引領他走後院。」

大管家道了聲「明白了」，見他已經向管事招手，轉身離去。

來到只隔著一條街的天順祥商號大堂時，潘德貴的大管家見裏面人很多，有的交銀子買進，有的收銀子賣出，邊記帳邊算錢，忙得汗流浹背。他悄悄來到後門附近，順著沒關的門看到，也有好多夥計正忙著，有的爲馬幫上貨，有的卸貨進院。

李西來在主持記帳，巴力一邊忙裏忙外，一邊抬錢箱出來進去地跑動。

一名中年商人進來，向倒背著手站立的王熾打招呼：「王老闆，發財發財啊！要是覺得雲南白藥好出手，下次給你多帶點兒來。」

王熾笑著說：「好，拜託了，好走哇。」

一年輕商人匆匆來到王熾面前，抖著雙手說：「王老闆你看！我晚來了一步，就沒現貨了。這可叫我……」

王熾說：「先住下，再等等吧。」

潘德貴的大管家看著王熾，站了好一會兒，才上前拱手：「王老闆，我家老爺請您赴宴，這是給您的請柬。」

王熾還禮，接過來看了一下，說：「請稍候！」

王熾急忙把李西來拉到一邊，小聲說：「西來！你說過的那個潘德貴，派人送來的請柬，請我赴宴。」

「哎呀，他德盛源錢莊的大老闆，可是重慶有頭有臉的人物啊！他能請你？」李西來驚喜地說，搶過王熾手中的請柬看著，卻有近一半的字不認得。他只讀過兩年書，當時還貪玩兒沒太用心。

「他怎麼想起請我吃飯了？」王熾沉吟道。

「四哥！能交上他，今後多大的生意咱也敢作了。」李西來興沖沖說。

「去！」王熾下了決心，「那咱先別忙著赴宴，禮尚往來，先去拜訪他的德盛源。」

王熾走過來，見大管家還等著回話，說：「請老先生稍候，我們這就隨你去拜訪潘大人。」

大管家連聲說：「好，好。」

很快，王熾、李西來便又到了大管家身前，隨著他前往德勝源。

大管家引著二人路過後院。這裏很靜，銀庫的門口站著兩個夥計守衛，一個夥計搬著一箱銀子進去。通過虛掩著的門，王熾、李西來看見裏面裝滿了銀箱。

穿過後院的長廊，來到了潘德貴的議事廳門前，大管家先走了進去。

須臾，潘德貴從門裏迎出來，熟人般地招呼著：「哎呀，王老闆，李老闆，怎麼也不打個招呼？大駕光臨，有失遠迎，二位快請進！請！」

王熾、李西來還禮，寒喧著走了進去，只見裏面的擺設古色古香，布局井井有條，顯示了主人的威嚴和殷厚。

潘德貴伸手示意：「快請坐。」

坐下後，王熾看著潘德貴，說：「謝謝。聽口音潘老闆是雲南人吧？」

潘德貴說：「雲南大理人。」

王熾笑笑：「那咱們是老鄉。」

潘德貴說：「所以，才冒昧邀請二位同鄉一起坐坐，沒想到二位卻馬上前來拜訪，眞是太客氣啦！」

王熾說：「是來謝潘大人厚愛。禮尙往來嘛！」

潘德貴擺著手：「哎呀話可不能這樣說！你們的天順祥在重慶一炮打響，日進斗金，令人刮目啊！眞是後生可畏、後生可畏呀！」

王熾抱拳：「鄙人初來乍到，日後還要請老前輩多多賜教！」

潘德貴也拱手：「客氣！二位能把重慶作爲發祥之地，眼光不淺！重慶雖爲山城，但水陸要道四通八達，錢莊商號比比皆是，長途販運，貿易往來，在大西南，它就是中心！」

「潘大人的卓識高見，令王熾佩服。」

「我也是在重慶起家的，別看我現在有個錢莊，可剛來的時候，身無分文，哪比得上二位年輕有爲，事業有成啊！今後如缺錢用，儘管開口！對老鄉，我優惠！」

這時，管事進來，遞給潘德貴一張銀票。潘德貴看過後，拉著長聲說：「好的，不就是要兌三萬兩現銀嗎？提給他就是了。」

管事點頭：「小的這就去辦。」

王熾站起身：「潘老闆要務在身，王熾告辭。」

潘德貴說：「哎，王老闆，正談得投機，再坐一會兒，咱們聚仙樓接著聊。」

外面傳來唱支的聲音：「出白銀三百兩！白銀六百兩，白銀九百兩！」

潘德貴看到，王熾與李西來對視一下，目光中都露出滿意和信任，不由笑了。

門外廊柱後面，在管事的示意下，兩個夥計喊得更響：「出白銀一千二百兩，一千五百兩，一千八百兩……」

在喊聲中，管事將手中那張銀票撕成碎片。

在天順祥的後院，夥計們把一箱箱的白銀搬上十來輛手推車。

李西來在登記帳簿。王熾問：「西來，全部存入德盛源。算算一年有本息是多少？」

李西來打著算盤，而後說：「共計壹拾捌萬三千七百二十六兩。」

王熾點點頭，將裝有金銀首飾的箱子蓋上蓋兒。李西來喊了一聲：「封箱！起程！」

十來個小推車在巴力和幾個夥計的護送下，前往德勝源錢莊。

王熾感嘆道：「馱著銀子累死馬，一張銀票結束了提心吊膽的日子。西來，如果可能今後天順祥的生意一律用銀票結具，這樣既省力又安全，也爲日後籌辦咱自己的錢莊作準備。」

李西來高興地應道：「是嘍！」

二人牽著馬剛出了門，忽見一名留在十八寨照看家的夥計飛馬而來，高叫著：「大東家——您的家書！」家裏出了什麼事？王熾看著他一驚。那人跳下馬，氣喘吁吁說：「恭喜東家，您喜添貴子啦！」

王熾「啊」了一聲，接過書信，一把撕開，急目觀看，猛地抱著李西來：「西來！」

李西來明白了：「是嫂子生了兒子，是吧？」

王熾連聲叫著「是的是的」，縱身上了火龍，追向前面的小推車，一路喊著：「我有兒子啦！我有兒子啦！我——有——兒子啦——」

他策馬超過一輛輛小車，超過領隊的巴力，一路喊著遠去了。

巴力看著他眼中湧出了淚，低下頭。李西來到了巴力身邊下了馬，搶過一輛小推車，輕鬆地推著。

「來啦！來啦！」張春娥邊跑邊喊著，回到寨門口的老榕樹下。李蓮芸已經攙著王母在這裏等待著。三人翹首遠望。

一輛馬車由遠而近，停在樹下。三人急忙上前，從車裏走出李香靈，她身後的芹兒抱著襁褓裏「百歲」的小鴻圖跟下車來。在懷孕七個月後，她父親李樹勳便來到十八寨，說，在這裏生孩子可能不把握，而昆明城有接生經驗十分豐富的產婆。王母明白他的意思，便讓她隨著父親去了昆明。

李香靈給王母請安，王母匆匆應答，從芹兒懷中抱過小鴻圖。「鴻圖」是王熾在書信裏給兒子起的名字。李香靈又向張春娥、李蓮芸親熱地打著招呼：「二位姐姐好！」

張春娥、李蓮芸嘴裏答著「哎」，也圍向小鴻圖，倒把李香靈和芹兒冷落在一旁。芹兒替李香靈驕傲地笑著，說：「小姐，您坐下，歇會兒吧！」

張春娥、李蓮芸圍著王母。王母在得到李樹勳派人來報喜後便和張春娥去了一次，在李府住了幾天，此刻抱著正在睡覺的小鴻圖仍看個不夠，輕聲說：「又長大了不少啊！你們瞧，這嘴，這眉眼兒，跟他爹一個樣。」

李蓮芸可憐巴巴地說：「娘，讓我抱抱，行嗎？」

王母將小鴻圖遞給李蓮芸，叮囑道：「慢著點兒，別吵醒了他。」

李蓮芸看著小鴻圖說：「你把他的臉兒衝這兒，要不晃眼！」

李香靈去攙王母：「娘，咱們回去吧。」

王母說：「不急，不急，你看，大家都來了！」

幾個寨裏的彝民、佃民女子圍上了李蓮芸懷裏的小鴻圖，說說笑笑著。張春娥從李蓮芸手中把小鴻圖接了過去。小鴻圖醒了，睜開眼睛看著眾人，既沒哭，也不陌生。王母囑咐著：「可別讓孩子著了涼！」

李香靈把臉轉向李蓮芸：「聽說了嗎，咱們在重慶已經有了天順祥總號了！」

李蓮芸說：「我也知道有總號了。總號是否就是讓馬幫落腳的地方？」

李香靈笑了：「不是。總號就是總商號，專門把到手的各種貨物轉給別人。等買賣做大了，還可以在各地設分號。到那時候，甚至可以不要自己的馬幫，光是轉來轉去，就能從中獲利！」

張春娥的孩子又到了王母的手中。她說：「什麼『總號』？不懂。聽都沒聽過。」

李蓮芸像是明白了什麼：「這麼說，他就不用山南海北地跑了。是吧？」

李香靈說：「其實，他早就可以不跟馬幫。只是路還沒走通，買賣還沒做順。」

李蓮芸說：「這麼說，他能在那個總號安家了是不是？那好，去一個人侍候他，也省得他進屋冷床冷褥子的。」

王母說：「是啊，都三十好幾的人啦，身邊是該有人侍候著啦！」

張春娥、李蓮芸不約而同地把目光落在李香靈身上。李香靈覺察到了，忙伸出手：「娘，給我吧。」

王母說：「不累！」

小鴻圖突然「哇」的一聲大哭起來。王母哄著，張春娥、李蓮芸立刻圍上，她們身後的芹兒對李香靈說：「小姐，讓我回昆明吧！」

李香靈問：「怎麼啦？」

芹兒向王母噘噘嘴：「人家沒事兒幹了嘛！」

李香靈也往那邊看，回頭嗔罵：「死丫頭！」

四

「什麼？她還要八萬？」潘德貴吼道，滿面怒色。

「是的。」大管家在旁邊騷著腦袋，「潘蘭說，她家老爺又當了欽差，就要來雲南。可是二年前送去的那八萬兩銀子，都用去打點宮裏的人啦。這八萬是活動地方的。她說要趁熱打鐵才行，一定要快！」

「地方的也要他活動？他欽差一句話，誰敢不聽？分明是他想獨吞嘛！」潘德貴快速地來回踱著步，猛地站住：「給她開個銀票！告訴她，我不能等得太久！」

大管家看著他爲難地說：「她不要銀票，和上次一樣，要現銀。」

潘德貴喘著粗氣：「不就是買個六、七品小官嗎？在他欽差大人的眼裏不過是個芝麻大的事兒。要不是爲有點權力好賺錢，白給這官兒我都不要！現在可好，烏紗帽沒見著，錢沒少花，那是十六萬啊！還要現銀，我哪有哇？除非去偷，去搶！」

大管家說：「眞要給您這個肥缺，十六萬不多，就怕您花的錢打了水漂。」

潘德貴看著他：「看來，不給她這八萬，就前功盡棄了。」

「肯定是這樣。」

「庫裏還有多少現銀？」

「不足五萬了。」

「前幾天，天順祥不是存入了一大筆嗎？」

「都用來周轉了。」

「我再去借點兒。你跟潘蘭說，讓欽差大人立刻任命我，否則時間一長，我和錢莊就都完了。到那時，我會殺人的！」

「小的明白。」

管事在門外叫了聲：「老闆！」

潘德貴坐在椅子上，道了聲：「進來。」

管事進了議事廳，說：「天順祥的二東家李西來李老闆來了，要提銀子。」

潘德貴皺了一下眉，吩咐：「請他進來。」

管事退出後，潘德貴急忙站起身走進大管家，對他耳語了幾聲。

很快，李西來被管事引進來。潘德貴起身相迎，拱著手笑著說：「哎呀李老闆，是什麼風把你給吹來了？很久沒見了，生意一定很紅火，是吧？恭喜恭喜！請坐請坐！」

李西來還禮。落座，開門見山說：「潘大人！天順祥馬上就要集中所有馬幫到藏區採購名貴藥材，據說這在京城很搶手。由於藏區不通銀票，所以只好攜帶大量現銀進藏，還請潘大人准許提取銀兩。」

潘德貴說：「在德盛源，用銀票兌現銀，理所應當，李老闆不必客氣，要多少？」

李西來說：「一萬五千兩。」

潘德貴說：「好說、好說。大管家，你帶李老闆到前廳兌現。」

大管家忙說：「潘老闆，現在庫存不足一萬兩。」

潘德貴故意「啊」了一聲，隨即厲聲問：「怎麼回事？」

大管家說：「這兩天正值商貿旺季，買賣興隆。放出去的現銀就多了點兒。」

潘德貴勃然大怒：「你們眞是膽大！我早已囑咐過你們，天順祥是咱們的大戶，要時時給予生意上的方便。你們哪！拿我潘德貴的話當耳旁風！現在可好，到了正用的時候了，倒沒了現銀？耽誤了生意上的大事，你賠償這損失嗎？」

大管家連忙應著：「是，是……」

潘德貴拍一下身旁的桌案：「別『是是』的啦？說，什麼時候能湊齊？給李老闆個痛快話、准話兒！」

大管家直擦汗：「三天吧！您看……」

潘德貴把臉轉向旁邊：「別問我！你問問李老闆行不行吧。」

大管家乞求地看著李西來：「李老闆！」

李西來想了想：「我回去跟王老闆商量商量吧。」

潘德貴把臉轉向李西來，拱著手說：「請回去跟王老闆解釋解釋，你就容我兩天，就兩天。兩天之內，我一定把一萬五千兩銀子派人送到天順祥！」

王熾焦急地踱著步，憤憤地說：「兩天、兩天……現在兩天就要過去了，德盛源前後只送來現銀八百兩。西來呀！兩天前我就有了預感，現在可以肯定了，德盛源內部出了問題。」

李西來「哦」了一聲，站起身：「我再去一趟。」

王熾站住了：「要去我也去！」

巴力闖進來，將一封信送給王熾。

王熾看信，念道：「『天順祥老闆王熾，你的貨和人都在我這兒！想拿貨，用錢來贖，想要人，除非王熾。菀達山雀兒寨……』天啊！」

李西來也急了：「馬六子他們落在強人手裏？這可怎麼辦？」

王熾穩了穩神，說：「只要我們的總號設在重慶，這條路就想躲也躲不開的！西來，你留在這兒，繼續兌現銀，如有可能將德盛源的銀票全部轉彙至其他可靠的錢莊！我去菀達山，闖他的雀兒寨，救出馬鍋頭！」

李西來忙說：「不行，還是我去雀兒寨。你留下來！」

「他們點名要的是我。放心吧！」王熾說著一拍李西來的肩膀，出了房門。

巴力趕緊隨後跟出……

山林裏，王熾驟馬飛奔。突然，火龍被皮繩絆倒。幾名嘍囉一擁而上，把他捆了起來。火龍站在旁邊嘶鳴著，見有人來抓自己，跑向旁邊。

王熾叫道：「我是重慶天順祥的老闆王熾！是來見你們山大王的！」

馮驢兒吩咐：「帶走！」

眾嘍囉大聲應著：「呀！」

馮驢兒帶著眾人押著王熾來到一個山洞前停下。洞口上方的石頭上刻著三個大字「連珠洞」。馮驢兒獨自走了進去。

洞內點燃著幾個松樹油子火把，很昏暗。靠裏側還有個與大洞相連的小山洞，燃著蠟燭，光線也不很亮，曾

麼把正躺在鋪著虎皮的石座上吸著大煙。馮驢兒來到他身旁，說：「曾爺，帶來了。」

曾麼把狠吸了幾口大煙，放下了煙槍，問：「闖寨子的是頭肥豬，還是餓急了的狗崽？」

馮驢兒說：「吃獨食的狐狸、走偏道的狼，只有孤身一人，是王熾。」

曾麼把點點頭站起身：「一點沒變，果然是一條不怕死的漢子！」

馮驢兒跟隨著曾麼把出了小山洞，來到大洞裏，扶著他坐在最裏頭的大木椅上，吩咐：「掌亮兒！」

洞內頓時一陣忙亂。嘍嘍們舉著的火把將洞裏映得如同白晝。

馮驢兒衝了一嘍嘍擺了一下頭。那人便喊道：「上——肥——的啦——」

兩名嘍嘍將王熾架到了洞內，站立在曾麼把身前一丈開外。

馮驢兒叫道：「去矇眼兒！」

嘍嘍摘去了蒙在王熾眼睛上的黑布。王熾揉了揉眼睛看了看四周。終於看清了曾麼把、馮驢兒及衆人。

王熾循聲一抬頭望去，見洞中央倒吊著馬六子。大叫著：「馬六子！」

「東家——你不該來呀！」

馬六子眼裏掉下淚：「大東家，你……你怎麼來啦？要殺要剮，我一個人頂著就是了。你、你是天順祥的舵呀！」

王熾把臉轉向曾麼把：「請放了馬六子！」

曾麼把說：「好！只要你大東家王熾留在這兒，十個馬六子我也放！」

馬六子被放了下來。他自從被抓進來，就被吊在了這裏，只是馮驢兒來問過話，還沒見過曾麼把。他目光轉向曾麼把，忽然認出了他，叫道：「頭人！你還認得我吧！」

曾麼把走近馬六子細看，問：「你是哪個窩裏的鳥兒？」

馬六子說：「我可認識你呀！你是趙雲海的師叔！對吧」

曾麼把怔了一下：「我是趙雲海的師叔不假，可你……」

「我是趙寨主的手下，是給他牽馬的！」

「還牽騾子呢！快滾！」

「這是眞的呀！我們東家還是趙寨主的恩人呢！」

「趙雲海……東家……恩人……」曾麼把遲疑一下，罵道：「你他媽的想攪我的局？編得有模有樣的。再不滾，把你也一起燴了！」

「你若不信，我叫趙雲海來，親自跟你說明白！」馬六子用不容置疑地口吻說。

曾麼把想了想：「嗯？好，我給你三天的時間，海兒來了，自然沒事，若不見回音，你們東家必死無疑！」

馬六子立刻跪拜：「一言爲定！謝頭人。」說罷欲走，又回頭對王熾：「東家，你等著！」

曾麼把看著馬六子跑出去，對王熾說：「大東家，你還認識我嗎？」他說著摟著馮驢兒，做了一個喝酒的動作，提醒他：「賣馬嗎？」

二人大笑。王熾嘲笑地說：「記得，怎麼，靠坑矇拐騙混不下去了吧？」王熾學著他倆的話：「你以爲馬幫那麼好混哪！說吧，我這顆腦袋值多少錢？」

曾麼把怒視著他吼道：「這我不能告訴你。三天之後，你準備好棺材就是了。」

王熾說：「曾頭人，想這菀達山口，該是多好的地方？東連黔桂，北接四川，是川滇商道的近便之地！可你呢？見客就搶，不遜就殺！挺好的財路，都讓你給嚇跑了。不少客商寧可繞道而行，也絕不讓你占這個便宜！」

曾麼把說：「你不是來了嗎？殺了你，夠我們老少爺們吃半輩子的！」

王熾說：「我要是你呀，就改惡從善、變害爲寶！就利用這前不著村、後不著店的大好地勢，開客棧、辦馬店，那你這雀兒寨可就成了衆多馬幫商隊的家了！到那時，哪個不圖近便，趕著給你送錢來呢？如果你覺的我說得對，我王熾願意白送給你這麼做的本錢！怎麼樣？」

曾麼把指點著他：「好哇！王老闆到底是做生意的，想得周到。只怕你等不到這一天了！給我押起來！」

兩個嘍囉高聲應了一聲，把他推向旁邊的一個小山洞。

王熾萬萬沒想到，巴力已經被關押在這裏，忙問：「巴哥？你是怎麼進來的。」

巴力愧疚地低下了頭。

王熾慢慢點點頭：「是啊，你怎麼能不來呢？」

時間在黑暗中不知不覺中過去，也不知過去了多久。沒有人來過問，更不要說送飯送水了。王熾終於吃力地問：「巴……巴哥，咱們被……關進來……幾天了？」

巴力沒有回答。王熾苦笑一下，閉上眼睛，低聲說：「黑了這麼久，誰還能分得出呢？」

不料，巴力緩緩地伸起胳膊，把三個指頭貼在王熾的臉上。

王熾咧了咧嘴：「三天？人……可真經活呀。三天，三天……馬六子去趙家寨，這麼遠，能跑個……來回嗎？不可能的。除非……騎我的火龍。可火龍在哪兒呢？再說，火龍可不是誰都讓騎的。」

這時，洞門突然打開了！進來了四個匪徒，架起了王熾和巴力就走。

二人被拖到懸崖頂上，只見下面是深淵萬丈，山霧迷濛。他倆由一根粗繩拉著，繩的另一端拴在樹幹上。樹下，一個彪形大漢手提大刀等待命令。

曾麼把說：「王老闆，三天的限期已到，我只好送你歸天了，實出無奈！弟兄們要養家糊口哇！念你與我素無冤仇，就送你一個全屍，免得髒了我的手。」

曾麼把說著，面對燃著的香柱跪下，閉眼祈禱。

王熾叫道：「曾頭人，既然我與你無冤無仇，爲什麼非殺我不可？」

曾麼把說：「是有人要你死！」

王熾說：「是誰？告訴我，誰是我的仇人？她是不是個女的？」

曾麼把說：「女的？是男是女，你自己琢磨去吧！」

曾麼把站起來，大喊：「時辰已到，送客啦——」

彪形大漢舉起了大砍刀，正要落下，忽聽遠處傳來一聲：「師叔——手下留情！」

曾麼把和馮驢兒及衆人都急忙回頭看，只見趙雲海和馬六子已經來到，他們身後緊跟著不少嘍囉。

趙雲海跳下馬，上前給王熾、巴力解著繩索。曾麼把吃驚地叫了聲：「海兒？眞的是你？」

趙雲海扶著王熾，氣喘吁吁說：「我險些來晚了！」

王熾看著趙雲海，叫了聲「大哥」，便體力不支地倒了下去……

連珠洞外擺著豐盛的酒席上，趙雲海、馬六子、馮驢兒，輪番爲王熾敬酒。

曾麼把說：「這可都怪我見錢眼開，我陪罪！劫了的貨原封未動已上了馬背！一點兒不少地交給馬六子了。今後還要按王老闆的意思，把這兒變成商旅通道！大人不記小人過，您就高抬貴手吧！」

王熾說：「好，那你告訴我，出錢讓你殺我的是誰？」

曾麼把：「德盛源，潘德貴！」

王熾震驚，手中的酒杯顫抖了一下：「是他？」

與曾麼把告別，王熾騎著火龍和趙雲海並肩並馬而行，他們身後跟著巴力和馬六子的馬幫，以及趙雲海的弟兄們。那天馬六子下山時，正在猛跑，忽然聽到了火龍的嘶鳴聲。他循聲跑過去，從來沒讓他騎過的火龍老老實實地讓他跨了上去，這才使他及時趕到了趙家寨，又經好一番找，才找到了趙雲海。

來到岔路口，趙雲海說：「送君千里，終須一別。興齋，咱們就此分手吧！」

王熾說：「趙大哥若沒有什麼急事，就隨我一齊回重慶，咱們的話還沒說完呢？」

趙雲海開玩笑地說：「算了吧！我的這幫人馬進了城，別人還以爲是土匪下山了呢！你這次平安脫險，趙某由衷慶倖！咱們就此別過，後會有期吧！」

王熾與趙雲海對拜。王熾說：「多謝你讓馬六子來幫我！趙大哥，一路上小心！」

二人在岔路口分手。王熾、巴力和馬六子帶著馬幫看著趙雲海帶著嘍嘍們遠去，很快隱進深山密林。

馬六子突然忍不住哭出聲來，跪地大呼：「趙大哥——」

王熾見馬六子痛哭，急忙問：「出什麼事啦？你快說！」

馬六子說：「趙大哥這些年來，一直占山爲王，反抗朝廷，殺盡貪官，爲民除害，是起義軍的首領。我這次找他時，起義軍已被官兵圍困已久，趙大哥爲了救你，特意突圍下山……我擔心，他回去的路上……」

王熾恍然大悟：「怪不得向來天馬行空的趙大哥，這一次帶了那麼多保鏢？爲什麼不早說？」

馬六子說：「是趙大哥不讓小的開口啊！」

此時，趙雲海走去的方向傳來炮響，接著是隱隱的喊殺聲。

懊悔、悲憤之情顯於王熾的臉上。他跪地長呼：「趙大哥——」

他身後的馬六子、巴力和馱夫們一齊跪下，面向遠方，淚如雨下……

夜晚，重慶的潘德貴公館裏燈火輝煌，人聲鼎沸……賀禮的銀子成盒成堆，送來的紅包格外顯眼。

潘德貴正在擺宴席，提前爲潘德貴做官發財慶功賀喜。

一個商人說：「潘兄，福星高照哇！您老兄現在是烏紗將至，很快就得到欽差大人的任命了！將來作了官，可別忘了拉兄弟一把哦！」

潘德貴笑著：「大家發財，大家發財！」

衆商人富豪，圍著潘德貴敬酒，吹捧之辭不絕於耳。

忽然，小松子匆匆跑進。他來到潘德貴身邊，向他耳語。

潘德貴大驚失色，但很快便鎮定下來，站起身向衆拱手，說：「諸位，我有點生意上的事，去去就來。」

潘德貴剛要轉身，一抬頭見王熾已經走了進來，身後跟著巴力、馬六子。

王熾冷冷地說：「又不是什麼見不得人的事兒，就在這兒說吧。」

潘德貴趕忙十分親熱地說：「哎喲，是王老闆，這些日子您去哪了？」

王熾說：「菀、達、山。感謝潘大人給了我一個難得的機會，讓我跟雀兒寨的寨主交上了朋友。」

潘德貴心下暗驚，故作不知地說：「啊？是嗎？多一個朋友，多一條路嘛！王老闆，咱們到書房去談吧。」

王熾不動：「可就是這個朋友，當初要殺我呢！說是有人花了銀子要他這樣做。潘大人，你明知道有人要我的腦袋，怎麼也不提個醒？害得我差點兒作了刀下冤魂。」

眾人被他們的談話吸引，漸漸圍攏過來。

潘德貴不知如何脫身，心急如焚，還得裝糊塗：「啊，啊……敝人實在聽不懂王老闆的意思。」

王熾把臉轉向眾人：「但在座的，有人已經聽出點名堂了吧？」

有些賓客感覺出了二人之間的火藥味兒，正準備起身告辭，聽了這話又站住了。

王熾接著說：「說正經的吧！潘大人，我準備把天順祥存在貴錢莊所有的錢都提出來，潘大人不會不答應吧！」

潘德貴忙說：「這業務上的事，是不是改日到我錢莊去談？」

王熾向眾人拱手：「諸位老前輩，天順祥王熾爲兌銀一事與潘大人商磋，如有得罪，請多多包涵。」

人群裏走過幾個商人，其中一個對王熾說：「王老闆，不如就讓潘大人在此說個明白，也省得咱們大家提心吊膽。」

眾人中有贊同，有反對，議論紛紛。

潘德貴無奈，清了清嗓子，示意安靜，說：「諸位，既然王老闆說到我的德盛源，那敝人就不得不澄清事實，以正視聽了。諸位都知道，歷來錢場如戰場，風險是免不了要有的。這是立足錢商兩界最起碼的常識。諸位將大把的銀子存在我的錢莊，是要按息取利的，敝人要將所存之銀變法生錢，才好支付本息。這裏自然有個多頭和空頭的周期。你來兌銀正好趕上錢莊空期，一時難以兌付也是常有之事。」

一席話，說得眾人啞口無言，有的在點頭稱是。

王熾說：「偌大的錢莊，連一萬五千兩的銀子也無法兌現，這錢還不足天順祥存銀總數的十分之一，那誰還敢將現銀存入德盛源呢？再說，儲戶存銀，爲的是利，更爲安全。風險不風險是你潘大人自己的事，與我們毫不

相干。我只問潘大人一句話，德盛源的銀庫裏還有銀子嗎？」

潘德貴悻悻地說：「恕我無可奉告。」

王熾說：「潘大人自然不敢說實話，因爲一開始你的銀庫裏就堆滿了空箱子，那都是引人上鉤的誘餌！不錯，歷來錢場如戰場，但戰場不是屠場，如果大人您有了風險，我們都得掉腦袋，那你這德盛源錢莊與雀兒寨的土匪又有何兩樣？王熾存在櫃上的十八萬兩銀子可以不要，潘大人勾結土匪謀財害命，王熾也可以既往不咎，但身爲錢莊老闆的潘大人，如此欺世盜名，斂衆財爲己有，實在有辱我在川滇商的人格，也實在是錢、商兩界同仁中之敗類！潘大人如還眞有良知，應懸崖勒馬，痛改前非，亡羊補牢、堂堂正正地作人，才不辱老前輩之風範！」

衆人議論……

此刻，客廳門口傳來一武官聲音：「誰是潘德貴？」

衆人回頭看時，只見李西來帶領著官兵來到。

潘德貴回身死盯著王熾，慢慢轉過身：「在下便是。」

武官高聲說：「人犯潘德貴，有人報官，告你欺騙客主，謀財害命，本官奉府衙之命，捕你見官！錢莊帳目即日凍結，個人財產一律查封！」

衆人們都震驚了。

王熾悄聲地對李西來說：「西來！何必要置他於死地呢？」

李西來說：「他不死，咱們就要完蛋！」

官兵一擁而上，不由分說，封門封箱，就連剛送來的禮品也貼上封條。

武官帶走潘德貴。潘德貴在與王熾擦肩而過時，看著王熾的眼睛充滿懊悔和仇恨。他萬萬沒有料到，自己這個在錢場商界混了二、三十年的詐騙老手，會一晚就栽在這個初出茅廬的後生手中。

眾人議論紛紛，亂作一團……

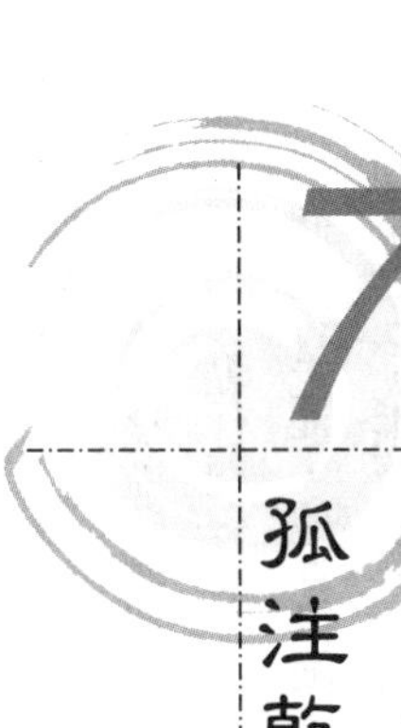

7 孤注乾坤

一

轉眼到了同治九年（一八七〇），重慶天順祥商號已名聞遐邇。這天，幾個夥計忙著搬運貨物，而年已三十五歲的王熾站在正堂內門旁的魚缸前，向裏面輕輕撒魚食。

李西來興沖沖地跑來，高聲說：「四哥！巴力和馬六子的馬幫從藏區回來啦！貨還沒到城裏，就賣了個好價錢！他們一路上又收了五支馬幫，跟他們聯供聯銷，能打著滇南王四的旗號，收購和銷售都沒問題，光憑這個旗號，咱們就能坐收漁利了。」

王熾神情平靜依舊，淡淡地道了聲：「好啊！」

巴力和馬六子都到了。馬六子將緊纏在肚皮上的腰包取下來，放在桌上，說：「東家，這是這次走藏區賺來的錢，都在這兒。」

有人爲他們打水洗臉。看著他們洗完了，王熾說：「你們都在，正好，大家都坐下，有件事兒商量商量。」

四人圍坐後，王熾說：「早在咱們進重慶的那天，就有過一個想法，大家還記得不？」

三人還沒弄懂王熾要說什麼，相互對視著。

李西來忽然想起來了，說：「記得！從掙錢到玩錢，從多頭到空頭，物生錢，錢還生錢……」

馬六子叫起來：「辦錢莊？」

王熾笑了：「對！商之命脈在於本。本之經絡在於通，這所謂買賣，這一買一賣，實際玩的就是錢！錢通則時機在，錢滯則時機亡！沒了時機，就等於沒了生意！所以咱們要儘快建立起自己的錢莊！」

馬六子說：「那可得要很多銀子吧？」

李西來也收斂了笑容：「咱們可沒玩兒過大把的錢，行嗎？」

王熾胸有成竹地說：「這都不成問題。銀子不夠，去湊，沒有行家，去請！我擔心的是沒有人信得過咱們，這恰是錢莊生死存亡之要害。信你，便可財源滾滾，日進斗金。否則，你就有天大的本事，終事與願違，難以支撐。」

李西來情緒又高漲起來：「潘德貴被抓之後，咱們雖然損失慘重，但天順祥名聲大振，這二年一直生意紅火，自可借這股東風打出錢莊旗號！」

王熾說：「天順祥總號雖然遠近聞名，但還不是家喻戶曉，路人皆知，要擴大影響，讓天順祥在百姓心裏紮根兒，我總覺得還欠點什麼……」

這時，一個差官走進，他身後跟著兩個清兵。

王熾忙迎了上去，拱著手剛要開口，那名差官先說話了：「請問，誰是這兒天順祥總號大掌櫃王熾？」

王熾說：「我就是。」

差官遞過請柬：「雲南布政使唐炯唐大人有請！」

王熾心下一驚，接過請柬看看，說：「虹溪王熾將準時前往。西來，帶這位差官到前面用茶。」

「免了。」差官說著轉過身，與兩清兵走了出去。

李西來站起身湊了上來看著請柬：「什麼意思？」

王熾思索著：「不清楚，但官家所求，商無退路啊！」

李西來說：「剛才我忘了說了，一路上我就聽有人說這個布政使是朝廷新賜的命官，專門督辦鹽務。」

「管鹽的，找我做什麼？」王熾思索之間竟下意識地掏出鹽荷包，捏出一粒鹽巴，沒有抓住，一顆鹽粒掉在地上。他低下頭，撿了起來，放進嘴裏。

王熾夾在當地的富豪、商人中間，走進唐炯駐地的大門。前面的人向官兵交出帖子，官兵唱諾：

「雲南楚雄大成號魯老闆魯子敬——」

「雲南下關昭元號柴老闆柴銘——」

「雲南百江鴻順達總號劉老闆劉萬通——」

待王熾走進遞過帖子後，官兵唱諾道：「雲南虹溪天順祥總號王老闆王熾——」

王熾東張西望，既新奇又有些緊張地隨人流走進長廊，背後還在傳來唱諾聲……

在中堂過廳裏，已經先到的二十幾個商人、富豪三五成群兒地悄聲議論：

「你看，在座的幾乎都販過私鹽，現在來了個管鹽的，這回可有好戲看了。」

「到場的都是雲南人，這個雲南布政使該不會是來參加同鄉會的吧？」

「……」

王熾觀察四周。

客廳裏，唐炯在隔窗觀察著到來的人，表情平和。鹽務道台張海槎和一名師爺呆坐著，面無表情。唐炯見人大都已經到齊了，向旁邊的中年幕僚龐河點了點頭，向裏面的一個屋走去，關上了門。

龐河推開了門，說：「請進！」

王熾夾在人群中進了客廳。在龐河的「請坐」聲中坐在已經擺好的凳子上。

「諸位。」龐河咳了一聲，開始宣讀手中的公文：「唐大人從雲南來川督辦鹽務，乃受朝廷之命，解百姓之苦。此舉告成，既可一解雲南缺鹽之急，又能遏止私商偷運之弊。既是爲雲南人辦事，當然要驚動諸位在川經商的雲南老鄉，向諸位籌借白銀十萬兩。借期一年，到期歸還。望量力而行，慨然相助。」

他讀完以後，坐在了桌後，打開了帳簿，拿起了毛筆：「來吧，自報家門，自定錢數，誰先來？」

衆人竊竊私語著，沒有人上前認貸。

龐河加重了語氣：「都聽清了吧？公文上可是說得明白：借期一年，到期歸還。絕不是白要啊！」

王熾觀察周圍。無人吭聲。

內室裏，唐炯眉頭微皺。

龐河開始點名了：「天成號魯老闆來了沒有？」

魯老闆惶然而起：「來、來了。」

龐河又問：「出多少？說吧。」

魯老闆遲疑了一下：「出……五千兩……行嗎？」

龐河「啪」地把筆拍在桌子上：「讓你打發要飯的啊？」

魯老闆忙說：「小店生意不佳……而且一向奉公守法，從不經銷私鹽……」

龐河指點著他：「不賣私鹽你吃不吃鹽？你開遠的家裏三十多口兒人，都是不吃鹽淡活著嗎！」

魯老闆剛要說什麼，龐河命令身邊的師爺說：「他還敢說奉公守法？把他的老底兒揭出來聽聽！」

師爺手拿簿冊照本宣科：「天成號，自大清同治五年開業，七年間先後在大理、楚雄、東川、昭通等地開設分號四處。在故地開遠置田？一百五十餘畝。並大興土木，修建豪宅……」

龐河問：「聽見了嗎？小店？還生意不佳？你哪來的錢這麼折騰！偷來的還是搶來的？你說吧！」

魯老闆「咚」地跪在了地上。

所有商人都不安起來，只有王熾在凝眸思索。

內廳裏，唐炯焦急地踱著步。

鹽務道台張海槎站起來，巡視著在座的商人，慢聲拉語說：「本鹽務道台也有一本帳。在座的各位都販運過私鹽。從什麼時候開始，走的哪條路，大概運了多少，都銷往了什麼地方，一清二楚。眼下，唐大人奉旨督鹽，乃國之重舉。爾等何去何從，請好好思忖。想好了，就報個錢數！各位，請吧。」

有個商人站起身想溜，龐河發現了：「柴老闆，是回去取銀子嗎？」

柴老闆回過頭嘿嘿一笑：「我……去小解。」

龐河手一指：「茅廁在那邊！」

柴老闆不得不向另一方向走去。

眾人竊笑。

龐河拍了一下桌子：「肅靜！」

過廳裏又如死一般寂靜。

內廳裏的唐炯失望地長嘆一聲。

這時，王熾站起身來，快步走到桌前，提筆便寫，寫好之後，將筆放下，大聲宣布：「本號願為唐大人籌銀十萬兩！」

龐河大驚，用詢問的目光看著張海槎。

衆人譁然，人聲如沸。

內廳裏的唐炯推門疾出，高聲問：「你是何人？」

王熾猜出他就是唐炯，拱著手說：「在下重慶天順祥商貿總號王熾王興齋。」

唐炯走到桌前仔細看著他：「你是王熾？」

「正是。」

唐炯看看他寫下的字，指點著說：「你可知這白紙黑字，一諾千金？」

王熾說：「唐大人，歷來國事為大，家事為小。大人親臨四川督鹽，正稱滇商之願！此舉深得民心，王熾義不容辭！為了效力官督，為民解憂，所需白銀十萬，天順祥總號願獨家承擔！」

唐炯還是有些不相信，又加了一句：「王老闆，事關重大，你可想好了。」

王熾說：「大人！請給我二十天時間，在下定如期呈上！白銀十萬，一文不少。」

唐炯冷笑一聲：「我這個人可愛較真兒！」

王熾堅決地：「絕非戲言！」

唐炯看著他：「我量你也不敢！一言爲定！」

王熾拱手：「一言爲定！」

二

進了重慶已是黃昏，心情沉重的王熾下了馬，低頭不語慢慢走在街道上，火龍跟著他踏踏前行。王熾突然停步不前，火龍也跟著站住。他回頭看著火龍半認眞半玩笑地：「火龍！你也害怕了，是吧。十萬兩啊！二十天，我才剛被別人騙了，上哪弄去呢？」

火龍似乎在聽，打著響鼻！

「可我簽了字了，我應了，我就得去辦，我只能辦好！」王熾說著，猛地一撩衣襟，又騎上了火龍。很快，火龍就載著他來到了天順祥的大門，只見門前已經蹲著李西來、巴力、馬六子在焦急等待，一起站了起來。

李西來緊張地問：「什麼事兒？一天了！」

王熾沒回答他的問話，進了大門。

李西來等人感到事情重大，隨後緊跟著。

進屋後，巴力點燃了蠟燭，幾個人圍坐在桌前。

王熾把情況對他們說了。李西來等人都吃驚地看他，沉默不語。

王熾從巴力手中拿過火煙袋，抽了一口，立刻咳嗽。他突然發問：「西來！咱們帳上還有多少錢？」

李西來低聲說：「算上最近從貴州要回來的貨款，總共不足五萬兩。」

「我要準數！」

「四萬九千八百二十六兩。」

王熾想了想，衝出屋門。幾個人又趕緊跟出，隨著他來到後院，見他翻著貨，都明白了，又叫來幾名夥計，一起動手，把所有的存貨翻了個底朝天，徹底清點了一遍。

「這就是所有的存貨？」

「都在這兒！」

「馬六子，這所有的存貨，能不能在十天之內出手？」

馬六子說：「那得壓低價格，才行。」

王熾把臉轉向李西來。

李西來說：「這麼點兒，再降價拋售，也就值萬把吧。」「算過了嗎？值多少錢？」

王熾果決地說：「立刻售出。只是不要在重慶，更不能打滇南王四的旗號！」

「是。」李西來應了一聲對那幾名夥計說：「上貨！」

巴力招呼夥計們往馱架上搭木箱。

王熾看著大家，問道：「就這些了？」

衆人不語。

李西來說：「四哥，二十天，天順祥還能收進來一些。」

「都別給我寬心丸兒吃了，你們湊不上。因爲天順祥不能走死棋！」王熾搖著頭，苦笑一下，忽地站了起來，「要那樣我還用著急嗎？我把它們賣了不就結了嗎！還有富裕！做生意同打仗一樣！比什麼？能比著把人馬拼光嗎？不能！比的是腦筋和敢於鋌而走險！」

李西來和馬六子不語。

突然，傳來摔碎木箱的聲音。

王熾與衆人回頭，見巴力從摔碎的木箱中捧了一把草藥過來。

王熾走了過去，抓起草藥聞了聞，吃驚地說：「這草藥發黴了！」

馬六子仔細聞聞，看看，說：「還能用。反正是降價的，便宜嘛。」

李西來瞪了馬六子一眼，對夥計們說：「還不把草藥都卸下來！」

王熾有氣無力地說：「別卸了，拉到郊外，燒了。」

巴力去執行命令。

馬六子自責地說：「唉，這都怨我！這一下一萬四千兩銀子沒啦！」

王熾感到兩個肩頭特別沉，無奈地坐下，低頭沈思。

一家客棧的店小二走進來，問：「哪位是王老闆？」

王熾看看他：「我是。」

店小二說：「您的夫人與少爺在我們小店投宿，我奉夫人之命給您捎信，請王老闆明天中午去城關小鎮門前迎候夫人。」

李西來倏地站起身：「是嫂子和大侄子來啦？怎麼事先不捎個信來？」

淨添亂！王熾暗說，絲毫沒有驚喜，但還是說：「既來之，則安之，我和巴力去接人。」

一輛馬拉篷車在山路上顛簸行走，車夫吆喝打馬：「駕！」

芹兒掀開車簾問：「這位大哥，離城關小鎮還有多遠？」

車夫說：「快了！前面就是。」

芹兒將車簾徹底掀開：「夫人，咱們快到了！」

李香靈搖醒懷裏的小鴻圖：「圖兒！快醒醒！你爹爹就在城門口等咱們呢！快看哪！」

小鴻圖睜大眼睛向外面看著。

不久，他們便到了城關小鎮，卻沒有看到王熾的人影。

王熾和巴力騎著馬也已經進了小鎮，但二人沒想到李香靈母子已經到了這裏，並沒有走得太急。

王熾忽然恨起潘德貴，說：「十萬兩白銀！咱們的錢要是沒有被潘德貴騙去，這還不是輕而易舉的事！可現在，咱全部的家底兒……還有十九天……十九天……」

突然，路邊的一陣喝采聲吸引了王熾。他勒住馬望去，只見路邊蹲著個十分清瘦、年約四十歲的人，在他面前鋪著的藍布上放著一把特大號大概是自製的算盤。算盤前的布上用白漆寫著：「快算成功一文錢，話落不出倒找錢！」

王熾騎馬前行，被這順口的口訣吸引。

一個人正在快速念著紙上的數目。

擺攤兒者聽著念聲快速打著算盤。

念數的人口齒伶俐：「……減三十七加兩萬三千二百零二加四十九加五十七加六十四加三百二十一加四百六十一！多少？」

「九萬四千一百九十一！」打算盤的人指著面前算盤上打出的結果回答。

念數的人朝身後的店鋪裏喊著：「九萬四千一百九十一！對嗎？」

店鋪裏的櫃檯後邊，站著一排夥計。每人面前放著一把算盤，正劈哩啪啦地打著。他們打完了。其中一人向外答道：「掌櫃的！對呀！」

圍觀的人們又是一陣笑聲加喝采聲。

那個念數的被稱爲掌櫃的人只好掏出一文錢，扔到擺攤兒者面前。王熾看到，那裏已經有了不少的錢。

掌櫃的仍然不肯服輸，衝著店鋪吼起來：「他娘的！老子的錢是白來的？龜兒子，出個難點兒的！」

一名夥計拿著張紙條跑了來，交給了掌櫃。

掌櫃接過一看，笑了：「算這個！」

擺攤的人說：「請念。」

掌櫃拼命快速念起來：「兩萬七千二百八十五加半個減十五個半乘上七十五再除六十四再加兩千七百一十二再減十七再乘兩個半再除十七！」他已上氣不接下氣了，問：「得多……多少？」

衆人大笑。王熾也笑了。

擺攤的人說：「四捨五入，一共是五千零九十六。」

掌櫃又朝店鋪喊起來：「四捨五入！五千零九十六！對嗎？」

沒有應聲。只聽到店鋪裏一片算盤聲。

掌櫃的急了：「一群廢物！說呀！」

還是算盤聲。

掌櫃剛要去店鋪，那名管回答的夥計跑了來，向掌櫃點著頭：「又對了！掌櫃的，咱……歇了吧。」

掌櫃不甘心地咬著牙說：「哈哈？我就不信難不倒你！」

擺攤人看著他：「剛才的錢您還沒給呢。」

掌櫃的一掏兜兒，呆住了：「沒了？都跑你那兒去了？」

衆人哄堂大笑。

這時，一隻手把一錠銀子放在了藍布上。周圍立刻發出一片驚歎，都把目光射向放銀子的人王熾。

擺攤人也呆住了，直勾勾地看著王熾。

王熾問：「可以嗎？」

擺攤人略遲疑了一下，說：「請！」

王熾說：「我要你算——日進斗金不算難，家有千口花不完；待到五更分歲時，身無分文可過年。」

圍觀者都鬧糊塗了。

擺攤者拿著算盤站了起來，邊說邊打：「日進斗金花不完，就怕置得萬頃田；有種無收空打算，謀事在人成在天。」

算盤上經過劈哩啪啦，打上去的又都撥拉沒了。

王熾笑了：「再算，什麼時候越加越多？」

「行善積德，越加越多。」

「什麼時候越加越少？」

「投機取巧，越加越少。」

「什麼時侯加而不多、減而不少？」

「基業雄厚、規模浩淼！進而擴大，加不見多；出而濟世、財去名來，減不見少。」

好一個大能人啊！王熾審視著這個清瘦的擺攤人，眼睛裏泛著興奮的光。他突然大聲招呼起來：「巴哥！」

巴力牽著兩匹馬湊過來。

王熾吩咐：「找店投宿！我要與這位兄弟痛飲一番。」

巴力拉著王熾比劃著。

王熾如夢初醒：「哎呀，我差點誤了大事兒！巴哥，你代我去吧！」

巴力立即轉身離去。

王熾把擺攤者請進了附近的酒館，隔桌而坐。店小二兒跑了過來。王熾點了不少好菜，很快就給端上來了。

王熾拱手：「請問尊姓大名、家住何處？」

擺攤者抱拳：「不敢。在下姓唐名柯。乃四川江津人氏。」

王熾說：「唐先生有如此一身才氣，爲何不力求高就，反而流落市井？」

唐柯嘆了一口氣：「唉，可嘆那高者居高不下，而低者又小里小氣！故而，寧願自由自在，也不想受制於人。」

王熾說：「我乃滇南人，姓王名熾，在重慶開了一座小店天順祥。今日你我街頭邂逅，頗爲先生的才氣所動。不知先生可肯屈就，與我共謀今後？」

唐柯臉上閃過驚喜，說：「我既坐在了這裏，就說明早已被王老闆那不同凡響的發問折服。有什麼吩咐儘管說，唐柯絕無二話！」

王熾加重了語氣：「想讓你主管我的所有財務！」

唐柯大驚：「你我素昧平生，萍水相逢。為什麼敢委此重任？就不怕我……」

王熾一擺手止住了他的下文：「請不要再說下去了。重利者，絕不會久通一技。你那一番對答，也絕非凡知俗見！」他端起了酒盅，「別的日後再談，來！為我們的一見如故，乾！」.

唐柯同王熾碰了杯，卻把杯中酒潑到了地上。

王熾怔了一下，說：「怎麼，唐先生從不飲酒？」

唐柯說：「王老闆有所不知，自從我拜師求技，決心走帳房，就立下兩個自制：一不飲酒，二不賭錢。」

王熾看著他佩服地點了點頭：「好！我想此次回重慶就與唐先生同行。不知我們能否順便把你的家小一同接上？」

唐柯說：「沒那麼多的累贅。我是一人吃飽全家不餓！」他說完，笑了。

王熾也跟著笑了：「那就請隨我前往吧。」

唐柯突然拱手：「王老闆，有您的知遇之恩，唐柯一生受用，只恐你我無緣，唐柯無法追隨。」說完轉身欲走。

王熾見他站起身就要走，忙上前一把拉住：「唐先生留步！王熾求賢若渴，你我一見如故……莫非唐先生還有難言之隱？」

唐柯說：「王老闆不必再問了。如果有緣，三個月之後，我自會投到天順祥門下。」

王熾說：「三月太久，只求今朝。唐先生縱有天大的苦衷，請讓王熾爲您分憂。」

唐柯低下了頭，終於說出：「實不相瞞，老朽債務纏身，才施雕蟲小技，擺攤賺錢。待還清債務，一身輕鬆之後，你我再續前緣。」

王熾鬆了口氣：「原來如此，欠多少錢，王熾代還也就是了。」

唐柯瞪大眼睛看著他不敢相信地叫了聲：「王老闆？」

三

王熾和唐柯二人一同來到了天順祥門前。

這時，李西來迎了出來。王熾把唐柯叫到他面前，介紹道：「這位是唐柯唐先生。天順祥新上任的財務總管！這位是天順祥二掌櫃，李西來！」

李西來愣怔怔看著唐柯，又看看王熾。

唐柯拱手：「李老闆！」

李西來勉強地還禮，叫了聲：「唐先生。」

王熾說：「走，我們進去談！」

李西來叫了聲「四哥」，王熾已拉著唐柯的手進了院。

到了屋內，王熾拉著唐柯坐下。李西來又叫了聲：「四哥……」

王熾打斷他的話，說：「西來，快把所有的帳簿拿來。馬六子，掌燈！」

二人答應著照辦。

王熾去端來水盆，拿過毛巾，對唐柯說：「唐先生，您洗把臉！巴力！弄點好飯好菜。咱們慶賀慶賀！」

然而，唐柯已經打起他的那個特大的算盤，開始核對帳目了。

突然隔壁傳來嬰兒的啼哭！

王熾頓時停住了，猛然想起，叫道：「哎呀！壞了壞了，我把接人的事兒忘了！」急忙跑出去。

唐柯向他投以疑問的目光。

外面李西來走進來，說道：「嫂子和侄兒從雲南來，東家一大早就去迎接，結果母子倆沒接到，把您給請回來啦！」

唐柯周身一熱，流下感激的眼淚，急忙跑出……

李香靈正在給圖兒餵奶，嗔道：「你小聲點！嚇著孩子！」

王熾喊著「香靈」跑進已經給李香靈母子準備好的屋子。

芹兒知趣地躲出屋。

王熾看著她，紅著臉說：「真對不起，我……去接你們了，可走岔了路……」

李香靈說：「快別編了！西來早告訴我了，說你一早就出門了，准是忙生意去了，心裏還有別人？」

王熾坐在她身旁，拉住她的一隻手撫摸著，興奮地說：「今天可不是為生意，是請回來個瑰寶……」

李香靈看到了來到門口站住的唐柯，忙抽回自己的手，向王熾示意。王熾一轉頭，見門外的唐柯眼裏含著熱淚。他忙來到門口：「唐先生，有事兒啊？」

唐柯「碰」地跪在地上，激動地說：「唐某何能之有，竟讓東家如此厚愛？日後即為東家赴湯蹈火，在所不辭！願效犬馬之勞以報知遇之恩！」

李香靈拉著圖兒的手走了過來，站在王熾身邊。

王熾拉著唐柯的胳膊往起拽：「快快請起！這位是我三太太李香靈。」

李香靈道了聲：「唐先生！」

唐柯沒有抬頭，向李香靈拱手：「見過三太太！」

王熾說：「唐先生剛才可言重了！王熾能有唐先生相助，眞是上天的安排，日後天順祥定是如虎添翼，必能遇難呈祥。唐先生明天便走馬上任吧！今晚好好歇歇。我已經讓西來給你安排房間了。」

「是，東家。」唐柯老淚縱橫，轉身離去。

王熾抱起小鴻圖，這孩子卻大哭起來。李香靈在旁邊笑著，看著這爺倆。王熾繼續逗著兒子：「好你個沒良心的小東西，連爹也不認啦？」

李香靈見孩子哭得太厲害，將孩子接了過去，圖兒立刻不哭了。李香靈說：「圖兒從生下來到現在，你們父子才剛剛見面，孩子還認生呢！」

「是啊。」王熾嘆口氣，看著妻子，問起母親的身體，說起各自分手後的情況……

夜深了，小鴻圖早已經睡了。李香靈深情地說：「我們也睡吧！」

王熾道了聲「我早想睡了」，站起身脫衣服，忽然從窗口看到唐柯屋裏還亮著燈。他呆了一下，急忙向外走去。

李香靈急了：「都半夜了，你還要去哪兒？」

王熾說：「你先睡！我去看看唐先生。」

李香靈看著他的身影消失在門外，對空蕩的房間嘆了口氣。

桌上厚厚的舊帳簿旁已有本新帳簿，唐柯用毛筆寫著，不停地打著算盤，神情十分專注，以致王熾來到他身後也沒發覺。

王熾叫了聲：「唐先生！」

唐柯轉頭看看他，說：「東家請回吧！三太太遠道而來，陪她說會兒話。你也夠累的了，早點歇息。」

王熾說：「你不是也剛來嗎？就這麼忙著理帳，眞叫我過意不去。特別是……有兩句話，我不得不說。」

「請講！」

「帳目和存貨核查過了？」

「李老闆提供的錢數與我核算的分釐不差。」

「這是我的全部家當了，距離十萬兩尙差一半。」

「三十天的時間……」唐柯沉吟著。在來的路上，王熾已經把答應唐炯的事和他說過了。王熾忙又糾正道：「只剩下十九天了。」

唐柯想了想，說：「這麼短時間就算咱們的馬幫全都進了貨回來，又能全部銷出去，所得利潤也只不過是區區小數，靠貨生錢是遠水難解近渴，若是錢生錢可就快得多了。」

王熾說：「我和西來早就醞釀建立自己的錢莊，因爲忙於籌銀，首尾不能相顧。」

「建立錢莊的計畫，申報過府衙嗎？」

「沒有，咱們可以明天就去申報。」

「恐怕來不及了。但申報這步棋，明天必走。」

「還有其他辦法嗎？」

巴力給火龍餵料，路過，駐足傾聽。

唐柯說：「有！但絕不可取。如是躉貨，可以暫扣他人貨款不予結算。可你用來轉借官府，必是引火燒身，不足取呀！如你出面借款，憑天順祥和滇南王熾的名氣，籌銀不難，可一旦傳出來，則身敗名裂，反是南轅北轍。」

王熾點點頭：「你跟我想的一樣。可我覺得天順祥已經山窮水盡了。」

唐柯問：「東家仔細想想，還有沒有其他貨棧沒結清的貨款？」

「沒有了。」

「還有沒有別的商號欠咱們的銀兩？」

「也沒有。」

「還有沒有可以兌現的錢莊銀票？」

王熾還是搖頭：「更沒有。」

唐柯嘆了口氣：「唯一的辦法是……靠自己！」

窗外低著頭的巴力若有所思地轉身離開，忽見李香靈站在面前。他向她點點頭，繼續離去。李香靈跟了上來，小聲說：「巴哥，我下了車就覺得這兒有什麼不對勁兒，發生什麼事了？」

巴力手舞足蹈比劃了半天，想說出王熾為籌銀之事奔走，但李香靈還是沒有弄明白。她回到屋，等著王熾。

又過了好一會兒，王熾才回來。

第二天清晨，馬六子又帶著馬隊要出發了。

王熾叮囑道：「這次出門兒，不比尋常，你和與咱們天順祥聯手的其他馬幫一起出發，把貨辦好，家裏的事有我和唐先生呢，一定要速去速歸！」

馬六子說：「是。弟兄們，上路！」

馬幫開始行動了。

這時，李香靈挎著個小包袱從屋裏走出。王熾急忙迎上去。問：「香靈，你這是要去哪兒？」

李香靈說：「你讓巴哥……再加一個人，送我回十八寨。我去把家裏所有的存項都取來交給櫃上！」

王熾一驚，很感動。昨夜回屋，他對她說了答應唐炯的事，她並沒說今天回家的事。他慢慢點了點頭：「你……回去也好，只是剛來……」

李香靈說：「再不動身就來不及了！這道難關，咱們全家一起過！」

王熾把臉轉向巴力：「巴哥，備車！」

李香靈說：「不，備馬！我要騎馬。」

巴力一驚，忙把目光離開李香靈轉向王熾。

王熾看著妻子：「你騎馬……能行嗎？」

李西來說：「四哥，不能讓四嫂騎馬！那麼遠的路，受不了的！」

李香靈急得直跺腳，高聲說：「騎馬還是坐車由不得我們！如果二十天趕不回來，我回去又有什麼用？」

王熾含住了眼淚命令巴力：「備馬！」

李香靈走近了王熾，低聲說：「放心，無論如何我也能到家！回來可以交給巴力嘛！」

王熾一直看著妻子，說：「香靈，如果我把交款的日子拖後，一是唐炯唐大人等不及，二是顯不出我天順祥

的實力！」

李香靈說：「我明白。咱們會過去的！」

王熾說：「只要我在二十天內籌到這筆錢，那我王熾在雲南商人中的地位和在重慶的影響，就無可比的了！哎，不要把這裏的情況對娘講，免得她老人家惦記。」

李香靈點頭。她轉身對依依不捨的丫鬟芹兒說：「我走之後，你要好生照顧好老爺的飲食起居，千萬別讓他急出好歹。」說著又從芹兒手中抱過兒子親了又親，「芹兒，我可把圖兒交給你了！」

芹兒哭著點頭，接過小鴻圖哭得更利害：「夫人放心吧！一路保重……」

王熾又指派了一個得力的夥計老常隨行，親自攙夫人上馬，同李西來、唐柯拱手？她和巴力、老常送行……

四

李西來和唐柯一左一右同王熾快步走進天順祥。他們邊走邊說，直奔後宅。

一進屋，唐柯說：「官府的批文過些天就下來了，要儘快把錢莊的牌子掛出去，把匯兌的業務搞起來！這樣，光是雲南在四川的商款，就是一筆很了不起的款子！」

李西來說：「那是。可看衙府對咱們辦錢莊的態度，有點不信任，怕是快不了。」

王熾說：「等咱們籌足了銀子，他們都得刮目相看！西來，要加快貨物流通，儘快把東西變成銀子！」

李西來說：「好的！」

王熾問：「馬六子走了幾天了？」

李西來說：「五天，再有五天該回來了。」

王熾沈吟著：「也不知道香靈他們怎麼樣了？」

李香靈等三人已經進入了雲南地界，在一條能抄近的密林中古道上艱難行進，都很疲勞，特別是以前從來沒有長途騎過馬的李香靈。老常安慰著她：「快要到了！夫人別急。」

「眞的嗎？」李香靈的心又急又不安，回頭問著巴力：「巴哥，眞的快到了嗎？」

巴力用力點點頭，目光在尋找著自己的目標。走這條路是他決定的，除了能抄近之外主要是爲了能到他娘的墳前。

「這可好了！」李香靈臉上現出笑容，「我耽誤了幾天？沒給你回去添太多的麻煩吧？」

她說著轉頭向馬後看著。卻不見了剛才還在後面的巴力。李香靈問前邊的老常：「這裏是什麼地方？」

老常說：「這兒叫蟒林。我們跟著東家的馬幫常經過的！」

李香靈問：「巴哥怎麼不見了？我們快去找找！」

不久，二人看到，巴力已經跳下馬，在尋找著什麼。他像是第一次在這熟悉的山林中顯出不安與沒有自信。他跑跑停停，停停跑跑，最後索性站住了。他面前，一個幾乎被風雨打平的凸形土包兒上長滿了雜草。

巴力撲過來趴在了土包兒上，不停地叫著。

他跪直了身子鄭重地在墳前叩了三個響頭，「噌」地從背後抽出雪亮的單刀，將墳前的石板撬了起來！石板下捧出個陶瓷罐子！他掀開罐子的蓋兒看著。他把手伸進罐子，從裏邊抓出一把看著——銀子、珠寶、首飾……他把腰間綁著的一塊藍布解下來，攤開，將罐子裏的珠寶等倒進去包好。又向墳頭叩了三個響頭！拎起包裹站起身就跑，卻看到了李香靈、老常。他愣了一下，走過去。

李香靈看著他。他蹲下身把包裹解開了，指點著裏面的東西，又指指重慶的方向，再拍拍自己的心口，包好，遞向李香靈。

「巴哥！」李香靈把手背到身後叫著，淚水流出，「不、不……」

巴力跪在了李香靈身前，舉著包裹看著她，嘴動著卻發不出聲音，只能在心裏說：沒有王熾王老弟，就沒有我巴力。按我們彝族人的脾氣，能給明白人牽馬墜鐙，不給糊塗人當祖宗。他在做我們趕馬幫的做不出來的大事啊！爲了他過眼前這道難關，我該當把這點兒東西獻出來！

李香靈好像聽清了他的心裏話，鄭重地接過了包袱，輕輕拉起他，想說什麼，卻只是道出了兩個字：「巴哥……」

李香靈、巴力、老常終於到了十八寨。王母、張春娥和李蓮芸驚喜地詢問著重慶的各種情況，不停地擦拭著淚。但到後來，王母還是發覺了不對頭。

「怎麼剛去了就回來啦？」王母問。

李香靈編著謊話：「到那的夜裏，我睡著睡著，突然就醒了，我就想這一定是娘給我托夢了，想我了，我怎麼也待不住，第二天就動身往回走。」

「你把圖兒交給芹兒放心嗎？」

李香靈笑著說：「當時還覺得穩妥，可這一路上又後悔了，可也只能這樣啊，再怎麼也不能讓圖兒受這個罪啊……」

一傭人進來報告：「老夫人，巴力要走。」

王母警覺地盯著李香靈：「怎麼？剛來就想走？這麼急幹什麼？」

李香靈說：「是我吩咐的，回來見一切都好，我就放心了，給娘道個安，我也該上路了。」她說著，給王母道了安，轉身欲走。

王母盯著她：「香靈！這麼老遠的來來去去，爲的就是給娘道個安？」

李香靈站住了。

「你是騎馬來的？」

「是的。」

「爲啥不坐車？」

「騎馬快嘛，怕來不及……」

「來不及？什麼急事？」

「沒、沒什麼急事……」

王母大怒：「好哇香靈！你膽子也太大了，編著謊騙我！」

李香靈忙跪在王母面前：「娘……」

廚房裏，巴力和老常正往懷裏揣著乾糧。傭人匆匆忙忙進來，說：「哎呀，別裝了！老太太要擺酒設宴，爲你們倆送行呢？」

巴力一怔，和老常對視了一下，走了出去。

堂房的八仙桌上已擺放著酒菜。巴力被傭人按在了主位上。巴力死也不肯，同傭人爭強著。

傭人說：「哎呀！你就坐下吧！這是老太太的旨意！」

這時，王母帶著張春娥、李蓮芸和李香靈從裏屋走出。她們手裏各托著一個紅布包，並依次放在了桌上。接著把各自戴著的耳環、戒指和手鐲都摘下放在了上面。

王母說：「巴力呀，王家的家當全在這兒了，請你帶回去交給櫃上。告訴你們東家，如果還不夠，就是賣房子賣地，也該闖過這道關！」

巴力含淚點頭。

王母又說：「我聽香靈說了。你那份兒我們不能收！將心比心，你爲王家盡的力已經夠多的了！」

巴力「咚」地跪在了王母面前，落著淚抱拳乞求著。

李香靈來到婆婆身邊，說：「娘，您就應了巴哥吧。他和王家已經分不出彼此了。我想，巴哥也是仁商出身，孩子他爹這麼做，定是也隨了他那顆商人之心的！」

巴力連連點頭作揖。

王母說：「那就受我一拜！」她說著當即跪在地上。張春娥、李蓮芸和李香靈同時隨拜。

巴力來不及攙起她們，只好伏地同拜。

在場的傭人和丫鬟們也跪拜起來。

五

天順祥帳房牆上的水牌上用白粉水筆寫著「十八天」三個大字。

王熾眉心緊鎖，望著那三個大字發愣，目光恍惚。他手裏又在揉動著那個裝著鹽粒的荷包，目光轉向旁邊打

著算盤的唐柯。

算盤聲剛一停，王熾便問：「多少了？」

唐柯說：「六萬零三十七兩。」

王熾遲疑一下，低聲說：「還剩下兩天了……巴力也該回來了？」

唐柯不安地看著他：「去的時候，巴力保著夫人，恐怕跑不快。」

王熾忽然問：「這幾天怎麼沒見李西來？」

唐柯說：「可能也在忙著款子的事吧？」

王熾身子向椅子靠背靠去，仰著臉望著屋頂：「也許是我這個人太要強了，偏要給自己加碼，讓你們也跟著受累……」

唐柯笑著說：「東家，你做得對。這麼一來，所有在川的雲南商人都得念你的好處。咱們天順祥在他們之中的地位，也就不言而喻了。就是在重慶，這件事情要是一傳開，也得讓人豎起拇指！我們四川有句話：『過了街的蛇才能呼風喚雨哩。』」

王熾轉過臉看著他，笑了：「你是這麼看的嗎？」

唐柯點點頭：「這，不是誰都能做得出來的。」

王熾放聲大笑，猛地拍了一下他的肩膀：「知我者，唐兄也！」

一夥計急忙跑進來：「東家，巴大哥回來啦！」

王熾。唐柯急忙出去。

巴力伏在馬背上進了院，王熾衝上去：「巴哥！」

巴力慢慢抬起頭，見是王熾，張了一下嘴，身子一軟，滑下馬背。王熾上前接住他：「巴哥——」

此時，李香靈和老常在山路上背著包袱徒步走著。李香靈跌跌撞撞，力不能支，幾乎暈倒。老常忙扶住她：「夫人，歇會兒吧！」

李香靈大口喘息著，閉著眼睛定了定神，說：「不！明天……就是最後一天了，咱們就是爬，也得……爬到重慶。」

老常忙說：「那是！怎麼碰不到個山村呢？也好買匹馬。」

二人繼續前行……

突然，前方奔馳而來五匹馬，馬上只有兩個人。李香靈急忙拉了老常一下，躲到旁邊的叢林裏。

來人越來越近。二人看清了，是李西來和一夥計，從叢林中探出身。李香靈看得更清楚了，驚喜地大叫：「西來！」

「嫂子！」李西來跳下馬，問：「你們的馬呢？」

「死啦。累死了。」

「唐先生讓我備好馬，沿途找你們……」

「唐先生？」李香靈說著上了馬，「這個唐先生，眞是料事如神哪！我們沒晚吧？」

「沒有！」李西來說著也上馬。

四人一行，縱馬飛馳。夜幕漸漸落下……

天順祥的帳房裏，唐柯還在就著燭光打著算盤。桌上放著一些金銀首飾和莊票。坐在旁邊的王熾又在看著巴

力帶回的母親的家信，耳邊彷彿聽到了母親的說話聲：「爲娘知道你這樣做的用意，也明白我兒是爲了把生意做得更大，所以將全部家當和巴力埋給他母親的錢全交給你，望兒盡可去用。即使這筆錢一年以後官府不還，或是因本錢蕩盡而一敗塗地，又有何妨？頂多就像你十多年前一樣，從頭幹起就是了！」

王熾的淚已成串。他把書信「忽」地貼在了心口，叫了一聲：「娘——」

剛打完算盤而起要說話的唐柯被王熾的呼喚聲驚住了。他緩緩地走到王熾身邊，低聲叫道：「東家！」

王熾擦去了淚，站起身走出帳房，來到魚缸前，看著活蹦亂跳的鯉魚，猛地喊道：「鯉魚跳龍門，好兆頭，好兆頭啊！」

唐柯看著他，默默地笑了。

王熾來到李香靈的屋裏，從芹兒手中接過小鴻圖。經過這些日子的親密相處，小鴻圖與王熾已經完全熟悉了，但現在忽然又哭了，嘴裏叫著「娘！娘……」

王熾忙哄著他：「喔——圖兒不哭、不哭！圖兒已經五個月了，是小男子漢了，哪能總哭呢？圖兒懂事，知道叔叔，伯伯都睡了，就不哭了，是吧？」

芹兒伸手要孩子，他沒有給，小鴻圖還眞不再哭了。他仍然抱著他，穿過院子，來到帳房屋內。芹兒跟了過來，站在門口。王熾見唐柯在一邊打著算盤一邊寫著什麼，上前勸道：「唐先生，連著熬了好幾夜了，難得有這麼一陣子消閒，快去睡吧！」

唐柯仍打算盤，隨口吟道：「一日不可無常業，安閒便易起邪心。」

王熾也吟道：「是故君子有大道，必忠信以得之。」

二人對視，會意地大笑。

小鴻圖的手抓住帳簿。王熾忙說：「圖兒別動！這可不是你玩的東西。等你長大了，你就看懂了，會玩啦……」

唐柯突然向王熾招手：「東家！」

王熾放下小鴻圖，來到唐柯面前。唐柯神秘地低語：「時間緊迫，眼下只有破釜沈舟，先斬後奏！」

王熾愣怔怔看著他：「先斬後奏？」

唐柯說：「不等官府批文，先把錢莊牌子掛出去，立刻就會財源滾滾。」

王熾大喜，喊道：「芹兒！芹兒！」

芹兒跑進來，抱起圖兒回去了。唐柯待芹兒走後，關好門窗，回到王熾面前。王熾接著問：「往下呢？」

唐柯說：「我已經聯繫了幾個商號，讓他們提前把銀款存入錢莊，這樣，別說所需三萬多銀子不成問題，即便是再來個唐大人，咱們也有能力對付！」

王熾思索著：「用別人的錢，辦籌銀的事？這……」

唐柯說：「沒錯！雖然還有點兒名不正但言順了，就是早幾天的事兒，也無可厚非。」

王熾說：「唐先生，王熾初到重慶時，曾認識個姓潘的，叫潘德貴。當初我不知深淺，急於求成，把大把的銀子存入了他的錢莊。後來，我才知道，他用錢莊的錢買官去了！您可想而知，我最後是血本無歸呀！他是利用錢場交易鑽了空子，坑害無辜呀！」

唐柯說：「不走此路，最後的三萬……怕是難湊哇！」

王熾說：「那也不能盛名之下，暗渡陳倉！唐先生，錢莊掛牌之事斷然不能再提了，事到如今，我王熾全家盡力，與我天順祥生死與共，即便身敗名裂，全軍覆沒，王熾也是雖敗猶榮！」

唐柯點點頭：「東家，我懂了。以德經商，天順祥就是天順祥啊！」

這時，外面傳來馬嘶聲。王熾高興地說：「馬六子的馬幫回來了。」

王熾與進門的馬六子相遇，拉起他的手：「馬六子，你們可叫我等得好苦！」

馬六子說：「爲了獲利大，這次走得遠了點，沒誤事吧？」

王熾連聲說：「沒有、沒有。」

馬六子將兩個錢袋放在桌上，解釋著：「這個是這次蹇貨賺的銀子。這個嘛……是有人送來的，王老闆收下就是了。」

唐柯打開看著，很快就估出了價值：「誰送的？有八千多兩！沒有個名號，可是糊塗帳啊。」

「您收下就是了。」馬六子說完，轉身欲出。

「馬六子，這錢到底是哪兒來的？」王熾大聲問。

馬六子「碰」地跪倒在地：「東家，這些珠寶、錢財，都是天順祥的呀！」

王熾和唐柯更不明白了。

馬六子痛心疾首地說：「小的見錢眼開，利用幫主之便，每次交易都暗中提點小錢，這樣不顯山不露水地積少成多，攢了八千多兩銀子。小的是以防將來幹不動了，用來墊後路的！小的見東家爲籌銀子，連夫人的金飾老太太的私房錢都掏出來了，爲了啥，爲的是咱天順祥的發達！小的私下裏幹的事是沒人知道，可小的心裏明白，拿這錢財我燙手，花這銀子我昧良心啊！今天，我也豁出去了，把這錢財原封不動地交給東家，打也好，殺也罷，我馬六子心甘情願！」說著，落下淚來，又加了一句：「只是，不要讓小的離開天順祥！」

唐柯氣極了：「馬六子，你、你怎麼能……糊塗啊！」

王熾說：「馬六子，別哭了！你既已翻然悔悟，痛改前非，王熾也就不計前嫌，既往不咎了，快去吧，把運回來的這批貨物變成現銀，你最有辦法。」

馬六子抬起滿是淚水的臉：「東家……還信得過我？」

王熾笑著說：「王熾不信知錯就改的人，還信誰呢？」

馬六子感動地說：「東家，我馬六子今後要是有半點差錯，您就是把小的剐了，也無半句怨言！」

一夥計跑進來：「東家，嫂夫人、李老闆回來了！」

門外有人在喊著：「李老闆、三太太回來啦！」

「香靈？」王熾一怔，急忙出屋。

李香靈已經下了馬，解下背著的布包，雙手遞給王熾，喘息著說：「我……是自作主張……去了昆明，向爹求助的。他老人家……知情後，二話沒說，將家裏……所有的積蓄……都給了咱們。」

王熾眼淚下來了，上前接過包袱，交給唐柯，見李香靈身子一歪要倒，急忙抱住了她，隨即抱著她走向臥室。

李香靈閉著眼睛，頭暈乎乎的，身子軟軟的，被王熾放在床上，像癱了一樣一動也不動。

已經睡著的小鴻圖醒了，一睜眼看到母親，叫著「娘——」爬起身，奔了過去。李香靈倏地睜開眼睛，頓時有了力氣，坐起身抱住了撲上來的兒子。

王熾看著這母子倆，淚水不再流。

門被唐柯猛地推開：「東家！」

王熾轉過身，見唐柯眼睛充滿了淚水，他身後站著巴力、李西來、馬六子和幾名夥計。唐柯抖著兩手激動地

叫著：「齊了！湊齊啦東家！」

王熾聽了，轉過身緊握著李香靈的手。李香靈神情激動，忘了唐柯和好多人就在門口看著，猛地撲在丈夫的懷裏，哭出了聲。小鴻圖看看娘也哭了起來。

唐柯等人看著抱著頭哭的一家三口，眼裏也都流出了淚水。

王熾輕輕推開李香靈和孩子，抹去臉上的淚，轉過身招呼外面：「來、來，大家都進來。唐大人要的錢是夠了，可怎麼個送法就看咱們的了。首先就是全部都兌成現銀，我要讓這白花花的十萬兩白銀從重慶人的眼皮底下一箱一箱地過去，讓全城都知道，我的天順祥十九天湊了十萬兩，送給來川督鹽的父母官！讓所有人都知道，咱們為了錢，求北方票號和杭州胡雪巖的日子，過去啦！來，咱們把明天送銀的事兒具體計劃計劃……」

拂曉的重慶山城，一線曙光驅散了黑暗。突然，一聲禮花、爆竹聲在空中炸響。緊跟著幾乎是在山城各處相繼響起爆竹，升起禮花，這爆竹聲一聲比一聲響亮，一聲比一聲急迫。山城各地的居民們有的推窗觀望，有的推門探身，目光裏充滿好奇、驚異和猜疑，很快便出了家門。又是兩枚禮花直入天空，炸響開來，五彩繽紛的花絮組成壯觀的畫面。接著鑼鼓喧天，鞭炮齊鳴，一群白鴿飛上天空。

在鞭炮的濃煙中，升起了一塊「天順祥錢莊」的金字大匾。

王熾一聲令下，裝滿銀箱的獨輪車隊從大門中推出。一字排開的獨輪車車頭上掛著燈籠，上面寫著「天順祥錢莊」。

擁擠不堪的街道上，人們忽地閃出一條通道，領頭的獨輪車穿過人群，在鞭炮鑼鼓聲中，開始出發。

一百輛獨輪車依次而過，車輪滾滾。

王熾、李香靈和唐柯、李西來、巴力、馬六子等人一起，滿懷著勝利的喜悅走在長長的車隊中間。

小車隊如一條巨龍在山城大地蜿蜒遊動

小車隊從人群中穿過，直奔唐炯駐地。

人們傾城而出，擁擠觀看，議論紛紛，並投以欽佩、讚歎的目光。

小車隊中間王熾不時地和街兩旁的人拱手致意……

唐炯正坐在行轅大帳裏，心不在焉地翻看著書，忽見龐河跑進來稟報：「大人！王熾帶著一百輛獨輪車，敲鑼打鼓放鞭炮，來送銀子了！」

唐炯「騰」地站了起來：「他到哪兒了？」

龐河說：「路過門口沒進來。現在正成心在城裏轉悠呢！」

唐炯略一思索，哈哈大笑：「這個王熾，可眞精明啊！想不到，雲南也出了個大商人的材料兒！龐河。」

龐河躬身待命：「在！」

唐炯說：「更衣！大禮相迎！」

龐河應著：「是！」

行轅駐地外，一輛輛小推車滿載著銀箱，從大門魚貫而入，鞭炮震耳，鼓聲如雷。

所有在川的雲南商人，其中也有魯老闆、柴老闆等富賈商人，也都趕來了，向王熾大禮參拜。王熾忙跪地同拜。

唐炯身穿官服大步迎出。

王熾帶領所有在川滇商賈跪地以待。

唐炯大步而至，攙起了王熾，和王熾並肩走向大帳。

王熾獨自一人，呆坐堂前。李香靈端來了一盆熱水，換走了已經涼了的那盆，說：「老爺，天都快亮了。您該歇著了。」

王熾輕聲說：「你歇息去吧。」

李香靈說：「這樣您會熬壞身子的。錢不是都按時給齊了嘛！」

王熾抬起憔悴的臉，看著端盆不去的香靈。他突然悽楚地、無聲地笑了，說：「香靈，你還不知道吧，我不是在借給別人錢，我是在種田！如今，種子是種進地裏了，你知道那苗兒長得出來長不出來？」

李香靈困惑地看著王熾。王熾心不在焉地把穿著襪子的腳放進水盆裏。李香靈心疼地看著他，蹲下身爲他脫去襪子。王熾忙說：「我自己來！」

「老實點兒！」李香靈輕輕打一下他的腳，接著摳摳他的腳心。

「啊呀……」王熾忍不住癢，笑著躲，還是被她抓著給洗了。

「睡吧。」李香靈說著替他解著衣服，然後脫了自己的衣裳偎在他懷裏，吩咐：「摟緊我！」

「香靈！你怎麼這樣好呢？」王熾喃喃問著，愛撫著她，猛地……

一縷耀眼的晨光照在魚缸裏遊著的大鯉魚上。王熾在餵著魚，被魚鱗發出五彩的光所吸引，興奮地欣賞個不夠。他拍拍手，忽然對身後的巴力說：「去，把牠放生了吧！」

巴力不解地看著他沒動。

王熾大笑：「天高任鳥飛，海闊憑魚躍嘛！」

巴力懂了，點點頭。

王熾轉身，走出門去。

他在街上閒逛著。雖然來到重慶五年了，他還是第一次這麼到各處欣賞，越發覺得這座山城好美。

「東家——」

唐柯？王熾惶然地回過身，見唐柯從遠處跑來。又出了什麼事？他顧不得多想，趕忙迎著他疾步走去。

「東家！您說中啦、說中啦！」唐柯異常興奮地叫著。

王熾像是不相信自己的耳朵，直盯著唐柯看。唐柯說：「在川的雲南商人，搶先來咱天順祥存銀子！本地人也看咱這兒信得過，都快把店門擠壞啦！」

王熾兩腿一軟，身子倒了下去。唐柯忙撲了過來：「東家！東家……」

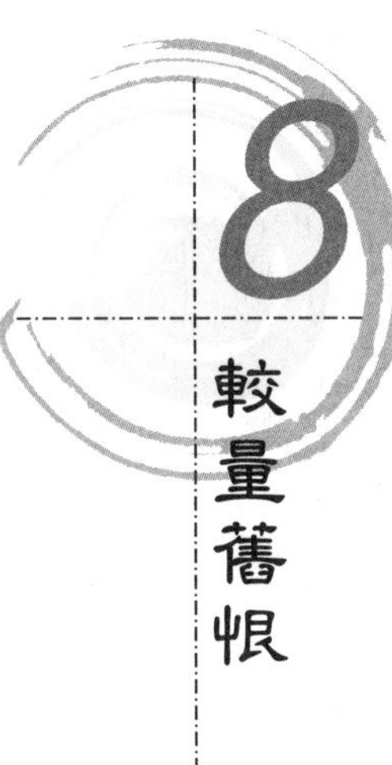

8 較量舊恨

一

王熾的冒險借銀，不但取信於同仁、廣告了人心，而且使他的天順祥錢莊如同呼嘯的長風，名聲大震，平步青雲。他也藉此風勢，又苦心經營了數年，在武漢、上海、貴陽、徐州等二十幾座城也建立了分號，並把天順祥錢莊總號移至雲南昆明。

光緒六年（一八八〇）的一天，天順祥錢莊門前一如往日，車水馬龍，人來人往。

一個戴斗笠的老年人走來。他停在天順祥對面，將斗笠的前沿向後一撩，注目看著錢莊——是年已六旬的潘德貴。他比昔日瘦多了，但看上去身體還好，眼神深不可測，布滿了皺紋的臉神情木然，看不出他的喜怒，更猜不出他的愛憎。過了好一會兒，他的嘴角露出冷笑，轉身離去……

傍晚，寬敞的錢莊大堂被幾盞汽燈照亮。錢莊的頂部一個巨大的人工扇在緩緩搧動，靠邊的地方坐著個夥計，他拉著牽動風扇的繩頭，緩緩地上下扯動。

在大堂突出的閣樓上，唐柯正在整理帳目。大堂中央放著八仙桌，李香靈坐在桌旁批改著文章。丫鬟芹兒端著茶來到李香靈身旁，放在桌上。大堂的櫃檯裏傳出王鴻圖的朗讀聲：「厥初生民，時維姜源。生民如何？克禋克祀，以弗無子……」

李香靈看了一眼櫃檯外和裏面站著的已經十五歲的兒子王鴻圖、八歲的女兒王小妹。王鴻圖仰首背書朗讀，王小妹跟著時斷時續地朗讀，卻低頭在偷看著什麼。

王鴻圖發現了妹妹的秘密，走進櫃檯，見她在看著傳抄小說《石頭記》，由於正看到動情之處，她的眼裏含著淚水。他猛地一伸手拿走了《石頭記》。王小妹急了，伸出手悄聲說：「給我！」

「看這個！」王鴻圖小聲說著，把自己手裏的《資治通鑑》遞了過去。

「不嘛！」王小妹說著伸手去奪。

「一會兒咱娘就要考我們了，你還有心思看這個？」

「我將來又不當東家，才不要學這個！」王小妹說著將《資治通鑑》摔在櫃檯上。

李香靈發現朗讀聲中斷，頭也不抬地一拍戒尺，發出「啪」的聲響。

「履帝武敏歆，攸介攸止。載震載夙，載生載育；時維后稷……」王鴻圖和王小妹又讀了起來。王鴻圖拿起了《資治通鑑》，王小妹奪回了《石頭記》。二人背手朗讀著從櫃檯後面出來。

唐柯抬頭看了看他們兄妹，又繼續清帳。

李香靈問：「書讀到哪兒啦？拿來我看看。」

王小妹不敢拿出《石頭記》，正在爲難。王鴻圖走過去把《資治通鑑》讓李香靈看：「正讀這個呢！」

李香靈看著他，說：「好好學吧！這一本《資治通鑑》就夠你們學一輩子的。現在咱們來看看這段怎麼講。

鴻圖，何謂『厥初生民，時維姜源』？」

「是說最早誕生周人的始祖，乃是姜源。」

「那姜源生的誰呢？」

「生的后稷。」

王熾遛馬回來，路過後門長廊，他將火龍讓巴力牽走，駐足細聽。

李香靈說：「對。有了后稷，才有周朝。小妹！」

王小妹膽怯地走了過來。

李香靈問：「何謂履帝武敏歆，攸介攸止？」

王小妹張口結舌，答不上來。

李香靈催著：「再想想？」

王小妹搖了搖頭，把頭低下了。

「先想著，想好了，告訴我！」李香靈又低頭看文章。

唐柯在樓上迅速地在紙上寫了幾個字，用鐵絲上的夾子夾住紙條，手一撥，紙條順著鐵絲滑出。

王小妹一伸手截住紙條，看見唐柯示意，拿下來偷看。

李香靈仍在看著書，問：「想不出來吧！鴻圖，你替妹妹答吧！」

王小妹說：「我想起來了！相傳，姜源是踩著巨人的腳印懷得后稷，從此她就與人分開，獨居起來。」

李香靈滿意地點著頭：「不但會念還會講。坐下吧！」

王熾神情嚴肅地走了過來。王鴻圖和王小妹一同站了起來，不安地看著父親。

王熾走到李香靈的教案前，拿起了案上放著的戒尺，遞向李香靈，說：「治學當嚴，不可姑息。王小妹學而不實，當場作弊，理當懲罰！」

李香靈看著他：「東家，孩子小，還是儘量誘導的好。」

「在我們王家，從不把孩子當孩子看。三歲看大，七歲看老。越是在他們沒有獨立能力的時候，越要注意教育他們有恒心，有橫勁，有自制力。」王熾舉著戒尺看著李香靈。

王鴻圖擔心地看著李香靈。

李香靈無奈地接過戒尺。

王熾責怪地看著女兒：「把手伸過去！」

王小妹從李香靈手中奪過戒尺，夾在鐵絲上，手一撥，夾著的戒尺飛向閣樓上的唐柯，說：「要打先打唐伯伯！是他傳紙條讓我作弊的。」

唐柯急了：「哎呀小妹！你這不是恩將仇報嗎？好好好，我認了！眞是自作自受啊！該打該打！」

唐柯用戒尺打桌案，發出「啪啪」聲響。

王小妹說：「唐伯伯沒眞打，不算數，不算數！」

王熾忍不住笑了一下，指點著女兒：「你這個小妹，就是不動腦子，盡玩小聰明。好了、好了，這回就饒你唐伯伯吧！圖兒，小妹，你們在此讀書，時間不短了。爹不指望你們金榜題名，官至三品。而是意在修身，重在做人。古人講：身修而後家齊，家齊而後國治，國治而後天下平。自天子以至庶人，壹是皆以修身爲本。你們倆誰能說說意思呢？」

王小妹看了看鴻圖。王鴻圖侃侃而談：「一個人有修養就能治家，治家才可能治國，這樣治理國家才能天下太平。上至皇帝，下至百姓，都以修身養性為根本。」

王熾一左一右地摟住王鴻圖和王小妹，說：「記著，知識只是你們處理事情的工具，而德性才是立足社會的脊骨。爹要你們做人，做好人才能做事。」

王鴻圖跪在地上：「爹的教誨孩兒記住了！」

王熾把臉轉向王小妹：「你也記住了？」

王小妹說：「爹都說了九百遍了，就是傻瓜，也忘不了啊！」

王熾點了一下她的鼻子：「你總是有話說的！好啦，你們繼續學吧。唐先生，把戒尺還給鴻圖他娘，你和小妹的板子先欠著！」

王小妹學著哥哥的樣子，跪在地上：「爹的教誨，孩兒記住了！」

天順祥錢莊大堂內正在營業，前來兌銀的、存銀的、典當的、贖物的，人來人往，出出進進，一片繁榮的景象。

唐柯匆匆從閣樓上下來，見李西來正從外面回來，叫了聲：「李老闆！」

李西來也和唐柯打個招呼，一同向樓上走去。

「我剛接待的是古董商劉海敬。這回咱有筆大生意要做了！但不把握……」唐柯邊走邊說著，李西來思索著，走上二樓，再上三樓，進了王熾的書房，見王熾正看著一份合同。

李西來、唐柯坐在椅子上。王熾問：「有事啊？」

「東家！傳聞已久的曠世之寶『五彩七星珠』，今天突然在咱們的當鋪裏出現了！而且要求當活口，當期一個

月，當銀三百萬兩！」唐柯說。

王熾平靜地聽著，問：「對此，你們怎麼看？」

李西來說：「當銀數目太大，唯恐有詐。我們當時不敢貿然行事。」

唐柯說：「就是。這件奇寶是乾隆年間從宮裏流出來的。有記載，出自和珅被查抄之後。不過，誰也沒見過這玩意兒？但這可是樁大買賣！」

王熾沉思著：「昆明的大錢莊、大當鋪並非我們一家，爲什麼偏偏找上我們？」

唐柯說：「我問了，劉海敬說，南莊北票，無一敢收。」

李西來說：「我想，之所以不敢，一是眞假難辨，二是怕張揚出去，驚動朝廷。即使收了眞品，朝廷一追究，鬧個雞飛蛋打，也只能有苦難言。」

王熾問：「三百萬兩的當銀，贖回時的利息能加到多少？」

唐柯說：「按老規矩。」

王熾又問：「當期呢？」

唐柯說：「一個月。」

王熾閉目沉思了好一會兒，忽然站起來：「收！我親自上櫃！」

李西來和唐柯都大吃一驚，跟在了他身後，下樓，再上閣樓。

劉海敬猜出走在前面的就是王熾，站起身，頗有風度地拱拱手：「想必這位就是全國聞名的王老闆吧？」

王熾已經聽說過昆明年輕有爲的古董商「劉海敬」的名字，但沒想到他只有二十四五歲，而且看上去風流倜儻。他抱拳還禮：「豈敢豈敢？劉先生請坐！」

落坐後，王熾瞥了一眼桌上精美的盒子，說：「可以讓我一睹你寶貝的丰采嗎？」

「劉老闆太客氣啦！」劉海敬說著，向身後站立的兩名大漢擺了一下手。那兩個人上前，輕輕打開了盒蓋。一顆光彩奪目的碩大寶珠頓時映入王熾的眼簾。他認眞地看了又看。

「請問從何處所得？」

「不便回答。」

「如此稀世之寶，爲什麼要當？」

「急需一筆銀子用。」

王熾慢慢把臉轉向唐柯，點了點頭。

唐柯看著劉海敬：「那就按我們事先說好的做了？」

劉海敬說：「當然。」

唐柯從桌上拿起當據和莊票：「當銀三百萬兩。請查收！」

劉海敬認眞看過，說：「到了一個月我就贖回。請妥善保存！」

唐柯說：「放心。失者包賠，這是當鋪的規矩！」

劉海敬收好當據和莊票，向王熾拱手，帶著兩名大漢走了。

唐柯說：「慢走，恕不遠送！」

劉海敬回了一句：「不必客氣。」

李西來忽然說：「應該請人來鑑定一下才把握！」

王熾慢慢點點頭：「也好。」

不久，李西來便領著兩位老鑑定家到了。這兩個人取出老花鏡戴上，反覆查看起來。唐柯不安地等候一旁。由於過度緊張，他額頭滲出了豆大的汗珠兒。

王熾卻異常平靜。坐在旁邊的椅子上，閉目以待。

兩位老鑑定家開始竊竊私語起來。

王熾閉著眼睛開口了：「說吧！我聽著呢。」

其中之一說：「假的！是緬甸國的玉石贋品。」

唐柯「啊」了一聲，暈倒在地。

二

春和樓坐落在天順祥錢莊之西，隔著四條巷子，前面是兩層的茶樓，茶樓上既有大廳也有單獨的一個個雅間，後面還有一矮房，養著二十多名妓女。劉海敬匆匆經過進了春和樓後面的一間屋裏，把當票和莊票拍在桌面上，推給坐在對面的梁紅女。

「他眞的認了？」梁紅女看著推到面前的當票和莊票，有些不敢相信。她已經五十三歲，但由於化著濃妝，遮住了一些皺紋，再加上衣著鮮豔，看上去也就四十五六歲。

劉海敬坐在椅子上不可一世地仰面笑著：「這當票和三百萬兩莊票可不是假的。我劉海敬在省城古董行的威望，也不是假的！」

梁紅女拿起當票和莊票，興奮地左看右看。但很快她又不滿足起來：「才三百萬兩！王熾暈倒了沒有？」

劉海敬有點兒起急：「我的乾娘、親娘、丈母娘噎！還不知足呀？不瞞你說，當時我的汗都快下來了！像王熾這樣的富商，即使遇到再大的打擊，也是隆冬之蛇，僵而不死。這回讓他貿收贗品，在衆多行家面前丟丟面子，已經夠他受的了！」

梁紅女卻發狠地說：「把他整垮整死我才心甘呢！」

劉海敬笑了：「誰要碰上你這樣的女人，算倒了霉了。」

梁紅女的臉頓時繃緊了：「怎麼，後悔了？你認我這乾娘，可不是衝著我來的！」

劉海敬又嘿嘿一笑：「瞧您說的！我這不是誇您吶嘛！再說了，您花五十兩銀子，買了個石頭球，我一下子給您當回來三百萬兩！」

梁紅女叫了聲：「來人！」

年邁的大茶壺走進來：「您吩咐！」

「緊靠裏邊兒的那間屋子，預備好了嗎？」

「就等著進去高興了。」

「帶劉大官人去看看。」

「是嘍！劉大官人，來吧？」

劉海敬不敢相信起來：「眞的？」

大茶壺笑著說：「您就偷著樂去吧！」

劉海敬高興得搓著雙手，跟著大茶壺去了。

來到裏面的一個屋門前，大茶壺推開門：「劉大官人請！」

劉海敬走了進去，頓時驚呆了，只見裏面已布置成了洞房，在撩起的床帳中，半躺半坐著一個如花似玉的姑娘，正是他想了好久也沒能到手的蘭兒。她裸露著全身，赤著的腳搭在一起，臉含微笑，擠著媚眼。

他忽地撲了過去，忽聽後面門「吱——」的一聲開了，忙回過頭，見梁紅女站在門口。

劉海敬忙轉向她，吸溜著口水說：「謝謝乾娘、丈母娘了！」

梁紅女說：「春和樓最好的姑娘歸你了，今天先給你們圓房。等這事兒過去，我就讓你領走她。」

劉海敬一出溜，跪在了床下：「謝乾娘！」

梁紅女說：「現在謝還早了點兒。你在古董行兒、我在嫖客堆兒，給他來個一傳十、十傳百，百傳千！讓人人都知道他王熾的當鋪收假貨、上大當！讓他名聲掃地、信譽成灰！把那些想以假亂眞賺大錢的騙子都引到他那兒去！」

劉海敬都聽呆了！他瞪著吃驚的眼睛、張著愕然的口，不停地點著頭。

在昆明同仁商會會館裏，商人、富賈三五成夥地喝茶議論。潘德貴坐在一個角落，面無表情，小口喝著茶，只聽一個已經禿頂的人正幸災樂禍地對另一個矮胖子說：「王熾這次可栽到家了！花三百萬兩買了個貽笑天下的大寒碜！」

「不會吧？就憑他王熾的眼力和心計，會幹這種傻事？」

「眞的！整個兒昆明城都嚷嚷動了！」

「此乃天意啊。自從王熾的天順祥總號移到咱們昆明以來，他發得太快了，這回可好，有這麼個有眼無珠的東家，今後誰還敢往他那個天順祥錢莊存銀子？爬得高，跌得狠哪！」

「這個劉海敬眞是年輕有爲。出手不凡，哪位給我介紹介紹，也好當面討教。」

「他呀！出了這麼大事兒，還敢在明面上待著嗎？」矮胖子說著對禿頂的人耳語。

「春和樓？」禿頂的人大驚。

矮胖子點頭笑了。

潘德貴怔了一下，悄悄站起身，走了出去。

春和茶樓裏人來人往。潘德貴上了二樓的茶廳，選了個僻靜的角落坐下。

梁紅女從他一進屋就瞄住了他，示意身邊的一名侍女上前侍候。

「這位大爺，不知是哪方財神，看著面熟熟的，就是想不起來。」侍女挨著潘德貴坐下，一手搭他的肩上笑嘻嘻問。

「別想了，你和我根本不認識。」潘德貴冷冷地說。

「那有什麼，一回生二回熟，叫我怎麼侍候？」

「清茶一壺，要釅的。」

「上好的龍井，濃濃的，行吧？」

「嗯。」

「敢問大人貴姓？」

「潘德貴。」

「潘大人您請慢慢用茶。我們雅室裏，還有更好的，要不要嘗嘗？」

侍女過去與別人搭訕。另一侍女進來，對梁紅女耳語後，梁紅女臉色頓時大變，掀開紗帳走向後室。

「不必了。」

潘德貴看出梁紅女是老鴇，站起身跟了過去。到了後院，他聽到一間屋裏由一對尋歡作樂的男女發出的叫喊，之後，來到一個雅室門前，只聽裏面傳出梁紅女的聲音：「你以爲就憑你出了面，就有功了是嗎？就敢要脅我？」

潘德貴戳破窗紙，看見裏面梁紅女正怒視著劉海敬，旁邊站著個姑娘。

劉海敬笑嘻嘻說：「娘，您別生氣呀，我哪有那膽兒！只是這兩天手氣不好！」

梁紅女掏出兩塊金條丟在桌上，說：「我這回多給你點兒，但這也是最後的一筆了！爲了錢，你不想把命搭進去吧？」

劉海敬軟中有硬地說：「我在這兒過的是神仙日子，要是突然沒命了，第一個著急的就是乾娘你呀！」

梁紅女笑了，連哄帶騙地說：「好了，好了，別得了便宜賣乖了。蘭兒，好好侍候劉爺！」

那個叫蘭兒的立刻靠在劉海敬身上：「劉爺！知道我有多麼想你嗎？快……」

天順祥錢莊的三樓書房的桌子上擺放著那個「五彩七星珠」。王熾閉目垂首，坐在桌邊。李西來、馬六子、唐柯和巴力站在對面，默默地看著他。

突然，唐柯「碰」地跪在了地上，流著淚說：「東家！唐柯謀事不利，請求辭退！」

王熾緩緩地抬起頭，睇著睏乏的眼睛看向他：「謀事不利？」他搖著頭，「這個當是我上的，沒你的事。起來，起來！」

唐柯擦著淚站起。

王熾說：「沒事兒，天塌不下來。」

唐柯忽地抬起頭：「大人，典當贗品，不會來贖了！咱們白白損失了三百萬兩……」他又抽泣起來。

王熾說：「不贖就不贖。沒事，沒事。明天還都有公幹，都歇著去吧。啊？歇著去吧。」

唐柯說：「您也該歇著了。」

王熾扶著桌子站了起來：「我沒事。我再待會兒，再待會兒。去吧，你們去吧。」

李西來、馬六子和唐柯下了樓梯。巴力剛要下去，被王熾一把抓住：「巴哥先別走！」

王小妹和王鴻圖匆匆來到二樓過廳。王小妹大聲問馬六子：「老管家呢？」

馬六子忙把手指豎在嘴邊，並且向上指了指，示意她小聲點兒。王小妹奇怪地小聲問：「怎麼了？」

馬六子說：「有事嗎？」

王小妹說：「巴爺哪兒去了？我們倆到處找都找不見！」

馬六子只好說：「那就是不在家。」

王小妹白了馬六子一眼：「哼，走，問爹去！」

她拉著哥上樓，向書房走去。

巴力急匆匆出了屋。王小妹叫著：「巴伯伯！去教我和哥哥騎馬吧！」

王熾出來了，說：「你巴伯伯有急事要去辦，快別纏著了！」

巴力摸摸她的頭髮，下樓了。王小妹拉著哥哥的手也隨後跟下。

巴力到了後院，從馬棚裏牽出了他的坐騎白馬和另外四匹馬——其中有火龍。他跨上白馬，很快就消失在門外。

王小妹問：「帶這麼多馬幹什麼？」

王鴻圖忽然明白了：「一定有急事，怕一匹馬跑不過來。」

王小妹想了想，轉身跑向大堂，上了樓，來到父親的書房。

「爹！巴伯伯走得那麼急，帶著好幾匹馬，幹什麼去了？」王小妹問。

「啊……是生意上的事。你不在屋看書，到我這兒搗什麼亂？」王熾笑著說。

王小妹看著桌上五彩七星珠，上前去摸著，忿忿地說：「這個當寶珠的，可眞是喪盡良心，騙人的狗！爹，我找他評理去！」她說著欲走。

王熾忙叫了聲：「回來！」

王小妹站住了，看著父親，只聽他說：「這事都怪爹。典當的規矩，雙方當場認定，錢貨兩清，事後如有反悔，又能怎樣？商場如戰場，你說，我總不會去向他認輸求饒吧！」

「那就這麼便宜了那個騙子嗎？」

王熾像是自語地說：「善有善報，惡有惡報；不是不報，時機未到……」

王小妹看著父親，琢磨著，搖搖頭。

天已破曉，春和樓裏寂靜無聲。

大茶壺在後院一個門口不停地打呵欠，起身向裏面走去。他推開一間屋門，急忙閃身進去。這裏很暗，只有一床、一燈，是個吸大煙的好地方。

大茶壺摸出煙槍，卻有人突然替他點著了油燈。他大驚：「誰？」

潘德貴將一大錠銀子在他眼前晃著，低聲但很威嚴地說：「別出聲！只要我問什麼，你就回答什麼，這銀子就是你的了。」

「眞、眞的？」大茶壺小心翼翼問。

「當然。」潘德貴說著，將銀錠扔給大茶壺。

大茶壺將銀錠揣進懷裏，用煙槍深深吸了口大煙：「問吧。」

潘德貴開口了……

第二天晚上，潘德貴又來到了春和樓二樓的茶廳，在昨天、前天也這個時候坐過的僻靜一角落座。一名侍女剛要前來侍候，被梁紅女攔住。梁紅女走近潘德貴，笑著說：「潘大人，眞準時啊！」

潘德貴並沒看她：「不準時，也不會引起梁老闆的注意。」

梁紅女說：「我倒是有心巴結，只是徐娘半老，怕倒了潘大人的胃口。」

潘德貴說：「那不一定，有人喜歡鮮桃一口，也有人專找殘花敗柳，蘿蔔白菜，各有所愛嘛！」

梁紅女拉長了聲音：「潘大人眞會開玩笑！來呀，給潘大人上茶，清茶一壺，要釅的！」

「我要報仇——」忽然從後院傳出叫喊聲。

梁紅女急忙下樓跑了過去，潘德貴隨後起身暗中跟上。

有腳步咚咚咚地跑來。潘德貴迅速隱避。來的是個年輕人，舞著短刀邊向這邊跑來邊大喊：「我要殺他！我要殺了他！」

他身後的兩個家人衝上來，奪不下短刀，抱住姜勝武的腰。

梁紅女也衝過去攔住他，嘴裏叫著「勝武」，奪下了他手中的刀。

姜勝武見被母親抱住，懇求著：「娘！放了我，讓我去殺他，爲我爹報仇！」

梁紅女眼裏流著淚：「我的兒！不行，不行啊！等以後吧，我會給你創造機會的。」她說著示意，兩個家人拖走了姜勝武。姜勝武還在大喊：「娘——讓我去——讓我去呀！」

三

王熾在書房裏翻開書案上的一本黃曆，一隻手抖著用筆在當天這頁畫了個圓圈圈。他把筆放在硯臺上，凝視著窗外，暗說：七天了……怎麼去這麼久？還有那個劉海敬，會不會攜銀遠去？

他那黯然的目光驀地變得銳利起來！不！不會！他後邊有人！是想用那顆珠子，毀我名聲、看我的笑話，才有這滿城風雨！

他站起來，脫口而出：「出水才看兩腿泥，看誰陷進去了！」

他出了書房，向樓下走去，經過大堂，到了門外，向北城門方向看著。

忽然，前面出現了驟馬而來的巴力，後面跟隨著火龍。

王熾迎了上去，叫著：「巴力——」

巴力也看到了他，又給了白馬一鞭子，速度更快了，很快就到了王熾跟前。他想跳下馬，卻是一頭栽了下

來，被王熾接住，同時他的坐騎白馬也倒在了地上。後面的火龍看著白馬驚嘶：「嘶——」

王熾扶著巴力兩腳著了地，將身上背著的包裹雙手交給王熾。王熾接過包袱，看看地上口吐白沫的白馬，攙著巴力回錢莊。巴力一扭頭看著白馬，猛地撲了上去，抱著牠淚流如雨，嘴裏發出「啊、啊」的聲音。

「你豁出了自己的老夥計！」王熾看看火龍，再看看白馬，眼裏流出了淚，拖起巴力，「走吧！白馬有功，爲我而死……」

巴力被王熾拉走了，仍不時回頭去看。火龍跟在後面，垂著頭。

進了屋，王熾對門內的兩名夥計說：「去！套上車，把巴爺的那匹白馬拉到城外，找個好地方掩埋了，起個大大的墳！」

兩名夥計應著跑了出去，來到白馬前明白了：「這是累死的呀！巴爺帶走的另外三匹馬沒回來，肯定也是累死在了半道。」

王熾回到書房，解開包裹看看，將東西收進書櫥，說：「巴哥你可眞行啊！這才七天……」身後傳來了鼾聲。他回頭看看，脫下長衫，輕輕地蓋在了他的身上。

「老爺……」馬六子匆匆來報，王熾忙示意巴力正在睡覺，讓他有事出去說，和他走了出去。

一邊下樓，王熾一邊問：「什麼事？」

馬六子說：「重慶和北京的兩位總爺到了，一聽說寶珠的事，連同在昆明的總爺一起，在客廳候著您呢！」

王熾說：「我知道了。你去給巴爺準備酒飯！」

馬六子說：「是，老爺！」

王熾進了一樓大堂裏的客堂，三位分號的總爺都站起身施禮：「東家！」王熾拱手還禮：「諸位辛苦了！請

坐、請坐。」

落坐後，王熾看看已經在這裏的唐柯、李西來，目光掃過其他人的臉，不無痛心地說：「正好三位總爺也在，我的打算，就是關於寶珠的事，大家都已知道了，整個昆明和其他有的城市也都傳遍了，我不能不當衆說明，所以想舉辦個酒會，把商界同仁都請來。你們以為如何？」

北京的總爺說：「大人的想法固然不錯，但是，如果拿了咱們三百萬的劉海敬拒不來贖，可咱們又主動把這事兒公開了，這豈不是等於幫了他們，寒磣了自己？」

重慶的總爺點點頭：「對，這個酒宴不能輕易辦！」

王熾把臉轉向李西來：「西來，你怎麼看？」

李西來想了想，說：「這要看劉海敬圖的是什麼了。如果他只是為了錢，他會來贖的。因為，他可乘機再訛咱們個大數兒，想要多少要多少！倘若不是為了錢，而是成心要咱們的好看，那就難說了。」

唐柯又落淚了：「螻蟻之穴可潰千里之堤呀！怪我一時眼拙！……」

王熾沒有說話，看了唐柯一眼，低下頭想著。

突然，窗外傳來舞劍的聲響。王熾站起身來到窗前，向外面看著。是巴力在後院裏舞劍，那把雪亮的寶劍在他手中如銀蛇曼舞，似雲絲行空。但是，卻柔中帶剛，緩中生風。

王熾走出客廳，默默地看著。李西來、唐柯和幾位總爺也先後而出，站在王熾的身後靜靜地觀看。

巴力繼續舞著。突然，他的劍激烈起來，只舞得招招見力、虎虎生風，只舞得風團驟起，使院內的花草搖擺，枝葉婆娑。

王熾看呆了，面露興奮之情。他彷彿讀懂了什麼，仍在仔細看著。

王鴻圖和王小妹跑過來圍觀，在旁邊拍著手叫好。

巴力舞著劍，他的眼睛掃過每一個人，最後落在了王熾身上，他突然表現出力不從心，幾乎倒地，王小妹擔心欲上前時，被王熾攔住。巴力一個跟斗翻身再舞。

王熾不禁喊出了聲：「好！萬劫不復！」

巴力會意地再舞，王熾從巴力的劍韻、舞姿中讀出了：萬劫不復，鋌而走險，旁敲側擊，引蛇出洞！王熾被巴力從劍韻中傳出的資訊所感動，熱淚盈眶。

王熾叫道：「唐先生、西來！」

唐柯、李西來應著：「在！」

巴力此時以一個漂亮的動作收劍。

王熾說：「把請柬撒出去！三天以後，我要在天順祥，宴請昆明所有商界同仁！」

「是！」唐柯、李西來應著，轉身便走。

「還有！」王熾又說。

唐柯和李西來駐足轉身聽著。

「尤其要把那些氣人有笑人無、不尋思自己專琢磨別人的主兒，都給我請到！」

「是！」李西來、唐柯響亮地應道。

這天近午時分，李西來、唐柯以及幾位分號的總爺，分列在店門兩側，迎接著前來赴宴的客人。許多商人的轎子來了。他們從轎子鑽出來，與眾豪商拱手寒暄，走進店門。

李樹勳的馬車也到了。李香靈攙著父親下了馬車，走向店門……

天順祥大堂內，巨大的風扇下，高朋滿座。

李樹勳、李香靈和昆明豪富、各天順祥分店總爺，坐在首席桌邊，都沒有說話，而來賓們都在大聲說笑，紛紛議論，氣氛很熱烈。

王熾大步而進。巴力捧著錦緞寶盒緊隨其後。王熾來到坐在首席的李香靈身邊，沒有就座，道了聲：「各位！」

廳內頓時安靜了下來。

王熾說：「我王熾非常感謝各位的賞光，蒞臨這次同仁的聚會。使我能在退出商界之前，有機會同大家見次面。」

與會者都驚愕地看著他，很快便相互小聲議論起來。

頓了一下，王熾說：「這是眞的！一者，王熾已力不從心，難以適應商場的人心不古；二者，本人心癡眼拙，竟以三百萬兩銀子，收了號稱國寶的『五彩七星珠』，實際只是值不了幾個大錢的玻璃蛋子！」

巴力走過來，把錦緞禮盒放在了王熾面前的桌上，並打開了盒蓋。

人們紛紛欠足翹首，向那裏望去！

王熾從裏邊取出寶珠擎在手中：「就是它，使我知道了什麼叫貪心與卑劣，什麼是詭詐與罪心！」

所有的眼睛都集中在了那顆珠子上。

王熾說：「然而，兵不厭詐。沒有商家的唯利是圖，就不會有生意場上的禍心和劣跡！我王熾收了假貨，損失了三百萬兩銀子是小，有辱同行的德行是大！爲此，我決心關掉所有當鋪，告老還鄉，隱退商界，永不掌櫃！」

所有與會者都在聽。李西來、唐柯愣住了。

王熾眼裏噙住了淚，沉痛地說：「也許有人會覺得，這是價值三百萬的五彩珠哇，留著它，說不定還能以假當眞，再去把丟的銀子騙回來。我不幹。我不想讓天下人說：堂堂商場，立著你我這些衣冠楚楚之輩，幹的竟然是雞竊狗偷的勾當！我只希望各位同仁以此爲誡，樹仁立德，不讓人說我們無商不奸！」

王熾說到最後，突然舉起了寶珠贋品，猛地向地上摔去。

假寶珠在地上炸開了，破碎了，發出聲響，濺起碎片。

與會者一同隨聲而起，無不震驚。

四

梁紅女屁股像被彈簧彈起：「摔了？他給摔了？」

劉海敬點點頭：「而且要退出典當業，告老還鄉，永不掌櫃！」

梁紅女眼裏含著激動的淚，不停地念叨著：「王熾呀王熾！你、你也有今天，你也有今天……」

突然，她那雙充滿仇恨的眼睛裏閃出了陰森的光，又問：「他眞的把那假寶珠摔了？」

劉海敬點著頭。

梁紅女咬著牙說：「好，摔得好！他把你的寶珠摔了！我這就去贖！讓他還無法還，賠又賠不起！我要像餓狼追兔子那樣，活活把他追死！」

劉海敬急了：「得了吧我的乾娘！贖不得！全都知道咱那是假的了！你還贖什麼呀？讓人聽了都笑掉大牙！」

梁紅女仰面大笑，猛地住了聲：「假的？他說是假的就是假的？我偏要說它是眞的！他還眞能把碎的攏成好的，把死的說成活的？」

劉海敬跪在了她面前：「我的親娘祖奶奶！您見好就收吧！白得三百萬兩銀子，還讓他丟了大人，該知足了！」

「知足？」梁紅女又放聲大笑起來，而後說：「我想的不是錢，我要的是他的命！不是氣死人不償命嗎？我是三張驢皮熬成了鰾——跟他黏上了！」

劉海敬忽地站了起來。他凝滯著兇狠的目光瞪著她。

梁紅女頓時嚇住了：「你怎麼了？爲什麼這樣看著我？」

劉海敬指點著她：「都怪我貪圖女色，才黏上了你這麼個兇殘的女人！要贖你自己贖去！我不幹了！」

梁紅女冷冷一笑：「小子，用不著拿我一手兒。去打聽打聽你老娘我是幹什麼的！沒有狗肉我照樣成席！」

劉海敬「哼」了一聲：「眞是不知死的鬼！我也告訴你，成也蕭何敗也蕭何。只要我把實情兒往王熾那兒一撂，你就是以假亂眞、詐取鉅款、勢必開刀問斬的罪犯！」

梁紅女「碰」地坐在了椅子上。她默默看著劉海敬，眼裏忽地湧出了淚水，說：「看起來，我沒看錯。男人都是把自己頂在女人頭頂上的。還是我的那個死鬼好！他聽我的，他把我頂在了他的頭頂上！」說著，她猛地抹去淚：「好吧！你把心裝在肚子裏吧，我不去贖了。你的話也對，白得三百萬兩銀子，一輩子也花不完。這是你的大功！我要話符前言，把蘭兒姑娘送給你。你今夜來接吧！我晚上要設宴送她。」

劉海敬連作揖帶哈腰：「謝謝乾娘！謝謝乾娘！」

梁紅女起身把後背給了他：「行了，別乾的濕的了。人，你帶走。永遠不許你再進昆明城，再進春和樓！」

「一言爲定！」劉海敬爽快地說著，轉身離去……

深夜，劉海敬手裏拿著兩個錦緞包著的包袱，笑嘻嘻摟著被他接出來的蘭兒姑娘出了春和樓大門。

潘德貴在街角隱蔽處觀察著，忽見牆角後面閃出了手持鋼鏢的姜勝武。

劉海敬摟著蘭兒走過來，嘴裏說著：「怎麼樣，寶貝兒？再別進春和樓？那兒最好的姑娘都歸我了！我還去嗎？」

蘭兒斜了他一眼：「那誰知道！」

劉海敬閃開蘭兒，開懷大笑。

突然，他「啊」了一聲，兩眼瞪大，一頭栽倒在地。

蘭兒看到，劉海敬的後背上戳著一隻插進去的鋼鏢。她踹了他一腳，撿起自己的包袱轉身便往回跑。

潘德貴瞥了姜勝武一眼，跑過去拔去劉海敬背上的鋼鏢，迅速離去，拐進胡同。姜勝武大驚，追了上去，卻不見了人影，轉身回了春和樓。

蘭兒已經站在梁紅女面前。梁紅女拍了拍她的臉蛋兒，說：「你先歇兩天，然後照舊掛頭牌！」

蘭兒應了聲：「是。」

「老太太，大奶奶讓我……」一名丫鬟端著水果走進王母的臥室，一抬眼看去時，見王母倒在床邊地上，昏迷不醒。嚇得扔了手裏的果盤就往外跑：「大奶奶……」

張春娥、李蓮芸及幾名下人跑進來，把王母抬上了床，趕緊安排人去請郎中。

郎中來了，爲王母診脈。守在一旁的張春娥和李蓮芸，都在緊張地等待郎中的答覆。

「老病根兒了，沒什麼更好的藥可用了。又已經是七十歲的人了，想吃什麼，你們就趕緊盡孝心吧！」郎中說。

張春娥、李蓮芸頓時都低聲哭了起來。

郎中拱手告辭：「請多包涵！」

站在遠處的家人跑過來，接過郎中手裏的藥包，送了出去。

張春娥說：「得趕緊，給昆明送個信兒！」

李蓮芸說：「我也是這個意思。也不知，老爺現在怎麼樣了！」

王熾躺在閣樓的躺椅上閉目不語，手裏卻在快速揉搓著那個裝著鹽的荷包。唐柯端著一碗參湯走到他身邊，說：「東家！夫人給您熬來了參湯。」

見王熾沒有睜眼，唐柯只好把碗放在桌上。桌上已經擺滿了各種食品。

站在一旁的巴力「撲通」跪在了王熾的面前。王熾暗中握緊巴力的手。巴力不被人注意地會意。

王熾仍不睜眼，問：「幾天了？」

唐柯低著頭答道：「五天了。」

王熾吩咐：「讓人張羅去吧。告訴馬六子，明天早晨，舉家回虹溪十八寨！」

唐柯跪下哭了……

清晨，幾輛馬車停在門外。夥計們正往上搬東西。

王熾已穿好衣服，呆呆地坐在凳子上。馬六子流著淚站在王熾身邊。王熾問：「府裏頭都收拾好了？」

馬六子說：「收拾好了。只是店鋪一時還沒人出得起錢來買。省城各界都來挽留。從上到下都哭得跟淚人兒似的。都希望老爺您再考慮考慮。」

王熾拉著長聲說：「也許這是天意……回去，回去……」

大門口，一名夥計窩著脖子扛著個大箱子，走下臺階。突然！他眼底下站著三雙穿著繡花鞋的腳！他一抬頭，脖子上扛著的大箱子被人猛地一推「啪」地摔到了身後的地上。

梁紅女和兩名丫鬟站在面前。夥計驚呆了。梁紅女厲聲問：「怎麼？尿憋子上吊，直眼兒啦？」

夥計還沒緩過來，兩眼直得不能再直了。

梁紅女隨即吼起來：「摔了我的寶貝想跑？沒那麼容易！」

夥計嚇醒了，直挺挺地轉身就跑。嘴裏喊著：「老爺，老爺……」

大門外已經有好多人，聞聲都湊向門口。後面的人一擠，前面的人便進來了。

李西來、唐柯、巴力和馬六子的臉上掩不住緊張地站在王熾面前。王熾冷著臉，忽地站起來。沉默片刻，他慢慢抬手，示意唐柯去應付。

梁紅女帶著兩名丫鬟站在已經沒有夥計的櫃檯前，將當票、利息銀票啪地摔在櫃檯上。

後廳門被推開，李香靈、鴻圖和王小妹走進來便站住了，神情緊張地看著。

大門外的人越來越多，進來的也在增多，都不說話，看著梁紅女、唐柯和閣樓上的王熾等人。

「沒錯，是本店開出去的。」唐柯硬著頭皮審查著當票，轉手交給了身後的掌櫃，接著向梁紅女看去。

梁紅女交出銀票：「它，也是你們開出去的吧？」

唐柯看了看：「沒錯。天順祥錢莊，三百萬兩，沒錯，沒錯……」

梁紅女聲音更大了：「都沒錯兒，那就把我當在貴店的五彩七星珠拿出來吧？」

唐柯緊張地回過頭看閣樓上的王熾。梁紅女及大門內外的人也都望著王熾。

梁紅女叫著：「付啊！」

王熾向前走了幾步，並沒認出櫃檯前的女人是梁紅女，平靜地說：「寶珠的幕後主人終於亮相了。幸會、幸……」他突然怔住。端詳著梁紅女，遲疑地說：「是你？」

梁紅女得意地說：「對。是我！姜庚的妻子，姜勝武的母親——梁紅女！」

王熾如夢初醒，趕緊說：「表嫂？您，快請坐！一晃兒已經二十多年沒見了……」

梁紅女沒有動身：「這些年來我很好，沒死。爲了今天，我也不能死呀！」

王熾笑著說：「表嫂，過去的積怨其實大都是誤會……」

梁紅女厲聲打斷他的話：「過去的事，天知地知，你知我知！今天，我是寶珠的主人，你是當鋪的老闆，你我一手交票，一手交貨！拿來吧！」

王熾注視著她：「表嫂，如果您眞懷疑王熾的爲人，以爲如此便能搞垮天順祥，逼走我王熾，那你就想錯了！」

梁紅女冷笑：「我怎麼想，那是我的事兒。既然當票不假，就應交出寶珠。」

王熾說：「表嫂，您的寶珠就存放在這裏，何時贖回，悉聽尊便！王熾願再付一百萬兩白銀，讓您與小侄勝武頤養天年……」

梁紅女哈哈大笑，不容王熾說下去：「在座的都聽見了吧！一百萬兩就想把老娘打發了？怕沒那麼容易吧！你的施捨，老娘擔當不起！我兒子小勝武在豬圈裏啃豬食的時候，你在那裡？你在跟土匪頭兒稱兄道弟，喝酒吃肉！」她看了一眼周圍，繼續說道：「你們知道嗎？知道你們的王老闆是什麼人嗎？爲了能當上鄉團的頭兒，他親手殺了自己的表哥——也就是我的丈夫姜庚！」

在場的人都大驚，屏住了呼吸。巴力欲衝上，被王熾擋住。

梁紅女聲淚俱下，泣不成聲地說：「這還不算，爲了討好土匪，他又偷走了我唯一的兒子姜勝武，害得我們母子骨肉分離，失散多年！一百萬！能使你的表哥姜庚死而復生嗎？能洗乾淨你手上的血污嗎？……我告訴你，王熾！我這些年來的苦沒有白吃，我終於盼來了這一天，能揚眉吐氣地向你討回公道，讓你的天順祥威風掃地，讓二十幾年的冤情大白天下！否則，誰替我孤兒寡母報仇雪恨，誰又能認清你這個人面獸心的僞君子？今天你交得出寶珠便罷，交不出嘛，新帳老帳，與你一齊清算！拿來吧！拿來呀！」

王熾懇求著：「表嫂，你一定要逼我嗎？這事兒是不是……」

梁紅女叫道：「我沒工夫跟你磨牙！快拿呀！」

王熾沈默，在場的人都將目光投向他。他終於下定了決心似的說：「好，拿彩珠！」

在場的人皆極爲震驚。李香靈和鴻圖、小妹面面相覷。

唐柯以爲聽錯了，急忙問：「東家！拿……彩珠？」

王熾看看巴力，肯定地說：「拿彩珠！」

巴力捧著錦緞禮盒快步來到梁紅女面前。

唐柯驀地明白了，急忙打開禮盒，從盒內取出「寶珠」，遞給梁紅女：「完璧歸趙，請夫人驗收。」

梁紅女還沒回過味兒來，將寶珠接在手裏仔細看著。她突然覺得一股寒氣從頭涼到腳，猛地抬眼去看王熾，明白了眼前的王熾絕非等閒之輩，也明白了王熾摔的是假寶珠。她拿寶珠的手顫抖起來，她疑惑地抬頭問道：「這麼說，你們上次摔的是顆假寶珠？」

王熾閉嘴不語。唐柯收起銀票回答道：「咱們兩清了夫人！」

門口內外的人和後廳門口的李香靈、王鴻圖、王小妹以及馬六子等人，都發出了一陣歡呼。馬六子這才明白了巴力前些天跑死他的白馬和另外三匹馬幹什麼去了。

「不！不——」梁紅女如夢初醒般地大喊著，瘋了一般地將寶珠摔在地上。她指點著低著頭的王熾咬牙切齒地罵道：「王熾！這是又一筆債！更大的債！我一定要讓你償還！」

梁紅女扭頭走出門外，門口的人趕緊給她讓開了道。

王熾看著她的背影消失，耳邊還在響著她最後扔下的話。他輕聲吩咐：「關門。」

唐柯走過去，請眾人離去，關上大門。

王熾眼睛裏滿是沉痛、惋惜、無奈……

巨大的人工風扇彷彿理解主人的心思，與主人的心跳合拍，緩緩搧動，風扇下面，王熾坐在椅子上，沉思無語。他旁邊的桌子上放著一雙鞋，鞋底上有王母繡的八個字：「寬以待下，恕以待人。」

王熾內心沉痛訴說著：「沒想到，這些年來，表嫂仍認為是我殺了表哥，而苦心經營十幾年，就是為了置我王熾於死地。現在小勝武也長大了，難道眞的要應了那句話，一朝爲仇，世代相鬥嗎？母親也許早就料到會有今天，才讓我恕以待人。寬恕！不是施捨，而是請求……」

李西來、巴力、唐柯、馬六子等人遠遠地肅立著，看著王熾。

李香靈在芹兒的服侍下，站在木梯口，看著王熾。

王鴻圖和王小妹從後廳進來，王小妹看看這個，又看看那個，走到王熾身旁，頑皮地搖著王熾手臂：「爹！那個壞女人不是走了嗎？」

王熾輕撫著小妹的頭，對巴力吩咐道：「備馬！」

潘德貴進了春和樓一樓的一個雅間，一名侍女迎了緊跟著進來，拉住他的手嗲聲嗲氣叫著：「大爺！我好想你……」

潘德貴推開了她，問：「你們老闆娘呢？」

「怎麼啦，我伺候您不行嗎？」

「快說，她到哪去了？我找她有事。」

「她……去了天順祥錢莊！」

潘德貴一拳打在桌上，頹然坐下：「婦人之見！」

梁紅女急匆匆回來了，滿臉怒色，誰也沒看，徑直上樓。潘德貴斜視著她冷笑一聲，悄悄跟了上去。

姜勝武的叫罵聲從一個屋裏傳出：「娘！你放開我，讓我去跟他拼了！放開我，放開我呀——」

潘德貴悄悄上樓，順著門縫看到，姜勝武已被五花大綁捆在床頭，仍叫罵不絕。

梁紅女流著淚勸道：「兒啊，你還記得你小時候滾豬窩，吃豬食的日子嗎？是娘把你從那個火坑裏救出來的！你要聽娘的！那首韜晦十戒是怎麼說的，你念給娘聽！念呀！」

姜勝武也落淚了，背誦著：「韓信胯下忍辱負重，孫臏裝瘋報仇雪恨。江東弟子枉稱一霸，臥薪嘗膽古今英雄……可娘，兒等不及了！你讓兒去！」

梁紅女說：「可時機未到啊！他們人多勢衆，不等你下手，就可能……我姜家就你這麼一個兒子，你若有個三長兩短，娘也就沒法再活了……」

姜勝武叫著：「那麼，殺父之仇就不報了？」

梁紅女一抹淚：「報！只是再等等，讓娘想個萬全之策。」

姜勝武說：「可今天的事，已經讓天下人恥笑，哪還有萬全之策？娘，反正沒有活路了，您就讓我和他拼了吧！」

梁紅女連連搖頭：「不！不……」

身後傳來腳步聲。潘德貴一回頭，見是大茶壺。大茶壺把他推進旁邊的一個空屋，去了梁紅女和姜勝武在的房間。

「老闆娘！王熾在門外求見。」大茶壺說。

「他是來尋死的！」姜勝武脫口大罵，掙著被捆綁的身子，「娘！您讓我去看看他！問問他我爹都死了這麼些年了，爲什麼還要跟咱們過不去！我要殺了他，替爹報仇！」

「聽娘的，不准再吱聲！」梁紅女伸手捂住姜勝武的嘴低聲吼道，轉身來到窗前，推開了窗戶，向下望去，見王熾、巴力站在各自的馬前。她壓著火叫了聲：「王熾！」

王熾一抬頭看見了她，叫著：「表嫂！表嫂你讓我進去好嗎？」

「我們之間的事，不是靠說能解決的。你走吧！」

「表嫂！當年的事，一定是表嫂誤會了！那絕非是王熾的本意！表嫂若非要怪在王熾身上，王熾絕不爭辯，只要能化解這多年的積怨，表嫂你說怎麼辦都行！」

梁紅女剛要開口大罵，忽見王熾身旁的巴力跪下了。他手指自己，指著王熾，指著春和樓，比比畫畫。她不明白，愣了一下，叫道：「你個啞巴來湊什麼趣兒？都給我滾——」

王熾轉過臉，看著巴力，心裏明白，忙說：「你不要這樣！快起來……」

梁紅女回頭對大茶壺吩咐了一句，又望著樓下，說：「王熾，你為自個兒洗刷清白？好啊，我成全你，送客——」

大茶壺端來一盆髒水從窗口倒下。

下面的巴力、王熾頓時有如落湯雞，卻一動不動。二人抹了一把臉，相互望著。

梁紅女放聲大笑，關上窗戶，回過身，忽見門內已經進來了潘德貴：「你……你到這兒幹什麼來了？」

潘德貴說：「我來幫你復仇。」

「你……」

「是的，我！」

「謝謝你的好心。可我不用！我就不信，我對付不了他王四兒？」

「是的，你確實對付不了他，寶珠的事已經見了分曉！」

「你給我滾！滾——」

潘德貴冷笑一下，轉身離去。

姜勝武看著他的身影消失：「娘，這是誰呀？」

梁紅女沒有回答，開了窗戶，見王熾、巴力已經上馬離去。

王熾、巴力回到錢莊，只見李香靈哭著迎了上來：「老家來人了，老娘……老娘她已經病危！」

王熾「啊」了一聲，叫道：「趕緊回去！」

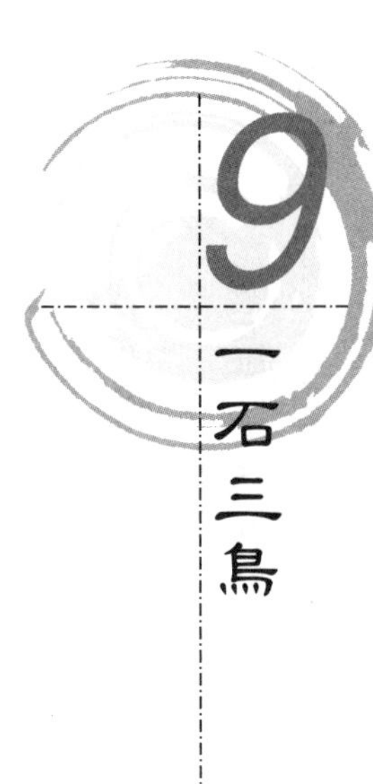

9 一石三鳥

一

王熾帶著李香靈、王鴻圖、王小妹、李西來、巴力、馬六子等人回到十八寨的家，只見王母躺在病榻上，臉色蒼白，呼吸急促，已奄奄一息。王熾跪在地上哭叫著：「娘！孩兒不孝，回來晚了！」

王母的眼睛猛地睜大。她努力想笑，但沒笑出來，用了好大力，好一會兒才吐出了很小的聲音：「四兒，你現在……有錢了？」

王熾點頭：「有、有了！咱王家……是昆明首富。」

王母聲音更小了：「知道娘……爲什麼……沒有和你……進城同住嗎？娘就是……要讓你記住，娘還住在……十八寨……這個窮窩裏！別忘了，這兒是……生你養你的……十八寨呀！」

王熾淚流如雨：「兒記住了。」

王母的聲音忽然變大了一些：「西來！把西來……叫來。」

王熾一轉頭：「西來！」

李西來進屋跪在地上，眼裏早已流出淚，磕著頭叫了聲：「娘！」

王母伸出顫抖的手指點著他二人，聲音微弱但很堅定地說：「記著，你們倆……是兄弟呀！西來呀，娘……對不起你。一切……是娘的錯！今天，娘給、給你做主，讓你……你和蓮芸成親！」

李西來猛地抬起頭：「娘！」

王母閉了眼睛，嘴囁嚅著：「蓮芸……四十出頭了，但她…她還是個……姑娘身啊！叫蓮芸……進來。」

王熾轉身：「蓮芸——」

李蓮芸就在門口，已經聽到了王母的話，慢騰騰走了進來，忽見王母頭一歪停止了呼吸。她和其他人都放聲大喊：「娘——」

眾人悲痛長呼，哭聲感天慟地……

十八寨有史以來最隆重的大殯。王熾親執白幡，身後家人，都披麻戴孝，哭成一團。

三十二人抬著大棺罩走在中間。前後左右是紙做的童男童女，白幡如林，紙錢如雨。靈棺後面走著李西來、巴力和馬六子等。商界同仁也在其中。隨殯觀看的人群擠在路邊，相隨左右……

三年後的一天，昆明天順祥大堂裏張燈結綵，從閣樓上吊下一塊大紅綢布，上面繡著喜字。彝族的吹鼓手在喜字下排成兩排吹吹打打，大堂裏貴賓如雲，喜氣洋洋。

新郎官李西來由已經十一歲的王小妹陪著，等候著。

蒙蓋頭的李蓮芸終於由王鴻圖陪著從木梯上走下。

一場具有漢族傳統儀式和彝族歌舞慶賀的獨特婚禮開始了。

馬六子高喊著：「一拜天地——二拜主婚——夫妻對拜——進入洞房——」

月光傾洩在天順祥後院，紅色的喜燭照亮了寬敞的新房。李西來已脫去外衣，坐在床邊兒，神情激動地看著李蓮芸。李蓮芸呆呆坐在梳妝檯前，眼睛直直地看著鏡子裏自己風韻猶在的臉。她有些不相信鏡子裏的自己：已經有了皺紋了？是啊，已經四十四歲——這麼大歲數的人，還結的哪門子婚？可母命難違啊！還有興齋……一再催著……總算以母喪爲由拖了三年，可到如今，結果還是……

李西來慢慢站起來，向李蓮芸走來。李蓮芸聽到了他的腳步聲，趕緊控制自己的情緒，慢慢轉過身，注視著李西來滿是期待的臉。

李西來輕聲說：「蓮芸，時候不早了，睡吧！」

李蓮芸驀地想起了當年王熾的詩句，不由地脫口而出：「眼前紅顏非知己，知己紅顏今何在？」

李西來神情大變，見她低下了頭，轉過身去，快步走出屋去。李蓮芸聽到了他的腳步和關門聲，雙手捂住臉，淚水順著指縫流出。

李西來在外面院子裏踱了好一會兒步，從後廳裏溜進大堂，見閣樓上的唐柯仍在核帳。他輕手輕腳地溜到櫃檯底下，鑽了進去。他不知道，唐柯偷眼把他的行動看得一清二楚，站起身剛要過來，又慢慢坐了回去。

櫃檯底下躺著李西來，命令自己什麼也不要想，傾聽著唐柯的算盤聲。他希望能在算盤聲中睡去，卻沒能如願。

算盤聲停了。過了一會兒，傳來唐柯離去的腳步聲、關門聲。

怎麼就睡不著呢？李西來氣得掐了一下隱隱作痛的太陽穴，反倒覺得更沒精神了。他長嘆一口氣，在心裏祈禱著：老天啊！別這麼折磨我行不行？

不知過了多久，又傳來一陣腳步聲。

他睜開眼睛，探出頭偷看，見是李蓮芸，胳膊上挎著他的長袍，正抬頭看著閣樓走過去。他趕緊縮回了腦袋。他從她的腳步聲判斷出她上了閣樓，爾後下來，向他這邊走來。

我該出去！李西來屏住呼吸暗說著，隨即便打消了這個念頭：她不是來找我回去的，不過是怕我冷著，送來了長袍。

李蓮芸從他身邊走過。他看到了她的腳，用力閉上眼睛。

當他聽到她離開的關門聲後，猛地坐起身來，真想追上去，身子一軟，又躺在地上，眼角流下兩串淚珠……

清晨，一夥計在清掃大堂。

李西來猛然醒來，環顧左右後，避開夥計，上了閣樓。

李香靈下了樓，看看李西來，說：「西來，這麼早就來了？怎麼不多睡會兒？」

李西來慌忙支吾：「我睡不著！」

李香靈疑惑地走出後廳，前往他和李蓮芸的新房。

她推開門，見李蓮芸和衣坐在椅子上在打瞌睡，暗說了一聲：不好！她悄悄走到床前，伸手掀開被子，鋪在褥子上的白布仍潔白無瑕，徹底明白了，她回頭看，見李蓮芸已醒，正盯著自己。她緩步走過去，猛地把李蓮芸摟在胸前。

二

在一家茶樓上，潘德貴正在喝茶，不時向樓下望望。

小松子風塵僕僕來到潘德貴面前，畢恭畢敬地說：「小的剛從金龍峽回來……」

潘德貴向他一擺手，打斷了他的話。小松子馬上明白了，走近潘德貴，貼著他的耳邊悄聲說著。

潘德貴聽完，不露聲色地靠在竹椅上沉思。

小松子試探著問：「是不是用用那個梁紅女……」

潘德貴「哼」了一聲，眼都沒睜：「那個蠢婦！還自以爲聰明哪，只會成事不足，敗事有餘。」

他忽地站起身，走了出去。

齊慶元錢莊門前，潘德貴站著看了好一會兒，走到旁門，從旁門進院，直奔老闆林光啓的小客廳。

「林老闆！」潘德貴進了屋拱手。

年約五十歲的林光啓正與管家武秉仁在下棋。他抬頭看看潘德貴，並沒站起身，朝他抱了一下拳：「是潘先生！請坐。」

潘德貴坐在旁邊的椅子上，笑著說：「今日這麼有雅興？」

林光啓又低頭下棋：「如此的雅興已非一日了。時局動亂，民不聊生，我接連放貸的幾個大戶都破產了，眼看著庫裏有銀子貸不出去，能不急嗎？可急有什麼用？只好就此『雅興』消磨時間。唉，再如此下去，只要有個風吹草動，我就得上吊！」

「齊慶元財資雄厚，一向是北票各錢莊在昆明的首領，潘某本來是求林大人賞碗飯的，既然齊慶元自顧不暇，我也就不自討沒趣了。」潘德貴說完，站起身欲走。

「潘先生！」林光啓忙叫了一聲，抬頭看著他，「你只要讓我這盤棋走活，別說賞碗飯吃，就做齊慶元的二東家，還不是一句話嗎？」

潘德貴和他對視著：「這話算數嗎？」

林光啓說：「君子一言，駟馬難追！」

潘德貴重新坐下：「那我就獻醜了！」他說著醮著茶水在桌案上寫了兩個字：降息。

林光啓看完後一仰臉哈哈大笑：「這個我還不懂嗎？沒人向你伸手貸銀子，你降息，降給誰？鬼呀？」

潘德貴一臉陰險，隨即說出：「金龍峽！」

林光啓撇了撇嘴：「金龍峽？你開什麼玩笑？金龍峽是天順祥一手扶植的！總管陳巨棟和王熾稱兄道弟呢！」

潘德貴說：「陳巨棟生命垂危，他兒子即將繼位！」

林光啓怔住了，緊眨著眼睛。

潘德貴加了一句：「這可是天賜良機呀！」

林光啓慢慢擺弄著棋子兒，突然問：「陳老闆什麼時候死？」

潘德貴說：「就這幾天！」

林光啓點了點頭。

潘德貴又說：「可要抓緊時間啊！若叫天順祥搶了先，可就坐失良機呀！我以為，明天你我就該去探望沒死的陳老闆，先墊墊底兒。」

林光啓遲疑著：「可我從來沒與他見過面……」

潘德貴說：「我認識他的長子陳繼業。」

林光啓頓時大喜：「這可太好了！」

王熾、李西來、巴力、唐柯、張春娥、李蓮芸、王鴻圖、王小妹後堂飯廳，圍坐在大桌四周吃晚飯。芹兒和馬六子爲大家盛飯。他們都無拘無束，相互說笑，如一家人融洽、和諧。

李香靈匆匆從樓上下來，給王熾剪報：「東家，這是這一週的剪報。」

王熾坐一邊翻閱剪報，一邊問馬六子：「給巴爺準備的是彝飯嗎？今天是彝民的節日。」

馬六子說：「準備了，還是大太太親自下廚做的呢！」

巴力笑著連連點頭，給大家看看他的特別飯菜。

王熾看著剪報哈哈大笑起來。大家都看著他。王小妹見大家都已入座，猛地從父親手中抽出剪報，藏在身後：「爹！淨讓別人等著你，好意思嗎？」

王熾抱歉一笑，伸出筷子：「吃吧，大家吃。」

門外傳來敲門聲：「王大人，開門……」

馬六子開了一扇門，一名夥計進來了，說：「金龍峽派人來了。」

王熾趕緊站起身走了出去，只見金龍峽陳家的一個披麻戴孝的家人就站在門外。那人遞上一紙白帖子，說：

「王大人，我家陳老爺過世了！」

王熾大驚，看著帖子，吩咐馬六子：「帶他到後面弄點飯去。」

馬六子和家人從後廳走出。

王熾回到屋，臉色已陰沉下來，道了聲：「陳巨棟陳老闆去世了。」

唐柯說：「金龍峽是天順祥最大最老的信貸戶，也是各家錢莊爭貸的對象，這陳巨棟一死，繼任總管位置的是他的兒子陳繼業。」

王熾說：「唐先生，你說說金龍峽銅礦的情況。」

唐柯說：「這些年，金龍峽在咱們這兒貸的銀子一直有增無減，而且按時歸還本息，去年貸了二百萬兩，尙有六十四萬兩已逾期未還。」

王熾鬆了一口氣，說：「不要催他們還款。西來，你藉弔唁之機，再送去二百萬兩，套牢它！鴻圖，立即瞭解這個陳繼業，然後向我報告。唐先生，從現在起，只要是金龍峽銅礦缺錢，咱們全力以赴。還有，為陳家備一份厚禮，要親自交到陳繼業手裏。」

李西來、唐柯、王鴻圖都應了一聲。

王熾很快就放下了飯碗，又看看手裏的白帖子，暗說：關鍵是這個陳繼業……

第二天一早，李西來和王鴻圖趕奔金龍峽。

陳巨棟的靈堂裏，氣氛肅穆莊重。陳繼業一身重孝在棺材前守靈打坐，正給幾名屬下批著呈摺。

潘德貴來到靈堂前，走到陳繼業身後的老帳房先生身邊，不被任何人注意往他手裏塞了一塊金子，然後來到陳繼業身旁。

陳繼業又接過來一張，見上面寫著：「當心金鎬頭！」他倏地抬起頭，見是潘德貴，忙站起身叫了聲：「是潘先生！」

潘德貴向陳巨棟的遺像叩首。陳繼業還禮。

爾後，潘德貴小聲對陳繼業說：「沒覺察出來嗎？正有人正一鎬一鎬地刨你的礦山呢！」

陳繼業看著他：「誰？誰有這麼大膽子？」

「天順祥！」

「天順祥？潘先生說錯了吧，王熾的天順祥一直是父親開發礦業的後盾、靠山，沒有天順祥的貸款，哪有今天的金龍峽？」

「陳大公子看不出嗎？他給貴礦的貸款是高息，我大致算了一下，這些年他王熾光吃貴礦貸款的利息就達二百多萬！」

陳繼業一驚：「有、有那麼多？」

「不然，他天順祥靠什麼付給儲戶利息，靠什麼賺錢呢？」

「錢莊嘛，不都是這一套！」

「唉——偌大的家業就要毀在你手裏了，千鈞一髮，公子居然高枕無憂，我潘某實在幫不了你了。」

陳繼業見他轉身要走，忙叫了聲：「潘先生！以你之見呢？」

潘德貴回過頭看著他：「拒貸天順祥，另外找錢莊。」

陳繼業問：「你是說，找利息低的？」

潘德貴點頭：「起碼要低兩厘，你算算，十年是多少？一座礦山！」

陳繼業凝眸琢磨著，又問：「有人肯降息貸銀？」

潘德貴說：「我已替大東家安排好了。」

陳繼業說：「貸款數目可不小啊！」

潘德貴說：「幾個錢莊都願替少東家分擔。」

陳繼業回頭看了看老帳房先生，對方堅定地點點頭。

陳繼業又看著潘德貴，問：「他們都是誰呀？」

潘德貴一揮手，林光啓和其他幾個錢莊老闆從門外來到陳繼業面前。陳繼業逐一看著他們幾位，道了聲：「請隨我來。」

潘德貴臉上閃過喜色，帶著他們跟著陳繼業從側門進了內室。

不久，李西來和王鴻圖到來了。

帳房先生急忙來到他們面前。

李西來說：「請老先生稟報陳繼業陳大東家，天順祥李總管前來弔唁。」

帳房先生推託地說：「哦，陳公子哀傷過度，吩咐過三日之內，不見賓客。還請二位能見諒！」

李西來和王鴻圖同時一怔，只好去陳巨棟的遺像前叩拜，而後離去。

昆明的天順祥錢莊後院，王小妹喊著「蓮芸姑……」端著一碗烏雞湯進了屋。李蓮芸忙迎上去：「小妹！你

這是幹什麼嗎？」

王小妹把碗遞給李蓮芸，不無神秘地說：「姑，你猜，這烏雞湯是誰讓我送來的？」

李蓮芸一臉困惑。

王小妹抿嘴一笑，說：「是西來叔臨走的時候吩咐的！姑，你老實交代，西來叔在的時候，是不是每天都給你端烏雞湯來！」

李蓮芸不知如何是好，打岔地說：「那麼多下人，還要你送來？」

王小妹說：「我送有我的意思，姑，快趁熱喝吧，你不喝，西來叔回來，我可要挨罰了。」

王小妹將李蓮芸推坐在桌子旁。

李蓮芸無奈地喝湯，眼淚不禁流下來……

閣樓上，王熾在問唐柯：「咱們還有銀子能調集嗎？」

唐柯說：「我細算了一下，全力支援金龍峽不成問題。」

王熾說：「新官上任三把火，我聽說這個陳繼業比他老子還有眼光，很可能拓展礦業，他若要用銀子，一定要落在實處。」

唐柯說：「東家放心，我已經安排好了。」

大堂裏傳來王小妹的聲音：「爹，唐伯伯，開飯了！」

王熾站起身：「吃了飯，咱們再詳盡地談談細節。」

唐柯應了聲：「好的。」

二人下樓，來到飯廳，在飯桌旁坐下。王熾順手翻閱著李香靈已給準備好的剪報。張春娥、王小妹、李香靈、巴力、馬六子已經就坐。芹兒為大家盛飯。

王小妹說：「我今天挨著蓮芸姑坐。哎？姑，西來叔走了半個月了吧？」

李蓮芸說：「十六天了，東家的事情沒辦完吧。」

李香靈瞪了女兒一眼，申斥道：「吃飯吧！」

王熾將手裏的剪報遞給唐柯，興奮地說：「你看，金龍峽銅礦要建冶銅廠，這動作可大了。最少也需五六百萬！唐先生，咱們的估計保守了！」

店門被推開，李西來和王鴻圖急忙走進。

王熾一看他們的臉色就明白了，忙招呼道：「先吃飯吧！」

李西來和王鴻圖坐下吃飯，一時間大堂裏只有衆人吃飯聲。

李西來看看王熾，看看大家，大家注視著他。他終於憋不住，說：「三天之內，陳繼業始終沒露面，第四天，帳房就開具了一張齊慶元錢莊的錢票，上面有六十二萬兩銀子。他還說，既然已經還清天順祥的貸款，見不見陳繼業都不重要了。」

王熾吃著飯菜，不動聲色地問：「唐先生，你怎麼看？」

唐柯說：「事情很明顯，陳繼業另辟蹊徑了，天順祥失去了最大的放貸客戶！這消息如果傳出去……」

王熾說：「這事兒瞞不住。」

李西來說：「我都查清了，是由齊慶元挑頭，聯合了其他幾個小錢莊形成了一個聯合票號。目前，他們的放貸比咱們天順祥低兩厘。」

王熾放下飯碗，看看在座的幾個人：「你們怎麼看？」

李西來說：「這是對抗，堅決反擊！」

王熾盯著他：「反擊？用什麼？」

李西來說：「降低放貸利率，咱們下降二厘五！」

唐柯說：「這是金融慣例，也只有採取這樣的舉措，才不至於輸得一敗塗地！」

王鴻圖說：「他們若再降呢？」

王熾說：「問得好！如果他們明天破產，倒閉，我們天順祥難道也要關門大吉？不行！天順祥不能靠慣例！不能讓他們牽著鼻子走！咱們有自己的謀略！金龍峽銅礦爲什麼走出了這一步？這說明咱們天順祥作爲錢莊有失誤的地方！說明咱們過去光把眼睛盯在利率上！忽略了客戶承擔的風險！」

唐柯點點頭：「我明白東家的意思了，如果咱們對信貸的客戶採取風險共擔，長期合作的方法，他們就不會貪利率小利，而棄靠山而不顧了。」

王熾說：「對！降低利率只能解燃眉之急，化險爲夷才是長久之計，相比之下，客戶何去何從，當然比咱們更明白。可以和求貸的客戶簽定十年、二十年的貸款合同，讓他們心裏明白，天順祥永遠和他們風雨同舟、榮辱與共！永遠是他們可靠的朋友，是他們興旺發達取之不盡、用之不竭的錢源！一句話，天順祥是以德經營、以德服人、以德生錢！」

唐柯、李西來、王鴻圖和在場的人都爲之興奮不已。

王熾這才抓起筷子：「噢，吃飯，吃飯吧！」

衆人繼續吃飯，氣氛明顯緩和了許多。

王小妹還在思索著，問：「爹，銀子是咱家的，誰不願意貸，就算了，幹嘛非要人家貸？」

王熾笑了：「傻丫頭，平時不好好用功，說出外行話了吧！爹是有錢不假，可這錢是別人的，……他就勢端過一盆粥：大家把銀子存在天順祥，就如這盆粥，時間長了不喝掉，就會餿的。我現在把它分給大家喝……」他用勺在每人碗裏舀了一勺：「這就是放貸，注意，這可不是白喝，你們要還我利息的。」說著，他在每個碗裏舀出一點來倒入一個空碗裏：「到時候，咱們靠貸款賺取的利潤……」他從湯盆裏往每個碗裏添湯，每個碗裏都盛滿了粥和湯：「錢莊要將貸款原數索回……」王熾又將每個碗裏的粥和湯倒入粥盆裏：「這樣盆裏還是那麼多，一點沒少。」他敲著剛才從各碗裏舀出一點而積滿了一碗粥的碗沿兒說道：「而這一碗就是通過放貸所得的利潤。」

王小妹又問：「才這麼點兒，夠誰喝的？」

王熾說：「實際上天順祥的利潤比這還少。」他又將這碗粥的大半碗倒回粥盆裏，只剩下個碗底兒。

王小妹說：「折騰了大半天，咱天順祥就賺個碗底兒？」

王熾說：「天順祥就是靠這一點點碗底兒日積月累，積少成多，才有了今天的規模。」

王小妹又歪著脖子想了想：「我明白了，天順祥不光是進錢，還要出錢，這一進一出，出出進進，就是錢莊！」

王熾瞟了她一眼：「所以說存錢的和借錢的都是錢莊生存發達的命脈！」

王小妹笑了：「這回呀，我是徹底懂啦！」

王熾拍了一下她的後腦勺：「少小不努力，老大徒傷悲！要學的東西多著呢！」

王小妹扮了個鬼臉。衆人都笑了。

亂。

三

王熾萬沒想到，在幾天之後，前來兌銀子的人越來越多，後來大門口已人山人海，大堂裏擁擠不堪，一片混亂。

這天是照例的盤點日，但人們還是從四面八方來到天順祥，吵著兌銀子。

王熾大步走來，人群中分出一條通道。

王熾凜然地看了看圍觀的人們，說：「本人王熾，就是天順祥的東家。各位不是想兌回自己的銀子嗎？請！」他說著上前敲開了大門，往後伸出了相讓的手「本號店門不小，店堂寬敞，足以容得下光顧之客！用不著這樣擁來擠去！唐總管！」

唐柯在裏面應著：「在！」

王熾說：「讓夥計擺好桌椅，支上茶爐，以禮相待，清茶恭候！」

唐柯應道：「是，東家！」

王熾說完進了大堂，上了木梯。

兌銀的人一擁而入……

王熾進了三樓的書房，拿起桌上的鹽荷包，一邊徘徊，一邊往嘴裏放著鹽粒兒。巴力捧著泡有膨大海的紫砂壺守候一旁，不時地把水送上。

唐柯上來了，說：「東家，會把嗓子吃壞的！快喝點兒膨大海水吧！」

巴力把紫砂壺送了過去。王熾毫不理會，還在吃著鹽。

巴力一把將荷包奪了過去。王熾看看他，又看看唐柯，說：「這次的兌銀風來得蹊蹺，別的錢莊也這樣嗎？」

唐柯說：「都受到了這股風的衝擊，唯有齊慶元風平浪靜。」

王熾說：「給我盯著這個齊慶元！」

李西來走進。王熾忙問：「西來，快說說，怎麼樣？」

李西來說：「各地分號已經在行動，可是東家！我覺得，還是遠水難解近渴。」他接過巴力手中的紫砂壺，遞給了王熾：「我聽說唐炯唐大人要集款整修官道了！」

王熾下意識地喝著水：「集款？你從哪兒聽來的？」

李西來說：「巡撫衙門的周師爺，他從貴陽回來，我們是一路。」

唐柯趕緊說：「咱們得早做準備，讓他知道咱的難處。要是在這種時候再給咱們加碼，咱可就全完了！」

王熾在思考。他根本沒聽見唐柯在說什麼。突然，他眼睛一亮，叫道：「巴爺！備轎！」

來到李樹勳府中，王熾把自己的想法說給了岳父。李樹勳一怔：「怎麼？天順祥都快被兌垮了，你還有心思花錢？」

王熾還是說：「岳父大人，不但要花，而且要花一筆讓人吃驚的大錢！」

「胡鬧！花錢讓人吃驚？花你自己的錢，會有人吃驚？」

「會的。只要您能讓唐炯點頭，將那筆整修官道的銀子由我來出！」

「你出？那可是一筆大數目！連天順祥都快保不住了，你上那裡去籌呀？你這是在花錢懸賞買自己的人頭！」

王熾愣了一下：「花錢懸賞買自己的人頭？」

李樹勳看著他：「你還以爲不是這麼個理兒？」

王熾思索著，突然臉上顯出了欣喜，撲地便拜：「謝岳父大人指點迷津！」

李樹勳見王熾站起身快步走了出去，急了：「我指點什麼了？你給我回來！」

王熾沒有回頭，大步而去。李樹勳不禁擦起老淚，長嘆了口氣：「唉！看都把人毀成什麼樣子了？」

回到書房，王熾在桌上鋪上紙，很快就寫好了一道告示。唐柯、李西來、馬六子和巴力都站在桌邊看著。

李西來大驚：「東家！這告示可不能貼！私發官票，是要殺頭的！」

馬六子也點著頭：「是呀，萬萬貼不得！」

王熾把臉轉向唐柯：「你說呢？」

唐柯說：「如果發行成功，不但可解謠言之害，而且還能彌補庫銀不足。只要我們將所集之銀上繳，如果再有唐大人的寬諒，這可算是一舉兩得之策呀！」

李西來搶白道：「倘若他不寬諒反而追究呢？」

馬六子苦著臉說：「那後果可就不堪設想啦！」

唐柯說：「官府整修官道，肯定開銷不足。唐炯的辦法，不外乎還是籌款借銀。如果我們不走在前邊，讓齊慶元利用謠言搶了先，那咱這邊的擠兌之風會越演越烈！其後果更加不堪設想。」

「巴爺，你認爲怎麼樣？」王熾目光轉向巴力，問。

巴力無所表示，一把抓起告示朝外走去。

告示被巴力貼在天順祥錢莊大門旁邊，馬上吸引著人們過來圍觀，只見上面寫著：

本號從即日起，發行短期高息官票。月息一厘五。借期一年。發行數量有限，望購者從速。本官票在滇、貴、川天順祥錢莊流通，並可低價提前到該錢莊出售，售價隨行就市。該票有官府擔保。特此公告！

天順祥總號

有人罵上了：「這是哪個烏龜王八蛋造的謠，說人家要倒閉了？要倒閉了，官府還能讓天順祥發官票嗎？」

「這不是成心害人嘛！沒到期就兌銀子，這回可虧大發啦！」

「可不是嘛！幸虧有了這短期官票。趕快買去吧！萬一買不上就更虧了！」

剛兌完銀子的人們紛紛湧進天順祥店門，又換銀票。更多的人跑回家去取來銀子，購買官票……

距天順祥不遠的齊慶元錢莊裏，林光啓在小客廳裏呆呆望著窗外。

潘德貴匆匆進來：「林老闆！天順祥在發短期官票！」

林光啓突然轉身吃驚地：「短期官票？天順祥被擠兌得狗急跳牆了！」

潘德貴笑著說：「失去了金龍峽這個貸款大戶，王熾他不知怎麼罵娘呢！官票？我得派人查一查！」

林光啓說：「二東家，先不要管他！現在最要緊的，是如何儘快把收進的銀子花出去！把雲南的煙草全部抓在我們手裏！要讓錢變成貨，貨再生錢！否則就會白往外搭利息！這個煙草大戰，可不能讓王熾再插一腳啊！」

潘德貴說：「放心吧大東家！一切都在暗中安排。」

四

梁紅女來到唐炯衙門的大門口，敲響了門旁的大鼓。

龐河趕緊出來，問明了梁紅女的來意，回去稟報後，把她帶進了客廳。

「這位就是雲南布政史唐大人，你有什麼話，就照直了跟唐大人說吧！」龐河指著唐炯說。

唐炯回過身打量著梁紅女，問：「你是何人？」

梁紅女跪在地上，說：「小的是春和樓管事兒的梁紅女，我要狀告王熾！」

唐炯一愣：「王熾？是開錢莊的天順祥的王熾嗎？」

「就是這個人！」

「他坑了你的銀子，還是欠了你的錢？」

「沒有。小的是來爲民請罪的！」

唐炯又怔了一下：「哦？」

梁紅女說：「我告他巧立名目，詐騙錢財，私印官票，蔑視朝廷！」

唐炯感到了這罪名的嚴重，盯著她沉著臉問：「梁紅女，這可是殺頭之罪呀，你有證據嗎？」

梁紅女從懷裏掏出天順祥的私印的官票，雙手呈上：「官票在此，證據確鑿，請唐大人過目。」

龐河將她的官票轉呈給唐炯。唐炯細看著。這張官票是潘德貴派小松子買的，被他親手交給了梁紅女，並把獲得的眞實情況和王熾所犯的罪名告訴了她。

梁紅女繼續說道：「這官票上蓋有官府大印，足可以假亂眞，王熾藉此騙取白銀無數，可憐百姓蒙在鼓裏，至今仍以爲是唐大人的諭令！恐怕就連唐大人您也被……」

唐炯拍案而起：「大膽！王熾你好大的膽子！」

梁紅女臉上露出了不易覺察的微笑：「還是大人能主持公道。」

王熾在書房裏不安地走動著對唐柯說：「不管怎樣，官票要繼續發的……」

唐柯說：「頭幾天發放的還可以，可突然又跌了……」

巴力慌慌張張進了門，神情緊張地比劃著。

「官府的人來了？」王熾問。

巴力連連點頭。

唐柯陷入了不安。

王熾緊皺著眉頭道了聲：「唐大人果然耳目靈通啊！」

李西來帶著兩名夥計，抬來了一大托盤用紅紙包著的銀子，說：「東家，您讓準備好的一萬兩銀子，抬來了。」

王熾抬眼看了看，不禁苦苦一笑：「想不到一個過手上千萬兩銀子的人，到最後，才值這麼點兒。如果我被抓監入獄，就用它救我一命吧。」

李西來大驚：「東家！」

王熾大步出屋下了樓，只見兩名挎著腰刀的護衛在前面開道，唐炯走在中間，後面又有兩名護衛相隨。

正在購買官票的人都惶然起來。

王熾躬身施禮：「王熾有失遠迎，請唐大人恕罪！」

唐炯瞪著他：「大膽王熾！竟敢先斬後奏、假藉官府私發官票，你該當何罪？」

王熾通地跪伏於地：「王熾該死！」

跟在王熾身後的李西來、唐柯、巴力也同時陪跪。

唐柯說：「唐大人！我家東家急朝廷之所急、想大人之所想，乃一片忠心、滿腔赤誠！請大人念昔日之舉和眼前之難，給以寬諒！」

唐炯放聲大笑：「哈哈哈哈……」

唐柯、巴力和李西來一齊抬頭，惶然地看著唐炯。

唐炯笑罷，伏身將王熾扶了起來：「我的王老闆，你好大的膽子呀！」

王熾和他對視著拱手：「王熾謝大人不究之恩！請到書房說話。」

唐炯向樓上走去。

唐柯趕忙叫著：「來呀！」

一名夥計跑進來。

唐柯吩咐：「上茶！領這四位弟兄後邊坐！」

夥計應著：「是嘍！四位，您跟我來！」

王熾把唐炯請入書房，落坐。

唐炯說：「你怎麼知道我整修官道急著用錢？」

王熾說：「大人苦心經營雲南，哪一刻離得開錢？」

唐炯審視般地看著王熾。王熾被看呆了，顯出不安的神色：「大人……」

「你們商人就是商人。」唐炯指點王熾說，「說得滿嘴仁義道德，其實一肚子鬼算盤！當年重慶借銀，你藉機揚名。這次你先斬後奏，說是急朝廷之急，實際是明修棧道暗渡陳倉，解你自己的燃眉之急。王熾呀王熾，你以為這心眼兒全讓你長了嗎？」

「王熾不敢！在下只是仰仗大人之威而已。」王熾嚇得忙離位跪下，說罷稽首在地。

「行了，起來吧。」唐炯拉著長聲說。

「謝大人。」王熾起身歸位，仍在不安地察言觀色。

唐炯皺了皺眉，說：「自古官商之間，多為相互利用。我……在你危難之時讓你一招，也未嘗不可。」

王熾趕緊說：「在下絕無利用大人之意！只是為天順祥發展之大計，不得已而為之。」

唐炯笑了：「說歸說，做歸做。本官是特意給你撐腰來的！」

王熾趕緊說：「謝大人！這裏有白銀一萬兩……」

唐炯忙打斷他的話：「我收下！不過，是作為此次所發官票的預付，到期一併歸還。記著，我唐炯可不想因為跟你們商人打交道，讓上邊摘去頂子！」

王熾再次施禮：「謝大人！」

唐炯起身離去。

王熾送到大門口，看著他上了轎沒影了，才慢慢轉過身，看看身後的幾個人，抿著嘴笑了。李西來上前對他耳語：「好險啊！我兩手現在還攥著汗呢。」

唐柯興沖沖說：「東家，這回咱可以大幹了！」

王熾說：「對。再發他一百萬！」

唐柯響亮地應道：「是！」

十多天後，李西來、唐柯來到樓上的書房。

李西來說：「我已得到消息，齊慶元爲了強占川滇市場，把賭注放在了煙草上，以做煙草爲期貨，大量收購川滇煙草，至使價格一漲再漲！」

王熾笑著說：「林光啓到底是商貿老手，陣勢還沒擺開，就先讓我賠了二百多萬兩銀子，他倒選了個賺錢的貨色。」

李西來說：「照這樣下去，他抖手一出，可就賺大錢了！」

王熾悻悻而思，滿腹惆悵。突然他看向唐柯：「官票發行得怎麼樣？」

唐柯連連點頭：「非常好！已經超出了唐大人所需數額。」

王熾說：「好！繼續發！」

李西來說：「東家，這種高息短期官票，不宜發行太多！除非我們能在短期內把它用在賺大錢的地方！」

王熾說：「先發了再說。給我準備五十萬兩的莊票，這就給唐大人送去。」

唐柯應著：「是，東家。」

李西來也要隨唐柯走，忽聽王熾叫了一聲：「西來！」

「有事？」李西來問。

「怎麼樣？」

「什麼怎麼樣？」

王熾一邊更衣一邊說：「和她。」

李西來明白了，低聲說：「挺好。」

「還不好意思呢！挺好是怎麼個好法？」

「啊……人家夫妻什麼樣，我們也什麼樣唄！」

「如此，咱娘在九泉之下可以瞑目了。」

王熾說著下樓了。李西來跟在他身後，悄悄嘆了一口氣。

「天順祥王熾王老闆到——」護衛在傳誦著。王熾跟在另一名護衛身後走進院子。巴力跟隨後面。

唐炯迎在廊廡之下，並拱手寒暄：「王老闆駕到，有失遠迎！哈哈哈……」

王熾忙拱手還禮：「豈敢，豈敢！王熾來得唐突，還望大人海涵！」

二人走進花廳。巴力站定廊外。

唐炯與王熾落座。下人正在上茶。

唐炯說：「不知整修官道所需銀兩，籌措得怎麼樣了？」

王熾掏著莊票說：「正在儘快籌措。在下先奉上一半：五十萬兩。請大人查收！」

唐炯接過莊票大喜：「來呀！」

立刻有下人躬身而進：「在！」

唐炯說：「把這張莊票交給龐河，讓他開一張收據來！」

「是！」下人應著，雙手接去莊票退下。

唐炯看著王熾說：「王老闆，你若是如此下去，我就該奏明聖上，給你請功名了！」

王熾忙起身施禮：「大人說到哪裡去了？王熾作爲雲南人，理應爲家鄉出力。何況大人整修官道，乃是爲雲南百姓造福。王熾豈能不甘效犬馬？」

唐炯忽然嘆了口氣：「咳，若不是戰事之需，恐怕這整修官道是排不上號兒的。」

王熾剛落座一驚：「怎麼？又要打仗了？」

唐炯說：「法國在福建打馬尾沒有得手，正沿海岸往南！要是想在南邊兒打主意，越南必在其內，而後直撲我廣西和雲南。你想想，若是福建不行，而是從咱這兒進來了，那不是等著讓上邊摳眼珠子嘛！」

王熾不說話了，突然眼睛一亮。

「不會吧？從咱們這下手，離心窩子遠呀！」王熾說完，審視著唐炯的神色。

「還分什麼遠近的？」唐炯一邊喝茶一邊說，「從哪兒進都能逼你割地賠款！總督岑毓英岑大人，已經奉旨進京了！所以，這整修官道，迫在眉睫！」

王熾掩不住臉上的石頭落地之色。

龐河拿著收據走進來：「大人請過目，連上次預付的那一萬兩也寫上了。」

「好。」唐炯看過後遞向王熾。

王熾起身雙手接過，並藉機告辭：「謝大人！既然整修官道，事關邊陲安危，王熾即刻告退，加緊張羅！」

唐炯說：「好。龐河！」

龐河應著：「在！」

「送客。」

「是。王老闆，請！」

「謝大人！」

五

王熾回到天順祥三樓的書房，把唐柯、李西來、馬六子和巴力叫來，對他們說：「只要戰事一起，煙價勢必猛跌！到那時候，他齊慶元就是哭塌了天喊陷了地，也無濟於事了。我們一定要想盡一切辦法，變成這場煙草之戰的主力！他林光啓收煙草，我天順祥供他貨。奉陪到底！」

唐柯說：「現在插手是不是有些晚了？」

李西來說：「不晚，川煙之商大都是咱們天順祥錢莊的客戶。我能很快把四川的煙草市場把過來！」

唐柯還是反對：「齊慶元要是知道了是咱們在跟他打對手，會不會有防備？」

王熾一指他：「我要說的正是這點。要把自己藏得嚴嚴實實的！給他來個瞎子碰上了瞎子——只能讓他摸著黑兒找！」

馬六子提議：「那咱們得起個新字號。」

唐柯一笑：「這個，東家都想好了。我連印章和傳票都準備齊了！」唐柯說著，把這些東西拿了出來，放在桌上。

李西來、馬六子、巴力湊過來看著。

「利成源？好！既不顯眼，又像個後起之號！」李西來說。

「我們要不斷地刺激市價，讓他們高興。所以，要馬上派人下去，操縱煙草市場，特別是滇煙。」王熾說。

「這會不會眞的刺激了煙草市場？」李西來擔心著。

「那才好呢！不管怎麼漲，最後總是要一落千丈的！」王熾響亮地說。

突然，巴力挺身而出，跪在地上。

王熾愣了：「巴爺？」

巴力拍著胸，指指天指指地，噗地往手心吐了口唾沫攥起了拳頭。

李西來說：「我看行！巴爺原來就搞過滇煙！在行。」

王熾走過去，扶起了巴力：「老哥，歲數不饒人呀！讓你到處奔波，直接面對種煙的人，太委屈你了。」

巴力「忽」地奔過去，抓起了桌上的瓷茶碗，一用力，「喀」地碎了。

王熾急忙湊過來，掰開巴力的手掌看著，見手掌上沒有一絲傷。他點點頭：「好！我讓鴻圖與你同行！既可貼身伺候，又能跟你學藝。」

巴力又想跪拜，被王熾一把拉住。兩雙手緊緊地抓在了一起。旁邊站著的唐柯和李西來、馬六子，無不為之感動。

巨大的人工風扇緩緩搧動。

幾隻白鴿在堂內咕咕叫著，隨意啄食，走動。

在閣樓旁邊的手搖升降機旁，馬六子和夥計們將一箱箱銀錠通過升降機運到閣樓上，李西來將銀箱依次碼好。唐柯伏案核算，馬六子、李西來不停唱諾著……

李香靈和王小妹在大堂中央的八仙桌上不停撥拉著各自的算盤，隨著閣樓上下的唱諾，核算銀錠的數字……

王熾站在一旁欣賞地看著……

馬六子看手中的帳簿與銀箱上的數字相符合後，喊著：「白銀四百二十四兩！」

李西來唱收：「收白銀四百二十四兩！」

唐柯身邊的王鴻圖唱收著：「共收銀兩萬五千陸百陸拾三兩！」

桌前的李香靈早已打出結果，王小妹仍在打算盤，她看著算盤上的數字，站起身來，摟住王熾：「共兩萬五千六百六十三兩！爹！我算對了！一點不錯！」

「又是取巧吧？你這唱算相符嗎？」王熾盯住小妹的算盤說，糾正地撥了一個珠子：「看，這兒少了一個珠子，一下子一萬兩銀子就沒了！一珠之差，謬以千里呀！」

王小妹調皮一笑：「人家還沒複算呢！爹，一張紙就能換回銀子，這可太神了！」

王熾說：「你可別小看這花花綠綠的紙片，這裏面的學問可大了！就讓你唐伯說吧！他是行家！」

「唐伯伯！」王小妹抬頭向閣樓上的唐柯喊著，誇張地表現出一本正經的樣子，拱手作揖：「小的願拜唐大人爲師！以求眞知，敬請賜教！」

唐柯猛地扭過頭看看王熾：「這……」

王熾說：「唐先生，不必客氣，解出其中奧秘吧！在座的諸位也未必全懂。」

大家把期待的目光投向唐柯，唐柯沉思片刻，立即拿起紙筆，寫了幾個大字，用夾子夾住，手一撥，紙卷順鐵絲滑下。

王小妹接住紙卷，就勢在空中展開，只見上寫著幾行大字：

有棵大樹靠山栽，
大樹蔭下百花開，
根深葉茂青山底，
青山不倒春常在！

王熾聽女兒讀過，接過來又看了看這幾行字，不禁叫絕：「好詩！言簡意賅，一語中的！鴻圖、小妹，你們倆誰來拆解？」

王小妹思索，王鴻圖隨口脫出：「青山是朝廷，百花如子民，錢莊大樹綠，何愁不生銀！」

唐柯點點頭：「對得好！理喻深刻，耐人尋味。」

王小妹皺著眉頭：「說來說去，我還是沒懂嘛！」

唐柯從閣樓上走下，一邊走一邊侃侃而談：「發放官票，說白了，就是朝廷向百姓借錢花。既是借錢，便有期限，咱們天順祥就是利用這一年的期限，將發行的官票所得的銀子，一是分批上交朝廷做大事，二是替朝廷分憂，錢再生錢，到時限期已滿，朝廷連本帶利歸還發放官票總額，而咱們錢莊也因周轉得當，從中取利，這就是其中一舉兩得之玄妙所在！」唐柯一席話，使在場的人點頭稱是。

王小妹說：「我還是搞不懂，咱們怎麼做，才能錢再生錢呢？」

唐柯看著她笑笑：「這……恐怕就無可奉告了。」

王熾故作玄虛地說：「知之爲知之，不知之爲不知之也。」

王小妹生氣地說：「好哇！你們跟我也保密啊！我才不要聽你們的呢！」

她走過去剛要上樓，又返回來取下唐柯的那張紙，說：「不過，這首詩我得拿走，好好琢磨琢磨。」

在場的都笑了。王熾也與李香靈相視莞爾。

唐柯回去打著算盤。

李西來過來，把一些生意上的事說給王熾。

唐柯又下來了，小聲說：「東家，我已經核准了，看來完全能對付林光啓！」

王熾笑笑。李西來說：「明天一早，我就動身去重慶！」

王熾點著頭，又掏出荷包，把裏邊的鹽粒捏進了嘴裏。

忽然，馬六子跑了進來，興奮地說：「東家，林光啓全收了！」

王熾平靜地說：「口氣怎麼樣？」

馬六子說：「堅持看漲。口氣更大了！」

王熾猛地站起身：「跟！他做多大咱們跟多大！」

齊慶元的管家武秉仁匆匆進了後室，向潘德貴稟報：「二東家，跟咱們較著勁比試的，出了個大戶！」

潘德貴一驚：「誰？！」

「四川的利成源！」

武秉仁趕忙說：「算！算！那我去了。」

潘德貴瞪著他：「林老闆不在，我說的不算嗎？」

武秉仁遲疑著：「這……林老闆坐鎮收煙沒回來，行嗎？」

「毛頭小子！拿根兒骨頭就想引虎出山？」潘德貴說著命令武秉仁：「收！往大了做！直到他嚇癱了為止！」

「他們一口咬定煙價看降！每擔上等好煙葉一兩三錢，比市價便宜四錢銀子！」

「那是讓我給擠兌急了！」潘德貴大笑，突然收斂笑容，問：「出的什麼價？」

「聽說是由好幾家煙商合股兒的買賣！他們是跳著腳兒冒出來的！」

「底細怎麼樣？」

潘德貴斜視他出去，摸著下巴思索起來：利成源……

數日後的夜晚，林光啓回來了。

武秉仁高興地說：「老爺，你可回來啦！」

林光啓問：「出了什麼事？」

潘德貴聽說林光啓回來了匆匆而入：「林老闆！利成源又跟上來了！」

林光啓問：「市價怎麼樣？」

潘德貴說：「還在漲！」

林光啓思索著：「這個利成源的底到底深不深？別是個起哄架秧子的！」

潘德貴說：「這，我剛查清了！總底數起碼有六、七百萬兩！都窩在重慶的天順祥錢莊。」

林光啓眼睛瞪大一下：「會不會和天順祥在重慶的分號有瓜葛？」

潘德貴說：「我是讓咱們的分號查的。不會錯的。」

林光啓咬著牙下了決心：「扳倒了利成源這個餓死鬼，吃空了甘當盛飯鍋的天順祥！讓王熾再嚇出一身冷汗！……好！就這麼幹！」

六

滇南一個大鎮的煙市，人流如潮，其中有巴力帶著王鴻圖在收購煙葉。巴力用鼻子聞，拿嘴嘗，裝進自己的煙管抽，辨別著煙的質量。

煙販們都被他這舉止吸引了，瞪大眼睛看著他。始終緊隨其後的王鴻圖也看著，巴力比劃著，隨即將煙管遞給王鴻圖，王鴻圖猛吸了一口，嗆得直咳嗽。巴力笑了，豎起了大拇指。

跟著，巴力用煙管點著攤位，全部收進。煙販們高興了。

王鴻圖大聲招呼起來：「走！都送到孟嘗客店的後院去。我們的庫房在那裏！」

收完那些煙之後，巴力和王鴻圖又來到一位煙農的家裏，察看著正晾曬的煙葉，和煙農交談著煙價。巴力遞給王鴻圖一片煙葉。

王鴻圖舉著這片煙葉問：「請老伯去對鄉親們說，只要是這樣的成色，全鄉的煙葉我們都收下！」

煙農驚訝起來：「你們要那麼多呀？」

王鴻圖笑著說：「這還不夠呢。」

煙農不相信地又問：「要這麼多做什麼？賣得出去嗎？」

王鴻圖說：「已經有買主了。」

煙農半信半疑地點著頭：「這可好了！不愁賣不出去了。」

巴力和王鴻圖回到煙市，馬上被煙販子們包圍了。他們爭先恐後地向巴力和王鴻圖哀求著：

「您收了吧！」

「收了吧！給錢就賣。」

「收我的！我降三成！」

「我降四成！」

「五成！」

巴力笑了。他拉起鴻圖擠出人群。

回到庫房所在的一個大戶人家，巴力坐在石階上，用燃著的木棍點著煙管，然後守著旺火燒山芋。

王鴻圖快步跑來：「巴爺，巴爺！」

巴力從容地看向他。王鴻圖喘著氣說：「巴爺！煙價降到了每擔四錢銀子都沒人要了！」

巴力張開嘴笑著，一口口吸煙。

王鴻圖急得兩手直搓：「咱這兩屋子煙葉都沒用了，你還笑？天啊，這回可賠慘了！回去了，爹非罵我不可！」

巴力仍然笑著，用手指了指自己，將手中的小山芋扔進火堆，伸手從火中取出了大個兒的山芋。

王鴻圖看著他，驀地明白了：「巴爺你是說，火中取物，小賠大賺？」

巴力仰面張大了嘴，「啊、啊」了幾聲，在烤熟的大山芋上咬了一口，用力吧嗒著嘴，香香地吃起來。

鴻圖也從火中取出個大個兒的山芋，被燙得直咧嘴。巴力指點著他笑得更開心了。

齊慶元後室裏，林光啓正和潘德貴、武秉仁商量著煙草生意。

武秉仁很不安：「老爺，做得太大了！萬一……」

林光啓胸有成竹地說：「離結帳期還有二十天。市價穩如泰山。我怕什麼？」

武秉仁還在堅持：「契約上寫的，可是他按結帳那天的時價付貨，咱們按收價付款！萬一到了那天市價一跌，咱們可就慘了！」

林光啓看看潘德貴：「是這樣的嗎？」

潘德貴點點頭，笑了：「物以稀爲貴。他只能越買越貴，怎麼會跌呢？你吃漿糊了吧？我所以這麼簽合同，正是可以賺大利！」。

武秉仁低頭不語了。

林光啓發現了武秉仁的神色不對，問：「你今天是怎麼了？」

「我聽說……」武秉仁沒敢往下說。

「說呀！」林光啓急了，催道。

「跟咱們較勁的利成源的東家，是王熾！」

「啊？」林光啓大驚，轉臉看著潘德貴。

潘德貴冷笑一聲：「王熾怎麼了？他能在二十天之內，把煙價落下來？」

林光啓想了一會兒，咬咬牙，說：「對！給我做到一萬擔！他王熾就是把全國的煙葉都搜羅來，也不夠！」

武秉仁「撲通」跪下了：「老爺！契約上寫得明白，超過五千擔，以時價和收購價核算，以現銀結帳！」

林光啓瞪了他一眼，說：「當然！那是我想做大，收他的銀子！去！衝著他是王熾，也得給我做大！」

武秉仁應了一聲「是，老爺」，慢慢爬起身，走了出去。

潘德貴看著林光啓敬佩地說：「畏首畏尾，難成大事，虎口拔牙，當爲俊傑，林老闆，有氣概！」

林光啓得意地大笑……

李西來獲得了齊慶元的情況忙去告訴王熾。

王熾也不由一驚：「一萬擔？」

李西來說：「是的。看來他知道是咱們了，想一下子把咱們結垮！」

王熾趕緊搖頭：「不能再跟了！停，馬上停！」他急得徘徊起來，「娘的，法國人都他娘的死絕了？這仗什麼時候才打起來？」

唐柯手拿官信匆匆進來：「東家！」

王熾癡然轉身，滿面驚恐：「怎麼了？」

唐柯說：「唐大人已赴任邊關，讓咱們速將官票餘款交到總督府。」

王熾簡直不相信自己的耳朵，他奔過來，拿過信看著，叫著：「好，好，好！連官道都來不及整修了！仗就要打起來了！」他把臉轉向李西來大聲喊著：「跟！跟他一萬擔！」

李西來趕忙出去……

數日之後的下午，武秉仁踉踉蹌蹌跑進林光啓的臥室，眼裏流著淚叫道：「老闆啊！這煙草市價眞的跌下來了，而且，一落千丈，只有預計的五成……東家，咱們這回血本無歸，賠慘嘍！」

林光啓傻了。他呆坐在太師椅上，如木雕泥塑一般。過了好一會兒，他才喃喃地：「好厲害的王熾！一下子就拿走我七百多萬！」

武秉仁問：「東家，潘德貴呢？這時候，他娘的眞成甩手掌櫃的了？」

林光啓憤憤地叫道：「不要再提他！生意場上，心浮氣躁必自敗。還是看看怎麼收拾這個攤子吧！」

武秉仁跪在地上，眼裏的淚落在他身前的地上：「東家！我才知道，潘德貴……是王熾的仇人。」

林光啓恍然大悟：「原來是這樣！」

潘德貴進了屋，輕鬆地說：「哎呀，這是幹什麼，堂堂北票大號，傷了點皮毛，至於如此嗎？」

林光啓大怒：「姓潘的，原來你是有個人成見哪！金龍峽貸款，你是衝著王熾去的，這一回又是衝著王熾！你可謂機關算盡，借刀殺人！我林某上了你的當！」

潘德貴忙說：「你不能血口噴人！金龍峽的貸款我幫了你，你倒要過河拆橋呀？」

林光啓指點著他：「住口！你若有點自知，立刻滾出齊慶元。」

武秉仁爬起身舉起了大算盤，怒視著潘德貴：「姓潘的，你滾不滾？」

潘德貴擺著手連連點頭：「好，我滾！姓林的，你早晚落在我手裏……」

武秉仁又大叫一聲：「滾——」

潘德貴悻悻地走出屋。

林光啓閉上眼睛，耷拉著腦袋，神情恍惚，如同患了大病。武秉仁放下算盤，走近了他，輕呼一聲：「老爺！」

「登門……求和，請王老闆……給我一條生路？」林光啓很吃力地說，突然瞪大眼睛，可怕地看著天花板。

猛地，他站起來吼道：「我林光啓，什麼時候這樣過！」

「老爺，別氣壞了身子！」

「或許，王老闆能容我些日子。」林光啓呆立了片刻，自言自語似的說。而後輕聲地吩咐：「備轎。」

「是，老爺。」武秉仁應著，轉身出去。

林光啓又站了一會兒，也走了出去。

一頂四抬大轎在天順祥錢莊門口停下，從裏面走出臉色難看的林光啓，他慢慢舉著步，看了看店門……

天順祥內的書房裏，王熾正與李西來、唐柯、馬六子在說笑。

唐柯說：「林老闆絕不會料到他會輸，而且輸得這麼慘。」

李西來說：「這回齊慶元在雲南大傷元氣，怕是要捲鋪蓋卷了。」

王熾說：「林光啓若眞的走了，咱天順祥豈不成了孤家寡人？沒有了對手，那多寂寞呀！再說，咱們也不能讓林老闆賠得太多……」

唐柯會意地點點頭：「對。商場如戰場，相處如兄弟嘛！」

四人又暢懷大笑。

一名夥計來報林光啓到了。王熾馬上猜出了他的來意，快步下樓，把林光啓請到閣樓上，隔桌而坐。唐柯站一旁。

林光啓欽佩地笑著說：「王老闆手眼神通，小號甘敗下風。」

王熾搖著頭：「哪裡，商場如同戰場，勝敗難料，賠賺平常。」

林光啓低下了頭，說：「這場期貨之爭，使我齊慶元一敗塗地。我將回到山西老家，永不出山！」

王熾說：「林先生言重了。齊慶元對我們雲南的經濟發達做過好事的。就說金龍峽的礦業，便是靠貴號的扶植。」

林光啓頭垂得更低了，連連拱手：「多有得罪，敬請海涵！那是林某的敗筆，早已悔之莫及。我倆都上了潘德貴的當啦！」

王熾怔了一下：「潘德貴？」

林光啓說：「正是在他再三慫恿之下，我才那麼做的，當時哪裡知道他與王老闆有仇啊？這次，也一樣。唉！林某有眼無珠啊，慚愧、慚愧。」

原來如此！王熾沒再說這個，微笑著說：「正常的競爭，無可厚非。煙草之戰，一時受損，豈能因噎廢食，偃旗收兵？」

林光啓聽了這番話，不禁愕然，抬起頭看著他。

王熾和他對視著：「林老先生！前車之鑑，後人之師。我王熾做事，從不把對手逼得沒有退路！」

林光啓瞪大了眼睛：「王老闆是說……」

王熾說：「煙草之事，就按定貨的七成結帳！剩下的三成，由我們天順祥自行消化。」

林光啓呆了。他霍地站起身，抖著腿腳，將身體挪開椅子，拱手施一長揖，激動地說：「謝王老闆高抬貴手，寬宏大量！老夫來此，本來只想……請王老闆能緩些日子收銀子，萬沒想到……請容林某日後報答！」

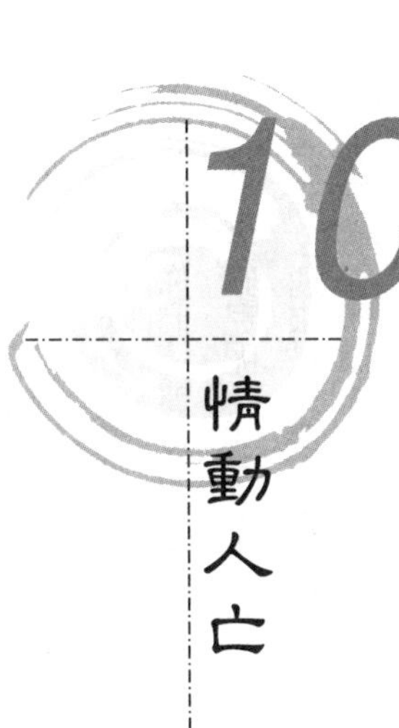

一

李西來與唐柯在閣樓分手，走下樓梯去了後院。他慢慢推開臥室的門，見裏面還點燃著油燈，李蓮芸已經躺在自己的被窩裏，只露出仰臥著的臉。他遲疑著是否進去，想到剛才唐柯的鼓勵，忽然有了主意，從臨牆的一個木箱底層翻出了小時候李蓮芸編的那個早已乾枯的花環，興沖沖走了過去，輕輕叫了一聲：「蓮芸！」

李蓮芸閉著眼睛好像睡著了。

李西來又說：「蓮芸，你看這個！」

李蓮芸眼睛睜了一下，又閉上了。

李西來臉上的笑容消失。他呆立了片刻，猛吸一口氣鼓足了勇氣，將花環放在旁邊的桌上，慢慢脫去外衣，挨著李蓮芸躺下了。

李蓮芸本能地向裏面移一下身子。

李西來好一會兒沒動，終於把臉轉向李蓮芸，又叫了聲：「蓮芸！」

李蓮芸猛地轉過身變成側臥，把後背給了李西來。

李西來頓時心一冷，「忽」地坐起來，披上衣服走了出去，輕輕帶上門。

李蓮芸聽到關門聲，身子微微抖了一下，睜開眼睛。

李西來仍然像往常一樣，從後廳進了大堂。大堂裏只有拉風扇的老人在有節奏地上下拉著，閉著眼睛像睡著了一樣。悄悄溜到櫃檯下面躺下。他捲曲著身子，卻也睡不著……

李蓮芸支起上身想去吹燈，看到燈旁邊的花環，思索著，忽然想起了小時候在十八寨外溪水邊上的一幕，上前抓起花環，仔細看著，暗說：西來！你還保存著這個？

她再也沒有睡意，坐起身，呆呆望著窗外的夜空……

天漸漸亮了。

她下了床，將手中的花環小心翼翼放進梳粧檯裏，梳洗了一下，正要走出去，門外傳來張春娥笑的聲音：「蓮芸！起來了嗎？」

李蓮芸趕忙打開門，張春娥微笑著走進來。

張春娥看了看整齊未動的鋪蓋，又看看蓮芸憔悴的臉，臉上的笑容消失了。她走近李蓮芸，輕聲說：「蓮芸，姐知道你苦。可你們這種日子還要過多久？姐這輩子是不能生孩子了，這是命中注定的！可你這是何苦見？為什麼老跟自已別著勁兒呢？一年多了，娘臨終前給你們定了終身，她老人家要知道會是這樣的結果，你說，她在地下能閉上眼嗎？西來是條漢子，你這樣對他，不委屈他嗎？可他在東家面前，露過半句話嗎？沒有！他一直這樣由著你，是在等你呀！」

李蓮芸眼裏湧出了淚，默默地走到窗前沉思。

張春娥嘆了口氣：「唉，對了，今天是吉日，我和三妹商量好了，約你去進香！咱們想不開的，讓菩薩說吧！你去不去？」

「我去！」李蓮芸快速轉過身說。

「那你就準備準備吧。」

近午，她們從城外的柳頤庵回來了，坐在馬車上談笑風生。

張春娥說：「咱們的運氣眞好，在廟裏抽籤，抽得都是上上簽，那老尼姑對我說：我是命好，今後要長壽的，哎，蓮芸妹妹，你抽籤時，求得是什麼呀？」

李香靈說：「讓我猜，一定是祈求合家安康，早得貴子！」

李蓮芸說：「心裏想什麼，就求什麼唄。」

李蓮芸突然不語了。

張春娥碰了碰李香靈：「三妹，你還沒說說自己呢！」

李香靈看了看她倆：「你不說，我也不說。」

張春娥笑了：「咱們就都別說了吧！其實，大家求得什麼，每人都知道，又都是上上籤，都是托了天順祥的福哇！」

篷車在天順祥錢莊大門口停下，張春娥、李香靈和李蓮芸下了車，走進大堂。

一個老態龍鍾的老漢拄著根樹枝，領著骨瘦如柴的小孫子，在她們之後走進店門。

老漢從懷裏摸了又摸，掏出一個銅板，放到了櫃檯上，說：「掌櫃的，我想請您給我這小孫子攢起來。」

櫃檯上的夥計看看眼前的那個銅板，問道：「這是哪兒，你知道嗎？」

老漢說：「知道，天順祥。有菩薩心腸的地方。」

夥計一笑：「存一個銅板？您老把這兒當你們家的攢錢罐兒了！小的也沒法下帳啊！」

老漢哀求著：「您行行好吧！這是我們爺兒倆，餓著肚子攢下的！」

夥計說：「那您就多攢點兒，湊個整兒再來吧！」

「您就抬抬手，幫我們存上吧！萬一我不行了，我這苦命的孫子就沒人管他了……」老漢連連作揖，說著竟淒涼地嗚咽了起來。

「嘿喲，您老哭什麼？小的不能因爲收存了您的一文錢，壞了店規，砸了飯碗吧？」夥計瞪著老漢一邊說一邊推開老人的手，銅板掉在櫃檯內的地上。

這時後面又來了一位中年人。夥計認識此人外號「牛破天」，叫了聲「牛爺」，伸手接過了他遞上來的銀票，唱諾道：「存現銀三十兩四錢！」

老漢看看存錢無望，領著孫子離開錢莊。

牛破天一轉身，隨後追了出去。

老人出了門摔倒在地。孫子撲過去，哭著拚命往起拉爺爺，叫著：「爺爺！爺爺——」

牛破天忙上前扶起老人，關切地問：「老人家！摔壞了沒有？」

那名夥計又走了出來，把那個銅板遞向老漢：「給！一個銅板就想要天順祥的利錢？本店從未有過先例！您老再到別的錢莊看看吧。」

老人拿著那個銅板，嗚咽著：「你讓我個窮老漢上哪兒去有多的錢呦！」

牛破天勸著老漢：「老人家，回吧，回吧。把錢收好！」

老人領著小孫孫痛苦地走了。

牛破天進了大堂，在夥計給辦好手續後，徑直走向後廳，在後廳裏遇到巴力。巴力比劃著問他做什麼，他說：「我要見你們王老闆！」

巴力引著牛破天走向三樓的書房，推開了門，請牛破天進去。

王熾見一陌生人進來，忙拱手打著招呼：「這位先生是……」

牛破天說：「名志茶肆說書的，別人喊我牛破天！」

王熾一怔：「哦？」

牛破天說：「王老闆是全城聞名的貴人，不可能去我那小小的書場。所以，今天我牛破天，要專門爲您一個人說一次堂會！不知可否？」

王熾注視著牛破天，似乎聽出了什麼，點了點頭：「王熾求之不得，請。」

芹兒上茶。

王熾往籐椅上一坐，閉上了眼睛：「芹兒！」

芹兒應道：「老爺。」

王熾說：「給牛先生搬個舒服的座頭兒。」

牛破天說：「不用了，我這個人喜歡站著說。」他從衣袋裏掏出驚堂木，往身邊的廊柱上一拍，講了起來：

「我說的是，在這泛泛人間、大千世界，不曉得是誰竟把人分成了三六九等。」

王熾在閉目聽著。巴力注視著牛破天。李香靈、李蓮芸、張春娥聞聲過來，站在一旁聽著。王鴻圖和王小妹也來到了李香靈旁。

牛破天接著說下去：「高的，低的；窮的，富的；雅的，俗的。有人天生就是高貴命，有人一輩子只能做龜兒子。於是乎，人也就學回了抬眼往上看——嬉笑諂媚；往下瞧——橫眉立眼！即使都是吃的一行飯，也會大商人看不起小商人，小商人看不起提籃子的商人，提籃子的商人看不起討飯的人。其實，都是手心向上的人。只不過有的伸手要大錢，有的伸手要小錢。說來也巧，偏偏一場山洪做怪，把大商人、小商人、提籃商人和討飯的人，都逼到了一棵大樹上！哈哈，這可就有好瞧的了。商人逃出來帶的只是錢。討飯的逃出來，揣的只有能糊口的幹饃和剩飯！雖說飯不值錢，可錢也不能當飯！」

說到這兒，王熾睜開了眼，吩咐：「巴爺，去把西來他們都叫來。不，停業半天，讓所有的掌櫃和夥計都來聽聽！好故事呀！」

牛破天慌了，忙拉住欲去的巴力：「不，王老闆！我是隨便講給您一個人聽的。」

王熾說：「不！我聽了不管用。巴爺，去！都叫來！」

牛破天死死拉著巴力不放：「王老闆，是我多管閒事。不該出言冒犯……」

王熾走到牛破天的面前，猛地抓住了他的雙手：「老牛，咱們從現在起就是朋友了！告訴我，到底是怎麼回事？」

牛破天呆呆地看著王熾，為他的誠心感動，說起剛才窮老漢存一個銅板的事。

王熾再次吩咐巴力去叫來李西來。

李西來隨著巴力來了，見王熾已怒不可遏，不知出了什麼大事。王熾大聲命令著：「巴爺！叫上當事的夥計，把剛才來櫃上存一個銅板的爺孫倆請回來！就是跑遍昆明城，也要找回來！」

巴力轉身而去。

王熾又命令李西來：「讓所有掌櫃和夥計到前堂待命！」

李西來趕忙應了一聲「是」，跟著匆匆而去。

站在一旁的牛被天心神不寧，不知如何是好。王熾再次握住了他的手：「我的好朋友！我得好好謝謝你！走！」他說著拉起牛破天便出了屋，下了樓。

站在門外的李香靈擔心地看著走去的丈夫，提醒道：「他爹，別太急！」

王熾頭也不回地拉著牛破天走去。

所有掌櫃和夥計都已站立著等候。

王熾看著衆人，威嚴地說：「店大欺客，這不是我天順祥的作風！你們當自己在幹什麼？高高在上做老爺？板起面孔做富翁？狗屁！我王熾都沒這膽量！告訴你們，沒有百姓買你的帳，官再高也是空招牌、店再大也得關門板！李西來！」

李西來應著：「在！」

王熾說：「從現在起，立個新規矩！每天都要有個掌櫃，給我坐在店門口迎客！唐柯！」

唐柯道了聲：「在！」

王熾說：「替我設宴感謝牛先生！」

他說完，搬起身後的太師椅向店門外走去。

所有的人都驚愕地望著他。

王熾坐在店門旁，面如結冰。陪站在旁邊的李西來垂著頭。

那個趕走老漢的夥計哭著走來，跪在了王熾面前：「東家！您就饒我這次吧……」

王熾平靜地說：「西來，讓帳房給他結帳。」

夥計抬頭，淚流滿面，緩緩站起……

王熾又叫：「去！把那位老人給我找來。」

李西來叫著：「我去」，趕緊走開，只見前面有個夥計正領著一老一小走來。他明白了，上前攙著老人走向王熾。

王熾快步迎了上去……

一輪明月掛在夜空，如瀉的月光傾灑在錢莊大院。巴力正在練武，忽然發現有個人在不時把頭探過院牆向裏望著。他停了下來，悄悄走過去。

不久，有個人從牆外跳了過來，剛站起身，被巴力一把抓住胳膊，見是個十三四歲的男孩子……

大堂內的閣樓上，唐柯還在拿著蠟燭核對帳目，巴力走進來，身後跟著那個男孩兒。

唐柯聽到腳步聲轉過臉，看到那個男孩兒頓時驚呆了。巴力轉身走了出去。

男孩兒也在審視著唐柯。唐柯輕呼一聲：「小雨？」

「爹！」唐小雨叫了一聲撲上去。

父子倆擁抱在了一起，眼裏都在流著淚。

唐柯突然推開兒子，問：「有誰見你來了？」

唐小雨搖了搖頭：只有剛才那個人。

唐柯拉上兒子便走：「走！咱們外面說。」

父子倆走出大堂。

唐柯把兒子按在了外面貨堆上，就著明亮的月光反覆地看著兒子，喜愛地小聲說：「大了，大了！」

唐小雨也看著父親，問著他的情況。

唐柯突然問：「是誰讓你來的？」

唐小雨沒有回答，頓時落下淚來。

唐柯焦急地說：「我還沒把咱家的情況告訴東家。拿人錢財，就要爲人消災，少給人家添煩。」

「知道，奶奶跟我說了。」

「跟你說了，你怎麼還來找我！」

唐小雨沒有回答。

「奶奶和媽媽好嗎？」

唐小雨抬起滿臉是淚水的臉。

唐柯不安地愣了一下，急切地問：「怎麼了？她們怎麼了？！」

唐小雨哭著說：「家裏發了大水，奶奶和媽媽都讓山洪捲走了……」

唐小雨的哭聲雖然不大，也驚動了不遠處正在餵馬的巴力側耳傾聽。

唐柯猛地把兒子緊緊地抱在懷裏，嘴裏發出「吭、吭」的聲音，在忍著巨大的悲痛。

唐小雨在為爸爸抹去眼淚，說：「爸，您哭出來吧，別憋著了。」

唐柯淌著淚，哽噎著說：「不，不能。東家一家……就住在樓上，東家對我……知人善任，恩重如山，我不能給他添心思。我當初……沒說家裏有親人，現在……更不能說了。」

唐小雨不解地看著父親：要這麼小心嗎？

唐柯抹去眼裏的淚，看著兒子：「你還小，不知道世道的艱難。天順祥之所以能有今天，正是東家身先士卒，以德敬業的結果。孩子，一定要記住，在這個世界裏，活好過好的，只能是心正志堅的人！」

唐小雨點頭。

「你在這兒等我，我去去就來。」唐柯說著快步離去。

一會兒，唐柯拿著一個小包回來了。

唐柯把包塞給兒子，說：「這是我攢的一點兒銀子，你帶回去生活，先到後門斜對面的悅客小店住下，明天再回家。我很忙，東家隨時都可能找我，我就不送你了。」

唐小雨點頭，依依不捨地離去。唐柯看著兒子的背影消失了，臉上滾下成串的淚珠兒……

突然，他向前兩步，朝著家鄉的方向席地而跪！接連磕了幾個頭以後，淚流滿面地小聲哭訴起來：「娘，孩兒不孝！孩子他媽，我對不起你！不是我沒有心肝，你們哪裡曉得，我就像搭上弦的箭，隨時都有被射出去的可能！既然端著這碗飯，我不得不往下嚥呀……」

說著，他伏在地上低聲痛哭不止。

不遠處的巴力感動陪淚，猛地轉身離去。

巴力越牆而出，只見唐小雨正慢慢走向客棧。他追上了他，拉住他的手，又把他帶了回去，從後門進院，示意他不要出聲，將他拉到馬廄旁草屋內。

唐小雨看著巴力比劃著。巴力拍拍床鋪，指指唐小雨。唐小雨點點頭：「我明白。巴爺是讓我住在這兒。不要讓我爹知道。巴爺，您讓我餵馬，下夜，幹什麼都行，只要能讓我離我爹近點兒，讓我每天能看見他……」

巴力連連點頭。唐小雨跪在地上磕頭：「巴爺，謝謝您！還有，你能教我武功嗎？」

巴力又點點頭，扶起唐小雨，示意他小聲，而後走了出去。

不一會工夫，唐柯莫名其妙地隨著巴力來了，一見唐小雨，便明白了，抱住巴力，低聲叫著：「巴爺……」

二

光緒十年（一八八四）七月，李鴻章與法國水師總兵福路諾簽訂天津和約後，未料法軍繼續進犯越南，並襲擊諒山。慈禧太后接到廣西提督馮子才的捷報後大喜，召見了李鴻章和榮祿。

此時，李鴻章是掌管著大清朝廷外交、軍事、經濟大權的直隸總督兼北洋大臣，榮祿雖然只擔任著總管內務府大臣、左都御史，卻是慈禧太后最信任的人。二人急忙進了長春宮，只見年已五十一歲的慈禧太后端坐在龍榻上，旁邊站立著總管太監李蓮英。二人跪地施禮，齊聲道著：「老佛爺吉祥！」

慈禧看著李鴻章：「李鴻章。」

李鴻章伏地回答：「老臣在！」

慈禧問：「不是跟他們簽了和約了嗎？怎麼還沒完沒了的？」

李鴻章說：「夷人一向得寸進尺、背信棄義。」

慈禧語氣加重了：「你們是幹嘛吃的？」

李鴻章再次伏地：「老臣知罪！」

「大清俸祿，養活了一群窩兒裏橫的廢物！榮祿！」

榮祿趕緊伏地：「奴才在！」

「誰在南邊兒那兒混飯兒呢？」

「按老佛爺的旨意，詔封廣西巡撫徐旭雲、雲南巡撫唐炯赴任禦敵，並命雲貴總督岑毓英督師出關。」

「沒問你這些！問你那邊兒的地盤兒怎麼樣了？」

「可他們有誰建功了？只有馮子才還挺硬氣，打得法國佬兒鬼哭狼嚎，保住了諒山。嗯，也眞不易，總算出了個有用的。小李子，」

李蓮英應道：「奴才伺候著呢！」

慈禧說：「誇誇這個馮子才，給他換換頂子！」

「喳！」

「李鴻章！」

「臣在！」

慈禧太后仍然拉長聲：「看來，還有爭氣的。讓總理衙門給法國使館下個條陳！跟他們宣戰！」

李鴻章一驚，還是應道：「老臣遵旨！」

「榮祿！」

「奴才在！」

「要想禦敵疆外，就得剷除內患！把那些總想跟大清朝炸刺兒的，都給我拔嘍！」

「奴才遵旨！」

此時的邊關城上，炮聲隆隆，槍聲陣陣。

手持單筒望遠鏡、年已五十六歲的雲貴總督岑毓英，氣得直跺腳，叫罵著「混帳！我們的炮怎麼啞了？」

一名統領忙跑來報告：「啓稟大帥！炮彈光了！」

「胡說！不是請廣西海關幫助買了嗎？」

「回大帥！款項不足，雲貴的各銀號和錢莊不肯借銀！」

岑毓英急了：「媽了個巴子！那我就先拿他們開刀！把昆明天順祥的老闆王熾，給我火速傳到！」

統領應著：「喳！」

這天夜晚，統領帶著一隊清兵來到天順祥錢莊的大門外停下。統領下了馬回過身，命兵士們在四下圍住，只帶著兩名侍衛快步到了門前，拍打著屋門。

門開了。王熾迎了出來，後面跟隨著巴力、李西來、唐柯、李香靈等全家人。

「誰是王熾王老闆？」統領問。

「在下就是，請問這位將爺，有何事？」王熾拱著手說。

「末將奉雲貴總督岑大人之命，務必將王老闆火速請去，請吧！」

「岑大人？」王熾心中一驚。

「還會有假嗎？快走！」統領催著。

巴力上前阻止，那名統領抽出了腰刀。王熾趕緊把巴力拉到身後，回身看看衆人，說：「既然是總督大人請我，你們就放心吧！巴爺，快去備馬。」

巴力向門內跑去，穿過大堂到了後院，牽來了火龍。

王熾對李西來、李香靈等人叮囑了幾句，上了火龍，被那名統領率軍押走了。

門前留下不知所措的李西來、唐柯和李香靈、張春娥、李蓮芸、鴻圖和小妹等人。他們又呆立了好一會兒才進屋。

李西來用手讓李香靈、張春娥、王鴻圖和王小妹回自己的屋休息：「都上樓吧，東家不會有事的。」

張春娥看看李西來，話裏有話地低聲說：「你也快回去睡覺，老這麼著，那天是個頭哇！」

李西來驀地明白了她的意思，低下頭。

李香靈說：「西來說的是！都別多想了。」

衆人上樓去了。大堂裏留下孤零零的李西來。他欲往外走，突然又轉回身來，還是鑽進櫃檯底下。

李蓮芸回了屋，打開化妝台的櫃門，取出那個已經枯萎的花環。她撫弄著花環思緒如潮，眼前浮現出了當年的情景：

在溪水邊上，小西來戴上花環時神氣勁兒……

在她家房頂上，已經二十六歲的李西來向她求婚……

李西來洞房夜推門出去……

還有昨夜，李西來躺在了她的身旁，而後又氣走……

她的耳邊想起王母在臨終前說的話……

她用力嘆了一口氣，將花環放在枕下，在心裏叫了聲：西來！

王熾隨著統領來到邊關軍營的元帥行轅。他先下了馬，沒等統領進去稟報，便快行幾步，跪在了帳門之外，大聲說：「小民王熾，應召來見總督大人！」

帳簾「嗖」地被甩開，岑毓英橫眉怒目而出。

統領施禮：「稟岑大人！在下抓了十個老闆，都跑了，只剩下這一個。」

岑毓英盯著看了一會兒王熾，他忽地伏身抓起王熾的手腕，一言不發地拉上便走。王熾不解且惶恐地快步相隨，後面是一隊侍衛。火龍也跟來了。

走出約四五里路，王熾看出來，前面在不久之前還是戰場，未熄的硝煙，破碎的戰車，戳進地裏的長槍，一具具戰死的清兵屍體……

岑毓英拉王熾的手腕大步走著。王熾腳下磕磕絆絆地相隨，兩眼左瞄右瞥，想看又不敢看。岑毓英在一堆被炮彈炸碎的屍體跟前停住了。他指點著屍體叫道：「看！給我瞪大眼珠子使勁看！」

王熾閉上了眼睛！

岑毓英怒問：「怎麼，不敢看了?你們這些錢串子腦殼的商人！我的將士在前方流血喪命，你們卻有錢不借！整天躲在錢櫃後面，念叨著雞生蛋呀蛋生雞！恨不得一頭鑽進錢眼兒裏！豈不知山河破碎，商道何安?」

王熾向旁邊走了幾步，蹲下身，給一個已死的士兵合上雙眼，撿起他身邊的一枚銅錢，沉思不語，忽然眼睛一亮。

岑毓英吩咐：「來呀！」

身後的護衛齊聲應諾：「在！」

「帶這個玩兒錢的在這兒轉到天黑，讓他知道知道什麼叫血腥味兒！」

「喳！」

王熾連忙伏地跪拜：「啓稟大人！小人王熾就是來送錢的！」

岑毓英怔了一下，半信半疑地看著他：「你？」

王熾用力應道：「正是！」

岑毓英想了想：「回去。」

侍衛們又「喳」成一片。

岑毓英上了有人給牽著的戰馬，王熾也跨上火龍，向行轅疾馳而去。

到了行轅大帳前，岑毓英下了馬，走了進去，喊了聲：「升帳！」

統領高聲傳誦：「大帥有令！升——帳——嘍——」

戰鼓擊響，號角齊鳴。

侍衛們手持刀槍跑進軍帳，分列兩旁。

戰鼓與號角聲停止。

岑毓英端坐帥案之後，吩咐：「讓他進來！」

統領高喊：「叫王熾！」

帳門內外有人接著傳喚：「叫王熾！」

王熾躬身垂首，快步進帳，跪在了帥案前。

岑毓英道了聲：「王熾！」

王熾稽首：「小人在！」

「你送的錢呢？」

「大人請看！」王熾站起身走至案前，從懷裏掏出了那枚在死去的士兵身旁撿到的銅錢，放在了帥案上。

岑毓英頓時大怒，「啪」地一拍驚堂木：「好你個王熾！本帥要借銀六萬兩，你卻拿出一文錢！分明是在以小犯上，戲弄官府！來呀！」

衆侍衛：「在！」

「慢！」王熾忙抬手制止，面對著岑毓英泰然自若地把帥案上的銅錢翻了個個兒，說：「大帥請看！」

岑毓英見錢面上顯出清晰可見的「通寶」二字。他目光又轉向王熾，吼道：「這有什麼可出奇的？」

王熾說：「大人息怒！請看這錢上的『通寶』二字。錢乃通寶，寶在流通。流，則錢可生錢，一通百通；不流，錢會變死，大錢也會變成小錢。請問，大人所借之銀，是屬於大錢還是小錢？」

岑毓英被他說呆了，但仍餘慍未消，只悻悻地回答：「明知故問！」

王熾說：「不，我以爲它既不是大錢，也不是小錢，而是難還之錢！倘若戰敗而國破，誰來還呢？」

岑毓英動怒了：「大膽！」

王熾忙從懷裏掏出一疊銀票，放在了岑毓英面前：「並非小人出言不利，只是不想讓朝廷再還這筆錢！」

岑毓英怔住，盯著他：「不還了？」

王熾點點頭：「是的。只請大人允許我建立隨軍錢莊！通過我的天順祥隨軍辦事處，印發銀票，見票兌銀，

絕不含糊。至於大人抗敵所需銀兩，全部由本號負責。」

「我用多少你給多少？」

「出言不二！」

「還不用還？」

「不用。」

岑毓英大笑：「那你豈不賠到姥姥家去了嘛！」

王熾說：「這大人就不必操心了。我發他買，這是生意。既是生意，自然賠賺自負，與大人無關。」

岑毓英大喜：「好！軍無戲言。我准你設隨軍錢莊！」

王熾拱手：「謝大人！」

三

王熾回到昆明錢莊，把李西來、唐柯、馬六子、巴力等人叫到書房，說明了去邊關的情況。

唐柯激動地說：「打仗打得是什麼？過去是韜略和武藝，今後是錢。朝廷的錢是供天子享樂的，所以一有風吹草動，就得向百姓伸手。向我們這些有錢的人伸手！我們的錢就不是錢了嗎？不，它更是錢，而且是母錢——能下錢的錢！」

在座的人都笑了。只有王熾不語。

唐柯又說：「所以，我的辦法就是：給。給錢！但不能白給。還不還無所謂，你得給我把錢賺回來的機會！」

眾人點頭。

王熾說：「我在邊境的這些日子，看到我們的士兵橫屍遍野，血流在了大清的土地上，那是因爲沒有錢，沒有及時補充彈藥，慘死在敵人炮火之下的英烈！大清的軍隊如果不能取勝，很可能明天這裏就是戰場！國破家亡，怎麼還會有我天順祥！現在機會來了。我們必須全力以赴，把隨軍錢莊建好、收足！把那些想逃難又不好帶的錢、帶在身上怕丟怕搶的錢，以及發到所有將士手裏的錢，都給我收進天順祥的銀庫！銀票兌期，限定一年。到期不兌，一律作廢！」

所有在座者都直勾勾地聽著。

「爲此，哪兒在打仗，哪兒就有我天順祥！哪兒可能要打仗，哪兒也有我天順祥！越是人心惶惶，越是收錢的好地方！唐柯和我都要親臨前線，冒死收錢！還有你馬六子！」

馬六子站了起來。

「珠寶首飾、貴重物品、土地房產，都是錢！你的當鋪也要隨軍而建。走到哪兒收到哪兒，只收活口不收死口，當期也只限一年！」

馬六子說：「請東家放心！」

王熾看向李西來：「李總管，隨軍錢莊就靠你了。要張羅好與各辦事處的聯絡。所有收銀及時入庫。所有存根定要妥存。」

李西來說：「放心吧東家！」

王熾來到巴力面前，一下子抓住了他的手：「巴爺，又要讓你受苦了。」

巴力閃著炯炯的目光！

王熾說：「我就在總督大人身前身後，用不著你擔心。可我不放心的是往總號送銀的鏢車。請你與各官府聯絡，一律以軍餉爲名，派兵護送，確保鏢路暢通、安全！」

巴力突然單腿著地領會。

王熾忙攙起他：「請多保重！」

巴力去了後院，開始整理運貨鏢車。唐小雨幫他幹活，悄聲問：「巴爺，是要出門吧？帶我去，行嗎？」

巴力拉著唐小雨進草屋，將唐小雨按在床上，從懷裏掏出個木雕塞進唐小雨手中。

唐小雨看著手中的雕像，是一頭老牛正舔著一頭牛犢。他立刻悟出其中的寓意，眼裏落下淚，喃喃地說：「舐犢之情……巴爺，你是想告訴小雨，總有一天我和我爹爹能公開團聚，是吧？」

巴力肯定地點點頭，又掏出一些碎銀子放在床上。唐小雨將木雕緊緊貼在心窩上，看著巴力，明白他的意思是不帶他去，等著他回來。巴力拍了拍他的肩膀，走出草屋。

在三樓張春娥的屋裏，張春娥將銀錠和一些散銀子交給李蓮芸，說：「這是你們李家這個月的餉銀，連著上個月節餘下來的也分了一份給你們。」

李蓮芸說：「還是等西來回來再領吧。」

張春娥瞟了她一眼：「什麼你的他的！誰領還不是一家子的錢！快拿著！」

這時，李香靈拿了一件袍子路過這裏。張春娥忙問：「三妹，你這是要去哪兒啊？」

「你們沒聽說呀？都要上前線了！我給東家添件厚實的……」李香靈說著走了過去。

李蓮芸有些坐不住了。她向外看著，面露焦急之色。張春娥上前撫住李蓮芸的肩，說：「快去幫他收拾收拾，男人都是笨手笨腳的。」

李蓮芸看著她，下了決心：「你說，晚了嗎？」

張春娥忙說：「不晚、不晚，快去吧。」

李蓮芸跑下樓去。張春娥看著她的背影眼裏突然湧出淚。

來到家門口，李蓮芸聽到了裏面的聲音，輕輕推開門，只見李西來在床邊已打開一個包袱，抖著裏面的一件件衣物，猶豫地拿起這件放下那件。

李蓮芸看著他，輕輕咳了一聲。李西來忙扭過臉，和站在門口的李蓮芸對視了一下，又轉臉去看挑選著該帶的衣服。

李蓮芸把銀包放在窗前的桌上，猛地衝了過去抱住李西來的腰，問道：「非去不可嗎？」

李西來震驚得呆住了，身子一動不動。他不敢相信這會是眞的，摸摸身前她的手，眼裏突然湧出淚。他咬牙忍著，決然地說：「不行！東家都去了。」

李蓮芸仍抱著李西來，口吻裏滿是期待：「那……什麼時候回來？」

李西來喃喃地說：「回不回來……還不是一樣的？」

李蓮芸鬆開了手，叫著：「不一樣！現在，不一樣了！」

李西來猛地回身，見李蓮芸已滿臉是淚，淚眼裏透露出不盡的柔情。他猛地抱住了她。李蓮芸也用力摟著他的腰。

「西來！」

「蓮芸——」

外面馬六子的喊聲：「李總管！上車了。」

李西來仍然摟抱著李蓮芸，回頭向外面叫道：「等我一會兒！」

李蓮芸急忙放開李西來，給他挑選該帶著衣服，包成一包，交給了他。

李西來沒有接包裹，張開雙臂又把她緊緊攬在懷裏，張開了抖動著嘴緊張地找到了她的唇用力吻住。

兩個人都窒息了好一會兒，閉著眼睛。當嘴唇分開了大喘了一口氣後，李西來驚喜地叫了聲：

「我……我眞……幸福死了！」

李蓮芸深情地看著他：「我在……日夜等著你……歸來！」

李西來用力點點頭，轉過身跑了出去。李蓮芸追了幾步，手扶門框看著他遠去……

三輛篷車坐著王熾和李西來、唐柯、馬六子和十名夥計在山路上顛簸疾馳，爲首的篷車上鏽有「天順祥隨軍錢莊」的大旗迎風飄舞，坐在最後一輛鏢車車轅的巴力不時揮鞭打馬。

前面的篷車裏，王熾有些擔心地看著外面，手裏下意識地擺弄鹽荷包。李西來看著他，忽然奪過鹽荷包，也從中捏出個鹽巴放在嘴裏嚼，閉著眼睛，滿臉是笑。王熾奇怪地看他，問：「西來，今天有點不對勁兒啊？喝酒了？」

李西來咕嚕一聲嚥下鹽巴。嘿嘿笑著：「比喝醉了還讓人醉！」

王熾更是吃驚：「說出來，讓我也跟著醉一醉！」

李西來笑著：「這件事我跟你說過，可那是假的。現在我說的才是眞的！嘿嘿，怎麼說呢？」

「你把我都搞糊塗了，別說啦。」

「不糊塗！」李西來上前對王熾耳語，說得自己有些不好意思了。

王熾聽完大吃一驚：「一年多了，怎麼一直不說實話？」

李西來說：「那是怕你擔心……現在，四哥放心吧。」

「停下，停下！」王熾瞪了李西來一眼，掀開篷車簾子，命令著趕車人，而後厲聲對李西來吩咐：「下車，下去！」

李西來和他對視著：「你看你看，我就知道你會這樣！反正蓮芸她已表明了心思，又不在乎這麼幾天！等回去我請你喝喜酒！」他又朝外喊：「趕車的，走！」

車夫又揮著鞭子趕著馬跑起來。

王熾震驚之後思索，埋怨著自己：「我本應該想到的……」

李西來說：「這又不是你的錯。一切都過去了！都好了！趕車的，快點兒！」

「說什麼都晚了！好在已經過去，就要開始新的生活了。」王熾感嘆著，忽然說：「你去前邊兒，炮火連天的，可得小心啊！注意，別離得太近。」

「我知道！那洋炮再厲害，也是打軍兵的，打咱幹什麼？」

「槍炮可不長眼睛。你那黑馬也慢，騎火龍吧。」

「火龍還是留給你……」

「我讓你帶著你就帶著！」

「遵命就是了，幹嘛瞪眼睛啊？」李西來說著大笑。

四

遠處響著炮聲。

大批難民湧出邊界的村寨。

正在路邊支起招牌的夥計衝李西來喊起來：「總爺！有人跑出來了！還支嗎？」

李西來跳下火龍命令著：「當然支！法國人離這兒還遠著呢！」

難民們發現了隨軍錢莊，奔了過來。李西來跑來向他們宣傳著。難民們搖著頭跑走了。一名夥計跑到李西來身邊：「總爺，我們是不是離前邊兒太近了？」

李西來說：「離遠了，還有人嗎？就在這兒了！」

夥計應著跑了回去。李西來站在村邊，茫然地等著，望著。突然，一輛馬拉的大車跑來，趕車人搖起長杆兒車鞭，抽出響鞭！

大車在李西來面前停了下來。趕車人問：「是錢莊的嗎？」

李西來說：「是呀！」

趕車人面露喜色：「哎呀，讓我好找。你們怎麼在這兒？大戶人家都聚在崇左，已經等了你們好幾天了！快跟我來！」

「快！拆了去崇左。上車！」李西來說著騎上火龍，轉向村外攤位叫著……

在邊界附近的營帳裏，也高高亮著「天順祥隨軍錢莊」的招牌。成隊的清兵手拿各自不等的餉銀，在排著隊購買銀票。不時有將士前來，加塞兒購買。附近的大小財主也踴躍典當貴重物品。一排幾案後面的夥計在忙著收銀開票。

不遠處，巴力和夥計們把貴重的金銀玉器和一箱箱白銀裝上鏢車。

岑毓英和王熾說笑著走出帥帳。岑毓英說：「我只想，重賞之下必有勇夫。沒想到，這賞出的銀子，又都回到了你王熾的腰包。」

王熾搖著頭說：「大人之言差矣。您賞得越多，我送給您的豈不越多嗎？再說了，戰事之後，這些銀票還會找我兌回銀子的！」

岑毓英忽然冷下臉來：「哼，這筆帳到底該怎麼個演算法，你王熾心裏清楚！」

王熾一驚：「啊？」

岑毓英瞪著他：「啊什麼呀？」

兩人都不約而同地大笑起來。

這時，巴力和清兵將領黃彪帶著一隊清兵押送的鏢車車隊從他們面前路過。王熾快步走了過去，對巴力說：「回昆明路遠，注意安全啊！」

巴力點頭，甩起長鞭，鏢車出發了。

到達昆明的當天晚上，巴力的十幾輛鏢車一進天順祥錢莊，就被街對面的潘德貴看到了。很快，潘德貴看到黃彪出來了，隨後跟隨。

黃彪進了春和樓，直接進了二樓的一個雅室，叫著：「上酒！來個漂亮的妞兒伺候。」

梁紅女病了，正躺在後院自己屋裏的床上，聽到侍女來報，知道惹不起，讓身邊的兒子姜勝武去接待，打發走了事。

姜勝武出屋後遇到大茶壺。

大茶壺對他低語了片刻。姜勝武連連點頭。

大茶壺先走，到了前樓又上樓，進了黃彪的屋子，爲黃彪滿酒，一臉堆著笑說：「大人護送鏢車，勞苦功高，今晚小的叫頭牌侍女伺候大人，免費犒勞有功之臣。」

黃彪發著牢騷：「他娘的！老子的隊伍不打仗，不守城，倒成了他王爔的私人保鏢了。看人家一車車地往自家院裏拉金銀財寶，眞他媽的眼饞哪！」

姜勝武手托著個盤子走過來，盤子裏裝滿銀錠，示意大茶壺出去，而後小聲說：「幹嘛要眼饞別人的，只要大人肯聽我的，這銀子就是大人的。」

黃彪盯著銀錠看，又看看姜勝武，疑惑地問：「你是什麼人？」

姜勝武說：「何必多問這個？關鍵是這銀子！」

「是黑道上的！」黃彪說著又看看盤子裏的銀子，下了決心：「好！就這麼著！老子早就不想幹了，正好回家養老。」

姜勝武把桌上的銀錠盤子推給頭目：「這僅是定金。事成之後對半兒分成。」

黃彪更高興了：「一言爲定！」

姜勝武叫了聲：「來人！」

大茶壺推開了門，妓女蘭兒笑著走了進來。黃彪盯著她喜得滿臉是笑，上前把她摟在懷裏，叫著：「好漂亮的妞兒啊！」

姜勝武出去了。大茶壺跟在他的身後。到了另一個屋裏，姜勝武給了他一錠銀子：「謝謝你了！不得告訴我娘！」

「小的知道。謝少爺！」大茶壺說著把銀子揣進懷裏，退了出去。

大茶壺來到後室的一間屋前，回頭看看，推門進去，向坐在裏面床邊的潘德貴點點頭：「成了！」

潘德貴將一錠銀子放在桌上：「拿去喝酒吧！」

在邊界的營帳裏，一溜鏢車又已裝滿了銀子和財寶，黃彪帶著衆清兵牽著各自的戰馬等待著出發。

李西來來到鏢車前，對巴力低聲囑咐著：「巴爺，您這就動身吧。雖然有官府的人護駕，上一次很順利，可我還是擔心。這一路上兵荒馬亂的，您可要處處提防！天黑之前，務必趕到東家那兒，讓唐先生核實後運往昆明。」

巴力拍了拍自己的胸脯，比劃著表示：我人在，車就在貨也會安全。

李西來點點頭笑了：「好，動身！」

巴力坐在第一輛鏢車上，鏢車起程了，車輪轉動，後面是黃彪和他率領的騎兵。

中午，鏢車行在一條起伏彎曲的山路上，巴力徒步走在車隊的最前邊。他背著雙手，不時地觀察著山路兩側。保護著鏢車的頭目和一隊清兵手持兵刃，走在一隊鏢車的左右和後邊。

他們來到一個河谷前，沿河邊的路走著。兩側樹叢濃密，鬱鬱蔥蔥。

黃彪看看左右地形，露出滿意的神情。他快步追到前邊的巴力身邊，說：「巴爺，天太熱了！讓大夥兒到河裏洗洗，風涼風涼吧！」

巴力站定向四周看了看，點頭應允。

黃彪沖著後邊喊道：「好了！打尖了！洗洗，涼快涼快！」

車停了。車夫和清兵們都露出了高興的神色。他們脫掉衣服，撲通撲通地跳進河。水不到膝深，他們站在水裏洗著。

巴力沒有去洗。他坐在車轅子上，把腰間的單刀戳進車轅，握著車鞭左右觀望。

黃彪向遠處觀去。清兵們誰也沒有留意他的行蹤，繼續拍水玩耍。巴力看見黃彪遊向遠處，忙高喊：「啊——」

水中的黃彪回過頭得意地一笑，游得更遠。

突然他像是被人拉住了雙腳，身子不由自己地往下沉！他在水中掙扎，時沉時浮，高喊著「救命……」終於被拉進水底。立即從水底冒上的鮮血染紅河水。水面上餘波未平，姜勝武從水中鑽出，他看了一眼岸邊，又潛入水中。

巴力在河邊看不見頭目，心生疑惑，他來到河邊，大喊揮手，讓水中的清兵快上岸。但清兵們正玩得高興，故作不懂他的意思。巴力回到鏢車前，警惕地四處觀察。

突然，他聽到不大的「嗖、嗖」的聲響，急忙一個鷂子翻身跳到旁邊。回過頭，見剛才他站的地方背後車廂上紮滿了箭。接著，他看五個蒙面人，手持鋼刀撲了上來。巴力與他們開始了廝殺，接連殺死兩個。

河裏的清兵都脫去了衣服，沒帶兵器，又不見了黃彪，都只是看著巴力與他們搏鬥。

一個年輕人從林中跑出來，突然大叫一聲，奮勇抱住一個蒙面人，被這蒙面人一個背口袋摜倒在地。巴力回頭一看，見地上的人是唐小雨，忙奔了過去，一腳踢翻正舉刀向唐小雨砍下的蒙面人，隨即揮刀將他殺死。唐小雨爬起身，順手抓起地上一個已經死了的蒙面人的腰刀。

樹叢中也蒙著面的姜勝武見巴力、唐小雨在與另外兩個蒙面人搏鬥，衝了出來，飛身上了最前的鏢車，腳踩車轅，揮鞭打馬，趕著鏢車就跑。

巴力見鏢車被劫走，一刀殺了身前的蒙面人，轉身追去。唐小雨在繼續和另一個蒙面人拼殺著。河裏的清兵這才上了岸，拿起兵刀，這時剩下的那個蒙面人急忙逃竄，被唐小雨追上，一刀砍死，但唐小雨也被對方砍傷了額頭，倒在地上。

姜勝武見巴力追來，拚命打馬。巴力奮力追趕。鏢車越跑越快。巴力邊跑邊甩出短刀，正中姜勝武左臂。姜勝武咬緊牙關，忍住疼痛，繼續趕車跑了一會兒，終於力不能支栽倒在地，無人駕馭的鏢車繼續前行。

巴力奔向倒在地上的姜勝武。姜勝武回頭看看他，向前爬行，突然一根繩索從懸崖上落下，套住姜勝武的雙腳，小松子在懸崖上將姜勝武拎直在空中。巴力見狀愣了，只見姜勝武被繩索吊著，上了懸頂，沒影了。他轉過臉，加快腳步去追鏢車，拉住了馬。

鏢車隊在那隊清兵的護送下，繼續前行了。第一輛鏢車上，巴力緊抱著因頭部受傷流血而昏迷的唐小雨。在顛簸中唐小雨突然甦醒，他看了看四周，吃力地問道：「咱們的鏢車，還在嗎？」

巴力點點頭。

唐小雨把臉貼在巴力的胸前，說：「巴爺！我太想你和爹了，就忍不住來了……以後，我要更用心跟你學武！」

巴力用力握著他的手。

唐小雨問：「這是到哪兒了？」

巴力向前指了指，唐小雨抬起頭看見前面出現了農舍，又昏迷過去。

進了村子，巴力進了一家院子。王熾、唐柯和幾個夥計匆匆跑來。

「巴爺！發生了什麼事？」王熾急忙問。

巴力打著手勢，意思是有人打劫，清兵頭目下落不明。

唐柯見車上的唐小雨，大吃了一驚。王熾也看到了唐小雨：「有人受傷了？這是誰？」

巴力低下了頭。這時唐小雨睜開了眼睛。

人們驚喜地叫著：「他醒了！」

唐小雨看清了大家，和父親對視了一下，想站起來：「我沒事的……」

「不忙，你躺著吧。」王熾忙按住他，「娃子，還疼嗎？」

唐小雨看著他說：「沒啥麼！」

王熾一怔：「你是河南人？」

唐柯越發不安了，深深低著頭。

唐小雨笑著說：「咋了？河南的又咋了！」

王熾說：「河南什麼地方？」

唐小雨說：「孟津。咋了？」

「孟津？好！我這裏有你的老鄉！」王熾說著轉過臉，指著唐柯說：「他也是孟津人！」

「我不認識他！」唐小雨看著父親，突然跳下了車要跑，卻倒在了地上。

「小雨！」唐柯急了，上前抱住了他。

「爹——」唐小雨撲進唐柯懷裏叫著。

王熾驚奇地看著這父子倆，問：「唐總管，這是……」

唐柯慢慢站起身，低著頭說：「東家，請恕唐柯隱匿真情之過！我……」

王熾厲聲打斷了他的話：「別說了！唐柯，巴力立即回去，把這娃子也送回昆明府內，等著我親自詢問！」

巴力看了一眼唐柯，緊張地直點頭，帶著小雨走了。

王熾把手一背，大步走了。唐柯在後邊求著：「東家……」

突然遠處奔來一匹快馬，馬上的夥計高喊：「東家——」

王熾站住了，看著夥計。

夥計跳下馬：「東家，李總管他們那人手不夠！東家是不是再派些人過去！」

王熾果斷地說：「唐先生，你留守這裏，核對銀票。巴力，你護好鏢車。其餘的，跟我來！」

王熾說著跨上李西來的黑馬，幾個夥計跟著翻身上馬遠去……

前方不遠處的炮聲清晰可聞。李西來、馬六子帶著夥計們，趕著大車往前行。大車上面已裝了一些珠寶、玉器和銀錠。李西來催著：「快，夥計們，再往前一點兒，就設點！」

馬六子也叫著：「快！快！」

炮聲隆隆，已能見到硝煙。李西來命眾人停下來，豎起了隨軍錢莊的大旗。

過了好久，馬六子四下看著，說：「奇怪，怎麼沒人來？」

李西來向遠處望著：「誰說沒有，看，來了！」

遠處跑來逃難的百姓，潰退的官兵，他們身上有傷，臉上有血，疾速地從大車兩邊往回逃去。馬六子大喊：「我們是隨軍錢莊！」

一個士兵叫道：「還隨軍錢莊呢！法國人打過來了，真是要錢不要命。」

李西來這才覺得危險，大喊道：「撤！咱們也撤！」

這時，飛來兩顆炮彈，在他們附近爆炸。

拉車的馬都受驚了，撒腿就跑。

馬六子拉著李西來也跑著，忽然又有一顆炸彈在他們前面爆炸。李西來埋頭避彈，再回頭時，見大車仍在原地，跨上火龍追了上去。

馬六子叫著：「李總管——危險！」

幾顆炸彈飛來，其中一顆正落在那輛馬車上，李西來連同火龍倒在地上，被炸起來的金銀首飾和銀錠飛向空中，紛紛落地。

「西來——火龍——」馬六子大喊著，跑了過去……

王熾拍馬疾馳，突然勒住了黑馬，只見馬六子和夥計抬了一塊上面躺著人的門板。他急忙跳下馬，問：「是誰？」

他上前掀開帶血的袍子，看見下面滿臉是血的李西來。他兩腿一下就軟了，跪地哀號：「西來——」

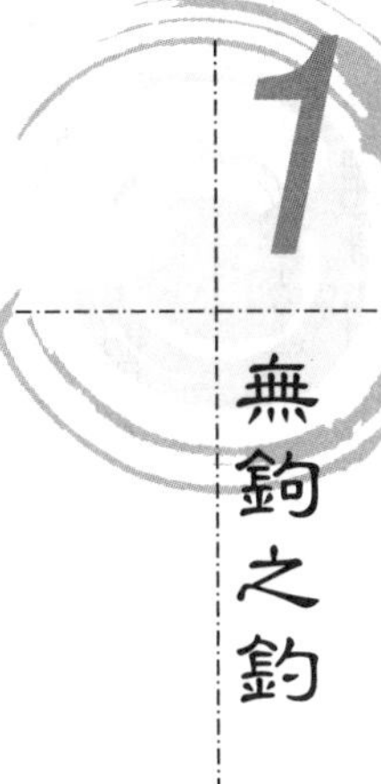

11 無鉤之釣

一

在春和樓後院的一間屋裏，梁紅女躺在病榻上，面容憔悴，閉目不語。火上坐著咕嘟咕嘟的藥鍋，一名侍女在用筷子攪著鍋裏的藥。

勝武會去哪兒呢，一走就是八天，既沒個人影也沒音訊？梁紅女暗問，心情更加煩躁。熬藥的侍女把藥倒向旁邊的碗裏，用嘴吹著，使其降溫。

這小子一定是出了大事，可能被什麼人害了！梁紅女想到這兒打了個寒顫。會是誰？王熾……不能啊！他不在昆明。不對！他可能藉這個來擺脫關係，花重金僱人來幹的！天啊……梁紅女暗叫著。

侍女端著藥碗走過來，輕聲說：「老闆娘，您喝藥吧。」

我要找你王熾算帳！梁紅女猛地坐起身，赤著腳跳下床。

侍女把藥碗送了上去，被她一揮手打飛了藥碗。侍女嚇得「嗷」的發出尖叫。梁紅女急急忙忙穿上衣服，叫

著：「關門！叫上所有的人，跟我去天順祥！」

門開了，走進來大茶壺。

「小的正是來報，有人知道公子在哪兒。」大茶壺笑著說。

「走！跟我去找勝武。」

「在哪兒？」

「他要親自跟你說。」

「快叫他進來！」

「是。」大茶壺應著走了出去。

梁紅女坐在了床邊，瞪大眼睛看著屋門。

大茶壺領著小松子進來了。

梁紅女忙問：「快告訴我姜勝武的下落？」

小松子上下打量著梁紅女，說：「請跟我來。」

梁紅女盯著他問：「你是誰？」

小松子說：「你兒子的朋友。」

「他在哪兒？」

「到哪兒不就知道了？」

梁紅女只好站起身，對大茶壺努了一下嘴，一同跟在小松子的身後走出春和樓。

小松子把梁紅女、大茶壺帶進一個幽靜的院落，推開一個房間，說：「老闆娘請進吧！」

梁紅女眞的看到姜勝武躺在一張床上，胳膊上包紮著，顯然是負了傷。她奔了過去，焦急地問：「這是怎麼弄的？」

姜勝武把買通黃彪去劫鏢車的事說了。

梁紅女坐在他身邊斥責道：「我到處找你，誰知道你竟然去幹這等蠢事！若不是有貴人相助，你早就沒命了！你若有個閃失，我怎麼向你死去的爹交代呀！……他是誰？」

「什麼？」

「救你的那位恩人！」

「潘先生。那次我殺劉海敬，他也看到了，非但沒有告官，還把鋼鏢給了我。」

「他？」梁紅女一驚，馬上鎭定下來。

潘德貴從門外走進：「對，是我。」

梁紅女把臉轉向他，盯了片刻，問：「你爲什麼對我們姜家的事這麼關心？」

潘德貴說：「因爲我和你們娘倆一樣，也與王熾不共戴天！」

梁紅女和姜勝武不禁一怔。

潘德貴坐在旁邊的椅子上，說：「要幹倒他王熾，不是那麼容易的。你曾失過手，我也同樣，而且不止一次。看來，非得我們聯手不可！」

梁紅女明白了，咬著牙瞇了一下眼睛思索了好一會兒，說：「潘先生，您救了我兒一命，就如再生之父，請受勝武一拜！」

「義父大人在上，請受小兒一拜！」姜勝武跳下了床，要行大禮。

「哎呀，這可使不得！」潘德貴忙攙扶住他，「老夫不敢奢望有此殊榮！收養之事，不必再提！」

「潘先生！你是怨我婦人之見，有眼無珠，屢次失手吧？我已後悔不迭，今天把勝武託付給你，請你開恩賞臉，教子成才！」梁紅女說著跪在了地上。

潘德貴臉上閃過笑容，說：「有話好說、好說，夫人快請起來！」

梁紅女站起身重新坐下，看著潘德貴。

潘德貴說：「既是如此，老夫有約法三章！」

「潘先生請講！」

「正所謂『君子報仇，十年不晚』，此事不比尋常，非下苦工夫不可，時間也要久。姜勝武入門拜師之後，要苦習文才武略，兼學立足之本，志向宏遠堅定，求知懸樑刺股，靜能鶴立雞群，動如閃電疾風，萬事含而不露，雪恥刻骨銘心！」

姜勝武說：「孩兒記住了！」

「還有，從今天起，姜勝武已從這個世上消失了，代之而出的是老夫的義子李雲鶴！」

姜勝武說：「兒李雲鶴一切聽從義父安排。」

「為了使雲鶴能報仇成功，我必須對他嚴點兒！還有，在此期間，你二人不得相見，以免母子情長，貽誤了大事！」

梁紅女聽罷一怔，呆呆地望著潘德貴，慢慢點了點頭，問：「有什麼需要我做的嗎？」

潘德貴說：「有！那就是銀子。」

梁紅女說：「我出！用多少都行！」

潘德貴說：「好！那麼，就請你離開吧。」

梁紅女又說：「我還有幾句話，要叮囑勝武——不！是雲鶴。」

「那好，我回屋去了。也請你不要待得太久！這樣對實現我們的目的才有利。」潘德貴說著，轉身出去了。

「勝武！讓娘再這麼叫一聲。」梁紅女說著，眼裏又噙住了淚水：「以前，你曾經多次問我，我是怎麼跟你爹走到一塊兒的。那是天意……」

姜勝武瞪大眼睛聽著。

梁紅女哭泣著陷入了回憶：「那是……一個響晴勃日的上半晌，你娘我……這個被人賣了的孤女，爲了不做……一個糟老頭子的媳婦，從他家裏逃了出來。當我……跑進一片老林的時候，突然碰上了一隻斑斕猛虎！那隻虎吼著向我撲來，我的魂兒都嚇沒了，大叫著救命，拚命地跑啊、跑啊。就在我……眼看就要被老虎追上的時候，突然聽到老虎發出一聲哀嚎，倒在了地上。我得救了，是你爹……用袖箭連發了八箭，才把老虎射死。可他……卻被老虎抓傷了胸膛，都快看見骨頭了，流了那麼多的血。他動不了了，我倆在老林裏……待了七天七夜！好不容易……才用草藥爲他止住血。他能走動了，便把我帶回了家……」

停了一會兒，梁紅女擦去淚，才接著說：「常言道，人的命由天注定。我和你爹……是先有恩，後有了感情的恩愛夫妻。不錯，他是暗匪。可他對我來說就是丈夫！暗匪也是丈夫！沒他這個暗匪，哪有你娘我虎口逃生？我可不是那種……總把好事兒往自己身上攬的女人！正因爲有了你爹和我，才有了你這五尺之軀！娘現在……只想讓你知道，作爲一個家，挨欺莫過砸鍋；作爲一個男兒，受辱莫過奪妻害母殺父！如果你還是條漢子，就爲娘出了這口惡氣！爲你爹報仇。否則，就別回去見我！」

姜勝武跪在地上發誓：「娘放心，兒一定替娘、替爹報仇雪恨！」

王熾將李西來安葬在了老家十八寨的祖墳裏，回到昆明的錢莊，在李蓮芸住的屋子裏設了靈牌。

李蓮芸將李西來的遺物——一件血衣放在李西來的靈牌下面，在靈牌上套著那個枯萎的花環。

她跪在了靈牌前，已滿臉是淚，拜了三拜，抽泣著輕聲說：「西來！臨行那天，你走得急，沒把……你要說的話……都說出來，可我知道……你要說什麼……這些年來，是我耽誤了你，如果……你和別人……成了親，也許……早就生兒育女，早就……享盡人間歡樂了。是我害了你呀！西來……你把所有的苦，所有的委屈……嚥在自己肚裏，一直……在盼著……盼著那個好日子！現在，如果……你還活著，好日子就在這兒等著你呢，可你……西來，是蓮芸……對不起你呀！沒能讓你……做一回男人！來世吧，如果真有來世，蓮芸一早兒……就會作你媳婦。西來，四哥……把你埋在了十八寨的土坡上，就是當年……我們經常打柴的地方，下面不遠……是溪水，當年……我在那兒編了花環……給了四哥，你搶著……戴在頭上……你一直……默默地愛著我，無怨無悔，是天下最好的人！西來，等著蓮芸吧，不會讓你等太久，蓮芸就會在九泉之下陪你……」

門外相繼而來的王熾、唐柯、巴力、王鴻圖、馬六子、王小妹及張春娥、李香靈，傾聽著李蓮芸訴說著心聲，都眼含著淚水，再聽不下去，轉身悄悄離去，來到大堂。

李蓮芸聽到了他們的腳步聲，又磕了三個頭，站起身走了出去。

在大堂裏拉風扇的老夥計慢慢走到李西來睡過覺的櫃檯上，用袖口擦拭上面的塵土，哭泣著說：「一年多了，李總管……每天夜裏……就、就睡在這兒！」

所有的人無不悲哀落淚。

王熾震驚，淚眼盯著櫃檯。

李蓮芸踉踉蹌蹌跑到這個櫃檯旁邊，「砰」的跪在地上，嘴裏發出一聲慘叫：「西來啊——」。

王熾垂下頭，心如同被刀剜著，痛不可忍，淚流如雨，嘴裏發出哽噎聲。他再也聽不了李蓮芸的哭叫，轉過身快步走了出去。

他來到了馬棚，盯著火龍在數年前生的小火龍。小火龍抬眼看著他，眼裏也在流著淚。他慢慢走了過去，撫摸著它的臉。

「你在想念你的娘吧？」他輕聲問，抱住了牠的脖子，閉上眼睛。

他的腦海浮現出老火龍……從在趙雲海手中得到牠，直到牠和李西來一同被洋炮炮彈炸得肢體不全……

他又由火龍想到李西來，再由李西來想到李蓮芸，抱著小火龍無聲地哭了好久，直到傍晚，李香靈來叫他去吃飯，才隨著她回去。

這頓飯比以往多了一個人，便是唐小雨。

吃過飯，王熾回了書房，面窗而立。李香靈手拿著剪報走進來，說：「老爺不在的時候，事積得太多。」

王熾頭也沒回：「說吧，揀重要的說。」

李香靈說：「水，河南黃河氾濫災情嚴重，被毀良田無數，千萬百姓背井離鄉，無家可歸。」

唐柯小心翼翼地走進來，低聲說：「大人，唐柯隱瞞家史，欺騙東家，請求發落。」

李香靈知道二人要談唐小雨的事，自己在這兒不方便，轉身離去。

王熾猛地轉過身，兩眼逼視著他叫了聲「唐柯！」接著奔過來一下子抓住了唐柯的雙肩，厲聲問：「你爲什麼要瞞我瞞得這麼嚴實！」

唐柯含著淚說：「東家對我有知遇之恩，把全部家業的財務帳目叫我一人統管。還有比這更重的嗎？我唐柯縱然肝腦塗地，也難以報答大人的恩德！」

王熾鬆開了手，語氣並沒緩和：「你把我王熾看錯了！說心裏話，在商言商，哪個商人肯憑白無顧地讓人占他的便宜？可要想成其大業，孤木是成不了林的。就像打天下一樣，縱有君王一個，也需戰將千員！天順祥的確是我們王家的，可靠我王熾一個人不行！你坐。」

唐柯慢慢坐下，仍然低著頭。

王熾倒了一杯茶水，放在唐柯身旁的茶几上。

唐柯越發不安：這麼客氣，是要趕我走了？

王熾也坐下了，又說：「你想想，你爲我捨家撇業，我卻讓人覺得應該應分！這不是等於讓人說我把賊心都用在同仁身上了嗎！長此以往，別人怎麼看我是小事，更要緊的是你這位元當初的心腹，都會把忠心變成寒心的！」

唐柯剛說了聲「不」，王熾拉起他的胳膊說：「走，隨我去看看孩子！」

二人來到後院巴力住的屋外，見王鴻圖、王小妹都在窗外，正傾聽著唐小雨在講述著往事：

「那雨是半夜下的，可大了！還沒到天亮，黃河就發了水了，全村的人都往後跑，可哪有水來的快呀？剛跑出村外，再回頭時水已沒了房頂了……水越來越大，娘拚命地把我和奶奶推到一棵樹上，她自己卻被水沖走了！……過了一會兒，那棵樹開始搖晃，奶奶一看這樹不牢實，爲了保住我，她撒了手，落進水裏，她大喊：雨兒，去找你爹吧！話還沒說完，就沒在水裏了……」

王小妹、王鴻圖聽得滿臉是淚。王熾的心受到強烈震撼，含淚拉著也已落淚的唐柯走進屋內，只見李香靈、張春娥、李蓮芸都在這裏。唐小雨額頭上的傷早已好了，穿戴也煥然一新。這幾個人也在流淚。

「小雨，別哭了，來，我給你個新家！」王熾走近唐小雨，將他緊緊摟住，而後把臉轉向李蓮芸：「蓮芸！

從今天起，我把小雨交給你！送你個兒子！」

李蓮芸愣住了看著王熾，又看看唐小雨。

「使不得，使不得！他哪有這樣的福分？」唐柯忙阻攔道：

「還不快拜呀？拜呀！」王小妹搶步過去，拉動唐小雨走向李蓮芸。

「娘！」唐小雨跪在地上，一邊叫著一邊磕頭。

「小雨……。」李蓮芸悲喜交加，淚流滿面，一彎腰抱住了唐小雨……

眾人看著李蓮芸，無不感動。

王熾把兒子王鴻圖叫到屋外，對他吩咐了一陣子，看著他離去，又回了屋裏。他看著唐小雨，感慨地說：「小雨的話，給了我一個啓示。他說得好，使我們每個人都想起妻離子散、家破人亡的日子……這次咱們天順祥隨軍錢莊既支援了抗夷戰爭，又賺了錢，這些賺來的錢是死傷同胞的血汗，自然應該還給我們的父老鄉親！唐先生，你和香靈跟河南各商號聯繫，集資興修水利治理黃河，他們需要多少銀子，我天順祥就給多少！」

唐柯激動地說：「東家！我明天一早兒就去辦。」

王熾看一眼李蓮芸，說：「蓮芸得子，該慶賀一下，晚上擺宴！」

晚宴設在李蓮芸的屋裏，眾人落坐之後，王熾站起身，並用手勢讓其他人坐著別動。他說：「也許是老天爺讓我王熾懂了，要眞幹成一件事，是這麼的不易！老天爺還派了一個人，告訴我所以有今天，並不是我王熾有多大的本事。這個人就是唐柯。」

唐柯吃驚地看著他叫了一聲：「東家……」

王熾朝他擺擺手，接著說：「唐先生爲了幫我成其大業，賠進去的竟是家破人亡！而我竟然都不知道！如果我能多想想各位的事，怎麼會讓他付出這麼大的代價！」

唐柯哭了：「東家快別這麼說。是我瞞了東家……」

王熾眼裏蒙上淚水，叫了聲「不」，接著說了下去：「應該說，你能瞞我這個人，而我不該瞞自個兒的心！西來是怎麼死的？是爲了天順祥的發展！所以，所謂的王氏基業，不應該全是王家的。各位同樣應該有份！爲此我決定：從下月起，蓮芸、巴爺、唐先生、馬六子，都是天順祥錢莊和天順祥商號所有產業的股東，與天順祥榮辱與共，風雨同舟！我將拿出四成，平均分給你們四位。」

「不！這不行。」馬六子第一個站起身，高聲說：「其他三位尚可，我算什麼？」

「我更不配呀！」李蓮芸哭著說。

「東家這樣，我……我眞是無地自容啦！」唐柯也急得站了起來。

巴力跪在了地上，嘴裏「啊、啊」叫著，連連擺著雙手。

王熾過去拉起了巴力，按著他坐下，又朝馬六子、唐柯揮揮手，回到座位前坐下，見幾個人還要說話，猛地敲了一下桌子，沉下臉說：「既然你們還承認我是東家，怎麼連我的話都不聽了？」

唐柯等人相互看看，都低下頭。

王熾把臉轉向兒子王鴻圖，吩咐：「圖兒！把各位的股權證書，呈給各位。」

王鴻圖從旁邊的一個皮包裏取出四份字據，遞向李蓮芸、唐柯、巴力、馬六子。四個人慢慢接過股份證書，看不清上面的字，因爲淚水已經模糊了眼睛，異口同聲道了聲「東家」，便泣不成聲了。

「哎呀這是怎麼啦？這都是你們該得的嘛！」王熾指點著幾個人，舉起酒盅，笑著說，「來，來！別忘了，今天主要是慶賀蓮芸有了兒子、小雨有了娘，還有……也爲天順祥和天順祥的集股成功，乾杯！」

所有人都擦去眼淚，舉起了酒盅，相互碰著……

吃喝完畢，已經是深夜。衆人離去後，李蓮芸將股份合同放在李西來的靈位下面。她無限感慨地說：「西來，如今你是天順祥的股東了，你的那份，分給了我，讓我給你攢著吧！東家對你、對我、對大家親同手足，恩重如山，我蓮芸替你謝過東家了！」

天順祥大堂內一如既往地生意興隆，人來人往。唐柯剛送走一富商，迎面走來一個面容清瘦的老人。對方叫了聲：「總管！」

唐柯看著這個陌生人：「噢？您是……」

「潘德貴。」

「是潘先生！來取銀子？」

「不」

「那……是來存銀的？」

「我是來找人！」潘德貴臉色忽然變得很兇狠，撥開唐柯，大步走進大堂。他站住了，向閣樓上的王熾一指：「我要找他！」

唐柯隨後也進了大堂，說：「我帶你過去。」

這時，王熾恰好抬頭，也看見了潘德貴。他凝眸辨認，很快就認出此人就是十幾年前重慶赫赫有名的德勝源錢莊老闆潘德貴。他不由大吃一驚，慢慢站起身，下了閣樓，眼睛仍在盯著潘德貴。

在大堂的潘德貴對唐柯獰笑著說：「我和王老闆是老朋友了。」見王熾來到，他一拱手：「王老闆！久違了，生意很興隆啊！」

王熾也抱著拳說：「這不是潘德貴潘老闆嗎？」

潘德貴說：「那是十幾年前的稱呼了。我如今是一無所有，哪裡稱得上老闆？」

王熾指著後廳：「潘大人就是會開玩笑。來，這邊請。」

潘德貴沒有動身，指點著大堂說：「好氣派呀！昆明數一數二的建築，西南屈指可數的錢莊，你王老闆如今的生意可是越做越大，連慈禧老佛爺都驚動了！」

王熾說：「過獎、過獎！王熾不才，還請老前輩多多指教。」

「何必客氣？老朽已是土埋半截，日落西山，什麼老前輩，過去的事統統忘了。如今只求平安無事，能頤養天年了。」

「今後有什麼需要王熾幫忙的，盡可直言。王熾絕不推辭。」

「老了，別無所求了。」潘德貴說著，忽然把臉轉向他：「王老闆可否與我下盤棋？」

「這……」王熾怔了一下，「你看我這裏，只有銀子，沒有棋子……」隨即吩咐唐柯：「馬上讓人去買！」

「不必了！」潘德貴轉過身，向外面走去：「那老夫就改日自帶棋子來！看看誰的棋臭！告辭！」

王小妹從外面跑進來了，叫了聲：「爹！」

是王熾的小女？長得好靚啊！才十二歲……潘德貴盯著王小妹看著，在擦肩而過之後也隨著她奔向王熾把頭轉了回去，驀地有了個主意，暗叫一聲：正好！他又和王熾對視了一下，轉身大步走出去。

王小妹見父親神情異樣地凝視著潘德貴，也回過頭看著潘德貴的背影，只聽唐柯說：「這個人自稱是東家的老朋友，可又不像啊！」

王熾平靜地說：「曾經也是老對手……」

已經到了門外的潘德貴聽到了王熾的話，暗說：下一次的結果將與上次正相反！

潘德貴回到住宅，與小松子沿著長廊走著，聽見另一房中傳出讀書聲。他駐步細聽，是一老先生的聲音：

「……是以君子貴手持重，重則不遷不復，得乎天理人情……」

潘德貴走了進去，見老先生在閉著眼睛背書，桌旁的李雲鶴已伏案打盹兒。他衝了上去，一把抓住姜勝武的辮子，將他的頭似小雞啄米般撞在桌上。

姜勝武痛得「啊、啊」大叫，哀求著：「饒了我吧義父——」

潘德貴終於鬆開了姜勝武的辮子，大叫著：「你娘花錢，不是讓你來睡覺的！念！」

姜勝武額頭上流下鮮血。他忍住疼痛，跟著老先生誦讀。

「輕言者多悔，輕動者多失。」

潘德貴帶著小松子向外走去。

二人來到了小客廳，裏面有三個潘德貴請來的先生，其中乾瘦的一位說：「請容在下如實道來，令郎並不十分聰明，性情也暴躁，要掌握四則運算規律，再而授之於古代度量衡起源等等，將需要好久的時間。」

另一老者說：「老朽已經教了令郎四書五經，可他總是記不住，再想擇唐詩宋詞元曲之精華，也不知將如何。」

那位中年武師說：「令郎對武功很上心，猶爲偏愛南派功夫。在下保證，不出三年，他就能脫穎而出，成爲武林高手。」

潘德貴面窗而立。突然轉身說：「從明天起，再給他加課！」

三個人問：「請先生明示所加的內容。」

潘德貴轉過臉，對乾瘦的先生說：「從明天起，你再教他越加越少，越減越多！」又對老者道：「你要教他國畫、書法！」對武師說：「我不要他武功如何超人，你只教他經受折磨，改變性情，死而後生。諸位，能做到嗎？」

三位行先生點頭稱是。潘德貴一揮手，三個先生默默走出客廳。

小松子手拿根精製的釣魚竿走進來：「潘先生，按您的吩咐，魚竿做好了！」

潘德貴接過魚竿，在膝上一折，魚竿一分爲二。小松子大驚，只見他扔掉帶線和魚鉤的那半截，將手中的半截竹竿扔給小松子，吩咐道：「走！釣魚去！」

潘德貴走出客廳，小松子跟在他身後。

二人來到後面花園的水塘邊上，坐在了一角，將既沒有魚線也沒有魚鉤的半截竹竿拿在手中，做出釣魚的樣子，兩眼盯著水面，神情嚴肅、專注。

小松子驚訝地看著他，張著嘴說不出話來……

二

已是光緒十六年（一八九〇）了，六年啊！我終於要報仇啦！潘德貴暗說著，猛地一甩半截空竹竿，看到一條大魚。他隨手抽出腰間的匕首，向那大魚落的地方射去，紮進了地裏。他放聲大笑，站起身，丟了手中的半截竹竿，離開水塘，向小客廳走去，眼前又浮現出六年前看到的王熾的小女……

夜晚，天正下著小雨，小松子提著燈籠帶著一個人來到潘德貴宅第，鬼鬼祟祟地在門上敲了三下。老門人將門打開一條縫。小松子對他悄聲說了幾句話，讓身後那個戴著草帽、身穿蓑衣的大漢閃進了門。小松子向外四周掃了一圈兒，「吱嘎」一聲將大門關嚴，隨後跟入。

小松子先進了小客廳，對潘德貴耳語著。剛聽了兩句，潘德貴便悄聲責備道：「我要你找的是洋醫生！」

「碰巧遇到了他嘛！他說他能找到。還有，他正要再做那樣的生意。小的想，如果能讓他和王熾的兒子搭上鉤，可就能把整個天順祥給拽倒了！」

「那種生意，王熾的兒子怎麼可能幹？」潘德貴說著，忽然有了個主意，趕緊催著：「快讓他進來！你去門口守著。」

小松子應了一聲出去，把外面的人讓進來，關上門出去。

高大漢子進了小客廳，在微弱的燈火中脫去蓑衣，摘掉草帽，露出黃色的捲頭髮和一雙藍色的眼睛。

潘德貴仍然站在窗前，欣賞地看著來人。

對方和他對視著，用較生硬的中國話笑著說：「我是……彼特呀！老朋友了，好像……不認識似的，不請我坐下嗎？」

潘德貴說：「你剛進門，我還以爲是跑馬幫的。請坐吧！」

二人落坐。

彼特說：「是的，我是在……跑馬幫，剛從緬甸路過……而且一直是……在幹老本行。上一次，多虧……老

兄幫忙。」

潘德貴笑笑：「我也是靠著那次賺的錢，買了這個宅子。」

彼特問：「不想……再幹一次嗎？這回……會賺更多的銀子的！」

潘德貴堅決搖頭：「鴉片可不是好東西，老夫還不想讓朝廷砍了腦袋！現在這風聲太緊！這次你眞得另請高明了。」

彼特拿出兩根金條放在桌上：「拜託……給牽個線，可以吧？」

潘德貴盯著金條抿著嘴笑了，推了回去。

彼特一驚：「怎麼，這個忙……也不肯幫？我再加……這個數兒，總……可以了吧？」

潘德貴抬眼看著彼特，說：「我增加十倍這個數，請你幫個忙。等你再次來，需要我做什麼，我都不會有二話。」

彼特「哦」了一聲，遲疑地說：「請講！」

「這一次，你就別做鴉片生意了，換換……」潘德貴低聲說了起來。

「好吧！」彼特點點頭，加了一句：「下一次……鴉片，您一定幫我，是吧？」

「那是當然，而且不要你一兩銀子。」潘德貴用肯定的口吻說。

「眞的？」

「一言爲定！」潘德貴說著隨即又問：「小松子跟你說的……能給人換個面孔的醫生，你眞能幫著找到？」

「這沒問題！」

「事關重大，你能保證手術成功？」

「出……不同銀子，請不同……醫生。」

「我不在乎銀子，只要最好的醫生！」

「如果……這樣，手術……出了事，你毀我臉！」

一輛歐式馬車由遠而近駛來，停在天順祥錢莊的大門前。

趕車的車夫打開車門，王鴻圖和一個扛著舊式照相機的彼特走下車來。彼特微笑著抬頭仰望一眼天順祥的招牌，在王鴻圖的手勢邀請下走進天順祥大門。

閣樓上，王熾坐在太師椅上面對著繁忙的營業大廳，手中握著鹽荷包，慢慢閉上眼睛，自語著感慨：「天之所助，雖小必大，天之所違，雖成必敗，順天者有其功，逆天者懷其凶，不可復振也，不可復振也……」

王鴻圖帶著彼特走上前來，叫了聲：「爹！」

王熾睜開眼注視著面前的洋人：「圖兒，這就是你結交的英國朋友彼特先生吧。」

王鴻圖說：「正是。」

彼特剛伸過手，又改爲中國的拱手禮：「您好，王大人！」

王熾抱拳還禮，微笑搖頭：「別叫我大人，在中國爲官者方能稱之爲大人，用你們的話……叫我王先生即可。」

彼特笑著說：「那好啊！王先生，在中國……你是最大的銀行家……」

王熾再次搖頭：「現在還不是最大，但將來有可能是。」

彼特不在乎地笑笑：「我是想說，在你即將……過五十五歲生日……的時候，我能認識你，我很高興，我今

天來，是想給您……拍張照片！我要通過照片，讓西方文明世界……知道，中國這樣……落後的國家，也有金融家！」

王熾看著彼特支在地上的相機，很有興趣地起身來到相機前摸摸看看：「這個東西就代表文明了？」

王鴻圖和彼特相視一眼微笑。

王熾坐回到太師椅中，說：「彼特先生，我可以讓你拍照。不過，我先要更正你話中的錯誤，眞正的文明之邦是中國，而非西方。這個東西只不過是一個好玩的工具，它不能代表文明！」

彼特無所謂地笑笑準備拍照：「王先生你可以笑一點。」

王熾一本正經地端坐椅中，片刻後微露笑容。

彼特按下快門，一股白煙在相機後升起……

數日後，天順祥的營業大廳布置成了壽宴喜堂，王熾坐在閣樓的大椅上，接受衆人拜壽，先是家人，其中有王鴻圖的妻子盧蕙、小兒子王霖。之後是來賓……

生日堂會還在進行之中，幾位滇劇名角唱著優雅的腔調。已經十八歲的小妹和唐小雨坐在王熾兩側看得津津有味。

當一個小丑從嘴裏吐出寫有壽字的紅舌頭時，坐在王鴻圖旁邊彼特突然起身衝著表演的小丑大喊一聲：「停……停一下！」

表演的演員愣住了。所有人轉頭看彼特。

彼特急匆匆扛著相機來到演員面前：「對不起，再次……剛才那樣，請把您的舌頭……伸出來！」

小丑用徵求的眼光看著王熾。

王熾微笑著說：「他是要給你照相，你按他說的做吧。」

小丑把舌頭伸了出來，彼特開始擺弄照相機進行拍照。

王小妹瞪著彼特小聲說：「這個洋人怎麼這樣沒有規矩！從來沒有聽說演戲叫人家停下來的。」

王熾寬厚地笑笑：「移風易俗，他們可能有他們的規矩。」

王小妹說：「我看他們不像有規矩的樣子。」

彼特調著相機把手指揮著小丑：「您的舌頭……可以伸得……再長一點嗎？好！不要動，OK。謝謝！」

隨著一股白煙升起，彼特按下了快門。

演戲的演員愣在臺上看著王熾。

王熾對演員說：「接著演吧。」

演員又咿呀地唱了起來。

王熾看著表演的小丑露出笑容。

王鴻圖注視著照完相興沖沖走回來的彼特，忽然小聲說：「彼特先生，你到中國來不會光是爲了照相的吧。」

彼特注視著他，點點頭，壓低了聲音：「當然，鴻圖，我們……是朋友了，你們……中國有句話，叫……朋友面前不說假話，我……可以告訴你，照相……只是我的愛好，我眞正身分……和您一樣，是個商人。」

王鴻圖吃驚地看著他：「是嗎，您是做什麼生意的？」

彼特說：「煙草，我家在國內……有製造捲煙的煙廠。我來雲南，是父親要我……收購煙草。鴻圖，我希

望，我們……不但是朋友，還能成爲……商業上的合作者！」

王鴻圖頓時來興趣，問：「是把中國的煙草運往國外？」

彼特說：「是的、是的。你能幫助……買到一些嗎？我父親……要的很急。前天……打來電報催我。今天，如果不是您父親的大壽，我是不會來的。」

王鴻圖忽然想到庫房裏還有積壓的大量煙草，問：「你是不是一定要品質很高的？」

彼特說：「那倒不一定！我國人……大都品不出……煙的品質好壞，在這裏便宜的煙草……會降低成本，賺錢更多。你若能幫我買到……便宜的更好！」

王鴻圖心中暗喜，拉起他的手離去。

王鴻圖把彼特帶到附近的商號囤物倉庫，找來管庫的夥計，讓他打開庫門，讓彼特進去看。

「哇—這麼多！足夠我需要的了。」彼特驚喜地叫著，抽出煙葉仔細看著，問：「這是誰的？」

「就是我家的！彼特先生，你看我們的煙葉品質怎麼樣？」

「這品質……說實話，只能說還可以，但我看中的是你們天順祥的這塊招牌！」

「好！」王鴻圖興奮地叫道，「這麼說我們的第一次合作可以進行了？」

「當然！這可眞是……用你們中國人的話說……是緣分，對吧？」

「對、對、對！」王鴻圖說著，和彼特走了出來，命夥計關好門，並且悄聲叮囑他別對任何人說起這個，包括東家在內。夥計連連點頭。

二人一邊回錢莊一邊商量著這筆生意。

彼特說：「價格上……就按你說的，但有個前提，必須……由您把貨物……負責送出關。」

王鴻圖說：「這對於我們天順祥來說，不是什麼大問題。」

彼特問：「我們訂立的合同，是不是……只有你父親……蓋章……才有效。」

王鴻圖說：「不！在我們天順祥，一般的生意，總管蓋章就有效。」

彼特又問：「你的章……有效嗎？」

王鴻圖說：「我們這次作的不是一般的小生意，我需要說服我們總號的唐總管，要他同意，我的章加上他的章，我們的合同就有效了。」

彼特領會地點點頭：「但我……很急的！剛才……已經和您說過了……」

王鴻圖說：「我去找總管，馬上就簽合同，明天，你就可以拉貨了。」

彼特笑著說：「這可太好了、太好了！」

回到錢莊，王鴻圖安排人去請唐柯，把彼特帶回到自己住的屋，正好沒人，妻子、兒子都在看堂會。

二人很快就起草了合同。彼特很高興，指點著合同說：「ＯＫ！這個……一簽字，用你們中國話說，我們是……拴在一根繩上的螞蚱了。」

鴻圖笑了，見唐柯來了，忙迎了出去，悄聲把事情對他說了，將合同遞給他。唐柯很認眞地在看合同。王鴻圖滿懷期盼地注視著他。

唐柯放下合同注視著鴻圖：「這份合同是你跟彼特商談後起草的？」

王鴻圖悄聲說：「是的！他就在屋內。」

唐柯看了屋內一眼，猶豫著：「這筆生意……你一定要做嗎？」

「當然要做！我們囤積的這批煙葉，要再不處理掉，用不了多久就只能當爛樹葉扔掉了。」

「這批煙葉是該處理掉，不過賣給洋人送煙出關，如果不報新成立的稅務處批准恐怕到時候會出問題。」

「唐伯伯！在雲南跟洋人做生意的人有的是，有幾個去京城報批的，我看我們沒有必要自己給自己找麻煩，這件事最好也不要讓我爹知道，他要知道就是讓煙葉爛在庫裏，這生意他也不會做的。」

「按東家現在的經商之道，不用說這擔生意他是絕不做的……」

王鴻圖有些急了：「那唐叔，你的意思呢？」

唐柯注視王鴻圖：「如果你堅持要做，我……也不反對。」

王鴻圖笑了：「這就好！快進屋和他簽吧。」

三

王鴻圖和唐柯匆匆上樓來到三樓書房，見王熾在桌上畫什麼，旁邊站著李香靈正饒有興趣地看著。王熾抬頭看看他們倆，放了筆，興沖沖地說：「我打算以天順祥的名義重建四川瀘州大橋，爲貿易往來，創造個方便。還有老家門口的事兒不能不管，我根據回憶，按照地形地勢，畫個建築虹溪鐵索大橋的草圖，你們看，行嗎？」

唐柯與王鴻圖欣喜地看草圖。

唐柯說：「這可是白給的呀！得三、四萬兩銀子哪！」

王熾說：「你也是股東，拿個主意吧！」

唐柯笑笑：「那還用說，贊成！」

王熾也笑了：「這事兒，由你去辦吧！」

唐柯連連點頭：「好！」

王熾又說：「還有，我打算辦個紡織廠，這事由香靈去辦，如何！」

李香靈笑著說：「行。咱天順祥裏外開花，前程無量啊！」

突然，外面傳來受驚的馬嘶聲。

王鴻圖、王熾、唐柯、李香靈都警覺地同時回頭，快步走了出去。

幾個人很快就到了後院，只見那裏站著十來個年約十歲左右的乞丐，小火龍馬還在嘶鳴，已經變成了黑馬，牠的旁邊有幾個原來裝過墨的破碗。

小乞丐們興奮地拍著手叫：「紅馬變黑馬，閻王老子到你家，你家主人好福氣，騎著黑馬下地獄！」

巴力、馬六子正帶夥計們衝過去，把他們一個個抓住，按在地上。巴力拎起手中的小乞丐，要向地上摔去。

「慢！」王熾叫著走過去。

巴力看了王熾一眼，沒有鬆開手，也沒放手。

王熾痛心地看著小火龍。小火龍望著主人傷心地叫了一聲。

馬六子腳踩地上的小乞丐：「你他媽的快說，誰讓你們這麼幹的？」

那個小乞丐卻在笑著：「這樣好玩嘛！」

馬六子抽出腰刀：「你們不說實話，割了你們的舌頭，讓你們全部當啞巴。」

王熾厲聲說道：「馬六子，不要亂來，把他們放了。」

馬六子把臉轉向王熾叫著：「東家！這些要飯的小叫花子，眞是太可惡了，哪能就這麼便宜他們了？」

王小妹和王鴻圖拎來一桶水來給火龍洗著身子。

王熾看一眼心愛的馬，注視著按住乞丐的幾個夥計厲聲道：「我讓你們把他們都放了，你們沒聽見嗎？」所有人都一愣。馬六子踢著腳下的小丐甲：「聽見沒有？滾！」

小乞丐們爬起身剛走了兩三步，忽聽王熾再一次喝道：「給我站住。」

眾乞丐嚇得站住了，和其錢莊裏的人一樣看著王熾。

王熾掃視著眾人，問：「誰身上帶錢了？」

王鴻圖將身邊的銀袋遞給王熾。

王熾又看看眾人：「還誰有？」

巴力、王小妹、馬六子、唐柯等人紛紛把錢袋交給王熾。王熾接過錢袋，從錢袋裏摸出一把把碎銀子在地上分成一份份。小乞丐們不解地看著王熾。眾人也同樣。

王熾對幾個小乞丐說：「你們都過來，這地上的銀子一人一份來拿吧。」

幾個乞丐看看左右不敢上前。馬六子氣憤地踢著其中的一個：「小狗日的，老爺賞你們錢，還不去拿。」

王熾揮手阻止馬六子：「馬六子，算了，這些孩子沒爹沒娘，靠四處乞討過日子，也怪可憐的。」他接著又說：「這錢拿回去，添幾件衣裳吧。像今天這樣的事，以後可別再幹了！」

個頭最高的那個乞丐乍著膽子上前，拿起了銀錢。其他的乞丐隨之跟上也撿了起來，連忙作揖感謝：「是，是，謝謝大人，我們再也不幹壞事了。」

王熾揮揮手：「你們走吧。」

小乞丐們轉身就跑。忽然，那個個頭最大的站住了，轉過身看看王熾，跑了回來，對王熾說：「王老闆！你眞是好人。我要不說出要害你們的人覺得對不起你……」

王熾注視著他，只聽他說：「那個讓我們來的人，是春和樓的老闆娘。」

「梁紅女？」王熾看著乞丐怔住了，輕輕道了一聲。

小火龍被王鴻圖、王小妹洗過了，又周身通紅如火。

王熾上前牽著牠出了錢莊後門，手摸著牠飄逸的長鬃，低聲說：「小火龍，今天你受委屈了，這個梁紅女她恨我，可是她把火發在了你身上，你知道為什麼嗎？」

小火龍馬通人性地低吟一聲。

巴力看著他明白了，跟了出去。

王熾愛撫著馬耳：「好夥計，你說我怎麼才能化解她對我的仇恨呢？」

巴力忽然跑到王熾身前，一陣比劃。

王熾明白了，苦笑一下：「你說你去找梁紅女把事情說清楚？不，你不能去，你們誰都不能去，只有我去，只能我一個人去。巴爺，你回去吧！」

巴力向上指了指。王熾仰起臉，這才看到天空已布滿烏雲。他上了馬，疾馳而去。

不久，王熾來到了春和樓，下小馬，注目打量一下，走了進去。他仔細看著一樓，見茶廳裏沒有梁紅女，一名懷抱琵琶的清吟小班歌妓，正在邊彈邊唱：

好氣惱，螳螂有親相互嚼，只落得一輩子。莫道春芽太貪早，沒忘野火燎。炎涼考，飲恨且把牙兒咬，但求那悲怨消。樹老心空何不倒，只有根知曉……

他一邊聽著一邊上了二樓，還是不見梁紅女，進了茶廳，坐在一個桌前，面對著門外的雅間。剛坐下，就有一個侍女快步走來，畢恭畢敬地說：「老爺，我們這有西湖的龍井、武夷的肉桂、黃山的毛尖，還有我們雲南的普洱……」

王熾心不在焉地說：「隨便吧。」

侍女跪在地上泡茶。王熾注視著四周，問：「小姑娘，你們的老闆是不是叫梁紅女啊？」

侍女表演著茶道，道了聲：「是的。」

王熾說：「你泡完茶去幫我把你們老闆叫來，好嗎？」

侍女看一眼王熾沒有反應。王熾端起倒好茶的茶杯要喝，侍女卻很優雅地用小鑷子將茶杯夾走。王熾問：「這是爲何？」

「老爺，這是涮杯水。」侍女說著將茶水倒入茶盤，而後再次把茶倒入杯裏，推到王熾面前。王熾剛端杯要喝，侍女又用鑷子將茶杯夾走。王熾不無尷尬地問：「怎麼，這水還不能喝？」

侍女將杯裏的水倒入小茶碗，將空杯放在王熾面前，笑著說：「請吧。」

王熾看著空杯苦笑：「算啦！我不喝了，你去幫我請出老闆來好嗎？」

侍女也不說話，起身默默推開面前用山水畫作掩飾的暗門。王熾眼望漸漸打開的暗門怔住了。這個屋裏是個靈堂，幽暗的光線下，燃著兩根白燭，梁紅女鬼魅般坐在兩個巨大的靈牌之間似笑非笑地注視著王熾。

王熾努力使自己鎮靜，一動不動。

梁紅女壓制著憤怒，也保持著平靜，說：「王大老爺，這麼多年，你第一次光臨我的小店，你是貴客啊！」

王熾說：「表嫂，這許多年我們總是在恩怨當中相爭相鬥，我今天所以來此是想徹底化開我們之間的誤會的。」

梁紅女怪笑著起身：「嘻嘻……是嗎？我們之間沒有誤會！」

「表嫂，我是眞的希望我們彼此不要再生活在仇恨中，那年，你搶走了小勝武，王熾由衷地高興，你們母子能骨肉團圓，也是王熾多年的心願，不知勝武如今怎樣了，您能讓我們叔侄一見嗎？」

「這個世界上，已經沒有姜勝武這個人了。」

「他……怎麼啦？」

梁紅女突然大怒道：「他怎麼了用不著你管！王熾！你睜開眼看看，這是我丈夫我兒子的牌位，他們都死在你手裏，我早就不是你這樣人面獸心狗東西的表嫂了，我們是不共戴天的仇人！」

王熾忍耐著：「表嫂，你能冷靜一點聽我說話嗎？」

梁紅女幾近瘋狂了一般，指點著他：「我冷靜？你這個人面獸心的僞君子，你殺了我的丈夫，害死了我的兒子，你還想讓我說你是好人，是君子，對不對！你還讓我冷靜，我告訴你，我苦撐苦熬活到今天，就是想等著看你這個僞君子，會得一個什麼樣的下場。」

王熾悲嘆：「哎，這可眞是！有些事，一句話就能說清楚！」

梁紅女說：「能說清楚的，早就清楚了！我告訴你，今天既然你到這裏來了，你就別想活著走出去。」

王熾注視著梁紅女：「你想殺死我。」

「你說對了。過來看看這個！」梁紅女說著指指身旁的一個靈牌。

王熾站起身走了過去，先看看另一個，是姜庚的，還看她手指的那個，上面寫著：「罪人王熾之牌位」

王熾苦笑了一下，說：「好、好，人未死，已經勞駕表嫂祭祀了，看來我今日不死在這裏，很難對得起表嫂這番苦心。」

梁紅女咬牙切齒說：「哼，這麼多年來，你說的話就這一句像人話。」

王熾看著她：「是嗎，如果因爲我的死，可以化解表嫂的心中怨毒，我死不足惜。」

梁紅女說：「好，我今天到要看看你是眞聖人還是假聖人。來人！」

還是那名侍女端來一碗茶，雙手遞給王熾，面無表情地說：「王老爺，請用茶！這是我們夫人專門爲你準備的。」

王熾接過茶碗看了一眼，淒然一笑：「這就要送我走？」

梁紅女興奮地盯著他：「這茶裏，我調製了五步倒的鼠藥。只要你喝下去，我們之間的一切恩怨就結束了。」

王熾看著她：「如果……表嫂非要王熾死，王熾早晚都得死……罷了！」

梁紅女激動萬分地看著王熾。

王熾卻將茶水倒在地上，平靜地說：「王熾可以死！但不能這樣不明不白地自絕於世！」

說完，他把茶碗丟給了侍女，轉身走了出去。他的身後傳來梁紅女的聲音：「我料你也不敢喝嘛！告訴你，這裏面只有春藥，哈哈哈哈……不過你等著，你死的日子已經不遠了！」

外面已經下起了雨。王熾騎上小火龍，在雨中疾馳著，沒有回錢莊，而是奔向城外。

他風雨中驟馬而行，嘴裏念叨：「志士仁人，無求生以害人，有殺身以成仁！」

雨越來越大，風也更猛，雷電交加……

唐小雨和巴力站在錢莊開著的大門內向外眺望著。王小妹走過來，說：「爹怎麼還沒回來？去哪兒啦？我都快餓死了。」

唐小雨說：「大媽不是讓你先吃嗎？」

王小妹說：「我一個人先吃，那不是壞了規矩了？」

唐小雨笑著說：「那要是東家今天不回來，我們是不是都要餓死啊？」

王小妹推了他一把：「閉上你的臭嘴！盡說喪氣話。」

巴力更加不安起來，對二人比劃著。

王小妹明白了：「爹是去了那個什麼……春和樓？這可能出事吧？」

她剛跑到門外，便聽到遠處傳來了馬嘶聲，巴力興奮地對兩兄妹比劃說啞語。王小妹把脖子一歪說：「巴爺，別以爲就你聽得出來小火龍的叫聲，我也聽得出來！」

三人向街口望。王熾騎著火龍飛奔而來。王小妹跑出去扶著父親下馬，埋怨道：「爹你跑哪裡去了，衣服全濕了，染了風寒怎麼辦？還當自己年輕哪？」

王熾把馬韁交給巴力，巴力把火龍牽往後院。王熾慈愛地看著女兒：「小妹，又等爹吃飯，肚子餓了吧。」

王小妹問：「爹，你今天去見那個瘋女人，她沒敢把你怎麼樣吧？」

王熾道了聲「沒有」，和女兒、小雨往門裏走。他臉色陰鬱下來，試探地問：「小妹，有一天要是爹回不來了，你害怕不害怕？」

王小妹瞪著他：「爹！你眞討厭，今後不准你再問這種喪氣話，你聽見沒有？」

王熾笑著點頭：「好！我錯了，今後不再說了。」

小雨注視王熾，問：「東家，是不是那個瘋女人給你難堪了，明天我去找那個不知好歹的女人算總帳。」

王熾忙說：「小雨，你可不准亂來呀！她是個苦命人，我們沒必要跟她爭長短。」

四

王鴻圖和彼特騎著馬，引著一隊插著「天順祥商號」小旗的車隊，來到了海關附近。這裏地處兩山之間，只有一條蜿蜒的土道，盡頭便是海關的關卡。已經擠滿了等著檢查的馬幫客商。馬道兩旁搭建著一些臨時貨棚，馬嘶人叫，一片混亂。

已經騎著馬先到的彼特僱的馬幫幫主迎了上來，對鴻圖說：「別再往前去了，前面沒有停腳的地方了。」

彼特望前方：「前面……怎麼回事？」

那個幫主斜了他一眼：「怎麼回事？前面是大清國新設的海關邊檢站，所有人員貨物都要經過嚴格檢查繳稅才能放行。」

「檢查可以，這麼多貨物，要檢查……什麼時候？」彼特眉頭皺了起來，把臉轉向王鴻圖，焦急地說：「如果在這裏……等上三五天才能離開，我就趕不上回英國的貨船了！」

鴻圖望望前方，說：「彼特，別緊張，中國有句話叫事在人爲，凡事不是不可以變通的。」

彼特忙說：「對！說得好！鴻圖，請你去找找……這裏的最高長官。」

鴻圖點點頭：「讓他們提前檢查。」

彼特搖著頭：「不，最好……不要檢查，我們運的是煙葉，有什麼……可檢查的？如果讓他們……亂翻一氣，那麼我的貨……拉回國生產捲煙……就不好了！」

鴻圖點頭：「嗯，你說的有一定道理。」

彼特又說：「我看，我們先去……拜訪這裏的監督長官，你們中國有句話：『人爲財死，鳥爲食亡。』是吧？」

鴻圖看著他：「你想賄賂監督官？」

彼特笑著說：「這是……沒有辦法的辦法。」

鴻圖想了想，說：「好吧，那我們先去瞭解一下這位監督官是個什麼樣人，就算賄賂也要對症下藥才可行，走吧。」

二人催馬前行，來到海關關卡。王鴻圖還眞與這裏的督察官員在以前運藥材時見過面，上前寒暄，說明了情況。彼特送上一只箱子做見面禮，又悄悄塞了一張銀票，那位官員還眞允許不檢查便通過了。

車隊出了關卡，王鴻圖又送出一里多路，彼特帶住馬，說：「眞是送君千里呀！你的任務完成了，請回吧！」

鴻圖回首看一眼正在爬坡的馬隊：「那我們就此別過，後會有期！」

彼特一揮手，一腳夫牽馬過來，馱架上是一只箱子。彼特說：「這是我送給……王先生的西洋鏡，與剛才給馬大人的那個……完全不同，按中國話的習慣：這是小意思。」

鴻圖接過木箱，道了聲：「謝謝。」

王熾沒想到會被大雨淋病，先只是頭痛，第三天便倒在了床上，渾身高熱，咳嗽不止。李香靈忙派人去請來

了本城最有名的一位老中醫。老中醫量過脈後在桌邊寫著藥方。

王小妹問道：「老神仙，我爹的病到底怎麼樣嘛，你別光埋頭寫方子說句話好不好？」

老中醫平靜地說：「王老闆的病，現在看來尚無大礙，但需要臥床靜養。你們除了給他定時服用我開的藥，更要注意不要讓他再為任何事情傷及心神，知道嗎？」

好幾個人應道：「知道了。」

都是那個春和樓的老闆娘害的！王小妹走到窗前，向遠方看了看，忽然跑下樓去。

王小妹第一次來到春和樓。她仔細打量著上下左右，猶豫片刻，走了進去。她看看一樓，又上了二樓，坐在上次王熾來坐的位置，看著門外。

一名侍女過來了，奇怪地看著她，因為來這裏的都是尋歡作樂的男人。王小妹看看她，要了一壺清茶。

侍女沏好了茶，端給王小妹。

王小妹輕聲問：「能告訴我嗎，你們這裏的老闆娘是怎樣一個人？」

侍女剛要開口，聽到了梁紅女的腳步聲，忙住了口，接著便看到從裏面雅室裏走過來拎著小包裏的梁紅女，後面跟著小松子、大茶壺。

梁紅女邊走邊囑咐：「我今天可能不回來了。這裏的事兒，你要多上心！」

大茶壺點頭哈腰應著：「哎。」

王小妹猜出她就是梁紅女，把頭探出窗戶向外看著，很快就見梁紅女走了出去，和小松子上了一輛洋車。

王小妹想跟出去，把茶錢丟在茶壺旁邊，站起身橫走了幾步，還沒到門口，見大茶壺回來了。大茶壺看了王小妹一眼，打著呵欠進了對面的屋。就在她打開屋門後，王小妹看到了裏面王熾的靈牌。她大吃一驚，衝出了門，又止住了腳步，轉身下樓。

她回到錢莊，見巴力已經把藥買了回來，正在熬藥。李香靈走過來，說：「巴爺您歇著去吧！這幾天都把您熬瘦了，我來熬。」

巴力連連擺著手，不肯動地方。

王小妹上來拉起他：「巴爺快跟我來！有事兒求你幫我。」

巴力疑惑地看著她，跟著她出了屋。

王小妹看著他：「您別這麼看著我！就說，幫不幫我吧？」

巴力肯定地點點頭！王小妹高興地拉著巴力的手：「嗯，這才是小妹的好巴爺！」

巴力比劃著問什麼事。王小妹把嘴湊近他的耳朵悄聲說起在春和樓見到的靈牌。巴力氣得轉身就走，被她拉住，說：「等晚上去好！還有，能不能去哪兒請個大和尚來？」

巴力點點頭，走了出去。

梁紅女隨著小松子進了潘德貴的宅第院門，奔向後花園，驀地站住，瞪大眼睛看著水塘旁邊的一個年輕人，此人一邊舞著劍，一邊與老先生對答金融學說。老先生在高聲說著：「乘馬之準，與天下齊準？」

年輕人揮舞劍朗聲答道：「計算物價的水平，應以天下各國的物價水平相一致。」

「彼物輕則見洩，重則見射。」

年輕人橫劍向天而刺：「哪一個國家的物價低，那麼貨物就會外流，物價高，就會有別國貨物流入該國市場而獲利。」

「此鬥國相洩，輕重之家相奪也。」

年輕人舞著劍隨風翻滾：「這是處在列國並爭下的傾銷，是精通理財的專家們的爭奪利潤！」

潘德貴走出了一個房間，望著還在烈日下苦練的姜勝武滿意地點頭。

老先生又說：「至於王國，則持流而止兮。」

年輕人左右騰越：「至於國家統一局面下，就會控制傾銷，制止爭利。」

「財由爭德，去盜幾何！」

「閑惰，爲困乏與失敗之母！」

「播種有不收者，而稼穡不可廢！」

「勤與儉，治生之道也，不勤則寡入，不儉則妄費！故不勤不儉，無以爲人上也……」

潘德貴叫聲：「好！雲鶴，你成了。」

年輕人一個漂亮的收勢定住，倏地向潘德貴轉過臉，漂亮的面孔神情剛毅。

這是我兒勝武嗎？不像啊？梁紅女驚喜地暗說，跑了過去。

潘德貴拍著手走向姜勝武。姜勝武收劍入鞘，看著他拱手，平靜地問：「義父，請問我還需磨練多久，才能見母親？」

潘德貴說：「看來，你已經把我給你制定的所有課程都完成了，而且成績優秀，有了百分之百的消滅你的仇人的把握。所以，我現在就讓你見到母親！」

姜勝武冷冷地點點頭。

「勝武——」梁紅女跑到附近高叫著。

姜勝武扭頭看看母親，並沒有動，神情平靜，只是盯著她的眼睛睜得很大，直到她到了跟前，才跪地叩拜：

「不孝兒雲鶴拜見母親大人！」

梁紅女拉起兒子，眼睛不夠用地打量著他，激動得渾身直抖：「你、你眞的是勝武？」

姜勝武淡淡地說：「是的，我是您的兒子，但不是勝武，而是李雲鶴。」

「雲鶴……雲鶴！」梁紅女嘴唇哆嗦著叫著，繼續看著他，「勝武……勝武已經三十七歲了，可你……看上去也就二十四五，而且是這麼……」

潘德貴得意地接著說：「而且是這麼英俊、瀟灑、風度翩翩，而且才華橫溢、滿腹經綸、是個大才、必成大器！」

梁紅女抱住姜勝武哭了起來：「兒啊……你能這樣，看來……你爹的仇能報了！」

姜勝武淡淡地說：「是的娘，父仇子報，你靜候兒子的佳音就是了。」

梁紅女望著兒子：「好兒子，娘等你的佳音！」

潘德貴說：「這一天不遠了！但是，雲鶴，你必須按照我的計畫一步步去走，走得穩穩當當，報大仇、雪大恨！」

姜勝武應了聲：「是！義父。」

潘德貴轉過臉，看著隨在梁紅女身後到來的小松子，吩咐：「今晚在雲鶴的屋裏擺宴！」

小松子應道：「是！」

晚上，女扮男裝的王小妹帶著巴力來到了春和樓二樓茶廳，又坐在她下午來時坐過的地方，要了一壺茶。在侍女出去後，王小妹指了指對面的雅間。

又喝了一會兒茶，還不見大茶壺出來。王小妹暗暗著急，忽見大茶壺從門口經過，才恍然大悟：原來早就不在裏面睡了。她給巴力使了個眼色，小聲說：「去吧！」

巴力站起身，走了出去，左右看看，推開了對面的門，將裏面的王熾靈牌藏進衣服裏用胳膊夾著，迅速出來了，看了王小妹一眼，下了樓。

王小妹站起身，見侍女進來了，把茶錢給了她，走了出去。

巴力在外面等著她，和她回了錢莊的後院，進了他住的屋，裏面已經有個中年和尚。

就在屋裏，巴力、王小妹把那個靈牌燒了。和尚在旁邊輕聲誦著經。火光映在王小妹的臉上，她眼含熱淚雙手合十，口中喃喃說道：「爹，這下您可以安心了。惡人要您死，可孩兒偏要您活著，活得比他們都強！要您一生平安，健康長壽……」她又默念了一會兒，睜開眼睛，對著已燃成灰燼的靈牌再次跪叩。

之後，王小妹將一錠銀子放在大和尚手中。

大和尚接過銀錠，道了聲「阿彌陀佛」，隨著巴力出去了。

巴力把和尚由後門送出，回到他的住處。

王小妹對他說：「巴爺，今天的事兒，不要讓爹知道！」

巴力點頭。王小妹又拉住他的手：「走！看我爹去。」

二人來到後院王熾住的屋，見王熾病情已經見輕，正指點著帳簿對唐柯說：「這一筆要謹慎，抓緊時間收回來！」

「東家說的極是！」唐柯點著頭說，接過帳簿，向巴力、王小妹點點頭，走了出去。

「爹！病好了些是吧？」王小妹坐在王熾身旁問，摸摸他的額頭，「燒也退了。」

「我感覺好多了！」王熾看著女兒笑著說。

「還眞靈！」

「什麼『眞靈』？」

「是佛爺保佑爹了！」王小妹說著扭過頭，衝巴力作個鬼臉。巴力和她都笑了。

「你們在打什麼啞謎？」王熾看著二人問。

「哪有什麼啞謎？」王小妹責備道：「你看你，病還沒好，還看什麼帳啊？有唐伯伯在，還能差事兒啊？」

「那倒不會。」王熾說著問：「你跑哪兒去了？」

「隨便走走。怎麼，想女兒啦？」

「是有人來給你提親……」

「爹！」王小妹臉上的笑容頓時消失了，「我可早就跟爹說過了，我看不中的人，絕不會嫁！」

「你看你，已經十八歲啦！」王熾加重了語氣說，「這二年，來提親的不少，你也偷偷看了幾個，怎麼就沒一個看中的呢？難道他們……」

王小妹得意地問：「當年我娘，不也是這樣嗎？」

王熾頓時沒了話。王小妹笑起來，說：「爹你急的什麼？當年我娘等了你多少年？最後終於把你等來了，有了你這樣好的丈夫。我也會的！」

王熾指點著她：「沒羞、沒羞！」

王小妹晃著脖子：「我就這樣！將來要自己去找夫君。」

王熾和巴力看著她都笑了。

12 引狼入室

一

王熾的病基本上好了。王小妹撒著嬌不讓他去管錢莊、生意上的事，陪著他出城散心，慢慢徒步走著，挽著他的胳膊和他說笑。此時，王熾才想到自從商以來，還沒有過這樣的時候，既輕鬆又有天倫之樂，感到無比的幸福。

忽然，二人看到，在郊外一個十字路口道旁的老樹下，有一群年輕人或蹲或立正圍成一團，向中間看著什麼。

父女倆也湊上前去。

人群當中的一個青年高聲說著一句話，同時在地上用樹枝寫了下來，接著又有一人邊說邊寫，而後也如此，串成了整篇文章。

王小妹看著看著竟讀了起來：「……國之興，在於策。策之明，在於人。人之精，在於學。故富國興邦，非窮兵所至、非君威所逼、非強掠所獲、非暴斂所及。唯有樹人而得其才，方能治國不乏臣，治邦不乏策，有變不乏計，禦敵不乏力……」

王熾閉上眼睛聽著，不斷點頭。

那些男青年見一俊美姑娘在讀他們寫在紅土地上的文章，也都扭頭看著她。

「好！論得好！」王熾蹲下去看著地上的文章，連連點著頭說。

「字也都寫得好。」王小妹在父親身旁站著也說，看看眾人，「這些人都是才子啊！」

王熾起身看著那些青年，說：「請問各位，莫非有意用此法比試才思？」

其中一人道：「非也，我們都是正經書院的學子。因家境貧寒，沒錢進京趕考，只有在這裏空抒其志。」

他說完，不好意思地低下了頭。其他青年的臉上也都現出無可奈何的神情，有的忍不住長吁短嘆。

王熾逐一看著他們，突然從自己的衣袖裏抽出一把紙摺扇，雙手恭敬地送到回答他話的男青年面前，說：「請拿著這把扇子，到昆明天順祥總號，找唐柯唐總爺，讓他支付各位進京的全部開銷！我祝各位如願以償，金榜題名！」

男青年接過扇子，同夥伴們一起都驚呆了。

王熾轉身離去。王小妹緊跟著。那些青年仍在望著他們，忽然有人叫了起來：「雲南王熾！他一定是王老闆、王先生！」

王熾和女兒邊走邊慨嘆著這些學子，談論著人生、命運，並由他們說到了國家，說到了時常氾濫成災的黃河……。

回到錢莊，王熾命人把唐柯、巴力、馬六子、王鴻圖等人請來書房議事。

王熾說：「民以食爲天，農業是一個國家的根本，而困擾中國北方農業的是水，咱們早已決定用隨軍錢莊賺的銀子捐修水利，治理黃河，現在朝廷工部也下了決心，此時捐款正是時機！」

唐柯說：「興修水利自古以來都是兩條籌款管道，一是官方政府從國庫裏調撥銀兩，二是官方出面向民間徵稅集資。只有咱們不同，是白給呀！」

王熾搖搖頭：「萬事莫貴於義。唐柯，你是一個難得的理財天才，但你成不了一代巨賈，你知道爲什麼嗎？」

所有人看著王熾。唐柯看著王熾。

王熾說：「因爲你太在乎得，而不願意捨，捨得，捨得，不先捨何處來得？」

唐柯苦笑：「東家，眼看這二十萬兩白銀是有去無回，哪還有得呀！」

王熾說：「我用二十萬兩白銀，解救你老家河南災情、興修水利，就可以在河南地區打開一個缺口。以此缺口而北上西進，得我們之利的商人和百姓必然全心歸向我們。到那時候，把天順祥的分號設在鄭州、開封、西安，甚至更遠的地方！唐柯，那時候，你收回的何止十萬、百萬？」

唐柯臉一紅，佩服地說：「東家目光之遠，唐柯萬莫能及呀！」

王熾指點著他笑笑：「別盡說好聽的！你們幾個股東都在，說白了，這是從大家口袋裏往外掏錢，心疼嗎？」

唐柯說：「不！有捨才有得嘛！」

巴力在用力點頭。馬六子、王鴻圖連聲贊同。

王熾說：「那好，立刻將白銀二十萬兩交給河南聯合商會。」

唐柯站起身：「我這就去辦。」

王小妹端著藥碗走進來：「爹！該吃藥了。」

王熾忽然想到那些學子，問：「可有些年輕人，拿著我的扇子……」

唐柯點著頭說：「來了，來了！我已經給了他們銀兩。」

王小妹看著唐柯，問：「見了扇子，你就信了他們的話？就不怕他們說的是假的，或者……綁架了我爹？」

王熾仰臉大笑起來。其他人也都笑了。

唐柯說：「這樣的事，東家會做得出，又有扇子爲證，我當然相信了。他們是讀書人，苦於赴京趕考的銀兩，如今能有了，已感到萬幸，哪裡還會再說假話？如果是綁架了東家，豈能只要這麼點兒銀子，而且都來了？」

王小妹說：「唐伯伯對我爹的心思眞是吃透了。」

唐柯想到剛才爲治理黃河捐款的事自己還曾猶豫，連連搖頭擺手：「可不敢當！小事兒還行，大事上就犯糊塗了。」

王熾剛喝下了藥，說：「我們再辦個『興文當』，專門資助家境貧寒的學子，不僅這一次，還有以後，年年這樣做。」

唐柯應道：「是東家，我明天就去辦。」

王熾轉開話題：「說說錢莊、商號的事吧！」

王小妹接過藥碗，走了出去。

這天上午，王小妹和唐小雨一同上街去給王熾買藥。最近，王熾又染了風寒，雖然沒有兩個多月前那次嚴重，王小妹也很著急。

二人沒有發現，小松子在後面較遠處坐在人力車上悄悄跟隨著。看著他倆進了藥鋪，小松子對車夫小聲吩咐了兩句，車夫磨過車快步如飛。

人力車停在了臨街的一家院門前。小松子跳下車，用力拍打著院門。門開了，開門的是姜勝武。小松子對他說了兩句，入內搬出畫架、畫箱，裝上人力車。又叫停了一輛人力車，二人坐了上去。

來到剛才王小妹、唐小雨走過的有著老榕樹的僻靜處，小松子叫車停了下來，和姜勝武支好畫架，匆匆離去。

姜勝武在畫架上鋪好了白紙，擺好畫筆等。他四下看看，也許是在屋裏待得太久的緣故，覺得陽光耀眼，街上的行人、車馬很多，雖然嘈雜，也倍感新奇振奮，覺得自己猶如鳥兒飛出了牢籠。他舒展了一下臂膀，將青色的大褂衣擺一掀，坐在畫架旁的草墩上，他運筆著墨，筆端在紙上揮灑自如……

從遠處走來了拎著中藥的唐小雨和王小妹，說說笑笑著。

路過姜勝武的畫架時，王小妹和唐小雨同時被姜勝武筆下的昆明美景所吸引，不由地駐足觀看。

姜勝武仍專心致志地作畫，猶入無人之境。眼前尋常街道，經他幾筆勾勒點綴，既顯江南秀色之清新，又有高原純樸之渾厚。更難得的是，畫中在透出難以抵禦的詩意和才氣。

王小妹不禁驚呼道：「好畫呀！這位公子，你畫一張像多少錢？」

姜勝武仍繼續作畫，淡淡地道了聲：「一張一文。但學子只畫山水，不畫人像！」

王小妹說：「那好，我就等你畫完山水，再畫人像。」姜勝武不理睬，仍繼續作畫。

唐小雨看著王小妹：「小妹眞要等啊！」

王小妹故意說給作畫的聽：「是啊！你看人家文質彬彬的，不會讓我等多久的。再說，我給雙份的銀子！」

唐小雨遲疑一下：「那……我也不走了。」

王小妹站在姜勝武對面，目光從畫面移到他的臉上便不離開了。

姜勝武終於畫完了原來的風景畫，抬眼看看王小妹。他臉上閃過驚喜，忙低下頭，說：「如果……小姐不嫌在下筆拙，一定要畫……」

王小妹把頭一歪，笑著緊接著說：「『那就只好從命了』是吧？」

姜勝武沒有回答，從畫架上取下畫好的那一張。王小妹上前和他一同鋪好新的紙，而後站到了畫架的對面，看著他甜甜地笑著。

姜勝武神情鄭重，開始運筆作畫。

唐小雨在一旁等著，問道：「哎，公子，你是新來的吧！我以前怎麼沒見過你？」

姜勝武「嗯」了一聲。

唐小雨說：「怪不得呢？你畫得這麼好，一定有高師指點？」

姜勝武不語。

王小妹瞪著唐小雨：「小雨，你別老插嘴，沒看見人家正忙著嗎？」

唐小雨看著她笑笑，目光移向畫面。

姜勝武專心作畫，紙上的肖像已初見輪廓。

有人圍過來觀看，越來越多，稱讚著姜勝武畫得好。

小妹仍注視著專心畫畫的姜勝武，心跳在加速。

突然，人群外面不遠有個老乞婦摔倒，發出呻吟聲。姜勝武見狀，立即放下筆，快步過去扶起老乞婦，並從懷裏摸出些碎銀子給她。老乞婦謝過，拄拐杖遠去了。

王小妹眼中流露出欽佩和贊許的目光。

姜勝武回來，若無其事地繼續作畫。

唐小雨問道：「公子，你認識那個老人？」

姜勝武搖搖頭。

唐小雨說：「出手眞大方！那一把碎銀子，差不多有二三兩呢。公子！你靠畫畫能賺多少？」

王小妹嗔道：「你沒聽人家說嗎？作一幅畫才一文錢。雙份也就兩文錢嘛！」

唐小雨說：「嗯，錢財如糞土，仁義値千金。義氣中人哪！公子爲何沿街作畫？」

姜勝武說：「家境不濟，爲進京趕考，籌措路費。」

唐小雨笑了：「這麼說，你還是個舉子？沒聽說嗎？天順祥錢莊資助學子赴京趕考的用費！作完畫你就去吧！」

姜勝武繼續畫著。

唐小雨問：「你不信啊？千眞萬確的呀！你畫的這女子就是……」

王小妹忙打斷唐小雨的話：「小雨！你先走吧，去熬藥。」

唐小雨看看她，看看手中的藥：「不急的。」

王小妹仍催促著：「你先回去嘛！我就來。」

唐小雨又看她一眼，轉身回去。

姜勝武勾完最後一筆，臉上露出笑容，說：「小姐，畫好了。」

王小妹站起來，看紙上的她，突然驚呆了。紙上一個絕色佳人與小妹活脫地相像，大有呼之欲出的風采，只是美人的腳邊臥著一頭可愛的小豬。

「剛才有小豬走過嗎？」王小妹看著姜勝武問道。

「沒有。只是我不小心滴了一滴墨，學子只好點墨成豬了。」姜勝武說。

「神來之筆，我喜歡！這隻小豬我也給雙份的錢！」王小妹興沖沖說，一伸手，卻沒掏出錢來，望著唐小雨離去的方向，焦急地叫道：「哎呀我忘了！錢沒在我身上。這個小雨，走了怎麼也沒留下錢來？」

姜勝武已收拾好畫架和筆墨，將畫遞給王小妹，說：「小姐不必著急，我李雲鶴每日都來的。」

王小妹忙說：「我回去就給你送來銀子！會足夠你去京師的。」

「謝謝！但我不會多收一文。」

「這才是辰時，你怎麼就不畫了？」

「有一件事，我必須馬上去辦。如果不是小姐要畫像，我早已離去了。」

「我是不是誤了你的事？」

「沒有。後會有期！」

王小妹看著姜勝武離去，直到他的身影消失，一遍遍小聲念道：「李雲鶴！李雲鶴……」回到自己的閨房，王小妹將畫掛在了牆上，跑出去拉來了父親和兩個母親。

「爹、娘！你們看，畫得像不像我？」小妹指點著畫像問。

王熾看著畫像露出慈祥笑容：「像，像我的寶貝女兒。」

小妹笑得更甜了：「眞的像？」

「當然了。」王熾說著把臉轉向張春娥、李香靈，「你們說像不像？」

李香靈點著頭，張春娥卻說：「不像……」

王小妹大驚：「不像？」

張春娥仍然拉著長聲：「不像——別人，正是小妹！是天仙！」

王小妹紅著臉撒嬌地輕輕推一下張春娥的胳膊：「娘——」

張春娥、李香靈都笑了起來。

王熾饒有興致地點評著：「繪畫之道，要畫出表在外形容易，但要畫出所畫之物的內在精神，這就不是一般人能做到的了。這個畫師非等閒之輩啊！」

小妹看著他：「爹，這畫有你說的那麼好嗎？我看這畫不像我。我就是這個醜樣子嗎？不會的吧？」

王熾說：「哎，怎麼能說醜，我的女兒是憨態可掬。」

小妹拉住他的胳膊：「爹！你說這個畫師手藝好，明天我把他叫到家裏來也幫你畫一張像好不好？」

王熾說：「好啊！『天地之性，人爲貴……』」

小妹也學著王熾的樣子：「『貴其識知也。』爹，你不會向一個街頭畫畫的求知吧？」

王熾說：「人有長於我的地方，我爲什麼不能向他求知？」

小妹說：「好，那明天我就去找他來。」

王熾欣賞著畫突然覺得有一絲疑惑：「哎，這畫師眞是奇怪，他怎麼會想起畫一頭小豬伴於小妹之側？當時有小豬在場嗎？」

小妹說：「沒有。人家那是『點墨成豬』，正是神來之筆！有這小豬做伴兒，才相得益彰，輝映成趣呢！我喜歡！」

王熾注視小妹若有所思。

李香靈也在看著，輕聲說：「是有點兒怪。」

王小妹說：「哎呀爹問那麼多做什麼？反正不會是壞人。」

王熾問：「這個畫師是什麼樣的人？」

王熾說：「我想……是個年輕人吧？」

王小妹說：「當然！他名叫李雲鶴，要去赴京趕考，但沒有錢，只好在路邊作畫。可我答應了給他畫資，身邊卻沒帶銀子……」

馬六子急匆匆進來，說：「學政余偉余大人到了！是爲東家資助學子的事來致謝的。」

王熾忙說：「快請到這裏來！」

馬六子應著出去。李香靈對女兒說：「小妹，跟我回屋吧！」

王小妹說：「不嘛！我要看看，名單裏有沒有李雲鶴。」

李香靈只好自己出去了。

余偉被馬六子引來。王熾已迎到門口：「哎呀余大人！幸會，幸會！請坐。」

余偉連連抱拳笑著說：「王老闆從典當業中抽利資助，辦起了『興文當』，又包下了我在滇舉子赴京趕考的全部開銷，功不可沒，敝人是特來拜謝的！」

王熾說：「這不過是急人所急罷了。區區小事，何足掛齒？」

王小妹上茶，說：「余大人請用茶。」

余大人一伸手，隨從遞上花名冊。他說：「這是這次赴京趕考的學子花名冊，請王老闆過目。」

王熾翻看了一下，說：「我看不必了，一切由大人做主！」

王小妹忙說：「爹，看看裏面有沒有李雲鶴。」

余偉想了想，問：「李雲鶴是何許人也？」

王熾把花名冊遞給王小妹。王小妹邊看邊說：「是一位在街頭作畫的公子。他家境貧困，是靠四處作畫賺錢，積攢進京路費的。」

余偉說：「這正是『興文當』要資助的學子，再也不能讓他們空發其感，枉費人才了。」

王小妹看完花名冊，有些失望地說：「爹，這上面沒他的名字。」

王熾說：「嗯，廉者不受嗟來之食。不求資助，自食其力，有志氣！小妹，就寫上他的名字，設法找到此人。」

王小妹高興地應了聲：「哎！」

二

黃昏，潘德貴在宅內的池水岸邊盤腿坐著靜靜地垂釣。

姜勝武走了過來，說：「義父，自我跟隨於你以來，每天看到你在這水中釣魚，可未曾見一條魚兒上鉤。」

潘德貴說：「你所見的魚在水裏，而我釣的魚在我心中。當然，你是看不到我釣的魚是怎麼上鉤的。」

姜勝武驀地明白了，點點頭。

潘德貴問：「王熾之女，跟你以前接觸的婦人可有分別？」

「沒有。」

「你不覺得她格外清秀、嬌憨可愛？」

「在我眼中，女人皆是一堆沒有靈魂的骨肉皮毛。」

「很好，只要你堅定這樣的信念，世上就沒有你戰勝不了的女人了。」

「明天，我是不是還去那個地方作畫？」姜勝武問。

「不！」潘德貴咬著牙說，「欲擒故縱，你不能再見她，但……」

按照潘德貴的安排，第二天一早，姜勝武便把畫架支在了昨天爲王小妹作畫的地方，上面鋪好了白紙，然後便急匆匆離去。

不久，王小妹便來了，她離老遠就看到畫架，便滿臉是笑，到了跟前摸摸上面雪白的紙，暗說：雲鶴一定是臨時有事走了，馬上就會來。

然而，直到近午，唐小雨來找王小妹到了這裏，也沒見姜勝武的身影。唐小雨也覺得奇怪：「怎麼像個魂兒似的，說來就來，說走就走？」

王小妹坐在草墩上：「等，我就在這死等，不信他會總不來！」

前方出現了一頂轎子，坐在裏面的是潘德貴。他撩開轎簾窺視著王小妹，臉上露出得意的神色。他在一家酒館前下了轎子，走了進去。

太陽落山了，街邊有的店鋪已經打烊，行人已經很少。王小妹仍坐在草墩上等著。唐小雨走到旁邊一家店鋪門前，問正關窗板的夥計：「請問，那個畫架沒人收嗎？」

夥計搖頭：「不清楚。照理，也許會來收的。」

唐小雨回到王小妹身旁勸道：「小妹，咱們回去吧！那個畫畫的，不會來了。」

王小妹突然站起身：「小雨，你那天聽他說過，他是爲進京趕考才沿街作畫，籌措路費的，是嗎？」

唐小雨點點頭：「是啊，他是這麼說的。可鄉試的時間已經快到了，他沒去『興文當』報名，就靠在這路邊作畫攢錢，還能來得及嗎？」

王小妹走到畫板前，在上面寫了幾個字：進京趕考不用慌，缺錢請找天順祥。

酒館裏，潘德貴坐在臨窗的桌前，見王小妹和唐小雨跑走了，臉上笑容更多。

燭光映照著坐在床邊對著畫像發呆的王小妹。忽然，門外傳來兄長王鴻圖的聲音：「小妹！小妹！」

王小妹聽到了，但沒有說話。

王鴻圖推開門，抱著西洋鏡進來了。他將西洋鏡放好，過來叫妹妹：「小妹，你過來看看我送你什麼。這叫

西洋鏡！可好玩了，霖兒玩兒得可開心啦！你也看看。」

王小妹像沒聽到一樣，仍然看著牆上的畫像。

王鴻圖說：「眞的，這是那個洋人彼特送給我的，說裏面講的全是洋人娶媳婦兒的事，有好多好故事呢！」

「不看、不看！」王小妹叫著，眼裏流出了淚，跑出屋子。

王鴻圖瞪大眼睛看著她的背影，嘆了一口氣，隨後跟出。

唐小雨正在閣樓上打算盤，看了王小妹一眼，覺得她好像在哭，忙追過去，與王鴻圖正好相遇，互相看看就明白了，奔向後院。

王小妹來到後院，坐在貨包上眺望夜空，眼裏含著淚，呆呆地坐著。

王鴻圖、唐小雨看了她一會兒，走過去站在她身前。

「你這是怎麼了？」王鴻圖關切地問。

「哥你回去歇息吧！」王小妹煩躁地說。

「小妹……」

「快回去吧！我嫂子、霖兒在等著你。」王小妹打斷了哥哥的話。

王鴻圖扭頭看看唐小雨，道了聲「你陪她一會兒」，轉身走了。

唐小雨慢慢坐在了王小妹對面的一個貨袋上，輕聲說：「小妹，你別難過，明天……咱們再去找他。」

王小妹搖搖頭：「你說他會去哪兒呢？進京趕考，還不到時候，要是去別處，可畫架還在呀！」

唐小雨判斷著：「畫架還在，就說明他還沒離開昆明。他又不來，那肯定是有了什麼纏身的事，來不了啦。」

王小妹忽地站起身：「他是病了！對，肯定是病了！要不，他不會不來的，他要靠賣畫攢路費呢！他家在哪兒？誰照顧他？病得厲害嗎？」

唐小雨拉她坐下：「你一下問這麼多，讓我怎麼回答？小妹，你也別瞎猜了，見了人就都知道了。」

王小妹抓著他的手：「誰說不是呢？可他人在哪兒？在哪兒？」

唐小雨一時語塞。

二人沉默。

過了好一會兒，王小妹說：「小雨，你有這樣的時候嗎？想一個人想得吃不下飯，睡不著覺，有時，睡著了，可一想到這個人，就又驚醒了，再也睡不著了。」

唐小雨看著她說：「沒有。小妹，你是不是喜歡上他啦？」

王小妹搖搖頭：「我也不知道，也許是吧。」

「小妹，你看夜已經深了，咱們回去吧，要不東家又替你操心了。」

「我不想讓爹操心，也不想讓娘難過，可是我由不得自己！」

「這樣吧，從明天起，我去找他！可你得答應我一件事。」

「一百件都行！你說吧。」

「從今往後，你在東家和師娘面前，要裝得像沒什麼事一樣，好讓他們高興！」

「嗯！」王小妹眼裏流出淚，用力點了一下頭，站起身跑向臥房。

唐小雨嘆著氣，好像很費力地站起身，也回了和父親的住處，邊走邊在心裏說：我是不是該去告訴東家呢？

第二天早晨，王鴻圖把昨晚所見到的王小妹的情形告訴了父親。

李香靈端著藥碗進了臥室。

王熾說：「我的病沒啥，已經好了……」

李香靈還是把藥碗塞到他手中：「這可是小妹的心意啊！」

王熾只好喝下去藥，在把碗還給她時問：「香靈，這兩天你有沒有覺得，我們的寶貝女兒跟往常大不一樣？」

李香靈說：「她是有點心焦氣躁的，還不是你老寵著她？」

王熾笑笑：「這大概跟我寵她沒有關係。時間眞快，小妹今年十八歲了。我整天忙於外面的事，可能忽略了一個十八歲女兒的所想所思。」

「你的意思不會是說小妹有意中人了？」

「不要忘了，當年你看中我的時候，才十四歲。」

李香靈嬌嗔了他一眼，嘆息道：「唉！女兒再好，總歸要出嫁。這家裏要沒了小妹，可就少了許多歡樂了。」

「誰說不是啊？」

「你說小妹有了意中人，我覺得不太可能。她每天都在家裏，出門也總和小雨在一起，會喜歡上誰啊？」

「是啊，我的女兒會喜歡誰呢？」

門外突然響起急促的腳步聲，唐柯未敲門便慌慌張張推門進來。

王熾問：「慌成這樣，出什麼事了？」

唐柯說：「我們捐助的那二十萬兩興修水利工程的銀子，出了大事！」

「什麼大事？」

「用這銀子加固的堤壩，因黃河氾濫全沖垮了。我們損失了一筆鉅款不說，還牽扯到上百條人命。」

「什麼！怎麼還牽扯到人命了？」

「東家，我們的好心現在已經成罪過了。事情緊急，唐大人在書房等你，你趕快上樓吧？」

「唐炯唐大人在書房？」

「是啊。」

王熾趕緊隨著唐柯走了出去。

二人又叫來了巴力、馬六子、王鴻圖，急匆匆來到書房，只見唐炯正背著手在大廳裏來回走著。

「唐大人！」王熾一進屋便拱著手叫了一聲。

「興齋，你現在有沒有捐贈一百萬白銀的能力？」唐炯開門見山地問。

「捐贈一百萬？眼下我恐怕沒有這個能力。」王熾暗驚，如實說道。

「沒有這個能力，你去修什麼水利？」唐炯很不客氣地說：「如果你在三十天內拿不出一百萬兩白銀，天順祥的命運就岌岌可危了。」

眾人驚慌對視。

王熾說：「唐大人您清楚，這修水利我完全是出於好心……」

唐炯把手一擺：「你是一片好心！可河南巡撫上奏，說你勾結奸商利用修水利之名，用黃河之水圖利，導致違規建造的水利工程，在大水前不堪一擊，不但沒有給黃河兩岸百姓帶來絲毫好處，反而加重了災難。」

王熾更加吃驚：「這……朝廷也這樣認為？」

「朝廷已經由工部侍郎張海山大人在查辦此事。」

「張海山大人……不正是你的同窗舊友嗎？」

「正因為有這層關係，所以我才能及時得到消息，來提醒你做好最壞的打算。」

王熾看著唐炯愣住了……

此時，唐小雨忠實地蹲在姜勝武為王小妹作畫的地方守望著。距離他不遠處的小吃攤上坐著小松子。小松子陰著臉，一直監視著唐小雨。

王小妹從遠處跑來：「小雨，你回去吧，我來守著。」

唐小雨站起身：「咱倆不是說好了嗎？你快回去吧。」

二人爭執間，小吃攤上的小松子看見王小妹來到，忽地站起身。將頭上的氈帽的帽檐向上一抬。

須臾，遠處一條小巷跑出兩匹快馬。騎馬人拚命打馬，沿著街道衝王小妹她們的方向跑來。兩匹馬的後面拖著五花大綁的姜勝武，他被馬拖著，一路慘叫。

慘叫聲驚動了街道，人們紛紛出門觀看，潘德貴也在其中。

當這兩匹馬和被拖的人經過王小妹時，王小妹認清了被拖地慘叫的人是姜勝武。她驚叫著：「雲鶴——」

唐小雨見她要衝上去，忙一把抱住了她。

姜勝武被拖著遠去。王小妹終於掙脫了唐小雨的手，衝了過去。她瘋狂般地追趕著，直到看不見雲鶴的影子，又跑了好一會兒，才被追上來的唐小雨拉住。她這才站住，不敢相信眼前見到的一幕，過了片刻才如夢方醒，淚如泉湧。她回頭跑去抱起畫架又要去追，再次被唐小雨緊緊拉住胳膊。

早已站在畫架旁邊已經化妝成窮漢的小松子擦著淚自言自語道：「完了，這下全完了！」

王小妹回過身問：「您認識他？」

小松子說：「認識。他本是個讀書的舉子。因爲他爹欠了債，他一直流亡在外，誰知竟被債主抓了回去。唉，父債子還嘛！眼看就要進京趕考了，這下子全完啦！」

王小妹愕然，猛地轉過身向錢莊跑去。

她跑回自己的臥房，翻箱倒櫃地找著首飾珠寶。

李香靈在門外敲門喊著：「小妹，你把門開開，你在裏面幹什麼？」

王小妹不搭理母親，將找到的首飾珠寶用一塊綢緞包好。

唐小雨也敲著門：「小妹，小妹……」

門猛地打開，王小妹拎著首飾繞開母親和唐小雨往外走去。

李香靈急著大叫：「小妹，你要幹什麼去，你給我站住。」

唐小雨一把抓住了王小妹的胳膊：「小妹你要去哪兒？」

王小妹掙著胳膊：「去救人！」

唐小雨說：「你知道他在哪兒？這麼點錢，救得了他嗎？」

王小妹猛地推開唐小雨，跑了出去。唐小雨隨後追出。

李香靈也下了樓，腳下一滑，身體一偏，將過廳裏的花瓶撞落在地，發出破碎聲。正路過這裏的張春娥上前扶住了李香靈。李香靈看著腳下摔碎的花瓶，彎腰欲收撿打掃。張春娥小聲說：「算了，別弄它了。」

李香靈問：「他們的會什麼時候完呢？」

張春娥憂鬱地說：「大概還早呢。」

李香靈抬眼看著三樓的書房，心急如焚。

書房裏，王鴻圖、巴力、唐柯、馬六子等人都緊張地看著王熾。王熾閉目坐在太師椅中，手指不安地揉搓著鹽荷包裏的食鹽。坐在一邊的唐大人注視著王熾。王熾突然瞪大了眼睛，響亮地說：「我王熾心中無私，我就不信天會滅我！」

王鴻圖忙問：「爹，你想到辦法了？」

王熾說：「要我拿出一百萬白銀捐給工部以挽回水災損失，重建水利，唐大人……」

唐炯看著王熾，屛住了呼吸。

王熾接著說：「我王熾可以傾其所有拿出這筆錢，但這筆錢的管理使用應由我天順祥委派的人監督。我不能同樣的錯犯兩次！」

唐柯計算著嘀咕道：「拿出一百萬，天順祥大半壁江山就算沒了。」

唐炯點點頭，說：「興齋，你這樣做的想法我能理解，但恐怕難以行得通。」

王熾和他對視著，問：「爲什麼行不通？」

唐炯捋著花白的鬍鬚說：「爲什麼？你捐給工部的銀子由你來計畫使用，這不是將你的天順祥凌駕於朝廷之上嗎？」

王熾手中捏鹽再一次沉默了。

半晌，王熾才說：「唐大人，我王熾沒有絲毫要凌駕朝廷之心。既然你能明白，我想你也能讓工部張大人明白。只要朝廷同意我王熾在工部管理下親自抓治黃水利建設，我王熾可以立軍令狀，如果抓不好甘受任何處罰！」

唐大人又想了想，長嘆了一口氣，說：「好吧！事已至此，我能幫你到什麼程度就幫你到什麼程度了。」

王熾向他拱手：「有唐大人這句話，我已經心滿意足了。這個二期工程的款子我王熾捐定了！」

唐炯站起身：「好，那我先告辭了，你們抓緊時間做好兩手打算的準備，等我的消息。」

王熾等人把唐炯送到大門外的轎前。唐炯上轎而去。

王熾望著遠去的官轎心情沉重，慢慢轉過身回了大堂。衆人跟隨著，馬六子心中慌亂，在進門時忘了抬腿邁門檻，一個趔趄便向前跌倒在地。

王熾看他一眼，責備道：「慌什麼慌？」

「我，我沒有慌……」馬六子說著從地上爬起來，一抬頭又撞在了吊在櫃檯前招財進寶的銅鑼上。

王熾不再理馬六子，對唐柯說道：「你立即通知全國各分號，從今天開始暫時停止發放借貸款，借貸出的資金沒有及時回倉的要立即追回，昆明總行從明天——不對！是今天，停業盤點……」

王熾話未說完，發現李香靈似有話欲說，張春娥也站在一旁。

李香靈小心翼翼地說：「東家，小妹她……」

王熾大驚：「她怎麼了？」

李香靈說：「她拿著自己的首飾出去了，到現在還沒有回來！」

王熾一怔，隨即從後廳出了大堂，直奔馬廄。

烏雲翻滾，遠處傳來陣陣雷聲，街上很少的行人腳步匆匆。王小妹還站在姜勝武曾爲她作畫的地方，焦急地眺望著。

暴雨前的狂風橫掃路面，捲起地面上的紙屑和垃圾。

唐小雨在勸著：「小妹，咱們回去吧！東家和全家人都急壞了，你不回去，東家急了會來找你的。你看，風這麼大，就要下大雨了，再讓東家著涼了，那咱們就是不孝哇！」

王小妹轉過身來：「你說，雲鶴他還會來嗎？」

唐小雨見她臉上掛滿了淚，神情呆滯，說：「不管爲什麼，咱們先回去。事情總會水落石出的！你別急。」

王小妹似乎沒聽見他的話，依然呆呆地任憑狂風吹拂……

王熾進了馬廄，解開火龍，牽馬欲走。巴力緊跟著，拉住了火龍的韁繩。王熾明白他的意思，說：「巴爺！你讓我去。別人勸不動她！」

巴力將馬韁交給王熾，拉出另一匹白馬。

王熾翻身騎上火龍，從後門衝出，巴力隨著縱馬緊跟。

雷鳴閃電！一聲霹靂後，暴雨傾盆。

街道上只站著王小妹和唐小雨。唐小雨脫去外衣，站在小妹身後舉著雙手用外衣爲她搭篷遮雨。王小妹仍望穿雙眼，希望奇蹟出現。

王熾冒雨快馬趕到了，他跳下馬，去拉王小妹，喊著：「小妹！小妹，走！咱們回家……」

王小妹甩開他！巴力也到了，跳下馬來站立雨中，看著王熾、王小妹。

王熾勸著：「孩子，爹剛和唐大人等商量完大事。現在爹聽你說，是怎麼回事，你可是女孩兒呀！」

王小妹回身盯住王熾：「爹，他會回來嗎？」

王熾說：「小妹，你看雨這麼大，他能來嗎？你在這又等誰呢？」

王小妹把臉轉了過去。

王熾哀求著：「等雨停了，爹陪你來找，好嗎？」

唐小雨說：「是啊！你看，你爹渾身都濕透了，咱們回去吧！」

王小妹叫著：「誰讓你們來啦？怕雨淋你們都回去，讓我一個人在這兒好啦！」

唐小雨再忍不住，發怒道：「小妹！你太任性了！難道爲了你一個人，要讓你爹淋雨，要讓全家爲你操心嗎？你要怎麼樣？讓你爹下跪求你嗎？」

王小妹聲音更大了：「你們都回去！回去——我用不著你們來！」

「小妹！回去！」王熾說著上前抱住王小妹，卻被王小妹掙開。

王小妹向遠處跑去，不顧一切地在雨中跑著。

王熾氣壞了，吼道：「眞沒有了家規！巴爺，把她帶回去！」

巴力縱身上馬，追上王小妹，將她攔腰抱起，調轉馬頭，往回跑來。

「放開我！放開我——」王小妹在巴力的臂彎裏掙扎大喊，終於掙脫了，大叫一聲掉在地上。她在污泥地裏翻滾著，喊著：「爹——」

王熾看著滿臉滿身的污泥仍在地上翻滾的女兒，心疼地大喊：「小妹！」他奔了過來，腳下一滑，跌倒在地！他爬起身，仍喊道：「小妹！」

王小妹聽到王熾的呼喊，從污泥中坐起抬頭見王熾摔倒在泥水中，失聲大喊：「爹——」

王熾掙扎著坐起身。王小妹在泥水中爬來，抱住了父親大哭。王熾將她摟在懷裏，連聲叫著：「小妹！小妹……」

「爹，您摔傷了嗎？傷著哪啦？讓孩兒看看。」王小妹急忙問。

「爹沒事，你看，爹還能站起來！」王熾說著想站起來，可又滑倒了。

「爹——咱們回去，咱們不等他！」王小妹哭叫著。

「小妹，你要……真心想等他，爹……陪你……一起等！」

「爹！」王小妹撲進爹懷中。

王熾緊抱住王小妹。巴力和唐小雨跪在雨地裏，任風吹雨打。

三

天順祥錢莊大門緊關著，一輛洋式馬車在店門外停下，趕車的小松子打開車廂門，從裏面走出了潘德貴。

潘德貴面露微笑，怡然自得地上下左右打量著天順祥大門。

一顧客匆匆而來，見已關門，忙問潘德貴：「怎麼，天順祥今天不開門？」

潘德貴冷笑一聲：「關門了！恐怕再也開不了嘍。裏面的人，一定正像熱鍋上的螞蟻吶。」他說完上車遠去。

回到家，潘德貴帶著小松子來到姜勝武住的屋，只見他正趴在床上，渾身一絲不掛，後背和臀部滿是傷痕，沒有敷藥，有些地方已經結痂，好多處在化膿——三天前被馬拖的。

「站起身！」潘德貴命令道。

姜勝武吃力地站起身，看著潘德貴問：「義父有事嗎？」

「去！兩手扶著牆。」潘德貴一指旁邊的屋牆說。

「是。」姜勝武應著，走了過去，弓著腰雙手扶牆。

「雲鶴，爲了明天你順利打入天順祥，還得受點兒罪！再咬咬牙吧。」潘德貴說著把臉轉向小松子：「小松子，給我狠狠地抽！送他上路！」

小松子從旁邊的凳子上拿起鞭子，看著他背上的傷口卻舉不起來。

姜勝武扭頭看看他，說：「小松子，你抽吧！使勁兒抽啊！」

潘德貴奪過小松子手中的皮鞭，用力向姜勝武背上抽去，發出「啪！啪……」聲響。他每抽一鞭都大喊著：「這一鞭記在王熾的帳上！這一鞭記在巴力的帳上，這一鞭是王鴻圖的！這一鞭是王小妹的！這是天順祥的……」

小松子再不忍看下去，閉上眼睛。

姜勝武背上皮開肉綻。他緊咬著牙，瞪大了眼睛，不時叫一聲：「好！」

潘德貴已經氣喘吁吁，仍在抽打著。

傍晚，王熾、唐柯進了書房。王熾看一眼正在注視著帳簿的兒子，問：「鴻圖，他們各轉來多少？」

王鴻圖忙站起身，說：「重慶、順天各二十萬兩到齊，貴陽、福州只有十萬兩……」

王熾眉頭頓時皺緊了：「哼，他們不跟我通氣就自行做主減去了十萬，這還了得？這家減十萬，那家減五萬，我跟工部簽訂的協定還怎麼履行？唐柯，你是不是沒有跟各分號強調這次興辦水利的成敗，關係到天順祥的生死！」

唐柯說：「說過了，大概是太緊……」

李香靈匆匆走進來：「老爺，老爺！」

王熾扭頭看著她：「什麼事？」

李香靈說：「快去看看小姐吧！」

王熾煩躁地說：「我現在有重要的事處理！她怎麼了？」

李香靈面露難色。

「這事就先到這兒吧！」王熾說著快步走了出去。

王熾推開女兒的臥房門。王小妹見是他，撲到他的懷裏哭叫著：「爹——」

王熾輕撫著她的肩頭，抱歉地說「小妹，爹對不起你，這幾天事情太多，剛才又在商量重要的事兒，沒能聽小妹的，這都是爹的錯。這會兒，你有什麼委屈，都說給爹聽！爹給你做主！」

張春娥、李香靈、王鴻圖、唐小雨等人來了，都站在門外沒有進來。

王小妹哽咽著說起來：「孩兒……自打那天在街上……見到了那個窮書生李雲鶴，就不知怎麼的，總是……時時想著他。我多次……去他作畫的地方找他，可他從此再沒來過。我以爲……他病了，不能來了……可算盼到他來了，卻是被綁著，被馬拖著，滿臉是血的來啦！他是欠了人家的債呀。爹，我要去見他！我要去救他！您說不應該嗎？」

「小妹，你心裏想的，爹何嘗不理解呢？爹比你還急呀！這些天來，爹看著小妹瘦了，不吃不睡的，也不像往常那樣愛說愛笑的，你知道爹這心裏有多難過？」

「爹！這都是……孩兒的錯。孩兒……也不想讓爹著急難受，可就是……管不住自己。爹，只要你讓孩兒能見到他，你怎麼打我、罰我都行！爹，您給我想個辦法吧！再不去救他，恐怕就來不及了，爹要是真的疼愛小妹，就答應了小妹，行嗎？孩兒求你了！」王小妹說著便下跪。

王熾急忙扶起她，問：「小妹，這個李雲鶴住哪兒？」

王小妹搖搖頭：「不知道。」

「他欠了多少債？」

「不清楚。」

王小妹轉身對著自己的畫像：「雲鶴，你等著，小妹一定會替你還債！」

「你放心，爹會給你想辦法的。」

王熾回身示意圍在門外的二位太太和唐小雨、王鴻圖等走開，眾人散去。王熾加了一句：「香靈，給小妹弄點吃的來。」

李香靈應了一聲「哎」下樓去了。

王熾轉過身默默地望著王小妹。王小妹淚流滿面地看著畫像……

翌日，盤點了幾日的天順祥又開門營業了，人們進進出出，業務格外繁忙。

王熾將巴力和馬六子帶到人少的地方，對二人囑咐道：「你倆每人一匹快馬，跑遍昆明城，也要把李雲鶴找到。」

這時，店門外一陣騷動聲。王熾抬眼一看，唐小雨從店門外跑進，飛快地上樓，一邊跑一邊喊：「小妹！來了！小妹——」

什麼「來了」？這孩子！王熾在心裏說。

小雨、小妹飛快地從樓上跑下，從王熾、巴力、馬六子身邊跑過，從店門衝出去。是李雲鶴！王熾驀地明白了，向巴力、馬六子一招手，也衝出門去。

王小妹到了外面，看見一輛由兩名騎馬人押送的馬車從眼前經過，馬車上姜勝武滿臉是血，被綁著跪在車上，馬車飛快向前駛去。

「雲鶴——」王小妹喊著追了上去。

王熾看看女兒和不遠處的馬車，來不及思索就隨著小妹追了過去。巴力、馬六子、唐柯、王鴻圖也跟了上來。

巴力跑得最快，一把抓住拉車馬的籠頭，使馬車停住。

「雲鶴——」王小妹叫著撲向姜勝武，被王熾一把抱住。

「這個人欠債主多少錢？」王熾抱著小妹問騎馬的人。

「一萬兩白銀！」騎馬的人說。

「他欠的錢，我替他還了！」王熾說著吩咐馬六子：「快去拿錢！拿錢去！」

馬六子應了一聲轉身就跑。

王小妹看著父親，感動地叫了聲：「爹！」

王熾緊緊抱住王小妹，閉上眼睛，長出一口氣。兩個人由於尋找「李雲鶴」而形成的積怨，此時頃刻消融了。

唐小雨、巴力上了車，給渾身是血、奄奄一息的姜勝武鬆了綁，將他攙下車來。姜勝武被扶著來到王小妹面前，眼睛只睜開一道縫，似有話說，但尚未開口，就暈倒了。

王小妹掙出父親的懷抱，上前抱住了姜勝武：「雲鶴！雲鶴——」

在街旁的一家茶肆裏，潘德貴正在二層樓上品著茶看著王小妹、王熾、姜勝武。

忽然，小松子帶著梁紅女來了。梁紅女發了瘋一樣衝向潘德貴：「你把我兒子怎麼樣了？他渾身都是血！」

潘德貴笑著說：「還有口氣呢。」

「你怎麼這樣對待他？」

「不讓他吃點苦，誰會相信他的鬼話？」

「那也不能往死裏打呀！」

「婦人之心！要是讓王熾看穿了，打得比這還狠！」潘德貴沉下臉說，而後又笑了：「放心吧。他馬上就要成爲王熾的座上客了。用不了多久，整個天順祥都是他的！」

「如果我兒子有個三差兩錯，」梁紅女盯著潘德貴，指點著他叫道：「我絕饒不了你！」

「到時候你只會感謝我。」潘德貴說著放聲大笑。

「別笑過了頭！最後哭都哭不出聲來。」

「我有絕對把握！」潘德貴得意地說，見四下無人，壓低了聲音：「我這次是三箭齊發：一是把雲鶴打入天順祥，二是買通了河南巡撫，三是……」

「三是什麼？」

「到時候你就知道了！當年，他王熾讓我破產，讓我坐了大牢。我要讓他比我更慘！比我慘十倍、百倍！」

潘德貴咬牙切齒說，面目猙獰。

梁紅女似信非信，向外面望去，已不見了姜勝武等人。

姜勝武漸漸地甦醒，眼前的一切由朦朧漸漸變清晰。王小妹見他醒了，從身旁的郎中手裏接過藥碗，看著他不由落淚。

緊挨王小妹的唐小雨、王鴻圖以及他們身後的巴力、馬六子、李香靈等人，見姜勝武甦醒了都欣喜地議論著。

姜勝武面對這一副副陌生的面孔，面對這份誠摯的關愛，一種久違了的說不出的情感驟然從心底升起。

巴力卻從姜勝武的眼睛裏捕捉到一絲似曾相識的目光。

姜勝武和巴力對視一下，趕緊閉上眼睛，叫了一聲：「啊——」

王小妹忙叫著：「哥、小雨，快！」

王鴻圖和唐小雨將赤著上身的姜勝武扶起。老郎中從藥盆裏拿出藥，爲姜勝武敷藥，王小妹爲郎中端盆，郎中每敷一下，王小妹眉頭就皺一下。

李香靈說：「那幫畜生，心也太狠了！」

唐小雨說：「雲鶴哥眞是好樣的！」

巴力看著姜勝武的背上除了鞭傷之外，發現了他左臂有塊刀疤。他疑惑地離開大家，獨自從屋中走出去。

被人這樣圍著，這樣關切，這樣疼愛，勾起了姜勝武曾經有過的情感。爲了抑制這種情感萌動，他緊閉著眼睛。

門外的王熾看了一眼走出的巴力，進了屋，興沖沖說：「我們的舉子醒來了？」

王小妹立刻來到王熾的身邊，說：「爹，雲鶴昏迷一天一夜了，可把我們嚇壞了。」

姜勝武突然不顧疼痛，翻身下床，跪地叩頭：「學子李雲鶴，謝王老闆救命之恩！」

王熾扶起姜勝武，親切地說：「快快請起。上床躺著吧！」

王熾將姜勝武攙到床上，吩咐：「香靈，你通知伙房，在李公子養病期間，要變著樣兒地做好吃的。小雨，你負責李公子起居。小妹，你和巴力用彝鄉的偏方爲李公子療傷。李公子，你就安心養傷吧！」

四

姜勝武坐在床上，任由王小妹爲他在背上敷藥。已經半個月過去，他的傷情明顯好轉，只有很少處沒有結痂了。

「把你的身世告訴我好嗎？」王小妹說，「我想，你一定很傳奇的。」

「哪有什麼傳奇？」姜勝武笑著說，「說起來，我家在陸良裏東坡鎮，也算得上是個大戶，家境比起別人來算是富裕的多，可後來我父親染上了大煙癮，這下子不但傾家蕩產，還欠了人家的債……」

王小妹替他說下去：「於是，你爹去世後，你就背井離鄉，四處逃債，作畫爲生，苦讀多年……雲鶴兄，你不是要進京趕考嗎？父親辦的『興文當』可以資助你考取功名。」

姜勝武嘆了口氣，說：「考期已經過了。我雲鶴沒那個福氣。」

「你都傷成這樣了，就是考期不過，我也不放你走。你現在好好養傷，別的什麼都不要想。」王小妹反而高興，忽然一指他左臂上的舊刀疤，問：「這是怎麼弄的？」

姜勝武搪塞道：「那是小時候被有錢人家欺負落下的。」

王小妹撫著他的傷口：「當時一定很痛吧？」

「不疼。」

「怎麼會不疼呢！小時候，有一天我在院裏玩，不小心被樹枝在背上剮得破了皮兒，爹心疼地抱著我去看郎中，還親手把那棵樹砍了……雲鶴兒，小時候你娘也像我爹這樣疼你嗎？」

姜勝武心一噤，冷冷地說：「我忘了！我娘……早就不在人世。」

王小妹怔了一下，靠近姜勝武，幾乎是對他耳語道：「對不起，我不該問這個。」

這時，王熾來到了門外。他看看二人，轉身悄悄離開。

王熾來到李香靈的住處。李香靈見他表情複雜，問：「怎麼了？」

王熾說：「我去李雲鶴的屋看看，小妹正給他上藥。」

李香靈馬上明白了，說：「興齋，我看你是得找李雲鶴談談了。小妹這樣一天天跟他黏糊在一起，總有一天會出事的，如果他眞是一個可造之才，就不如……」

王熾看著她催道：「說啊！」

李香靈遲疑了一下，還是開了口：「你不是捨不得小妹嫁出門嗎？如果李雲鶴眞的好，我看就招他上門好了。」

王熾笑笑：「他現在大病未愈，再說吧。」

二人說了一會兒話，王熾按著李香靈的提議又前往李雲鶴的住處。

來到門外，王熾聽到姜勝武正給王小妹講解《孫子兵法》「……『故兵貴速，不貴久。故知兵之將，民之司命，國家安危之主也。』這意思是說，用兵作戰最宜速勝，而不宜曠日已久。這雖然是兵法，但錢場如戰場，領頭的人當然要懂得管理之策。」

王熾跨進門來：「說得好！李公子果然才氣過人，很有見地呀！」

「爹您還沒聽李公子講老莊呢！」王小妹喜滋滋地說，學著姜勝武的樣子，「什麼……『有爲之不爲，不爲而大不爲……』那道理深得很，我學不上來。」

王熾說：「小妹，你到伙房看看，今天給李公子做什麼好吃的了。還有，看看巴爺煎的藥怎麼樣了，等熬好了就端來。」

王小妹站起身爽快地說：「好，我去。」

王小妹出了屋，先去了伙房，安排了幾種李雲鶴愛吃的菜，而後來到馬棚，只見巴力蹲在馬廄裏低頭沉思著什麼。

「巴爺，我爹讓你熬的藥呢？是偏方嗎？」王小妹問。

巴力點頭，示意王小妹看草屋裏的爐灶上熬著的草藥。

王小妹欲端，巴力趕忙搖頭擺手。王小妹明白了：「還沒好？」

巴力點頭。王小妹也蹲了下來，看著藥壺，和巴力閒聊著。

藥終於熬好了，巴力把藥倒進碗裏。王小妹端起藥碗向李雲鶴住的屋子走去。

「藥好了！雲鶴，趁熱喝吧。」王小妹說著坐在李雲鶴身旁，用羹匙舀了大半下，用嘴吹了吹。

「我自己端著碗喝吧！」李雲鶴說。

「不嘛！」王小妹說著，把藥匙送到李雲鶴嘴邊。

「謝謝！」李雲鶴說著喝下了藥。

「我還有事，以後再來和你聊。」王熾說著站起身。

「王叔叔您忙吧！」李雲鶴彬彬有禮地說，向王熾拱拱手。

王熾朝他點點頭，走了出去。他沒有回李香靈的屋，去了三樓的書房。

李香靈來了，在門外就聽到王熾在哼著小調，正在書櫥裏翻著書，笑著說：「看你高興的樣子，一定是和李公子談得很投機。」

王熾點點頭：「是的，李雲鶴是一個大大的可造之才，我已經說服他放棄那無聊的功名，跟我王熾經商，走一條實業報國之路。」

李香靈問：「他跟女兒的事情你沒有提？」

王熾說：「女兒的事情慌什麼，現在就談婚論嫁，尙爲時過早。婚姻乃終身大事，需要愼重考慮，還是再觀察一段時間吧。我現在首先要幫他立業，一個男人無業就無從談家。我準備安排他到前臺櫃上先熟悉熟悉。」

小妹從外面走了進來，問：「爹、娘，你們在說什麼？」

王熾板起了臉：「大人的事情，你小孩子家不要過問。」

小妹眼睛骨碌轉一圈，滿不在乎地說：「哼，不說就算了，臉拉那麼長，嚇得了馬六子，嚇得了我？」

王熾見她在書櫥裏挑書，問：「你幹什麼？」

「從今天起，我要李公子教我讀書。」王小妹說著去拿書，將一首飾盒帶下，掉在地上發出「噹啷」一聲。她好奇地撿起首飾盒，問：「這小盒眞精緻，幹什麼用的？」

王熾接過首飾盒，心疼地擦了擦，說：「這是一個人的遺物。他小時候，曾在咱們家裏住過些日子，後來他死了。唉，英年早逝，可惜啊！」

王熾說著，將首飾盒放在桌上，幫小妹撿起書。小妹抱著一疊書走出書房。王熾看著她下樓，輕聲嘆了一口氣。

王小妹拿著書回到自己的屋子，帶上了西洋鏡來到李雲鶴的屋。

「雲鶴兄，給你看個好東西！」王小妹說著放下書，支好西洋鏡，將鏡眼兒對著姜勝武：「這還是洋人送的呢！」

姜勝武似不經意地道了聲：「洋人的東西？」

王小妹一邊裝一邊說：「是啊！我哥鴻圖跟洋人做買賣，那個洋人彼特便把這個送給我哥留作紀念。」

姜勝武看著她：「少東家眞有本事，還和洋人做生意？」

王小妹說：「當然，他們做煙草，有好幾十萬擔呢！那洋人沒本事出境，還是我哥送他過海關的呢！」

姜勝武「噢——」了一聲。

王小妹已經準備好了：「雲鶴！來看哪！」

「嗯，眞是有趣兒！」姜勝武看著西洋鏡說，而後拿起她帶來的書，問：「你家藏書很多嗎？」

「好多的！都在我爹的書房裏。你想看嗎？」

「嗯。」李雲鶴點點頭。

「我陪你去。走！」

李雲鶴被王小妹拉著手走了出去。

二人上樓，到了書房門口，順著沒關嚴的屋門，見王熾正在伏案寫什麼，桌上放著未來得及收好的首飾盒和幾本書。

姜勝武立刻被那個首飾盒吸引住了，眼直直地盯住它，像是有什麼可怕的往事一下子回憶了起來，他快步走了過去，仍然目不轉睛地看著首飾盒。

王熾抬起頭，親熱地打著招呼：「李公子來了！」

姜勝武趕忙控制自己的情緒，向王熾抱拳鞠躬：「是小妹帶我來看看書。」

王熾說：「那好啊，你隨便看吧！」

王小妹說：「你想看什麼，就拿走。」

姜勝武看著書櫥上的書，不時扭過臉看一眼那個首飾盒：「怎麼這麼熟悉啊？我在哪兒見過的？」

王小妹發現了他神情異樣，問：「雲鶴，你怎麼了？」

姜勝武支吾了一下，說：「我……有點頭暈，回去吧。」

王小妹趕緊攙住他的胳膊，和父親打個招呼，離去。

王熾看著姜勝武的背影有些奇怪，拿起首飾盒放回原處。

姜勝武回到住處，躺下，閉上眼睛，腦海裏又浮現出那個首飾盒。王小妹關切地問著病，要去請郎中，被他阻止了。

五

這天下午，扮成送菜人的小松子推獨輪車進了天順祥後院，車上擺滿了蔬菜簍子。他大聲地喊：「馬總管！馬大人！」

姜勝武驀地瞪大了眼睛。

馬六子從廚房出來，打量著小松子：「你是送菜的？我怎麼不認識你？」

小松子說：「原來那個病了，我替他幾天。」

馬六子點點頭，「噢，知道規矩嗎？」

小松子說：「知道，果瓜蔬菜，去根洗淨，每天一趟，月底結帳。」

「我看看。」馬六子說著仔細地檢查著各種蔬菜。

姜勝武對王小妹說：「我有點口渴，讓那個送菜的給幾個蘿蔔吧！」

「那怎麼吃？」王小妹笑著說，跑到門口向外喊：「馬六叔，讓送菜的拿幾個西瓜來！」

小松子抱著兩個兒西瓜快步走了進來，說：「小姐，保你又甜又解渴！」

王小妹接過一個，放在桌上，用刀切著，吩咐：「把那個放在窗戶下邊。」

小松子卻捧著另一個走到姜勝武床前，給他遞了個眼色，說：「這位公子，你敲敲，這瓜熟透了！」

姜勝武伸出一手敲了敲西瓜，小松子趁勢將一紙條迅速塞進他手中……

夜晚，姜勝武藉著燭光再次展開小松子給的那張紙條，注視著上面的一行字：「拿到王鴻圖與彼特煙草生意的原合同。」

這可如何能做到啊？他沉思著。

他下了床，來到桌案前寫了一首詩，而後走了出去。

門外傳來王小妹的聲音：「雲鶴！雲鶴兄！」

見無人應答，王小妹推門走了進來，見屋內沒人不由一愣。桌上燭光閃亮，映照著一首剛剛寫好的詩。她將燈籠放在一邊，看桌上的詩：

江瑟語獨幽，

再三情未申；

雲鶴千里翅，

芳草遲遲音。

雲鶴千里翅，芳草遲遲音？王小妹在琢磨著，驀地明白了，一抬頭，望見大堂裏燈光通明，轉身出了屋門。

不久前，大堂裏還是漆黑的。姜勝武手持燭臺鬼影一般地出現在後廳，他舉燈挪步，來到大堂中央。來到閣樓上王熾常坐的太師椅上，他輕輕地扶椅而坐。突然，他站起身，用燭燈一盞一盞地點亮大堂裏所有的燈。

在通明的燈火之中，姜勝武又坐在太師椅上，此刻他已經把自己當作王熾，當做天順祥的主人了！而後，他慢步踱到大堂中央，悠悠地轉起身來，彷彿在翩翩起舞。他完全陶醉在成功的喜悅中，仍在緩緩轉動中遐想、陶醉。

他忽然停住了，不斷地撥動鐵絲上的夾子，夾子向四面八方飛去，發出「嚓嚓」的聲響。他覺得自己似乎在指揮著千軍萬馬……

突然，他身後響起了王小妹的聲音：「雲鶴！」

姜勝武方夢初醒，鎮定了一下情緒，平靜地回身：「小妹？」

王小妹噘著嘴說：「人家到處找你，誰知道你在這兒！」

姜勝武說：「在屋子裏待得無聊，出來透透風，小妹，這是你父親常坐的太師椅嗎？」

王小妹坐在太師椅上：「是，也不是。我爹又不是皇上，非得有自己的龍椅！」

「說得對，這把交椅，不一定非得你爹坐。小妹，你找我有事？」

「是啊。我讀了一首詩，其中兩句，怎麼也解不開，就向你請教來了。你是我的教書先生嘛！」

「你說！」

王小妹注視姜勝武：『雲鶴千里翅，芳草遲遲音。』什麼意思嘛？」

姜勝武趕緊低下頭，有些慌亂地輕聲說：「這就是……這個意思……很簡單的。你還會不明白，要問我？」

王小妹得意地笑著說：「解釋不了了吧？讓我來說，雲鶴振翅千里前來尋找，終於找到了落下來，而芳草卻遲遲不給回音，是吧？這裏的雲鶴是你，那芳草是誰？」

姜勝武頭垂得更低，哀求道：「小妹，你……爲什麼非要點破呢？心裏明白就行了嘛！」

王小妹瞪大了眼睛看著他，滿臉羞紅：「你是說，那芳草是……是我？」

姜勝武倏地抬起頭緊盯著小妹，向她一步步走來。

王小妹被姜勝武盯得屏住了呼吸，低下了頭。

姜勝武被一股強大的動力支配著，不知是使命還是本能，一步步走近王小妹。王小妹大喘兩口氣，忍著劇烈的心跳，從心底湧起一種渴望。她抬起頭和他對視著，再次屏住了呼吸。

「到那兒之後，切不要急，要先吊著那個小女子的胃口，然後……」潘德貴的聲音忽然響在姜勝武耳邊。他驀地站住了，說：「天不早了，我送你回去睡覺。」

王小妹很失望地瞪了他一眼，向外面走去。

天順祥大堂裏不少客戶在辦存兌業務。姜勝武的傷痊愈了，已經被王熾安排在唐小雨對面坐檯掌櫃。他倆不

時地為人存取，不時唱收唱支，將銀和現銀票通過頭上的鐵絲飛出，收進……

王小妹從店門走進來，向正在專心工作的姜勝武走來。她從懷裏掏出一小錠銀子放在櫃檯上：「掌櫃的，存銀子。」

姜勝武抬頭見是她，憨憨地一笑，拿起銀錠掂了一下：「這銀錠是大清同治三年發放的純銀三號小錠，淨重二兩。請問，小姐存多久？」

王小妹說：「我存三個月零三天，請問本息多少？」

姜勝武不打算盤，只用口算，立即答道：「小姐，您這是零存零取，按本莊規矩百兩五釐息算，三月零三天本利共是二兩一錢三！小姐，存嗎？我給你兌成銀票。」

王小妹說：「有您這樣的掌櫃，我當然存了！」

姜勝武唱收道：「王小姐存銀二兩——」

王熾坐在閣樓上與唐柯核帳，都看著王小妹和姜勝武，笑了……

這天下午，櫃上的姜勝武邊坐櫃檯，邊不時向閣樓上偷看。閣樓上的唐柯用鑰匙打開木製保險箱上的鎖，從裏面拿出幾份合同和帳簿在重新核帳。

姜勝武從櫃下拿出事先準備好的一些資料，對旁邊掌櫃的說：「麻煩你給照應著點兒，我去去就來。」旁邊掌櫃的「哎」了一聲。

姜勝武上了閣樓，十分恭敬地對唐柯道了聲「唐先生」，接著遞過那張寫有資料的紙：「請您給我核算一下，看我算得對否？」

唐柯下意識地用手捂住帳簿，接過姜勝武的資料，低頭核算。姜勝武眼睛盯著保險櫃的鎖。唐柯抬頭看看姜勝武，姜勝武已將目光投向別處，唐柯去將保險櫃鎖上，將鑰匙放在桌上。姜勝武記住了一串鑰匙中最大的那個鑰匙的形狀。

唐柯將核算好的紙遞給姜勝武：「準確無誤。」

姜勝武好像很興奮地說：「是嗎？我還拿不準呢！謝謝唐先生。」

唐柯說：「李公子，東家吩咐過，這閣樓任何人不准隨便上來。」

姜勝武臉紅了一下：「我記住了。以後再不會隨便上來！」

唐柯看著姜勝武下閣樓，繼續核帳……

夜，姜勝武在一小紙上畫了個鑰匙的形狀，與他白天記下的，一點兒不差……

數日後的一天，小松子出現在顧客之中。他看見了櫃上的李雲鶴，擠了上來，向櫃檯上撒了一把古幣，說：「掌櫃的，給我兌成現銀。」

姜勝武見是小松子，把古幣向他推去，在此過程中迅速將裏面一枚帶有缺口的刀幣握在手裏，說：「你這是古幣，要兌到對面櫃檯上去。」

小松子到對面兌了銀子，離去。

姜勝武環視左右，安下心來。

午休時間到了。姜勝武剛站起身，只見王小妹跑了進來。她手中拿著他寫了那首詩的紙，問：「這個能兌多少錢？」

姜勝武忙伸手去抓，她卻把手撤了回去，跑向後院。姜勝武緊追過去。

到了後院，姜勝武邊追邊說：「那不過是我隨便寫的！快給我！」

王小妹回過頭笑著說：「追上我，就給你！」

姜勝武不緊不慢地追著，見小妹看看跑到死角，說：「看你還往哪兒跑！」

王小妹停下來，推開左側一個庫房的門跑了進去。姜勝武也跟入，見空曠的庫房裏陰暗潮濕，一縷陽光射進，勾出一台織布機的輪廓。他突然被這織布機吸引，輕輕地走過去，拂去上面的灰塵。小妹從織布機後面站起身，問：「雲鶴！你知道這是什麼嗎？」

「我還會不知道？義父特意讓我學這個學了二年，也就晚報仇二年！」姜勝武咬著牙暗說著，撫摸織布機：「織布機？這是台好機器呀！」

王小妹說：「我爹早打算自己辦個紡織廠，織出自己的洋布，這台機器還是四年前從福建買來的樣品呢，可因爲沒人會擺弄，只好擱在這兒閒著。」

姜勝武用袖子抹去織布機上面的灰塵，擺弄著。

王小妹驚喜地問：「你會？」

姜勝武道了聲：「試試看！」

王小妹驚喜，欽佩地看著他。

過了一會兒，姜勝武說：「你去給我找來兩個幫手。」

王小妹轉身就跑……

織布機終於在姜勝武的手中響了起來。

大堂裏的王熾、唐柯、唐小雨以及二樓的李香靈、張春娥等好多人都跑來了，在門外驚喜地看著，只見兩個夥計像搖轆轤一樣，一邊一個搖動著。轆轤上的皮帶通過牆壁鑿好的孔，通向機器庫房，皮帶輪在旋轉，織布機發出「哢噠、哢噠」的響聲。姜勝武站在織布機前，聚精會神地時而撚線，時而理梭，並且教著王小妹織布，二人配合默契。

一小塊布頭已從機器的這一端吐出。

忽然，「哢噠、哢噠」的聲音嘎然而止。

王小妹驚叫著：「線頭卡住了！」

姜勝武忙對隔壁喊：「停！」

織布機的齒輪漸漸停轉。

王熾大步走進，高聲道「恭喜，恭喜呀！這台機器終於能轉了。你們倆給天順祥織布廠打響了頭一炮！」

門外的人一擁而入，讚不絕口。

王小妹說：「爹！這都是雲鶴的功勞。他什麼都會，像個神仙。」

王熾說：「眞看不出，李公子還有這一手！你學過？」

姜勝武點點頭，謙遜地說：「其實這並不難……」

王熾說：「難不難就看有沒有心！我天順祥要辦紡織廠的計畫有好幾年了，今天該下決心了。照這樣的機子再進它二十台！李公子和小妹專事紡織！有信心嗎？未來紡織廠的總爺？」

「有！」姜勝武看著他響亮地應道，然後把臉一轉：「啓動！」

隔壁的兩個小夥子又搖起來，皮帶輪開始滾動，織布機又發出「哢噠、哢噠」的響聲，又有布織出來……

深夜，姜勝武藉著月光從後廳摸進大堂。他確信周圍沒人後，迅速上了閣樓。他從懷裏摸出鑰匙，手顫抖著，終於捅進保險櫃的鎖孔，輕輕一擰，隨著一聲微弱地「呀」的聲響，保險櫃的鎖開了。

他四下看看，點燃了蠟燭，在厚厚的一堆合同存頁中翻著，終於查到上寫有煙草生意內容的合同。他又仔細看了一眼，沿著線訂的地方，撕了下來。

這天傍晚，天順祥已經打烊，大門已經關上。王小妹匆匆來到閣樓下，向下面喊著：「爹！你快來看看吧，織布機要出問題啦！」

王熾放下手裏的事兒：「走，看看去。」

小妹向唐柯做鬼臉，跟在了父親身後。唐柯笑笑，抬手讓王鴻圖、唐小雨也跟了出去。

王熾來到後院進了織布機機房，頓時瞪大了眼睛，只見這裏已煥然一新。他剛要碰一下織布機，皮帶輪突然轉動起來，嚇了他一跳。見織布機正常轉動，他回過頭，只見從屋頂垂到地面的一幅幅花布，像各色的瀑布密密地垂滿了大半個庫房。這一幅幅花布，品種繁多，質地優良，絢麗多姿，如一道道花牆堵在王熾面前。王熾手摸著垂地的花布簾，發現了花布前面懸掛著一件極有特色的坎肩！他拿過坎肩看，見上面繡有天順祥的標誌。他欣喜地撫摸著，嘴裏叫著「小妹」扭過臉，卻不見了她，也看不到姜勝武，喊道：「小妹！李公子！」

在花布簾背後偷看王熾的王小妹和姜勝武從布簾後面走了出來。此時，唐柯、巴力、小雨、王鴻圖和張春娥、李香靈、李蓮芸等人都進了庫房。

王熾捧著坎肩，問姜勝武：「這是你做的？」

姜勝武說：「我給每個人都做了一件，讓咱天順祥所有的人都穿上這樣特製的坎肩，這對天順祥總號是最好的宣傳！」

王熾點點頭：「嗯，有頭腦！來，大家穿上！」

在場的人每人一件，穿了起來。

王小妹為王熾穿坎肩，王熾邊穿邊說道：「咱要讓全昆明的人都知道，我天順祥能自己織布，自己印染，今後要讓全昆明的人都能穿上咱天順祥的洋花布！李公子，天順祥給你記頭功了！」

李蓮芸捧坎肩，看看大家，悄悄走出屋。

李蓮芸回了後院自己住的屋子，含著淚在坎肩的一角繡著字。

漸漸地，坎肩上出現了「李」字，接著是「西」字……外面不時傳來發自織布機機器房裏的歡呼聲，李蓮芸像沒聽到一樣。

機器房裏，王小妹忽然跑到垂滿花布的深處，叫嚷著：「飛流直下三千尺，此是錦緞落九天！」

王熾指點著她：「好哇小妹！老爹來捉你！」

王熾說著撥開彩簾，尋找小妹。小妹時現時隱，二人在垂布中捉迷藏，和圍觀的人們一樣不斷發出開心的笑聲。

姜勝武看著，也被這父女二人的遊戲所吸引。

在場所有的人也都跟著追來跑去，一時間，群情沸騰。

王小妹忽然被花布纏住，終於被身纏花布的王熾捉到了，二人被絆倒在地，抱在一起，開心大笑。

張春娥、李香靈都笑出了淚。

姜勝武看著看著，突然眼中湧出了淚水，猛地轉身出了屋。

唐小雨發現了他的異樣，跟了出去，只見姜勝武到了外面跑了幾步，猛然站住仰起臉，任淚水流下。

突然，大門外傳來「蹦、蹦、蹦」一份外響的敲門聲。

唐小雨、姜勝武及屋裏正在歡笑的人都聽到了，頓時都沒了動靜。

李蓮芸在屋裏也聽見大門的響聲，還有叫喊聲，不禁一驚，放下坎肩，快步走了出去。

一隊綠營兵舉著火把已將天順祥團團圍住。大門口，領隊的千總指揮手下敲打著門，叫著：「開門，開門！」

天順祥大門沉重地向兩邊打開。

火光照耀下，王熾一動不動站在大門正中，他身後簇擁著緊隨而來的所有人。

帶隊的千總姓吳，早已和王熾認識。他上前一拱手，說：「王老闆！在下奉欽差大人之命，來請你和少東家王鴻圖歸案！」

王熾愣了一下：「欽差大人？請問吳千總，我王熾犯了何罪，歸什麼案？」

吳千總說：「下官只是執行公務，具體內情一概不知。還請王老闆配合，馬上走！」

王鴻圖叫道：「你不是弄錯了吧？我爹會犯什麼罪？」

吳千總對手下一揮手：「拿下！」

幾位兵卒撲向王熾和王鴻圖。巴力和馬六子挺身而出，一左一右在王熾身前護住他。馬六子怒目圓睜大喝：「誰敢上來我就和誰拚命！」

幾位兵卒被馬六子和巴力震住，轉頭看千總。

「不要啊——不要！」從後廳跑出的李蓮芸大喊著，攔住官兵。

「王老闆！我看你還是不要讓我太爲難。」吳千總逼視著王熾說。

王熾回過身，一手拉著唐柯，一手拉著李香靈，平靜地說：「我要是一時回不來，這兒的大局就由你們來主持了。」

唐柯萬分難過地點點頭。李香靈堅定地點點頭。

王熾不再猶豫，推開攔在面前的馬六子和巴力，對吳千總說：「我們跟你走！」

王鴻圖隨著王熾大步走出門外。

「你們放了東家——」李蓮芸叫著衝上前欲抓住王鴻圖，被千總狠推一把。

王熾聽到李蓮芸大叫了一聲忙回過頭，只見她倒在臺階上，頭磕在石階棱上，鮮血流了出來。他叫著「蓮芸——」要衝過去，卻被兵卒抓住了兩隻胳膊。

小雨撲在蓮芸身上：「娘——」

李香靈大叫一聲後癱倒在地。

小妹急抱住她：「娘！娘——」

天順祥錢莊門前，亂成一團兒，

姜勝武不知所措地注視這一切。

13 劫後之喜

一

眾人離去，屋裏只剩下身披重孝仍在抽泣的唐小雨守在李蓮芸棺材旁。自從由王熾做主，他認了李蓮芸這位乾娘以來，兩個人一直相處得如同親生母子。

大家來到外面才看到天已經亮了，都進了前面的大堂。

張春娥坐在椅子上，王小妹守著椅上的李香靈身邊一言不發，巴力站在她的另一側，馬六子、李雲鶴和幾個掌櫃的、芹兒、夥計們等不知所措地焦心等待著。

「大家不要慌，不要慌。先搞清楚這到底出了什麼事？」唐柯鎮靜地說，突然把臉轉向馬六子：「難道是興修水利的事？」

馬六子說：「先別管它什麼事，現在最要緊的是東家關在哪兒？咱們得想法子救人！」

唐柯說：「我已經安排了，去找唐炯唐大人的夥計馬上就回來，到時候就都知道了。」

張春娥問：「蓮芸怎麼發送？」

唐柯說：「這一定要有東家的話才行。暫時還是放在後屋吧，讓小雨日夜守候……是不是讓夥計們搞些冰塊來？」

張春娥說：「好。」

「砰、砰、砰！」門外有人在敲門。大堂裏立刻緊張起來。

唐柯小心翼翼問：「誰呀？」

外面夥計答道：「是我。」

唐柯打開店門，夥計走進來急切地說：「總督府唐炯唐大人被抓了！」

在場的皆吃了一驚。唐柯簡直不敢相信自己的耳朵：「什麼？」

夥計說：「照唐先生的吩咐，小人立刻就去總督府，才知道唐大人被秘密傳訊，已經被解押京城了。」

在場的人又是一驚，惶惶議論。

李香靈說：「大家先不要急，天塌下來，也得頂著！天已經亮了，唐先生，您和李公子帶著夥計們坐櫃開門營業，春娥大姐和小妹管理好錢莊內務，巴爺您帶著幾名夥計看護好天順祥的後院，以防有變。馬六子，您動用一切關係，到官府裏打探清楚，東家到底出了什麼事！」

眾人應著。

頓了一下，李香靈繼續說：「事發突然，情勢非常，天順祥成敗存亡，就拜託給諸位了！不管發生多大的事，咱們的心不能散，天順祥不能倒！」

唐柯接著吩咐：「李公子、小妹上櫃，開門，照常營業！」

掌櫃的，夥計們紛紛就位，其他人也都各自領命行動。

李香靈壓抑內心的悲痛，親自打開了店門……

近午，馬六子匆匆上了二樓，對李香靈說：「打聽到了！抓走東家和鴻圖的是朝廷派來禁煙的欽差大臣左大人！」

李香靈疑惑地說：「禁煙的和我們天順祥有什麼關係？」

馬六子說：「不清楚！他們現在押在北門的行刑大獄。」

李香靈問：「什麼罪名？這麼嚴重！」

馬六子說：「本地官府上下一概不知，倒是商會裏有人傳出謠言，說……說東家是私販大煙，犯的是死罪！」

李香靈叫了聲：「天啊！」

唐小雨飛快地跑上樓來：「樓下亂了！不知是誰傳出謠言，說東家犯殺頭之罪，天順祥就要被抄封門，來取錢的擠破了店門！」

李香靈和馬六子一怔，隨唐小雨下樓。

潘德貴盤著腿坐在後花園的池水旁，還用那條沒鉤、沒線的半截魚竿「釣魚」。

小松子帶著梁紅女快步走來。梁紅女激動而興奮地說：「潘先生你聽說了嗎？王熾被抓起來了！」

潘德貴沒有反應。

梁紅女以爲他不相信，又說：「是眞的，街上都傳遍了，王熾眞的被抓了！也不知他犯了什麼事兒……」

潘德貴平靜地說：「激動什麼？他被抓自然有被抓的理由。」

梁紅女盯著他，突然明白過什麼，驚喜地問：「潘先生你說！王熾被抓，是不是我兒子起的作用？」

潘德貴仍然不動聲色地說：「你說是就是，你說不是就不是。」

梁紅女很為兒子驕傲：「看我的兒子！還真行！」

潘德貴吩咐：「小松子去！以我的名義，明天在五豐樓飯莊包它十桌，把在滇的名人富商都給我請來，聽聽他們對雲南目前的形勢有何高見。別忘了，要把齊慶元的林老闆和金龍峽的陳總管給我請到！還有，立即通知李雲鶴，設法讓天順祥關門歇業，引起雙方敵對，鷸蚌相爭！」

小松子應了一聲轉身走了。

梁紅女欽佩地說：「潘先生你趕上姜太公了！那王熾絕不會想到有今天，現在在大牢裏不定怎麼受罪呢……」

此時，王熾正被押到大堂接受欽差左大人的審訊。

左大人注視著王熾：「王熾，你知道為什麼把你請到這來嗎？」

王熾說：「這正是在下想要請教欽差大人的。」

「不愧是雲南首富，說話很有底氣，可惜你的底氣不夠足，王熾你真的不知罪？」

「王熾真的不知。」

「那好，本欽差便來提醒你，你還記得那個叫彼特的洋人吧？」

王熾一愣：「記得，他給我照過相。怎麼，這照相也有罪嗎？」

左大人冷笑一聲：「照個相當然無罪，可你跟洋人勾結，販運朝廷三令五申禁查的鴉片，這就不能不說無罪了吧？」

王熾愣住了：「跟洋人販運鴉片，你說我跟洋人販運鴉片？」

左大人說：「是啊，跟洋人販運鴉片，你的天順祥和彼特，總算想起來了！就這麼個記性，居然做生意、開錢莊還能發大財？可真有你的。」

王熾憤然道：「這簡直是天大的笑話！我王熾根本就沒有和洋人做過生意，怎麼就突然和彼特販起鴉片來了？」

左大人連連點頭：「是啊，是啊！這也是我最想知道的。王熾，你已經可謂是富甲雲南了，怎麼還會去做鴉片這種冒險的生意？也可能是你的天順祥就是靠鴉片起家，只是我們不知道而已，你說對嗎？」

王熾氣得指點著他：「一派胡言，我天順祥賺的每一兩銀子都是清白的，鴉片歷來都是王熾最痛恨之物……」

左大人並沒有發怒，笑嘻嘻說：「奇怪，這就很奇怪了，難道這天下有兩個天順祥、兩個王熾、兩個洋人彼特？」

王熾猛地回過神來：「彼特？大人，難道是彼特販運了鴉片？」

左大人拉著長聲說：「不只是彼特，是彼特跟天順祥一起販運了鴉片，要不然我怎麼會從北京趕到這兒來伺候你呢？」

王熾看著左大人決然地說：「王熾敢以頸上人頭擔保，天順祥絕無此事！定是有人誣陷，望欽差大人明察！」

左大人冷笑一聲：「我知道你不會老老實實認罪，那麼趁我還有著耐性，就再給你一點兒時間考慮。明日再審，把罪犯押回牢房！」

兩名獄卒嘴裏應著，上前各架著王熾的一隻胳膊向外走去。

王熾在回牢房的途中，看到另一個囚室裏關著兒子。王鴻圖正抓著木欄大喊：「你們放了我！放了我！我沒有罪！」

一名獄卒叫罵著：「你喊什麼？再喊，我勒斷你的脖子！」

王鴻圖看到了走來的父親，叫著：「爹！我們犯了什麼法，被他們關在這裏？」

那個獄卒說：「什麼罪？死罪！沒看這是什麼地方嗎？」

王熾一邊走一邊很自信地說：「咱爺倆兒沒罪，很快就會出去！」

二

姜勝武悄悄進了王熾的書房，將那個首飾盒揣進懷裏，快步離去。

他進了空蕩蕩織布廠房，眼裏流出淚水，跪在地上輕聲說：「爹，您在天有靈，睜眼看看吧！如今他王家大難臨頭，妻離子散，壽數已盡！兒要用他王家父子兩條人命來祭典您在天之靈，兩條人命啊……報仇雪恨，只在今天，您在九泉之下可以瞑目了！」

姜勝武坐在了機器旁邊，從懷裏掏出首飾盒呆呆看著，耳邊響起小時候在王熾家隨著塾師朗誦的聲音：「鵝，鵝，鵝，曲項向天歌……」

他不願回憶當年，「啪」地關上了盒蓋，又想到父親。

王小妹推門走了進來，愣怔怔看著他。

姜勝武沉浸在對父親的懷念中，對王小妹的到來沒有覺察。他慢慢站起身，同時吟詠著：「可憐孤兒寡母淚，苦盡甘來日月輝。橫刀躍馬平天下，當代富賈他是誰？」

他一轉身，發現了站在自己眼前的王小妹。王小妹眼裏充滿了疑惑和恐懼，後退了兩步，問道：「雲鶴？你在說誰？」

姜勝武很快便鎮靜下來，說：「啊……我在說一個人，一個很有志向的人。他的詩也很有風格。你不覺得嗎？」

「噢——剛才可把我嚇壞了。」王小妹笑了，看到他手中的首飾盒，猛地搶了過去，「這不是我父親書房的嗎？怎麼到了你的手中？」

「不，不不！」姜勝武趕忙否認，「是……一個朋友送我的。」

「朋友？是小姐還是公子？」

「不是小姐，也不是公子。」姜勝武忽然受到了強烈刺激，兩眼逼視著王小妹，「他是一個從小失去父母、吃豬食長大的復仇者。他還活著，但猶如鬼魂。他會對人笑，但那比哭還難看。他會對人好，但背後藏著一把刀……」

「雲鶴！」王小妹驚叫一聲，連連後退。

姜勝武像忽然從夢中驚醒，努力笑了笑：「小妹，如果有這樣的人在你身邊，你會害怕嗎？」

王小妹身子抖著：「我怕、怕！雲鶴，眞有這樣的人嗎？」

姜勝武大笑起來：「看你！跟你說著玩兒，也嚇成這樣。」

王小妹跑上前來，撒嬌地捶打著姜勝武的胸脯：「你眞壞，眞壞！」

姜勝武從她手中要過來首飾盒看著：「漂亮吧？」

王小妹說：「我爹書房裏也有一個這樣的首飾盒。」

姜勝武說：「世上一模一樣的東西多的是。」

王小妹問：「大家都在大堂裏忙，你上這來看這首飾盒？」

李雲鶴忙掩飾道：「我是來看看織布機的。你忘了，前些時候，咱倆幾乎每天都在這裏度過。」

王小妹立刻又回憶起來，說：「你還記得呀？雲鶴，可我覺得，最近你很少和我在一起，好像你有什麼事瞞著我，躲著我……」

李雲鶴趕忙說：「沒有哇！也許是天順祥這些日子事兒出得太多。」

王小妹又笑了，說：「沒有就好。噢，對了，爲了爹的事，唐先生要我找你呢，你也出點主意呀！」

李雲鶴說：「對！咱可不能放著東家不管。走！」

王小妹拉著李雲鶴的手走出庫房。

二人來到前面的營業大堂，見哄擁取款的人擠得混亂不堪，馬六子在維持秩序，被推得東倒西歪。

李香靈、唐小雨從樓上下來，看著這混亂的場面站住了。

唐柯站在閣樓上高喊著：「我告訴你們，我們東家是冤枉被抓的，過不了兩天他就會回來，你們別信謠言，天順祥永遠垮不了！」

取銀子的人不聽唐柯說話，照舊亂擠，都想早一點兌現。

李雲鶴、王小妹走過去，幫著馬六子維持秩序：「你們別擠了！天順祥有的是錢，你們怕的什麼呀？」

前來兌銀的人有增無減。

李香靈去了後院李蓮芸住的屋，撫著李蓮芸蒙著白布的遺體，眼裏流著淚。

過了一會兒，她離開蓮芸的遺體，走出屋來，一路走著，心思重重。

她從後廳來到大堂，見到唐柯，問：「東家有消息嗎？」

唐柯搖搖頭：「沒有。」

李香靈又問：「巴爺呢？」

唐柯說：「他出去了。」

「巴爺可千萬別出什麼事啊！」李香靈自語著，「不行，不能再等了！」說完，她轉身上樓。

唐柯想了想，跟了上去。

李香靈進了臥房，將所有的金銀首飾倒在包袱皮裏，又放了兩件衣物，包好。她拎起包袱，才看到唐柯站在門外。

唐柯問：「夫人，您這是……」

李香靈說：「我已經決定了，一定進京告狀！東家這些年來對朝廷忠心不二，多次解囊充官府之需，我相信東家是冤枉的！朝廷不會坐視不問。」

唐柯說：「可你一個女人家，出門不方便！」

李香靈往樓下走去，說：「我知道這御狀難告，但必須去告，救人要緊。」

大堂裏仍是亂哄哄的，毫無秩序。

唐柯追著李香靈從三樓來到二樓，又追到大堂，攔住了她，焦急地說：「沒有東家的話，唐柯不敢讓夫人前往！」

李香靈一轉身奔向閣樓：「東家，東家，東家現在還在大獄裏！難道我們就這樣眼看著他父子在裏面受罪嗎？眼看著等死嗎？」

唐柯跟了上來：「夫人這樣一個人去，太危險！」

李香靈說：「坐在家裏最安全，救得了東家嗎？把保險櫃打開！」

唐柯拿出保險櫃的鑰匙，打開櫃子：「東家若追問，就說唐柯一人所爲！」

李香靈匆匆包了些銀錠，欲轉身下閣樓，突然在梯子上停住，囑咐唐柯：「唐先生，一旦與東家聯繫上，要好好照顧他……拜託了！」

唐柯說：「既然夫人主意已定，那何時啓程？」

李香靈說：「事情緊急，現在就動身。」

唐柯說：「那我派人跟你一塊去。」

李香靈說：「不！這裏需要人手，這個時候，多一個人就多一份力。」

唐柯說：「我知道，可這御狀不是好告的，夫人此去一定會山重水複，一路保重吧！」

李香靈看著他：「唐先生，天順祥這副擔子越來越重了。」

唐柯說：「夫人放心！唐柯與天順祥共亡存！您在北京需要幫助，可去找天順祥在北京的分號總爺。我給你帶一封書信。」

李香靈接過唐柯急匆匆寫的信，壓低聲音說：「不到萬不得已，我不會去的。還有，我進京告狀的事，絕不能走漏半點兒風聲。」

唐柯明白了，鄭重地點頭。

李香靈突然想起了什麼，將包袱塞在唐柯手裏，去了張春娥的屋……

囚室裏，王熾的身前小桌上擺放著寫供狀的紙筆墨硯。他在沉思著。

左大人在一個獄官陪同下走了過來，看著王熾，問：「王熾，你要見本官是不是供狀寫好了？」

王熾站起身施禮，卻說：「很對不起，我無罪可招，我是想請左大人允許我給家人帶個口信。」

左大人用鼻子「哼」了一聲：「帶口信，這絕對是不允許的。王熾，你要明白自己現在的身分，你是在押囚徒！知道這是什麼地方嗎？行刑大獄，專門關押死囚的大獄！現在你只能做一件事，就是老老實實交代自己的罪行，懂嗎？」

左大人說罷轉身而去。

王熾絕望地抓著木欄，自語道：「敗，莫大於不自知！」

木欄外，坐在一邊的獄官面無表情地看著王熾。

王熾一臉悲憤，高聲說：「不能，不能言敗！」

忽然，他聽到了小火龍嘶鳴。

小火龍？定是巴力來了！他暗說著，瞪大了眼睛。

接著是獄卒的不斷叫嚷聲：「再靠近就發箭了，王熾是要犯，誰也不能見，啞巴你站住——」

王熾驀地有了主意，迅速提筆在紙上寫了幾個字，而後高喊：「巴力！外面是巴力嗎？我要和家人說話！還有蓮芸！蓮芸怎麼樣？」

獄官走了來，向王熾厲聲問：「幹什麼？你要幹什麼？」

王熾向他拱手，說：「麻煩獄官老爺了，請把這服藥方交給來探我的家人！」

獄官接過王熾手中的紙看看，沒看明白：「這什麼藥方，亂七八糟的？」

王熾說：「是這樣，我的夫人有病，家人是來拿這藥方的，你就把這方子讓他帶走，我家太太等著這方子救命哪！」

獄官看著方子：「你是開票號的怎麼又變郎中了。」

王熾急道：「我祖傳是中醫。我太太得的是天下少有的痼疾，必須每天午夜根據日月的不同變化下藥方，如不及時下藥，就會毒發身亡，官爺，求你行行好……」

獄官再一次看看藥方轉身向外走去。

到了大獄門外，獄官將藥方遞給巴力，說：「這是你家老爺給你家太太開的藥方，拿著它救你家太太的命去吧！」

巴力看著藥方愣了一下。

王熾的喊聲傳來：「巴爺，拿著藥方快回家，晚了太太就沒命啦——」

巴力明白了，把藥方揣進懷裏，上馬走了。

此時已是黃昏，天順祥大堂裏更亂了。馬六子、李雲鶴、小雨等人組成人牆護著櫃檯，而憤怒的群眾衝擊著櫃檯要求繼續兌銀。

馬六子大喊著：「現在已經到了打烊時間了，大家請回去吧，明天再來取款。」

有人在喊：「明天，明天誰知道還有沒有天順祥？」

好多人附和著：「是啊！今天不拿到銀子不能走！」

馬六子和唐小雨要強行關門，被衆人擋住。

李雲鶴突然衝到店門，拱手高呼：「諸位！你們應該想想，這樣盲目提存銀對你們自己有什麼好處？你們丟掉的利息怎麼補？我們東家歷來是誠信第一，以德經營，天順祥存銀無數，怎麼會因爲有人兌銀就垮了呢？諸位都是東家的朋友，東家如今有難，諸位應是伸出救援之手，怎能聽信謠言，落井下石呢？諸位，請好好想想吧！」

人群中小松子會意，勸著大家：「這位掌櫃說得對，諸位都出去吧。」兌銀的人中有的開始後退，李雲鶴趁機關上大門。

馬六子欽佩地：「還是李公子有辦法。」

唐柯著急地說：「李公子你……」

李雲鶴說：「唐先生，雲鶴雖然年輕，但也是天順祥的一員啊，天順祥的銀子，絕不能這樣就讓他們提走！大家還看不出來嗎？他們這是見東家身陷囹圄，想趁虛而入，整垮咱們天順祥啊！眞要讓他們得逞，那天順祥就會徒有其名，咱們對得起東家的栽培之恩，對得起天順祥嗎？」

馬六子向他豎起大拇指：「好樣的雲鶴！保住銀子，就保住了天順祥！」

唐小雨和王小妹也贊同點頭。

閣樓上的唐柯和張春娥商量：「夫人，您看怎麼辦？」

張春娥焦急地說：「巴力怎麼還不回來？」

門外砸門的聲音，一聲緊過一聲。

有人在大喊：「裏面錢莊的聽著，今天不給我們兌銀子，我們就不走了！」

「你們聽著，再不開門我們告官府去！告你巧取豪奪，詐騙錢財！」

「天順祥！你還我的銀子，還我銀子啊——」

小松子從人群中站出，他舉著火把慷慨激昂地說：「你們就這樣站著，怎麼能拿到銀子？那是咱們的血汗錢！不能讓它天順祥白白吞了！上！砸開大門，搶銀子！」

他這一煽動，許多人擁到門口，拳頭像雨點般落在門上。

砸門聲越來越烈。馬六子手中拿著頂門杠，唐小雨、李雲鶴手裏拿著棍子，嚴陣以待。唐柯與張春娥相對無語。

半晌，唐柯說：「要不，就開門吧？咱們庫裏有銀子，不怕提……」

張春娥說：「外面的人正在氣頭上，是不是先出去個人向他們解釋一下，再開門。」

唐柯說：「也好，我去。」

然而，唐柯到了門口，被李雲鶴攔住：「不等你出去，外面的人就擁進來了！」

外面有人在高喊：「裏面聽著，再不開門就放火燒了！」

門外的人越來越多。小松子手持火把，把其他幾個火把也點著了。火光中，人們罵喊著：「燒了天順祥！搶回我們的銀子！」

有人抱來柴禾，堆在大門口。

小松子惡狠狠地喊了一聲「燒」，將火把扔到柴禾上。

柴禾立即燃燒起來。

忽然，巴力驟馬而來，嘴裏發出「啊、啊」怪叫。

人們趕緊給他和小火龍讓開了路。他飛身下馬，踏著火堆來到門前，拚命敲門，大聲地「啊，啊——」火舌燒到了他的後背。

「是巴爺！」馬六子聽出巴力的聲音。

唐柯吩咐：「快開門！」

馬六子迅速開門，渾身是火的巴力倒在馬六子懷裏。所有的人都衝上來撲滅巴力身上的火。

小松子見店門已開，大喊：「他們開門了，衝進去啊！」

馬六子橫著頂門杠，大喊：「誰敢？搶銀莊？你們還有沒有王法啦？」

要衝進來的人們被他這氣勢給震住，不知所措。

小松子叫著：「別聽他的！衝——」

唐小雨、李雲鶴等人也各操起傢伙站在馬六子兩側，怒視著門外的人。雙方對峙著，叫罵著。

巴爺用燒傷的手從懷裏拿出王熾寫的藥方，遞給唐柯。

唐柯接過藥方仔細一看，恍然大悟：「這藥方是治天順祥的病的呀！你們看，橙皮、信石、地黃、椅果，各取字頭，便是『誠信第一』。還有『通經合脈，消滯化淤，開陰閉陽，夜夜如此』，取這幾行字頭音就是『通宵開業』！東家這是告訴咱們，錢莊最重要的是講信用，咱就傾家蕩產，顧客存的銀子要一文不少！」

王小妹高叫著：「對呀！就營業吧！」

唐柯高喊：「東家有令，通宵營業，誠信第一！開業！」

李雲鶴沒想到會這樣，也說：「東家的指示多及時！多正確！開業，開業——」

馬六子讓開路：「請吧！」

外面的人擁了進來。

唐小雨走出去，將打烊的招牌翻成營業中。

幾個拿燈籠的喊：「我們也是最先來的，先給我們提！」

其他人也喊著：「我們是先來的！我們是先來的……」

李雲鶴說：「請大家不要亂，按順序來，都能提到銀子！」

兌銀子的人們排成了一排……

「眞是朽木不可雕也！」坐在對麵茶肆裏喝茶的潘德貴目睹了這一切，不知是在罵誰，站起身離去。

三

田野的小路上，一輛馬車在疾馳。李香靈坐在車裏，心情沉重，忐忑不安。她本來是騎馬離開昆明的，馬已經累死，只好僱了這輛車。

到了一座山前，李香靈下了車，徒步翻山越嶺，背包袱艱難行走，氣喘吁吁。她的眼前浮現出王熾，暗說著：「興齋，你現在怎麼樣？你要堅持！很快，我就會到達京師，爲你伸冤……你在牢房裏，沒有受大刑吧？」

監牢裏的王熾在閉目養神，努力使自己的大腦一片空白。

左大人和獄卒走了過來。獄卒在左大人示意下打開牢門。左大人走進來，叫了聲：「王熾！」

王熾沒有反應。

左大人冷笑：「王熾，你眞的睡著了？」

王熾仍然閉著眼，輕聲說：「左大人，我在夢遊。我看到我的天順祥裏擠滿了人，他們滿眼恐慌地喊著、叫著，生怕我把他們的銀子一起帶到這大獄裏來。你說，他們這些人怎麼就這麼糊塗，他們怎麼就認爲我王熾入了獄，他們的銀子也就要跟著入獄呢？」

左大人笑了：「你說他們糊塗，我說糊塗的是你王熾！唉，你有一個朋友來探望你，我跟他聊了幾句，覺得他是個明白人，你可以跟他好好聊一聊。」

王熾馬上睜開了眼睛：「這人是誰啊？」

潘德貴拎著個食盒走來。

王熾一怔：「你……」

潘德貴看著王熾微笑著：「老弟，是我潘德貴啊！」

「潘德貴，原來是你害的我！你幹什麼來了，氣氣我？」王熾暗說著，隔欄凝視著潘德貴。

潘德貴在左大人出去之後，把食盒交給獄卒，說：「有勞你把這個放在王老闆身前。」

獄卒應著照辦了，離開。潘德貴也盤腿坐下來，看著隔著木欄的王熾。王熾看看食盒裏的酒菜，拿起筷子，說：「潘先生眞是有心人啊，還念著舊情。多謝了！在這個地方能有酒喝，能有肉吃，就算有幸之事了。」

潘德貴看著不客氣吃肉的王熾，問：「怎麼樣？王老闆，這蹲大獄的滋味兒如何？」

王熾說：「命也者，就之未得，去之未失，故以義爲之決而安處之。」

潘德貴心裏憋著氣，說：「王老闆倒是坦然，我若是你，就會想想是誰下如此毒手，害得雲南首富鋃鐺入獄，飽嘗鐵窗之苦？」

王熾停下筷子看著潘德貴：「潘先生這話倒是提醒了我。哎，你幫我分析一下，陷我入獄的會是誰呢？」

潘德貴笑了，說：「以王老闆這樣聰明的頭腦不會想不出吧？」

王熾懇切地說：「王熾實在想不出此君是誰，望潘先生指點。」

潘德貴有些失望，問：「平日裏，王老闆沒得罪過誰嗎？」

王熾說：「金無足赤，王熾並非聖賢，只是一心埋頭以德經商，不曾記得有誰與王熾爲敵。即便是有，王熾這一死，再大的仇恨也就一了百了了，你說呢？」

潘德貴說：「是啊是啊！冤家易解不易結嘛！王老闆，才幾天哪！你好像頭髮也白了，怎麼了？一定是擔心你的天順祥吧？你一入獄，那天順祥的客戶免不了會心慌，你在他們心中的地位太重要了。怎麼樣？有什麼錦囊妙計要傳達給你那幾個總爺嗎？我潘德貴可以給你做這個傳計之人。」

王熾放低了聲音：「那就麻煩你去一趟錢莊，讓唐先生唐柯來看我，順便問問李西來的妻子李蓮芸傷勢如何？還有……噢，就這些吧！拜託了。」

潘德貴看著王熾露出陰笑：「潘某一定盡力而爲！告辭！」

看著潘德貴離去，王熾暗笑，肚子裏有了食物，感到精神了許多。他站起身踱著步，暗說：「潘德貴是陰險、惡毒之人，一定是設好了圈套，必將置我於死地。看來，這一劫難逃了！」

「不！善有善終，惡有惡報，行善而遭難，作惡而逍遙，都是時候未到！」他在心裏叫著，不再想潘德貴，又想著天順祥，輕聲說道：「晝夜營業，大得人心，但來勢兇猛，恐一發而不可收拾啊！」

他坐在了小桌前，提起筆，在一張白紙上寫下了一個公式「天順祥＋　＝榮」。他沉思著，忽然，他果斷地在公式裏加號之後的空白處塡上一個「林」字。他隨即起身，大喊：「獄官！獄官——我要見左大人！」

左大人被獄官引著匆匆而來。

「你告訴他們要見我，又有什麼事？」左大人問。

「我想起來了，有一個重要事交代。」王熾說。

「那你就寫在供狀上，呈上來好了！」左大人很失望，說完就走，「眞是的，一點狗屁事也要見我！」

「大人請留步！」王熾大叫著。

「還有什麼話？」左大人站住，轉過身。

王熾向他招著手，不無神秘地低聲說：「這件事，只能是你知，我知！」

左大人一臉疑惑走近王熾，隔著木欄催道：「說！」

王熾悄聲說：「齊慶元的老闆林光啓……」

左大人湊了上來：「大聲點！」

王熾說：「齊慶元的老闆林光啓，欠了我一筆銀子。這筆數目不小，若不討回，我一死，這錢不是白扔了？大人若能幫我追回欠款，我一定如數孝敬大人！」

左大人懷疑地看看王熾。王熾堅定地點著頭說：「我要它沒用了！與其這筆鉅款姓林，不如讓它姓左！」

左大人轉過身思忖。王熾又說：「王熾絕不失言！」

左大人離去，大聲對獄官說：「傳林老闆來，給他們一炷香的工夫！」

王熾眼裏露出一線希望。

不久，獄官開了鎖，說：「王老闆！跟你要帳的來啦！」

王熾抬頭看見林光啓，隔著木欄杆拱手：「林老闆！」

林光啓同情地看著他，還禮：「王老闆！」

「欽差左大人有令，只給你們一炷香的工夫！」獄官搬了把椅子讓林光啓坐，說著離去，守在大牢門口。

林光啓等獄官一走，立刻從椅子上站起，來到木欄前，伸手去握王熾的手：「王老闆！多日不見了，你吃苦啦！是誰陷害你？」

王熾搖頭，輕聲說：「一言難盡！天順祥目前情況緊急，由於我王熾入獄刮起的兌銀風愈演愈烈，雖然我庫裏銀根充實，但必須煞住這股風！不然，將危及雲南錢、商兩界！王熾考慮再三……這事只有請林老闆出馬！」

林光啓說：「你要老夫做什麼？」

王熾說：「借你齊慶元林老闆的面子！」

林光啓「噢——」了一聲，明白了，盯著王熾不語。

王熾緊張地看著他：「只有林老闆出面，把我的銀子再存在我的錢莊裏，則此難可消！」

林光啓一擺手：「我明白了。你的銀子，我不動用一兩！我自有辦法。」

「好！請林老闆去找唐柯，這件事不要讓任何人知道。」王熾壓低聲音與林光啓耳語。

「對，對，對！」林光啓聽著，不斷點頭。

馬六子、巴爺圍在後院正商量著什麼，唐小雨和王小妹走來。

「怎麼樣？見到東家了？」馬六子急忙問。

「沒有。大獄門口又增了兵，把守得嚴嚴實實，連隻蒼蠅都飛不進去。你們剛才在密謀什麼，快告訴我！」王小妹說。

馬六子看看巴力：「小妹不是外人，就告訴她吧。」

唐小雨問：「是救東家吧？管是殺人放火，我也算一個。」

巴力看看二人，「呀，呀」比劃著。

馬六子推一下他的胳膊：「巴爺就別說了！這事我來說，是這樣，幾次到大獄都不讓進，可見事情緊迫，東家父子危在旦夕！爲了救出他們，只有上菀達山雀兒寨，求曾麼把帶人下山，突襲大獄救東家父子！」

王小妹一驚：「這主意誰想的？」

馬六子說：「我。」

王小妹說：「好，沒想到我們的馬總管也是有血性的漢子，我小妹算一個，我們幾時動身去雀兒寨。」

馬六子說：「巴爺陪我去就行了，你和小雨留下來，一是穩住天順祥，二是摸清大獄周圍的情況，最好能想法收買獄卒，我們裏應外合一齊動手，確保劫獄成功。」

唐小雨說：「好，收買獄卒的事情包在我身上了。」

馬六子看著巴力和唐小雨：「那這件事情就這麼定了！」

唐小雨、王小妹注視著巴力和馬六子，用力點點頭，看著二人離去……

雖然已經過了幾個晝夜的開門營業，錢莊裏仍是人頭攢動，門外是車水馬龍，提銀子的人在叫嚷著。

王小妹將兩個包子放在李雲鶴櫃上，朝他笑了笑，說：「掌櫃的，吃吧！」

李雲鶴看她一眼，一邊吃包子，一邊辦理業務，好像無意間問道：「哎，小妹，怎麼不見巴爺和馬六叔？」

王小妹看看四周，神秘地對李雲鶴耳語，而後囑咐道：「這事千萬不能傳出去。」

看著小妹離去，李雲鶴的笑容僵住了。

菀達山雀兒寨的連珠洞裏，在一張鋪有虎皮的擔架上躺著已半身不遂的曾麼把。

小馮驢兒湊到曾麼把面前，說：「頭人，有兩個跑馬幫的口口聲聲說跟你老人家是把子，您看……」

口齒含混的曾麼把擺手示意：「帶……來……」

小馮驢兒站在洞口內，高喊：「帶肥的嘍——」

外面的土匪齊聲：「帶肥的——」

巴力和馬六子被土匪帶進洞內。

小馮驢兒：「去蒙眼兒！」

兩土匪上前為巴力和馬六子除去眼罩。

馬六子用那隻獨目盯著小馮驢兒湊上前去：「馮驢兒！不記得我啦？」

小馮驢兒看著他：「誰是馮驢兒？你認識的是我爹吧？我是他兒子，小驢兒！」

馬六子大笑了幾聲，把臉轉向曾麼把：「頭人，我是馬六子，這位是巴力！您忘了，那年我倆都來過？」

曾麼把欠起身子用昏花的老眼盯二人看了一會兒，喃喃地：「不……認得。」

小馮驢兒上前給了馬六子一記耳光：「媽的，你敢蒙頭人？」

馬六子哀求著：「我哪敢蒙人哪？你們都是後來的，不認得我馬六子。當年，我和東家王熾差點和頭人拜了把子！」

小馮驢兒說：「你別看老爺子糊塗了，可記事牢著呢！沒聽他說嗎？不認識二位！」

「我是馬六子！你抓過我！我……後來……」馬六子又看著曾麼把，急得大喊大叫。

曾麼把閉上了眼睛，似乎睡了。

馬六子和巴力見狀失望。突然，馬六子有了主意，跳起來一把拉下吊在空中的繩頭，捆在自己身上。他喊道：「巴爺，把我吊起來！」

巴力驀地明白了，跑到洞邊拉著繩索的另一頭，將馬六子倒立著吊在洞中央空中。

馬六子喊著：「頭人，您想想！當年，我就是這樣被您吊在洞裏的！您老應該記得呀！你是趙雲海的師叔，我是趙雲海父親的手下，給他牽馬的。那次，我把趙雲海領來，您才放了王熾。是不是有這麼回事？」

曾麼把怔怔地看著馬六子，好像回憶起了當年的情景，用盡全身力氣，指著馬六子：「是……哥……們兒！」

巴力放下馬六子，將帶來的銀子和珠寶擺在八仙桌上。

圍坐在桌旁的小馮驢兒和幾個土匪看得眼珠子都直了。

馬六子說：「東家和少爺與我馬六子、巴爺猶如親人，按江湖上的說法叫為朋友兩肋插刀！所以請各位英雄出山救人。當然，王家絕不能讓諸位白幹！」

小馮驢兒說：「如今老爺子就差半口氣兒了，他答應了也是白搭！劫獄？說得輕巧，明明是送死的買賣！這點牙祭，我小馮驢兒不敢替弟兄們做主哇！」

巴力一聽，急了，他「刷」地拔出短刀。

幾個土匪一怔，只見他用短刀將鑲在刀鞘上的寶石挖了出來，放在桌上——一顆蠶豆般大小的祖母綠寶石熠熠閃光。

小馮驢兒點點頭，伸手來拿，巴力一拍桌子，寶石升上空中，巴力輕巧地將它握在手裏，巴力比劃著。

馬六子在旁邊說：「巴爺的意思是，勝過他的人可取此寶珠。」

小馮驢兒看著這個老漢，把嘴一撇，撲了上來，和巴力打在一起。

巴力精湛的武藝使在場的土匪看得目瞪口呆。巴力扔出寶石，就在它即將落入小馮驢兒口中時，倏然伸出手將刀鞘事先放在小馮驢兒口裏，寶石重又鑲在刀鞘上。

小馮驢兒上來奪刀鞘，還沒站穩，就見巴力將刀鞘一揮，祖母綠的寶石照直飛進小馮驢兒的嘴裏，他還沒反應過來，就嚥下了肚。

馬六子喝彩：「好！又是江湖上的規矩，呑人錢財，爲人消災。小馮驢兒，帶上你的弟兄們，上路吧！」

小馮驢兒有口難辯，嘆口氣，又直點頭。

馬六子跳上板凳，向土匪下令：「看見了吧！小馮驢兒已經答應了，你們還愣著幹什麼？」

在場的土匪都被巴力的高強武功所懾服，又不敢得罪小馮驢兒，正不知所從，見曾麼把被四個土匪抬了過來。後面跟著兩個土匪抬著箱子。

衆人肅立，巴力和馬六子施禮，叫了聲：「頭人！」

曾麼把緩緩抬手，指了指土匪抬來的箱子，土匪打開箱蓋，裏面是嶄新的火槍。巴力和馬六子湊近曾麼把。曾麼把呆滯的目光突然有點生氣：「救……王、王熾！」

馬六子向曾麼把作一長揖：「頭人，我替東家謝謝您了！」

小馮驢兒見狀也來勁了：「弟兄們，抄傢伙，下山救人！」

土匪們爭先恐後從木箱中取走火槍。曾麼把這才閉上眼睛，一揮手，土匪們將他抬進洞了。巴力和馬六子露出欣喜的目光。

天黑了，左大人在大獄周圍走著，只見眾清兵都配戴著刀、矛，手持弓箭，隱蔽在位。他有些不放心地對身旁的統領問：「消息準確嗎？」

統領拍著胸脯說：「絕對可靠。」

左大人吩咐：「劫匪進入包圍後，就把王熾父子放了，讓他們與劫匪生死與共吧！」

統領應道：「是！」

左大人看看埋伏好的官兵，轉身離去……

扮成馬幫的小馮驢兒和他的囉嘍們已在馬六子和巴力的指揮下，來到天順祥後院馬棚裏隱蔽起來。

從廚房端飯出來的張春娥，看見馬六子和巴力鬼鬼祟祟地商量什麼事，疑惑地走過去，問道：「巴爺、馬六子，這兩天你們去哪兒啦？」

巴力低下頭。馬六子說：「噢，我和巴爺出去追筆欠款。」

張春娥說：「那……快來後廳吃飯吧！」

巴力和馬六子應聲，跟張春娥走向後廳。

在後廳門口注視已久的李雲鶴轉身進了大堂。

馬廄那裏傳來火龍的嘶叫。

張春娥抬頭望去，問：「怎麼，又添了新馬了？」

馬六子支吾道：「沒有……噢！是添了好幾匹！」

張春娥看了看馬六子，又看了看巴力，驀地沉著臉，厲聲說：「去！把你們帶進後院的人都給我叫來。」

巴力、馬六子大驚，看著她。

張春娥催道：「快去吧！火龍不會撒謊！」

見巴力和馬六子不動，張春娥走了出去。唐小雨、李雲鶴、王小妹隨後跟出。馬六子和巴力對視一下，隨後跑出。

馮驢兒與眾土匪被馬六子叫出來。

巴力「撲通」跪下了。他比劃著，「啊，啊」叫著。馬六子也跪在地上：「夫人，我錯了，這與巴爺沒有關係。」

張春娥壓低聲音說：「錯？錯什麼了？勾結土匪，想要劫獄？」

馬六子不語，巴力點頭。

張春娥問：「還有誰是同謀？」

唐小雨跪地承認：「還有我。」

張春娥一怔，不敢相信地道了聲：「小雨？」

唐小雨說：「是我出的主意。東家和少東家是含冤入獄，憑什麼要任官府宰割？許他們辦案不公，就不許我們劫獄救人？」

王小妹說：「是呀，再不救爹和哥哥，就來不及了！我也贊成的。」

李雲鶴也跪下了：「還有我！」

王小妹看了李雲鶴一眼，臉上現出笑容。

張春娥氣得手發抖，忽地覺得天昏地轉，猛地咳嗽起來。王小妹欲上來扶她，被她用力推開。

「別過來！」張春娥怒視著眾人，「你們！你……你們怎麼這麼糊塗哇！忘了你們自己應該怎麼做！國有國法！家有家規，就算你們劫獄成功，東家父子出來了，這案子就了了嗎？以後呢，你們都要上山當土匪嗎？到時候恐怕把天順祥都搭進去，也躲不過官府的追究！你們哪兒是在救東家，分明是在害他呀！是在毀天順祥啊！」

一名掌櫃的跑來：「你們快去看看吧！大門外出事了！」

衆人趕緊跑向大堂……

齊慶元錢莊裏，管帳的在打算盤核帳。林光啓慢慢踱著步。武秉仁眼盯著算盤。管帳的手停下了，他抬起頭，說：「東家，咱齊慶元錢莊存現銀三十六萬五千兩！」

林光啓說：「就調庫裏存銀的一半，十八萬兩！」

武秉仁急了：「老爺三思啊！這可是咱們齊慶元票號的老臉啦，搞不好，咱們在雲南就沒法再待下去了！」

林光啓說：「要說待不下去，幾年前的煙草大戰，咱就傷了筋骨，早該回家種地了！是他王熾讓了咱們三分，才給咱們留了條後路，有了起死回生的機會。如今他只是向我借個臉面，他就是要我整個齊慶元，我都不能有二話呀！這十八萬兩如果救不了王熾，咱們不是還有十八萬嗎？」

武秉仁「蹬」地跪下：「老爺，這錢場無父子，萬萬不可感情用事！冒掉腦袋的風險！哪一天天順祥垮了，那齊慶元也便不復存在了！」

林光啓果決地說：「受人之恩，還人之惠！更何況，天順祥垮不了！傳我的令，十八萬兩白銀即刻裝車啓程！」

武秉仁急得流出了淚，叩頭稱是……

此時天順祥大堂裏更亂了。當張春娥帶人到來後才看清，是兩個兌銀子的人爭著先兌打起來了。雖然是晝夜開門，但前來兌銀的人仍不見少。其中有些人僱了小推車，馬拉車，正將提出的現銀一箱箱裝到車上。

一位富商跟著夫人，僱了輛手推車來提銀子，正與另一商人相遇。他身後的挑夫挑著裝銀箱的擔子。

「我們是不是來晚了？」

「不會吧！天順祥的銀子有的是，提不完的！」商人與挑夫走遠。

「夫人，我看算了，提了這一筆銀子，咱還損失不少利錢呢。」

「你怎麼能信他的？既然天順祥有的是銀子，他幹嘛還提？快走吧！」

「光利錢就夠你娘家吃一陣子的。」

「那要是本錢都蝕了，哪來利錢？還做生意呢？」

一些要走的人聽見他們的話，又返回來了。

天順祥門口，仍水泄不通。

唐柯和唐小雨擠出人群，向遠處眺望。

唐小雨說：「爹，這個林老闆不會變卦吧！」

唐柯說：「昨天夜裏我倆約好的……」

唐小雨突然叫起來：「爹，您看！」

唐柯順著小雨手指的方向看去，只見林光啓和武秉仁大步走來，一路向熟人打著招呼，他們身後是排成一隊的小推車，車上插滿了燈籠，上寫著「齊慶元」。

有人問：「林老闆！這麼多銀子，去哪兒呀？」

林光啓說：「天順祥！存銀子！」

他的回答聲如平地驚雷，引起所有人們的疑惑、驚異、好奇。人們蜂擁而隨，裝銀的車子和圍觀的人們如潮水湧向天順祥。

天順祥門口，正在擁擠中兌銀的人怔住了。正欲離開的和剛剛到來的商賈、貴婦、僕傭、腳夫怔住了。從店門內跑出來站在唐柯和小雨身後的巴力、馬六子、王小妹及張春娥等人，也怔住了。所有人表情複雜地看著，被這意外的舉動驚呆。

車隊在天順祥門口停下。

林光啓喊道：「哪位是天順祥的管事的？」

唐柯拱手：「敝人唐柯。」

林光啓還禮：「唐先生，聽說貴號最近對提銀子的格外照顧，不知對我這要存銀子的是否一視同仁？」

林光啓一語即出，衆人皆驚，紛紛議論，拭目以待。

唐柯說：「本錢莊一向存取自由，怎麼會不歡迎呢？請！」

林光啓卻一擺手：「慢！既是存銀，我當然要問個究竟！」

「請問！」

「我若存銀百兩……」

「存息五厘！」

「我若存期三年……」

「按七厘付息！」

「我存的可不是個小數目，是整整十八萬兩白銀！你天順祥付得起利息嗎？」

「縱是三十六萬兩，本號也是隨存隨取，存取自由，連本帶息，一厘不少！」

四下的人無不稱讚點頭。

林光啓目光掃過衆人：「諸位都聽見了吧！既是如此，來人，開箱驗銀！」

唐柯故意說：「慢！剛才林老闆問清了本店規矩，現敝人也有疑問，請林老闆開釋！」

「請問！」

「齊慶號票號財資雄厚，自建錢莊，這筆鉅款，爲何偏要入存我天順祥？」

「齊慶元雖財資雄厚，但一時周轉停滯，與其放置無用，不如存本取利！」

「天順祥老闆有難入獄，儲戶紛紛提銀，林老闆所有鉅款就不怕與天順祥同歸於盡，本息全無嗎？」

「天順祥庫存白銀無數，不知情者隨波逐流，雖能是庸人自擾！盲目提銀，自然丟了利息，吃虧的是自己！而本號的高明之處就在於此，我存鉅款，就吃你天順祥的利息，不是坐地生錢嗎？再說，老闆坐牢，又不是銀子坐牢，我何懼之有？」

衆人頓開茅塞，露出明朗的笑容，紛紛點頭稱道。

唐柯高聲說：「好！開箱驗銀！」

小車上的銀箱被打開，裏面是白花花的現銀。

天順祥門口站著的所有人都露出欣喜之情。

一箱箱的白銀經夥計、腳夫肩扛擔挑魚貫進入店門。

門外的商人、富賈、貴婦、腳夫重又將已提出的現銀存入天順祥。

一商人問唐柯：「我們還要存，行嗎？」

唐柯爽朗地說：「自然可以。」

衆人湧向天順祥，張春娥看著這場面，激動得昏倒了……

天漸漸亮了。埋伏在大門周圍的清兵睡得東倒西歪。

左大人快步走來，一把拎起統領的脖子：「你他媽的！劫獄的人呢？」

統領支吾著：「他、他們……」

左大人一個嘴巴打過去：「不是說消息絕對可靠嗎？再敢謊報軍情，我讓你和王熾去做伴兒！」

四

李香靈坐在一個篷車裏，掀簾看見了已經漸近的北京城，高興地含著淚問：「前面就是北京了？」

車夫說：「對！夫人從哪裏來呀？」

李香靈說：「昆明！」

車夫回過頭打量李香靈，半晌才開口：「昆明？那兒離這兒四千多里地呀！不簡單啊……駕！」

李香靈在一家王府門口下了車，付了車錢，走向府門前站立的侍衛，說：「請讓我進去吧！」

「幹什麼的？」一名侍衛問。

「我是來京告狀的……」

「告狀怎麼上這兒來了？去去去！」

李香靈剛要再開口哀求，被推倒在地……

在紫禁城一角的後門處，等待被選進宮裏打臨工的女人排成了隊，其中有李香靈。她一身短衣打扮，和衆人一樣在焦急盼望。

一年輕太監開了門，大喊道：「今個兒給園子拔草！能幹粗活的，前面來！」

一下子很多女人擠上去，把李香靈擠在了後面。

太監問：「懂規矩嗎？」

女人們都叫著：「懂——」

太監從前面往門裏放人，嘴裏數著：「……七、八、九、十。好啦，夠了！」

李香靈哀求著：「大人，算我一個吧！我可以不要工錢！」

太監說：「不行！」

「那下一次什麼時候用人？」

「不知道！」太監說著進了門，門被「嘩啦」一聲關上……

第二天一早，李香靈又蹲在角門前的婦女人群中。她轉頭望時，護城河西邊有個小太監引起了她的注意。那個小太監在護城河裏撐一條小船，小船停靠的地方有個院，小太監正往院裏卸東西。

過了一會兒，小船靠了李香靈這邊的河岸，李香靈想了想，迅速迎了過去。

船上那名小太監忽見李香靈拋過來一塊銀子趕忙接住，隨即在她央求下准她上了船，划著小船來到西岸的小院。

李香靈跟小太監進了院門，見一群老太監在玩骰子，這是一群老掉牙而又不能出宮的老太監。

李香靈來到他們面前，不知如何開口。老太監中一個最老的太監默默地看著她。李香靈有些窘，眼光轉向別處，隨即，她看著最老的太監下了決心，走了過去。

這時，老太監擲骰子輸了。李香靈從懷裏掏出一大錠銀子放在他面前。老太監看看她，笑了。

一名小太監端了碗粥走過來，餵向老太監嘴裏。李香靈接了過來，一勺一勺地餵他。

老太監吃了兩口，將她的手抓住，仔細看著李香靈的手，想了想，拉著她的手，帶她出了院門。

其他老太監目送著他倆，臉上毫無表情。

李香靈隨著老太監來到總管太監李蓮英的住處。老太監在給李蓮英施過禮後，對李香靈說：「你有什麼事，對大總管說吧！」

李香靈向李蓮英施了一禮：「民女滇南王熾的妻子拜見總管大人！」

「眞看不出！你還挺有本事的，找到老太監養老的地方去了！哈哈！連這犄角旮旯的地方你也能找著！」李蓮英打量著李香靈說，把臉又轉向老太監：「您老也眞是的，牙都沒了，還是一點沒變，什麼人都往我這兒招呼？」

老太監坐在椅上點頭笑著。

李蓮英看著李香靈問：「你說你是王熾的夫人？」

「正是！」

「你家老爺就是那個出銀子修黃河大壩的滇南王四？」

「一點不錯」。

「他怎麼啦？」

李香靈跪在了地上，流著淚說：「他被人陷害入了大獄，所以我要面見老佛爺，陳以實情，求老佛爺爲小女做主，澄清冤案，還王熾自由之身。」

李蓮英怒道：「住口！老佛爺是誰想見就見的嗎？」

李香靈連連磕頭：「總管大人！請你就念在王熾為民造福、屢屢建功的份上，救他一命吧！」

李蓮英仍然叫著：「快快退下！」

李香靈慢慢站起身，看著旁邊的老太監一眼，見他瞪圓了眼睛逼視著李蓮英，而李蓮英仍然虎著臉，只好退了出去。她剛到門口，忽聽李蓮英在對老太監說：「明兒個頭午，老佛爺在長春宮喝早茶。」

李香靈驀地明白了李蓮英的意思，但在猶豫著：我可如何能進長春宮啊？

老太監走了出來，看著李香靈小聲說：「我來幫你……」

翌日上午，一隊六個宮女端著裝有各種精製點心、小碗的托盤魚貫進入長春宮。李香靈一身宮中侍女裝扮也在其中，看了一眼立在旁邊的李蓮英。李蓮英和她對視一下，抿嘴一笑。

慈禧坐在椅上看奏摺，宮女將各種點心、小吃放在桌上。

李蓮英說：「老佛爺，您用早膳吧。」

慈禧將奏摺遞給李蓮英，拉著長聲說：「回頭告訴李鴻章，他搞洋務，我不反對，老是跟朝廷伸手，那哪兒成啊？讓他動動腦子！這麼大個國家，有錢的主兒多的是！」

李蓮英連連點頭：「老佛爺說得對，說得對。」

慈禧看看桌案上的食物，皺了眉頭：「小李子，每天都是這老一套，吃膩了！」

李蓮英給站在一旁的李香靈使眼色，李香靈端著託盤走近慈禧，將備好的過橋米線放在桌案上。

慈禧看了一眼小碗裏的米線：「不就是小碗麵嘛！」

李蓮英說：「您嘗嘗就知道了！那味兒是沒挑兒了！」

慈禧先是隨便用筷子挑起吃了一口。她品著味又吃了幾口，說：「還眞有點味兒，這叫什麼？」

李蓮英說：「是雲南特產叫過橋米線。」

慈禧問：「小李子，是哪個廚子做的？我要看賞！」

李香靈跪在地上：「小女子李香靈謝恩！」

慈禧看看李蓮英：「李香靈？」

李香靈說：「小女子李香靈，是雲南首富王熾之妻。」

慈禧看著她：「王熾？不就是那個建什麼『興文當』，幫雲南舉子求學的王四嗎？」

「回老佛爺的話兒，正是他。」

「你不在家裏伺候你東家，跑到宮裏來幹什麼？」

「回老佛爺的話，小女子李香靈是費盡周折，進得宮來，特意向老佛爺告狀的！」

「你告什麼人哪？」

「告到雲南禁煙的欽差左大人！」

慈禧一怔：「噢？他怎麼了？」

李香靈說：「左大人他無中生有，誣王家父子走私大煙！這枉加的罪名，將王熾父子投入大獄！」

慈禧撇了撇嘴：「喲——這罪名還不輕呢！遞上來吧。」

李香靈抬起頭：「什麼？」

慈禧問：「證據呀！捉姦要雙，抓賊要贓！沒有證據，你是拿老娘開涮哪！」

李香靈連連叩頭：「小女子萬豈敢對老佛爺不恭？小女子雖然沒有左大人枉陷忠良的證據，但有王熾忠心報

國的件件事實！同治五年，王熾創辦錢莊天順祥，以德經商，以德取人，滇、貴、川無人不知，無人不曉。同治十二年，雲南巡撫唐炯赴川督辦鹽務，王熾的天順祥獨家為唐大人籌銀十萬，以解官府缺銀之危。光緒八年，中法在雲南邊境開戰，又是王熾倡辦隨軍錢莊，籌餉銀六十萬兩，用於軍需，分文不取，為保衛國土，抗擊入侵之敵，全心全意，急公好義。晉陝兩省大旱，王熾捐銀萬兩。瀘州大橋坍塌，王熾捐銀修復。舉子進京趕考，王熾資以差旅。學子讀書有難，王熾贈書萬卷。其他義舉無數，不必再詳述。老佛爺，這樣一個忠於朝廷的大清子民，怎麼會與洋人苟合，走私大煙？這樣一個以德為本的正直商人，怎麼會有違國法，自毀長城？現在，他王熾父子身陷囹圄，度日如年，就連唐炯唐大人也以包庇罪，被暗中傳訊，解押到京城了。」

慈禧沉思著：「看來這個王熾，還真的做了不少好事呢。這地方主事兒的，不是瞎子，就是啞巴，怎麼連個呈子都寫不全？小李子！」

李蓮英趕緊應了一聲：「喳！」

慈禧說：「今兒個，我就衝王熾媳婦這份心，這個膽兒，大老遠的求爺爺告奶奶地告到老娘這兒，我也要管管！把那個洋人彼特、唐炯和姓左的欽差，都給我叫來！」

李蓮英應著：「喳！」

李香靈磕頭：「謝老佛爺大恩大德！」

慈禧看著李香靈：「這個王熾，一定很不簡單，給我講講有關他的事兒。別跪著了！站起身說。」

李香靈謝過恩，略一思索，講了起來……

慈禧大笑：「敢情這個王熾還真有兩下子，他就不怕那個什麼粱紅女不來贖這個假珠子？有膽兒！這才叫慧眼識珠呢！有意思！」

她說著下了座，過去拉住李香靈的手走出門：「你就在這兒住下，給我講講這過橋米線是個什麼玩藝兒！」門口站著李鴻章和榮祿，見老佛爺出來，立即下跪請安：「老佛爺吉祥！」

慈禧看都沒看，對李香靈又說：「走，咱們一邊兒聊去，讓他們說正事兒。」

李蓮英出來，對李鴻章和榮祿說：「得，今兒沒戲了，二位請回吧。你們沒懂老佛爺的意思嗎？回去趕緊擬個呈子遞上來吧！」

李鴻章和榮祿疑惑不解地望著李蓮英。

晚霞如血。西風乍起。王小妹在昆明郊外的小溪旁邊跪地祈求蒼天：「老天！你開恩，長長眼吧！爹和哥哥是無罪的，是清白的……求您讓他們平安無事，早日回來吧！小妹精誠所至，金石為開，你就顯顯靈吧！」

她說著，朝著土堆兒上一把香，再三跪拜。

站在她身後的李雲鶴看著她，伸手撩起她的秀髮，另一隻手要去摟她的肩。王小妹猛地回頭，眼睛裏含著淚，露出悲戚、信任和求助的目光。

李雲鶴如觸電般縮回了自己的手，轉身看著別處，內心突然湧起憐愛和自責：「姜勝武啊姜勝武，你怎麼就下不了手呢？」

王小妹站起身，說：「雲鶴，咱們回去吧。」

二人並肩走著，王小妹突然停住，側身看著李雲鶴，問道：「雲鶴，你說，朝廷會把爹和我哥怎麼處置？」

李雲鶴猶豫著說：「不會怎麼樣吧？」

王小妹說：「走私大煙，那是死罪啊！」

李雲鶴一手攬著王小妹纖細的腰，在風中走著，暗說：「姜勝武，你看見了吧，王熾如果死了，小妹肯定也就活不成了！」

二人回到天順祥時已是傍晚，見最後的兩個顧客正離開大堂。

唐柯望著疲憊不堪的掌櫃和夥計們，說：「大夥都回去睡一會兒吧！」

一夥計說：「只怕睡下就起不來了，除非明天早上不開業。」

唐柯搖搖頭：「不開業怎麼行？」

兩名夥計端著一大籠包子走進來。二人身後是唐小雨端著一鍋粥，張春娥拎著裝有碗筷的竹筐。張春娥對大家說：「大家辛苦了幾天幾夜，先吃點東西再說吧。」

眾人蜂擁而上。王小妹給眾人手中遞著包子，張春娥親自盛粥，對蹲在門口的唐柯說：「唐先生，給！」

唐柯看一眼張春娥：「夫人，東家和鴻圖還在牢裏，我吃不下啊！」他說著，突然頭頂著門框哭起來：「我唐柯不是東西，我害了東家啊！」

所有人心情沉重地看著唐先生。

張春娥走了過來：「唐先生，賣煙草雖說是你跟少東家建議的，可是責任並不在你啊，要怪得怪我家鴻圖。」

唐柯仍然哭著說：「就是怪我！應該我去蹲大獄，不應該是東家和少東家。」

眾人都沉著臉，低著頭，沒一個吃飯的。

他們誰也沒想到，此時正有一名太監帶著四個清兵飛馬來到大牢門外。太監喊道：「聖旨到——」

一隊清兵從大獄裏走出，恭候門兩旁。

太監翻身下馬，捧著聖旨大步走進大獄門裏，後面跟著四個清兵。

太監走進王熾囚房外，大聲喊道：「天順祥東家王熾接旨——」

囚房裏憔悴不堪的王熾急忙下跪。

太監看了看他，「嗯」了一聲。

獄官立即開鎖，王熾走出囚房，跪地接旨：「滇南王熾接旨！」

太監展開聖旨念道：「奉天承運，皇帝詔曰：滇南王熾因在中法戰爭中，竭誠捐銀六十萬餘以資軍需，餉發三軍，重教于德，家風益振，屢修橋路，功蓋千秋。特賜封朝廷二品頂戴候選道，即日起，平冤昭雪，無罪釋放！欽此——」

王熾含淚叩頭：「卑臣接旨。」

他起身欲接旨，突然聽到一聲：「爹！」

王熾回頭，見王鴻圖蓬頭垢面撲了過來。

王鴻圖撲在王熾懷裏：「爹——」

王熾抱著兒子，悲喜交加，不知所措：「這，這是真的嗎？」

14 狂瀾巧挽

一

王熾和王鴻圖大步走進天順祥大堂。正在閣樓上核帳的唐柯、姜勝武、王小妹都吃了一驚。特別是姜勝武，瞪大了眼睛：「你怎麼回來了？」

「爹——」王小妹叫著跑下閣樓。

王熾沒有理會她，鐵青著臉，直奔閣樓。

唐柯已站起身，叫了聲：「東家！」

王熾說：「把煙草合同拿出來！就是鴻圖與彼特做的那一檔煙草合同。」

唐柯立刻打開保險櫃，急忙查找。

姜勝武在旁邊緊張地看著。

巴力、馬六子和張春娥聞訊來到大堂。

唐柯臉色蒼白：「東家，合同……不見了！」

王熾下了閣樓，來到大堂中央站住：「不見了！沒有了！背著我簽的合同能有嗎？說！這煙草合同是誰簽的？」

王鴻圖低聲說：「是我簽的。」

唐柯說：「是我讓他簽的。」

王鴻圖忙加大了聲音：「不！是我的主意。」

王熾指點著二人：「好哇！你們以爲誰都能簽合同，以爲錢是那麼好玩的？現在玩出事兒來了吧！我和鴻圖受了皮肉之苦是小事，可就是這個合同，差點兒毀了天順祥！鴻圖，在這件事上，你要負主要責任，一旦我查出這筆生意眞有問題，我還會親手把你送進監獄！唐先生，我萬萬沒想到，與鴻圖合夥騙我的還有你！還有我最信賴的、最敬重的唐柯！」

所有人屏息注視著王熾。

王熾盯著唐柯：「唐柯，這次你讓鴻圖和彼特做煙草賺了三十萬兩白銀，可結果呢？我們幾天之間丟掉的是八十萬兩白銀庫存！銀子的損失都是小事，關鍵是我們天順祥的名譽受到了傷害，我不只一次對你們講過，不能圖利忘義，不能忘了先人之訓，君子之富，好行其德，小人之富，以適其力。商場、錢場，處處陷阱密布，每走一步，都要瞻前顧後，萬萬不可草率行事！可你們呢？」

馬六子試探地說：「東家，唐總管、鴻圖他們是不該瞞著你做這件事情，可他們也是爲了櫃上著想，那麼多煙草，在庫裏壓了那麼長時間，再不處理掉，就全糟蹋了。」

王熾說：「全糟蹋了，總比被洋人牽著鼻子扔進陷阱裏強！你們知道朝廷欽差怎麼看我們嗎？他居然認爲我

們天順祥是靠販大煙土起家的！知道現在販鴉片是什麼罪嗎？死罪！在座的見過大煙是什麼樣嗎？」

在場的人都低下了頭。

王熾接著說：「連見都沒見過的大煙，恰是咱們的罪名！這罪名對天順祥，對咱們每個人實在是太重了，咱們背不起呀！」

唐柯連聲說：「是我的錯，我的錯！是我使東家父子進了大獄……」

王熾把臉轉向馬六子，厲聲吩咐：「馬六子，你親自去給唐先生操辦住所，置三百畝地，讓他養老吧。」

巴力快步來到王熾跟前，怒視著他。

王熾緩和了語氣：「巴爺，你別摻和這事兒。」

巴力一把抓起旁邊的算盤遞向王熾，然後指指唐柯。

王熾看看算盤，又看看巴力，說：「我明白了，你是說我只打自己的算盤，不講兄弟情分，對吧？」

巴力仍指指那算盤，指指唐柯，又指指王熾。

王熾說：「你問我，這兩樣東西要哪樣？我都想要！可是這……」

巴力奪過算盤猛地向地上摔去。

算盤在地上碎了，算盤珠四散飛濺。

所有人愣住了。屋裏靜得讓人透不過氣。

巴爺轉身就走。

王熾大喊：「巴力！」

巴爺站住了。

王熾來到巴力身後，激動地說：「巴爺，你這算盤摔得好！可你沒有把我摔服，因爲我王熾讓唐柯告老還鄉，固然是因爲他做了錯事，但更主要的是，我想趁天順祥還有能力的時候，給你們都安排一個好退路！」

衆人再次大驚。

馬六子問：「東家，你、你這話是什麼意思，難道我們天順祥……？」

王熾淒然一笑：「你們有沒有想過，在雲南大做違法生意的人有的是，爲什麼我天順祥跟洋人做一次生意，馬上就被人盯上，還驚動了朝廷，我們明明做的是煙草，現在就變成了鴉片？」

衆人注視著王熾等待答案。姜勝武目不轉睛地盯著王熾。

王熾說：「這說明有人在盯著我們，想置我們於死地！」

姜勝武心猛地一沈。衆人無不義憤塡膺。馬六子摩拳擦掌叫著：「東家，你一定知道是誰在搞我們！你告訴我，我豁了這條命把他幹了。」

王熾笑笑：「你又瞎激動什麼？你白跟了我這麼多年，我王熾什麼時候怕過惡人，以惡治惡不是我王熾的做事原則。」

姜勝武凝視著王熾的眼睛瞪得更大。

馬六子說：「那就由著人家暗地裏把我們往死裏整嗎？」

王熾說：「天之所助，雖小必大；天之所違，雖成必敗。我王熾順天意而行不做逆天之事，安守做人經商的本分，雖屢遭磨難，但終能死裏逃生，將天順祥這艘船越造越大，這說明什麼？」

唐柯說：「說明只要堅持正道，就不怕邪惡干擾。」

王熾說：「對！不要都把眼睛盯在眼皮底下點事兒，咱天順祥這艘船往哪開？看得見嗎？巴爺，還願意跟我王熾繼續打造天順祥這艘船嗎？」

姜勝武感到自己的胸膛彷彿受到了強烈震動。

馬六子等人贊成，巴力連連點頭。

王熾看到了張春娥，馬上想到李香靈沒有來，問：「香靈呢？」

張春娥說：「怎麼，東家還不知道嗎？香靈進京告狀去了！」

王熾大吃了一驚：「進京告狀？她什麼時候走的？」

張春娥說：「你入獄的第二天，到現在還沒回來。」

王熾明白了：「這麼說是她……爲什麼不早告訴我？」

張春娥說：「大獄守得那麼嚴，沒人能進得去。」

王熾又想到李蓮芸，問：「蓮芸的傷怎麼樣？」

張春娥眼裏流出淚：「她……已經……歸天了。」

王熾「啊」了一聲，眼前一黑，險些暈倒。他定一下神，轉身向後院奔去。

唐小雨看見破門而入的是王熾，一下子撲進王熾懷裏：「東家！我娘她……」

王熾流著淚拍著他的肩：「哭吧！想哭就哭出來！」

唐小雨搖著頭，竭力控制著自己，很快就忍不住，「哇」的一聲哭出聲來：「娘啊——」

李西來的靈牌旁置放著李蓮芸的靈牌。靈牌兩邊燭光閃閃，映照出靈牌下面並排放著兩件繡有「天順祥」的坎肩。

張春娥已滿臉是淚，講述著：「蓮芸因爲流血過多，當場就斷了氣。臨死，她還握著我的手，眼睛死死盯著店門上面『天順祥』三個字，像是有話說，但終於沒說出來。她命苦啊！她自從進了王家的門，一天好日子都沒過過……到死還是孤苦伶仃地一個人去了……蓮芸入殮的那天，正趕上錢莊最忙的日子，我沒敢請人做道場，因爲見不到東家，我和唐先生商量，就由小雨這孩子護著，將她的靈柩送往十八寨和西來合葬了。我知道，若是當時東家在，也會這樣吩咐的……」

王熾心情格外沉重，將一炷香插在香爐上，默默鞠躬後，肅立不語。門外站滿了除了李香靈之外天順祥所有的人。他們默不作聲，依次走到王熾身後，先是張春娥、唐小雨和王小妹、王鴻圖，緊跟著的是唐柯、巴力、馬六子、姜勝武……

王熾緩緩轉過身來，對唐柯輕聲說：「唐先生，今天下午的事兒，我也有錯，讓你委屈了……」

唐柯忙說：「不、不！東家說得對，教訓哪！」

王熾說：「你們跟著王熾多年，雖然不是骨肉同胞，但早已是命運攸關，生死與共了。離開了你們，你以爲王熾這心裏好受嗎？西來和蓮芸……已經爲了天順祥離開了我們。我不想你們中任何人再有不測！我和鴻圖不在的時候，你們撐起了這個家，保住了天順祥，你們每個人都是功臣啊！眼下天順祥面臨重重困難，資金周轉不利，庫存銀根短缺，工部張大人催款，煙草合同下落不明……所有這些如泰山壓頂！但我相信，這一切都難不倒我天順祥的漢子們！咱們不把事情做好，對不起仍在苦難中翹首盼望我們伸出援助之手的災區百姓，對不起死去的西來和蓮芸的在天之靈！天順祥不能垮，因爲它早已不屬於我王熾一個人了，它是大家同心同德的象徵，是立足於錢場、商場上，咱們這些生意人的德性！」

在場的人無不垂淚。姜勝武也被這種氣氛感染，眼裏含著熱淚。

唐柯說：「東家你的心，我們明白了，你說吧，該怎麼做？」

王熾說：「朝廷的一道聖旨，雖然將我和鴻圖無罪開釋，但煙草合同的事並沒有完！咱們就從這事入手，一查到底！連夜查找。」

姜勝武的心又是猛地一沉，低下頭。

王熾轉身離去，其他人緊跟其後。

唐柯和王鴻圖上了閣樓翻找煙草合同。

姜勝武在櫃檯上核帳，不時注視著閣樓上。

唐柯自語道：「眞是怪事，上千份合同都在這兒，單單是缺了它？」

王鴻圖說：「再找找。沒准訂在哪一本上了。」

唐柯說：「絕不會錯！有順序號的。」

大堂中央的桌子上，巴力在笨手笨腳地串算盤珠子，修理被他摔壞的算盤。他眼裏含著淚。小妹走過來，用手絹抹去巴力含在眼裏的淚珠，幫巴力穿算盤珠子。巴力終於忍不住，落下淚來，他一把抹去淚水，奪過小妹手中的算盤珠子，默默地穿著。王小妹看著看著，扭頭落淚。

王熾帶著馬六子也上了閣樓，和唐柯、王鴻圖翻開所有的保險櫃，查找合同。他們身邊堆放著查找過的原始合同訂成的頁簿，那上面又不斷地增添合同頁簿。

清晨，一輛篷車由遠處駛來，停在天順祥後院門前，李香靈下了車，付過車錢，進了後院的門。

大堂閣樓上，唐柯、王鴻圖、馬六子東倒西歪，正在沉睡。王熾從微睡中醒來，繼續查找合同。大堂的中央，王小妹、姜勝武趴在桌上也睡著了。

守候一旁的巴力忽見李香靈從後廳進了大堂，吃了一驚。李香靈忙連連擺手，示意他不要出聲。

閣樓上的王熾早已發現了李香靈，急忙下了閣樓。

李香靈看見王熾，指指樓上。王熾會意，轉身小聲對巴力：「巴爺，你也去睡一會兒吧。」

巴力眼睛盯著李雲鶴的方向，點點頭。

王熾和李香靈上了樓。

進了臥房，李香靈從包裹裏取出兩份合同，說：「這一張是彼特的合同。你看，這是鴻圖他們簽的原合同。有人從這裏偷走後，做了手腳，在最後的條款後面，又添了一行字，這一行字足以判東家父子的死罪！連唐炯唐大人也因包庇走私大煙案牽進去了。多虧這次老佛爺出面過問，調左大人、彼特當面查證，事情才終於搞清楚了，唐大人也復了職。」

王熾震驚：「原來是這樣！那個偷走合同的人是誰呢？」

李香靈說：「不管他是誰，肯定是在天順祥的人！」

王熾凝眸思索著。

李香靈又取出冊書：「看！這是老佛爺賞的。」

王熾一看，大喜：「太后封你爲二品夫人了！」

李香靈羞澀地低下頭，撲進王熾懷裏。

王熾摟著她：「這次大難，多虧了你呀！」

外面傳來腳步聲，二人趕忙分開。

進來的是王小妹、王鴻圖。

王小妹叫了聲「娘」，上前抱住母親。

王鴻圖也激動地叫著：「娘！」

李香靈一左一右地摟著他倆，笑著。

「你娘如今可不簡單啊！是朝廷封賜的誥命夫人了！」王熾笑著說，掃一眼小妹和鴻圖不解的神情，問李香靈：「怎麼，你進京告狀沒告訴他們？」

李香靈說：「我怕走露風聲，對你們父子倆不利……」

王小妹說：「怪不得連我都不知道。」

王熾拉過王鴻圖，說：「你娘千辛萬苦，冒死進京告御狀，才引起老佛爺重視，才有了咱父子倆的今天。鴻圖哇，你的這條命是你娘給你撿來的！她是咱天順祥的救命恩人哪！」

王鴻圖跪在地上：「娘的再造之恩，孩兒沒齒不忘！」

李香靈扶起鴻圖：「圖兒，娘知道，你和你爹在大獄裏吃苦了！今後萬不可擅作主張，魯莽從事了！朝廷這次肯開恩赦免你們父子無罪，那是因爲你爹的爲人讓他們感動，是天順祥爲國排憂、爲民解難的件件事實令他們欽佩，娘不過是告訴了他們你爹平時不願張揚的這些豐功偉績。其實，救你們父子的不是朝廷，不是皇帝，而是你爹做事，一生清白，以德經商，矢志不渝！」

王鴻圖點頭：「孩兒記住了。」

王小妹拿起冊書衝了出去，一路喊道：「誥命夫人！我娘是誥命夫人——」

王熾與李香靈對視著。王鴻圖知趣退出。

二

潘德貴在客廳裏焦急踱步。

小松子匆匆進了屋。

潘德貴問：「打聽到了嗎？」

小松子沮喪地說：「完了，全完了。」

「什麼完了完了的？慌什麼？說，到底怎麼回事？」

「不知爲什麼，左大人早在半月前就被秘密召回宮去了。」

「王熾呢？」

「被無罪釋放了！」

「果然是這樣？」

「還有……」

「還有什麼？」

「朝廷傳下聖旨，說王熾捐錢造橋，急公好義，封他是二品紅頂商人。」

潘德貴一屁股癱坐在椅上。

小松子看看他，又說：「誣陷王熾走私大煙，可是小的出面遞上去的狀子。這要是朝廷追查下來，小的怎麼辦哪？」

潘德貴強打精神說：「左大人一走，死無對證，你怕什麼？」

小松子膽戰心驚地說：「我……好害怕！眞、眞的不會出事？」

潘德貴抬起目光，盯著書櫥裏面的一個小藍瓷罐兒，說：「不過，這事情不怕一萬，就怕萬一，要不你到鄉下老家躲一躲？」

小松子立刻感激地說：「好！等風聲一過，我立刻就回來伺候老爺。」

潘德貴看著他，關切地問：「還沒吃飯吧？」

小松子「嗯」了一聲。

潘德貴說：「去洗洗手，回來吃飯。」

小松子應了一聲出去了。

潘德貴倏地站起身，將書櫥裏的那個小藍瓷罐拿在手中，將裏面的藥粉倒進菜碗裏，用筷子攪了攪，然後把小藍瓷罐又放了回去。

小松子回來了。潘德貴指著桌上的飯菜：「你快吃吧！吃飽了好上路。回到鄉下老家，替我向你家人問好。」

小松子說：「您也吃吧！」

潘德貴說：「我現在不餓，你吃！」

小松子「哎」了一聲，狼呑虎嚥地吃起來。

撂下飯碗，小松子和潘德貴打個招呼，抓起包袱就走，剛到門外，忽聽院門處傳來很響的敲門聲，有人在喊著：「快開門，我們是官府的，奉命抓人！」

潘德貴急忙也出了屋，看門人跑過來：「潘先生，您看……」

小松子跪在了地上：「東家！您可要救救小人哪！」

潘德貴扶起他，平靜地說：「放心地去吧！我隨後就保你出來。」

潘德貴說著給看門人遞了個眼色。看門人向大門外跑去。

小松子看看看門人，又看看面露獰笑的潘德貴，驀地明白了，怒視著他叫道：「姓潘的！你好狠心哪，拿我當槍耍？哼，我有罪，你也跑不了！我長著嘴呢！」

官兵們衝進來。

「誰是小松子？」一名頭領問。

小松子挺胸抬頭：「我是！」

那個頭領說：「你僞造證據，誣陷忠良！帶走！」

清兵一擁而上，架起小松子走出屋外！

小松子回頭：「姓潘的！你等著！你等著……」

清兵將小松子拖走。

到了大門外，兩個清兵往囚車上拉小松子。小松子突然掙脫清兵，大叫一聲，嘴裏吐出鮮血。他的身子一歪，倒了下去。

那個頭領看看他，說：「畏罪自殺！」

看門人趕忙關上門，跑到潘德貴的屋裏：「小松子……小松子死了！」

潘德貴像沒聽到一樣，繼續寫著字，而後吹了吹，等乾了之後疊上，交給看門人，說：「把這個交給李雲鶴！小心別被人看到。」

看門人接過紙條，應了一聲出去了。

潘德貴咬牙切齒低聲說：「王熾！我要看著你將你最心疼的女兒親自交給你的仇人！你家一個是紅頂富商，一個是誥命夫人，再加上一個乘龍快婿，這下子就更熱鬧了！」

他說著一仰臉，發出一陣狂笑。

已是晚上，天順祥大堂裏沒有顧客了，一夥計正要掃地，王小妹拿著兩個包子從店門外走進來。她見原來姜勝武的櫃上空著，大堂裏也沒有他的影子，只有唐小雨和掌櫃們在核帳，從後廳走了出去。

姜勝武坐在後院的織布機機房裏，兩眼發直，在心裏說：「三天之內娶小妹？這如何能做到？」他下意識地揪了一把線在手裏，猛地一使勁兒，線綳斷了。

王小妹推門進來，叫道：「雲鶴！」

姜勝武沒有回頭。

王小妹走過來，蹲在姜勝武身邊，問：「雲鶴你怎麼啦？」

姜勝武不語，仍直直地看著織布機。

王小妹抓著他的手：「想家啦？病啦？你說話嘛！」

姜勝武受不了這種熱情，猛地站起身吼道：「我沒有家，也沒有病！你要是處在我的處境，你就明白了！你走到哪兒，都覺得有一雙眼睛盯著你，好像我就是那個偷合同的人！就因爲我是晚來的，就因爲我是個孤兒！」

王小妹立刻同情地說：「雲鶴！你千萬別瞎猜。你沒聽說嗎？不做虧心事，不怕鬼叫門，小妹相信你不就行了？」

姜勝武抓住她的手，急切地問：「小妹，你真的相信我？」

王小妹連連點頭：「你真的看不出來呀？」

姜勝武深受感動，心裏又一陣亂，問道：「如果……如果我並不像你想的那麼好，你還相信我嗎？」

王小妹注視著他：「雲鶴，這些日子你變了，變得我都認不出你了！那天，你一個人在這兒發瘋，今天又問我相不相信你，你一定有什麼心事！說出來，讓小妹替你分擔，憋在肚子裏，那是要憋出病來的。說吧！難道你連我也信不過？」

姜勝武轉過身去：「我真的沒什麼……如果你非讓我說，我就……」

王小妹又到了他身前：「你就什麼呀？」

姜勝武充滿感情地說：「我……我李雲鶴……越來越離不開你了！」

姜勝武說完便跑出去，王小妹追了幾步停在門口。

姜勝武進了大堂，看一眼閣樓上在打著算盤的唐柯，回頭看看，見王小妹並沒追上來，走過去坐在唐小雨對面，也打著算盤。

唐小雨看看他，見他有些心不在焉，指著算盤：「雲鶴兄，錯了！」

姜勝武怔了一下：「是嗎？」

唐小雨在姜勝武的算盤上撥動著珠子：「這樣才對！」

姜勝武赧然一笑：「噢……對、對！」

王小妹走進來了，看了姜勝武一眼，上了樓。

很快，王小妹又從樓上跑下來，興奮地說：「雲鶴！我爹叫你！」

姜勝武頓時面露驚恐：「是東家叫我？」

王小妹到了姜勝武面前：「快去吧！爹要封你當總爺啦！」

真的嗎？姜勝武不敢相信，被王小妹拉起來，推上了樓，

到了三樓的書房，姜勝武慢騰騰走了進去，看著坐在椅子上的王熾，問：「東家叫我？」

王熾一指旁邊的椅子：「雲鶴你請坐！」

姜勝武小心翼翼地坐下。

王熾說：「小妹都跟我說過了，我不在家的這些日子，你幹得很不錯！我已經和唐先生商量過了，準備讓你擔任櫃檯總管，獨當一面。雲鶴，你好好幹吧！」

姜勝武心裏更亂，低著頭低聲說：「王大人……這樣看得起我，雲鶴還能說什麼！只怕雲鶴才疏學淺，難當此重任，還要靠老前輩多多指教。」

王熾說：「這不成問題！來，對如何改進完善櫃上的業務，談談你的想法！」

王小妹在門外聽到這裏，臉上的笑容更多。她轉身下了樓，在空蕩的大堂內等待姜勝武下樓。

她抬起頭，見著頭上的風扇仍在動，來到年邁的拉繩人面前，說：「大叔，您今天不搧了，行嗎？」

「那怎麼行？東家說，這是風水，不能停。」拉繩的夥計看著她說，驀地明白了，補充道：「我閉眼不就行了。」

王小妹害羞了，扭著身子嘀咕著：「我們又不幹什麼壞事！」

巨大的風扇搧緩緩搧動著。拉繩頭的老夥計閉著眼，機械地拉著繩子。閣樓上「天順祥」三個大字被汽燈照耀得蒼勁有力。王小妹坐在太師椅上，漸漸打起了瞌睡。忽然，她覺得像從夢中傳來一聲輕喚：「小妹！」

王小妹猛地醒來，發現身旁站著姜勝武。

王小妹不好意思地問：「你站在這兒半天了吧？」

「我是被一幅美女沉睡圖迷住了。」他笑著說，輕撫著王小妹的肩，撫弄她的頭髮，呆呆地看著她，嘴輕輕動著：「小妹，你知道嗎？你睡著了眞美！」

王小妹被他看得不好意思，低下了頭：「看你說的！我怎麼知道？我又看不見我自己怎麼睡的。」

姜勝武突然激動地摟住她的雙肩：「可我知道！我要永遠看著你睡著的樣子！」

王小妹被他突然的舉動所懾服，幾乎停止了呼吸，彷彿有種預感，她悄悄地囁嚅著：「不要在這兒……」

姜勝武突然變得粗魯，狠狠地說：「不！就在這兒！就在這兒！」他說著抱緊小妹，托起她的臉，狂吻像雨點一樣，落在小妹的髮、臉、眼、唇。

王小妹壓抑已久的激情終於爆發，不顧一切地抱住姜勝武，回吻著他，嘴裏呢喃著：「雲鶴！雲鶴……我們永遠都不要分開！」

姜勝武聽到這話突然停頓。他死死盯著王小妹，眼裏噙滿淚，猛地更加粗魯地抱住王小妹狂吻！他幾乎是大喊地：「不！不——」

王小妹覺得他的喊聲裏既有急切的渴盼，又有絕望的哀鳴，和他擁抱著跌落在太師椅上……

突然，姜勝武推開了王小妹，踉踉蹌蹌跑了出去。

他回到自已住的屋，並沒有看到王小妹追來。他有些失望，又有些慶幸，從床下取出那個精製的首飾盒，慢

慢擺弄著，浮想聯翩——

他在豬窩裏大口吞著豬食……

他一身整潔的穿戴，翹著小辮子背誦古詩……

他被潘德貴收養，跪地拜父……

他與王小妹在街頭作畫相遇，王小妹純潔多情的目光……

他趁夜深人靜，撕下了合同……

他眼見王熾父子被囚車拉走，蓮芸流血氣絕……

他與王小妹擁抱，雙雙跌落在太師椅上……

他「啪」的一聲合上了首飾盒的蓋子，在心裏絕望地呼喊：「小妹——我……」

翌日一早，王小妹蹦蹦跳跳來到姜勝武的屋門外，興沖沖喊著：「雲鶴！雲鶴！」沒有人回答。她推開虛掩的門，見屋內無人，怔了一下，轉身離去。

她找遍了天順祥內各處，一遍遍喊著「雲鶴！雲鶴——」，然而，都沒有姜勝武。最後，她跑進王熾的書房，流著淚說：「爹！爹！雲鶴不見了！」

王熾一怔：「什麼？」

王小妹哭叫著：「我在後院哪都找過了，根本沒有他的影子！爹你說，他幹什麼去了？怎麼就不跟我打個招呼呢？」

姜勝武是在昨夜離開天順祥的，去了春和樓。他厭惡地看著對面樓內的男男女女，忽然看到了濃妝豔抹的母

親梁紅女，正滿臉堆笑地與前來尋歡作樂的老爺、先生們打招呼。

姜勝武大步去了後院。梁紅女發現了姜勝武，一驚。她忙擺脫顧客糾纏，追了過去，見兒于進了以前他住的屋子。

「勝武，出了什麼事？」梁紅女推門進來，見姜勝武臉色蒼白，忙問。

姜勝武從懷中掏出精製的首飾盒：「娘，您還記得這個首飾盒嗎？」

梁紅女脫口而出：「記得，那是你小時候裝糖球的盒子！是從哪兒找到的？」

姜勝武肯定地說：「那就對了，兒全明白了。」

梁紅女突然不安地問：「明白？你明白了什麼？」

姜勝武說：「一個把兒從豬窩裏救出來的人，絕不會殺害兒的父親。」

梁紅女忙說：「勝武你在胡說些什麼？你坐下，聽娘說！」

姜勝武慢慢坐下，神情疑惑。

梁紅女坐在他身邊，說：「過去，娘只跟你說過你爹是怎麼死的，可他慘死的情景娘沒說，是因爲一想到那天，娘這心裏就受不了。那天早晨，你爹因爲受了王熾欺辱，被寨主免去了鄉團首領的職位，要到縣衙去告狀，在路上與王熾和他的保鏢啞巴相遇。你爹怒斥王熾仗勢欺人，二人爭執起來，王熾趁你爹不備，暗中掏出匕首，刺進你爹的心窩！當我聽說趕到時，王熾的手還緊握著匕首的刀柄，而你爹他卻因流血過多，當場就斷了氣。娘說的這一切，都是娘親眼所見，你連娘的話也不信嗎？」

姜勝武問：「當時還有誰在場？」

梁紅女想了想，說：「姜三！他從頭到尾全看見了。他要活著，可以作證。」

姜勝武看著她：「姜三他已經死了？」

梁紅女搖搖頭：「不知道，聽說你爹死後，他就四處流落，乞討為生。勝武啊，娘這樣苦熬著，支撐著這個春和樓，做這樣下賤的營生，就是指望你給你爹報仇哇！現在有潘德貴幫助，已經接近成功。可你這個時候，卻胡思亂想，猶猶豫豫，你哪像你爹？哪還有一點男人的血氣？你讓你爹在九泉之下怎麼能夠瞑目哇！」

姜勝武還是在遲疑著：「可是……」

梁紅女變了臉，厲聲說：「可是什麼？立刻回去！回到天順祥！按潘大人的旨意，向王熾求親，讓他把他心愛的女兒嫁給你！否則，你就再也別回來見我，我也不是你的娘！」

姜勝武低下頭，眼裏含著淚：「娘……王熾是不會答應的。」

梁紅女說：「那你就讓王小妹開口求他！她是王熾的掌上明珠，定是有求必應。等你把王小妹娶到手，剩下的事就不用你管了。」

姜勝武猛地抬起頭：「娘？」

梁紅女說：「到那時，生米煮成熟飯，我和潘德貴自會出面，告訴他你眞正的身分。那時候，王熾，我看你還能笑得出來嗎？走吧！現在就回到天順祥，否則，你就再也別回來見我，我也沒有這個沒出息的兒子！」

姜勝武咬咬牙：「娘……我走，我走！」

天順祥後院裏重重響起織布機的「咔嗒、咔嗒」的響聲。這聲音時斷時續，時緊時緩。馬棚旁邊的巴力聞聲望去，無奈地搖搖頭。他身旁的馬六子把竹籮筐往地上一扔，抽起了悶煙。

往這邊走來的王熾看他倆默不作聲，聽了一會兒織機聲，轉身離去。

織布機機房裏，王小妹神情木然，機械地在織布機上操作，一滴眼淚流下臉頰。突然，皮帶輪停止了轉動，王熾和唐小雨進了庫房。

王小妹依然眼盯著織布機，沒有抬頭。

一把雨傘和一個小包袱放在王小妹眼前，她耳邊響起王熾的聲音：「小妹，李公子的老家在陸良縣的東坡鎮，原先也是鎮上數一數二的財主，這是唯一的線索了。」

王小妹看看傘和包袱，又看看王熾的眼睛，方覺眼前這一切並非做夢！她猛地撲在爹懷裏放聲大哭：「爹——」

王熾眼睛濕了，說：「你一個女孩子，路上不安全，讓小雨陪你去吧。不管發生什麼事，都不要在外久留，爹在家大天盼著呢！」

王小妹點頭，已經哭成個淚人。

王熾把王小妹、唐小雨送出了昆明城，看著二人遠去，直到身影消失。

三

荒蕪的個舊錫礦山上插著大清龍旗，幾個大辮子的工程測繪人員正用水平儀測量，不遠處的技術人員不時舉著小旗旗。

欽差楊大人舉單筒望遠鏡眺望錫礦全貌。他的身後是總督唐炯和身著二品頂戴官服的王熾，以及陳繼業等一些錢莊老闆。

唐炯說：「王大人……」

王熾趕忙說：「總督大人可不要這麼稱呼在下！」

「你已經有了二品頂戴，怎麼不稱『大人』，是還不習慣吧？」唐炯笑著說，一指前面的楊大人，壓低了聲音：「欽差大人傳旨，由朝廷投資一半，由民間籌資一半，共同開發這座個舊錫礦，終使醞釀已久的規劃付諸行動，此乃我大清國之壯舉。王老闆，你的天順祥在雲南首屈一指，有能力與朝廷共事者，非你莫屬哇。」

「錫礦的開發，利國利民，天順祥投資開礦義不容辭。說實話，眼下錢莊可用之銀不多，不知楊大人什麼時候招標簽約？」

「欽差大人催得很緊，可能就這幾天。」

「時間太緊了！」

一直注視著他倆的陳繼業來到唐炯面前：「唐大人、王大人，還記得在下嗎？」

唐炯說：「金龍峽銅礦老闆陳繼業，才幹出衆，大名鼎鼎啊。」

王熾說：「陳老闆年輕有爲，治礦有方，誰人不知？」

陳繼業說：「二位老前輩過獎！如果天順祥錢莊無意投資，本號倒願出資，與朝廷共同開發個舊錫礦，總不能讓欽差大人說咱雲南沒有愛國之士吧！」

唐炯和王熾一怔，都看著他。

唐炯說：「好！天順祥也好，金龍峽也罷，都是咱雲南自己的事，老夫這回可以向楊大人交差了！」他說著拉住陳繼業的手，向欽差走去。

王熾目送二人良久，暗說：「這塊肥肉，只是你陳繼業自己要吃嗎？」

唐柯匆匆上樓，進了書房。

王熾忙問：「怎麼樣？」

唐柯懊喪地說：「按大人的吩咐，我和鴻圖分頭行動。我去找了幾家錢莊老闆，一開始，他們都答應與咱傾力籌資，聯合開發錫礦，可一聽說陳繼業獨家出資八十萬，又都打了退堂鼓。」

王熾沉思著：「也難怪，他們還要靠給陳繼業放款過日子呢！唐先生，立刻給各地分號打電報，讓他們在最短的時間內儘可能調銀子到總號來。」

唐柯說：「恐怕來不及了。就是調銀也湊不了那麼多。東家，這個舊錫礦，非咱天順祥投資不可嗎？」

王熾說：「到嘴邊兒的肥肉誰不想吃？我覺得這回不像是平常的競爭，他陳繼業的金龍峽銅礦每年能賣多少銅，你我心裏有數，怎麼就敢放出風來，說能拿出八十萬？」

唐柯看著他：「你是說……他在借雞下蛋？」

王熾用力點點頭，突然喊到：「香靈！拿簡報來！」

李香靈拿著一疊簡報走進來，放在王熾身旁的桌上。

王熾仔細看著。

王鴻圖走進來，和唐柯看著簡報。

忽然，王熾指著一張簡報上的陳繼業和一洋人的照片，說：「就是他！」

唐柯明白了：「對！這個洋人才是眞正要投資的人。」

王鴻圖說：「爹猜的一點不錯！我已查清了，陳繼業陳老闆這幾年一直將所產銅錠暗中賣給洋人，一來二去，很得洋人信賴。這些洋人早就對個舊錫礦垂涎已久，但礙於朝廷禁令很難直接插手，這次趁朝廷招標之機，

暗中使銀八十萬兩讓陳繼業出面投資，實際上是洋人在強占錫礦。」

唐柯說：「這個陳繼業果然是有來頭的！」

李香靈說：「這要是讓姓陳的得逞了，那咱大清的礦產豈不是落入洋人之手嗎？」

王熾急切地問：「今天是幾號？」

唐柯說：「陰曆初八。」

王熾「噌」的站起身：「糟了！鴻圖，快備轎！」

王熾略整衣冠，匆匆下樓……

此時，總督府的客廳內長條桌案的兩端分別坐著欽差楊大人和唐炯。他們的兩邊，坐滿了雲南富紳、錢莊老闆，陳繼業和他的老帳房先生胸有成竹坐在其中。

唐炯清了清嗓子，說：「諸位，欽差楊大人奉旨來到雲南，督辦朝廷與民間共同投資開發個舊錫礦事宜。此礦開發迫在眉睫，諸位同仁志士也已醞釀良久。本官給諸位一個公平競爭的機會，請諸位投標決定！」

欽差楊大人說：「諸位，朝廷投資款額已定，就在我手中這個信封裏，諸位的投標與朝廷已定數目相近者為中標人選。諸位，請吧。」

在場的人小聲議論著。王熾緊閉著嘴。

陳繼業傲視四周，默不作聲。

一名商人搶先說：「我的商號願出資二十萬。」

另一個人說：「敝號出二十五萬。」

又一人說：「三十萬！」

在場的議論後，不再有人作聲了。

陳繼業看看老帳房先生，老先生點頭。他站起身，大聲說：「敝人願投資白銀六十萬兩，與朝廷共同開發個舊錫礦！」

唐炯臉上露出滿意神色：「欽差大人，您看……」

欽差楊大人說：「這個數目，雖然與朝廷所定數額相去甚遠，但畢竟是接近標的了，在座的還有比陳先生投得更多的嗎？」

在場的人都默不作聲。

欽差楊大人環視四周後，站起身來，大聲宣布：「那麼，金龍峽礦主陳繼業先生的投資六十萬兩白銀開發個舊錫礦！請陳先生來簽字吧！」

陳繼業得意地走到欽差面前施禮，剛剛拿起筆，就聽得客廳門外傳來了王熾的聲音：「慢！」

在場的人都回過頭，只見王熾大步走進來。

王熾施禮：「楊大人、唐大人，王熾來晚一步，請二位大人見諒！不知在下現在投標，可否算數？」

唐炯笑著說：「我就知道你王大人不會袖手旁觀，請報上數目！」

欽差楊大人看著王熾：「聽好了，陳先生剛剛報出白銀六十萬兩！」

王熾說：「我天順祥願出資六十五萬兩！」

眾人譁然。

陳繼業說：「既然如此，敝號願投七十萬！」

王熾說：「八十萬！」

陳繼業一驚，偷看老帳房先生，老先生偷偷伸出五指。陳繼業叫道：「八十五萬！」

王熾提高了聲音：「一百萬！天順祥願出資一百萬兩白銀，與朝廷共同開發個舊錫礦！」

陳繼業又是一怔，再看帳房先生時，老先生已低下了頭，他既不甘心又無可奈何地說：「王老闆的天順祥財資雄厚，敝號甘拜下風！」

欽差楊大人見陳繼業說著轉身就走，忙說：「陳先生留步！」

陳繼業轉過身看著他：「楊大人，還有何吩咐？」

楊大人說：「諸位的愛國之心老夫可敬可佩！滇南王熾競標一百萬，恰與朝廷出資相符！請看！」

楊大人說著打開一個大信封，從中抽出上面標有白銀一百萬兩的朝廷標的。

在場的人都議論紛紛，對王熾欽佩不已。

欽差楊大人說：「天順祥王熾中標，請在官文上畫押簽字吧！」

王熾提筆簽了字。

楊大人把臉轉向唐炯：「唐大人，你是保人，也簽個字吧。」

唐炯提筆簽字。

楊大人說：「此官文一經畫押簽字，立即生效！十日之內，本官要親自驗資上報朝廷，如有分毫之差，按欺君之罪論處！王熾王大人，王老闆，有問題嗎？」

王熾響亮地說：「十日之內，一百萬分毫不差！」

夜幕開始降落時，潘德貴來到唐炯府邸門口，將一封信交給守門的清兵，說：「請煩勞將此信交給唐炯唐大人。」

守門的清兵接過信，看了一眼潘德貴，隨後離去。

唐烱看完由老管家轉送過來的潘德貴的書信，臉色陰沉，一鬆手，信紙落在地上。他癱坐在椅子上，半晌無語。

過了好一會兒，他招招手，讓龐河靠近，悄聲地說：「你立即派人，送夫人和公子出城，送得越遠越好！注意，千萬不能走漏一點風聲。」

龐河感到事情嚴重，點頭悄聲離去。

唐烱突然大怒，喊道：「來人！」

一名隨從進了客廳：「在。」

唐烱吩咐：「立即調集兵馬五十，跟我到天順祥！」

隨從應著退了出去。

又呆坐了片刻，唐烱大步走出客廳……

此時，天順祥大堂裏屋頂巨大的風扇緩緩地搧動著。下面在八仙桌旁邊圍坐著的王熾、唐柯、王鴻圖、巴力、馬六子早已是汗流浹背，都在不停地拭汗。

王熾似乎還沒有從剛才的情緒中擺脫出來，怔怔地坐著不語。唐柯從水盆裏擰塊熱毛巾遞給他。他機械地擦過臉，發現唐柯和王鴻圖正盯著自己，故作輕鬆地笑了笑：「說說吧！十天，一百萬，二位有何高招？」

唐柯苦著臉說：「東家！我明白你的意思，是不甘心讓大清的礦山落入他洋人之手，可這次不比從前哪！如今總號這裏現銀周轉不利，各地分號又受到全國金融惡勢的衝擊，別說是一百萬，就是五十萬，也未必能如期籌

到哇！」

王熾嘆了一口氣，說：「一步走錯，全盤皆輸，如今由不得自己了。咱們有多少家底，我能不知道嗎？好歹還有十天時間，聽天由命吧！你們知道潘德貴住在哪兒？請他來下盤棋！他說的對，今後閒暇了，下下棋倒是個不錯的消遣。」

他說著站起身，踱著步將鐵絲上的空夾子撥向閣樓。

在場的人都瞭解王熾這話的嚴重性，一時不知說什麼。

突然，店門被衝開，一隊清兵站在門外，文武隨從進入大堂，龐河大聲說：「雲南總督唐大人到——」

王熾一怔，忙與唐柯、巴力、王鴻圖、馬六子及匆匆下樓的張春娥、李香靈恭候迎接。

唐炯大步走進，神情嚴肅。王熾拱手，叫了聲：「唐大人！」

唐炯上前拉住王熾，避開衆人，悄聲問道：「老實告訴我，天順祥有沒有銀子？」

王熾莫名其妙，反問道：「什麼意思？」

唐炯急切地說：「天順祥可投之銀到底有多少？」

王熾明白了，悄聲說道：「實不相瞞，天順祥可用之銀不足十萬。」

「果然是眞的。完了，完了……」唐炯喃喃地說，走到大堂中央猛地轉身，眼裏含了淚看著王熾：「興齋呀興齋，你知道開發個舊錫礦是誰的主意嗎？」

「知道，是老佛爺。」

「知道，你爲什麼還要……咱沒錢，可以不投這個標，不招這個事嘛！就讓他陳繼業去投資，與你我又有何妨？你已功成名就，我也就要告老還鄉了。你們這些經商的，可以信口開河，弄虛作假，老夫可是清白了一輩子！既然你沒這個能耐，為什麼要逞這個能，冒這個風險？」

「王熾冒死投標，是為了朝廷！」

唐炯的眼淚流出了下來：「可你這是在欺騙朝廷！一百萬！你天順祥別說十天，就再給你十天也拿不出來的！知道老佛爺會說什麼嗎？欺君之罪！就憑了這一條，老夫就能砍你的頭、封你的門！」

王熾加重了語氣說：「這我相信！可你知道王熾這是為什麼嗎？唐大人身為總督是從來不問的！你只知道錢，錢！拿出錢來王熾是紅頂商人，拿不出錢來，王熾便是千古罪人！可你知道嗎？眼下天順祥為什麼會這樣？王熾又為什麼冒死投標？我王熾不這樣做，對不起朝廷，對不起大清的百姓，更對不起列祖列宗！」

唐炯怔了一下，抹去眼淚，煩躁地說：「你我的腦袋都要保不住了，靠什麼對得起祖宗？沒錢說什麼都是空的！」

王熾眼裏含熱淚，說：「唐大人，實話實說吧，今天你就是殺了王熾，天順祥也拿不出一百萬！錢我王熾該捐的捐了，該投的投了！現在沒錢了，倒閉了！關門了！你要殺要封，請便！」

唐炯大驚，指點著他：「你……你……你好！反正這個天順祥早晚要倒閉，我就先封了你的門！來人，封門！帶走奸商王熾！」

兩個隨從一擁欲上，其中一隨從被巴力攔住，另一隨從欲上時，馬六子掄起板凳衝上前去：「誰敢？」

「砰」的一聲槍響，馬六子胸口中彈，緩緩倒在地上。

一時間，眾人都驚呆了，半晌，王熾才大呼著「馬六子」，撲在他身上。

唐柯、王鴻圖也撲向前去呼救著：「馬六子——」

唐炯一時怔住，狠狠瞪一眼開槍的武將。

去過。」

王熾叫著：「巴爺！快把馬六子送到郎中家去！」

巴力背起馬六子向外跑去。

突然，王小妹頭髮蓬亂、滿身污垢站在門口，身後是唐小雨。王小妹虛弱地喊了一聲「爹」，昏倒在地。

王熾急撲上前，扶住小妹，肝膽俱裂地叫著：「小妹呀……」

王小妹甦醒過來，對王熾輕聲說：「東坡鎮……是有個李雲鶴，但……在十三歲……便離開了，再沒、沒回去過。」

王熾扶著王小妹向樓上走去，把她送進臥房。

唐柯見王熾好一會兒沒出來，看看唐炯，說：「唐大人請到書房喝茶吧！」

唐炯來到書房，來回踱步。唐柯爲他端來茶。唐炯問：「王熾呢？」

唐柯說：「還在她女兒房中。」

唐炯長嘆一口氣，對那名武將吩咐：「去，守在大門口！」

武將應著出去了。唐柯也退出。唐炯頹然坐在椅子上。

唐炯終於再坐不住，站起身，對站在旁邊的龐河說：「去，請來王熾。」

王熾隨著龐河來了，低著頭，臉色陰沉，一屁股坐在了椅子上。唐柯和龐河隨後走入，立在旁邊。

唐炯輕聲問：「馬六子的傷怎麼樣了？」

王熾強忍悲憤，淚如泉湧：「死了。我已……派人把他的遺體……送回老家趙家寨去了。」

唐炯說：「當時，老夫是火氣大了些，可總不能沒有王法吧？」

王熾猛地轉過臉怒視著他，盯了好一會兒才說：「那是一條人命啊！馬六子跟隨我這麼多年，沒死在馬幫路

上，沒死在戰場上，卻死在你唐大人的手裏了！你說得對，看來天順祥是該封門倒閉了。」

「王老闆！那不過是一時氣話，眞要是封了門，拿什麼籌銀子？」

「錢！錢！你們這些當官的，就知道錢！你什麼時候才能懂得這些人的心呢！」

唐炯指點著他：「你……」

王熾站起身，快步走了出去。

唐柯來到唐炯身前，說：「唐大人，天順祥因資金匱乏，東家才不想投資開礦，誰知他陳繼業拿了洋人的錢要侵吞我大清礦山，東家萬不得已，才冒死投標一百萬。唐大人，東家是一片愛國之心啊！」

唐炯一下子怔住，半晌才說：「爲什麼不早說？」

唐柯說：「當時您正在氣頭上，聽得進去嗎？」

唐炯無言以對，閉上了眼睛。

唐柯又問：「唐大人，今夜不回去了？」

唐炯說：「我就住在這屋！」

唐柯看看旁邊的床，道了聲「也好」，退出。

過了一會兒，王熾怒衝衝走了過來，向書房門口站著的兩名唐炯的隨從吼道：「你們在這兒幹什麼？滾！給我滾出天順祥！」

唐炯忙站起身，說：「王老闆，算了、算了，要罵你直接罵我。我怎麼知道，你冒死投資，是爲了保住大清礦山不落入洋人之手呢！下去！把包圍天順祥的兵都撤了！」

一隨從應了一聲「是」，下樓去了。

王熾坐在椅子上：「現在說這些還有什麼用？看來，你唐大人不把王熾逼死，是不打算離開天順祥了？」

唐炯低聲說：「你不知道的，我這也是事出無奈呀！給我送去匿名信的人，一定也會送給欽差大人。我若一走，楊大人非來不可！」

王熾看他一眼，長嘆一口氣：「是啊，反正一死，在劫難逃哇！既是如此，唐大人就在這屋睡吧。」

王熾站起身欲走，唐炯忙叫道：「興齋！」

王熾轉過頭：「怎麼，王熾連走走的自由都沒有了嗎？」

唐炯苦著臉說：「哪裏？我只是提醒你，十天很快就到啊！」

王熾沒有回答，轉身下了樓。唐炯懊喪地坐在椅子上。

王熾來到二樓過廳，神情嚴肅坐在中間。張春娥、李香靈來了，看著他。王熾看看她倆，也沒有說話。沉默了片刻，王熾說：「春娥、香靈，這些年來，你們與王熾同心同德，披肝瀝膽，矢志不渝，可謂是多年的患難夫妻了。」

二位夫人一聽這話，不禁落淚。

王熾繼續說：「天順祥自成立起，大起大落，歷經千難萬險。風光時，二位夫人克勤克儉，艱辛操勞，有難時，又與王熾分憂解難，共度險關。王熾本應該讓你們享盡榮華富貴，可至今卻仍在苦度時光。王熾對不起二位夫人啊！」

王熾說著站起身鞠躬。張春娥、李香靈淚流滿面，跪在地上：「老爺……」

王熾含淚扶起她倆：「快快請起。都不要哭了，往後遇事，也不要再哭，王熾心裏才會安然。」

張春娥、李香靈站起身，被王熾扶著坐在椅子上，想止住哭聲，反而淚如泉湧，都捂著嘴低下頭。

王熾慢慢踱著步，又說：「這些天的事，你們都看見了。天順祥內外交困，已回天無術了。知道什麼是欺君之罪嗎？我一旦被官府治罪，便是有去無回。我放心不下的，主要就是你們倆和小妹、鴻圖，還有媳婦、孫子。只求今後你們能平安無事，我王熾也就問心無愧了。」

二位夫人同時又跪地痛哭：「老爺——」

王熾申斥道：「你看，剛才不是說過了，今後不論咱王家出多大的事，都要挺住嗎？淚要往肚子裏嚥！」

張春娥、李香靈勉強止泣：「老爺，我們記住了。」

王熾揮揮手：「好啦，你們回去吧！去吧！」

李香靈走向自己的房間。張春娥回頭想說什麼，見王熾已閉上了眼，也離去了。

王小妹躺在自己的床上聽到王熾和李香靈、張春娥說的話，百感交集，眼裏淚水更多，用被子蒙住頭，抽泣起來。

王熾呆坐了好久，見李香靈的屋內黑漆漆的，只有張春娥的房內亮著燭光，門虛掩著。他感到今夜與往常不同，起身來到春娥房間，向裏面叫了聲：「春娥？」

無人應答。王熾推門走了進去，見一盞燭臺放在床頭，照亮了已鋪好的一對鴛鴦枕頭。這對枕頭，當年在十八寨張春娥入洞房的那天曾經擺過。王熾疑惑地走到床頭，欲拿走燭臺時，發現緞被的一角有東西在閃光，他掀起緞被，一個被鑄成巴掌大小的金娃娃躺在那裏。

王熾心頭一震。

張春娥從外面走進，她身著當年的嫁衣，煥然一新。二人四目相對。王熾猛地將她抱在懷裏。

張春娥激動地說：「這是我平時的積蓄。春娥這一輩子不能爲老爺生個胖兒子，就把這個金娃娃給你吧，以解燃眉之急。」

王熾連連親吻著她：「謝謝你，春娥！」

李香靈聽到張春娥房間裏的動靜，激動得眼含熱淚。

第二天一早，夥計們打開店門，一些取銀和存銀的人們湧進。

唐柯從後廳快步走來，上了閣樓，見李香靈在核帳，急忙問道：「夫人，看到老爺了嗎？」

李香靈揚起臉看著他：「沒有哇！怎麼啦？」

唐柯抖著雙手：「老爺不見了！」

李香靈一驚：「巴力呢？」

唐柯問：「不知道。」

李香靈向在門廳的王鴻圖問道：「鴻圖，去看看巴爺在嗎。」

王鴻圖應了一聲出去。

張春娥急匆匆地來到閣樓下，對李香靈說：「香靈，小妹不見了！」

李香靈又一驚，倏地站起身：「小妹也不見了？」

王鴻圖從後廳跑進來：「娘，我沒找到巴爺！」

唐柯說：「我猜，東家和巴力帶著小妹出門了！他們去哪兒了呢？」

李香靈穩住了心，輕聲說：「老爺沒告訴你們他去哪兒，那就是不想讓任何人知道他去哪兒啦！您也就別猜了。」

正下樓的龐河聽到了他們的話，趕忙回去，快步走進書房，看一眼和衣躺在王熾的寢榻上的唐炯，說：「大人！王熾不見了！」

唐炯驚醒了，坐起身：「什麼？王熾沒了？他溜了？」

龐河點點頭：「絕對沒錯兒！」

唐炯站起身：「立刻派人去找王熾！嚴密監視天順祥，以防有變！」

四

一輛篷車在土路上顛簸著，趕車的是巴力。

王熾醒來，睜開了眼睛。

王小妹說：「爹，你可算醒了。」

王熾說：「我本來就沒病！」

王小妹明白了，笑笑：「我還以為爹真的病了呢！這才急急忙忙地上了車，原來你們是事先串通好的。」

王熾得意地笑了：「略施小計，聲東擊西！」

王小妹問：「咱們這是去哪兒呀？」

王熾說：「十八寨！」

王小妹一怔：「十八寨？」

篷馬車在巴力的吆喝聲中更快了。

十八寨很近了。王熾與小妹下車，登上一個土坡。王熾看著十八寨，感慨地說：「小妹，你來看，那就是十八寨！當年我和你西來叔叔跑馬幫，就是從腳下這條路走出寨子的！」

巴力走到父女倆身旁，也看著十八寨，回想著當年的往事。

王小妹卻噘起了嘴：「咱們大老遠的跑到這兒來，幹什麼呀？」

王熾說：「散心哪！你聞聞，這山裏的空氣多新鮮！」

王小妹瞪他一眼：「您可眞能沉住氣！人家心裏都急死了，您知道不知道？」

王熾拉著小妹往前走：「知道。可光著急沒用。沒聽說嗎？心急吃不上熱豆腐！你聽爹的，和這兒的高山大樹說說心裏話，保你不出三天，用八抬大轎抬你回昆明你都不去呢！」

王小妹撒嬌地說：「誰信您的鬼話！」她雖然嘴上這樣說，腳卻緊跟著王熾往前走著。

巴力趕著車在後面跟隨著。

來到了王家的墳地。王熾、王小妹跪在王母與王父合葬的墳前。巴力從車上取下香、紙等物，跪在王熾身旁。三個人一起焚香燒紙，跪拜。

王熾抬起頭，看看旁邊的李西來和蓮芸的墓，又掃過王家祖祖輩輩葬在這裏的墳塚，不由得淚如泉湧，思緒萬千，說：「娘，兒回來看你來了。說實話，兒是沒把天順祥錢莊辦好，這是向娘您老人家討主意來了……可兒還得裝出若無其事，還得挺住！兒得對得起死去的，更得對得起那些尙爲天順祥不辭勞苦而獻出一切的同仁。」

王小妹傾聽著，面對祖墳，神情嚴肅。

巴力看著王熾跪拜、沉默，也心潮難平。

一位七十多歲的老院工走過來，站在王熾面前：「老爺，您好啊！」

王熾抹去眼淚，向前抓住了老人的手：「您就是護院的老院工？老人家，叫我王四吧！」

老院工笑了：「那哪成？你闊了！成了給咱虹溪揚名的人了！」

王熾搖著頭：「快別這麼說了！老人家，王四有事求您！」

老人忙說：「那就說吧！」

王熾說：「我們回到十八寨的事兒，不要對任何人講，行嗎？」

老人疑惑地看看王熾，點頭答應著：「哎。」

王熾又說：「還有，我想去姜庚的墓地看看，你知道在哪兒嗎？」

老人說：「知道，知道。」

王熾、王小妹和巴力在老院工帶領下來到姜庚的墓地，只見姜庚墓前的青石板上擺著新鮮的祭品。

王熾問：「怎麼？有人來掃過姜庚的墓？」

老院工說：「前兩大，姜庚的兒子姜勝武來過！」

王熾瞪大了眼睛，與巴力對視。

王小妹看著墓上刻的字，問：「姜庚是誰呀？」

王熾說：「是我表兄。」

張春娥、李香靈下樓，見夥計們已將店內打掃乾淨，幾個掌櫃的也各就各位。李香靈問道：「這都幾點了，怎麼還不開門？」

一名掌櫃的說：「唐先生又被唐烱大人請去了。」

李香靈說：「看來，他們找不到東家，是不會放唐先生回來的。」

張春娥說：「那也不能不開張呀！」

唐小雨從後廳跑進：「誰說不開張，掌櫃的都在嗎？」

掌櫃的說：「都在。」

李香靈說：「我來核總帳，小雨主管大堂，你們就位，開張營業！」

夥計剛打開大門，就見王鴻圖急急忙忙跑進來，將手中的幾份電報交給李香靈：「娘，重慶、貴州、鄭州、西安、北京都來電了！」

李香靈接著電報看著：「太好了，讓我算算，這各地籌來的銀子共……三十八萬……春娥姐，三十八萬呢！」

王鴻圖對大家說：「各分號的總爺接到夫人的電報，都積極籌銀，匯到總號的。他們都說，夫人的話句句在理，爲保住大清的礦產，責無旁貸！」

李香靈說：「鴻圖，你再給其他分號發電，按我說的意思，讓他們繼續籌銀！」

王鴻圖應了聲「好」，匆匆走了出去。

張春娥拉著李香靈的手，興奮地說：「香靈，沒想到你發出的電報還眞管用啊！」

李香靈說：「可只有六天了，老天保佑我天順祥吧。」

一名夥計跑進來：「夫人！您快去看看吧！火龍……火龍牠……」

衆人一愣。張春娥、李香靈急忙跑出了後廳。

張春娥和李香靈來到馬棚，只見火龍臥倒在地，已奄奄一息。一名獸醫用繩將火龍的頭高高吊起，給揚起脖子的火龍灌藥，火龍無力地掙扎，發出聲聲慘叫。

李香靈看著火龍難受的樣子，用盡全力大喝道：「別灌了！」

張春娥腿一軟，摔倒在地。李香靈急忙攙扶起她。

獸醫鬆了繩子，火龍的頭一下子栽倒地上，嘴裏噴出鮮血。

張春娥掙扎起看著已斷氣的火龍，無限憂傷地喃喃道：「又一個火龍……死了。」

李香靈站在火龍身邊，見好多人跑過來，叫道：「你們別過來，都走。」

所有人在遠處站住了，轉身回去。

張春娥和李香靈蹲在了火龍身邊。張春娥說：「要不要給東家捎個信？」

李香靈生氣地說：「誰知道他現在在哪兒啊？怎麼走了也不留個話兒？已經四天了，也不來個信兒，真是的！」

王熾躺在十八寨北山的草坡上，眯著眼似已睡著。巴力手拿一枝芭蕉葉爲他遮擋陽光。一隻小蟲爬上王熾的臉，王熾猛地睜開眼，揮手打掉小蟲，看看女兒，問：「我講到哪兒啦？」

王小妹斜臥著撥弄花草：「剛講完盲人摸象。」

王熾說：「對！這幾個盲人每人只摸到大象的一部分，當然就想像不到大象的全貌了。爲人做事也是這個道理，」王熾指著身邊的大樹：「比如這棵樹吧，看著正面好好的，誰知道它背後有什麼？所以，平時做事都要審視對方，摸清底細，萬不可貿然行事。孫子兵法中不是這樣說……知己知彼，方能百戰不殆。」

一旁的王小妹突然哭了。

王熾忙問：「小妹你怎麼了？」

王小妹猛地站起來：「爹，咱們什麼時候回去？」

王熾一怔：「你忙的什麼呀？」

王小妹說：「來陪我散心，是嗎？那您的事兒，不辦了？」

王熾故意問：「我……哪有什麼要緊的事兒。」

王小妹眼裏流出淚：「您就別瞞著我啦！十天，一百萬！籌不到銀子就要治您欺君之罪！這麼大的事，你一路上隻字未提，反而陪孩兒散心，爲孩兒解憂。爹的哪件事不比孩兒的重要？我小妹眞的是太過分了！爹，您原諒孩兒無知，孩兒不孝！」

王熾笑著說：「你看你看，哪兒有那麼嚴重啊，眞要殺我，爹還能有心思遊山逛水、故地重遊嗎？只要我的小妹開心，我這心裏就踏實了。」

王小妹哭著撲進爹的懷裏：「爹……今後我一定聽爹的話！」

王熾愛憐地撫摸著她的秀髮，勸道：「別再想他了！是他無情而去，連告訴你一聲都沒有，錯的不是你。」

王小妹晃著頭說：「不！他一定是有原因的。」

「有什麼原因會那麼急，可以不辭而別呢？」

「這……我也猜不出來。」

「人啊，不論什麼時候、遇到什麼事，都要面對現實。你的『現實』就是他負了你，而你已經去找過了他，也就是盡了心。這樁事，就當春夢一場吧！」

「爹！我努力過了，實在是忘不了他呀！」

「和他無緣，你還會遇到比他更好的人……」

「不！我要等他。」

「等？傻丫頭，等到什麼時候？你可已經十八歲了！」

「再等一年、兩年，五年、十年，一輩子我都等！」

王熾痛心地問：「對那樣無情無信之人，値得如此嗎？」

王小妹肯定地說：「我不信他會是這樣的人！他會回來的！」

王熾眼裏流出淚，道了聲「你呀」，再不知說什麼好。

誰也沒有發現，姜勝武就藏在不遠處的叢林裏。他一字不露地聽清了王熾、王小妹父女倆的話，爲王小妹的話感動得淚流滿面，用力捂著嘴才沒有發出哭聲。他一次次想衝出去，還是忍住了，悄悄離去。

一個男孩子牽著一頭水牛走過來。

王熾推開女兒，坐起身叫住了那個孩子，問：「可以讓我女兒騎騎水牛嗎？」

那個孩子點頭同意了。王小妹高興地抹去眼淚，爬起身來到水牛身旁，被巴力扶著騎了上去。

王熾又躺在草叢中，看著坡下王小妹騎在水牛背上笑著，心情也好多了。他一翻身，仰望藍天，被什麼東西硌了一下。他坐起來，從口袋裏摸出金娃娃。他看著看著，耳邊響起張春娥的聲音：「這是我平時的積蓄……」

忽然，他眼前一亮，猛地站起來，激動地叫著：「金娃娃！金娃娃！」

他向山下跑去，喊著：「巴爺！小妹——」

王熾改變了原計畫，帶著女兒和巴力進了十八寨的老家。

進了書房，王熾便在桌上奮筆疾書，興奮、緊張、果斷之情交替映在他的臉上。寫完了信，他將筆一扔，大

喊道：「巴爺！」

巴力進屋。王熾將寫好的信交給他：「你火速回昆明將此信交給唐柯，讓唐先生照信裏說的，先給我摸清昆明所有的富商、名人、官宦到底有多少，人名要具體，數字要準確！並讓他通知全國各分號照此辦法去做！具體怎麼做，我都寫在信裏了。還有，你要秘密行事，萬不可走漏風聲！」

巴力不斷點頭，興奮地比劃著。

王熾說：「對！對！天不滅曹，我王熾又要大幹一番了！巴力，你吃過飯就動身吧！」

巴力轉身便走了。

王熾凝重地展望著什麼，突然提筆在紙上寫下幾個大字。

王小妹走進來，在王熾肩頭旁一邊看一邊讀著：「『天不滅曹，似有神助，開發錫礦，造福千秋。』爹！你是不是有了好主意？還那麼神秘？」

王熾躊躇滿志地說：「對，爹是有了主意，小妹，咱們出來幾天了？」

王小妹說：「四天了。」

王熾興奮地說：「來得及，小妹，這次爹要打你們女人的主意了！」

五

天順祥店門大開。唐柯、巴力、唐小雨和二位夫人一起迎接王熾和王小妹回來。大家七嘴八舌地問道：

「東家，您出門也不打個招呼，讓人擔心……」

「老爺曬黑了，您不說，也猜得出是去了趟十八寨！」

「東家快上樓吧！給您準備了好飯好菜……」

「小妹，快讓娘好好看看！」

王熾說：「好了，好了，我們不是好好的嗎？大家都去做事吧。香靈，這回我可是把小妹交給你了，再讓她跑了，我可要拿你是問囉。」

唐柯對王熾低聲說：「老爺，請隨我來。」

王小妹隨兩個夫人上樓，巴力等人散開，去做自己的事。

王熾跟隨著唐柯來到馬棚，看著空洞洞的馬廄，驀地明白了。

「小火龍，你就這麼走了，連個道別的機會也不給我就走了。」王熾沉痛地說著，「小火龍，你知道嗎？你的母親老火龍，馱著我走了半個中國，才賺下了這麼大的家業，有大功啊……小火龍，你就安心走吧，見到老火龍，代我問個好，我們早晚有一天是要團聚的。」

唐柯見王熾拭淚，轉開話題，說：「我按東家的吩咐，建立了昆明所有商人、富豪、官宦的花名冊。他們的妻妾、女眷都收到了由咱們天順祥發出去的摺子。其他各地分號也做了同樣的佈置，只是還沒發摺子。他們等著看咱總號的動靜呢！」

王熾拉著他向外面走去：「好哇！王熾這一趟十八寨可沒白去！唐先生，幹得好！看你眼都熬紅了，快去休息吧。」

唐柯說：「不瞞東家說，按東家吩咐的事是做了，可我邊做邊心裏打鼓，總怕萬一……」

王熾輕鬆地問：「我走之後，唐大人怎麼說？」

唐柯說：「他都快急瘋了！先是要抓人，後是要封門。都讓我給擋了，我說還沒到十天哪！東家，咱們這一招能行嗎？真的會有人來存銀？」

王熾有把握地揮了一下拳頭：「誰知道？看明天吧！立刻派人把唐炯唐大人請來。」

唐柯看他一眼，沒說話。

王熾說：「快請他過來，我估計這幾天他都在料理後事了。」

唐柯應了聲：「好吧。」

唐炯來了，見大堂裏營業狀況正常，巨大的人工風扇緩緩搧動。王熾把他請到閣樓，和他隨便地說著話。旁邊的唐柯手裏撥著算盤珠，眼睛卻盯住店門口。

然而，店門口並沒有唐柯、王熾希望出現的人。

唐炯有些沉不住氣了，擔心地問：「王大人，你葫蘆裏賣的什麼藥？」

王熾把手指放在嘴邊：「噓——沉住氣。」

店門口走進一妓女裝扮的人，她來到櫃上，東張西望著。王熾看看唐柯，唐柯在看著樓下。唐炯也盯著那名妓女。

妓女將一把銀子遞給掌櫃，夥計唱諾：「存銀三十兩！」

王熾和唐柯失望地相互看著。

唐柯站起身：「不會有人來了！」

王熾一把拉他坐下：「再等等。」

唐炯煩躁地說：「還能等到個大戶？」

王熾緊盯著大堂門口，下意識地從荷包裏捏出鹽巴放在嘴裏嚼著。

唐柯已經不抱希望，埋頭核帳，但還是不時抬頭看著門外，又看看王熾，微微搖頭嘆氣。

二樓的過廳裏，一張圓桌上已經擺好了飯菜，張春娥、李香靈等待在桌旁。二人順著樓梯口向下觀望著。張春娥再也忍不住，從樓上下來，向唐柯招手，示意讓王熾吃飯，唐柯指了指王熾，搖了搖頭。張春娥爲難。

王小妹在二樓自己的臥房裏怔怔地看著姜勝武給她畫的像。看著看著，她突然坐起來，將牆上的畫翻了過去。

李香靈進來說：「去，勸你爹吃飯了。」

王小妹看看她：「我爹他……」

李香靈一下捂住王小妹的嘴：「噓——小聲點！只有你能勸動他。」

王小妹點點頭迅速出屋。

午後的陽光斜照在大堂門口，大堂內無一主顧。靜得能聽見彼此的呼吸聲。王熾閉眼坐在閣樓上的椅子上，似乎睡著。唐炯奇怪地看著王熾。

王小妹上了閣樓輕聲說：「爹，吃飯啦。」

王熾擺了擺手。

王小妹拉著他胳膊：「走吧，爹！您不吃，大家誰敢吃？別忘了，還有唐大人在這兒哪！讓唐大人也陪著你挨餓？」

王熾忙看看唐炯：「好，好，吃飯！」

樓下夥計喊道：「益壽堂藥店老闆娘金鳳嬌到——」

王熾立即把臉轉過去，目不轉睛地盯著樓下。

樓下櫃上掌櫃的喊著：「益壽堂藥店老闆娘金鳳嬌存銀兩千兩！」

唐柯急急跑下：「金夫人，請這邊坐——快，上茶——」

兩夥計從外面搬進銀箱。

王熾抓住小妹的手鬆開，衝王小妹笑了笑。

唐炯像看戲一樣看著大堂。

又有一名少婦和一中年婦女相繼走進來。

少婦向掌櫃的問：「你是說，我憑著這個特殊的摺子，不管存多少錢，一律按八厘五取利，比一般的存銀子要高出三厘五？」

掌櫃的說：「對，對。夫人您說得一點沒錯兒！」

「隨著摺子已存了一百兩銀子是東家白給的？」

「對，是東家對你們這些名門閨秀的一點兒孝敬。」

「那我現在就取這一百兩白來的銀子，行嗎？」

「連本帶息，一文不少！」

王熾認眞地聽少婦問話，神情略有緊張。

少婦點點頭：「我明白了。那……我存一千二百兩。」

唐炯被這突如其來的情況搞蒙了。他看著王熾，王熾面帶微笑。

大堂左邊櫃上的夥計唱諾：「存銀一千二百兩——」

這時，坐在八仙桌上塡好存銀數字的中年婦女來到右邊櫃上，遞上存銀摺子，夥計唱諾道：「存銀一千二百六十兩——」

王熾見他身後的夥計們都在向樓下呆望，揮手示意大家正常工作。

樓下左邊櫃上的少婦聽到右邊櫃上中年夫人的存銀數，回頭看了她一眼，輕蔑地扭著腰肢，坐在桌旁，對手下的家僕大聲說：「老六哇，你回去把昨晚打麻將贏的銀子拿來存上！有六百兩吧？」

家僕領命離去。少婦津津有味地品茶，不時用眼睛瞟著中年夫人。

王小妹挨著王熾站著看著樓下。王熾故意看著別處，唐柯對他耳語，他不時點頭。

右邊櫃上的中年夫人不屑地回敬少婦的挑戰，從手包裏拿出張銀票，大聲對丫鬟說：「小蘭，你拿著這張銀票到對面錢莊跑一趟，讓他們黃老闆把這上面的一千兩銀子給我兌成現銀，存到天順祥來！」

丫鬟小蘭接過銀票出去了。

樓下這兩個女人爲存銀明爭暗鬥更讓唐柯吃驚，回頭看看王熾。王熾臉上竟無表情，揮揮手讓唐柯下樓。唐柯會意，下樓去了。

中年夫人坐到桌旁另一端，端起茶聞了聞，忽然惱火地說：「掌櫃的！今兒這茶怎麼有股子怪味！是不是夥計們拿錯了，把下人喝的茶端上來啦！」

唐柯立刻陪笑：「夫人息怒，小的這就給您換去！」

少婦啪地將茶杯放在桌上，大聲喊著：「掌櫃的，能不能快點兒？」

閣樓上王鴻圖在少婦的存銀摺子上塡好數字，夾在夾子上，手一撥，存銀摺子順鐵絲滑下。

中年夫人也大聲說：「我不急，先給少的存，等對面錢莊給我兌成現銀，也得有一會兒呢。」她說著品了一口茶：「嗯，這茶現在才有點茶味兒了。」

少婦起身訕訕地來到左邊櫃上，拿了存銀摺子向店門外走去，不滿地嘀咕著：「不就那點私房嗎？有本事再拿出一千兩來，老娘才佩服！」說著，一扭三擺向店門外走去。

中年夫人一時語塞，立即回擊：「老爺都快娶六房了，你老五還能紅火幾時？別心裏沒數！」

閣樓上的王熾對王小妹低聲說：「小妹，咱們走吧，這兒沒什麼好戲看了。唐大人，你肚子不餓？」

唐炯坐著沒動，說：「我還是沒看出門道兒。」

王熾說：「那您就好好看吧。我可要吃飯了！」

這時，龐河從大門外走進來：「總督大人！欽差大人到了總督府，您快回去吧！」

唐炯趕緊和王熾說了一句「我得走了」，匆匆下樓離去。

小妹說：「這眞是太神了！爹，這是怎麼回事？」

王熾拉著小妹含笑上樓。

少婦在店門口，遇上幾個有錢人的妻妾，她們打招呼。

一個婦人問：「五太太，存了？」

「存了！」

「存了多少？」

少婦立刻又強作歡顏：「我那點私房錢，能有多少？也就萬八千吧。」說完出了店門上轎遠去。

另一婦人猶豫著：「萬八千？趙夫人，咱們回去吧。」

被稱「趙夫人」的說：「聽她滿口噴糞！走，咱們存咱們的！」她說著進了大堂，來到櫃檯上，故意高聲叫著：「掌櫃的，存銀子六千兩！」

王熾在上樓，對攙著他的王小妹說：「整個的想法是在十八寨形成的，全昆明有錢人家的妻妾都得到了天順祥贈送的特殊存銀摺子了，一百兩白銀和高息取利的好處，誰能抗拒？」

王小妹問：「您就不怕她們不但不存，反而取走了這白送給他們的一百兩嗎？」

王熾笑了笑：「不會，眞要如此，她們在女人堆裏可沒法混了。別忘了，她們是有錢人家的女人啊！」

王小妹兩手一拍：「我明白了，爹爹是掌握了這些人的心理，利用了這些人好面子的規律！爹，您眞鬼呀！」

王熾哈哈大笑：「這叫兵不厭詐！不過，我可沒料到她們相互比著存銀。看來，利用存銀來抬高身價的好戲才剛剛開始呢！」

王小妹也大笑起來。

來到二樓過廳，張春娥說：「老爺快吃飯吧，我讓他們熱了三遍了。」

「午時已過，晚餐未到，就算是午晚飯吧！你們都坐。」王熾說著坐下，從懷裏掏出金娃娃，放在桌上，接著斟滿了一小杯酒，雙手敬給張春娥：「春娥，這次籌銀款你可是頭功！就是這個金娃娃，才讓我想起你們女人身邊的私房錢。來，王熾敬你一杯！」

張春娥激動得雙手顫抖，要接又沒接：「老爺快別這麼說，我可不敢受此重謝！」

王小妹接過酒杯塞到張春娥手中，一兜杯底兒，把酒灌進張春娥的嘴裏。張春娥嗆得連聲咳嗽。王熾等人都大笑起來。

李香靈說：「老爺！我和春娥姐商量好了，一些官家、富商的太太、小姐跟我們很熟，如果還有這種特殊的存銀摺子，由我們兩個女人去送，更顯得自然親切。」

王熾說：「嗯，好主意！這女人的事兒當然由你們婦道人家去做最合適！」

十天到了。在雲貴總督府衙的客廳裏，王熾、王鴻圖、陳繼業和一些錢莊老闆都在場。

唐炯陪著欽差楊大人進來了。王熾站起身，雙手將一張天順祥錢莊的莊票放在桌案上的託盤裏，正是一百萬兩白銀。眾人伸長脖子看著，無不吃驚，竊竊私語著。

坐在對面的欽差楊大人將簽了字的驗資報告推給王熾，大聲宣布：「天順祥老闆王熾投資白銀一百萬兩，與朝廷共同開發個舊錫礦。現已驗資，分毫不差，本官欽命滇南王熾任雲南礦務總辦，全權處理個舊錫礦開發事宜。不日將啓奏朝廷，即刻開工！」

眾人鼓掌。

楊大人離席。

陳繼業也起身離去。

唐炯不由老淚縱橫：「興齋呀！大清的這礦山可算是保住了。可這一下，你天順祥的底兒可就又空了。」

王熾胸有成竹地說：「諸位，開發錫礦，錢是天順祥出的，可事情還得靠大家來辦。鴻圖，你說說吧。」

王鴻圖站起身說：「現有資料表明，個舊錫礦潛力無窮，市場需求更是急不可待，投資雖小，但利潤豐厚，難怪洋人也設法插手呢！」

王熾接著說：「所以，個舊錫礦的開發一開始就要搞大，搞它個天翻地覆！光靠朝廷的投資和我天順祥的投入遠遠不足以成事！」

唐炯忙說：「怎麼，還要集資籌款？」

王熾說：「本總辦現在就向諸位透露一點消息，個舊錫礦要向全國發行股票，每股白銀十兩，先放十萬股！不知諸位有沒有興趣？」

一名錢莊老闆馬上說：「這股保險，我首認八千股！」

另一錢莊老闆說：「誤了投資，再誤了購股，那不是傻了嗎？我認購一萬！」

緊接著又有一人說：「王老闆不計前嫌，還給了小的們賺錢的機會，小的自然要購買，我認購兩萬股！」

其他人也接著爭搶著認購。

王熾說：「用不了多久，這股票就會升值，到那時候，諸位可發大了！有遠見！」

眾人興沖沖離去。

唐炯指點著王熾說：「好你個王四，這錢讓你玩兒來玩兒去，不是又玩兒到你王熾腰包裏了嗎？老夫佩服！」

王熾哈哈大笑：「有錢大家賺嘛！」

15 善惡歸一

一

轉眼到了光緒二十六年（一九〇〇）七月初，年已六十五歲的王熾帶著兒子王鴻圖、巴力離開昆明，前往北京的天順祥分號。他坐在車上，眼前浮現出北京分號總管陳愛堂拍來的電報內容：「義和團起事，激起事變。洋人組成八國聯軍，揚言進軍北京，京城一片混亂。各王公大臣和豪門大戶，紛紛準備逃難，急需典當家中貴重物品。但因局勢動盪，安危難定，惟恐洋人進京血掠全城，各當鋪無一敢收。我在京的天順祥，面對如此眾多珍品，舉棋不定。特電告大人，以求定奪。」

看來，此劫難逃啊！我的錢莊事小，京師乃至國家的安危事大呀……他暗說著，催促趕車的巴力：「巴爺，能不能再快點兒？」

巴力揮鞭打著拉車的兩匹馬，車速更快了。

從六年前發生的中日甲午戰爭，王熾便看出了當今中國的岌岌可危。

去年光緒皇帝支援康有爲、梁啓超變法，令他很高興，看到了國家振興的希望曙光，不想只有百日之期，皇上便被慈禧太后囚禁，康、梁逃往國外，譚嗣同等「六君子」被殺。

此後又出現了義和團，由山洞曹州（今菏澤）等地的大刀會、冠縣一帶的梅花拳及德州一帶朱紅燈領導義和拳發展而成，統稱爲「義和拳」，雖然在年底遭到袁世凱殘酷鎮壓，卻如燎原烽火之勢迅速發展到華北、東北等地，在京津一帶尤其聲勢浩大。

五月初，各地義和拳焚毀了北京城南的高碑店、涿州、琉璃河、長辛店、盧溝橋、豐台火車站，一批批湧入北京。

五月十三日，一支義和拳闖進俄國人開辦的慈華銀行，趕走董事長科羅斯托夫及其屬員，搶去還沒轉移淨的錢銀，然後一把火將房子化爲灰燼。

五月十五日，日本駐華使館的書記生杉山彬在永定門外被義和拳砍死。

五月十七日，義和拳群衆在左安門內、崇文門內、宣武門內和正陽門外，放火燒燬了外國人的教會設施。正陽門外的大火連燒了三天三夜。

五月十八日，天津一所天主教堂被焚燬。

五月二十日，天津到北京的鐵路被破壞。

五月二十一日，義和拳數萬人圍攻西什庫天主教北堂和東交民巷的外國使館……

一向在中國大地驕橫慣了的外國列強們憤怒了，由英、美、法、德、俄、日、義、奧組成了近二萬人的八國聯軍，依仗著先進的武器，開始了又一次侵華戰爭。

五月十九日，英國海軍上將西摩爾率領兩千名由各國駐華海軍組成的軍隊，從天津東殺向北京，但到達廊坊時被義和拳截住襲擊，不得不退回天津。

五月十九日，從海上來援的八國聯軍攻占了大沽口炮臺。

五月二十五日，慈禧太后以光緒皇帝的名義對各國宣戰，稱義和拳爲「義民」，將義和拳改成「義和團」（在清代「團」爲官方允許的組織），把他們派往天津，送到了八國聯軍的槍炮跟前。

五月二十七日，來援的八國聯軍從大沽口一路激戰，推進到天津東的租界，與西摩爾率領的軍隊會合，隨即向天津城發起進攻。

六月十七日，八國聯軍攻入天津城，隨即叫囂去占領北京……

王熾到達北京已經是七月十日。他沒有馬上去這裏的分號，直接趕奔東交民巷，只見各國公使館的牆上貼滿了義和團的告示和神符：

神團出，洋患鋤。
神團到，鏟邪教。
神團起，斬妖氣。
神團神，壯國門。

王母娘娘顯大聖，
扶清滅洋顯神通，
刀槍不入顯眞身，

嚇得鬼子四處奔。
齊天聖，力無邊，
不准洋人搶江山，
義和團，紅燈照，
打洋鬼子扒鐵道。
……

王熾搖搖頭，嘆了口氣，上車前往天順祥分號。他注意到，街兩旁的店鋪沒有一家開門的，街上的人雖然不少，大都是義和團的人。

忽然，他看到一夥強人衝向一家店門，砸開門戶，搶著店內貨品。那名店主在強人的鋼刀威逼下，蹲在地上瑟瑟發抖。

在路過一家當鋪門前時，他看到兩名背著包裹的人在敲打店門，顯然是典當的人，而店門直到他看不到時也沒有開。

來到北京天順祥錢莊門前，王熾、王鴻圖下了車，見店門也緊閉著，門口站著總管陳愛堂。陳愛堂一見王熾，像盼到了救星，快步迎了上來：「大人你可到了！」

王熾和他見禮寒暄，就進了錢莊，剛坐下便吩咐：「馬上開業！特別是當東西的，不管它是什麼寶貝，收！」

陳愛堂一愣，遲疑著說：「這……大人！」

王熾明白他的意思，說：「京城現在一片混亂，各王公、豪門大戶都準備逃難，急需典當家中貴重物品。凡是其他當鋪不敢收的物品，咱天順祥北京分號一律收進！」

陳愛堂說：「可是……洋人的聯軍就要來攻打京城，萬一北京失守，亂生強掠……這不是花錢買挨搶嗎？」

王鴻圖也說：「陳總爺說的很在理呀！」

王熾笑笑：「天下再亂，也得穿衣吃飯。我們做商人的，就是要亂而不迷，尋找商機！陶朱公說過：『論其有餘不足，則知貴賤。『貴出如糞土，賤出如珠玉。』我們要做別人所不敢為之事，現在正是我們所為之機！」

王鴻圖說：「爹，還是別賺這錢為好啊！」

王熾把目光射向他忽然發怒了：「錢、錢！你以為我這只是在為錢嗎？王公大臣，京城顯貴，他們的財寶沒人敢接，將會是誰的？眼睜睜看著中國人的錢財，落進洋人的口袋，我王熾不當這孬種！」

陳愛堂明白了，欽佩地連連點頭，轉身去安排當鋪開門。

王鴻圖憂鬱地說：「京城那麼亂，收進來能保險嗎？萬一打不過人家，不是等於給洋人湊在一起，等著他搶嗎？」

王熾點點頭：「是得想想怎麼保存！」

第三天，王熾帶著兒子和巴力都是普通百姓打扮，開始在北京西部各處考察。

轉了兩天，三個人來到城西門頭溝，在一處停下來，只見這裏橫著如刀劈斧砍的天然石牆。

王熾仔細看著石牆附近的地勢。他忽然向附近的巴力、王鴻圖招手。二人趕忙過去。

「你們看！」王熾指著石牆上的一個空洞，「把這個洞再擴大，上面壓上巨石，就是個鐵壁銅牆的暗窯，把所有的金銀首飾、珠寶玉器分成五份藏在窖裏，再有二百萬的貨也裝得下！」

王鴻圖看看四周，說：「這兒眞是藏寶的好地方。地處偏僻，是荒郊野外，人煙稀少，地勢險峻，沒有人會注意到。」

王熾說：「還有，這石牆雄偉壯觀，坐西朝東，與紫禁城遙相呼應，似有神助。」

王鴻圖說：「現在關鍵是運輸了。」

王熾說：「運貨一定要在夜裏，一路上要有偽裝，要小心、愼重。鴻圖，你負責運貨。」

王鴻圖應了聲：「好。」

七月二十一日淩晨子時，在大內長春宮西暖閣內，慈禧坐在床榻上，雙手在純金火盆上烤著火。李蓮英匆匆進來，報告李鴻章、榮祿求見。她點了一下頭。

李蓮英快步出去，很快便引進來了李鴻章、榮祿。

「老佛爺吉祥！」李鴻章、榮祿跪在地上施禮，齊聲說。

「還『吉祥』？吉祥個屁！」慈禧太后聲音不大，顯然是發怒了。

李鴻章、榮祿稽首在地，不敢出聲。

慈禧叫了聲：「榮祿。」

榮祿應著：「奴才在。」

「你說說吧，急急慌慌來見我，是不是洋人近了？」

「太后聖明！八國聯軍的總司令、德國陸軍元帥瓦德西，親率大軍攻占了通州，正派兵向京城殺來，其先鋒距離東直門只剩二十里了！」

慈禧心一抖：「那些義和團吶？」

「他們那裏是刀槍不入啊，都見鬼去了。」

「李鴻章！」

「臣在！」李鴻章應道。

「在別人家裏胡折騰，他們倒氣盛了！李鴻章，你琢磨這事兒怎麼辦好？」

李鴻章說：「啓稟太后，臣以為，洋人純屬得寸進尺，把我大清的寬容之心認為是軟弱可欺，眼下京城裏的義和團氣勢正旺，民威可用，袁世凱在小站的神機火槍隊，更是摩拳擦掌，求戰心切，洋人眞敢放肆，就給他們點顏色看！」

慈禧冷笑一聲：「打？這可是守著家門口兒的柴禾堆兒放炮仗，懸啊！」

李鴻章說：「賊已拔門，不可膽虛，就是乍著膽子，也得咳嗽一聲。」

慈禧斜視著他：「可惜了你頭上的頂子！要是咳嗽一聲就能把賊嚇走，我還犯得著養活你們這些窩囊廢嗎？」

李鴻章問：「太后的意思……」

慈禧說：「行了！靠你們是靠不住的，這事還得我自個兒來拿主意，跪安吧。」

李鴻章、榮祿叩拜，弓著腰退了出去。

慈禧又把一雙手放在炭火上翻烤了幾下，叫了聲：「小李子！」

李蓮英從帳後出來，應了聲：「奴才在！」

慈禧太后說：「這三十六計裏，上計是什麼了？」

李蓮英說：「奴才明白，是個『走』字。奴才這就去爲老佛爺準備。」

慈禧太后又吩咐：「大清國要亡也不是我一個人的事兒。把宮裏的那些廢物都帶著！要死，大家也都死在一塊兒。」

李蓮英應了聲「喳」，趕緊出去。

慈禧太后站起身，坐在梳妝檯前，默默地摘下耳環首飾，老淚縱橫……

兩輛民間的篷車停在西暖閣門外，在李蓮英的吩咐下，幾個太監和宮女腳步匆匆往車上搬東西。

一名太監來到李蓮英面前，叫了聲：「李總管！」

李蓮英急忙小聲問：「當回銀子了嗎？」

「我跑遍了北京城，沒有一個當鋪敢收咱們的東西。倒不是沒銀子，而是怕八國聯軍打進京城，將這些財寶搶劫一空，他們的銀子就白扔了……」

「媽的！平時老佛爺拿著那麼多稀世珍品餵著他們，等用著他們的時候，又一個個裝癟了。東西呢？」

「好在最後在天順祥錢莊當了三千兩。」

「你個找打的！」李蓮英說著舉起手，輕輕放下了，臉上已露出笑容。

「小的是來再取的，好去天順祥……」

「不必了！老佛爺馬上就要動身。」

「那……這些個財寶……」

「帶著，路上再說吧。」

天還沒亮，遠處傳來隆隆炮聲。燭光映照著王熾在屋地上焦急地踱步，旁邊坐著巴力。一陣腳步響，王鴻圖走了進來。王熾注視著他問：「事情辦好了？」

王鴻圖說：「所有貨物全部登記造冊，埋在門頭溝的石牆裏，已派了人日夜看守，保證完好無損。」

王熾點點頭：「好。」

陳愛堂氣喘吁吁地進了屋：「我打聽到了，老佛爺確實是從紫禁城後門往西去了，隨行的還有皇上和幾個大臣，因爲走得急，盤纏都沒顧得上帶。那麼多人，可如何度命？」

王熾嘆息道：「一國之母后落難如此，我大清的臉面何在？鴻圖、陳總爺，你倆趕快帶人、帶足銀兩，騎快馬西行，追趕太后御駕。」

陳愛堂一怔，猶豫著：「我們……現在就走？」

王熾說：「馬上走！晚了怕想走也走不了哪。」

王鴻圖說：「爹！我們走了，你怎麼辦？」

王熾看著兒子：「你不要管我，國家大事爲重，趕快去吧！」

王鴻圖和陳愛堂轉過身剛走兩步，王熾又說：「陳總爺！立刻給山西、太原、陝西、西安各分號發電報，以我的名義吩咐他們，老佛爺所到之處一切費用，皆由我天順祥無償提供。」

陳愛堂應了聲「是」，和王鴻圖出去。

王熾剛吐出一口氣，店裏的一名夥計拿著一封電報走進來。

「王大人，昆明的急電。」夥計說。

二

一個破草帽戴在姜勝武的頭上，與他清潔的長褂極不相稱。他佇立在昆明街頭，癡癡望著天順祥錢莊，他既希望又害怕地等待著王小妹能出來。

王小妹正在臥房裏對著畫像發癡。忽然，她像心有靈犀般地疾步走到窗口向下望去。

「雲鶴？」王小妹瞪大眼睛驚叫著。

「雲鶴——雲鶴——」她飛快地跑下樓，來到大堂，邊喊邊打開了店門。

王小妹的驚叫聲驚動了張春娥、李香靈和在大堂裏的唐小雨。他們跟著王小妹來到門口。

然而，剛才姜勝武出現的地方，已沒有他的身影。

王小妹還是飛快地橫穿街道，四處尋找著、喊著：「雲鶴！雲鶴——」

張春娥、李香靈和唐小雨追上來，拉住她。

李香靈說：「哪有什麼雲鶴？你是在做夢吧！」

王小妹用力搖著頭，哭叫著：「剛才……。我明明見到了他，他就站在這兒，頭戴草帽……」

唐小雨嘆一口氣：「唉！這個李公子，都把人折磨成什麼樣子了？」

大家連拉帶勸將王小妹拉回天順祥店內，王小妹不甘心地不斷回頭。

姜勝武從街角隱蔽處露出，他眼角掛著淚，再一次凝望天順祥二樓王小妹的窗口，隨後決心已定，轉身離

去。

街道寂靜的石板地上，姜勝武的腳步走過，發出咔咔的響聲……

王小妹病倒在床上。

李香靈端著飯碗走進來，哀求道：「小妹呀，你就聽娘一句話，吃點吧！你已經兩天不吃不喝了，娘的話你不聽，你爹又在北京，你要有個好歹，我們跟你爹沒法交待呀！」

王小妹眼直直地看著頂棚，不說話。

張春娥也進了屋，正要開口，李香靈示意不讓張春娥說話。二人都沒了主意，相對嘆氣。

一輛洋馬車飛快馳來，停在錢莊門口，王熾匆匆下車，急奔大堂，匆匆上樓。

「小妹！小妹，你怎麼了？」進了屋來，王熾一見女兒躺在床上大驚。

王小妹臉色慘白，憔悴的臉上已失去往日的光彩，往日鮮嫩的小嘴唇皮爆裂，兩眼癡呆呆地望著上空，聽到王熾的喊聲，沒有一點反應。

王熾立刻就落了淚，上前抱著小妹：「小妹——」

王小妹叫著：「你們都出去！出去——」

李香靈拉過王熾，小聲說：「讓她安靜安靜吧。」

王熾眼裏流著淚，和李香靈、張春娥都出去了。

王小妹仍然呆呆望著屋頂，淚水順著兩鬢向下流著……

夜幕降臨了。烏雲翻滾，遠處傳來陣陣雷聲。

姜勝武站定，他看了看手中給小妹的信，又看看二樓小妹臥室的窗戶。他將書信包在一塊木頭上，用線繩纏

好，順著開著的窗戶扔了進去。

王小妹被「噹」一聲嚇了一跳，小心翼翼地拿起來，解開線繩，看著書信：

速會初見時。

欲了不明事，

芳草豈能知？

雲鶴已斷翅，

「雲鶴！」王小妹暗叫一聲，將信塞到枕頭下面，拿了把傘，跑下樓去。

王熾坐在三樓的太師椅上，從鹽荷包裏捏出大塊鹽巴放在嘴裏嚼著。他然後對坐在旁邊的巴力問：「這個李雲鶴到底是什麼人？他爲什麼來？又爲什麼走？還走得莫名其妙！」

巴力沒有看他，也在凝眸苦想。

門外傳來馬嘶聲。

渾身濕透的唐小雨走了進來。

王熾立刻站起身：「怎麼樣？」

唐小雨說：「我先去了東坡鎮，又去了麗江，總算找到了李雲鶴的一個親戚。李雲鶴是確有其人，但是這個人十年前就死在大理了。李雲鶴的舅舅帶我們去看過李雲鶴的墳。」

王熾吃驚地問：「那這個冒充東坡鎮李雲鶴的是誰？」

唐小雨搖頭不語。

巴力突然緊盯住王熾，伸出一隻手，將小拇指朝下。王熾驀地懂了，上前握住巴力的手腕。二人用眼睛傳遞著訊息。

王熾的疑問，在巴力的眼睛裏得到了肯定。他猛地轉身來到書櫥前，拉開櫥門，頓時怔住了——原來放置裝糖球的首飾盒的地方，現在已空著。

一切的一切都在證實王熾的猜疑！他頗有把握地衝下樓。

剛剛到來的唐柯和巴力、唐小雨也隨著王熾下樓。

他們來到後院織布機機器房。滿面雨水的王熾進屋後認眞搜索著，不放過任何蛛絲馬跡。突然他眼睛一亮，蹲了下去，在早已封塵的織布機下面，拾起了一顆糖球。

王熾把糖球放在眼前，吹去上面的灰塵，糖球顯出了鮮麗的本色。王熾這下全明白了，暗說：「眞的是你！」

外面，瓢潑大雨淋得人透不過氣來，茫茫雨霧的街道深處，遠遠地走著一個人。

王小妹打著雨傘站在姜勝武爲她作畫的地方，等待著，眺望著，終於看到了那個人。是你嗎雲鶴？她暗問著，不敢貿然迎上前去。

那人越來越近。王小妹看清了，來人就是她朝思暮想、魂牽夢繞的李雲鶴。

姜勝武也看清了不遠處的王小妹，他輕聲呼喚著：「小妹！」

王小妹扔了雨傘，在雨中向姜勝武跑去，高喊著：「雲鶴！雲鶴——」

「小妹！小妹！」姜勝武也迎著王小妹跑來，突然腳下一滑跌倒在地。

王小妹趕到，扶起了泥人般的姜勝武，二人對視了一眼，不顧一切地擁抱在一起。

暴雨將二人渾身淋透，王小妹伏在姜勝武背上失聲痛哭。

姜勝武咬著嘴唇，眼淚和雨水交融在一起。

不知過了多久，王小妹抽泣著說：「雲鶴，你讓我等得好苦，也找得好苦呀！你爲什麼要走？是不願見我嗎？」

姜勝武忙喊道：「不是！不是！」

王小妹抬起了自己的頭：「那麼什麼？爲什麼？」

姜勝武扶著王小妹的肩：「小妹，先不要問那麼多，讓我好好看看你。」

二人相視無語，任憑暴雨傾盆。

「你不說，我也不問那麼多了。走，快跟我回家去！」王小妹說著拉姜勝武就走。

「小妹，我不能跟你走。」

「你還要離開我嗎？」王小妹驚恐地問。

「嗯。」姜勝武閉上眼睛點頭。

「雲鶴，到底出了什麼事？如果你還信得過王小妹，你就都說出來！」

「我會說的，明天晚上我會把一切一切都說出來！」姜勝武說著從懷裏掏出首飾盒，從裏面倒出所有的糖球在手上，「小妹，你還記得這個首飾盒嗎？」他手一翻，糖球落地，接著說：「告訴你，我曾說過的那個人……已經死了！死了！」

姜勝武說著將首飾盒摔在地上。

首飾盒在泥地裏翻著個兒。王小妹彎腰去揀，腳下一滑摔倒了。她抓起首飾盒，站起身時，卻不見了姜勝武。

一聲炸雷！雨更大了。

王小妹踉蹌著跑，嘴裏叫著：「雲鶴——」

雨停了，風也小了。一個黑影竄上春和樓茶樓屋頂，一個閃電映出他是姜勝武，姜勝武敏捷地跳進院內。

大茶壺在吸大煙，他得意地噴煙吐霧，閉眼享受著。待睜眼時，見一大漢堵在眼前，他還沒來得及說話，被大漢一把捂住嘴拖了出去。

另一間屋內的梁紅女聞聲起床。她推門出屋，來到大茶壺屋內，撿起失落在地上的大煙槍，摸摸煙鍋還燙手，她疑心重重地猜測著。

姜勝武像扔死狗一樣將大茶壺扔在一個廢墟的地上。

「說！我是誰？」姜勝武厲聲問。

大茶壺疑惑了：「你……你是姜勝武唄！」

姜勝武上前一把抓住他的臂膀，稍稍用力，就聽「咔嚓」一聲，大茶壺殺豬般地嚎起來：「哎喲，我的胳膊！」

「不說實話，你的那隻胳膊也得斷！你說，我爹是怎麼死的？」

「我不知道……哎喲，小的是真不知道！小的想起來了，有個人知道。」

「誰？」

「姜三！」

「我已經找了他多年，卻不知他在哪兒？」

「巧了，我昨天還看見過他。」

「快帶我去！」姜勝武驚喜地說，給大茶壺脫臼的胳膊復了位。

大茶壺揉著胳膊，帶著姜勝武踏著泥濘來到城牆的一角。姜勝武看到，有個渾身骯髒、滿臉污垢的老人躺在這裏，腳下放個破罐，手裏拿著酒葫蘆。

姜勝武走過去，猛地叫了一聲：「姜三！」

姜三睜大眼睛盯著姜勝武：「你是誰？」

姜勝武一字一句說：「姜、勝、武！」

姜三眼睛一亮，脫口叫道：「你是姜公子姜勝武？」

姜勝武一把將他提起來：「說！我爹是誰？」

「是姜庚啊？你怎麼問這個？」

「他是怎麼死的？」

「被人所殺。」

「是誰殺了他？」

「是……」

「說實話，不然我掐死你！」姜勝武狠狠地說。

「是那個啞巴巴力。」姜三說。

姜勝武的手鬆了，姜三一下子癱坐。姜勝武又問：「那個巴力為什麼要殺我爹？你要實話實說！」

薑三抓起酒葫蘆嘴對嘴喝了一口：「我這把老骨頭，土埋多半截了。再不說實話，我對不起祖宗，闔不上眼哪！」

姜勝武緩和了聲音：「那你說吧！」

「姜庚原是十八寨的獵戶，因膽子大、武功高，被寨主封為鄉丁頭領。後來……」

「後來怎麼啦？」

「後來他就常帶領小的們打劫馬幫，奪取不義之財，死在他手裏的幫主、腳夫不計其數……那個巴力，就是被他用菜蛇咬去了舌頭，變成了啞巴。」

「所以巴力殺了他！」

「這也不全然是！那是為了保護王熾。」

姜勝武怔了一下：「王熾？」

姜三說起當年姜庚被免去團練首領之職，覺得惡行暴露，大勢已去，便在王熾回來的路上劫殺王熾，不料被啞巴巴力殺死，當時王熾阻止但未阻止住。而後，他又說：「這一切都是我親眼所見，絕無半句謊言。」

姜勝武轉過身，大步離去……

此時，王小妹懷抱著首飾盒跑進天順祥大堂，叫著：「爹，爹！」

王熾、巴力、唐小雨忙從後廳走出來。

王小妹說：「爹，我見到他了！見到了！他讓我告訴爹，明天晚上他要來，他說他會把一切都告訴咱們！」

她說著把首飾盒遞給王熾。王熾剛接到手，她腿一軟幾乎摔倒，巴力和唐小雨趕忙扶她坐下。

「明天晚上？」王熾重複著把目光投向巴力。

巴力頗有把握地點頭。

王熾說：「巴爺！從現在起，天順祥所有的人都要嚴陣以待，以防萬一。小雨，你陪小妹上樓，從現在起，不准她再見李雲鶴！」

王小妹吃驚地看著父親：「爹，這是爲什麼？爲什麼？」

王熾說：「去吧，明天晚上，一切都會眞相大白。巴爺，關門——」

第二天夜，大堂裏燈火通明，店門緊閉。

唐小雨站在門口順著門縫向外面看著，不時回身看看閣樓上正襟危坐的王熾，唐柯、巴力、唐小雨、掌櫃的都在場，人人都屏住呼吸，嚴陣以待。大堂的一角坐著張春娥、李香靈，他們身後是幾個掌櫃和夥計們。

落地洋鐘突然敲響，時針正指九點整。

王熾下意識地從鹽荷包裏捏出鹽巴聞著。

突然唐小雨喊著：「一輛馬車往這邊來了！」

巴力和唐柯看著王熾。

王熾吩咐：「打開門。」

門剛被兩名夥計打開，幾個腳夫將一個巨大的木箱抬進，放置大堂中央。

在場的人都怔住了。唐小雨悄聲問唐柯：「爹，是織布機？」

唐柯沒有說話。

姜勝武出現在門口，在衆人疑惑的目光中，走進大堂。

巴力要上前去抓姜勝武，王熾叫道：「巴爺！退下。」

姜勝武向王熾一拱手：「王大人，我知道，此時，我就是編出一百條理由來解釋，大人也不會相信。因爲這事從頭到尾就是有人精心策劃的大騙局！」

王熾和在場的人都吃了一驚，靜靜地注視著他。

姜勝武突然跪下：「王大人，我姜勝武這輩子都對不起你們哪！」

衆人吃了一驚：「姜勝武？」

張春娥、李香靈也吃了一驚，相互看看。

姜勝武指著大箱子：「勝武無以報答大人，就把它留給你們，請隨意處置吧！」

這時王小妹已聞聲跑出屋門，叫著：「雲鶴——」

姜勝武看了她一眼，急忙站起身，向外面跑去。

王熾站起身喊道：「勝武！」

姜勝武的身影消失在門外。

王小妹跑了下來，被王熾抓住胳膊。

「別追了！他會回來的。」王熾安慰道。

巴力在巨大的木箱跟前打量著，起開了蓋子，見裏面是個鐵籠，同時看到了鐵籠裏的潘德貴。他大驚，「啊、啊」叫著。

王熾走過來，也出乎意料地倒退了兩步：「潘德貴？」

衆人更是迷惑不解，巴力打著手勢讓其他人都離去。空蕩蕩的大堂裏，只留下吃驚的王熾和仰首閉眼、困獸猶鬥的潘德貴，以及站在鐵籠旁邊的巴力。

王熾終於開口了：「這該在意料之中。」

潘德貴緩緩睜開眼睛嘲笑地說：「你能意料到什麼？要不是我如今被困在籠中，你這輩子都不知鹿死誰手？」

王熾說：「也許。但更讓我吃驚的是，讓你繩之於法的恰是你最信賴、最抱有期望的得意弟子姜勝武。」

「利用他是我的敗筆，我忘了，他也是人，是人便有七情六欲。」

「你還忘了更重要的東西，那就是人品、德性、正義！」

「算了吧！那不過是口號，是你虛僞的外衣。其實咱倆骨子裏是一樣的，同是商人，商人嘛，都是不擇手段的以小利謀大利，甚或暴利。」

「不！經商如做人，以德爲本！」

「人爲財死，鳥爲食亡，危機轉嫁，才是經商之本。」

「坑害他人，傷天害理。」

「人不爲己，天誅地滅！只有你死我活，才能財源滾滾。」

王熾看著他嘆了口氣：「人啊，說是萬物之靈，其實只是憨傻之軀。爭啊，搶啊，奔啊，奪啊！使出了種種招數，用竭了所有的心血，不就是爲了活得更好嘛！可誰又能記住，一旦撒手黃泉路，仍是兩手攥空拳啊！」

潘德貴譏諷道：「你王大人所言極是！可人活著，活個什麼？近年間，南莊北票，鼎立一方，可北票沒能出像胡雪巖和你這樣金融界大手筆。而胡雪巖已經破產了，你以爲你就能常興不衰？」

王熾不說話了，注視著潘德貴。

潘德貴笑笑：「你以為你的目光能像箭一樣把我射死？」

王熾問道：「你真的要致我於死地？」

「你說呢？」

「不會吧？我辦我的錢莊，並沒礙你什麼事呀。」

「你毀了我的錢莊，我當然要討回公道。」

「那是因為你監守自盜，咎由自取！」

「假若無人告發，我自會運籌帷幄，東山再起！」

「我明白了，二十多年了，你一點沒變，還是那麼自信，那麼工於心計。」

「你也一點沒變，還是那麼固執、愛鑽牛角尖兒。」

「可我成功了。其實，你也會成功的，二十年，對一個人來說，是短暫的，可二十年幹一番為國為民有利的事業卻綽綽有餘。作為金融前輩，我的確佩服你的才幹！可你把二十年的大好時光用在陷害別人、奪取別人的財富上，不覺得是一種恥辱、一種浪費嗎？」

「恰恰相反，能讓你也嘗嘗蹲大牢的滋味兒，讓天順祥也步我德盛源之後塵，那是老夫的人生中快事之快事。」

「我得承認，你差一點就成功了。那時我和鴻圖入獄，王小妹通過姜勝武也玩於你的股掌之上，天順祥的命運岌岌可危。可就在這個時候，你忽略了兩個細節，其一是梁紅女沒告訴你，我曾把生活在豬窩裏的小勝武救回王家。那一段快樂的日子，雖然時間不長，可是已在他幼小的心靈中埋下美好的回憶。他發現了那個小小的首飾盒，他童年失去的記憶就會重又回到他的心裏，他還會無動於衷嗎？還會心甘情願地任你擺佈嗎？這是你的錯誤

之一。另一個細節，是你事先無法估計的，因爲你太小看對手了。你沒有想到，姜勝武一旦進入天順祥，一旦生活在這個充滿信任、到處是兄弟情誼的天順祥，人們靠自己的努力就會得到承認，就會前程似錦，他爲什麼還要靠陷害他人、暗藏殺機而苟且活命呢？這是你的錯誤之二。這前前後後的過程中，你唯一的得意之筆就是讓不懂世故的王小妹，上了你佈下的圈套。那一陣子，我們王家內外交困，人心惶惶，我王熾也差一點就心軟了，險些將半壁江山拱手相送。但事情並沒有朝著你所期待的方向發展，是因爲良知尙存的姜勝武發現自己動了眞情。在他自身的這場正義與邪惡的較量中，他動搖了、懷疑了、內疚了、後悔了，他無法正視這個殘忍的現實。在竭力迴避和微弱的反抗之後，他唯一的出路就是反覆捫心自問：我是誰？現在，他終於找到了正確答案！你我才能在這樣的時刻，這樣的見面！」

鐵籠裏的潘德貴鼓掌叫好！空蕩蕩的大廳裏響起來他單調的掌聲。

王熾也笑了，問：「怎麼，我說得不對嗎？」

潘德貴說：「你說來說去，都沒有說到根本上！我本來有很多機會能下手，能殺死你，可我錯過了，這才是我最大的錯誤！」

王熾說：「剛才我正想問你呢，現在我明白了，你不會輕易殺我的。那樣做，你就不是潘德貴了。你一定會把我留在最後，讓我親眼看到姜勝武掌管大權，王小妹含冤受辱，看著我親手創建的天順祥倒了、垮了，而我王熾在這種種打擊摧殘之下，痛不欲生，生不如死……這樣，你才解恨，才能呼出壓抑在你心頭二十幾年的悶氣！」

潘德貴點點頭：「看來，你終於開始長進了。」

王熾說；「那得感謝你，是因爲有你這樣的人存在，才有了王熾的聰明。」

潘德貴突然叫道：「咱們說得太多了吧，如今我是階下囚，你是座上客，要殺要剮，請便！」

王熾說：「洩氣了？不打算和王熾鬥下去？」

潘德貴低下頭，嘆著氣說：「再沒有機會了！如果有來世，咱們接著鬥……」

王熾打斷了他的話：「好！我等著。巴爺打開鎖，放他出去。」

巴力吃驚地看著王熾。王熾見他沒動，上前給鐵籠開了鎖，將門打開：「潘先生，請吧！」

潘德貴並沒有走出來，瞪大眼睛看著王熾：「你……你真要放了我？」

王熾語重心長地說：「人生苦短，你我何必再鬥呢？你看看，如今的勝武讓你教成什麼樣子了？作為長輩，你不覺得問心有愧嗎？咱們都老了，將來給後人留下什麼？老前輩該是捫心自問的時候了。」

潘德貴默默不語地走出鐵籠。他向門外走去，到門口時，他突然回頭，眼裏露出一絲不易覺察的凶光，意味深長地說：「多行不義必自斃！」

王熾目送潘德貴走遠，渾身無力地坐在椅上。他下意識地拿出鹽荷包，思索片刻，喃喃自語：「多行不義必自斃？」

他突然明白了，大喊：「小雨、巴爺！」

唐小雨、唐柯從後廳裏急忙出來。

「跟我來！」王熾說著向門外走去。巴力、唐小雨、唐柯和隨後從後廳出來的掌櫃的、夥計們跟隨在王熾身後。

三

春和樓內，姜勝武跪在姜庚的靈位面前，與父親的靈位告別。

「爹！兒知道，你在九泉之下盼兒為你報仇雪恨！可兒做不到，兒不孝哇！有仇不報，您難以瞑目，去害王家，天理不容，兒就只有一死了。」姜勝武朝靈位三拜，起身欲走。

梁紅女出現在門口，驚異地問：「勝武，這些日子你在哪兒？」

姜勝武不理她，仍欲出門。梁紅女堵住去路：「你要到哪兒去？難道你連娘的話都不聽了嗎？」

姜勝武冷冷地說：「自打記事以來，勝武一直聽娘的。這一次娘就聽勝武一句話，行嗎？」

梁紅女被問呆了，無言以對。

姜勝武問：「娘為什麼要騙我？」

梁紅女說：「娘對你說的全是實話。」

姜勝武突然吼叫起來：「娘你還在騙我！娘，您就一點也看不出來嗎？看不出我和同我一樣大的人有什麼區別嗎？他們個個心地善良、年輕有為，整日想的是刻苦攻讀、辛勤勞作，該哭就哭，該笑就笑，以誠待人、以情交友，活得有滋有味兒。您再看兒子我，人前是人，人後是鬼，喜怒哀樂，全不由己。為了給娘報仇，要忍辱負重，苟且偷生。這還不夠，還要讓那姓潘的隨意擺佈，教兒陰險狡詐，陷害他人。娘，兒不要再過這樣對不起世人的日子，兒要堂堂正正做人！可如今，一切都完了，兒只有找爹去了……」

梁紅女早已淚流滿面，她死死地抱住姜勝武：「勝武你不能去！你要死了，娘也活不成了。這一切都是娘的錯！是娘毀了你呀！就讓娘替你去死！勝武，勝武……」

姜勝武忍著淚，痛苦萬分，說：「娘，如果沒有這些事，如果我們能回到過去，該多好哇……我還記得，小時候，我常念的那首詩：『鵝鵝鵝，曲頸向天歌，白毛浮綠水，紅掌撥清波。』晚了，實在是太晚了！」

梁紅女不顧一切地緊抱住要走的姜勝武，嘴裏發出一聲慘叫：「勝武——」腿一軟，暈倒在姜勝武的懷裏。

姜勝武大叫：「娘！娘！」

突然，姜勝武聞到了一股煙味兒。他抬頭，見窗戶已起火，火舌猛烈地舔著紙窗。

姜勝武大叫：「娘！娘！著火了！」

他放下梁紅女，飛快地去開門，發現門被反鎖。他猛地回頭，見潘德貴手舉火把站在已被火舌舔淨窗紙的窗外。

潘德貴狂笑著：「姓姜的！你以爲你把潘某送給王熾就完了嗎？說明你還不瞭解王熾的爲人！你不是要去死嗎？老爹成全你！」

他說著將手中的火把、油燈從窗戶扔進屋裏，轉身離去。

屋裏頓時火起，烈焰熊熊。姜勝武大喊：「姓潘的！老子殺了你！殺了你！」他推開窗子，一股烈焰撲面而來。他再三踹門，一扇火門倒下了。他在烈火中抱起母親，向門外衝去。

就快到門口時，梁紅女突然清醒了。她呆呆地看著四周的烈火，突然大笑，掙著身子叫著：「天亮了！天終於亮了！」

姜勝武急切地喊道：「娘，快走！」他拉著梁紅女的胳膊欲走，梁紅女突然止住笑聲，用盡全身的力氣，將姜勝武推出門外，姜勝武摔倒在地。

姜勝武再回身欲衝進去時，一塊著火的橫木落了下來，緊接著屋頂坍塌了。他聲嘶力竭地叫著：「娘——」

姜勝武的呼喊無人回答，眼前只有熊熊大火在燃燒。他跪地痛哭：「娘啊……」

王熾、巴力、唐小雨、唐柯帶人來到，立刻撲入火海，尋找梁紅女……王熾撲打火苗，四處喊著：「表嫂！表嫂！」

一根燃火的木頭砸在王熾肩膀。王熾倒在地上。唐柯喊了聲「老爺」，跑來扶起王熾。

大火撲滅了，春和樓化成一片廢墟，餘燼冒著黑煙。

兩個夥計抬出梁紅女已經燒焦的屍體。

王熾流著淚說：「吩咐下去，把表嫂的屍體運回十八寨，和姜庚葬在一起。」

他忽然發現姜勝武不見了，急切地對巴力說：「快去找勝武！」

姜勝武手舉火把衝進潘德貴的住宅，眼睛裏閃著凶光，卻找不到潘德貴。他忽然穿過長廊，逕自來到後院花園。

花園的池水旁邊，潘德貴端坐著又在用那個沒鉤沒線的半截竹竿在垂釣。他回頭看到了姜勝武，仰頭長嘆一聲，口中念念有詞：「春蠶到死絲方盡，蠟炬成灰淚始乾。」

就在姜勝武來到他身後時，他頭一軟，整個身子栽了下去。

那半截魚竿在水面上漂動著……

姜勝武在岸邊站了好一會兒，見潘德貴的屍體緩緩漂上來。

王熾、巴力、唐柯、唐小雨以及提著燈籠的夥計們來了。

姜勝武聞聲回頭，與肩部帶傷的王熾四目相對了片刻，與王熾擦身而過。

王熾一把抓住姜勝武：「勝武！」

姜勝武哀傷地說：「該死的和不該死的，都去了……」

王熾大聲說：「可你跟他們不一樣！」

姜勝武輕輕地撥開王熾的手，堅定地往前走去。

王熾在他身後叫道：「勝武！好，你去吧，我不攔你。這世上，人非聖賢，誰能無過？為了這個，你就去死，值嗎？早知道你會這樣沒出息，我就不該把你從趙家寨的豬圈裏接回來，更不該把你留在天順祥！」

姜勝武站住了：「天順祥……我只會給天順祥丟臉！」

王熾走了過去：「不！今天你交出了潘德貴，說明你已經懸崖勒馬、痛改前非了。天順祥需要這樣有勇氣、有膽識、有出息的年輕人。回來吧，勝武！」

姜勝武轉身撲到王熾懷裏：「叔叔——」

二人擁抱落淚。在場的人無不感動涕零。

王熾拭去姜勝武臉上的淚水，說：「去吧！小妹還在等你。」

姜勝武不敢奢望地垂下頭。

王熾用力捏了一下姜勝武的肩：「去吧！」

姜勝武看看他，微微點頭，快步離去。

王熾目送姜勝武走遠，回頭看看死去的潘德貴，長舒了一口氣。

天快亮了。大堂中央的鐵籠裏一角，坐著心情沈重的王小妹。

「吱嘎」一聲，姜勝武推開店門，邁進門來。

王小妹像是被蜇了一下，立刻問道：「誰？」

姜勝武回答：「是我。」

王小妹盯著他：「你不要過來！不要！」

姜勝武急切地跑過去：「小妹，你聽我說……」

王小妹站起身：「我不聽！不聽！撒謊！騙子！」

姜勝武快步走過去，小妹在鐵籠裏四處躲避。

「我是撒了謊，我是騙了人，可對你，我始終是真心的！」

「不！從一開始你就在騙我。你告訴我你叫李雲鶴，我信了。你說你是賣畫求學的舉子，我也信了。你寫給我的詩，我更信！我把所有能給你的，毫無保留地給了你……咱們一起讀書，一起織布……那些日子，小妹高興地什麼都忘了，只想和你整天在一起！」

「我也忘不了那段時光，那是勝武有生以來唯一活過的像人的日子。」

「可你把它毀了，把我也毀了！」

「我們不能從頭開始嗎？」

王小妹絕望地搖頭：「當這一切都真相大白後，我怎麼還敢信你呢！」

姜勝武耷拉下腦袋：「你說得對。是啊，誰敢相信一個口是心非的殺手呢？」他說著轉過身向屋門走去，

「小妹，勝武對不起你！」

王小妹急切地問：「你要去哪兒？」

「去織布機房。」

「去哪兒？」

「是，去找勝武丟在那兒的東西。」

「什麼東西？」

「一個心地善良、純潔天眞的姑娘給過勝武的一片眞心！」

「勝武，那些丟掉的，眞那麼重要嗎？」

「那是我全部的財富，我的整個生命。」

「勝武！你不會又是在騙我吧？」

「小妹，過去我是騙過你。那時候的我一心只想報仇，上了姓潘的當！對你，對你們王家我有罪！如果因爲這些，你信不過勝武，勝武絕不怪你，只怪勝武沒有這個福分！你就把勝武忘了吧，就當他已經死了！」他說完轉身離去。

「勝武——」王小妹已哭成淚人，叫喊追了過去。

姜勝武回頭，也跑了過去。二人悲喜交加，滿臉是淚地緊緊擁抱在一起。過了一會兒，又推開對方，四目相對，而後瘋狂地親吻著。

四

慈禧太后在逃往西安的途中，命奕劻回京，監督李鴻章與洋人乞和。在到西安不久，她便答應了對入侵者割地賠款，洋人才陸續離京回國。

慈禧太后重又回到長春宮，馬上想起了一路上供應著上百萬兩銀子的天順祥老闆王熾。由於北京天順祥奉王熾的指令，對戰亂廉價購進的貨物妥善保存，絲毫無損，避難歸來的王公貴族又以重金贖回了他們典當在天順祥的貨物，也對王熾感激不盡。一時間，北京天順祥日進斗金，威名遠揚。

王熾從電報中得知，十分高興，這天在昆明天順祥的大堂為王小妹、姜勝武舉行盛大結婚典禮。昆明的名流、官吏們都來了，熱鬧非凡。

王小妹、姜勝武身著新裝，滿臉是幸福的微笑，隨著司儀唐小雨的聲音施禮……

酒宴開始了。唐炯和王熾挨著坐在一桌。

「老弟呀，」唐炯笑著說，「當時北京大亂，慈禧西行，你收存了那麼多財寶，就不怕八國聯軍進了北京，把這些財寶給你搶了？那你天順祥豈不是賠場了？」

「假若此次洋人攻占了北京，那這些財寶即便留在我王熾手中，也沒什麼用了。皮之不存，毛將焉附？所幸的是，洋人退出京城，這些寶物才得以完璧歸趙。做生意嘛，風險總是有的。」

「說得好。所以這次北京天順祥是把錢賺足了。老夫五體投地！」

王鴻圖從外面走進來，來到王熾身旁。

王熾說：「沒想到，你這麼快就回來了。」

王鴻圖說：「我按爹的吩咐，回來時，繞道而行，分別在河南和虹溪附近為唐柯先生和巴爺購置了房產田地，以備後用。」

王熾點點頭：「他二人為天順祥闖蕩了大半輩子，該是頤養天年、盡享天倫之樂的時候了。鴻圖，再往後，天順祥就靠你們啦。」

唐炯叫了聲：「賢侄兒！」

王鴻圖給他施禮：「拜見唐大人！」

唐炯說：「別一口一個唐大人了，我就要辭去官職，告老還鄉了。臨行之前，送你個禮物。」

王熾一招手，一個夥計拿託盤來到唐炯身旁。

唐炯從託盤上拿出一份合股集資書遞給了王鴻圖。

王鴻圖看過，興奮地叫著：「雲南礦務公司總辦？」

王熾說：「叫你回來就為此事，你爹老了，這事就交給你來辦，不過，你先別忙著上任，我另有安排。」

王鴻圖激動地點頭。

唐炯對王熾說：「老弟呀，唐某還有一事相求……」

王熾不等他說完就回答：「是興辦耀龍電燈廠的事吧！心裏還在著急，對我不放心？我已經選好廠址，正在集資呢！」

唐炯哈哈大笑：「如此，老夫可安心卸職，一心務農去了。」

唐柯急匆匆地來到王熾身邊，興奮地說：「老爺，朝廷的聖旨到了。」

王熾一怔！

外面傳來一聲大喊：「聖旨到——」

一名差官在兩名清兵的跟隨下進來了，高喊：「二品頂戴候選道王熾接旨——」

在場的人都安靜了下來。王熾跪地接旨。

差官帶兩個清兵來到大堂中央，展開聖旨，當衆宣讀：「二品頂戴候選道王熾，以爾歷捐銀修建鐵索橋，集資開發礦產，樂善好施，選捐鉅款，勞臣之績，功名千秋，特賜封王熾爲三代一品頂戴候選道。並賜建坊旌表。欽此——」

王熾含淚接旨：「王熾接旨。」

光緒二十九年（一九〇三年）十一月初七傍晚，一天的營業結束了，天順祥的店門緩緩關上。一個老夥計在清掃大堂。巨大的風扇還在緩緩地搧動。

已經六十八歲的王熾端坐在閣樓的太師椅上，看著大堂一角依次安放著在精製的相框中鑲著的黑白照片，他們是王母、李蓮芸、李西來、巴力、馬六子，姜勝武和王小妹與一小男孩的合影，唐柯和唐小雨與唐小雨的夫人帶一女孩的全家福，王熾和張春娥、李香靈的合影。王鴻圖和王鴻圖的夫人帶著兩個男孩的合影。

空蕩的大廳裏，突然響起了幾個小孩子的笑聲。

王鴻圖的二兒子王天船，唐小雨的女兒唐嬌娥，姜勝武的兒子姜志斌跑了過來，拉著王熾袍裾央求著：「爺爺、外公、你跟我們藏貓貓，好嗎？」

王熾說：「不啦，外公累了！」

三個孩子嚷著：「不嘛！不嘛！」

王熾站起身，說：「好！看外公怎樣捉你們！」

三個孩子扭身跑去。他們繞著櫃檯跑著，王熾彎著腰去追，他追到櫃檯後面，再也沒有出來。

孩子們跑過去，見他依著櫃檯坐著，閉著眼睛，面容平和安詳，還以爲他睡著了……

錢　王

著　　者／鍾源、瀛泳
出 版 者／生智文化事業有限公司
發 行 人／林新倫
登 記 證／局版北市業字第677號
地　　址／台北市新生南路三段88號5樓之6
電　　話／(02)2366-0309
傳　　眞／(02)2366-0310
E-mail／book3@ycrc.com.tw
網　　址／http://www.ycrc.com.tw
郵政劃撥／14534976
戶　　名／揚智文化事業股份有限公司
印　　刷／鼎易印刷事業股份有限公司
法律顧問／北辰著作權事務所 蕭雄淋律師
初版一刷／2003年1月
定　　價／新台幣450元
I S B N／957-818-464-6

總 經 銷／揚智文化事業股份有限公司
地　　址／台北市新生南路三段88號5樓之6
電　　話／(02)2366-0309
傳　　眞／(02)2366-0310

國家圖書館出版品預行編目資料

錢王／鍾源、瀛泳著.--初版.--臺北市：
生智，2003〔民92〕
面： 公分

ISBN 957-818-464-6 (平裝)

857.7 91021582